W0265080

aufbau taschenbuch

AUFBAU VERLAGSGRUPPE

Dagmar Schnabel lebt und arbeitet in Aachen. Viele Legenden und Besonderheiten der Stadt sind in ihren ersten, gründlich recherchierten Roman eingeflossen.

Im Jahr 1376 macht die Stadt Aachen ihrem Ruf als Krönungsstadt wieder alle Ehre. Der junge Wenzel soll zum König gekrönt werden. Die Köchin Franziska wird daher von einem reichen Tuchhändler angestellt, um dessen hohe Gäste zu beköstigen. Doch bald gerät ihre Kochkunst zur Nebensache. Franziska findet die Leiche einer Frau, und als wenig später auch noch ein Gaukler stirbt, der eine geheimnisvolle Silberrose mit sich führt, ist ihre Neugier geweckt: Sie will den Mörder finden. Dabei ahnt sie nicht, daß sie Gefahren heraufbeschwört, die tief in ihrer eigenen Vergangenheit liegen. Zu ihrem Glück beginnt der Stadtsoldat Thomas sich für sie zu interessieren – und nicht nur, um mit ihr einen Mörder zu jagen.

Dagmar Schnabel

Die Rose der Leibköchin

Historischer Roman

Aufbau Taschenbuch Verlag

ISBN-10: 3-7466-2217-4
ISBN-13: 978-3-7466-2217-0

1. Auflage 2006

Umschlaggestaltung Mediabureau Di Stefano, Berlin
unter Verwendung eines Fotos von corbis
Druck GGP Media GmbH, Pößneck
Printed in Germany

www.aufbau-taschenbuch.de

Prolog

In einer Stadt war es niemals richtig still. Eben bimmelte eine kleine Glocke, und die wackeren Mönche erhoben sich schlaftrunken, um sich zu den Vigilien zu begeben. Ein Eselskarren zuckelte in gemächlicher Gangart vorbei, ein Bauer hockte gebeugt auf dem Kutschbock und überließ es dem Grautier, den Weg zu finden. Der Mann war hundemüde. Er bemerkte die rundliche Gestalt am Straßenrand nicht, und auch diese Gestalt hatte keinen Blick für den überladenen Karren, die in diesen Nächten keinen seltenen Anblick boten. In Gedanken war die Gestalt weit fort von den schäbigen Holzhäusern und den ewigen Streitereien in ihrer verkommenen Nachbarschaft, die sie hoffentlich schon bald nie wieder sehen mußte.

Die Frau lächelte, als sie sich vorstellte, wie sie sich in nicht allzu ferner Zukunft zu dieser Stunde in einem prächtigen Bett räkeln würde. Nie wieder muffige Strohmatratzen, nie wieder den allgegenwärtigen Gestank der Gerberlaugen, der einem den Atem raubte. Nein, auf Samt und Seide, vielleicht sogar auf Hermelinpelzen würde sie ruhen, befreit von allen Sorgen, die ihr Dasein bisher gezeichnet hatten. Jeder Tag war eine Plage, doch nun wendete sich ihr Blatt.

Endlich zeigte sich das Leben von der hellsten Seite, und lange genug gewartet hatte sie ja schließlich, mehr als ihr halbes Leben lang. Nun war ihre großartige Zeit gekommen. Mit einer Hand zog sie ihren nachtblauen Umhang zusammen, unter dem sie ihr bunt besticktes Festkleid trug. Auch wenn die Tage von strahlender Sonne erfüllt waren, schlug sich nachts die Feuchtigkeit bis in die Knochen nieder. Noch wärmte der heiße und süße Met sie von innen. Dem hatte die Frau reichlich zugesprochen, denn wann gab es bisher schon solche Gelegenheiten?

Nur noch einige hundert Schritte, dann wäre sie daheim. Pah, daheim! Ihr voller Mund verzog sich zu einem verächtlichen Grinsen. Ein Heim war die bessere Hütte, in der sie eine zugige Kammer angemietet hatte, nie für sie gewesen.

Mit beiden Händen griff sie nach hinten in ihren Nacken und löste mit klammen Fingern den Verschluß ihrer neuen Silberkette. In absehbarer Zeit hatte alle Heimlichkeit ein Ende, und wenn sie nicht ihr Wort gegeben hätte, so würde sie mit ihrem Schatz tüchtig geprotzt haben. Doch sie hatte versprochen zu schweigen, noch jedenfalls, bis nach der Krönungszeremonie, aber sie hatte es sich nicht nehmen lassen, die Kette offen zu tragen. Dies war ja schließlich nicht ausdrücklich durch den Pakt verboten. Geschwiegen hatte sie jedoch!

Die Frau lachte leise, als sie an das Gesicht des Gerbers dachte, allerdings regte sich in ihr auch ein unbehagliches Gefühl. Er war ein anständiger Mann, und sie mochte ihn wirklich gerne – als Freund, vielleicht den einzigen, den sie hatte, aber nicht als Mann. Er konnte ihr keinen Schmuck bieten, nicht einmal so einen feinen Met.

Der ernste Schneidergeselle hatte sich wenigstens nicht lumpen lassen, und es war nichts Unrechtes daran, das Kleid anzunehmen, obwohl sie den seibernden Nadelstichler verachtete. Diesem Kerl hätte sie vielleicht dennoch die Hand gereicht, sie wurde schließlich auch nicht jünger und schöner. Doch ob der sie wollte, wenn er sie näher kannte, das war eine andere, unsichere Angelegenheit. Schließlich war sie eine Frau mit Vergangenheit und hatte Qualitäten, die jenseits von Nadel und Faden lagen. Ach, Männer! Sie waren fast alle gleich, die wenigen zufriedenstellenden Ausnahmen selten.

Männer hatten schon immer eine Bedeutung in ihrem Leben gehabt, sie waren das Salz in der Suppe. Über diesen Gedanken mußte die Frau verhalten lächeln. Sie nahm sie, wie sie kamen, und ließ sich von den Männern nehmen. Sprangen noch einige Münzen oder Geschenke dabei heraus, um so besser. Gab es nichts, nun, hatte sie wenigstens Spaß gehabt.

Dann war da noch der seltsame alte Kerl, der sich als Hofnarr ausgab und der sich seit einiger Zeit am Komp herumtrieb. Ihm waren fast die Augen aus dem Kopf gefallen, als er ihren wertvollen Schmuck sah. Ganz traurig hatte er sie angeschaut, nicht neidisch. Ein undurchdringlicher Kerl – womöglich lauerte er trotzdem hinter der nächsten Ecke, um sie zu berauben.

Schaudernd beschleunigte die Frau ihre Schritte. Ihre Holzpantinen klapperten auf dem unebenen Pflaster. Sie spürte die Nähe eines anderen Menschen.

»So warte doch.«

Sie drehte sich nervös um und ließ die Kette mit einer geübten Drehbewegung aus dem Handgelenk unauffällig in ihren Umhang fallen. Dann erkannte sie die Gestalt und seufzte erleichtert: »Ach, Ihr seid es! Ich fürchtete schon, Ihr wäret jemand, der mir Übles wollte! Ich hätte es mir denken können, daß ich nicht ohne Schutz bleiben soll. Reicht mir Euren Arm.«

Als die Glocken zur Laudes schlugen, kamen drei Zecher die Großkölnstraße entlanggetorkelt. Sie hatten schon etliche Krüge geleert und waren unterwegs zu einem vergnüglichen Ort, an dem sie sich weiteres Bier versprachen. Ein zwielichtiger, rotgesichtiger Bursche beugte sich schwankend zu der liegenden Gestalt in der Gosse und trat ihr in die Seite.

»He, du! Kein Grund, nun schon schlappzumachen. Kotz dich aus, dann geht es weiter. Jetzt geht der Spaß doch erst richtig los«, lallte er und holte zu einem weiteren Tritt aus. Seine Gefährten lachten benebelt, und ein ganz Vorwitziger hob seinen halbvollen Humpen Starkbier und kippte den Inhalt auf das Ohr des reglosen Bündels.

»Steh auf! Kannst mit uns gehen!«

»Spinnst du! Laß den Kerl liegen, dann bleibt mehr für uns!«

Der Rotgesichtige wurde von den Saufkumpanen an der Schulter zurückgerissen. Johlend zogen die Zecher weiter und vergaßen das Bündel sofort.

Das verschüttete Bier mischte sich mit Blut und verrann zwischen den grauen Pflastersteinen.

Kapitel 1

Franziska wog den ledernen Geldbeutel in ihrer Hand und fühlte sich dabei recht unwohl. Die scheppernden Münzen gehörten Meister Ensbert Schnidder, der sie mit finsterer Miene anschaute. Insgeheim fragte sich die junge Frau, was hinter der gerunzelten Stirn vorgehen mochte, und trat von einem Fuß auf den anderen. Nichts wünschte sie sich mehr, als rasch die ungemütliche Stube verlassen zu können, doch darauf war nicht schnell zu hoffen.

»Ihr wißt, worauf es mir ankommt?« fragte der Meister zum wiederholten Male.

Franziska seufzte leise und leierte die Anweisungen erneut ungeduldig hinunter, ohne dabei unhöflich zu wirken.

»Ich werde auf dem Markt nur das Beste einkaufen. Einzig Zutaten, die den höchsten Ansprüchen genügen und auch den verwöhntesten Gaumen zu Lobreden hinreißen.« Mit einem Hauch von Aufsässigkeit fügte sie hinzu: »Die Speisenfolge ist längst erdacht, auch unter Berücksichtigung der Lagermöglichkeiten, und ich habe mir notiert, was ich benötige.«

»Zum kleinsten Preis, wohlgemerkt!« betonte der Meister mit erhobenem Finger. »Kauft nicht das erste, was Ihr seht, sondern vergleicht sorgsam die Preise. Es sind immerhin meine Münzen, die Ihr ausgebt. Vergeßt das nicht! Ich werde die Rechnungen einer gründlichen Prüfung unterziehen. Laßt Euch besser erst gar nicht in den Sinn kommen, auch nur eine Obole für Euch selbst abzuzweigen.«

Franziska merkte, wie ihr die Zornesröte ins Gesicht stieg, und ärgerte sich nicht zum ersten Mal darüber, das Angebot des Meisters, für ihn zu arbeiten, angenommen zu haben. Es war eine grobe Frechheit, sie so zu behandeln und ihr diebische Absichten zu unterstellen. In ihren Gedanken spielte Franziska eine Situation durch, in die sie allerdings unverschuldet geraten könnte.

Die Krönungsfeierlichkeiten standen bevor, und viele Menschen waren in die Stadt gekommen. Zweifellos würden sich auch zahlreiche Beutelschneider darunter befinden. Was, wenn sie bestohlen werden würde? Mit einem verhaltenen Seitenblick schaute Franziska zu Meister Schnidder hinüber. Nie und nimmer würde er ihr dies glauben, obwohl sie hervorragende Referenzen ihrer früheren Dienstgeber vorweisen konnte. Der Umstand, daß Meister Grever so rühmlich Franziskas Kochkunst würdigte, war der Grund ihrer Einstellung bei Meister Schnidder gewesen.

Der schwere Beutel zog Franziskas Arm hinunter. Fünfzehn Goldgulden befanden sich darin. Wahrlich ein Vermögen. Zweiundfünfzig und eine halbe Mark oder sechshundertdreißig Schillinge, die wiederum über fünfzehntausend Obolen entsprachen, rechnete Franziska in die kleinere Währung um, die ihr weitaus geläufiger war. Sie erschauderte. So viel Geld! Und alles lag in ihrer Verantwortung.

»Weshalb kann ich nicht alle Waren ordern? Ich kenne redliche Händler, die mein Vertrauen genießen. Ihr nehmt die Ware hier an, prüft sie und zahlt, was sie wert sind. Bis dahin sind die Münzen bei Euch in Sicherheit«, schlug sie vor, doch ihre Anregung fand keine Zustimmung.

Schnidder winkte knapp ab und stieß sein spitzes Kinn vor. »Seid Ihr oder bin ich hier die Köchin? Ha! Beim Anblick der Münzen werden die Händler schneller weich in den Knien, merkt Euch diesen Ratschlag! Zwar werden sie versuchen, den Preis zu heben, aber das Blinken wird sie dazu bringen, einen raschen Handel abzuschließen. So und nicht anders funktioniert das harte Geschäft. Wer will mir garantieren, daß die Ware auch die ist, die Ihr gewählt habt? Möhren und Lauch sind nichts für einen Mann wie mich. O Himmel, es ist mir ein Greuel, einer fremden Frau vertrauen zu müssen, aber ich kann mich nicht um alles kümmern. Schließlich sollt Ihr Euch Euren Lohn auch erarbeiten. Noch habt Ihr nichts weiter getan, als in allen Schränken zu wühlen und kleine Notizen auf Wachstäfelchen zu kritzeln.«

Sowie gründlich aufgeräumt und Unbrauchbares ausgemistet, die Messer geschliffen, die Bedingungen der Lieferverträge mit einem Weinlieferanten und die Biereinkäufe mit einer geschäftstüchtigen Nonne vom Theresienkloster ausgefochten, den Boden gescheuert und noch einiges mehr, fügte Franziska stumm hinzu. Sie versuchte es mit einem Kompromiß.

»Ihr erwartet mindestens zehn anspruchsvolle Gäste. Laßt mich wenigstens die schlichten Nahrungsmittel bestellen und anliefern. Ich werde ein besonderes Augenmerk auf die Spezialitäten haben und sie selbst beschaffen.«

»Darauf lasse ich mich nur ein, wenn sich die Mühe lohnt und Ihr die dann übrige Zeit nicht für Vergnügungen nutzt.«

Die kleinen geröteten Augen des Meisters blinzelten sie herablassend an, und er schniefte laut, als hätte er sich erkältet.

Franziska straffte sich, um eindrucksvoller zu erscheinen, überlegte es sich aber anders und schluckte die scharfe Erwiderung hinunter, die ihr auf der Zunge lag. Schließlich wollte sie es sich nicht mit dem Mann verderben, der ihre weiteren Referenzen schreiben sollte. Würden sie schlecht ausfallen, stände ihre Zukunft in einem trüben Licht. Dennoch muckte sie ein wenig auf.

»Ich habe die Schränke in der Küche durchgeschaut,

nach dem Geschirr, den Töpfen, den Pfannen sowie nach den Rührgeräten gesehen und bin damit längst nicht fertig. Sie sind mein Handwerkszeug und müssen einwandfrei sein. Meine Einkaufsnotizen sind das A und O des Speiseplans und ersparen, peinlich eingehalten, sogar Geld.«

Des Redens müde, winkte der hagere Meister ab und stand von seinem Schreibpult auf. Wie es sehr großgewachsenen Männern oft zu eigen war, ging er leicht nach vorn gebeugt und mit hängenden Schultern. Er bedeutete Franziska mit einer abfälligen Geste, den Raum zu verlassen.

»Der Markt wird nicht auf Euch warten!«

»Herr, ich werde auch die Spezialitäten nicht allein tragen können. Wen könnt Ihr bis zum Mittag entbehren?«

»Wen schon? Die Suse soll mitgehen, und fragt im Stall den Deterich, ob er den Knecht mitschicken kann, aber trödelt nicht herum und gafft. Zeit ist Geld, hört Ihr!«

Franziska nickte dem Meister zu und schickte ein halbherziges »Danke, Herr« hinterdrein.

Die dicke Suse, der man beim Gehen die Schuhe flicken konnte, sollte sich also anschließen. Träge oder gar faul war die blutjunge Magd nicht, nur sehr behäbig, sowohl im Denken als auch – schlimmer noch – in ihrem Handeln. Allerdings war sie allemal angenehmer zu ertragen als Maria, die Haushälterin. Bei zwei Bediensteten war die Auswahl nicht üppig, und Franziska hatte keinen Grund zur Verdrossenheit. Zu Suses morgendlichen Aufgaben gehörte die Gartenarbeit, und da konnte Franziska sie vom Haus aus dort sehen. Das Mädchen rückte nicht nur den Johannisbeeren zuleibe, sondern nahm sich auch der reifen Früchte des nachbarlichen Brombeerstrauches an, dessen Äste auf den Grund des Meisters ragten. Mit unendlicher Geduld klaubte sie eine Beere auseinander, bevor sie zwischen den Lippen verschwand.

Franziska entschloß sich, die Weidenkörbe im Vorbeigehen zusammenzusuchen. Diese Aufgabe Suse zu überlassen würde sie viel zu lange unnötig aufhalten.

Außerhalb der Küche kannte Franziska sich noch nicht gut in dem Haushalt aus. Derweil sie in der überfüllten Abstellkammer kramte, dachte sie über ihren neuen Dienstherrn nach. Über Meister Schnidder erzählte man sich in den Gassen allerlei, einiges davon war widersprüchlich, andere Gerüchte deckten sich. Es hieß, er stamme aus ärmlichen Verhältnissen. Sein Elternhaus stand in der Kompgasse, dort, wo die Lederwalker arbeiteten.

Aufgrund der Krönungsfeiern hieß die schmuddelige Hauptgasse des Viertels nun hochtrabend Komphausbadstraße. Derjenige, der die Namensänderung veranlaßt hatte, mußte über einen kapriziösen Humor verfügen. Baden würde ein anständiger Bürger, der etwas auf sich hielt, dort niemals. Nicht an einem Ort, wo es nach Gerbsäure und süßlicher Fäulnis stank, denn am Ende stand ernsthaft zu befürchten, mit einem schlimmeren Körpergeruch, als einem zuvor anhaftete, das Bad zu verlassen.

Das Viertel blieb verrufen, daran änderte auch der hochtrabende Name nichts. Als Lehrjunge hatte Ensbert Schnidder das sagenhaft seltene Glück, eine Anstellung außerhalb des Komp zu finden. Mit Ehrgeiz, eiserner Disziplin und geradezu fanatischem Fleiß erarbeitete er sich einen führenden Ruf unter den Meistern der Tuchhändler. Gerne betonte er seinen Erfolg, und selbst die Neider unter den Kaufleuten mußten zugestehen, daß er sich verdient bis zur Spitze hochgearbeitet hatte. Meister Schnidder lieferte nur die hochwertigsten Tuche und achtete sorgfältig auf eine korrekte Abwicklung des Handels, gleichgültig, ob es sich um kleine Werkstätten oder Adelshäuser handelte. Trotzdem blieb er bei den alteingesessenen Händlern immer nur der Emporkömmling. Sein Erfolg forderte einen weiteren

Tribut: Für ein Weib oder gar eine Familie war ihm keine Zeit geblieben. Hätte er sich allerdings mit seinen fast fünfzig Jahren noch auf Freiersfüße begeben, wäre er gewiß nicht lange alleine geblieben. Es gab kaum einen reichen Mann, dessen körperliche oder geistige Unzulänglichkeiten nicht von seinen Münzen kaschiert wurden.

Aachen wäre nicht Aachen gewesen, wenn böse Zungen dieses Thema nicht ausgiebig ausgeschöpft hätten. Der knochige Meister, den man nie lachen sah, sei geizig wie der Teufel, sagte man ihm nach. Nie würde er eine Münze ohne angemessene Gegenleistung ausgeben, so wie der Teufel keine Seele freigäbe, derer er habhaft geworden war.

Franziska fand etwas Wahres daran, nun, wo sie den Meister kennengelernt hatte. So war es auch keine Großherzigkeit, die Meister Schnidder dazu bewog, für ungefähr vierzig Leute aus dem kaiserlichen Hofstaat ein Quartier zu stellen. Zehn im Haus, plus dreißig Landsknechte im Stall. Für die sollte es allerdings nur Brei geben und die Reste, die nicht aufzuwärmen wären.

Geiz und Ehrgeiz – damit war Schnidder in zwei Worten trefflich zu charakterisieren.

Franziska hatte genau gesehen, über welche Pergamente sich der Meister gebeugt hatte, und ein Schmunzeln huschte über ihr sonnengebräuntes, hübsches Gesicht. Sie stellte sich auf die Zehenspitzen und zog an mehreren verbeulten Weidenkörben, die auf einem Ablagebrett standen.

Kapitel 2

»Endlich ist dieses fordernde Frauenzimmer fort! Früher waren die Dienstboten im wahrsten Sinne des Wortes dienlich. Sie nahmen die Anweisungen entgegen, wiederholten sie wortgetreu, so, wie ich es auch noch gelernt habe, und verschwanden ohne Lamento, um sie zu erledigen«, klagte Meister Schnidder laut einer uninteressierten Taube, die auf dem Fenstersims hockte. Dann wedelte er ungeduldig mit der Hand und schloß das Fenster heftiger, als es nötig war. Die wertvollen Glasscheiben erzitterten, und magisch angezogen blieb er noch einen Moment lang am Fenster stehen.

Er seufzte.

Die Sitten verfielen. Trotz der Herrgottsfrühe zogen Betrunkene, laut unsinniges Zeug diskutierend und sich gegenseitig stützend, durch die Mostardgasse in Richtung Neupforte. Angewidert rümpfte Meister Schnidder die Nase und kehrte dem Fenster den Rücken. Zechen schlechthin war ihm verhaßt, nicht, weil er einen edlen Tropfen nicht zu schätzen wußte, o nein, sein Gaumen konnte sich sehr wohl an gutem Wein erfreuen, aber spätestens wenn die Blase drückte und er die Brühe, die sein Körper ausschied, betrachtete, reute ihn jeder Schilling, der in die Latrine floß und im Sand versickerte.

In zwei Tagen würde das kaiserliche Gefolge eintreffen. Hoffentlich hatte ihn der Grever nicht übers Ohr gehauen, indem er ihm diese Köchin empfahl. Durch Erfahrung erworbenes Mißtrauen durchzuckte erneut Meister Schnidders Gedanken. Gute, erfahrene Köchinnen hatten nun mal für ihn alt und korpulent zu sein, doch diese Frau Franziska entsprach dem genauen Gegenteil. Dünn war sie und auch nicht alt. Zugegeben: Sie wirkte kraftvoll, gesund, war nicht begriffsstutzig und hatte sogar der lahmen Suse schon Beine gemacht. Seltsam, verheiratet war sie nicht, obgleich sie nicht übel aussah. Geradezu feindselig hatte sie die Frage verneint. Aber mal ehrlich, wer wollte solch ein vorlautes Weib?

Mit einem Lächeln ließ er sich nieder und betrachtete mit liebevoller Hingabe die Pergamente, auf denen alle

Wappen der Gäste verzeichnet waren, die Kaiser Karl zum Feste lud. Fast zärtlich zog er mit dem gichtigen Zeigefinger die Linien nach. Da war das stolze Wappen derer von Jülich, das Farbenfrohe der Brandenburger, der Markgrafen von Meissen, derer von Bayern und Sachsen ... Mit heimlicher Freude holte Meister Schnidder ein neues Pergament hervor, griff nach der gespitzten Taubenfeder und begann, schwungvoll zu zeichnen.

Keine Frage, bald war seine Zeit gekommen: Er würde die hoheitlichen Vasallen fürstlich bewirten. Ohne Zweifel würden sie ein gutes Wort bei dem herrschenden Kaiser Karl IV. für ihn einlegen. Man würde nicht umhin können, den Untertanen Meister Schnidder wohlwollend zu beachten. Ein feudaler Hofstaat verschlang unendlich viele Münzen.

Und Münzen hatte er! gratulierte Schnidder sich selbst.

Welches Wappen sollte er für sich wählen, wenn man ihn bald aus Dankbarkeit in den Adelsstand erheben würde? Ganz bescheiden würde er sich geben, wenn man ihn berief, und niemand würde bemerken, wie sehr es ihm nach dieser Ehre dürstete. Meister Schnidder hatte viel Zeit darin investiert, herauszufinden, von welcher Art Peter Jaurenus, der kaiserliche Kämmerer, war. Allerdings ließ sich Jaurenus abschirmen, als sei er der Kaiser höchstselbst. So war Schnidder darauf angewiesen, den gewisperten Meinungen anderer zu lauschen. Ein korrekter Mann, sagten manche, andere behaupteten das Gegenteil, und einer flüsterte tatsächlich von einem düsteren Geheimnis, das den Kämmerer umgab.

Diese Informationen waren für die Katz! Sollte die Bewirtung allein ihm keinen Vorteil bringen, wäre Schnidder sogar geneigt, mit klirrender Münze ein wenig nachzuhelfen. Dafür mußte der Kämmerer offene Ohren haben!

Fast brach der feine Federkiel unter den eifrigen Fingern,

die kunstvolle Bahnen auf das Pergament kratzten. Bald würde der Meister Schnidder der Vergangenheit angehören. Graf Ensbert von Schnidder, Fürst Ensbert zu Schnidder … Freiherr Schnidder. Tonlos übte der Meister den Klang der anzunehmenden Titel, was ihm große Freude bereitete.

Dann aber legte er die Pergamente fort und widmete sich seinem zweitgrößten Anliegen. Man mußte ja Vorsorge treffen.

Kapitel 3

Schnaufend richtete sich Suse auf und streifte den schmutzigen Rock über ihre runden Waden. Hatte sie nicht eben ihren Namen gehört? Zunächst stellte sie die Schütte ab, in die sie bis gerade noch reife Johannisbeeren gepflückt hatte. Gewissenhaft rückte die Magd ihr Kopftuch zurecht, was bei ihrer üppigen, strohfarbenen Lockenpracht nicht einfach war, und sah sich um.

»Suse! Los! Wasch dir die Hände! Wir gehen in den Stall, holen noch einen Helfer, und dann besuchen wir den Markt. Mach rasch!«

Die neue Köchin stand am Rande des schattigen Beetes und winkte mit Nachdruck. Die Neue und nicht Maria, freute sich Suse aufrichtig und schaute genauer hin. Franziska trug einen braunen Rock, ein verblichenes helles Hemd, darüber eine grobe Weste und ein farblich dazu passendes Haartuch. Um die schmale Taille saß ein breiter, abgewetzter Ledergurt, an dem ein gebräuchlicher Handbeutel befestigt war.

Der Beutel war schwer gefüllt, bemerkte Suse, die Eisenschließe des Gurtes war stark belastet. Das freundliche Gesicht der Köchin drückte Aufregung aus, von der sich Suse nur zu gerne anstecken ließ. Endlich wieder einmal in die Stadt zu kommen – allein der Gedanke ließ sie frohlocken. Für eine Magd wie sie bedeutete dies weitaus mehr, als sich Franziska vorstellen konnte. Es ging nicht allein darum, durch die Gassen zu gehen, dies machte Suse häufiger bei Botengängen für Meister Schnidder. Doch sie hatte den beißenden Spott der jungen, nichtsnutzigen Männer kennengelernt, die immer in Gruppen an irgendwelchen Ecken herumlungerten und nach Opfern ausschauten, über die sie herziehen konnten.

Suse war ein solches Opfer.

Die Magd konnte sich einfach nicht mit Worten wehren. Viel zu spät, wenn sie lange genug darüber nachgedacht hatte, fielen ihr freche Erwiderungen auf die gemeinen Zoten ein. Sobald sie nun diese Burschen sah, senkte sie demütig den Kopf und wischte später verstohlen die brennenden Tränen fort. Der unverhohlene Hohn, den sie vorgab nicht zu hören, brannte schlimme Male in ihre arme Seele. Diesmal aber würde sie in Begleitung gehen, und ganz sicher würde niemand wagen, über sie zu lästern!

So geschwind wie möglich ging Suse zu dem Wasserzuber und wusch sich den roten Beerensaft von den Händen und Mund. Dann setzte sie sich nieder und kratzte mit einem Stöckchen den Lehmboden von ihren Schuhen.

»Ich warte vor der Tür auf dich, Suse. Verplempere die Zeit nicht! Sei so gut und nimm die beiden Körbe, die noch in der Küche stehen. Wir haben heute viel vor«, rief Franziska und schickte sich an, im Haus zu verschwinden, um an der Frontseite auf die Gasse zu treten.

Die Mostardgasse war belebter denn je, stellte Franziska fest. Arme wie offenkundig Reiche, Tagediebe, Adlige, Handwerker, Zecher und auch eine Gruppe Beginen durchschritten die sonnendurchflutete Gasse – letztere allerdings in einem angemessenen Schritt und mit gesenkten Häuptern, die Arme vor der Brust verschränkt und in grauem

Linnen gewandet. Eine einzige von ihnen hielt den Kopf erhoben. Franziska lächelte sie an, und die Frau lächelte fröhlich zurück.

Es mußte einfach ein guter Tag werden. Die Unterredung mit dem knöchernen Meister Schnidder würde sie schlicht aus der Erinnerung streichen.

Franziska huschte die steinernen Treppenstufen wieder hoch und vernahm das unverwechselbare Türknirschen des Nachbarhauses. Alsbald schaute eine der Witwen Knauff heraus. Franziska grüßte freundlich, obgleich sie nicht auf Anhieb wußte, welche der beiden Schwestern sie vor sich sah. Die zwei sahen sich so verflixt ähnlich. Beide waren verhutzelte, kleine Frauen, die stets nur schwarze Gewänder trugen. Angela oder Agnes?

Agnes, die unwesentlich Ältere, stand an der Tür. Franziska war nun nah genug, um das kleine Muttermal auf dem spitzen, mit schwarzen Haaren bewachsenen Kinn entdecken zu können. Die Witwe war seltsam bleich, fast wachsgleich, und die ansonsten vergnügten Augen funkelten geradezu ängstlich in das Innere ihres Hauses. Der erste Satz, den sie über die Schulter rief, klang voller drängender Ungeduld.

»Bist du fertig, Angela? Wir wollen doch nicht den ganzen Tag hier verbringen. Es ist immer dasselbe mit dir. Was machst du denn da noch?« Als sie ihre Nachbarin bemerkte, schlug sie zusammenzuckend ihre Hand vor den Mund. »Oh! Guten Morgen, Frau Franziska, entschuldigt bitte meine Unhöflichkeit.«

»Ebenfalls einen guten Morgen. Ihr seid früh unterwegs heute.«

»Ich habe, nein, wir haben eine weitere schreckliche Nacht hinter uns. Wir wollen, wenn meine Schwester endlich fertig wird, zur Kirche St. Foillan, da können wir auf tröstliche Seelsorge hoffen, besser als in unserem Münster.

Diese Fremden nehmen überhand und belagern geradezu unsere Kirche. Andauernd wird man angesprochen. Wo ist dies, wo ist das und wo jenes zu finden? Von den absonderlichen Dialekten verstehe ich so gut wie nichts! Mit Händen und Füßen muß man alles erklären, und so mancher finstere Gesell ist gekleidet wie ein Weib. Nie und nimmer sind das Christen!« wetterte Agnes drauflos.

»Andere Länder, andere Sitten! Übt Euch ein wenig in Langmut. Diese Fremden sorgen für einen schwunghaften Handel. Die Gasthäuser sind ausgebucht, und der Markt ist so reichhaltig bestückt wie nie zuvor. Die Geldtruhen der Stadt füllen sich wie von selbst. Viele Menschen haben eine Arbeit gefunden und müssen nicht mehr um Almosen betteln. Außerdem verschwinden die Besucher ja auch bald wieder«, beschwichtigte Franziska nachsichtig lächelnd die sichtlich aufgebrachte Nachbarin und lenkte das Gespräch in eine andere Bahn. Angela rumorte im Haus. »Aber weshalb habt Ihr üble Nächte, Frau Knauff? Der Mond ist nicht rund, er kann es nicht verschuldet haben. Die große Hitze, die uns in den letzten Tagen plagte, hat sich verzogen. Nahmt Ihr vielleicht schwere Speisen vor der Nacht zu Euch?«

Zögernd trat die kleine Witwe über die Schwelle. Sie hielt mit spitzen Fingern das wollene Schultertuch zusammengerafft und schwang einen knorrigen Gehstock. Sich umspähend und voller Heimlichtuerei, trat sie auf ihre Nachbarin zu und winkte ihr. Franziska, obwohl selbst nicht groß, mußte sich hinunterbeugen, um die gewisperten Worte verstehen zu können.

»Erzählt es, um aller Heiligen willen, nicht weiter: Bei uns geht der Spuk um! Gar schrecklich rasselte er in der letzten Nacht. Bislang gab sich der Geist damit zufrieden, mit Schindeln auf dem Dachboden zu werfen oder, ich kann es kaum aussprechen, richtig … lustvoll zu stöhnen.

Gruselig! Wir schlafen schon längere Zeit unruhig. Bisher konnten wir uns leidlich gut mit Wachskügelchen behelfen, die wir uns in die Ohren stopften, aber gegen dieses höllische Gerassel kommen wir nicht an. Warum nur sucht er uns gottgefällige Frauen auf? Ich habe ja nicht so viel Angst wie Angela. Die Arme dreht bald durch, und mich macht ihr Zähneklappern irre. Ich fürchte um meinen Verstand.«

Gerne hätte Franziska noch einiges gefragt, doch zum einen trat die Witwe Angela grüßend aus dem Flur, woraufhin Agnes verstummte. Die Schwestern machten sich, miteinander zankend, auf den Weg. Zum anderen stand ein älterer Mann vor dem Haus. Er suchte etwas, denn seine Augen wanderten aufmerksam zwischen den Giebeln hin und her.

Der Mann hatte bestimmt schon bessere Zeiten gesehen oder aber eine weite Reise hinter sich. Die dünne Kleidung schlotterte an ihm herab, und ein schweres Bündel aus braunem Sackleinen hing über seine eckige Schulter.

Franziska wollte gerade nach Suse rufen, als der Mann sie mit fester Stimme anredete. »Verzeiht, edle Dame, wenn ich Euch anspreche. Ist dies das Haus des Meister Schnidder? Die Wegbeschreibung, die ich erhielt, ist leider nicht sehr genau.«

Umgangsformen hat er jedenfalls, dachte Franziska überrascht und fühlte sich ein weiteres Mal in ihrer Meinung bestätigt, die sie vehement in ihren Kreisen vertrat: Man sollte Menschen nicht nur nach dem Äußeren beurteilen.

»Ja, Herr, wenn Ihr bei Meister Schnidder, dem Tuchkaufmann, vorsprechen wollt, dann habt Ihr Euer Ziel gefunden.«

Da sie sich unsicher fühlte, Köchinnen waren schließlich keine Empfangsdamen, fragte sie: »Soll ich Euch melden lassen, Herr …?«

Suse könnte dies übernehmen, und wie auf ein stummes Kommando hin erschien sie, bepackt mit den Körben, auf der Schwelle. Der Mann neigte beflissen den Kopf.

»Wenn der Meister so ist, wie man es mir bedeutete, dann würde ich gern nur meine Habe unterstellen. Man sagte mir, der Herr sei auf Genauigkeit aus. Ich bin erst für heute abend gemeldet. Joslin ist mein Name, ich bin der Narr.«

Es folgte eine halbwegs galante Verbeugung, die gewiß vor zwanzig Jahren die Herzen vieler Damen hätte schmelzen lassen, doch nun hatten die steifen Knochen der Eleganz etwas Glanz genommen. Herr Joslin unterlag einem offensichtlichen Irrtum, den Franziska rasch korrigierte.

»Oh, ich bin nicht die Meisterin Schnidder, auch wenn ich die Vordertür benutze. Ich bin die Köchin, auf dem Weg zum Markt. Und sie hier ist Suse, die mich begleiten wird.«

Mit offener Hand deutete sie auf die junge Magd, die das Gespräch mit unverhohlenem Interesse verfolgte. Franziska hielt Joslin die Tür auf und wies ihm den Weg in die Küche.

»Wenn es Euch recht ist, dann stellt Euer Gepäck gleich hier vorne ab und begleitet uns, nachdem Ihr Euch erfrischt habt. Ihr mögt doch einen kühlen Trunk, nicht wahr?«

Joslin nickte. »Ich habe das Gefühl, als könnte nicht einmal eine Quelle meinen Durst stillen.«

Dankbar nahm er den Becher entgegen und sah sich aufmerksam um. Sein Blick blieb an den bunten Kräutersträußchen hängen, die Franziska unter den großen Balken zum Trocken aufgehängt hatte.

»In einem so schönen Haus habe ich lange nicht mehr gespielt.«

»Und ich nicht mehr gekocht.«

»Ist es ein guter Ort?«

»Wenn man den Meister zufriedenstellt, dann schon. Er hat einige Eigenheiten, aber wer hat die nicht?«

»Die Eure glaube ich zu kennen.« Joslin lachte und prostete ihr zu.

»Ach, herrje! Ihr müßt mich für unbändig neugierig halten, weil ich Euch die ganze Zeit anstarre. Entschuldigt, aber ich habe noch nie einen Spielmann kennengelernt. Schon als Kind war es eines meiner liebsten Vergnügen, bei jeder Gelegenheit den Possen zuzusehen. Einige Tricks habe ich bis heute nicht enträtselt.«

Joslin nickte anerkennend. »Dann waren die Spielleute auch wirklich gut.«

Franziska schenkte den Becher erneut voll und strahlte wie ein kleines Mädchen. Sie wartete, bis der Gast ausgetrunken hatte. »Wenn ich Euch inständig bitte, würdet Ihr mir beizeiten ein paar kleine Kunststücke vorführen?«

»Natürlich, aber die Tricks verrate ich Euch natürlich nicht.«

»Dann wäret Ihr ja auch ein schlechter Gaukler, nicht wahr? Kommt, der Meister ist beschäftigt, und Ihr könnt ihm später Eure Aufwartung machen. Wir holen noch einen Knecht, und dann erobern wir den Marktplatz.«

Stallknecht Deterich machte keine Schwierigkeiten und gab dem Trio einen Burschen mit. Er sei neu und könne nicht ohne Anleitung arbeiten, aber schleppen werde er auch ohne Ausbildung, meinte der Stallknecht und rief einen jungen Mann heran, den er als Hans vorstellte.

Hans war ein stattlicher Kerl mit breiten Schultern und weizenblondem Haar, einem runden Gesicht und dem verträumten Ausdruck eines Kindes. Er hatte sich noch nicht lange genug im Stall aufgehalten, um den Geruch des Pferdedungs anzunehmen, registrierte Franziska.

Es begab sich ohne ihr Zutun, daß Franziska und Joslin vorangingen und Hans mit Suse an seiner Seite folgte. Franziska war nicht entgangen, wie sehr sich die Magd darüber freute, durch die Stadt zu schlendern. Immer wieder blieb Suse ein wenig zurück, zupfte an ihrer Haube oder nestelte an ihrem Schuhwerk. Hans blieb bei ihr und nahm dem Mädchen die Körbe ab.

Suse versuchte, für ihre Mitmenschen den Anschein zu erwecken, alleine mit dem ansehnlichen Knecht unterwegs zu sein. Nun sollten die Gecken nur wagen, sie zu verlachen. Keiner würde sich dies trauen! Schüchtern versuchte Hans ein Gespräch über das sonnige Wetter, ein unverfängliches Thema, auf das Suse mit zurückhaltender Begeisterung einging. Noch nie zuvor hatte sie jemand gefragt, was sie vom Wetter hielt!

Joslin und Franziska bemerkten das nicht. Zu sehr waren sie selbst in eine interessante Unterhaltung vertieft. Gegenseitige spontane Sympathie beflügelte den regen Austausch trotz des beachtlichen Altersunterschiedes, der sie trennte. Franziska schätzte Joslin auf über fünfzig Jahre, also fast doppelt so alt wie sie selbst.

Seine wenigen verbliebenen Haare standen in alle Himmelsrichtungen ab. Zahlreiche Lachfältchen, die seine hellen Augen umgaben, standen in einem krassen Gegensatz zu den beiden tiefen Sorgenfurchen um seinen Mund. Mit einem Umhang und einer Guggelkapuze, die er in den Nacken geschoben hatte, war er praktisch gewandet. Wie Franziska nun sah, war seine Kleidung von guter Qualität, nur staubig und viel zu weit. Von kundiger Hand ausgebessert und gewaschen, würde sich seine Erscheinung verbessern. Joslin trug, bis auf einen schmalen Bronzering am linken Zeigefinger, keinen schmückenden Tand.

Er stammte aus Köln und hatte dort lange Jahre als Unterhalter gearbeitet, aber nun hatte er seiner Heimatstadt den Rücken gekehrt und sich auf die Reise begeben.

»Ich habe Aachen noch nie verlassen. Erzählt mir bitte von der Welt, die hinter den Stadtmauern liegt«, sagte Franziska.

»Was wollt Ihr wissen?«

»Einfach alles. Über die Gasthäuser. Über die Spezialitäten, die Märkte und ob in Köln viele wohlhabende Leute leben ...«

»Oh, es gibt vornehme Gegenden. Köln liegt direkt am Rhein. Der Fluß ist gigantisch. Man liebt und fürchtet ihn zugleich. Am Wasser zu leben ist zuweilen gefährlich, aber der Strom bringt auch Reichtum und Handel. Wir haben das Stapelrecht, so daß die edelsten Waren zuerst uns Kölnern angeboten werden. Nach drei Tagen dürfen die Händler sie anderweitig feilbieten. Die Gastwirtschaften in der Nähe des Hafens florieren. Besucher mögen übrigens sehr gerne einen aufgewärmten Erbsenmus, in dem fetter Speck und Würste gekocht sind.«

Köln mußte eine wundervolle Stadt sein, aber größer noch als Aachen? Das sollte man sich erst mal vorstellen können. Dabei war Aachen schon gewaltig und füllte mit seinen Häusern fast das gesamte Tal. Die Reise war nicht ungefährlich, die Wälder schier endlos und schwarz. Joslin war leibhaftigen Räubern entgangen, mußte Flüsse überwinden, doch all dem, was er zu erzählen hatte, gewann er einen heiteren Teil ab. Franziska hing an seinen Lippen und geriet bei der überschwenglichen Unterhaltung so in Fahrt, daß sie sich alsbald auf privates Terrain begab.

»Ein freundlicher Herr, wie Ihr es seid, hat doch bestimmt auch Familie in Köln. So ein Ereignis wie die Krönung feiert man nicht alle Tage! Ihr hättet Eure Gattin mitbringen sollen, es wäre die Strapazen sicherlich wert gewesen. Sie wird es nicht abwarten können, davon zu hören. Wir Frauen lieben solche Zeremonien! Unsereins bekommt nie wieder eine solche Gelegenheit, bunte Gewänder zu betrachten oder etwas zu erwerben, was eine weite Reise aus fernen Ländern hinter sich hat.

Ich habe mir auch schon einige schmückende Zierden

gemerkt, die mein einfaches Gewand vorteilhaft herausputzen könnten.«

»Das habt Ihr nicht nötig. Die feinste Zierde einer Frau ist ihre Herzensgüte, und mir scheint, damit seid Ihr gesegnet.«

»Mit einigen Bändern umwunden, ist sie noch lieblicher anzusehen. Wenn Ihr wollt, dann zeige ich Euch einen Stand, an dem Ihr gute Ware erwerben könnt. Die Beschenkte wird lange Freude daran haben.«

Joslin wollte anscheinend nicht über seine Gattin reden, und Franziska war nicht so begriffsstutzig, als daß sie es nicht bemerkt hätte. Er sah an sich hinunter und grinste schelmisch. »Ich fürchte, bei mir reichen ein paar Bänder nicht aus, um wieder ansehnlich zu werden. Glaubt jedoch nicht, ihr Frauen wäret die einzigen Wesen, die ihren Eitelkeiten nachgeben. Gefallsüchtige Kavaliere stopfen sich allerlei Liebeskräuter und Gemüse in die Hosen, in der Hoffnung, eine Frau würde ihnen sofort zu Willen sein.«

»So etwas gibt's?« Belustigt krauste Franziska die Nase. »Und ich dachte schon, die Herren hätten ein eher nahrhaftes Interesse an Kohlrabi und Rettichen. So denken manche Männer von uns Frauen? Und muten ihnen doch eine solch herbe Enttäuschung zu?«

»Die Damen müssen nicht hungern, dafür ist gesorgt. Die Geschmäcker sind halt verschieden. Was würde Euch an einem Mann gefallen?«

»Das ist eine sehr persönliche Frage, doch ist die Antwort kein Geheimnis. Es ist das Herz, welches entscheidet.«

»Und die Vernunft?«

»Die Vernunft bleibt außen vor, was manchmal wirklich dumm ist und einen hohen Preis fordert. Na ja«, räumte sie nach einer kurzen Pause ein, »es mag auch Frauen geben, die sich nach Münzen orientieren. Aber da spreche ich nicht für mich. Warum fragt Ihr?«

»Ich bin alt geworden und habe immer noch nicht gelernt, Frauen zu verstehen.«

Die Unterhaltung drohte in eine merkwürdige Stimmung abzugleiten. Erleichtert streckte Franziska die Hand aus und wies auf das Ende der Gasse. »Wir sind am Ziel. Laßt uns warten, bis Suse und Hans aufschließen.«

Sie gingen nun langsamer, blieben zwischendurch stehen, um ein Auge auf die Auslage der Handelsstände zu werfen, die dem Marktplatz vorgelagert waren. Hier oben befand sich der Salzmarkt. Die Krämer waren von weit her angereist, wie man dem kehligen Sprachgewirr entnehmen konnte. Laut priesen sie ihre Angebote und verwiesen auf klein gemahlene Krümel in Schalen, die zum Kosten einluden. Mit angefeuchtetem Finger stippte Franziska in das wertvolle Gut, rieb es und versuchte davon. Sie erwarb von einem bärtigen Riesen eine Schütte grobes Salz. Angeblich stammte es aus dem atlantischen Meer, aber das würde dem Braten, den sie damit einreiben wollte, gleichgültig sein.

Joslin nahm Franziska den Sack ab und warf ihn sich über die Schulter. »Da paßt noch viel mehr hinein. Nun, von mir und meiner Stadt haben wir genug geredet. Bitte erzählt nun von Euch und von Aachen.«

Das Quartett hatte nur einen kurzen Weg über die Großkölnstraße hinter sich zu bringen. Franziska wunderte sich über sich selbst. So gerne und leicht erzählte sie für gewöhnlich nicht über ihr Leben, aber der Herr neben ihr wirkte überaus vertrauenswürdig. Außerdem würde er wie alle anderen Angereisten die Stadt bald wieder verlassen.

»Ich kann mir nicht vorstellen, irgendwo anders zu leben. Von klein an kenne ich die Winkel und Gassen. Jetzt, wo die Stadt stetig wächst, kommt Geld hinein, und ich profitiere von dem Reichtum.«

»Als Köchin bei Meister Schnidder?«

»Leihköchin, ein Umstand, den meine Mutter gutheißt, der aber meinem Vater als unschicklich erscheint. Mein Vater ist ein stadtbekannter Handwerker, der Tuchmacher Wyell.«

»Ihr könnt stolz auf Eure Herkunft sein.«

Diese Worte hatte Franziska schon zu oft gehört, daher fiel ihre Antwort nicht so gelassen aus. Einem Unbekannten jedoch konnte sie die Wahrheit unverblümt gestehen.

»Bin ich auch, aber es gibt auch viel Ärger. Man könnte wirklich glauben, Vater sei der einzige, der die Zunftregeln achtet. Andere haben längst erkannt, daß sich viel bessere Geschäfte machen lassen, wenn man die Tuche auch selbst zu Kleidungsstücken verarbeitet. Unsere Zünfte sind nach außen hin traditionell und streng, nach innen aber miefig und verstaubt, und unter der Decke wimmelt es nur so von gegenseitigem Gemauschel.«

»Glaubt nicht, daß es sich in anderen Städten nicht so verhält. Der Ruhm der Tuche ist dennoch über die Grenzen Aachens geachtet. Bis nach Flamen hinein und noch viel weiter, habe ich gehört.«

»Zum Glück sieht man ihnen nicht an, durch welch dunkle Kanäle sie geschoben werden. Doch Aachen hat noch sehr viel mehr zu bieten.«

Mit angewidertem Gesichtsausdruck stieg Franziska über einen Hundehaufen und wies zu den umliegenden Häusern. »Schaut Euch um, Herr Joslin, hier haben wir viele berühmte Bäder. Schon die Römer schätzten die Entspannung, die unsere warmen Heilquellen einem erschöpften Körper bieten können. Es gibt Ruinen, die es belegen. Auch die Seele findet eine schöngeistige Ablenkung.«

»Dessen kann sich nicht nur Aachen rühmen, auch Köln hat heilende Quellen. Doch sind da nicht alle Bäder gut angesehen.«

»Wir machen natürlich auch Unterschiede«, erklärte

Franziska. »Das Wasser ist immer gut, was man von den Badewirten indes nicht behaupten kann.« Sie schwenkte beide Körbe auf ihren Unterarm, um eine Hand fürs Aufzählen frei zu haben. Leicht schlug sie mit dem Zeigefinger auf den erhobenen Daumen. »Da haben wir zum einen das Kaiserbad, das ist sogar beheizt, aber nun, wo der Kaiser Karl seinen Sohn Wenzel und dessen Gattin Johanna von Bayern krönen läßt, soll das Bad künftig das Neue Königsbad genannt werden. Dann ist da das Coci-Bad. Der Herr Coci ist ein schrecklicher Angeber und schreibt täglich eine neue Tafel mit den Namen der Berühmtheiten, die seine Stätte aufgesucht haben. Den Gecken gefällt dies natürlich. Wir in Aachen sagen: Die Namen der Jecken stehen an allen Ecken, und das trifft auch zu. Einige Gastwirte nehmen sich den Herrn Coci zum Beispiel und lassen die Namenstafeln der Besucher bei den Beginen fertigen. Für die Frauen ein leicht erworbenes Zubrot und für die Wirte ein Gewinn, denn das lockt Gebildete an. Die sind gerne unter sich, in der Gastwirtschaft wie auch in den Bädern. Dabei gehört Herrn Coci das Bad nicht einmal selbst. Er muß wie alle anderen Pächter den Erbzins an die Pfalz zahlen.«

Mit einem Schnaufen machte Franziska deutlich, was sie davon hielt, holte dann Luft und fuhr mit der Aufzählung fort. »Des weiteren haben wir noch das Quirinusbad, klein, aber gesellig, peinlich sauber, gutes Essen. Das solltet Ihr aufsuchen, wenn Ihr Euch von den Reisestrapazen erholen wollt. Laßt Euch nicht in eines der Bäder am Komp schicken! Die Preise für diese …«

Ein schriller Schrei, unmittelbar vor ihnen, unterbrach Franziskas Belehrungen.

Ein Mädchen hatte den gellenden Ruf von sich gegeben. Die Kleine, eine schmuddelige, barfüßige Göre mit speckigen Haaren, deutete fassungslos auf eine ältere Frau, die bäuchlings in der Gosse lag. Die Hand des Mädchens war mit bräunlichen Flecken behaftet, die sie entsetzt anstarrte.

Das Kind hatte die Frau wohl für eine Betrunkene gehalten, die am Straßenrand ihren Rausch ausschlief. Nichts Ungewöhnliches. Für das arme Volk gab es nicht viele Möglichkeiten, sich zu betrinken. Bier und Wein gehörten zwar auf den täglichen Speiseplan wie Brot, wurden aber derart mit Wasser versetzt, daß man sich kaum daran berauschen konnte. Nun aber, wo die Krönungsfeierlichkeiten begonnen hatten, gab es so manchen puren Schoppen frei. So verlockt, trank der eine oder andere mehr, als er vertrug, und wurde als leichtes Opfer von Straßenkindern ausgeraubt. Diese Frau mochte vielleicht auch getrunken haben, jedenfalls roch sie nach reichlich Bier.

Wie magisch angezogen, trat Franziska näher, ließ aber Joslin an sich vorbei, der neben der Frau niederkniete und sie zu sich herumdrehte. Schillernde Fliegen stoben auf. Die Frau war tot. Der Körper stank furchtbar. In Vorahnung des Todes hatten die Schließmuskeln des Opfers versagt. Eine dunkle, blutige Linie um ihren Hals sah fast aus wie eine enge Halskette. Die Großkölnstraße war etwas abschüssig, und der Mörder hatte die Tote so liegengelassen, daß ihr Blutrinnsal von den eigenen Kleidern aufgesogen wurde, ohne unter ihrem Leib hinweg zu fließen. Die tödliche Halswunde hatte kaum geblutet.

»Sie hat sich doch tatsächlich im Todeskampf die Zunge abgebissen. Heilige Mutter Gottes«, rief jemand entsetzt aus der schnell anwachsenden Menge.

Die Frau mußte schon längere Zeit hier, inmitten aller vorbeieilenden Menschen liegen, denn das Blut um den Mund und auf dem Kinn war bereits getrocknet.

Franziska wurde übel, aber sie konnte den Blick nicht abwenden. Suse erging es ebenso. Hans hingegen erbrach sich, und einige Leute hoben kreischend zur Klage an. Eine dünne Stimme rief nach der Wache, und andere, kräftigere, fielen ein. Es wurde gestoßen und gedrängelt, um einen Blick zu erhaschen. Franziska schaute Joslin an, der die unbekannte Frau noch immer im Arm hielt. Sein schmerzverzerrtes Gesicht war schwer zu deuten. Als habe man ihm sein Herz aus der Brust gerissen, dachte Franziska flüchtig. Trotz des Schreckens hielt sie ihre Hand schützend über den Geldbeutel, aus Angst, bestohlen zu werden.

Die Tote war gewiß einmal hübsch gewesen, auch wenn ihr Gesicht nun entstellt wirkte. Die Haube war zum Hinterkopf verrutscht, und darunter kam ergrautes, aber sorgfältig geflochtenes Haar zum Vorschein. Vor Grauen weit aufgerissene blaue Augen starrten gebrochen zu den Wolken empor. Fast zärtlich drückte Joslin die Lider über die toten Augäpfel und zitterte leicht, als spüre er den Hauch des Todes als einen eisigen Windstoß auf seiner eigenen Haut.

Der Narr schlug ein Kreuzzeichen über die Frau und senkte betroffen den Kopf.

Still hielt Joslin die Ermordete, bis die Stadtwache eintraf. Behutsam, so als fürchtete er, ihr weitere Schmerzen zuzufügen, überließ er die Tote nur widerstrebend den Uniformierten. Dann steckte er die Fäuste in die Tasche und kramte ein Tuch heraus, wischte sich über die Augen und putzte sich die Nase.

»Ich dachte … wie Köln. Wie oft … Ich hoffte, ich … nein …«, stammelte er und biß sich auf die Lippen. Kurz sammelte er seine Gedanken. »Was passiert nun mit ihr?«

»Das weiß ich nicht. Ich kann es nur vermuten. Die Stadtwache läßt sie als Unbekannte ausrufen, und mit Glück meldet sich jemand, der sie kennt und der für ihre Bestattung aufkommt. Vielleicht gibt es Zeugen, die etwas gesehen haben.« Franziska versuchte sich zuversichtlich zu geben.

»Zeugen? Es gibt niemals Zeugen!«

Joslin hatte recht. Freiwillige Zeugen waren die ersten Verdächtigen, und oft genug hatten sie das Urteil auf sich nehmen müssen, wenn die Ermittler unfähig waren oder das Volk auf einen raschen Schuldspruch drängte.

Um den Narr nicht noch trauriger zu stimmen, entgegnete Franziska: »Unsere Stadtwache ist tüchtig. Man wird den wahren Mörder stellen und an den Galgen bringen.«

»Ihr seid Euch sicher? So wird es geschehen? Werden sie den Mörder wirklich stellen?« Eindringlich ergriff Joslin Franziskas Hand und drückte sie. Seine hellen Augen verlangten nach einer Gewißheit.

»Ja, doch!« bezeugte Franziska ihre Vermutungen und fügte bekräftigend mit lauterer Stimme hinzu: »Die Wachen werden nicht eher ruhen, bis der Unhold gefaßt ist.«

»Ich wünschte, ich könnte Euch glauben, aber sie haben sie nicht mal angeschaut!«

»Die bedauernswerte Person weiterhin den Gaffern auszusetzen ist unwürdig. Glaubt mir, es ist besser für alle, sie fortzubringen. Gott möge ihrer Seele gnädig sein.«

Ungläubig schüttelte Joslin den Kopf und schaute in die Richtung, in der die Ermordete an Armen und Beinen getragen wurde.

Ein Großteil der Menge hatte sich, der Attraktion beraubt, bereits wieder zerstreut. Einen Moment lang aber kam sich Franziska beobachtet vor. Ihr Blick fiel auf einen großen Mann, der sein Gesicht unter einer Kapuze verbarg. Er drehte sich auf der Ferse herum und wählte die entgegengesetzte Richtung.

Ein Korbkrämer, hinter dessen Stand die Frau gelegen hatte, schöpfte emsig Wasser und schwemmte das Blut die Gosse hinunter.

»Zwischen dem Tod und der Verurteilung steht immer der Teufel«, flüsterte Joslin zu sich selbst.

Aus diesen Worten wurde Franziska nicht schlau, doch nun galt es, weiter zu handeln. Mit Bestimmtheit nötigte sie Joslin, zu einem nahen Brunnen zu gehen.

»Das kühle Wasser wird Euch guttun.«

Der Narr wusch sich die Hände und bespritzte sein Gesicht immer wieder. Er war immer noch bleich, und ein wenig Wasser mußte ihm auch in die Augen gelangt sein. Noch einmal schöpfte Joslin das Naß aus vollen Händen, trank einen Schluck und schüttelte sich angewidert, als hätte er selbst blutigen Geschmack auf der Zunge. Auch Hans spülte sich heftig gurgelnd den Mund, spuckte aber auf dem Pflaster aus.

Suse hat gar nicht begriffen, was da auf dem Pflaster lag, dachte Franziska verärgert über die offenkundige, stupide Teilnahmslosigkeit der Magd. Unerschütterlich stand Suse einfach da, einen Korb in einer Hand, und beobachtete Joslin eindringlich, der seine Fassung mühsam wieder gewann. Nur zu gerne hätte Franziska sie geohrfeigt.

»Wir wollten doch einkaufen. Na, dann laßt sehen, was Aachen zu bieten hat«, rief sie, um alle anderen zum Weitergehen zu bringen.

Eine unbefangene Stimmung kam nicht mehr auf. Mehr oder weniger bedrückt, erledigten die vier ihre Einkäufe an den Gemüseständen und auf dem lebhaften Hühnermarkt. Franziska wählte unter dem Geflügel und vereinbarte eine Lieferung, zu der auch noch fünfzig Eier hinzukamen. Sie verzichtete darauf, bei einem Schweinebauern die rosigen, quirligen Ferkel selbst auszusuchen.

Zuletzt lotste sie ihre Begleiter zum Fischhof. Kaum hatten sie noch einen Blick zur Seite übrig. Ihnen entgingen die Düfte der feilgebotenen heimischen und exotischen Gewürze und der edlen Öle, die den strengen Fischgeruch überdeckten.

Die Sonne schien noch ebenso hell wie zuvor, so, als ob

sie nichts von der Schandtat mitbekommen hätte. Franziska erschien es nicht recht. Von wegen ein guter Tag! Ohne jedes Vorzeichen verlief er anders, als er sich in der Morgenstunde vorgestellt hatte.

Sie trug schwer an den silbrigschuppigen Lampreten und dunkelbraunen Aalen, die sie einem Fischhändler halbherzig abgefeilscht hatte. Sie befand sich nun ganz nahe der Scherbgasse, in der ihr Elternhaus lag, warf aber nicht einen Blick auf die Häuserflucht. Dabei hatte Franziska diesen Teil der Stadt einmal sehr geliebt. Nein, bekämpfte sie ihren Unmut, ich werde nicht wehmütig. Ich habe zu essen, bin gesund – erhalt's der Herrgott –, verdiene redlich meinen Unterhalt und habe ein Dach über dem Kopf. Nun, allerdings das Dach des Meisters Schnidder. Er würde hoffentlich nicht zu kritisch sein. Mit weniger Münzen, als eingeplant, würde Franziska zurückkehren. Unter anderen Umständen hätte sie unnachgiebiger verhandelt. Die Feierlichkeiten hatten zu einem enormen Preisanstieg der Lebensmittel beigetragen, das würde der Meister hinnehmen müssen.

Für einen Augenblick stellte Franziska die Körbe ab und wischte sich Stirn.

»Laßt uns zurück in die Mostardgasse gehen. Mehr können wir ohnehin nicht mehr tragen. Was jetzt noch fehlt, sollen Suse und Hans später noch holen.«

Bei der Nennung ihrer beider Namen zuckte Suse zusammen und brachte ein höchst erfreutes Lächeln zustande. Hans warf ihr einen verstohlenen Blick zu.

Wenig später begutachtete Franziska gewissenhaft die Einkäufe in Meister Schnidders aufgeräumter Küche. Hier war es deutlich kühler, ein Umstand, der Franziska zupaß kam. Sie zog sich ihre Holzschuhe aus und genoß die erfrischende Kühle, die von dem Schieferboden ausging. Ihre Gedanken jedoch kehrten immer wieder auf den Marktplatz zurück.

Kapitel 4

Maria stand in der Tür und verschränkte die Arme vor ihrer Brust. Für gewöhnlich war sie bei Meister Schnidder für das leibliche Wohl zuständig, und deshalb ließ sie kein gutes Haar an der aufdiktierten Leihköchin. Schlichtweg übergangen fühlte sie sich. Sie war gut genug, um den Meister mit billigen Eierspeisen und Schmalzgerichten zu verköstigen, aber wenn manierliche Gäste kamen, dann wurde sie in die Ecke verbannt, und ein junges Ding durfte ihr auf der Nase herumtanzen und das Kommando übernehmen.

Erneut brandete Marias Wut auf, als sie an die Worte Ensbert Schnidders dachte. Wie zu einem kleinen, begriffsstutzigen Kind hatte er zu ihr gesprochen, den Zeigefinger erhoben. Sie haßte diese Geste.

»Sieh mal, Maria, es sind bald wichtige Herrschaften im Haus. Sie erwarten, daß ihr Gaumen umschmeichelt wird. Da reicht es nicht, wenn der Bauch mit einem schweren Mahl gefüllt ist.«

»Ich kann auch für vornehme Gäste kochen«, hatte Maria protestiert und trotzig hinzugefügt: »Ihr habt Euch nie beklagt. Und meine Speisen sind nicht teuer.«

Der Meister hatte ganz tiefe Furchen auf seiner Stirn stehen, als er ungehalten herumblaffte: »Glaubst du etwa, dein Griesbrei sei etwas Köstliches? Hältst du dich für eine unvergleichliche Köchin? Nur der Hunger treibt ihn hinunter.«

Und der Geiz, doch das Argument behielt sie lieber für sich. Maria hatte tapfer ihr Kinn vorgestreckt und damit ihre Niederlage eingeläutet. Schnidder blähte sich auf wie ein Kapaun und verlangte: »Gut, wenn du meinst, du könntest mithalten, dann bereite mir Zwickauer Klopse und Semmelknödel! Bekömmlich und als Augenweide angerichtet!«

Maria erstarrte. Noch nie hatte sie von solchen Speisen gehört, geschweige denn auch nur eine der Zutaten nennen können. Sie zögerte, und der Meister nickte selbstgefällig. »Aha, du kannst es nicht«, schloß er folgerichtig aus dem bestürzten Schweigen seiner Haushälterin. »Genau das ist der Grund, warum ich eine Köchin eingestellt habe, die sich auch auf Speisen versteht, die aus der Heimat der Edlen stammen. Du wirst ihr fleißig zur Hand gehen und dabei tüchtig lernen können. Paß gut auf, was sie dir sagt.«

Damit war das Gespräch für den Meister beendet.

Das hatte die neue Köchin ja hervorragend hinbekommen! Dieses Miststück würde sich einschmeicheln und Maria um ihren Erwerb bringen. All die Jahre, die sie sich für den Meister in jeder Form aufopferte, wischte er mit einem einzigen Handstreich fort. Sogar die Dienste der dummen Suse konnte die hinterhältige Ränkeschmiedin in Anspruch nehmen. Maria hatte ganz andere Pläne für die Magd vorgesehen. Suse sollte die Kammern von oben bis unten putzen, aber nein, wie eine läufige Hündin rannte sie neben dem neuen Stallstrolch herum. Maria selbst mußte die Decken und Teppiche ausschütteln.

Wenn Meister Schnidder sich das nächste Mal an ihrem Körper reiben wollte, dann würde er zu spüren bekommen, was es hieß, sich mit ihr anzulegen.

Doch rascher, als sie die Idee genießen konnte, verwarf Maria den Gedanken an Rache. Der Meister war imstande, sie auf der Stelle zu entlassen. Um sich als Dienstmagd zu verdingen, war sie zu alt. Wenn sie sich nicht fügte, blieb ihr nur der Weg ins Armenhaus. Nein, nie mehr würde sie von Almosen leben wollen. Es gab nur einen Weg, ihre Stellung zu sichern.

Vor Wut biß sich Maria auf die Lippe und ballte ihre Fäuste.

»Sollen diese mickrigen Dinger etwa Gurken darstellen?« keifte eine nur zu bekannte Stimme. Franziska spürte einen brennenden Blick in ihrem Nacken. Unwillkürlich bereitete sie sich auf ein harsches Wortgefecht vor. Es war unausweichlich und auch nicht das erste seiner Art.

»Erkennt Ihr Gurken nicht, wenn Ihr sie seht?«

»Das da hätte ich mir jedenfalls nicht als Gurken aufschwatzen lassen.«

»Löblich, es ist nämlich ein Kürbisgewächs.«

Maria kniff in das Gemüse, kostete, verzog den Mund und beobachte, wie Franziska den Korb auspackte. Zwiebeln rollten über den Steinboden, und Franziska setzte ihnen hinterher. Marias Schweigen konnte ein Friedensangebot sein.

»Es hat eine Tote gegeben, drüben in der Nähe des Marktes, gleich auf der Kölnstraße. Sie war in etwa in Eurem Alter. Es war einfach schrecklich. Sie ist erdrosselt worden, dann ließ der Mörder sie wie einen Lumpensack liegen. Wer kann nur so grausam sein?«

»Ihr habt Euch bestimmt gewünscht, ich wäre es, die tot dort liegt. Manchmal sind Weiber zu vorwitzig, stecken ihre Nasen in Dinge, die einige Nummern zu groß für sie sind. Oder sie sind einfach zur falschen Zeit am falschen Ort und merken es selbst dann nicht mal, wenn es die himmlischen Posaunen von Jericho verkünden. Selbst schuld«, zischte Maria boshaft.

Franziska hatte kein Ohr für ihre Spitzfindigkeiten. Laut überlegte sie: »Die Tote trug ein farbenprächtiges Gewand, so wie eine Besucherin der Krönungsfeier, aber ein Gefühl sagt mir, sie stammt aus Aachen. Vielleicht ist sie mir schon mal irgendwo flüchtig begegnet. Ja, so muß es wohl sein.«

Geschwind drehte Franziska die Fische hin und her, bevor sie ein Messer aus dem Block zog und mit geübten Handgriffen die Leiber an der Unterseite aufschnitt und die Gedärme entnahm, ohne die schwarze Gallenblase zu verletzen, die den Fisch verdorben hätte.

Maria nahm sich ihrerseits die Hasen zum Enthäuten vor. Laut genug, daß Franziska es hören konnte, murmelte sie grantig: »Ein Gefühl, was ist das schon?«

»Ihr würdet bestimmt nicht so grob reden, wenn Ihr das Opfer gesehen hättet.«

»Warum zieht Ihr ein solches Jammergesicht für eine Unbekannte? Es kann jeden erwischen, die Meuchler sind nicht wählerisch. Redliche und Unredliche. Bauern oder Ratsherren. Dirnen oder Priester. Von heut auf morgen, von jetzt auf gleich.«

»Ja, das stimmt schon«, räumte Franziska betreten ein. »Aber warum? Es ist so sinnlos. Reich wird sie kaum gewesen sein, sonst hätten Dienstleute sie begleitet und beschützt. Und wenn ein Mann Lust auf eine Frau hat, so findet er leicht eine, die ihm zu Diensten wäre.«

»Irgendeinen Grund wird's schon gegeben haben.«

Franziska hatte nun genug, schwieg und arbeitete. Maria drehte ihr demonstrativ den Rücken zu und ließ ihren Unmut an den Hasen aus.

Ein lautes Klopfen ließ die beiden Frauen zusammenzucken. Suse konnte es nicht sein, mochte sie die Sympathie für Hans auch anspornen, fliegen konnte sie deshalb nicht. Außerdem würde sie keinesfalls anklopfen.

Es war Joslin. Dunkle Schatten lagen unter seinen Augen, aber seine Stimme klang ausgeglichen und heiter. Nach dem Marktbesuch hatte Franziska ihm ein Zimmer zugewiesen. Der Narr hatte erschöpft ausgesehen. Ein wenig Ruhe hatte sein Wohlbefinden zurückgebracht, wie sie nun feststellte.

»Die Perlen eines Haushalts sind immer am Herd zu finden. Ich sehe meine Hoffnungen bestätigt. Sogar zwei auserwählt Hübsche, wie ich erspähe. Mir ist es arg langweilig in meiner Kammer. Kann ich euch zur Hand gehen? Ich bin nicht ungeschickt im Umgang mit Küchengerät. Gebt mir die Möglichkeit, und ich stelle es unter Beweis. Mit dem Hausherrn habe ich mich schon flüchtig bekanntgemacht, zufällig begegneten wir uns im Hausflur. Ich hatte allerdings nicht den Eindruck, daß mir seine Aufmerksamkeit galt. Der Meister scheint ein viel beschäftigter Mann zu sein«, fügte er lächelnd hinzu und fächelte sich mit einer lockeren Bewegung den deftigen Duft des schmorenden Rinderbraten zu.

Franziska freute sich darüber, nicht länger mit Maria allein zu sein, und übernahm höflich die gegenseitige Vorstellung. Maria wirkte nun besser gelaunt. Joslin half ihr, indem er ihr die schwere Arbeit der Häutung abnahm. Fachmännisch zog er den Hasen das Fell über die Löffel, während Maria das Gemüseputzen erledigte.

Das Geläut der nahe gelegenen Kirche Sankt Nikolaus verhieß den Bürgern die voranschreitende Zeit.

Joslin legte eine kleine Pause ein und rieb sich den linken Arm. Auf seiner Oberlippe bildeten sich feine Schweißperlen. Franziska beobachtete ihn aus den Augenwinkeln. Er fühlte sich augenscheinlich nicht wohl. Sie dachte schon darüber nach, ob sie ihn darauf ansprechen sollte, doch dann schenkte er ihr ein beruhigendes Lächeln und sah zur Tür.

»Wir bekommen Besuch.«

»Das ist der Kater der Nachbarinnen. Der kleine Kerl weiß immer, wann es Zeit ist, etwas abzustauben. Maria hat ihn Kater Knauff getauft.«

Maria selbst gab keinen Kommentar ab, aber sie lockte den roten Kater mit Fischresten. Das Tier ließ sich nicht lange bitten.

»Wißt Ihr etwas über die Krönung, was einen unwissenden Zugereisten interessieren könnte?« Joslin klang ein wenig atemlos.

»Mir ist zu Ohren gekommen, daß die hochrangigen Würdenträger schon seit Tagen vor den Toren der Stadt lagern, auch der zukünftige König Wenzel samt seiner Gattin Johanna. Der Erzbischof aus Köln, Friedrich der Dritte von Saarwerden, ist schon seit einigen Tagen in Aachen, genauso wie der päpstliche Legat, Thomas von Amanatis. Die Adligen sind nur noch nicht hereingekommen, weil sie auf Spannung setzen. Sie warten einen besonders schönen Morgen ab und reiten dann prunkvoll in die Stadt ein. Auf diese Weise kommen die glänzenden Rüstungen sehr eindrucksvoll zur Geltung.«

»Die Herren sind demnach eitel«, stellte Joslin fest.

»Es soll aber auch ein gutes Omen sein.«

»Man will also nichts dem Zufall überlassen?«

»Beim Wetter muß man es wohl oder übel. Die Planungen laufen seit Monaten, die Stadt soll sich schließlich nicht vor den Würdenträgern blamieren. Die Straßen sind eigens instand gesetzt worden. Vorher waren sie nicht so trittsicher gepflastert, sondern bestanden nur aus festgetretenem Lehm, der sich bei jedem Regen zu Matsch verwandelte. Hohe Laternen wurden aufgestellt, damit sich das Gesindel nicht verstecken kann. Stadtwache und Soldaten haben neue Wämser und Beinkleider erhalten. Na, dann bekommen wir etwas fürs Auge geboten. Ich bin schon ganz gespannt, welches Gewand Königin Johanna tragen wird.«

»Mit einer Faltenreichen würde sie dem jugendlichen Gemahl wohl gefallen.«

»Wie meint Ihr?«

Joslin erhob sich, ohne zu antworten, und ließ den Satz im Raume stehen. Seine Lippen schienen bläulich, und er trat zum Zuber, um sich die Hände zu waschen. Wiederholt rieb er sich unauffällig den Arm. Mit dem Kinn deutete er auf den Fellhaufen zu Marias Füßen: »Was fangt Ihr damit an?«

»Ich lasse die Felle morgen zu den Gerbern bringen.«

Müde von dem langen Tag, reckte sich Franziska. Der Fischsud aus Essig, Honig und Zwiebeln köchelte vor sich hin. Diese Arbeit duldete keinen Aufschub, denn sonst verdarb der Fisch.

Auch Franziska hatte das dringende Bedürfnis, sich zu reinigen.

»Nach dem Sud ist Schluß für heute. Dank Eurer Hilfe, Herr Joslin. Ich werde bald zu Bett gehen, und Ihr, Maria, solltet auch ausruhen.«

Maria warf das Messer auf den Tisch. »Ich noch nicht. Wäre ja noch schöner, wenn Ihr mir meine Bettruhe vorschreibt! Die Stadtkämmerer erlauben eine außerordentliche Befackelung der Stadt. Ich habe ja nicht die Möglichkeit, fröhlich und mit Münzen ausstaffiert, über die Märkte zu spazieren. Ich werde mir jetzt dieses Vergnügen erlauben, auch wenn ich kaum etwas erwerben kann. Aber all die hübschen Kleider will auch ich wenigstens mal sehen.« Sauertöpfisch lauerte Maria darauf, ob Franziska etwas entgegnen würde.

»Dann wünsche ich einen schönen Abend.«

Zu Franziskas Erstaunen reichte Joslin der knurrigen Zugeherin formgewandt den Arm. »Wenn Ihr erlaubt, dann geselle ich mich an Eure Seite. Zu zweit ist ein Bummel erquicklicher und überdies sicherer.«

Franziska hoffte, daß Marias Abfuhr Joslin nicht zu sehr kränken würde. Sie hatte eine unverblümte Art, die Menschen vor den Kopf zu stoßen und selbst Freundlichkeit so aufzunehmen, als ohrfeigte man sie mit einem Fehdehandschuh.

»Danke, ich nehme Eure Gesellschaft gerne an«, entgegnete Maria zu Franziskas großer Verwunderung.

Kapitel 5

Schon sehr früh am dritten Tag des Juli war es warm. Die morgendliche Temperatur war angenehm, aber spätestens gegen Mittag würde die Hitze unerbittlich sein. Noch zwitscherten die Vögel lauthals in den Bäumen, und in der Gasse war es ruhig.

Flink sprang Franziska von ihrer Bettstatt in der Kammer, die sie noch für sich alleine hatte. Erst wenn die Gäste eintrafen, würde sie sich mit Suse und Maria einen winzigen Raum teilen müssen, um die Unterbringung aller zu ermöglichen. Bis dahin genoß Franziska ihr Privileg.

Nach einer Erfrischung ging sie hinunter in die Küche, wo sie Maria und Suse schon bei der Arbeit vorfand. Die Magd bereitete die Hühner vor, Maria kochte die Marinade für das Hasenfleisch. Nach einem Gruß, von Suse schüchtern und von Maria brummig erwidert, hockte sie sich auf einen Schemel und schnitt den Speck, den sie für den Erbseneintopf benötigte. Wenn die anderen Frauen längst fleißig waren, so wollte sie nicht zurückstehen.

»Wie war das denn nun, mit den Stadtpfeifern, Frau Maria?« fragte Suse gespannt und schlug nach einer weißen Feder, die durch die Luft schwebte.

Franziska stutzte. Hatte sie ein Gespräch der beiden unterbrochen?

Eigenartig. An keinem Tag hatte Franziska bisher erlebt, daß sich Maria mit Suse unterhielt, obwohl sie bereits die zweite Woche in diesem Haushalt beschäftigt war. Maria gab sich gerne den Anschein der heimlichen Hausherrin, und als eine solche war es unter ihrer Würde, mit einer Magd zu tratschen. Unauffällig hob Franziska nur soweit den Kopf, bis sie Marias Gesicht sehen konnte, und spitzte die Ohren.

Die Ältere war bester Laune. Ihre Wangen waren rosig,

ihre Augen leuchteten vergnügt, und die Arbeit ging ihr leicht von der Hand. So ähnlich hatte Suse gestern ausgesehen, als sie neben dem Knecht ging, verglich Franziska belustigt. Der Spaziergang mit Herrn Joslin war es wohl, der die verdrießliche Frau auf so wundersame Weise verwandelt hatte.

Was mochte er wohl mit ihr angestellt haben?

Maria nahm ihre Erzählung wieder auf.

»O ja, die Pfeifer des Markgrafen von Mähren waren schneidig zu schauen, aber wir konnten ihren Übungen leider nicht lange zusehen. Sie gaben Weisen aus ihrem Land zum besten, und eine Gruppe tanzte dazu einen wirbelnden Reigen. Dann wurde es plötzlich gefährlich. Die Störung brach zwischen den Herren von Sachsen und derer von Brabant aus. Erst gab's ein lautes Gebrülle, und dann fuhren auch schon die Dolche aus den Scheiden. Die Schwerter mußten sie ja draußen an den Toren abgeben. Gott sei's gedankt, da hätte wunder was geschehen können. Es gab ein kleines, aber heftiges Scharmützel, bis die Speerleute aus Eupen die Streitenden trennten, um einen ernsthaften Kampf zu verhindern. Die Stadtsoldaten waren zwar auch in der Nähe, doch wußten sie nicht, ob sie eingreifen durften. Offiziell sind die Herzöge ja nicht einmal Gäste der Stadt, zumindest noch nicht.«

»Oh, wie schrecklich! Hattet Ihr keine Angst, Frau Maria?«

Die Ältere nickte ernst, aber ein wenig Stolz funkelte in ihren Augen. »Mein lieber Gott, meine Beine zitterten richtig. Ich stand ja ganz nahebei.«

Vor Aufregung knabberte Suse erst an ihrer Oberlippe und dann an ihrem Daumennagel. Maria genoß es sichtlich, von ihrem Abenteuer zu berichten, und sie schaute nun auch zu Franziska, derweil sie gestikulierend weitererzählte.

»Doch der herzensgute Herr Joslin hat mich ja beschützt und mich zur Beruhigung meines angegriffenen Gemüts in eine Schenke eingeladen. Nun lebe ich schon so lange hier, aber im Gasthaus ›Zum Apfelbäumchen‹ war ich noch niemals.«

»Oh, das ist doch das Gasthaus, wo vor zwei, drei Monaten die wilde Feier der Zunftgesellen stattfand. Man sagt, die hätten die Einrichtung verwüstet, weil sie besinnungslos betrunken waren. Man munkelt auch noch ganz andere Sachen …«

»Daher meine anfängliche Skepsis! Schließlich gehört es sich nicht für eine anständige Frau, in solch ein verrufenes Gasthaus zu gehen. Ich protestierte aufrichtig, aber zur Krönung und weil Herr Joslin mich so innig bat und meinte, nur ehrenwerte Frauen gingen dort ein und aus, gab ich mir einen Ruck. Ich wollte ja vor allem die Auswärtigen sehen, die Kleider, die Zierden und solcherlei. Tatsächlich, da gab es eine Menge zu sehen! Die Einrichtung ist neu und makellos sauber. Ich fand nichts Anstößiges daran. Nun ja, für mich ging es nur um die Studie der Fremden! Jawohl: Studie, nicht gaffen! Darin besteht ein gewaltiger Unterschied. Mein kluger Begleiter konnte auf all meine Fragen eine Antwort geben, und als der Wirt ihn darum bat, riß er sogar einige Possen, die die Menschen zum Lachen brachten.«

»Toll.« Suse klatschte vor Begeisterung in die Hände.

»Ja, Suse, es war herrlich! Das ich noch einmal so eine Freude erleben durfte.«

Suse lauschte und staunte, genau wie Franziska. Herr Joslin hier, Herr Joslin da, klang es aus Marias Mund, auch wenn ihr hin und wieder eine bissige Bemerkung über die Fremden entfuhr. Um nichts zu versäumen, machte sich Franziska selbst daran, das Frühmahl für alle zu bereiten, eine Arbeit, die sonst Suse verrichtete. Meister Schnidder würde sein Frühstück wie immer in seiner Kammer einnehmen. Franziska schnitt für jeden einen Kanten Brot ab und füllte Honig in verschiedene Schalen. Dem Meister legte sie noch eine halbe Wurst auf das Brett.

»Frau Maria, wäret Ihr so gut, unserem Gast Bescheid zu geben, daß er herunter kommen möge, um mit uns zu essen?« bat Franziska und teilte den harten Käse auf.

Im letzten Moment fing Maria den Hasen wieder auf, der ihrer Hand beinahe entglitten wäre. Ihre Wangen legten noch einen weiteren Hauch an Röte zu.

»Oh, das kann Suse machen. Ich serviere dem Meister, er erwartet es von mir. Ich kann doch nicht einfach … in die Kammer eines Gastes eintreten. Was denkt Ihr nur von mir! Ich war doch nur mit ihm aus, kein Grund, direkt an sein Bett zu treten.«

Maria stand pure Verlegenheit ins Gesicht geschrieben. Schnell griff sie das Tragebrett mit den Speisen für Meister Schnidder und stieg die Treppe empor. Achselzuckend warf Suse Franziska einen fragenden Blick zu und tat, wie ihr geheißen, nur bedeutend behäbiger als Maria.

Ein Schelm, der darüber Unrechtes denkt! Franziska grinste bei diesem Gedanken. Sie genoß die Stille und trank einen großen Schluck kühle Milch. Dann griff sie nach dem dunklen Roggenbrot und dem Schmalztopf, in dem reichlich knusprige Gänsegrieben eingemacht waren.

Gerade zweimal hatte sie abgebissen, als Suse in die Küche stürzte.

Ihre Augenlider zuckten, und ihr üppiger Busen hob und senkte sich angestrengt. Sie war bleich wie Schnee und einer Ohnmacht nahe. Keuchend stieß sie hervor: »Schnell, Frau Franziska, kommt rasch! Herr Joslin rührt sich nicht. Eben guckt er mich noch an, sagt was, keucht, und dann ist er blaß und still. Ich glaube, der Sensenmann hat ihn erwischt. Ich habe sogar gespürt, wie er durchs Zimmer ging.«

Franziska lief los, Suse folgte. Die Holzstiege knarrte unter dem Gewicht der Frauen. Die Kammertür stand weit geöffnet. Franziska trat an Joslins Liegestatt und kniete sich nieder. Sie hatte keine Ahnung, was sie tun sollte. Der eingefallene Körper war fleckig und roch eigenartig, die Lippen waren blau verfärbt. Der Brustkorb bewegte sich nicht mehr.

Suse hatte recht: Hier hatte der Tod eine Seele in sein Reich entführt.

Joslins rechte Hand, die krallengleich herabbaumelte, war warm, seine Linke lag auf den Oberkörper gepreßt. Wie es der allgemeinen Gewohnheit entsprach, hatte auch er sich bar jeder Kleidung hingelegt. Um dem Verstorbenen die Würde zu erhalten, breitete Franziska das Bettuch über ihn. Eigentümlich berührt und mit bleiernen Händen, murmelte sie dabei ein Gebet, in dem sie den gütigen Gott inständig darum bat, sich der Seele des Verstorbenen anzunehmen. Gebete waren nicht ihre Stärke, aber ihre Fürbitte war aufrichtig. Sie hörte Suse schniefen, was sie augenblicklich zurück in die Realität brachte.

Nun war keine Zeit zu klagen. Diesen Mann, einen Fremden, der vielleicht ein Freund geworden wäre, hatte eine Nacht unter diesem Dach das Leben gekostet. Verflixt, nein, das war kein Vorzeichen, eher ein Kümmernis.

Sie zwang sich zu klarem Denken. Nun mußte schnellstens etwas geschehen, schließlich standen Gäste ins Haus. Meister Schnidder würde sie alles später erklären. Suse hatte sich gefaßt und gab keinen Mucks von sich, nicht einmal, als Franziska sich zu ihr herumdrehte und sie ansprach.

»Suse, geh sofort zu den Beginen am Matthiashof. Ja, ich weiß, andere Konvente liegen näher, aber ich vertraue lieber diesen Frauen, auch wenn du durch die halbe Stadt mußt.« Franziska rüttelte Suse an den Schultern.

»Mh?«

»Hör mir zu! Bitte um ein Fuhrwerk und um eine Schwester, die Herrn Joslin herrichten kann, und frage nach geistlichem Beistand für eine christliche Bestattung. Das muß verschwiegen bleiben. Achte darauf, denn sonst würde es bald der gesamte Hofstaat des Kaisers erfahren. Die Leute reden manchmal viel Unsinn. Meister Schnidder würde uns … Du weißt doch, wie sehr er in einem guten Licht dastehen möchte. Ein Verstorbener in seinem Haus, noch dazu in einer Zeit, die er als seine beste in Erwägung zieht, würde ein Unglück für uns alle bedeuten. Ich traue ihm zu, uns als Hexen zu bezichtigen, die dem Meister den Erfolg vorm Königshaus nicht gönnen. Entschuldige, Suse, ich rede Unsinn! Geh du, ich schaue derweilen die Sachen durch. Vielleicht finde ich etwas, was für eventuelle Hinterbliebene von Wert sein könnte oder einen Hinweis darauf gibt, wo sie zu finden sind. Und sage Maria noch nichts, falls du ihr begegnest«, fügte Franziska eindringlich hinzu.

Suse jedoch machte keinerlei Anstalten, der Aufforderung Folge zu leisten. Sie starrte auf die Umrisse des Toten unter dem Laken.

»Die Kette!« stieß sie plötzlich hervor und deutete auf den Leichnam.

Franziska stutzte. »Welche Kette meinst du? Da ist keine Kette um seinen Hals. Er trägt nur einen Ring an seiner linken Hand.«

»Die Kette in seiner linken Hand. Er hat sie gestern der Toten gestohlen. Der Schmuck ist ihr aus dem Umhang gerutscht. Herr Joslin packte den Schmuck und steckte ihn in seine Tasche. Ich habe es gesehen. Alles bleibt mir wie ein Gemälde vor den Augen stehen, und jederzeit kann ich mich daran erinnern, in allen Einzelheiten, wenn ich es will.«

Franziska sah das Mädchen eindringlich an. Suse wirkte geistig vernebelt, aber nicht wie eine Lügnerin. Franziska war versucht, sie scharf zurechtzuweisen, doch dann lupfte sie widerwillig das Tuch.

Tatsächlich! Zwischen den Fingern des Narren schimmerten feine, silberne Kettenglieder hervor. Behutsam, um die Ruhe des Toten nicht zu stören, zog Franziska erst sacht, dann entschlossener an dem Geschmeide. Leicht war es nicht, denn die Kette war um die einzelnen Finger geschlungen. Vorsichtshalber bekreuzigte sich Franziska.

»Rasch, schau nach, ob du ein Gebetbuch findest, und lies laut daraus vor. Das würde uns beruhigen.«

Was, um aller Himmel, hatte den Narren dazu veranlaßt, eine Tote zu bestehlen? Das war schließlich Leichenfledderei und wurde streng unter Strafe gestellt. Vorausgesetzt, Suse sprach die Wahrheit, doch daran konnte Franziska nicht länger zweifeln. Nicht, wenn sie in das entsetzte Gesicht des Mädchens sah. Kurz huschte ein Gedanke durch ihren Kopf. Hatte Gott ihn so unmittelbar für den Diebstahl gestraft? Heilige Mutter, bewahre uns! Und grundgütiger Gott, sie tat das gleiche! Aber, der Herr möge es verzeihen, sie wollte sich nicht bereichern.

»Ich habe ein Gebetbuch im Gepäck gefunden! Jedenfalls ist ein Kreuz vorne drauf«, rief Suse erleichtert und fügte kleinlaut hinzu: »Aber ich kann nicht lesen.«

»Schon gut. Ich habe die Kette. Sieh mal, der Anhänger ist außergewöhnlich.«

Suse spähte auf Franziskas Handfläche und staunte mit offenem Mund.

Die Kettenglieder waren nach venezianischer Art gebunden, doch dies war nicht das Besondere, das die Kette ausmachte. Wo immer dieses Venezien auch sein mochte, die Silberbindung war nicht unbekannt. Weitaus bemerkenswerter war der ovale Anhänger. Er zeigte eine formvollendet gearbeitete Rose und war annähernd so groß wie Franziskas oberes Daumenglied. Um den Rand des Ovals waren abgeflachte, kunstvolle Verzierungen eingearbeitet. Ein sehr schönes Stück. Andächtig glitt Franziskas Zeigefinger darüber.

Joslin hatte ein enormes Risiko auf sich genommen, um sich in den Besitz der Kette zu bringen. Etwas so Wertvolles zu stehlen und dabei ertappt zu werden bedeutete eine hohe Strafe. Die Richter griffen hart durch. Auf dem Königshügel hatte man sogar einen neuen Hinrichtungsplatz errichtet. Noch war dieser zum Unmut der Zünfte nicht genutzt worden. Jede Zunft hatte einen Mann abstellen müssen, damit keine auf die andere hinabsehen konnte, bei der ehrlosen Arbeit beteiligt gewesen zu sein. Zwar erledigten die Zimmerleute und Maurer die Hauptarbeit, aber selbst Kaufleute und sogar Schöffen führten symbolische Handreichungen durch. Der neue Richtplatz wartete auf seine Einweihung.

Der alte Galgenbaum hatte ausgedient. Verfehlungen wurden derzeit als Abschreckung innerhalb der Stadtmauern bestraft. Mindestens drohte der Verlust der diebischen Hand oder, schlimmer noch, der Tod durch den Strick. Leichenfledderei war ein Verbrechen. Für niedere Kreaturen gehörte es zum alltäglichen Nebenerwerb, von der Justiz jedoch wurde nun strenger bestraft denn je. Gerade in den letzten dreieinhalb Wochen war der Henker ziemlich beschäftigt. Man konnte meinen, die alte Richtstatt sollte zusammenbrechen.

Nachdem am zehnten Juni bekannt geworden war, daß die Kurfürsten den Kaisersohn Wenzel zum Römischen König erwählt hatten und dieser in Aachen gekrönt werden würde, wollten die Stadtväter das Lumpenpack ausrotten. Gelungen war es ihnen nicht, dachte man nur an die unbekannte Ermordete.

Franziska war sich nicht sicher, ob auch sie nun eine Schänderin war, die schlimmste Art von Frauen, die sogar von den käuflichen Hübschlerinnen offen verachtet wurde.

Scheu blickte sie zu Joslin hinüber. Sollte sie sich so in ihm getäuscht haben? Der Narr, ein Dieb? Vor lauter Nervosität drehte sie den Anhänger herum.

I. W.

Die stümperhaft eingekratzten Initialen paßten gar nicht zu der edlen Vorderseite. Suse keuchte und brachte sich so bei Franziska in Erinnerung.

»Beeil dich, Suse, und laß dich von Hans begleiten. Ich habe hier zu tun.«

Als Franziska endlich allein zurückblieb, machte sie sich daran, Joslins Sachen zu durchsuchen. Ein zutiefst unangenehmes Gefühl erfaßte sie, die persönlichen Dinge eines anderen anzufassen. Das war es also, was vom Dasein übrigblieb, wenn das Lebenslicht verlosch. Eine tote, unansehnliche Hülle und ein paar verschlissene Kleidungsstücke.

Viel hatte Joslin nicht bei sich, nicht einmal einen Schlüssel, der ihm eine Tür geöffnet haben konnte. Die wenigen Münzen hätten allenfalls für zwei, drei Schoppen Bier und ein warmes Essen gelangt.

Ein trauriges Schicksal.

Um sich bis zur Ankunft der Begine zu beschäftigen, legte Franziska die Gewandung ordentlich zusammen, ein buntes Narrenkostüm, alt und abgetragen, die Nähte brüchig. Dazu gehörten zwei Glockenschellenbänder, eine Kappe sowie ein Paar dünner Schuhe, ein leichtes Hemd und verwaschene Beinlinge.

Mit einer Hand wischte sie sich den kalten Schweiß aus den Augen und nahm dann das Gebetbuch, welches Suse achtlos beiseite gelegt hatte. Es war in rissiges Leder eingeschlagen und nachgiebig, als würden Seiten fehlen. Franziska schlug es auf.

Das erste, worauf ihr Blick fiel, war eine persönliche Widmung auf dem ersten Blatt. Die Tinte war verblaßt. In steiler Schrift stand geschrieben:

Meinem Mündel Anne, im Gedenken an ein aufrechtes, gottgefälliges Leben.

Die Unterschrift darunter war etwas schwieriger zu entziffern.

Catharin von Benden, im Februar 1338 zu Aachen

Das Gebetbuch gehörte Joslin demnach auch nicht! Franziska blätterte weiter. Vielleicht konnte sie die Besitzerin ausfindig machen, ihr das Buch zurückgeben und somit zu Joslins Seelenheil beitragen.

Immerhin stammte das Buch aus Aachen, auch wenn die Widmung schon vor fast achtunddreißig Jahren eingetragen wurde. Fortwerfen würde solch eine Kostbarkeit auch niemand. Gefunden hatte er es also nicht.

Unter dem Eintrag lag eine gepreßte Pflanze, die jede Farbe verloren hatte. Ein Vergißmeinnicht, wie Franziska gerührt erkannte. Jemand hatte es voller Zuneigung in das Buch der unbekannten Anne gelegt.

Erschreckt zuckte sie zurück, als etwas klimpernd auf die Holzdielen vor ihren Füßen fiel. Noch eine Kette! Befangen ging sie in die Hocke.

Wieder ein ovaler Anhänger, viel flacher und primitiver, aber die gleiche Gliederbindung. Die Initialen waren unschwer zu entziffern.

A. L.

Franziska berührte das edle Metall mit spitzen Fingern. Was hatte das zu bedeuten? Sosehr sie auch nachdachte, die flüchtigen Erklärungsversuche verloren sich in ihren Gedanken, ohne daß ihr etwas glaubwürdig erschien. Nur eines schien bedauerlicherweise wahr zu sein: Sie hatten einem Dieb die Tür geöffnet.

Die Stiege knarrte, und als Suse, gefolgt von einer Begine, eintrat, steckte Franziska beide Ketten unauffällig ein.

Kapitel 6

Die Begine war eine verständige Frau, die, ohne daß es vieler Worte bedurfte, alles Notwendige veranlaßte. Die sterblichen Überreste Joslins würden schnellstmöglich abgeholt, gewaschen, angemessen betrauert und in gesegneter Erde bestattet werden, wenn sich kein Angehöriger fand.

Mit dem Hauch eines schlechten Gewissens nahm Franziska aus Meister Schnidders Beutel einen Goldgulden und gab ihn der grau gewandeten Begine, die sich als Frau Dorle vorgestellt hatte und sich mit einem anmutigen Nicken bedankte. Suse sah ungläubig zu Franziska, deren Miene unbewegt blieb.

»Frau Dorle, wird man denken, wir hätten dem fremden Herrn das Unglück zugefügt?«

Dorle überlegte kurz, dann schüttelte sie den Kopf. »Nein, nicht Eurer Beschreibung nach. Euer Gast ist aus Köln angereist, nicht wahr? Die Anstrengung kann schon zuviel für sein schwaches Herz gewesen sein, die heiße Sonne tat das übrige. Seine Lippen sind blau, was auf eine Herzkrankheit hindeutet. Es gibt Warnzeichen, die er wohl nicht beachtet hat. Wenn man ein Ziehen im linken Arm spürt und das Herz unregelmäßig flattert, sollte man tunlichst alles vermeiden, was einen aufregt. Er war nicht mehr der Jüngste und hat sich vermutlich nicht ausreichend geschont.« Frau Dorle sah nachdenklich auf die Münze in ihrer Hand. »Ein Goldgulden ist zu viel. Er war doch ein Fremder. Könnt Ihr Euch solch eine Zahlung erlauben? Vielleicht könnten wir etwas aus der Stiftung abzweigen, die für solche Zwecke vorgesehen ist.«

»Nein, es ist schon recht so. Meister Schnidder wünscht eine anständige Bestattung, auch wenn Herr Joslin noch neu in seinem Dienste stand«, versicherte Franziska und warf Suse einen bedeutsamen Blick zu, den die Begine umgehend verstand.

Wenn du nun etwas anderes behauptest, dann stecke ich dich auf einen Spieß und drehe dich eigenhändig über dem Feuer, bedeutete dieser Blick.

Suse blieb still, aber ihre Augen glänzten vor grenzenloser Bewunderung. Franziska bezweifelte, daß die Magd mitbekam, wie sehr ihre Beine zitterten. Sich gelassen zu geben und es zu sein waren zwei verschiedene Schuhe.

Sie hatte das ihr anvertraute Geld schlichtweg veruntreut. Ihre Handlung war nur damit zu rechtfertigen, daß sie Meister Schnidder zu einem ehrenvollen Ruf verhalf, auf den er größten Wert legte.

Dieses Argument würde sie geltend machen, wenn er die Abrechnung verlangte, aber ob es nutzte, ihm Honig um den Mund zu schmieren? Dabei dachte sie in erster Linie allerdings an sich. Würde Meister Schnidder es darauf anlegen, könnte er ihren Leumund als Köchin auf alle Zeiten ruinieren.

Couragiert streckte sie ihr Kinn vor und wischte sich die feuchten Hände am Rock ab. Abwägend wiegte Frau Dorle den Kopf und konnte sich die Anmerkung, die ihr auf der Zunge lag, nicht verkneifen.

»Na, wenn es dem Wunsch des Meisters entspricht, dann stimmt wohl nicht, was man ihm nachsagt. Er ist ein heimlicher Wohltäter, der sich nach außen gerne geizig gibt. Ich werde nichts verraten. Gott vergelt's ihm.«

Nickend enthielt sich Franziska jedes weiteren Kommentars. Frau Dorle durchschaute sie. Einem Dieb einen Platz in geweihter Erde zu verschaffen war halt teuer. Franziskas grüne Augen wanderten zu dem einfachen Holzkreuz über der Tür und suchten himmlischen Beistand.

Ich mußte so entscheiden, sprach sie stumm.

Nachdem sie die Begine verabschiedet und zur Hinterpforte hinausgeschleust hatte, wurde sie sich eines weiteren Problems bewußt: Maria! Sie war von Herrn Joslin angetan. Würde sie ihren Mund halten oder einen Skandal heraufbeschwören?

Mittlerweile war es noch wärmer geworden. Wenn es so bliebe, würde dieser Sommer die vergangenen weit übertreffen. Um sich einen Augenblick der Ruhe zu gönnen, schlüpfte Franziska zwischen den Obstbäumen hindurch zu einer Stelle an der Mauer, die den Garten umgab.

Sie lag immer im Schatten, und die dicken Mooskissen hingen noch voller Tautropfen. Froh, sich der Holzpantinen entledigt zu haben, lehnte sich Franziska an die Mauer und tastete mit den Zehen durch die Moospolster. Ein gelber Falter flatterte an ihr vorbei. Glühend beneidete sie ihn um seine Unbekümmertheit. Durch die Gegend fliegen, auf der Suche nach irgendwelchen Blüten, sich den Bauch vollschlagen und in der Sonne sitzen – welch ein sorgloses Leben!

Aber sie war nun mal kein Schmetterling, mochte ihr Vater dies vor langer Zeit, als es nicht um einen Mann, sondern um ihre Arbeit ging, oft vorwurfsvoll betont haben. Franziska wußte nur, was sie nicht werden wollte: Weberin. Dazu hatte sie schon in sehr jungen Jahren zu vieles mit angesehen. Als Kind war sie oft genug zwischen den knarrenden Webstühlen herumgelaufen. Die Arbeit war eintönig. Kette und Schuß, klack und ratsch, Kette und Schuß und mit den Füßen auch noch die Pedale bedienen. Die ewig staubige Luft, die ein brennendes Gefühl im Hals hinterließ. Keine noch so ergiebige Quelle der Welt würde die eingeatmeten Fusseln je wieder aus dem Hals spülen können. So wuchsen Elle um Elle die Tuche, die Aachen berühmt machten und die Meister Schnidder gewinnbringend verkaufte und dabei reicher und reicher wurde.

Gewiß, ihr Vater hätte den Vertrieb übernehmen können. Wie eben viele Weber einen Nebenverdienst nicht verachteten. Es mußte ja nicht an die große Glocke gehängt werden. Aber nein, Vater war so fürchterlich obrigkeitshörig. Ja, Herr Zunftmeister. Nein, Herr Zunftmeister. Immer brav Kratzfüße machen und gehorsam nicken. Dabei wußte jeder, daß der Zunftmeister die Regeln höchstselbst umging. Als Franziska es laut aussprach, war nichts dabei herausgekommen als weitere, heftige Dispute.

Immerhin ließ Vater es zu, daß ihr Schreibunterricht in einem Kloster erteilt wurde. Ein ganzes Jahr lang, so war es zumindest geplant gewesen.

Es war die aufregendste Zeit in ihrem Leben. An manches dachte sie gerne zurück, aber einige der Geschehnisse würde sie auf ewig löschen, wenn sie die Zeit zurückdrehen könnte.

Ihr schlimmster Fehler, bitter und süß zugleich, hatte ihr fast das Herz gebrochen. Es war eine grausame Zeit voll dunkler Stunden gewesen. Auch nach vielen Jahren waren ihre Wunden noch immer nicht gänzlich verheilt.

»Aleff.«

Leise, fast ehrfürchtig, sprach Franziska den Namen aus, der ihr einst beinahe vertrauter gewesen war als ihr eigener und der nun so fremd in ihren Ohren klang.

Einen Augenblick fragte sie sich, warum ihr gerade jetzt diese Gedanken so zusetzten, doch es lag eigentlich auf der Hand. Erst die unbekannte Ermordete und tags darauf schon wieder mit dem hinterhältigen Tod konfrontiert – wer würde da nicht sein eigenes Leben überdenken.

Franziska zwang ihre Gedanken in eine andere Richtung.

Es war schon gut, wie sie es später getroffen hatte. Ihr Broterwerb war ehrenhaft, und bislang war sie nie in die Verlegenheit gekommen, ohne Anstellung zu sein. Mit beiden Ellbogen stieß sie sich von der Mauer ab und schlüpfte wieder in ihre Schuhe. Es war an der Zeit, sich dem Leben zu stellen. Kochen also.

Maria beugte sich mit verweinten Augen über den dicken Schnittlauch. Grob hieb sie auf dem Grünzeug herum. Wußte sie etwa schon von Joslins Ableben, oder zwickte sie der Lauch?

Als die ältere Haushälterin Franziska bemerkte, straffte sie ihre Schultern und schniefte. Marias verkniffene Augen waren kohlenschwarz. Mit einem Knall trieb sie ihr Messer mit der Spitze ins Schneidbrett und stieß es kraftvoll von sich fort. Die Lauchröllchen verteilten sich über die Tischplatte, einige fielen auch auf den Boden.

»Ach, Wunder über Wunder, die Frau Franziska bemüht sich höchstpersönlich in die Küche! Ja, so eine gnädige Ehre! Was sagen wir denn dazu? Wie sah noch Eure Speisefolge aus: leicht bekömmliche Luftlöcher auf gesottenen Schäfchenwolken? Angereichert mit einem Honigsud aus süßem Nichtstun, und später vielleicht noch gnädiges Herrgottsbrot, welches von ganz alleine vom Himmel fällt?«

»Ja, genauso stellte ich es mir vor! Dazu noch Tausende Luftküsse von alten, verknöcherten Jungfern auf einem güldenen Tablett serviert, angereichert mit häßlichen Krähenfüßen und krügeweise schwarze Galle zum Nachspülen«, fauchte Franziska spontan zurück.

»Wart Ihr in der Kammer von Meister Schnidder? Ich habe ihn jedenfalls nicht bestohlen! Ich war die erste, die ihm begegnete, und ich habe seinen Zorn ertragen müssen, obwohl ich ohne Schuld bin. In den beiden Jahren, die ich für ihn arbeite, hatte er niemals einen Grund, über Diebstahl zu schelten! Aber jetzt sind die Zeiten ja anders, nicht wahr, Frau Franziska?« empörte sich Maria.

»Hätte der Meister jemand anderen in Verdacht, so hätte

er diese Person zu sich zitiert, nicht wahr, Frau Maria? Hat er das?«

»Nein«, knurrte Maria. »Aber das wird er bestimmt noch! Und dann vergeht Euch der Hochmut!«

»Haltet einfach den Mund, wenn Ihr nichts Wichtiges zu sagen habt!«

Maria verstummte.

In Franziskas Kopf wirbelten die Gedanken.

Von der Veruntreuung seiner Münzen konnte Meister Schnidder unmöglich wissen, wenn Suse nicht geplaudert hatte, also: Ruhig Blut bewahren! Das Geld war immer noch in Franziskas Obhut, und niemand anders hatte Zugang zu dem Beutel. War sie denn hier für alles verantwortlich? Wenn nicht für alles, dann aber zumindest für einiges. Diese fürchterlich übel gelaunte Frau war jedenfalls eine ungnädige Prüfung ihrer Geduld. Eine sehr aufreibende Prüfung.

Der Anblick von Suse brachte Franziska auf den Boden der Tatsachen zurück. Das Mädchen versuchte vergebens, sich den Anschein der Unsichtbarkeit zu geben, rührte angestrengt und nahezu lautlos in dem Kessel mit der aromatisch duftenden Zwiebelsoße, die später zu den Wildgerichten gereicht werden sollte.

Franziska bereute ihre harschen Worte umgehend und nahm einen Krug unverdünnten Wein sowie drei Becher zur Hand, die sie auf einem unbenutzten Tisch abstellte. Großzügig schenkte sie ein. Mit einem energischen Händeklatschen, welches nicht zu überhören war, erlangte sie die Aufmerksamkeit von Maria und Suse.

»Kommt her! Ich habe mit euch zu reden. Laßt die Arbeit einen Moment ruhen. Suse, nimm den Kessel vom Haken.«

Suse und auch Maria, wenn auch widerwillig, folgten der unmißverständlichen Order. Mit knappen Worten erzählte Franziska, was geschehen war, ohne Maria gegenüber zu erwähnen, daß Suse bereits eingeweiht war. Das Buch und den Schmuck verschwieg sie ebenso.

Die Todesnachricht wirkte verheerend auf Maria. Ihre Finger zitterten. Der Wein schwappte über den Becherrand und hinterließ eine Lache auf dem Tisch. Die Haushälterin litt unübersehbare Pein. Sie beugte sich vornüber, wiegte den verkrampften Oberkörper und hielt sich die Schläfen, als fürchtete sie, ihr könne der Kopf platzen.

»Ist das ein böswilliger Streich? Um es mir heimzuzahlen?«

»Nein. Ihr denkt schlecht von mir, aber mich müßte auf der Stelle der Blitzschlag treffen, würde ich mit dem Tod scherzen.«

Maria stieß einen grauenerregenden Laut aus und vergrub ihr Gesicht in den Händen. Darüber vergaß Franziska ihren eben noch gefochtenen Streit. Mitfühlend wartete sie ein wenig ab, legte dann ihre Hand auf Marias Unterarm und fragte sie leise: »Hat Herr Joslin, gestern, als Ihr mit ihm ausgegangen seid, etwas von Verwandten verlauten lassen? Einen Namen? Er hinterläßt persönliche Dinge, und vielleicht würde ihm jemand gerne das letzte Geleit geben.«

Maria rang nach Luft. »Er stammt doch aus Köln, hier kannte er niemanden. Nein, er nannte keinen Namen, es wäre mir aufgefallen. Er starb ganz alleine in der Kammer?« Abwehrend schüttelte Maria den Kopf, und ihre Augen füllten sich erneut mit Tränen. »O Gott, wie furchtbar!«

»Ich habe ihn nach seiner Gattin gefragt …«

»Habe ich auch, ohne eine Antwort zu erhalten. Er ist mir ausgewichen.« Maria nickte ein wenig vorschnell zu Franziskas Worten, faßte zitternd ihren Becher mit beiden Händen und führte ihn zu den blutleeren Lippen.

Suse hielt den Kopf in die Handflächen gestützt. Sie nahm weder Marias Leiden noch Franziskas Anteilnahme wahr.

»›Das Apfelbäumchen‹ … Die Frauen, die Frauen …«

»Also Suse, wirklich! Sei still!« Franziska schlug sich in plötzlicher Erkenntnis gegen die Stirn. »O ja, natürlich! Verzeih mir!«

Verständnislos schaute Maria von einer zur anderen, die offenkundig gemeinsam eine Frucht vom Baum der Erkenntnis gekostet hatten.

»Habt ihr keine anderen Sorgen?«

Franziska drehte ihren Becher, schaute hinein, trank aber nicht daraus. Ihre Augen waren auf ihre Fingerspitzen gerichtet, dann sah sie Maria abwägend an.

»Suse hat völlig recht. Herr Joslin hat uns alle an der Nase herumgeführt. Er kannte sich hier aus, wenn er Euch das ›Apfelbäumchen‹ als einen ehrbaren Ort empfehlen konnte, an dem sich achtbare Frauen aufhalten. Und der Wirt mußte Herrn Joslin wiederum kennen, weil er ihn bat, ein Possenspiel zum besten zu geben. Einen spielenden Narren erkennt man am Kostüm, und dieses war nachweislich in seiner Kammer, ordentlich verstaut in seinem Gepäck. Uns gab er vor, erst an dem Tag angereist zu sein, aber das stimmte nicht.«

»Vielleicht war er ja schon vor vielen Jahren in Aachen.«

»Früher waren die Gäste des ›Apfelbäumchens‹ aber noch alles andere als tugendhaft zu nennen. Jedes Kind, älter als fünf Jahre, kennt noch den üblen Ruf, bevor der alte Wirt im Mai vertrieben wurde, nachdem die Gaststube von Randalierenden zerstört worden war. Frau Maria, was hat Herr Joslin zur allgemeinen Belustigung aufgeführt?«

»Ist das wichtig? Dem Herrn hat es gefallen, ihn zu sich zu nehmen. Ihr tut geradezu so, als sei er umgebracht worden!«

»Nein, sein Herz ließ ihn im Stich, aber ich möchte gerne wissen, weshalb er uns belogen hat.«

Franziska konnte keine wirkliche Begründung liefern; es war jedoch nicht mit Neugier zu umschreiben, was sie zur Hartnäckigkeit trieb, eher eine Intuition. Maria wand sich verlegen auf dem wurmstichigen Schemel, und die unbeschäftigten Finger nestelten alsbald an ihrer Haube. Sie tat sich schwer, und nur schleppend reihte sie mit spröder Stimme die Worte aneinander.

»Die Stimmung war gut. Alle hatten schon tüchtig dem Wein zugesprochen. Er ... Herr Joslin ... nun, wir haben ja alle schon von dem Gemunkel gehört, daß das künftige Königspaar keine Freude aneinander hat, weil Herr Jaurenus mit unter der Bettdecke steckt. Es gibt ein schlüpfriges Spottlied, in dem die Namen nicht genannt werden. Alle kannten es! Es war doch nur Spaß.«

»Er hat das künftige Königspaar verunglimpft und sie in aller Öffentlichkeit der Lächerlichkeit preisgegeben? Vor Gästen, die eigens zu der Zeremonie anreisten! Verstehe ich das richtig?« Erschüttert riß Franziska ihre Augen weit auf. Mochte Joslin gestohlen haben, doch eine öffentliche Verhöhnung der kaiserlichen Familie war ein noch viel schlimmeres Verbrechen.

»Nun ja, er hat kein einziges böses Wort über sie gesprochen, nur ihre Gesten und ihr Gebaren herausgestellt. Wie Johanna schreitet, den Dienstboten und Zofen Befehle erteilt und mit ihrem trotteligen Gatten umspringt, aber kein böses Wort«, wiederholte Maria inbrünstig, als hätte jemand Anklage erhoben.

Großer Gott! Das wurde ja immer schöner, Joslins kurzer Aufenthalt hatte schon viel zuviel Schererei verursacht. Beinahe nur war Franziska erleichtert, daß kein folgenreicher Ärger ins Haus stand. Das Gehörte war schon ärgerlich genug. Es sah Meister Schnidder ähnlich, einen Narren einzuladen, der für wenig Geld unterhielt, aber er sollte zu gegebener Zeit dankbar sein, daß er nicht vor den Kaiservasallen aufspielte. Denn das Nachspiel hätte für alle riskant sein können.

»Derjenige, der die Katze der zukünftigen Königin bei ihrer Krönung tragen wird, der enthält zur Entlohnung einen ganzen Goldgulden. Wer Katzen mag, ist ein guter Mensch, sagte meine Großmutter. Herr Joslin hat sich bestimmt in der Dame Johanna getäuscht. Sie kann nichts dazu.«

Zwei höchst verwunderte Augenpaare wandten sich Suse zu, die bisher geschwiegen hatte. Suse errötete bis unter die Rüschen ihrer Haube.

»Das mit dem Gulden, sagt Hans, und der weiß es von einem, der ganz sicher nicht lügt«, fügte sie hinzu.

Energisch erhob sich Franziska. »Gut, daß du auf Hans zu sprechen kommst. Frage beim Stallknecht Deterich nach, ob der Knecht im Haus helfen kann, besser wären zwei starke Männer. Die Tafel muß errichtet werden, und wir müssen bald zusehen, wie viele Gänge wir benötigen, bis die Speisen serviert sind. Zwanzig Gänge dürften gut und gerne nötig sein. Also ein normales Gelage.«

Ohne ein weiteres Wort stellte sich Maria an ihren Platz und kümmerte sich wieder um die Marinade und die Lauchröllchen, dann um den Roggenteig, der lange genug geruht hatte und nun auf die doppelte Menge angeschwollen war. Mit hochgekrempelten Ärmeln machte sie sich daran, ihn kräftig durchzuwalken. Franziska spähte ab und an besorgt zu ihr hinüber.

Marias verbissene Miene verriet nichts von ihren Gedanken. Hier und da fischte sie kleine Steine heraus, die der Mühlstein im Mehl hinterlassen hatte, und warf sie in eine Schüssel. Indessen spießte Franziska die Hühner auf, die später von Suse über dem Feuer gedreht werden sollten. Eine anstrengende Arbeit bei der sommerlichen Wärme. Zum Glück gab es zwei Feuerstellen in Meister Schnidders Küche. Alleine das Ferkel würde einen halben Tag gebraten werden müssen. Bei dem Gedanken, nahe der

Gluthitze zu hocken, lief Franziska der Schweiß in Strömen den Rücken hinab.

Suse kam bald mit lachenden Augen zurück in die stickige Luft und übernahm klaglos das Kurbeln des Hühnerspießes. Jede der drei Frauen war beschäftigt, und jede dachte nach.

Suse dachte an Hans, daran, wie bereitwillig er ihrer Bitte nach dem Aufbau der Tafel nachgekommen war und wie freundlich sein Kompliment über ihr Haar gewesen war, das unter der Haube hervorschaute.

Franziska beschäftigte das Gespräch der Frauen. Sie stellte sich vor, wie Joslin das künftige Königspaar verulkte. So ein derbes und leichtsinniges Auftreten hätte sie ihm nicht zugetraut. Woher der Wirt vom ›Apfelbäumchen‹ wohl Joslin kannte? Franziska nahm sich vor, dem Gasthaus beizeiten einen Besuch abzustatten. Erhielt wirklich der Katzenträger einen Goldgulden? Für diese Summe, die sie Meister Schnidder schuldig war, würde sie fünf Dutzend Katzen den lieben langen Tag durch den Dom tragen!

Auch Marias Gedanken blieben beharrlich am vergangenen Abend hängen. Sie ging alle Einzelheiten durch, jedes Wort, jede Geste. Sie hatte sich so gut unterhalten wie lange nicht mehr. Hatte sich jung und frei gefühlt, ohne zu ahnen, daß der Tod ihrem Begleiter bereits auf der Schulter saß. Doch hätte sie den Verlauf zu ändern vermocht?

Zögernd senkte sich der Abend über Aachen. In den Gassen lärmten die Menschen fröhlich. Sich schmerzlich bewußt, gestern noch selbst zu den Glücklichen gehört zu haben, verabschiedete sich Maria. Franziska selbst war durch Suse zu Meister Schnidder bestellt worden. Ob ihm schon zugetragen wurde, was in seinem Haus geschehen war? So oder so, der Hausherr würde es erfahren. Mit einem mulmigen Gefühl klopfte sie an die Tür zur Kammer des Meisters.

»Nun, wie läuft es?« herrschte der Tuchhändler sie an, anstatt sie zu grüßen. Despotisch saß er hinter seinem Schreibtisch und beugte sich vor. Seine dürren Halsmuskeln waren angespannt. Ungeduldig trommelte er mit seinen Fingerspitzen auf die Holzplatte.

»Zur höchsten Zufriedenheit, Meister.«

Franziska war einfach zu müde, um nun noch einen langen Bericht abliefern zu wollen. Den Meister würde ohnehin nicht der Zustand der Brotes oder des Fisches interessieren. Und wenn der Meister nun nicht über die Münzen lamentieren wollte, dann war es Franziska nur recht. Es konnte nicht schaden, die Schmeichelei zu betonen. Der Zweck heiligt die Mittel.

Sie holte tief Luft: »Ihr werdet Eure Gäste opulent bewirten können. Sie werden sich wie der Kaiser selbst vorkommen, ganz wie es Euren Vorstellungen entspricht. Man wird Eure Gastlichkeit weithin rühmen und lobpreisen, Herr.«

In Franziskas Ohren klangen ihre eigenen Worte überheblich, aber Meister Schnidder lehnte sich nun entspannter zurück.

»Ja, des Kaisers Hofstaat braucht schon etwas Vernünftiges.« Ensbert Schnidder überlegte beim Anblick der erschöpften Frau. Die dunklen Augenränder gefielen ihm nicht, und er sprach aus, was ihm durch den Kopf ging. »Nicht nur der Gaumen soll Freude haben, auch die Augen der Herrschaften. Für den Spaß soll dieser eigenartige Vogel sorgen. Schließlich verlangt er viel Geld und gibt vor, ein ganz besonderes Können aufzuweisen. Wirklich ein seltsamer Kauz! Ich frage mich, ob ich die richtige Wahl getroffen habe. Wie ein Spielmann sieht er ja nicht aus. Wenn er mir den Auftritt vermasselt, dann lasse ich ihn bestrafen, bis die Glöckchen um die Knochen klimpern. Ich lasse mir keine Schlampereien bieten! Von niemandem! Hier herrschen Zucht und Ordnung, aber ich werde das verdammte Gefühl nicht los, daß irgendwas nicht stimmt.« Zornige Augen blitzten unter den buschigen Brauen heraus. »Wenn ich diejenige ertappe, die mir meine Schreibkiele stiehlt, dann setzt es was! Ich lasse sie an den Pranger knüpfen und aus der Stadt jagen. Ohne ihre diebische Hand. Von Almosen soll sie leben und nie vergessen, daß man anderen nichts nimmt. Hört Ihr?«

Maria hatte etwas Ähnliches in der Frühe geäußert, erinnerte sich Franziska. Und wenn ihr Geist sie nicht im Stich ließ, dann stand für den Meister der Täter fest. Eine Täterin. Sie, Franziska! Aber es ging um banales Schreibzeug, nicht um die Silberketten, die sie an sich genommen hatte.

Franziska fuhr erbost auf. »Ihr redet gegen mich, weil ich schreiben kann! Habt Ihr einen Beweis? Für Eure Hetzrede habt Ihr keinen, denn es gibt ihn nicht, weil ich Euch kein Schreibzeug gestohlen habe. Von meinen Ersparnissen kann ich mir Pergament und Federn erlauben, sollte ich Bedarf haben. Ich müßte mir nur die Zeit zum Schreiben stehlen, ja, dann wäre ich eine Diebin. Aber nicht an Eurem Gut. Ich kann bei solchen Unterstellungen nicht unter diesem Dach arbeiten. Kocht doch den Brösel alleine, wenn Ihr mich aus dem Haushalt wissen wollt«, schloß sie in schneidendem Tonfall und wirbelte mit wehendem Rock herum.

»Anmaßendes Weibsstück! Ich habe niemanden direkt beschuldigt. Wagt es ja nicht, mich nun im Stich zu lassen!«

Meister Schnidder warf ihr ungehalten einen steinernen Briefbeschwerer nach. Hysterisch überschlug sich seine Stimme, doch erstaunlicherweise bekam er sich rasch wieder unter Kontrolle. Franziska trat nicht zurück, als der Stein polternd vor ihre Füße fiel. In einem versöhnlichen Ton fuhr Schnidder fort: »Wir sind alle ein wenig überreizt.

Ich habe viel Arbeit, und mir sind die Nerven durchgegangen. Habt Ihr keine anständige Kleidung? Euer Gewand ist dreckig und fleckig.«

»Ich verfüge über keine andere Ausstattung als dieses Gewand für die Küche.«

Beliebte der Meister zu scherzen? Das gute Kleid war einzig den Besuchen des Gottesdienstes vorbehalten. Franziska wagte einen herzhaften Vorstoß. Wenn sie schon keine richtige Entschuldigung erhielt, dann forderte sie eine andere Genugtuung. Noch war Meister Schnidder zerknirscht, ein Umstand, den sie nicht unbeachtet verstreichen ließ.

»Beim Marktbesuch ist mir aufgefallen, daß die meisten Dienstboten einheitliche Gewandungen tragen, um die Augen des Kaisers zu erfreuen. Blau ist seine Lieblingsfarbe.« Zufällig stand ihr Blau sehr gut.

»So, ihr seid drei, die bedienen werden. Dürfte nicht zu übermäßig teuer werden. Könnt Ihr bei Eurem Vater Rabatt erbitten?«

»Nein!«

Sogar ein Mann wie Meister Schnidder zuckte vor dem scharfen Klang ihrer Stimme zurück. Er unterließ endlich das Fingergetrommel auf der Tischplatte, bedachte Franziska mit einem durchdringenden Blick, doch ließ er es dabei bewenden. Meister Schnidder hatte einen guten Tag gehabt und war nicht weiter auf Streit aus. So, wie Franziska insgeheim vermutete, hatte er ein Wappen entworfen, welches ihm zu seiner Ehre gereichte. Erfreut über einen Gedanken, kratzte er sich unverhohlen im Schritt.

»Schickt mir Maria hoch.«

»Gerne, Meister, aber sie ist schrecklich übler Laune. Sie riecht fürchterlich streng nach den Fischinnereien und bekam davon schlimmes Kopfweh. So ein Geruch läßt sich erst Tage später vertreiben. Ich gebe ihr sofort Bescheid, und Ihr werdet sie umgehend in Eurer Kammer vorfinden.«

»Pfui Deibel. Wenn ich es mir recht überlege … Was ich von Maria verlange, hat noch Zeit.«

Sichtlich angewidert schickte der Meister Franziska fort.

Kapitel 7

Maria sollte ihre Nacht zur Trauer um Herrn Joslin haben, selbst wenn sie nie erfahren würde, daß sie diese Ruhe Franziska und deren Lüge zu verdanken hatte. Franziska war mit sich zufrieden und dankbar, bisher um die finanzielle Rechenschaft herumgekommen zu sein. Bald würde sie ihren Lohn erhalten, davon ließ sich bestimmt etwas abzweigen. Wenn sie die nächsten Einkäufe geschickt aushandelte, würde Meister Schnidder vielleicht doch nicht erfahren, daß er die Bestattung Joslins bezahlt hatte. Doch was sollte sie dem Meister sagen, wenn er nach Joslin schickte? Er sei abgereist? Habe sich einfach davongemacht? Das war nicht mal gelogen.

Wie konnte ein Mann, der einen so guten Eindruck hinterließ, ein Dieb geworden sein?

Franziska streckte sich und gähnte. Sie hatte es sich zur Angewohnheit gemacht, noch einige Atemzüge im Garten zu nehmen, bevor sie sich zu Bett begab. Der Ort an der Mauer war ihr am liebsten. Wieder streifte sie die Schuhe ab. Von den umliegenden Gassen her erklang noch der Lärm, wie ihn Nachtschwärmer machten. Gesang, lautes Reden, Klirren und Scheppern. So manches Paar, das sich erst an diesem Abend gefunden hatte, schwor sich ewige Liebe, die sich nach einer durchzechten Nacht als ein Mordskater herausstellte.

Wie von diesem Gedanken heraufbeschworen, flog ein

Bündel von der Mauer, das sich als der Nachbarskater Knauff entpuppte. Verwegen schlich er zunächst durch das hohe Gras, dann über die Moospolster. Seine Tritte waren nicht zu hören, aber sein Schnurren beim Anblick der freundlichen Person, die immer nach Futter roch, war enorm laut. Er hielt etwas im Maul, das er aber sogleich fallen ließ. Franziska lockte leise, er kam heran und stieß seinen Kopf gegen ihre Hand. Dann drehte er sich schnurrend auf den Rücken und präsentierte ihr sein weiches Bauchfell.

»Na, mein Hübscher. Was hast du denn da? Eine Feder, na, die füllt dir den Bauch aber nicht. Ich würde dich glatt bitten, mein Lager mit mir zu teilen. Schweigsame Gesellschaft wäre mir heute nacht lieb, aber du schätzt deine Freiheit, nicht wahr?«

»Na, so etwas sollte mir mal eine Dame sagen. Da würde ich gerne mit dem Pelztier die Rollen tauschen.«

Erschreckt sprang Franziska auf. Der rote Kater suchte das Weite, und ihr blieb lediglich die weiße Taubenfeder in der Hand. Die Stimme war vom Grundstück der Witwen Knauff gekommen und hatte belustigt, kräftig und männlich geklungen. Die Dunkelheit machte es schwer, den Sprecher zu erkennen, doch der Silhouette zufolge mußte es ein großgewachsener Mann sein, mit schulterlangem Haar. Er lehnte an der halbhohen Mauer.

»Die Rollen tauschen? Mit allen Konsequenzen, die sich daraus ergeben? Eine fürwahr einmalige Bitte. Die übrige Zeit Eures Lebens würdet Ihr lauernd vor Mäuselöchern verharren, Fliegen jagen, Futter erbetteln, die Zecken im Fell nicht alleine losbekommen, gut zwei Drittel Eures Daseins verschlafen, Euch derbe Fußtritte von Gassenjungen einhandeln und Euren Abtritt im Blumenbeet der Witwen verscharren, wobei sie Euch peinlichst genau beobachten würden.«

Irgendwie saß Franziska der Schrecken zu arg in den Gliedern, sonst hätte sie dem Redner richtig scharf Paroli geboten. Andererseits, warum gleich keifen? Der Mann hatte sie vielleicht ohne Absicht erschreckt.

Heiteres Lachen erschallte erneut von der anderen Seite. »Wenn ich es eingehend betrachte, dann wäre dies tatsächlich nicht der schlechteste Handel, den ich eingehen könnte, wenn Ihr mir nur hin und wieder tröstend über den Pelz streichen würdet. Ich beobachte Menschen, stelle ihnen nach, komme kaum zum Schlafen, und meine Tritte erhalte ich nicht von Gassenjungen, sondern eher – aber nicht weniger schmerzhaft und in Form von Tadeln – von den Stadtoberen. Na ja, wenigstens kann ich meine Notdurft ohne Augenzeugen verrichten.«

Tadel von den Stadtoberen!

Beobachten? Nachstellen?

Ein Lump tat so etwas!

Franziska hatte sich wieder gefaßt. »Was treibt Ihr Euch überhaupt im Garten der Witwen herum? Wenn Ihr Menschen beobachten wollt, dann laßt gefälligst die beiden Damen hier in Frieden. Schert Euch auf den Markt, hier gibt es nichts zu sehen.«

»Ach, mir gefällt es gut hier. Netter Gesellschaft weiche ich ungern aus.«

Die Witwen waren ohne jeden Schutz. Der Mann war ziemlich dreist. »Ich werde die Stadtwache rufen, wenn Ihr nicht vom Grund und Boden der Witwen verschwindet!«

Sie beließ es bei der laut ausgesprochenen Drohung, die umzusetzen allerdings viel Mühe erforderte. Die Stadtwachen hatten Besseres zu tun, aber vielleicht ließ sich der Kerl trotzdem vertreiben. Er rührte sich keine Handbreit. Franziskas nervöse Finger spielten hinter ihrem Rücken mit der Feder des Katers. Sie klappte den Mund auf und atmete tief ein.

»Schreit nicht gleich los, als ob ich drohe, Euch die Gurgel durchzuschneiden.« Der Schatten hob beide Hände, zum Zeichen, daß er unbewaffnet war. »Ihr würdet meine Tanten nur unnötig ins Gerede bringen, wenn Ihr Alarm schlagen würdet. Sie fürchten sich jetzt bereits fast zu Tode.«

»Eure Tanten?« Franziska stutzte.

Der Mann indes redete schnell weiter. »Agnes und Angela, die Witwen der Senfhändler Knauff. Deren jüngste Schwester, Thomasina, war meine Mutter, und mein Vater war kein Senfmacher, sondern ein Wachmann. Ich selbst verdinge mich als Stadtsoldat und lebe normalerweise in der Unterkunft am Marschiertor. Ich mußte aber dort mein Bett räumen, für einen Gast aus dem Gefolge eines hohen Ritters. Gewissermaßen ergab sich daraus, daß die Tanten mir einen Gefallen erweisen und ich ihnen hoffentlich mit meiner Anwesenheit diene.«

»Oh, Ihr seid hier, um den gräßlichen Spuk zu vertreiben, der den Nachbarinnen den Schlaf raubt?«

»Ihr wißt davon? Nun, dann müssen meine Tanten großes Vertrauen in Euch setzen. Sie versicherten mir einhellig, nur einer einzigen davon erzählt zu haben, demnach seid Ihr jene Frau Franziska. Die beiden sind etwas verschroben, aber ich mag sie und werde hier nach dem Rechten sehen, bis der Geist vertrieben ist. Ob aus ihren Köpfen oder aus dem Haus wird sich zeigen. Gestatten? Mein Name ist Thomas Blij.«

Er reichte Franziska die Hand. Sie drückte sie kurz und trat dann wieder einen Schritt zurück.

»Dann geht auf die Pirsch, in Gottes Namen, Thomas Blij. Einen guten Erfolg wünsche ich Euch.«

Als sie erwachte, konnte sich Franziska nicht mehr entsinnen, ob die nächtliche Begegnung nicht nur ein lebhafter

Traum gewesen war. Es war die letzte Nacht, die sie alleine in einer Kammer verbringen durfte, und sie hatte tief und gut geruht. Wenn sie nur auf Vorrat schlafen könnte! Von dem Guthaben würde sie sich wünschen, zehren zu können. Sie hob ihre Finger, um sich den Schlaf aus den Augen zu reiben, und bemerkte irritiert die schwarze Tinte auf Daumen und Zeigefinger.

Mit so einer Tinte zeichnete Meister Schnidder auf seinen Pergamenten.

Die Feder des Katers, die neben Franziskas Liegestatt lag, wies ebenfalls Tintenflecken auf. Das Tier war demnach in der Kammer Meister Schnidders gewesen und hatte sich dort kaltschnäuzig bedient. Hoffentlich trug dies nicht wieder zur schlechten Laune des Meisters bei, aber wenn es die Feder tatsächlich gab, dann gab es auch Thomas Blij. Er war demnach keine Traumgestalt.

Franziska warf die Decke zurück und wusch sich an einem Behältnis, welches eben soviel Wasser enthielt, daß sie das Läppchen mit dem Naß tränken konnte. Energisch schüttelte sie ihre Kleidung aus, zog sie an und stülpte die Haube über ihr Haar, bevor sie sich die Stiege hinunter begab.

Das erste, was ihr auffiel, war Suses sorgsame Aufmachung. Ihr jutefarbenes Kleid war gesäubert und am Saum gebürstet. Suses Haare waren aufgesteckt und mit einem Tuch bedeckt, Hals und Arme noch rot vom heftigen Waschen. Aufgeregt spielte die Magd mit dem hölzernen Kreuzchen, das um ihren Hals hing. Lebhaft plauderte sie drauflos.

»Frau Franziska, wir sind zur Schneiderin in die Trichtergasse bestellt. Meister Schnidder hat uns erlaubt, auf seine Rechnung Kleider fertigen zu lassen, und will uns das Geld nicht vom Lohn abzwacken. Ausgerechnet heute, wo die königlichen Gäste in Aachen einreiten. Ich habe mich schon die ganze Zeit darauf gefreut. Wie lange braucht denn eine Schneiderin, um die Gewänder abzumessen? Das geht doch bestimmt ganz schnell.« Vor Aufregung klatschte Suse in die Hände.

»Du meinst, wir könnten noch ein wenig Zeit abzweigen, um heimlich dem einziehenden Vasallentroß zuzuschauen? Vergiß es ganz schnell! Wir haben heute sehr viel Arbeit. Die Eierkuchen mit der Preiselbeersoße, die Kirschspeise und noch so vieles andere müssen bereitet werden. Die Zimmer der Gäste haben auch noch nicht den letzten Schliff erfahren. Wir gehen geradewegs zur Schneiderin, und dann kommen wir unverzüglich zurück und stecken unsere Nasen in die Arbeit, für die wir mit Kost, Logis und Münzen entlohnt werden.«

Suses Gesicht spiegelte ihre ganze Niedergeschlagenheit wieder, doch noch sah sie ihre Wünsche nicht gänzlich verloren. »Och, bitte, Frau Franziska. Wir haben doch ...«

»Nein, Suse! Finde dich bitte damit ab! Wir bekommen später noch andere Gelegenheiten, den Feiernden zuzusehen.«

Maria kam herein und schob mit ihrer knochigen Hand die Magd beiseite. »Die Zimmer haben wir in der Nacht gerichtet, die Beerenspeisen sind ebenfalls fertig. Wir waren fleißig, während Ihr es vorgezogen habt, dem Herrn Blij schöne Augen zu machen. Schämt Ihr Euch nicht, wie eine schmachtende Katze an der Mauer zu hocken und dabei auch noch leise zu reden! Eine brave, unbescholtene Frau wie ich muß da Unlauteres vermuten!«

»Ihr habt gelauscht!«

»Ich habe lediglich Interesse gezeigt.«

Maria hatte offenbar zu ihrer mürrischen Art zurückgefunden. So sah also der Dank aus, daß Franziska ihr eine Trauernacht ermöglicht hatte. Streng und stramm, mit verschränkten Armen stand die Ältere an der Tür und wandte sich an die enttäuschte Magd. In dem geduldig-freundlichen Ton, mit dem greinenden Kindern Trost zugesprochen wurde, sagte sie: »Suse, geh schon vor, wir folgen dir gleich. Ich habe mit Frau Franziska vertraulich zu reden. Sie versteht einfach nicht, um was es hier geht! Ich werde sie zur nötigen Einsicht bringen. Natürlich werden wir den Einzug der Ritter und Gesandten anschauen, so wie ich es dir versprochen habe.«

Zitternd vor Wut schaute Franziska dem Mädchen nach und bereitete sich darauf vor, Maria gründlich die Meinung zu sagen. Wer hatte hier die Verantwortung für einen reibungslosen Ablauf? Das war ja wohl sie, Franziska, solange sie in diesem Haushalt in Lohn und Brot stand! Diesen belehrenden, ja aufsässigen Ton würde Maria sich abgewöhnen müssen, schließlich war Franziska nicht gewillt, sich vor einer Magd wie eine erzdumme Göre abkanzeln zu lassen. Ihr Ruf stand auf dem Spiel, wenn das Festessen nicht nach dem Geschmack Meister Schnidders ausfiel.

Maria kam der höchst verärgerten Franziska zuvor und hob beschwichtigend eine Hand. »Es war mein Vorschlag. Von schönen Gewandungen und dem ganzen oberflächlichen Tand und Geplänkel habe ich unter diesen Umständen die Nase voll. Mir geht Herr Joslin nicht aus dem Kopf. Ihr habt die Münze für seine Bestattung von Meister Schnidder genommen, nicht wahr? Das ist ein eindeutiger Betrug, denn er hat keine Ahnung davon!«

»Suse hat mich verraten?«

»Sie hat es mir nicht leichtgemacht.«

Marias Freundlichkeit Suse gegenüber diente nur dazu, die Magd auf ihre Seite zu bringen, mutmaßte Franziska. Sollte nun auch noch eine Erpressung hinzukommen?

»Ja, das habe ich getan. Na und? Ist ja nicht Euer Problem. Wollt Ihr mich anschwärzen? Nur zu, ich kann Euch nicht daran hindern. Es war ein Akt der Barmherzigkeit, gewiß schließt sich der Meister meiner Meinung an und heißt mein Handeln gut«, verteidigte sie sich halbherzig und wurde sich darüber bewußt, sich einem gründlichen Irrtum hinzugeben.

Maria hieb gleich deftig in diese Kerbe. »Ganz gewiß nicht. Der Spielmann hat ja nicht ein Mal gespielt. Was die Großzügigkeit angeht, hat der Meister dicke Igel auf der Geldtasche sitzen. Die wirkliche Närrin seid Ihr, wenn Ihr glaubt, Ensbert Schnidder zahlt die Bestattung. Ich habe allerdings eine Vorstellung davon, wie wir gemeinsam den Fehlbetrag ausgleichen können. Wenn die Trosse einreiten, geben sie sich großzügig, werfen ganze Hasen, Ferkel, gesegnete Kreuzbrote und …« Maria ließ sich Zeit, bevor sie triumphierend hinzufügte: »Münzen! Sogar Markstücke und mit noch mehr Glück Goldgulden. Wenn wir genug erhaschen können, dann ist die Beerdigung beglichen, ohne Lüge und Betrug. Dann braucht sich Herr Joslin nicht vor Gram im Grabe umdrehen.«

Franziska riß die Augen weit auf. Nie und nimmer hätte sie mit so einer Offenbarung gerechnet. Verblüfft schloß sie den Mund und dachte kurz nach.

»Oh, eine phantastische Idee, Frau Maria. Ihr seid Gold wert!« Sie war beinahe sprachlos vor Begeisterung. »Mir wäre dies nie in den Sinn gekommen. Entschuldigt bitte! Damit wäre mir eine große Last genommen. Na ja, ich fürchtete, Ihr wolltet wieder zanken. Habt Ihr einen bestimmten Plan?«

»Nun, an jedem Tor reiten Gäste zur abgesprochenen Stunde ein. Ich habe mich ein wenig in der Nachbarschaft umgehört. Wir können zur Neupforte gehen, sie liegt am nächsten, und dann stellen wir uns am besten vor das Theresienkloster. Erinnert Ihr Euch an mein Erlebnis am Markt? Die Herren von Sachsen und Brabant liegen im Zwist, aber sie reiten dort gemeinsam ein, ist mir zu Ohren gekommen. Einer wird den anderen übertreffen wollen, um die Gunst der Bevölkerung für sich einzunehmen, und die Münzen werden nur so auf uns herunterregnen. Wir brauchen nur zuzugreifen. Suse kommt mit, Hans ebenfalls. Je mehr Hände zupacken, desto besser für unsere Mission.«

»Und zur Schneiderin gehen wir nicht, sondern wir sparen. Dafür wird der Meister uns doch herzhaft danken, denn die Kleidung würde ohnehin erst nach der Krönung fertig werden.«

»Zeit ist Geld.«

Zum ersten Mal zwinkerte Franziska der Haushälterin vergnügt zu, und beide Frauen lachten in dem gemeinsamen Einverständnis auf. Übertrieben näselte Maria, im Ton den Hausherrn nachahmend: »Wohl wahr, wir werden die Gäste mit den köstlichsten Speisen blenden, auf daß sich ihr Gaumen wie im Paradiese fühlt und die Augen nicht nach schönen Gewändern lugen.«

Franziska legte der älteren Frau eine Hand auf den Arm. Es gab noch etwas, was sie unbedingt wissen mußte.

»Maria, warum macht Ihr das? Ihr kanntet den Herrn Joslin nicht, oder?«

»Er hat mir das schönste Geschenk gemacht, indem er mich zum Lachen brachte. Mir ist so vieles, was ich verloren glaubte, in dieser einen Nacht zurückgegeben worden. Ich bin es ihm schuldig.«

Hans und Suse erwarteten die Frauen nicht sonderlich sehnlich, sondern waren in einem intensiven Gespräch vertieft, das diesmal nicht das Wetter zum Inhalt hatte.

Franziska und Maria gingen voran, Suse und Hans folgten wieder mit Abstand. Sie mußten sich durch die Menschenmenge drücken. Niemand schien mehr in seinem Haus zu verweilen. Jemand scherzte, und die Umstehenden fielen in das Gelächter ein. Selbst die respektablen Nonnen aus dem Theresienkloster waren auf die Straße getreten und tuschelten lebhaft miteinander. Das sonnige Wetter war wie gemacht für ein so eindrucksvolles Spektakulum. Nicht ein Wölkchen weilte am strahlend hellen Himmel.

Mit dem Glockenschlag zur neunten Stunde, der laut von Sankt Nikolaus erklang, setzten gleichzeitig die kräftigen Fanfarenstöße ein, die den Einzug ankündigten. Aufgeregte Stimmen riefen immer wieder die Namen der Adligen. Huldigungen und Jubelrufe im Sprechchor steigerten sich zu einer unermeßlichen Lautstärke. Mit einem schiefen Seitenblick maß Franziska eine frenetisch jubilierende Frau, die neben ihr stand.

»Da, der Herzog von Brabant.« Maria deutete auf den nahenden Reiter und sein imposantes, dunkelbraunes Schlachtroß, das sich von dem Getobe unbeeindruckt zeigte. Das Banner voran und mit einer auf Hochglanz polierten Rüstung, kam der Brabanter die Straße entlanggeritten. Auf seinem kantigen Helm wippte eine rote Feder. Die ritterliche Haltung verriet einen Stolz, der an Hochmut grenzte. Franziska stemmte sich gegen die Menge, um nicht gegen das tänzelnde Pferd gedrückt zu werden. Es war mit einer weichen Schabracke geschmückt, welche die Wappenfarben des Brabanters zeigten.

Nun tat es Franziska ihren Mitstreitern gleich, hob ebenfalls die Arme und stimmte in den ohrenbetäubenden Jubel ein. Hinter dem Herzog folgten seine berittenen Vasallen, dann die Trommler zu Fuß. Dahinter wiederum ratterten holpernd die ersehnten Fuhrwerke mit den Gabenverteilern.

Neben Franziska steigerte eine Frau noch einmal ihre unglaublich gellende Stimme, dann aber plötzlich verstummte sie abrupt. Ein Gabenverteiler hatte ihr ein geschlachtetes Schaf zugeworfen. Schwer am Kopf getroffen, war die Frau ohnmächtig zu Boden gesunken. Einigermaßen schadenfroh ging Franziska in die Knie, um nachzuschauen, ob etwas Ernstliches geschehen war. Nein, die Frau würde sich bald erholen.

Gleich darauf prasselten die harten Münzen auf Franziska hinab, trafen sie auf Rücken und Kopf. Sie versuchte nach besten Gassenmanieren, zu denen ausgekeilte Püffe und derbe Knüffe gehörten, reichlich einzuscheffeln.

Maria behielt recht: Der Herzog von Sachsen ließ sich ebenfalls nicht lumpen. Aufgeregt sah Franziska zu Suse hinüber, die soeben einem frechen Gassenjungen, der ihr schon einige Münzen fortgeschnappt hatte, androhte, sich auf ihn zu setzen, wenn er sich nicht augenblicklich einen anderen Platz suchen würde. Der Bursche streckte ihr die Zunge heraus und verschwand schleunigst, als sich Suse daran machte, ihre Drohung in die Tat umzusetzen. Hans lächelte bezaubert.

Der Aufmarsch war schnell vorüber, und sofort danach zerstreuten sich die Menschen wieder, um ihren Beschäftigungen nachzugehen. Nun tönte der Jubel vom Markt herüber.

Franziska und ihre Begleiter zogen sich in eine Mauernische des Theresienklosters zurück und zählten ihre Beute. Maria hatte drei Mark und einige Obolen, Suse sogar einen Goldgulden; mit Hans' und Franziskas Münzen kamen sie auf insgesamt dreizehn Mark, fünf Schillinge und achtzehn Obolen, eine stolze Summe, wenn Franziska bedachte, für welchen Lohn sie arbeitete.

»Das Geld liegt auf der Straße.«

Der Goldgulden würde in den Beutel des Meisters zurückwandern, den Rest sollten sich Maria, Suse und Hans teilen. Franziska war erleichtert. Die Sorge hatte wie ein Wackerstein auf ihr gelastet. Sie los zu sein war ihr mehr wert als alles andere. Sie hatte sich schon bei einem halbseidenen Hehler gesehen, bei dem Versuch, Joslins Silberketten zu Geld zu machen. Lediglich zehn Obolen nahm sie an sich, so viel, wie sie im Augenblick brauchte.

»Könnt ihr noch eine kurze Weile auf mich verzichten? Ich möchte in das Gasthaus, in dieses ›Apfelbäumchen‹, und fragen, ob jemand Herrn Joslin von früher kannte. Meine versäumte Arbeit hole ich dann in der Nacht nach.«

»Nein, nie und nimmer! Suse und ich haben noch viel zuviel gut, wir haben die letzte Nacht gearbeitet. Franziska, entweder schuften wir beide oder keine. Suse, geh mit Hans zurück, ich begleite Frau Franziska. Ich kann es nicht verantworten, dich alleine zu lassen. Hier lauern zu viele Gefahren, und außerdem kenne ich mich schließlich im Gasthaus aus.«

Sehr energisch befahl Maria, und die anderen folgten nicht ungern. Suse lächelte scheu zu Hans, der ihr seinen Arm bot.

Franziska sah ihnen nach. »Frau Maria, Ihr versteht es, die Menschen auf eine ungewöhnliche Art fröhlich zu machen.«

»Du meinst Suse und Hans? Die beiden sollen ihre Zeit genießen. Irgendwann werden sie sich schon selbst unglücklich machen. Da stehe ich lieber auf der freundlichen Seite, dort bin ich eh zu selten«, sagte Maria ernst.

Franziska war mehr als überrascht darüber, in Maria eine Komplizin gefunden zu haben, und traute der ganzen Sache noch nicht recht. Letztendlich jedoch war sie heilfroh darüber, nicht alleine über den Markt gehen zu müssen. Das Kopfsteinpflaster war noch feucht von verschüttetem Bier und Wein, der kostenlos an die Bevölkerung ausgeteilt wurde. Die beiden Frauen bahnten sich den Weg, vorbei an dem mächtigen Granusturm neben dem Rathaus.

»Da, an der Rathausfassade, oben wo die Steinfiguren stehen, ist eine Figur noch verhüllt. Kennst du den Grund, Maria?« Mit Absicht ließ Franziska die Anrede fort und sprach die andere ebenfalls ohne förmlichen Titel an. Maria schien es nicht zu stören. Sie folgte Franziskas Fingerzeig.

»Eine Überraschung für den frisch gekrönten König. Der Bildhauer Peter von der Glocke hat ihn in Stein gemeißelt. Nach der Krönung Wenzels wird die Statue feierlich enthüllt. Man munkelt, der Bildhauer sollte froh darum sein, daß er den Auftrag jetzt schon erhielt, wo der Knabe noch sechzehn Jahre alt ist, denn er hätte gute Anlagen zur Fettleibigkeit, und bald wäre doppelt soviel Stein nötig, um eine Statue zu meißeln.«

Zu gern hätte Franziska einen neugierigen Blick unter das Tuch geworfen. Nun, in einigen Tagen würde das Geheimnis ohnehin offenbar werden.

Das Gasthaus war proppenvoll. Mit Hilfe von Franziskas harten Ellenbogen und Marias spitzer Zunge gelang es den beiden Frauen jedoch, bis zur Theke vorzustoßen. Von der nahen Freudengasse waren einige Hübschlerinnen eingekehrt, die auf ein gutes Geschäft aus waren und den männlichen Gästen lustvoll verheißende Blicke zuwarfen. An normalen Tagen wären die Frauen hinausgeworfen worden, doch die Stadt glich einem Tollhaus, und da kam es auf die Huren in der Öffentlichkeit auch nicht mehr an. Manche unsittliche Bemerkung war zu hören, und Franziska spürte die eine oder andere Hand an ihrer Brust oder auf dem Hintern. Angewidert verzog sie die Lippen, entschlossen, sich nicht über die Zudringlichkeiten aufzuregen.

Maria war aus anderem Holz geschnitzt. Schon ihr Alter, vor allem aber ihr verbissener Gesichtsausdruck verhießen Respekt. Ein kümmerliches Bäuerlein, das gewiß noch nichts von städtischem Leben gesehen hatte, verkannte sie aber gänzlich. Unter drastischer Aufstachelung seiner Begleiter faßte er ihr geifernd mit gichtgekrümmten Fingern an die Beine.

Maria zögerte keinen Augenblick. Mit der geübten Hand einer Hausfrau hieb sie ihm eine ordentliche Klatsche auf die stoppelige Kinnpartie und setzte in bestem, singendem Bauerndialekt hinzu: »Nu haß de din Mull voll Zäng, wa?«

Dann ging sie hocherhobenen Hauptes hinter Franziska her, die bereits zwei Becher Wein bei der Schankmagd geordert hatte.

»Verflixt, ich kann den Wirt nicht ausmachen.«

Maria schaute hin und her, doch nur zwei Mägde huschten erschöpft und blaß herum. Franziska setzte ihren Becher an die Lippen und trank ihn durstig in einem Zug aus. Der Bauer wurde von seinen Kumpanen verlacht, gab sich aber keine Blöße, sondern ließ Maria einen Krug Wein bringen. Geradezu hoheitlich nahm sie ihn entgegen und prostete dem Spender gnädig zu.

»He, du, ist der Wirt hier?« rief eine feste Stimme neben den Frauen zu einer Schankmagd. Franziska beugte sich ein wenig vor, um an Maria vorbei, einen Blick auf den Sprecher werfen zu können. Es war ein hochgewachsener Mann, schulterlanges, gepflegtes Haar, gut rasiert, grüne Augen und gekleidet in der Uniform der Stadtsoldaten.

Himmel, Thomas Blij!

Franziska kauerte sich zusammen und betete zu allen Heiligen, die aus beklemmenden Situationen einen Ausweg versprachen. Genau wußte sie nicht, warum sie ausgerechnet an diesem Ort nicht von ihm gesehen werden wollte. Zerzaust wie ein Walkerweib fühlte sie sich, und bei der Rauferei um die Münzen hatte sie einige Schmutzflecken abbekommen.

»Nee, der Wirt liegt oben und schläft seinen Rausch aus«, erwiderte die überforderte Magd barsch und wischte die Theke sauber. »Ich verkaufe nur Getränke. Trinkt Ihr?«

»So früh schon? Nein, danke. Nun, ich komme später wieder, und wenn er mir dann nicht Rede und Antwort stehen kann, wecken wir ihn eigenhändig, nicht wahr, mein Freund?« Thomas beugte sich hinab und tätschelte irgend etwas.

Franziska ging leicht in die Knie. Thomas hielt einen Hund, der schwanzwedelnd auf dem Hintern saß und seinen Herrn ergeben anblickte.

Verwundert beobachtete Maria ihre Verrenkungen. »Geht es dir nicht gut?«

Franziska brauchte eine Ausrede, die sie so lange von hier fortbrachte, bis Thomas gegangen war.

»Maria, meine Blase drückt mich arg. Ich muß mich dringlich erleichtern.«

»Da vorne ist eine Tür. Du siehst sie? Dort, wo der Herr im blauen Gewand steht. Einfach durch und dann ein kurzes Stück über den Hof. Der Abort ist leicht zu finden, folge einfach den Fliegenschwärmen. Ich warte hier auf dich.«

Mit wehendem Rock eilte Franziska über den Innenhof. Bei der Rückkehr ließ sie sich ausgiebig Zeit, um noch etwas frische Luft zu schnappen. Der Wein hatte ihr deutlich zugesetzt, und für einen Augenblick ließ sie sich mit weichen Beinen auf einem Holzstapel nieder. Wie gerne würde sie nun mit dem Finger schnippen und sich dann von einem Moment zum anderen in der Küche wiederfinden! Welcher Teufel hatte sie nur geritten, sich ohne ein anständiges Frühmahl zu betrinken? Den schwer gewordenen Kopf nahm sie in beide Hände und stützte die Ellenbogen auf die Knie. Immer größer wurden ihre Augen, als sie erkannte, worauf sie da saß!

Die Angewohnheit des Bademeisters Cocis, die Namen von bedeutenden Persönlichkeiten, die seine Stube besuchten, auf Tafeln zu bannen, hatte auch im ›Apfelbäumchen‹ Schule gemacht. Franziska stand auf, klopfte die Kreide von ihrem Rock und las die Abfassung auf der holzumrahmten Schiefertafel.

Hochzufrieden waren hier:

Herr Peter von der Glocke, bekannter Bildhauer.

Die Pfeiferschar des Markgrafen von Mähren.

Das Gefolge vom Grafen zu Berg.

Der Spielmann Joslin Lataster bereitet in diesem Haus Vergnügen.

Tretet ein, tretet ein, liebe Leut, es wird Euer Schaden nicht sein!

Trinkt und vergeßt der Welten Müh!

Zum Apfelbäumchen, anno 1376, 1ster Juli.

Kapitel 8

Franziska überlegte fieberhaft. Heute war Freitag, der vierte Juli. So viele Spielleute dieses Vornamens konnte es nicht geben, nein, es mußte sich um ihren Joslin handeln. Am Dienstag hatte er also schon dieses Haus besucht und sich am Mittwoch, als angeblich soeben erst Angereister, an Meister Schnidders Pforte eingefunden.

Natürlich! Der Wirt hatte Joslin jedenfalls früher kennengelernt, und aus irgendeinem Grund hatte er ihn gebeten, am nächsten Abend bei ihm aufzuspielen. Wie lange mochte Joslin bereits in Aachen verweilt haben, und warum hatte er es verheimlicht? Weil niemand erfahren sollte, daß er in der Stadt war? Weil er etwas verbarg? Nein, sie beging einen Denkfehler. Jemand, der sich versteckte, spielte nicht in öffentlichen Gasthäusern auf, wo ihn jeder hätte sehen können.

Es sei denn, er war sich sicher, daß die, denen er nicht begegnen wollte, nicht in einem Gasthaus erschienen.

Franziska ging auf und ab. Ihr Kopf war nun auf einen Schlag wieder klar.

Wer besucht die Gasthäuser nicht?

Da waren zuerst die Geistlichen: Pfarrer, Priester, Mönche und Nonnen. Dann die Armen, die sich keinen Wein leisten konnten.

Die feinen Bürger aus der Oberschicht, denen ein Haus wie das ›Apfelbäumchen‹ zu unfein war.

Joslin war aus Köln, wenn seine Aussage stimmte. Sein Dialekt hatte zumindest fremd geklungen. War er jemandem gefolgt, oder folgte ihm jemand?

Zur Krönung waren Tausende angereist, aus jeder Bevölkerungsschicht, vom geringsten aller Bettler bis hin zum Kaiser selbst.

Nein, so kam sie nicht weiter.

Joslin wäre auf jeden Fall am Mittwochabend hierher gegangen, ob mit oder ohne Maria. Noch einmal las Franziska die Tafel. Bereitet Vergnügen, nicht bereitete, keine Vergangenheit. Ob er sich nur einige Münzen hinzuverdienen wollte, indem er Spottlieder über die zukünftige Königin zum besten gab? Politisch war es unklug. So handelte allenfalls ein dummer Hund, der in die Hand biß, die ihn fütterte.

Joslin, wie gerne würde ich dir diese Fragen stellen, dachte sie.

Grübelnd, ob sie Maria darüber berichten sollte, ging Franziska zurück in die Schänke und stieß zu ihrem Unglück mit Thomas Blij zusammen. Rasch wandte sie ihr Gesicht ab, murmelte eine Entschuldigung und versuchte, sich an ihm vorbeizuschlängeln. Er hatte sie jedoch schon erkannt.

»Holla, schöne Nachbarin, Ihr hier? Ihr überrascht mich. Ich hätte Euch hinter Euren Töpfen vermutet. Der Schnidder erschien mir als ein drakonischer Patron.«

Franziska kam nicht umhin, zu ihm aufzuschauen. Sie streckte ihr Kinn vor. »Gelegenheitsnachbarin, bitte! Na und, was gibt es daran auszusetzen? Ihr seid doch auch in dieser Schänke. Jetzt kommt mir bloß nicht als Moralwächter.«

»Nein, wie käme ich denn dazu. Ihr seid eine erwachsene Frau. Ich bin im Dienste der Stadt hier!«

»Prüft Ihr, ob der Wirt den Wein mit Wasser verlängert? Oder längst vergammelte Lebkuchen feilbietet? Sucht Ihr Taschendiebe, Herzensdiebinnen oder gar einen Mörder?« Franziska wußte, daß sie puren Unsinn redete.

»Wie kommt Ihr darauf? Ich meine, wer denkt an einem solchen Tag schon an Mord? Allerorts, in den Gassen, auf den Straßen und Plätzen wird gefeiert und Fröhlichkeit zelebriert.« Thomas sah Franziska eindringlich an. Seine funkelnden Augen machten sie schwindelig.

»Oh, ich meine doch nur ... Na, zufällig habe ich gehört, daß es auf der Großkölnstraße zu einer schrecklichen Freveltat kam. Ganz so gefahrlos, wie man uns Bürger glauben machen möchte, ist die Stadt demnach nicht. Das wird wohl nur behauptet, um die Gäste in falscher Sicherheit zu wiegen.«

Franziska schlug einen herausfordernden Ton an, und der Stadtsöldner konterte umgehend. Er verteidigte sich, als sei er persönlich angegriffen worden.

»Wenn Ihr die Wahrheit reden wollt, dann sprecht nicht dem nach, was das einfache Volk tratscht. Für Sicherheit ist gesorgt, doch keiner kann eine ganze Stadt so bewachen, daß niemand zu Schaden kommt. Das Bäderweib war unvorsichtig und trieb sich allem Anschein nach gern zu nächtlicher Stunde in den Gassen herum. Damit muß man Gesindel anziehen, das sagt einem doch der gesunde Menschenverstand, aber seit den Feierlichkeiten ist der wohl vielen abhanden gekommen. Die Wegnerin schien eh nicht viel davon besessen zu haben, wenn man den Befragungen Glauben schenken kann, es sei denn, es ging um Geld.«

»Wegner hieß die arme Frau?«

»Das ist kein Geheimnis.«

»Hat sich schon ein Zeuge gefunden?«

»Nein.«

»Aha!«

»Ihr hört Euch an wie mein Vorgesetzter. Er erwartet, daß ich nur noch für die Aufklärung dieses Falles lebe und ihm meine gesamte Zeit opfere. Ich kann mich nicht daran erinnern, wann ich zuletzt eine Nacht ausreichend geschlafen habe.«

»Ist es das wert?«

»Einen Mörder zu stellen? Ja! Außerdem ist mir eine weitere Beförderung zugesichert, wenn ich meine Arbeit gut mache.« Thomas deutete auf den Hund neben sich. »Und für ihn gibt es dann einen dicken Knochen. Seit er das gehört hat, treibt er mich an, als wäre er der hungrigste Hund Aachens.«

Franziska strich dem Tier über das seidige Fell. »Euer Hausgenosse wird dem Kater aber gar nicht gefallen.«

»Er hat ihn zum Fressen gern. Der Hund steht ebenfalls im Dienste der Öffentlichkeit, und ich kann nicht gestatten, daß einem Stadtbediensteten die Nase zerkratzt und die Ohren in Streifen gerissen werden. Wir arbeiten, aber wir leben nicht zusammen.«

»Vorbildlich. Es gehört sich, Arbeit und Privates voneinander zu trennen«, entgegnete Franziska ein wenig spöttisch.

Thomas lächelte. »Wobei mir gerade einfällt, daß ich nun eine Pause einlegen darf. Würdet Ihr Euch von mir zu einem Becher Most einladen lassen? Er schmeckt hier sehr gut.«

»Das mag sein, aber ich muß ablehnen. Ich bin mit Frau Maria hier. Wir leben und arbeiten zusammen, und mit ihr wollte ich auch trinken. Nichts für ungut.«

Mit einem Nicken in Richtung des Stadtwächters schob sich Franziska zu Maria vor und leerte mit ihr noch einen Becher. Dann eilten die Frauen zurück zur Mostardgasse. Im stillen dachte Franziska an die schönen Augen, die ihr neben einigem anderen an Thomas ausnehmend gut gefielen.

Maria übersah Franziskas versonnenes Lächeln kommentarlos. Bevor sich Franziska daran erinnern konnte, was sie auf dem Hof entdeckt hatte, waren sie schon vor Meister Schnidders Haus angelangt.

In der Mostardgasse hatte das Chaos in Form der Herzöge von Brabant und Sachsen Einzug gehalten, wie die aufgestellten Standarten verkündeten. Ausgerechnet diese beiden Streithähne würden sich das Quartier teilen! Meister Schnidders Haus war zwar recht groß, aber eben nur ein Stadthaus und somit viel zu klein, als daß sich die Streitsüchtigen aus dem Wege gehen könnten. Das Gesinde hatte sich dem Zank der Herren angeschlossen, und in dem leer geräumten Pferdestall war, unter reger Anteilnahme der übrigen Nachbarschaft, bereits eine deftige Prügelei um die besten Schlafplätze im Gange. Selbst die Witwen Knauff hatten ihr Haus verlassen und reckten sensationslüstern die dürren Hälse.

In stummem Einvernehmen umrundeten Franziska und Maria das Haus und schlichen durch die Hintertür in die Küche. Suse, die vor einer hölzernen Schale saß, weinte zum Herzerbarmen. Dicke Tränen tropften in die Sauerkirschgrütze. Inständig bettelnd schaute sie Maria an.

»Frau Maria«, schluchzte sie, »bitte geht zum Meister Schnidder. Er war schon dreimal hier unten und fragte nach Euch. Er ist sehr böse, wie ein heißer Stier, der nicht zu seiner Kuh darf. Ich mußte seinen Zorn ausbaden. Fettwanst hat er mich geschimpft.«

»Mädchen, paß gut auf dein loses Mundwerk auf, sonst

setzt es eine Backpfeife«, fuhr Maria die aufgelöste Magd an, verschwand jedoch eiligst mit gerafftem Rock die Stiege hinauf.

Franziska legte der Magd eine Hand auf die bebende Schulter. »Mensch, Suse, nun reiß dich am Riemen. Es war wirklich ein unangemessener Vergleich, für den du Maria beizeiten um Vergebung bitten solltest. Entschuldige unser langes Ausbleiben bitte. Noch ein guter Ratschlag für die Zukunft: Wenn dir jemand so dumm kommt wie der Meister Schnidder, dann stelle dir einfach vor, wie er eines Tages im Büßerhemd vor unserer Mutter Gottes steht. Glaubst du, sie wird ihm so schnell verzeihen, daß er ein gottesfürchtiges Menschenkind einen Fettwanst schimpft? Na? Du lächelst, also stellst du dir bestimmt das gleiche Bild vor, das auch ich sehe. Und nun wieder an die Arbeit. Ah, Hans, du drehst das Ferkel, das ist gut. Sind die Tafeln gerichtet?«

Suse war getröstet, und Hans grinste Franziska dankbar an.

»Ja, an sie braucht Ihr keinen Gedanken zu verschwenden. Eure Kammer hat Suse auch schon geräumt und sie an den Herzog von Brabant weitergegeben. Hier unten ist es vielleicht auch sicherer für euch Frauen. Ich habe Eure Sachen in die Speisekammer gelegt. Etwas anderes ist mir auf die schnelle nicht eingefallen.«

Hans schien der einzige zu sein, der einen klaren Kopf behalten hatte. Sein rundes Gesicht war von der Glut gerötet, und gleichmäßig drehte er den Spieß über der Herdstatt. Das Ferkel verströmte bereits einen verlockenden Duft und war an der Schwarte schon gut gebräunt.

»Hab vielen Dank, Hans. Zur Sicherheit werde ich nachsehen, ob nicht eines meiner Kleinode in der Kammer zurückgeblieben ist.«

Franziska ging die Stiege hinauf, vorbei an Meister Schnidders Stube. Als sie jedoch laute Stimmen vernahm, gedämpft durch die Tür, hielt sie neugierig inne und täuschte Geschäftigkeit vor, indem sie in ihrem Beutel wühlte.

»Halt's Maul und geh deiner gottverdammten Pflicht nach! Und kein Wort mehr! Du wirst dich an die Abmachung halten. Du weißt, was dir sonst blüht!« brüllte Meister Schnidder. Er mußte unmittelbar neben der Tür stehen, bereit, sie jederzeit aufzureißen. Franziska gab Fersengeld und landete prompt wieder in den Armen eines Mannes. Diesmal prallte sie hart gegen einen silberfarbenen Brustharnisch, der dessen Träger als Herzog von Brabant auswies.

»Hier fliegen einem tatsächlich die Täubchen in den Arm! Der Hausherr hat uns zur Unterhaltung eine große Überraschung versprochen. Groß bist du ja nicht, aber kleine Frauen nehme ich auch.«

»Das entscheide immer noch ich!«

»Hoho, eine ganz Feurige!«

»Und wütend obendrein«, preßte Franziska hervor. Sie gab sich alle Mühe, sich aus der Umklammerung hinauszuwinden, mußte aber erkennen, daß sie gegen muskulöse Arme kaum eine Chance hatte.

Erwiesenermaßen hatte der Herzog alle Vorteile auf seiner Seite.

Weingetränkter Atem schlug ihr entgegen, und sie fühlte eine schwielige Hand, die grob an ihrem Hintern entlangstrich.

Der Mann wäre unter anderen Umständen – gebadet, barbiert und nüchtern – als interessant zu bezeichnen gewesen. Franziska hatte nun indes kein Auge dafür. Sie sah die schlecht verheilten Pockennarben, einen abgebrochenen Zahnstummel und wie der weinselig schwankende Ritter seine lechzende Zunge über die Lippen schob.

Zum Glück kam der Stallknecht Deterich ihr unabsichtlich zu Hilfe. Die Vasallen der Adligen waren dazu übergegangen, Holzplanken aus dem Stall herauszureißen, um damit aufeinander einzudreschen. Deterich wußte sich keinen anderen Rat mehr, als Meister Schnidder hinzuzuziehen. Sollte er doch auf seine Gäste einwirken, wenn er es vermochte!

Nur aus dem Augenwinkel heraus nahm er die Leihköchin in den Armen des lachenden Ritters wahr. Nach einem Kuß ließ der Herzog sie los. Das ging ja schnell zur Sache. Der Stallknecht warf Franziska einen abfälligen Blick zu, dann pochte er auch schon heftig an die Tür, hinter der es sehr still geworden war.

Die Tür wurde umgehend geöffnet, allerdings nicht vom Hausherrn, sondern von Maria. Wortlos nahm die Ältere die Jüngere an die Hand, und gemeinsam liefen sie polternd die Stiege zur verräucherten Küche hinunter. Wie vom Donner gerührt, sah der Stallknecht den Frauen nach, doch dann kümmerte er sich wieder um seine eigenen Probleme.

»Es ist ein Tollhaus geworden«, flüsterte Maria heiser, und nach einer kleinen Atempause fügte sie sehr ernst hinzu: »Ich verfluche die Krönung und all das, was sie mit sich bringt.«

Ängstlich drehte sich Franziska um. Nein, niemand hatte diese Worte mit angehört.

»Maria, das darfst du nicht laut aussprechen. Das Haus ist voller Gäste. Wir stehen es schon durch, wenn wir zusammenhalten. Es sind doch nur noch einige Tage. Komm in die Küche zu Suse und Hans.«

Alle Hände waren beschäftigt, und nur ab und zu wurden einige Worte gesprochen, wenn es denn unumgänglich war. Jeder hing seinen Gedanken nach. Ein beherztes Anklopfen ließ die vier aufschauen. Agnes Knauff stand an der Hintertür. Ihre Augen mußten sich erst an die Dunkelheit gewöhnen.

»Ah, Frau Franziska, bitte, ich muß Euch dringend sprechen.«

Etwas unwillig legte Franziska die Arbeit zur Seite und ging zu der Nachbarin. Unter vielen leisen Zischlauten, welche die Heimlichkeit unterstreichen sollten, trug die alte Frau ihr Anliegen vor. Ob Frau Franziska nicht die Nacht bei den Witwen verbringen könne, um dem Spuk zu trotzen? Der Neffe habe noch die ganze Nacht zu arbeiten, und die armen Witwen fürchteten sich so arg. Da Franziska auch unwohl zumute war, allerdings vor dem Herzog von Brabant, zog sie leichten Herzens das unbekannte Gespenst vor, das offensichtlich nichts Schlimmeres anzustellen wußte, als mit Ketten zu rasseln. Eindeutig das kleinere Übel, denn inbrünstige Gebete halfen ganz sicher nicht gegen den Herzog.

Franziska versprach Frau Agnes, unmittelbar nach dem letzten Gang hinüberzukommen, und gab der Witwe auch gleich ihre Habe mit. Unglücklicherweise rutschte Joslins Gebetbuch aus dem Bündel und schlug auf dem Schieferboden auf. Franziska bückte sich rasch danach und legte es wieder zwischen ihre Sachen. Sie mußte sich dringend darum kümmern, die Angelegenheiten des Toten zu klären, aber noch fehlte ihr die Zeit.

Der weitere Verlauf des Abends gestaltete sich so gut, wie es unter diesen Umständen möglich war. Die adeligen Streithähne buhlten um die Gunst des Meisters. Bei der Gelegenheit sah Franziska den Herzog von Sachsen zum ersten Mal aus der Nähe. Er war ein noch sehr junger Mann von vielleicht zwanzig Jahren, mit einem schmalen Gesicht und leicht vorstehenden Zähnen. Etwas an seinem Gehabe erinnerte Franziska an einen Fuchs. Der Herzog saß zur Linken seines Gastgebers. Meister Schnidder war höchst angetan, lächelte hier und da, sprach Verbindlichkeiten aus und suhlte sich in den Komplimenten, mit denen die Herren nicht geizten. Ohne jeden Zweifel, dies war sein Abend, sein wichtigster Wunsch rückte in greifbare Nähe. Vergessen waren all die galligen Bemerkungen gegenüber seinen Dienstleuten. Nur eine kleine Zornesfalte tauchte zwischen seinen Brauen auf, als Maria seine geliebten Lebkuchen auf die Tafeln, aber außerhalb seiner Reichweite stellte. Maria sah über die Falte hinweg, schenkte aber auch dem Lachen ihres Meisters keine Beachtung, nachdem der sächsische Herzog ein Lob über das Gebäck ausgesprochen hatte. Franziska beobachtete sie von der Tür aus und schmunzelte über Marias Rache.

»Genau zwanzig Gänge, alle getragen von uns dreien. Gottlob, nun sind sie gesättigt. Jeder der hohen Herrn ißt gieriger als eine neunköpfige Raupe. Ohne Hans wären wir immer noch nicht fertig. Sogar die Grapen hat er schon gescheuert.«

Tatsächlich standen die dreibeinigen Kochtöpfe sauber und ordentlich aufgereiht im Regal. Matt ließ sich Franziska auf den nächsten Schemel fallen und schleuderte die Holzpantinen von ihren Füßen. Die erschöpften Frauen waren allein, und Franziska zog sich das Tuch vom Kopf, ohne daß eine der Anwesenden Anstoß daran nahm. Mit beiden Händen lockerte sie ihr verklebtes Haar. Bald würde es trocknen und sich in weichen Wellen über ihren Rücken legen.

Nun würden sich die Herren noch betrinken und dann hoffentlich endlich Ruhe geben. Meister Schnidder hatte vier Halbwüchsige als Mundschenke angeworben, für die Frauen war die Arbeit getan. Hans hatte es alleine übernommen, den Landsknechten, die sich unter dem reichlichen Einfluß des Weines einhellig Freundschaft schworen, die Speisen in den Stall zu bringen. Ansonsten wäre Suse diese undankbare Arbeit zugefallen.

Suses Gesicht glühte nicht nur vor Anstrengung, sie

freute sich auch aufrecht darüber, daß Franziska Hans ausdrücklich mit lobenden Worten erwähnte, ehe sie gähnend die letzte Anweisung gab. »Laßt einfach alles so liegen. Morgen ist auch noch ein Tag. Verriegelt beide Türen gewissenhaft und schlaft gut.«

Kapitel 9

Franziska wusch sich notdürftig am Brunnen und atmete noch einige Züge Nachtluft. Nichts deutete auf ein kühlendes Gewitter hin. Die Nacht war sternenklar, warm und stickig.

Sie wollte die Witwen nicht noch länger warten lassen. Die beiden alten Frauen hockten bestimmt schon zitternd hinter der Tür und erwarteten sie händeringend. Angela ließ Franziska ein. Nur einen knappen Spalt öffnete sie die Tür für Franziska. Mit aller Kraft schlug die jüngere Witwe sie dann sofort wieder zu und schob gleich vier Riegel vor.

Die Stube der Nachbarinnen hatte Franziska noch nie zuvor betreten, aber was sie sah, entsprach ihren Vorstellungen. Über zweckmäßige Sachen hinaus hatten hier Andenken und mehr oder weniger wertvolle Dinge, die sie in ihrem langen Leben angehäuft hatten, einen Platz gefunden. Besonders auffallend waren die bunt bemalten Teller in langen Wandregalen. Gegenüber hing ein Marienbild, geschmückt mit Blumen und bunten Bändern. Darunter standen mehrere Handarbeitskisten voller Wolle, Vliese und Tuchreste. In der Ecke, gleich neben dem Kamin, befand sich eine Kinderwiege, deren wurmstichige Holzplanken schon abgeschabt und rissig waren. Der rote Kater lag darin zusammengerollt und schnarchte leise. Angela folgte Franziskas Blick.

»Darin haben uns schon unsere Eltern geschaukelt. Die Wiege ist zwar nicht mehr schön, aber wir verwahren sie für Thomas. Als junger Familienvater wird er sie brauchen können. Wir sind nun einmal sehr traditionsbewußt«, erklärte sie mit unverhohlenem Stolz .

Agnes unterbrach ihre jüngere Schwester und schenkte Franziska ein vielsagendes Augenrollen. »Aber Angela, wir behalten sie doch nur, weil wir zwei alte, sentimentale Frauen sind. Unser Neffe ist zwar schon Mitte Zwanzig, aber er hat es nicht so eilig mit der Familiengründung wie der zukünftige König. Er ist nicht von Adel und hat keine Frau. Wie soll er denn da Kinder haben? Was soll denn Frau Franziska von ihm denken?«

Diese Logik verblüffte Franziska. Sie mußte sich zusammennehmen, um nicht laut zu lachen. Nun, die Witwen gehörten zu einer anderen Generation, die lediglich dem männlichen Adel Bastarde zugestand. Dabei wurden gerade wieder Gerüchte laut, die schon vor vielen Jahren in aller Munde waren.

Mit siebenunddreißig Jahren heiratete Kaiser Karl die damals vierzehnjährige Anna von Schweidnitz in dritter Ehe, und mit ihr erlangte er die begehrte Erbschaft über Schlesien. Ihm war es dabei nur um die Politik gegangen, auf die er sich herausragend verstand. Anna von Schweidnitz starb anderthalb Jahre nach Wenzels Geburt im Kindsbett, noch vor dem Erreichen ihres vierundzwanzigsten Lebensjahrs. Es hieß, Annas Gemahl wäre der Lebenslust ihrer Jugend nicht unbedingt gerecht geworden, doch unbestritten war sie Wenzels Mutter. Allerdings gab es selbst unter den unkritischsten der sieben Kurfürsten, die Wenzel zum König wählten, einige, die vergebens nach Ähnlichkeiten zwischen Vater und Sohn suchten.

Erst jetzt bemerkte Franziska, wie Angela sie am Ärmel zupfte.

»Verzeiht uns, werte Nachbarin. Wir dachten, es sei ein gutes Zeichen, daß das Gebetbuch aus Euren Sachen fiel. Wo doch viel beten viel hilft! Wir haben uns erlaubt, darin zu lesen, aber nicht aus schnöder Neugierde. Das wäre nicht unsere Art. Bitte seid nicht böse!«

Franziska versteifte sich, ohne dabei ein empörtes Schnaufen unterdrücken zu können. Die Schwestern hatten zwar recht, Geister fürchteten Gebete, aber warum hatten sie nicht ihr eigenes Buch zur Hand genommen?

Wie sollte Franziska erklären, wie das Buch in ihren Besitz gekommen war? Natürlich würden die Witwen die Widmung gelesen haben.

Wie befürchtet, kam auch prompt die erste Frage von Frau Agnes, treuherzig und begleitet von einem harmlosen Augenaufschlag. »Eine merkwürdige Eintragung, gleich vorne. Wie seid Ihr an das Buch gekommen? Es gehört Euch wohl nicht, aber nehmt doch erst mal Platz, und du, Angela, hol uns etwas zu trinken, vielleicht ein Schlückchen von dem guten Kräuterwein. Ihr mögt doch Wein, Frau Franziska? In Gesellschaft trinkt es sich am besten.«

»Das ist doch der starke Wein aus den kleinen, fast schwarzen Fäßchen, nicht wahr?« Franziska überlegte fieberhaft, wie sie von dem Gebetbuch ablenken konnte.

»Genau. Maria hat Euch davon erzählt, nicht wahr? Seit Meister Schnidder die Lebkuchen, die Maria für ihn backt, wie seinen Augapfel hütet, um damit seinen nervösen Magen zu beruhigen, müssen wir uns anders behelfen. Maria hat uns eine Zeitlang richtig gut versorgt. Hat hier bei uns gesessen oder oben mit dem Kater gespielt, und wir aßen ihre Kuchen, aber das ist nun leider vorbei. Unsere Därme jagen auch ab und an, und Kräuterwein ist eine hervorragende Medizin. Fast so gut wie die Lebkuchen.« Die Schwestern kicherten einhellig.

Angela eilte davon, und Agnes holte derweilen geschäftig drei hölzerne Pintchen und einen Teller Haferplätzchen hervor. Dann entzündete sie zwei weitere Kerzen. Die Witwe bedachte Franziska mit einem interessierten Lächeln.

»Thomas ist ein guter Junge. Habt Ihr ihn schon kennengelernt?«

»Ja, flüchtig.«

»Na, wir sehen ihn ja auch kaum. Er arbeitet viel und schaut weder links noch rechts nach den Frauenzimmern, jedenfalls nicht nach den Lebenden. Der arme Junge hat eine große Verantwortung übertragen bekommen.« Nun schwang unverblümte Angeberei in der Stimme der alten Frau mit. »Unser Thomas wird es noch weit bringen. Jetzt wird er den Mord von der Großkölnstraße aufklären. Ja, eine Familie könnte er schon ernähren, eine Frau und viele Kinderchen. Angela und ich würden uns über Nachwuchs freuen.«

Agnes entpuppte sich als eine sehr direkte Kupplerin. Franziska ahnte, welche Anmerkung nun kommen würde, und mußte nicht lange darauf warten.

Agnes ergriff die Gelegenheit beim Schopf. »Eine Frau wie Ihr täte ihm gut.«

»Wie meint Ihr das?« heuchelte Franziska Unverständnis und griff nach einem Gebäckstück.

Agnes setzte eine wichtige Miene auf. »Ihr seid nicht mehr so jung, daß Ihr nur Flausen im Kopf habt. Eine ordentliche Hauswirtschafterin, die aufpaßt, daß er immer genug ißt. Klug, anständig, tugendhaft und sauber. Dazu nett zu älteren Damen! Das ist viel wert! Warum seid Ihr nicht verheiratet? Gab es denn nie jemanden, der Euch gefiel?«

Tugendhaft! Franziska kaschierte ihre plötzliche Atemnot durch einen vorwurfsvollen Blick auf das trockene

Hafergebäck. »Einmal schon. Ich war noch sehr jung, und es ist lange her.«

Die Witwe tätschelte mitfühlend Franziskas Hand. »Es macht Euch traurig, an denjenigen zu denken. Dabei haben viele Mütter stattliche Söhne und so manche Tante einen ansehnlichen Neffen. Hat Euch Euer Auserwählter enttäuscht?«

Allerdings, das hatte er, und die Witwen wären sicher in der Lage, sich an den Skandal zu erinnern, den es um Franziska gegeben hatte, wenn sie einen entsprechenden Hinweis bekämen. Glühende Röte überzog Franziskas Gesicht. Wie ein Luchs mußte sie auf ihre Worte achten. Die Witwen waren alt, aber beileibe nicht dumm. Zu ihrem Glück kam Angela mit dem Wein zurück in die Stube.

»Das hat aber lange gedauert«, bemerkte Agnes, die nun abgelenkt war.

Mit einem stummen Seufzer ließ sich Franziska endlich auf den einen Stuhl sinken und begann an dem Spuk zu zweifeln, der die Witwen angeblich ängstigte. Den beiden Frauen war ihr Besuch herzlich willkommen. Sie brauchte sich nichts vorzumachen, der Abend würde nicht so bald enden.

Die Frauen prosteten sich zu. Franziska spürte, wie der Wein eine feurige Spur in ihrer Kehle hinterließ. Ihr brach erneut der Schweiß aus. Agnes lehnte sich gemütlich zurück und faltete ihre dürren Finger unter der Brust.

»Nun erzählt doch endlich, wie kommt Ihr zu diesem Gebetbuch? Die Widmung war für Anne bestimmt.«

»Ich habe es gefunden.« Ja, sie hatte es dort gefunden, wo Suse es hingelegt hatte. »Aber wieso interessiert Euch das so sehr, Frau Agnes?«

Die Witwe zupfte geziert an ihrer Haube, und ihr Lächeln erinnerte Franziska an das spitze Gesicht eines Mäuschens in der Speisekammer. Oder an das Gesicht einer Katze, die eben diese Maus erspähte. »Weil wir Catharin von Benden kannten. Die Bekanntschaft war längst vor Eurer Zeit.«

»Die Benden, Gott erbarme sich ihrer Seele, weilt nicht mehr unter uns. Sie war eine eigenartige Frau, lebte ganz zurückgezogen und war reich. Keiner wußte, woher sie ihr Vermögen hatte. Man sagte ihr nach, sie habe ein hartes Herz, härter als Granit. Jeden Tag ging sie zur Meßfeier ins Münster, doch nie gab sie auch nur eine einzige Obole an die Bettler. Wenn sie mit jemandem sprach, dann nur mit den Geistlichen und einem blonden Burschen, der hier und da mal aufkreuzte. Wohl ein Bote.«

Angela fiel der älteren Schwester ins Wort. Sie tat geheimnisvoll. »Eines Tages, ich weiß nicht mehr, wann, aber es war ganz sicher vor 1338, war Frau von Benden dann plötzlich in Begleitung eines Kindes. Ein blasses, dünnes Ding, einige Jahre jünger als wir. Agnes dachte ja damals schon ans Heiraten.«

»Na, du hattest dem Senfmüller auch schöne Augen gemacht. Du hast so heftig mit den Wimpern geklimpert, daß du nur die Hälfte des Tages etwas sehen konntest«, fuhr Agnes empört dazwischen.

»Könnte dieses Kind jene Anne Fusenig sein, die Catharin von Benden ihr Mündel nannte?« fragte Franziska.

Agnes nahm den Faden auf. »Ja, so muß es wohl gewesen sein. Wir haben nie herausgefunden, woher sie kam. Die beiden hielten sich nicht mit anderen Menschen auf. Mir tat die Kleine oft leid. Sie schaute uns mit großen, traurigen Augen nach, wenn wir nach der Messe fröhlich noch eine Runde durch die Stadt gingen. Die Benden hielt sie ganz fest an der Hand und zog das Mädel mit sich.«

»Was ist aus ihr geworden?«

»Ich weiß es nicht. Einige Jahre hat sie bei der Benden gelebt. Ich war zu der Zeit mit meinem Haushalt beschäftigt. Irgend jemand erzählte, daß Catharin von Benden krank in ihrem Haus aufgefunden wurde, von dem Mädchen keine Spur. Sechzehn oder siebzehn mochte sie damals gewesen sein. Sie hatte all ihre Habe gepackt und war fortgelaufen. Catharin sprach niemals von ihr, auch nicht, als mein Ehegatte zu der Dame ging und ihr erzählte, daß er ihr Mündel in Köln gesehen hatte. Es schien ihr gutzugehen. Er war häufiger auf Reisen, um Senf auf den Märkten zu verkaufen, und kannte sie flüchtig vom Sehen. Er dachte, die Benden würde sich über die Nachricht freuen. Zum Dank warf sie ihm jedoch einen Feuerhaken ins Kreuz.«

Angela hatte ein weiteres Mal aus dem Tonkrug nachgeschenkt, und Franziska schwebte irgendwo zwischen den Welten. Zumindest hatte sie das Gefühl. »Was für ein Mensch war Anne?«

»Hört Ihr nicht zu, meine Liebe? Wir kannten sie nicht, aber hübsch war sie, sehr hübsch. Jeder Mann versuchte, ihre Aufmerksamkeit zu erregen.«

Angela nickte ernst. »Ja, doch angeschaut hat sie keinen! Dafür hat die Benden schon gesorgt. Ist es nicht merkwürdig, daß das Buch nun wieder aufgetaucht ist? Ihr müßt uns unbedingt verraten, wo Ihr es gefunden habt.«

Franziska brauchte ganz dringend eine Notlüge. Agnes feixte meckernd und stieß ihre Schwester an. »Ich kann's mir denken. Der Schnidder wohnte damals auch schon hier. Er wird das Buch genommen haben, und Ihr habt es unter seinen Sachen gefunden. Der alte Geizkragen war ja seinerzeit auch noch ein junger Kerl, aber wer hätte gedacht, daß er Anne das Buch abkaufte, weil sie Geld brauchte? Vielleicht hat er selbst um sie gefreit.«

»Ohne unser Wissen? Also, ich glaub es nicht.« Angela kicherte in ihre Hand.

»So wird es wohl gewesen sein.«

Anne war in Köln gesehen worden. Es mußte für sie einen gewichtigen Grund gegeben haben, in die entfernte Stadt zu fliehen. Franziska dachte an Joslins Erzählung von der strapaziösen und gefährlichen Reise.

War es Verzweiflung oder Abenteuerlust, die das Mädchen nach Köln verschlagen hatte? Wenn die Dame von Benden so knauserig gewesen war, dürfte das Mädchen wohl kaum über eigenes Geld verfügt haben. Vielleicht hatte sie das Buch tatsächlich versetzt, um sich Brot kaufen zu können.

Joslin hatte es vielleicht erworben. Doch aus welchem Grund? Aus Mitleid mit einer jungen, schönen Frau? Hatte sie ritterliche Instinkte in ihm geweckt?

Dann war auch noch das vertrocknete Vergißmeinnicht. Und Joslin hatte das Buch als Versteck für die Silberkette genutzt. Franziska wünschte sich, allein in Ruhe nachdenken zu können.

Plötzlich und mit einer harten Geste forderte Agnes alle Anwesenden zum Schweigen auf und deutete mit ihrem knorrigen Finger zur Decke.

Von der oberen Etage ertönte ein schnarrendes Geräusch, daß die drei Frauen zusammenfahren ließ. Die polternden Laute klangen grausig, und ein unmenschlich klagender Laut zerriß die Luft. Franziska spürte, wie sich die Härchen an ihren Armen aufrichteten. Im Geiste entschuldigte sie sich bei den Witwen für ihre vorlauten Gedanken und fühlte sich vor Schreck gleich nüchtern. Kater Knauff öffnete seine Augen zu schmalen Schlitzen, spitzte die Ohren, drehte sich um und schlief gelassen weiter.

Agnes sprang auf und trippelte zaghaft zur Stiege. Der Genuß des starken Kräuterweines zeigte auch bei ihr Wirkung. Mit einem gehörigen Abstand zu den Stufen rief sie mit dünner Stimme einen Bannreim die Stiege herauf: »Spuk, nimm gewahr, wir sind nicht alleine. Der geistige

Beistand, der macht dir gleich Beine. Amen, Gott sei gelobt und Halleluja!« Sie bekreuzigte sich dreimal hintereinander. Es war nur ein alberner Reim, aber die beängstigenden Geräusche verstummten abrupt. »Dem habe ich's aber gegeben.«

Kapitel 10

»Guten Morgen allerseits«, grüßte Franziska in die Runde ihrer Helfer.

Im Haushalt Meisters Schnidders war schon alles auf den Beinen. Mit hochgezogenen Brauen reichte Maria ihr einen Becher. Durstig stürzte sie das Wasser hinunter. Franziska schämte sich, überspielte es aber mit betonter Munterkeit und legte das Gebetbuch neben sich auf die Bank. Auf den Schrecken des Spukes hatte sie mit den Witwen noch einen weiteren Krug Kräuterwein geleert und roch aus dem Mund wie ein Faß, obwohl sie eifrig Pfefferminzblätter gekaut hatte. Wenigstens litt sie nicht unter Kopfweh.

Umherziehende Zecher mußten, wie jeder in Aachen wußte, das Bahkauv – das Bachkalb – fürchten, das zwischen den heißen Quellen der Stadt lebte. Alle kannten sein furchtbares Zischen und Gurgeln, wenn es sich tagsüber verborgen hielt. Das monströse Bachkalb erschien nur nachts. Breit und schwer hockte es sich auf die Schultern der Betrunkenen und ließ sich von Kneipengängern hierhin und dorthin tragen. Bislang war nur Männern diese sonderbare und unheimliche Erscheinung zuteil geworden, aber Franziska fürchtete insgeheim, am Abend zuvor hätte sie das erste weibliche Opfer des Bahkauvs werden können, wenn sie noch durch die Gassen hätte gehen müssen. Zu ihrem Glück war sie einfach auf dem Fußboden eingenickt. Um den Kräuterwein würde sie von nun an einen großen Bogen machen.

Die Küche war halbwegs aufgeräumt, aber von irgendwoher stank es bestialisch.

»Was haben wir eigentlich noch von gestern übrig?«

Maria zählte eine ganze Reihe Speisen auf, mehr als Franziska gedacht hätte, und fügte erleichtert hinzu: »Heute sind die hohen Herren ins Rathaus geladen und werden dort auch essen. Es sieht aus, als könnten wir uns am Nachmittag ein paar freie Stunden nehmen.«

An die neue Zeitrechnung hatte sich Franziska noch nicht völlig gewöhnt. Bislang orientierten sich die Menschen am Stand der Sonne oder am Glockengeläut zu den Andachten. Meister Schnidder jedoch hatte Suse zu einem Kerzenmacher geschickt, der sogenannte Stundenkerzen zog. Damit teilte man einen Tag in zwei Abschnitte zu je zwölf Stunden. Immer wenn die Kerze von einer Kennung bis zur nächsten abgebrannt war, war eine Stunde vergangen. Ob sich diese Regelung tatsächlich durchsetzen würde, bezweifelte Franziska allerdings. Man konnte doch nicht ständig mit einer brennenden Kerze in der Faust herumlaufen.

Auch Maria wirkte übernächtigt. Die Tränensäcke unter ihren Augen ließen sie fast krank aussehen.

»Und der Meister – bleibt er im Haus?« fragte Franziska.

»Schnidder geht mit.«

»Was, um Himmels willen, riecht denn hier so erbärmlich? Das ist ja kaum auszuhalten.« Franziska hielt sich demonstrativ die Nase zu und schaute sich nach der Quelle des Gestanks um. Die Schüsseln, Schalen und Pfannen waren sauber gespült, die Abfalleimer ausgeleert.

»Das, Franziska, sind die verrottenden Hasenfelle, die du zu den Gerbern bringen lassen wolltest«, meinte Maria mit einem ärgerlichen Unterton.

Schuldbewußt hob Franziska ihre Schultern. Suse ahnte eine üble Aufgabe auf sich zukommen und zog den Kopf ein.

»Wenn tatsächlich heute nachmittag Zeit bleibt, werde ich sie selbst zum Gerben bringen«, sagte Franziska. »Es ist ja mein Versäumnis, und ich möchte es keinem anderen zumuten.«

Der Vormittag verging nur langsam, obwohl die Frauen fleißig ans Werk gingen. Sie bereiteten weitere Speisen vor, spülten, wischten und schrubbten. Die Sonne hatte den Mittagshimmel überschritten, und die Glocken von Sankt Nikolaus läuteten viele Male, doch dann war die Arbeit endlich geschafft.

Frische Brote verströmten einen appetitlichen Duft. Franziska legte sie zum Auskühlen auf den Tisch, an dem Maria bis eben noch Wachtelpasteten geformt hatte. Suse war in der Zwischenzeit nach oben zu Hans geeilt, der sich auf Anordnung des Meisters um die Tafel kümmerte. Deterich, der Stallknecht, hatte nicht gewagt, dagegen Protest einzulegen, um nicht am Ende selbst zu weibischen Aufgaben herangezogen zu werden. Ihm waren die Misthaufen der Tiere lieber als die Hinterlassenschaften der Menschen, eine ungeliebte Arbeit, denn so manche der Herren vergaßen im Rausch ihr Benehmen. Abgenagte Knochen wurden durch den Raum geworfen, heruntergefallene Essensreste achtlos zertreten. So mancher bezechte Gast vergaß gänzlich sein Betragen und verrichtete seine drängende Notdurft hinter den Wandbehängen. Doch man mußte ja den Mund halten, um die Gastlichkeit zu wahren. Es würde den Meister Schnidder einen ordentlichen Griff ins Säckel kosten, wollte er die Krüge und Becher ersetzen, die zu Bruch gegangen waren. Immerhin hatte er die Klugheit besessen, seine wertvollen Glasscheiben von innen mit Holzbohlen zu schützen.

Schlimmer konnte sich Franziska die Unordnung auf einem Schlachtfeld auch nicht vorstellen, obwohl sie nur davon gehört hatte, wie es im Kampf zuging.

Suse ging etliche Male durch die Küche, um immer wieder einen Trog heißes Wasser von der Kochstelle zu holen, doch nun war sie längere Zeit nicht mehr erschienen. Also dürfte auch oben nicht mehr viel zu erledigen sein. Franziska wollte nachschauen, ob sie dort noch helfen konnte. Sie war gerade ein paar Stufen hochgelaufen, als Maria sie zurückrief.

»Es wartet an der Hintertür Besuch auf dich. Ich lege mich ein wenig schlafen, danach werde ich die Beginen am Matthiashof aufsuchen. Suse und ich haben fast den gleichen Weg. Sie wollte nach ihrem alten Onkel sehen, der bei Sankt Leonhard lebt. Wenn du nichts dagegen hast, werde ich ihr etwas zu essen für ihn einpacken.«

Franziska kam die Treppe wieder hinunter. »Ja, mach das. Ich werde zu den Gerbern gehen. Mit den Fellen unterm Arm wird mich höchstens Fliegenvolk bestürmen. Wer ist an der Tür, bestimmt die Witwen Knauff, oder?«

»Ihr uniformierter Neffe. Mit dem ist ja wohl überall zu rechnen, ein richtiger Plagegeist. Er scheint sich in unserem Garten anscheinend genauso wohl zu fühlen wie im ›Apfelbäumchen‹. Mach es dir ja nicht zur Gewohnheit, im Garten zu poussieren!«

Ohne Franziska eines weiteren Blickes zu würdigen, schüttelte Maria die Strohmatte aus, legte sich darauf und schloß sofort die Augen. Gewiß nur die Augen, ihre Ohren blieben immer länger wach, und weil Franziska nicht wußte, was Thomas von ihr wollte, beeilte sie sich hinauszukommen.

Der Stadtwächter war nicht allein. Neben ihm, der bei der Tür in die Hocke gegangen war, saß Kater Knauff und schnüffelte mit aufgeregt peitschendem Schwanz an seinen Händen.

»Hier steckst du also, du Lümmel. Meine Tanten suchen dich schon den halben Tag. Wo hast du dich nur herumgetrieben, daß du so viel Staub im Fell hast? Hast bestimmt unter den Wollmäusen ganz ordentlich Beute gemacht, was?«

So freundlich angesprochen, ließ sich der Kater schnurrend fallen, drehte sich auf den Rücken und präsentierte seinen Bauch zum Kraulen. Der Stadtsoldat neckte ihn liebevoll und wurde mit einem geradezu wollüstigen Blick belohnt.

»Du hast gewiß nicht das schlechteste Leben, Kerlchen. Wir würden uns nicht mal ins Revier geraten. Die vierbeinigen Mäuschen überlasse ich dir ...«

»Ein Angebot, das ein Tier mit Verstand nicht ausschlagen kann.«

Thomas hob den Kopf und schob sich das dunkle Haar aus dem Gesicht. Nicht eine Spur Verlegenheit war in seiner Miene zu lesen. »Guten Tag, schöne Gelegenheitsnachbarin. Meine Tanten schicken mich. Ich sollte Euch bitten, mich in ein Gasthaus zu begleiten und auf meine Rechnung einen Becher Apfelwein auf ihre Gesundheit zu trinken.«

Franziska lächelte. Dieser treuherzige Blick aus den grünen Augen war einfach unwiderstehlich. »Die Witwen Knauff sind sehr aufmerksam. Ich würde Euch wirklich gerne Gesellschaft leisten, aber ich muß dringend zu den Gerbern am Komphaus. Die Gesundheit Eurer Verwandten schien mir nicht so angeschlagen, als daß sie dringlich eines wohlmeinenden Trinkspruches bedürften.«

»Frau Franziska, beschäftigt Ihr einen eigenen Flechter? Bald habe ich eine ganze Sammlung von unsichtbaren Körben, die Ihr mir zukommen laßt. Ich habe einen anderen Vorschlag: Wir gehen gemeinsam. Es ist sowieso keine gute Gegend für eine Frau. Die Gerber sind wilde Burschen.«

»Ich weiß, aber tagsüber wird es so schlimm nicht sein.

Schlimm ist eher mein Mitnehmsel.« Franziska überlegte einen Moment. »Riecht Ihr gut?«

Thomas tat übertrieben, als schnüffele er sich ab. »Ja, ich glaube schon, doch Ihr meint gewiß, ob mein Geruchsvermögen gut ist. Nein, ist es nicht, wenn Ihr meinen Hund fragt. Von mir aus könnt Ihr einen Verwesenden auf die Schulter nehmen, ich würde trotzdem hoffen, daß Ihr meine Gesellschaft nicht ablehnt.«

Ein platter Scherz, doch eben nur ein Scherz, urteilte Franziska etwas beunruhigt für sich. Thomas wußte nichts von Joslin.

»Na, dann nehme ich Euch beim Wort, Thomas Blij. Wenn Ihr Verwesung ertragt, kann ich sogar damit dienen.«

Leise, um Maria nicht zu stören, eilte Franziska in die Küche zurück, schnürte mit spitzen Fingern die Hasenbalge und machte sich mit Thomas auf den Weg. Es war nicht weit.

»Ihr habt heute frei?«

Galant nahm ihr Thomas das Bündel ab, bevor er antwortete. »Ich erwarte einen Boten aus Köln, von dem ich mir Informationen erhoffe. Vorher komme ich mit der Aufklärung einfach nicht voran.«

»Der Todesfall der Wegnerin?« fragte Franziska interessiert und stolperte gleich darauf über einen losen Pflasterstein.

Geistesgegenwärtig reichte Thomas ihr seinen freien Arm. »Hakt Euch unter, hier wird der Weg schlechter. Die Straßen wurden nur dort ausgebessert, wo sich Wappenträger ein Stelldichein geben.«

Franziska fühlte sich ein wenig wie Suse, die stolz an Hans' Seite gegangen war, und ließ ihre kühle Hand dort, wo sie war. »Seid Ihr ein so guter Ermittler?«

»Man traut es mir zumindest zu.«

»Vielleicht hat die Unglückliche sogar Mitschuld an ihrem eigenen Tod«, nahm sie das Gespräch auf. »Gerade dann, wenn viele Leute aufeinander treffen, passieren Unglücke. Ihr sagtet, sie sei ein Badeweib gewesen. Vielleicht hat sie jemanden bestohlen, vielleicht Liebe versprochen und nicht gehalten, oder sie ist lediglich gestürzt«, plapperte Franziska dahin.

In Wirklichkeit war sie verflixt neugierig und hatte einfach keine Ahnung, wie man einen Stadtsöldner aushorchte, ohne daß er es bemerkte. Sie griff auf die Strategie der Tratschweiber zurück. Drauflos plaudern, was das Zeug hält, dann die Antworten des Gegenübers genau anhören und allen Einzelheiten große Beachtung schenken.

»Eure Theorie in allen Ehren, aber sie weist entschieden zu viele Ungereimtheiten auf. Die Wegnerin ist nicht einfach gestürzt. Sie ist mit einem Drahtseil, das gewaltsam um ihren Kehlkopf gezogen wurde, zu Tode gebracht worden. So wie ein Kaninchen in einer Schlingenfalle, nur rascher und kraftvoller. Es muß ganz früh am Morgen geschehen sein, eher noch in der Nacht. Dann hat man sie einfach in der Gosse liegenlassen. Der Mörder mußte zwar damit rechnen, daß sie alsbald gefunden wird, aber bis dahin blieb reichlich Zeit für ihn, zu verschwinden. Ihm kam es nicht darauf an, sein schändliches Werk geheimzuhalten.«

»Ich selbst hielt sie ja für eine völlig Betrunkene, so wie sie dalag, und wäre wie die anderen Leute auch an ihr vorübergegangen«, entgegnete Franziska.

Thomas blieb abrupt stehen und musterte sie aufmerksam.

»Ja, ich war zufällig dabei, als die Tote entdeckt wurde«, fuhr Franziska hastig fort. »Ich war auf dem Weg zum Markt.«

»Mir wurde von einem Zeugen berichtet, der sich bei ihr aufhielt, einem Fremden, älter und ziemlich dürr. Er hielt die Frau im Arm, und die Wachen meinten, es hätte ausgesehen, als würde er um sie trauern. Bevor ich ihn jedoch befragen konnte, war er längst im Gewühl verschwunden. Die Holzköpfe von Wachleuten haben nicht aufgepaßt, sie sahen nur die Leiche und hatten das Bestreben, sie rasch vor den neugierigen Blicken zu verbergen. Wenn Ihr vor Ort wart ..., habt Ihr irgend etwas Besonderes bemerkt? Etwas, das Euch als ungewöhnlich ins Auge fiel?«

Thomas kehrte nun wieder den gewissenhaften Stadtsoldaten heraus.

Franziska hätte sich am liebsten geohrfeigt. Zu dumm, daß ihr das herausgerutscht war. Die beiden Ketten zogen ihre Tasche mit dem Gewicht von Pflastersteinen herab, jedenfalls fühlte es sich so an. Verteufelter Mist, sie hatte sich mit ihrer Neugier selbst in Schwierigkeiten gebracht. Wie sollte sie einem nüchtern denkenden Stadtsoldaten nur glaubhaft erklären, daß sie wußte, wer die Wegnerin gehalten hatte, ohne zu verraten, was mit ihm geschehen war? Daß Joslin ihr ein wertvolles Schmuckstück gestohlen hatte und sie dem Dieb mit gestohlenem Geld zu einem christlichen Begräbnis in geweihter Erde verholfen hatte? Unbewußt rieb sich Franziska die Nase. Ein paar Dinge konnte sie dennoch preisgeben, ohne in Bedrängnis zu geraten.

»Was mir auffiel? Die Tote selbst, eine ältere Frau mit gepflegtem Äußeren. Sie mußte heftig um ihr Leben gekämpft haben, wenn sie sich dabei die eigene Zunge abbiß. Es war ein grauenhafter Anblick, den ich liebend gerne vergessen möchte.«

»Ich habe sie erst zu sehen bekommen, als die Totenwäscherin schon bei ihr war. Wirklich, ich meine, es nur mit Idioten zu tun zu haben. Aufgebahrt und hergerichtet war sie. Eine Leiche muß man lesen! Sie verrät ihren Mörder möglicherweise. Angeblich handelte die Vettel auf eine

Order, nur wollte sie nicht sagen, wer sie ihr gab. Das habe ich erst später herausgefunden.«

»Wer war es?«

»Mein Vorgesetzter, aber ich glaube nicht, daß er es aus eigenem Antrieb veranlaßte. Da steckt noch etwas anderes dahinter. Angeblich sollte die Leiche schnell unter die Erde, weil es so heiß ist und damit das Leichengift nicht die Luft verpestet. Hier wohnte und arbeitete die Wegnerin übrigens.«

Thomas wies auf die schmale Gasse, die sie gerade durchschritten. Der ewig schattige Bäderstieg mündete unmittelbar in die Komphausbadstraße. Die Tote war also wahrhaftig aus diesem Viertel. Franziska fröstelte. So nahe an ihrem Zuhause war die Wegnerin umgebracht worden, nur einige Schritte und sie wäre in Sicherheit gewesen.

»Was hat das mit Informationen aus Köln zu tun? Ihr erwähntet sie vorhin«, erinnerte ihn Franziska.

»Aus diesem Grund war ich in dem Gasthaus, als wir uns begegneten. Ich wollte den Wirt befragen. Gastwirte haben ein immenses Wissen, was den Klatsch angeht. Ich bin häufiger dort, wenn ich freie Zeit habe. Zufällig hörte ich am Mittwochabend einen aufschlußreichen Gesprächsfetzen mit an. An dem Tag, an dem die Wegnerin morgens gefunden wurde. Es war wirklich reiner Zufall«, beteuerte Thomas, aus dessen Gesicht der belustigte Zug gänzlich verschwunden war.

Franziska zuckte mit den Schultern und gab sich arglos. »Mord ist immer ein Thema in den Wirtshäusern. Die Tote war nun mal eine von uns, eine Stadtbewohnerin.«

Sie ließ Thomas los, und er wechselte das Bündel in die andere Hand.

»Es ging nicht nur um diese Untat. Reisende aus Köln waren anwesend, kaum zu verstehen dieses Kauderwelsch, aber ich spitzte die Ohren. Es war eine ganze Gruppe von

Männern und Frauen. Die Männer wollten im ›Apfelbäumchen‹ bleiben, die Frauen keiften, denn ihnen stand der Sinn nach einem Gang an den Marktbuden vorbei. Ein gesetzter Herr tönte schließlich, als sie schon beinahe stritten: Aachen ist nicht Köln, hier werden keine reifen Prummenmüllchen gefällt! Dabei lachte er zotig ... Franziska, schaut mich nicht so tadelnd an, ich gebe nur wieder, was ich an dem Abend hörte. Ihr habt offensichtlich gleich verstanden, worauf es hinauslief. Die unternehmungslustigen Damen zogen ab, nachdem sie diverse Versprechen abgegeben hatten. Sie würden sich nicht trennen, sich nicht ansprechen lassen und so weiter. Die Männer blieben zurück, und ich spendierte den Herrschaften einen Krug Wein. Der weiteren Unterhaltung, die übrigens immer lauter wurde, konnte ich entnehmen, daß reifere Frauen in Köln einer gewissen Gefahr ausgesetzt waren, die für zwei von ihnen tödlich endete. Sie wurden auf die gleiche Art verdrosselt wie die Wegnerin. Zur Krönung sind zur Verstärkung auch Stadtwachen aus Köln erschienen, und noch am gleichen Abend suchte ich einen von ihnen auf. Es gibt deutliche Übereinstimmungen mit den Verbrechen aus Köln, aber noch fehlt der Beweis. Allerdings bin ich dabei auf Zeugenaussagen angewiesen. Wie es scheint, ist ein wichtiges Indiz aus dem Besitz der Wegnerin entwendet worden. Nur damit kann ich beweisen, daß die Mordfälle ein und demselben Täter zuzuschreiben sind.«

»Was erwartet Ihr denn genau aus Köln?«

»Schmuckstücke, die den Ermordeten gehörten, um sie zu vergleichen. Die Wegnerin hätte auch ein Schmuckstück besitzen müssen, und ich will verflucht sein, wenn das fehlende Stück nicht bald bei einem Hehler auftaucht. Dann hätte ich endlich eine Spur.«

»Es gibt einen Zusammenhang zwischen den Todesfällen?«

»Die drei Opfer waren etwa im gleichen Alter und wurden auf die gleiche Weise ums Leben gebracht. Sie hatten keine Familien, sondern waren auf die Ansprache angewiesen, wie die Straße sie bietet. Das kann kein Zufall sein.«

Franziska fürchtete, sich mit weiteren Fragen zu offenbaren, obwohl sie das Thema fesselte. Mittlerweile stieg ihnen der unverkennbare, aufdringlich stechende Geruch der Gerberlaugen in die Nasen. Franziska enthielt sich jeder weiteren Bemerkung und griff nach den Hasenbälgen. »Ich bin gleich wieder bei Euch.«

Sie hastete zu einem Haus, aus dem eine laute Stimme erklang, die ein beliebtes, aber deftiges Volkslied sang.

»Andreas? Heda! Der ganze Komp erzittert, wenn du singst. Grever, ich bringe dir Arbeit! Wir haben wieder mal jemandem das Fell über die Ohren gezogen.«

Der Gerufene kam heraus, lehnte sich an die Tür und lachte über das ganze Gesicht. So verwundert wie nun Thomas, hatte Franziska auch geschaut, als sie diesen Hünen von einem Mann zum ersten Mal gesehen hatte. Der Grever füllte die Tür fast völlig aus und schob dazu noch einen mächtigen Bauch vor sich her. Dabei wirkte er keineswegs behäbig. Ein struppiger Bart, in dem sich gleich mehrere Farben fanden, hing bis an den Brustkorb hinunter. Die wenigen weißen Haare, die seinen Kopf bedeckten, hatte er zu einem dünnen Zopf gebunden. Nicht nur die tiefblauen Augen des Mannes lachten herzlich, als er Franziska entdeckte.

Andreas Grever ging leicht in die Hocke und breitete die Arme aus. Gleich darauf fiel ihm Franziska um den Hals, und der Koloß wirbelte die zierliche Freundin so heftig herum, daß ihr ein Holzschuh davonflog.

Um sich die Zeit zu vertreiben, beobachtete der Stadtsoldat das bunte Treiben um den berüchtigten Brunnen. Die

Gerber, Wollwäscher und Färber hatten keinen guten Ruf. Das lag zum einen einfach an ihrer stinkenden Arbeit. Besonders im Hochsommer hing der Verwesungsgeruch der Tierkadaver wie eine zähe Dunstglocke über den ärmlichen Häusern. Zum anderen zog sich gerne unlauteres Volk hierhin zurück, das ungestört sein wollte.

Hier wurden wenige Fragen gestellt, und die Gesetzeshüter fanden kaum den Weg zu diesem Platz und noch weniger Entgegenkommen, wie Thomas selbst wußte.

Ausgerechnet in diesem Viertel ist Franziska sehr willkommen, überlegte Thomas nachdenklich, aber schließlich kannte er sie ja nicht, außer von zwei flüchtigen Begegnungen. Doch in das Bild, das er sich von Franziska geschaffen hatte, paßte diese Bekanntschaft mit dem hünenhaften Gerber nicht.

Einige Spielleute musizierten angetrunken vor ihrem grölenden Publikum. Überschwenglich wurden die Bierkrüge so hart aneinander gehauen, daß so manchem bald ein Stück fehlte. Dies war eine ganz eigene Welt innerhalb Aachens. Die Welt der Armut und des Abschaums. Zumindest in den Augen eines Stadtsoldaten. Thomas haßte den Komp. Er hatte hier Nachforschungen zum Tode der Wegnerin angestellt, doch dieses Pack war nicht geneigt, ihm auch nur eine einzige Frage vernünftig zu beantworten – als ob dieses Gesindel plötzlich angesichts des Gesetzes mit Blind- und Taubheit geschlagen wäre.

Hinter seinem Rücken funktionierte das Nachrichtensystem freilich prächtig. Wie ein Lauffeuer hatte sich die Neuigkeit über das Opfer verbreitet. Der kränkelnde Pfarrer von Sankt Nikolaus erkannte die Tote als Mitglied seiner Gemeinde. Genaueres wußte er Thomas indessen nicht zu sagen. Die Wegnerin war zwar regelmäßig in die Messe gegangen, aber immer nur sonntags. Sie mied den Beichtstuhl und warf Münzen in den Korb für die armen

Waisen, meinte der Pfarrer achselzuckend. Augenscheinlich bedauerte er, daß es damit nun ein Ende hatte.

Erst ein dürrer, verängstigter Walker hatte schließlich, unfein zu einer Aussage genötigt, zugegeben, die Wegnerin oberflächlich gekannt zu haben. Sein gehässiges Weib hatte gefaucht, der Tod habe die Richtige erwischt, nämlich die Hochmut in Person, die ein neues Schmuckstück zum Anlaß nahm, noch mehr von ihrem wogenden Busen zu zeigen, als sie es ohnehin schon tat. Ums Verrecken aber wollte sie nichts darüber erzählen, diese blasierte Wichtigtuerin. Die Männer hätte sie verrückt gemacht, diese Schlampe, ihnen den Kopf verdreht und in letzter Zeit keinen rangelassen.

Voller Verachtung glotzte die Eifersüchtige auf ihren kleinen Mann. Jawohl, auch er hätte sich dort Appetit geholt, und dann hätte sie ausbaden müssen, was die Wegnerin angeleiert hatte. Die Wegnerin kratzte nun bestimmt schon dem Teufel die behaarten Schenkel.

Thomas hatte nur mit unbewegtem Gesicht genickt. Er durchsuchte die persönliche Habe der Frau. Doch weder in ihren Kleidern noch in ihrer Behausung war das bedeutsame Schmuckstück gefunden worden. Es blieb verschwunden.

Endlich eilte Franziska humpelnd und mit vor Aufregung roten Wangen zu Thomas zurück. Etwas atemlos blieb sie vor ihm stehen, und auf ihrem Gesicht zeichnete sich der Anflug eines schlechten Gewissens ab. Mit beiden Händen wischte sie Schmutz von der Fußsohle und griff nach dem abhanden gekommenen Schuh.

»Gehen wir noch ein Stück. Mir bleibt noch Zeit, bis ich zurückkehren muß. Seid Ihr böse auf mich, weil ich Euch nicht vorgestellt habe?«

»Es ist wegen meines Berufes, nicht wahr? Im Kompviertel sind Stadtsoldaten nicht gut gelitten. Ich war Euch peinlich.«

»Das war Andreas Grever. Ich kenne ihn, seit ich etwa … so groß war.« Franziska hielt eine Hand auf Kniehöhe. »Er war mir mehr Vater, als es der meine war. Der Grever war früher ein Geschäftsfreund meines Vaters, eines Webers. Andreas hatte viel Pech im Leben, aber er ließ sich nie unterkriegen! Sein früherer Geschäftspartner, ein Blender, Lügner und Betrüger, zog ihn so hinterhältig über den Tisch, daß Andreas Grevers Name aus der ach so ehrenwerten Zunft gestrichen wurde, obwohl er sich persönlich nichts hatte zuschulden kommen lassen. Im Gegenteil, noch heute zahlt er die Zeche dieses verderbten Mannes. Der Betrüger verschwand bei Nacht und Nebel. Es blieb Andreas nichts anderes übrig, als ganz von vorne zu beginnen. Er durfte die Stadt nicht verlassen, ehe die Gläubiger zu ihrem Recht kamen, und zudem lag seine Ehre im Dreck. Leute, die ihn zuvor an ihren Tisch luden, spuckten nun vor ihm aus. Einzig die Gerber störten sich nicht an der üblen Geschichte, die ihm anhaftete. Sie nahmen ihn in ihrer Mitte auf. Mein Vater hat die Gerüchte übrigens auch geglaubt und Andreas die Freundschaft aufgekündigt.«

Franziska sprach nicht leiser oder gar so, als schäme sie sich für ihren Vater, aber sie sah Thomas auch nicht an, sondern hielt den Blick auf den Boden gesenkt.

»So sind die Menschen halt«, erwiderte Thomas ein wenig hilflos.

Franziska hob den Kopf. Sie blieb stehen und sah Thomas direkt in die Augen. »Die meisten, aber nicht alle. Meister Schnidder – man mag reden, was man will – hält noch Kontakt zum Grever. Daher bin ich auch dort zum Kochen engagiert. Andreas hat das vermittelt. Entschuldigt, Thomas, daß ich das Gespräch vorhin so rüde unterbrach, ich habe sehr wohl zugehört. Wer, um Himmels willen, hat einen Vorteil davon, alten Frauen die letzten Jahre zu nehmen?«

»Nun, so alt sind die Opfer auch wieder nicht, wenn ich es richtig beurteile. Ich muß auf den Kölner Boten warten, um Näheres zu erfahren.«

»Wart Ihr eigentlich am ersten Juli im ›Apfelbäumchen‹? Das war am Dienstag. Dorthin, Thomas!«

Bestimmt lenkte Franziska ihn auf den Weg zu einem öffentlichen, aber kaum besuchten Brunnen, um sich endlich den aufdringlichen Geruch der Felle von Händen und Armen zu waschen. Sie krempelte freizügig die Ärmel hoch und tauchte beide Unterarme bis zum Ellbogen ins kalte Wasser. Eine köstliche Erfrischung! Thomas tat es ihr gleich. Übermütig raffte Franziska ihren Rock und zog ihre ausgetretenen Holzpantinen von den schmalen Füßen. Strahlend hockte sie sich auf die Umrandung des Brunnens und tauchte gleich darauf schwungvoll ihre Beine ins Wasser.

»Als Kind habe ich das häufiger gemacht. Oh, wenn nur kein gestrenger Stadtsoldat vorbeikommt, der mich des öffentlichen Ärgernisses bezichtigt!«

»Dann will ich ihm einen Grund liefern, der von Euren Waden ablenkt. Meine Beine sind länger als die Euren und somit ein größeres Ärgernis.«

Franziska legte den Kopf in den Nacken und lachte. Flugs schnürte Thomas seine ledernen Halbstiefel auf, krempelte die Hosenbeine über die dunkel behaarten Waden und tat es Franziska nach.

Vorsichtshalber sah sich Thomas um. Mit den Füßen im Wasser anderer Leute erwischt zu werden würde ihm wochenlang beißenden Spott von seinen Kameraden einbringen.

»Huh, ganz schön kühl. Das tut gut. Moment … Dienstag, sagtet Ihr?« Er hob die Arme und fuhr sich mit den Fingern durch die schimmernden Haarsträhnen, in denen sich das verblassende Tageslicht spiegelte. »Laßt mich überlegen.

Nein, an diesem Tag nicht, doch tags darauf, an dem es einen Zwist zwischen zwei Adligen und deren Gevolksleuten gab. Es überraschte mich, Frau Maria dort anzutreffen. Ich kenne sie zwar kaum, aber sie scheint mir nicht die Frau zu sein, die sich der leichten Unterhaltung hingibt.«

»Welche Unterhaltung wird denn dort geboten?« Außer Verunglimpfung der Herrscherfamilie. Franziskas Herz schlug heftiger.

»Ein Tänzchen vielleicht. Als ich gehen mußte, spielte Musik auf. Frau Maria war in Begleitung eines Herrn. Jedenfalls sind sie zusammen hereingekommen. Ob sie auch wieder gemeinsam gingen, weiß ich nicht. Mir kam sein Gesicht nicht bekannt vor. Für meine Tanten wäre das ein gefundenes Fressen gewesen. Wißt Ihr, wer das war?«

Joslin, aber das konnte sie ihm nicht erzählen. Gottlob, er hatte Joslins höhnische Vorträge also nicht gehört. Franziska überging die Frage. »Eure Tanten nehmen recht interessiert am Leben teil.«

»Ja, an dem Leben anderer Menschen, freundlich umschrieben.«

»Ach, sie sind doch nett.«

»Sie versuchen, mich zu verheiraten!« Mit gespielter Dramatik rollte Thomas mit den Augen, und Franziska lachte hell, als sie an den gestrigen Abend bei den Witwen dachte.

Sie plauderten noch eine Weile, ohne das vorangegangene Thema weiter zu berühren. Tatsächlich fühlte sich jeder der beiden in der Gesellschaft des anderen wohl, und gemeinsam vergaßen sie für eine Weile den Alltag.

Erst als die Glocken zur Vesper riefen, wurde Franziska jäh an ihre Pflicht erinnert. Sie schwang herum und trocknete sich die Füße mit ihrem Rock. Thomas war vor ihr aus dem Wasser und reichte ihr seine Hände, um ihr herunter zu helfen. Er hielt sie einen Moment länger als notwendig.

»Sehe ich Euch wieder? Oder erwartet mich ein neuer Korb?«

»Ihr seid aber nachtragend!«

»Ja, heute waren es die Felle.«

»Eben. Also kein Korb, den brauche ich zum Einkaufen. Wann?«

»Wann immer Ihr wollt! Sagt nur ein Wort, und ich bin zur Stelle«, antwortete Thomas ernst, dann zwinkerte er.

»Welches Wort denn? Etwa so etwas wie: hierher?«

»Eine einfache Bitte würde schon ausreichen. Meine Tanten bestehen darauf, Euch einen Gefallen zu erweisen. Ihr kennt sie ja. Zugegeben, es ist nicht uneigennützig! Es geht schon so in Eurer Gesellschaft.«

»Ach, es geht schon so? Aua, das hätte ich nicht gedacht.« Gänzlich verunsichert brachte Franziska eine sichere Distanz zwischen sich und Thomas.

»Es geht schon so ... unter meine Haut, Eure Gesellschaft.«

»Ich muß gehen. Gehabt Euch wohl, Thomas Blij.«

Franziska winkte ihm noch zu, drehte sich dann um und lief mit klappernden Holzschuhen zu Meister Schnidders Haus. Ihre Wangen glühten vor freudiger Verlegenheit.

Kapitel 11

»Nun komm schon, Suse, konzentriere dich«, beschwor Franziska die Magd inständig und blickte in ihre grauen Augen, um die Dringlichkeit ihres Anliegens zu unterstreichen. »Was genau siehst du, wenn du dir das Bild vor Augen holst? Es ist sehr wichtig.«

Sie schob Suse die Schale mit dem heißgeliebten Nußgebäck näher und schenkte ihr kühles Dünnbier nach. Dann nahm sie selbst einen guten Schluck.

Suse aß und trank und überlegte unheimlich lange. Franziska begann, sich nach ihrer Arbeit umzusehen. Sie vergeudete mit der Magd lediglich ihre Zeit.

»Also, das war so«, begann Suse schließlich behäbig, »die Frau hatte kaum Schwielen an ihren Händen, demnach hat sie keine schwere Arbeit verrichtet. Dünn war sie nicht, nicht unterernährt jedenfalls. Ihre Haare waren schön geflochten, das Kleid war bis auf die Blutflecken sauber. Entehrt wurde sie bestimmt nicht.«

»Wie kommst du darauf?«

»Die Händler schlafen zum Schutz vor Diebstahl in ihren Marktständen. Sie hätten etwas hören können. Es mußte schnell gehen. Die Tote lag in der Leichenstarre, als Herr Joslin sie aufnahm. Sie war schon ganz steif. Sie muß folglich also bereits mindestens acht bis zehn Stunden tot gewesen sein. Getötet wurde sie schon in der Nacht. Die bläulichen Leichenflecken gingen ja auch schon ineinander über. Ein Körper erinnert sich an die Schäden, die man ihm zufügt, und in der Todesstunde bringt er alles deutlich hervor, was man ihm angetan hat. Nach einem halben Tag sind solche Flecken nicht mehr auf die Haut zu drücken, aber die, die schon vorhanden waren, sind dann auf alle Zeit eingebleut! An beiden Handgelenken hatte sie solche Male. So eine Leichenstarre löst sich erst nach drei bis vier Tagen, und dann riecht der Körper längst. Sie wird sich gewehrt haben, denn die Frau war zwar sauber, aber unter ihren Fingernägeln war etwas, vielleicht Haut ihres Angreifers.«

»Großer Himmel, Suse, du bist unglaublich. Wo hast du derartige Kenntnisse erworben?«

Die Magd grinste stolz. »Das weiß ich von meinem Onkel Hellwig. Er ist Totengräber, draußen an Sankt Leonhard. Mein Onkel kennt wirklich haarsträubende Ereignisse. Da gab es mal eine geschändete Ohnmächtige, die sie fast lebendig verscharrten. Nur mit letzter Kraft stemmte sie den

Oberkörper hoch, zerriß das Leichentuch und stöhnte dann, daß der Gehilfe vom Onkel vor lauter Schrecken das Wasser nicht halten konnte und sich ...«

»Danke, Suse. Mehr wollte ich nicht wissen.«

»Solltet Ihr aber! Zufällig wurde unsere Tote genau bei Sankt Leonhard begraben, Mittwochabend, also am selben Tag noch. Die Totenwäscherin hatte sie fein hergerichtet, auch wenn das Kleid noch naß vom Auswaschen war. In dem, was sie trug, als sie erdrosselt wurde, wurde sie auch bestattet. Mein Onkel hat die Totengrube eigenhändig ausgehoben und dafür einen ordentlichen Batzen eingesteckt. Schnell sollte es gehen und keine Fragen gestellt werden. Der Pfarrer von Sankt Nikolaus las die Totenmesse, nur einer war da, um sie zu geleiten. Ich habe meinen Onkel natürlich gefragt, wer ihm den Auftrag erteilte, aber er kannte den Mann nicht. Mein Onkel sagte, er sei normal gekleidet gewesen und habe ein Dutzendgesicht gehabt. Der Fremde stellte sich als ihr Sohn vor, von weit her sei er angereist. Er blieb nur so lange am Grab, wie es den Anstand nicht verletzte, und machte sich schleunigst auf den Weg. Onkel Hellwig ist schon ein wenig schwerhörig und konnte ihn nicht gut verstehen.«

»Was meinst du: Würde mir dein Onkel etwas Genaueres erzählen?«

»Nee, Onkel Hellwig sagt nichts.«

»Ganz zufällig kommt der weitgereiste Sohn rechtzeitig in Aachen an, hört von dem gewaltsamen Tod seiner Mutter und läßt sie schnellstmöglich unter die Erde bringen? Das ist zu merkwürdig.«

»Sagt auch mein Onkel!«

»Und hat dein Onkel diesem Mann geglaubt?« Ein leises Lächeln huschte über Franziskas Gesicht. Diese geschäftsmäßige Vergeßlichkeit, gepaart mit Verschwiegenheit, war nicht zu überbieten.

Suse winkte ab. »Natürlich nicht, aber für gutes Geld schweigt Onkel Hellwig stiller als seine tiefsten Gräber. Das monströse Bahkauv höchstpersönlich hätte ihm den Auftrag erteilen können, und mein Onkel hätte es als ein Dutzendgesicht beschrieben.«

Nun, das war zumindest eine interessante Neuigkeit. Für wen war es wohl so wichtig, Irmtrud Wegner verschwinden zu lassen, wenn nicht für den Mörder? Oder nahm der Rat es so wichtig, alle unschönen Ereignisse vor den Gästen zu verbergen, so, wie Franziska es selbst getan hatte? Meister Schnidder hatte kein Wort über Joslins Verschwinden verloren. Genaugenommen, war ein Unterhalter nicht vonnöten. Franziska zwang ihre Gedanken zurück. Seltsam, daß die Stadtwachen die Leiche der Wegnerin so schnell freigaben. Thomas hatte so etwas angedeutet.

»Suse, wir beide wissen von der Kette, die Joslin an sich nahm. Du erinnerst dich an die eingekratzte Gravur, nicht wahr? I. W. Die Initialen von Irmtrud Wegner. Ist wohl kein Zufall ... Wie genau hatte sich unser Gast in den Besitz gebracht? Du sagtest, er nahm sie aus dem Umhang und nicht von ihrem Hals fort.«

»Ja, der Schmuck rutschte aus der Tasche. Er war nicht gut versteckt«, erwiderte Suse.

Demnach starb die Wegnerin nicht, weil sie Opfer eines Räubers wurde. Etwas anderes mußte dahinterstecken.

»Danke, Suse, das hast du gut gemacht. Hast du noch etwas auf dem Herzen? Du kannst mir sagen, wenn dich etwas bedrückt.«

Kullerrunde Augen schauten erstaunt zu ihr auf. »Frau Franziska, der Meister hat mich gescholten. Wenn es darum geht, Fische auszunehmen, soll ich das in Zukunft machen und nicht Maria! Sie hat aber doch überhaupt nichts mit den Fischen zu tun gehabt. Das wart doch Ihr!«

»Ach Suse, es ist meine Schuld. Ich habe zu einer Notlüge gegriffen, um Maria zu einer ruhigen Nacht zu verhelfen. Daß der Diensther es so auslegt, konnte ich nicht ahnen. Er kann wirklich garstig sein. Danke für deine Hilfe.«

Wie Franziska erhofft hatte, war die Bestattung Joslins ohne Probleme verlaufen. Frau Dorle hatte ihrer Konventsmeisterin das Anliegen vorgetragen, und Joslins Leib ruhte nun auf einem nahe gelegenen Friedhof. Nicht auf dem kleinen, auf dem die Beginen ihre verstorbenen Schwestern bestatteten, sondern auf Sankt Leonhard, berichtete Maria knapp, als sie wenig später eintraf. Sie sah mitgenommen aus, entkleidete sich und legte sich sogleich nieder. Kurz darauf erklang ihr gleichmäßiges Atmen. Auch Suse schlief rasch ein.

Nur Franziska hing noch ihren Gedanken nach und versuchte, eine Ordnung hineinzubringen.

Suses Onkel Hellwig schien ein wahrlich gewitzter Geschäftsmann zu sein. Totengräber gehörten nicht zu den angesehensten Bürgern, aber ein guter Verdienst machte die Nachteile wett. Hellwig wußte, daß diese Bestattung keine gewöhnliche war. Natürlich würde er schweigen.

Thomas hatte behauptet, Maria mit einem Mann zusammen gesehen zu haben, mit dem sie einen vertrauten Umgang gepflegt hatte. Es konnte sich nur um Joslin gehandelt haben. Daß Maria sich rasch zugänglich zeigte, war kaum unvorstellbar.

Wieso aber leugnete Maria hartnäckig, den Spielmann zu kennen? Wo und wann hatte sie ihn wohl kennengelernt? In der Zeit, seit Franziska in diesem Haushalt arbeitete, war Maria nachts nicht ausgegangen, und falls doch, hatte sie sich in aller Heimlichkeit davongeschlichen. Die vordere Tür war des Nachts immer verriegelt, und der Meister kontrollierte sie jeden Abend. Aber die hintere Küchentür stellte kein Problem dar. Wollte man hinaus, so brauchte man nur einen Riegel zu öffnen und die Tür anzulehnen, um wieder hineinzugelangen. Franziska machte selbst davon Gebrauch, wenn sie sich im Garten nach einem anstrengenden Tag erholen wollte. Maria hätte also hinausgehen und Joslin treffen können.

Ach, das war alles viel zu weit hergeholt. Obwohl Joslin nicht erst am Mittwoch angereist war, wie er behauptete, sondern erwiesenermaßen bereits am Dienstag einen Auftritt im ›Apfelbäumchen‹ hatte.

Nein, das ging sie überhaupt nichts an! Sie hatte genügend eigene Probleme, um noch ein weiteres hinzuzufügen. Joslin und Maria waren alt genug, um sich miteinander zu vergnügen. Allerdings wäre Meister Schnidder auf Joslin eifersüchtig gewesen. Der Griesgram hatte Maria schließlich in eindeutiger Absicht zu sich bestellt. Eine befremdliche Vorstellung, sich die beiden als Liebespaar vorzustellen. Hatten Ältere auch noch Gelüste in sich? Oder gar Triebhaftigkeiten?

Unwillkürlich drängte sich Franziska ein Bild auf, und voller Scham scheuchte sie es aus ihrer Phantasie, als sie von der Stiege her ein vertrautes Trappeln hörte.

Kater Knauff stand mit gesträubtem Fell in der Küche und wirkte ausgesprochen ungehalten. Seine zurückgelegten Ohren stellten sich erst auf, als ihm Franziska beschwichtigend zuflüsterte: »Hat dich jemand hier eingeschlossen? Beruhige dich, mich kennst du doch. Komm, wir gehen nach draußen.«

Eine leise Melodie summend, erhob sie sich und öffnete die Tür. Der unwirsche Kater war nicht in der Stimmung, bei ihr zu verweilen, sondern schoß mit wenigen Sprüngen zur Mauer und verschwand im Garten der Witwen. Ein paar Augenblicke hier draußen zu verbringen würde ihre innere Ruhe wiederherstellen und ihren Kopf von den kruden Vorstellungen befreien.

Ein leichter Windhauch war aufgekommen, der wohltuend um ihre Arme strich. Die Grillen spielten ihr sommerlich sirrendes Nachtlied, und wie schon seit Tagen und Nächten sangen auch noch einige unverwüstliche Krönungsgäste am fernen Marktplatz. Irgendwo verbellte ein Hund kläffend einen Nachtmahr oder einfach nur einen streunenden Artgenossen, der im Abfall etwas zu fressen suchte. Der Wind ließ die Blätter des Birnenbaums rascheln, und dunkle Nachtwolken huschten über den Himmel.

»Ooohoa.«

Ein kläglicher Seufzer! Franziska drehte lauschend ihren Kopf und verwünschte die Sängerschar. Wieder ein Laut – er kam vom Brunnen. Oder war es nur eine überspannte Sinnestäuschung?

Wer oder was trieb sich hier herum?

Nie hatte Franziska Angst vor Übergriffen auf ihre Person gehabt, doch der Wegnerin war diese Sorglosigkeit zum Verhängnis geworden. Die Zeiten hatten sich geändert. Lag da ein Verletzter im hinteren Teil des Gartens? So klang es.

Oder ein Gauner?

Nur Mut, redete Franziska sich zu.

Ausgerechnet in dieser Nacht schlief Maria tief und fest, aber ein schriller Schrei würde sie wohl wecken, wenn es zu Tätlichkeiten käme. Franziska entschied sich dagegen, ein Handlicht zu holen, es hätte sofort ihre Anwesenheit verraten. In geduckter Haltung schlich sie an den Brunnen heran. Zweimal rutschten ihre Holzschuhe über gefallene Birnen. Sie tastete sich mit rasendem Herzschlag voran. Tau hing in den weißen Kleeblüten, die zur Freude der Bienen gleich morgen früh wieder ihre Kelche öffnen würden.

Eine unförmige Gestalt erhob sich taumelnd und versuchte, die Kurbel zu bedienen, um Wasser zu schöpfen.

Erfolglos sank sie jedoch wieder in sich zusammen und keuchte pfeifend. Franziska hatte damals, als Kaiser Karl sein Thronjubiläum in Aachen feierte, einmal einen Tanzbären auf einem Jahrmarkt gesehen. Das bedauerliche, räudige Tier hatte ähnlich schmerzerfüllte Laute von sich gegeben.

Was auch immer da klagte, war ein verletztes Geschöpf und brauchte Hilfe. Dem Bären hatte sie nicht helfen können. Das Gefühl, damit einen Fehler begangen zu haben, hatte sie nie ganz vergessen.

Mit wilder Kraft befreite sich Franziska von den Schatten ihrer Vergangenheit und richtete sich auf zu voller Größe, als sie auf den Brunnen zuging.

»Braucht hier jemand Hilfe?« fragte sie energisch in die Nacht hinein.

»O ja!« schnaubte eine bekannte Stimme undeutlich zu ihren Füßen.

»Hans, bist du das?« Ohne eine Antwort abzuwarten, kauerte sich Franziska neben Hans und suchte tastend nach seiner Hand im Gras. Mit der anderen schlug sie schnell ein Kreuzzeichen.

»Bei allen Heiligen. Ja, ich bin es.«

»Was ist mit dir? Bist du verletzt?«

»Macht Euch keine Gedanken. Ich muß nur eine Nacht schlafen, dann bin ich wieder der normale Hans. Der Dummkopf, der alles kann, nur nicht, sich zu schützen oder etwas aufzupassen.«

»Schauen wir erst mal zu, daß wir dich ins Haus bekommen.«

Beherzt griff Franziska zu, um dem schwergewichtigen Jüngling auf die Füße zu helfen. Der Knecht war einen guten Kopf größer als Franziska, ein Umstand, der sich als hinderlich erwies. Dennoch gelang es dem unterschiedlichen Gespann, schnaufend die Küche zu erreichen. Hans'

Schulter schlug hart an die Zarge, und sein Gesicht verzerrte sich vor Schmerz, als Franziska ihn zur Bank dirigierte. Das Herdfeuer glomm noch. Franziska entzündete zwei Kerzen daran.

Lärm ließ sich nicht vermeiden, so daß Suse und Maria erwachten. Maria rieb sich die Augen und warf Hans einen ungehaltenen Blick zu. Franziska machte sich am Wasserfaß zu schaffen, tunkte ein Tuch hinein und wrang es aus.

»Bist du verrückt geworden, Franziska, so einen Lärm zu machen? Warum schleppst du den Kerl hier hinein? Ich bin unbedeckt!« rief die ältere Haushälterin.

»Dann bedecke dich eben. Hans hatte einen Unfall.«

»Ach, im Garten? Ein Esel auf der Suche nach einem Pferdchen, was?«

»Du bist unausstehlich. Suse, hilf mir bitte.«

Maria, die sich das Laken unters Kinn geklemmt hatte, verharrte unschlüssig auf der Matratze. Dann schoß ihr nackter Arm vor, packte die Haube und stülpte sie sich über das Haar. Nun konnte sie wenigstens zusehen, was vor sich ging.

Beachtlich geschwind kleidete sich Suse unter ihrer Decke halbwegs ordentlich an und stand Franziska gleich darauf zur Seite.

Einer Ahnung folgend, schnüffelte Franziska. Nein, betrunken war Hans nicht, jedoch unbestritten angeschlagen. Ein Auge würde blau anschwellen und ihm die Sicht erschweren. Sanft schob Franziska seine dicken, blonden Haare über der Stirn zur Seite. Über der Braue waren eine blutige Strieme und eine gehörige Beule zu sehen. Hans atmete so flach, daß er sich wohl auch eine Blessur an den Rippen eingehandelt hatte. Er mußte sich geprügelt haben.

Suse hielt das kühle Tuch auf sein lädiertes Gesicht. Hans seufzte, und seine Finger drückten dankbar Suses Hand. Liebevoll sah sie auf den Verletzten hinunter. Ihre

Augen glänzten vor aufsteigenden Tränen. Gerührt von der erblühenden Liebe überließ Franziska die Fürsorge der Magd.

»Wie ist das passiert?«

»Nur ein Mißgeschick. Ich bin gestolpert, jawohl, eine ganz dumme Sache. Ich geniere mich deswegen. Erzählt es bitte niemandem. Ich habe mich in abgelegtem Zaumzeug verfangen, und schon lag ich da. Ich muß wohl mit dem Kopf am Amboß aufgeschlagen sein. Bestimmt biete ich einen furchtbaren Anblick.«

»In einigen Tagen wirst du wieder so gut aussehen wie immer. Meine Mutter sagte mir immer, wenn ich litt: Kind, wenn du heiratest, dann ist das hier längst vergessen. Das klingt doch tröstlich, nicht wahr? Mit ein wenig Glück wird keine Narbe auf der Stirn zurückbleiben.«

Franziska bemühte sich, ihr Lächeln zu unterdrücken. Der arme Hans war in jeder Hinsicht ein netter Kerl, und lügen gehörte gottlob nicht zu seinen Stärken. Der Amboß hatte sich jedenfalls ordentlich gewehrt.

Suse verströmte umsorgendes Mitleid, daß Hans wie ein Schwamm aufsog. Nachdem der Knecht verarztet war, schickte Franziska die Frauen wieder in den Schlaf, überließ Hans ihre Matratze und legte sich auf die harte Bank.

»Stimmt es wirklich, was Eure Mutter sagte? Habt Ihr geheiratet, und alles, was davor war, war vergessen?«

Franziskas Antwort kam prompt und barscher, als sie es beabsichtigt hatte: »Ich habe nie geheiratet! Nun laß mir meine Nachtruhe.«

Allzu lang hielt diese Nachtruhe nicht an. Der Morgen zeigte sich schon mit sanftem Licht, und die Vögel sangen bereits ihre Lieder, als eine Horde Vandalen einfiel. Jedenfalls klang es nach wütenden Vandalen, die ohne jede Rücksicht herumlärmten, als seien sie allein in der Stadt.

Franziska legte sich ein Tuch über die Schulter und riskierte einen vorsichtigen Blick zur Stiege hinauf.

Die Herren Herzöge kamen vom kaiserlichen Festgelage zurück und hatten ihren Quartiersherrn in ihre Mitte genommen. Meister Schnidder wurde von den beiden Adeligen mehr gezogen als geführt. Seine Kleidung, auf die er stets einen hohen Wert legte, war besudelt und sein Gesicht von wächserner Bleichheit. Die Knappen, die mit ihren Herren die Kammern teilten, schlichen wie geprügelte Hunde hinter dem Trio her. Sie waren fast noch Kinder und gehörten längst ins Bett.

Mit einigen Schritten sprang Franziska barfuß die Stufen hinauf und erwischte den letzten Knappen am weiten Ärmel seines Hemdes. Der rothaarige Junge fuhr erschreckt zusammen.

»Was hat es denn drüben im Rathaus gegeben?« fragte Franziska forsch und wurde sich darüber bewußt, daß ihre Haare offen über ihre Schulter hingen, als der Knabe sie gebannt anstarrte. »Halte keine Maulaffen feil, beantworte nur meine Frage.«

Er zitterte vor Müdigkeit, gehorchte aber. »Oh, die Feier dauerte lange. Das Essen war famos, und wir schlugen uns alle die Bäuche voll. Es gab Räucherbraten, gelbe Rüben, Wildente in spanischer Sauce, verschiedene Eierspeisen, dazu eine würzige, dicke Winzersauce, Hammelkeulen auf Rotkraut.«

»Das meine ich nicht. Später dann.«

»Da spielten die Sangesleute auf, dann kamen Gaukler, Jongleure und sogar Feuerspucker! Ein tolles Spektakel. Nachdem sich die edlen Frauensleute zurückgezogen hatten, kamen andere Frauen herein. Äh, nicht so vornehme, überhaupt nicht vornehm, aber gesellig, und es gab gleich einen Streit zwischen meinem Herrn und dem hochwohlgeborenen Herrn Wenzel. Normalerweise sind sie gute

Freunde, doch mein Herr wollte sein Mädchen nicht fortschicken. Sie wollten sich fast an die Kehle gehen. Der Herzog von Brabant versuchte zu schlichten, machte die Sache dadurch aber nur noch schlimmer. Kaiser Karl sprach schließlich ein Machtwort, und die Frauen wurden fortgeschickt. So viele Schmollmünder habt Ihr noch nie an einem Ort gesehen, nicht nur von den Frauen. Es kam dann aber doch zu einer Versöhnung unter dem strengen Blick des Kaisers.«

»Wann genau war das?«

»Die Glocke des Münsters schlug zu den Vigilen. Der Kaiser befahl einem Geschichtenerzähler, der uns dann etwas von eurem Aachener Bahkauv erzählte, das die Zecher plagt. Alle hingen sie an seinen Lippen, auch die, die lieber die Frauen küßten. So ein monströses Bachkalb haben wir nicht bei uns in Sachsen. Jedenfalls floß der Wein gut, und es kamen verwegene Ideen auf, sich das Bachkalb mal näher anzuschauen. Der Kaiser ließ das Rathaus von den Stadtsöldnern umstellen und verpflichtete uns zum Weiterfeiern. Er ließ ein zweites Mahl auffahren, diesmal hauptsächlich Fisch, der vielleicht nicht mehr ganz frisch war. Habt Ihr meinen Herrn gesehen? Er verließ den Weg viermal und schlug sich in die Büsche. Den anderen geht es auch nicht besser. Ich muß nun nach oben, sonst bekomme ich Ärger.«

Der Rotschopf rannte die Holzstufen hinauf, als würde der Teufel auf seinen Fersen hocken. Franziska ging nachdenklich in die Küche zurück. Mit den Gästen würde sie bis zur Abendstunde gewiß wenig Arbeit haben. Auch Suse hatte keine rechte Ruhe gefunden und sich bereits nützlich gemacht und dünnen Wein angewärmt.

Hans schnarchte herzhaft. Ab und an, wenn er sich herumdrehen wollte, kam ein klagendes Schnaufen über seine Lippen.

»Willst du dich nicht um das Wohlbefinden des Meisters kümmern, Maria?«

»Nein!«

Franziska richtete ein Brett, derweil Maria, mürrisch und ohne die Zähne auseinander zu bekommen, den Herd befeuerte und Wasser zum Kochen aufsetzte. Dann frühstückten die Frauen gemeinsam und kosteten von einem hellen Gebäck, das Suse gebacken hatte. Man konnte es nicht als Brot, auch nicht als Kuchen bezeichnen, aber mit Butter und Honig bestrichen war es köstlich. Beide Frauen griffen reichlich zu.

»Pack den Rest gut weg, Suse, und gib ihn Hans. Er hat sich den Wecken redlich verdient.«

»Findet Ihr wirklich?« Suse schlug ein Tuch um das Gebäck, und Maria rollte mit den Augen.

»Herrje, wenn er sich schon für dich schlägt, dann soll er einen Dank bekommen. Und von dem Wecken hat er mehr als von einem Kuß.«

»Er hat ... für mich hat er ...« Suse stammelte und brauchte eine Weile, um die Ungeheuerlichkeit zu begreifen. Das Gefühl, daß jemand für sie eintrat, schmeckte süßer als tausend Wecken.

Ein schriller Schrei schreckte sie auf. Er kam von nebenan, aus dem Haus der Witwen, und ließ keine andere Deutung zu, als daß sich jemand in großer Gefahr befand.

Es war Frau Agnes, die geschrien hatte. Sie hockte am Boden und klagte herzzerreißend. Angela lag lang ausgestreckt vor ihr und war ganz grau im Gesicht. Ihre Lippen bebten, und die Lider flatterten unruhig. Agnes weinte bitterlich, während sie sich über die Jüngere beugte und ihr mit knotigen Fingern liebevoll über das faltige Gesicht strich.

»Verzeih mir, alles ist meine Schuld.« Immer wieder sagte sie diese beschwörenden Worte, als könne sie ihre

Schwester damit ans Leben binden. »Es ist alles nur meine Schuld, ich Ausgeburt der Einfalt! Verlasse mich nur nicht, ohne dich halte ich es einfach nicht aus. Wir waren doch immer zusammen. Immer!«

Verzweifelt blickte sich Agnes aus geröteten Augen um und betete ein hastiges Vaterunser.

Franziska besann sich auf ihre Vernunft. »Wenn ich richtig deute, was der Sachsenknappe sagte, dann versammeln sich die tauglichen Doktoren heute um die leidenden Adligen. So lange können wir nicht warten. Suse, laufe zu den Beginen und bitte Frau Dorle um medizinischen Beistand. Und du, Maria, lege Frau Angela kalte Umschläge auf die Stirn. Ich werde Thomas holen.«

Maria, selbst sehr bleich geworden, hockte sich neben Agnes und hielt Franziska kurz am Rocksaum fest. »Meinst du, es ist wirklich so ernst um die arme Witwe bestellt?«

Franziska zuckte ratlos mit den Schultern. »Ich weiß es nicht, nein ... eigentlich nicht. Sie atmet gleichmäßig und scheint nur in Ohnmacht gefallen zu sein, aber wenn ich mich irre, dann soll der Neffe die Gelegenheit erhalten, sich von seiner Tante verabschieden zu dürfen.«

Maria nickte.

Sanft wandte sich Franziska an die leise weinende Agnes, legte ihr einen Arm um die Schulter und zog sie sacht empor. »Wo kann ich Euren Neffen finden?«

»Ja, holt ihn her! Er ist im Rathaus. Er ist auch mit Schuld beladen. Er wollte uns beschützen, hat aber nie Zeit für uns. Er kennt nur seine Arbeit.«

»Was ist passiert?«

»Die Nacht war zwar diesmal ruhig, aber auch das ist unheimlich, wenn sonst an jedem Abend der Spuk kommt! Schlafen konnten wir jedenfalls nicht. Wir haben uns ganz schrecklich gestritten. Oh, es tut mir so leid, könnte ich es nur ungeschehen machen! Ich war dafür, unser Haus zu verkaufen, und hatte sogar schon ein sehr gutes Angebot, allerdings ohne Angelas Wissen, und als ich ihr davon erzählte, regte sie sich so auf, daß ich jetzt fürchte, ihr letztes Stündlein hat geschlagen. Sie hängt an diesem Haus, aber ich wollte nicht länger mit diesem grauenhaften Spuk unter einem Dach leben. Lieber ziehe ich an die unterirdischen Quellen zum Bahkauv und rühre nie wieder einen Tropfen Kräuterwein an, sagte ich in einem arg gemeinen Ton zu Angela. Das war doch nur so daher gesagt. Natürlich bleiben wir, wenn sie es sich so sehr wünscht! Es ist ja unser Elternhaus.«

Immer wieder sah Agnes besorgt zu ihrer Schwester hinüber und wandte sich von Franziska ab, um sich wieder auf den Boden zu setzen und die kalten Finger ihrer Schwester zu wärmen.

Kapitel 12

Franziska hatte keinen Blick für die Händler, sondern lief über den Markt zum Rathaus. Noch nie in ihrem Leben war ihr der kurze Weg so weit und so steil erschienen. Nebenbei registrierte sie die buntgekleideten Pfeifer, die auf dem Markt fremdländische, heitere Melodien aufspielten, zu denen sich die Menschen wiegten. Um den Brunnen drängten sich Hunderte. Tatsächlich war es also einem Handwerker geglückt, aus den bleiernen, gekrümmten Speiern Wein für das Volk fließen zu lassen.

Sie schlug Haken wie ein flüchtender Hase, um so schnell wie möglich voranzukommen. Keuchend blieb sie vor dem Rathaus stehen und sah sich nach jemandem um, der ihr helfen konnte. Ihr Herz trommelte wild. Sie wandte sich an den ersten Stadtsöldner, den sie ausfindig machen konnte.

»Wo finde ich den Herrn Thomas Blij? Ist eine dringende Familienangelegenheit.«

Sie stemmte die Hände in die Seiten und keuchte mehr, als sie sprach. Von Anmut kaum noch eine Spur. Verflixte Seitenstiche.

Der Stadtwächter kratzte sich behäbig den Kopf. Er warf erst einen krummen Blick auf die rotwangige, keuchende Frau, straffte dann die Brust und umklammerte seine geschärfte Standarte gewichtiger. Schließlich war er gerade im Staatsdienst und nicht im Stadtdienst beschäftigt! Und das verlangte nach Respekt!

»Wen wollt Ihr sprechen?«

»Thomas Blij!« drängte Franziska.

»Langsam, ich muß nachdenken. Der Herr Thomas Blij? So ein gewiefter junger Bursche, dunkelhaarig? Also, der sitzt gerade im Rat, na, mit den Oberen. Den kann ich nicht so einfach stören.«

»Verlange ich ja auch nicht von Euch! Ich will ihn in einer äußerst wichtigen Angelegenheit sprechen, die keinen weiteren Aufschub duldet. Nun macht doch schon, Mann! Ist das denn so schwer? An welche Pforte muß ich klopfen?«

Franziska verzweifelte schier an diesem Wächter, der in seiner überaus gemütlichen Art ein Aachener Urgestein war. Nur nicht aus der Ruhe bringen lassen, alles noch einmal überdenken, dann noch mal gründlich abwägen, ehe er eine Entscheidung zu treffen gedachte, die nicht unmittelbar mit seinem eigenen Wohl in Verbindung stand.

Mit einem altbewährten Mittel beschleunigte Franziska den komplizierten Denkvorgang des Stadtsoldaten.

»Do hingge, de Trapp trappop«, murmelte der stämmige Wächter beflissen in seinen Vollbart und ließ die Münze aus Franziskas Hand in seine Tasche gleiten.

Die unauffällige dunkle Holztür besaß einen bronzenen

Klopfer, den Franziska heftig anschlug. Sie warf einen Blick hinüber zum Münster. O gütiger Gott, nimm Angela Knauff noch nicht zu dir, nicht wegen eines albernen Streites!

Sie wartete eine Weile und lehnte sich dabei an die groben Steine des Granusturms, den der erste Kaiser Karl hatte errichten lassen, um darin zu wohnen.

Nichts tat sich. Franziska klopfte erneut, nahm dann die Klinke in die Hand, und zu ihrer Überraschung öffnete sich die Tür lautlos. Es war dunkel im Inneren. Die Kühle, die ihr entgegenschlug, war wohltuend. Ihre Augen gewöhnten sich schnell an die sparsamen Lichtquellen. Nur durch schmale Schlitze im Mauerwerk drang ein wenig Tageslicht. Stufe um Stufe stieg sie hinauf. Bald eröffneten sich mal links, mal rechts schmale Gänge. Die Treppen schienen nicht enden zu wollen. Üppig gebaute Menschen wie Suse hätten hier tatsächlich schon ernsthafte Probleme, hindurchzugehen, so eng war der Weg.

Also, weiter, noch waren keine Stimmen zu hören. Die Kälte des Gemäuers war indessen unangenehm geworden. Wie hoch sie wohl mittlerweile war? Am Ende eines weiteren Ganges befand sich eine Öffnung, die Franziska zielstrebig ansteuerte. Ihr Gefühl sagte ihr, daß sie bereits fast oben angekommen sein mußte, und zwar ohne Thomas zu finden. Verflixt, sollte der Stadtwächter sie zum Narren gehalten haben, würde er dafür geradestehen müssen.

Als sich Franziska auf Zehenspitzen reckte, um einen Blick auf den Marktplatz zu werfen, schauten die Bürger klein und wuselnd wie ein Ameisenvolk aus. Ein farbenprächtiges Bild, das sich eröffnete: Bunte Wimpel und prächtige Banner flatterten im lauen Sommerwind, und fröhliche Musikfetzen schwebten sogar bis hier hinauf. Der runde Marktbrunnen war dicht umlagert.

Franziska wirbelte herum. Ihr Herz schlug heftig.

Ein Stuhl wurde über die Dielenbretter geschoben, seine Beine quietschten auf dem Holz. Hier oben war also doch jemand! Sie hatte die schwarze Pforte zu ihrer Linken einfach übersehen. Beherzt riß Franziska die Tür auf und schritt in den winzigen, rechteckigen Raum dahinter.

An den rußigen Wänden waren metallene Halterungen angebracht, in denen kurze Fackeln steckten. Pech troff auf den Boden, und die verräucherte Luft kratzte in Franziskas Hals. Unwillkürlich räusperte sie sich. Bis auf einen runden Tisch und vier Stühle war das Zimmer unmöbliert. Im Mauerwerk waren Haken eingelassen, an denen sich gewiß einmal große Wandbehänge befunden haben mußten, um dem Raum wenigstens einen Anschein von Gemütlichkeit zu vermitteln. Acht Augen starrten Franziska unverhohlen an. Sie kannte nur Thomas, die drei anderen, gut gekleidete Herren, waren ihr fremd. Niemand sprach ein Wort. Franziska hätte es wahrscheinlich ohnehin nicht gehört, denn sie starrte gebannt auf den Tisch.

Dort lagen zwei Ketten mit ovalen, silbernen Anhängern, die Rosen zeigten.

Eine sehr schöne Arbeit, echote es in ihren Ohren.

Sichtlich irritiert über Franziskas hypnotisierten Blick, nahm Thomas die Ketten an sich und suchte nach Worten: »Meine Herrn, das ist … Frau Franziska, die Köchin meines Nachbarn, dem Meister Schnidder, aus der Mostardgasse.«

Ein schlanker, älterer Herr mit langem, grau wallendem Haar verschränkte die Arme vor seinem Brustkorb. Sein nachtblaues Wams glitzerte nur so von eingestickten Goldfäden, und seine Finger schmückten goldene Ringe. Geschliffene Edelsteine funkelten in ihren Fassungen. Hier hätte ein geringeres Maß an Schmuck Besseres bewirkt, vor allem, weil dies nicht zu dem asketisch geschnittenen Gesicht paßte. Schmale, aufeinander gepreßte Lippen, kantiges Kinn, hohe Wangenknochen und eine klassische, römische Nase. Der Mann erinnerte an eine der Marmorskulpturen, die in den eleganten Badehäusern zu finden waren. Fehlte nur noch der Lorbeerkranz.

Der zu Fleisch gewordene Römer beugte sich zu Thomas hinüber, hob fragend eine Augenbraue, wiederholte dessen Worte ironisch näselnd und fügte dann spöttisch hinzu: »Ach ja? Und was hat die Frau Köchin hier zu suchen? Bringt sie uns etwa eine labende Erquickung? Ich sehe keinen Korb in ihren Händen! Waren wir nicht der Meinung, daß dieses Treffen von Bedeutung ist und geheim bleiben sollte? Einer von uns scheint das bedauerlicherweise nicht zu verstehen, nicht wahr, Herr Blij?«

Der römisch aussehende Sprecher warf den beiden anderen einen scharfen Blick zu. Seine Worte saßen wie Peitschenhiebe.

»Wenn dieses einfache Küchenmädchen hier ungebeten eindringt, dann könnten schlecht gesonnene Waffenträger noch etwas ganz anderes. Wir vertreten den Kaiser! Es ist so zu handhaben, als säße er höchstpersönlich hier mit uns an der Tafel. Thomas Blij, waren unsere Anweisungen nach ungestörtem Aufenthalt vielleicht in irgendeiner Weise mißverständlich? Haltet Ihr es für ein Kinderspiel? Von kleinen Kindern und Marktweibern kann man eine größere Verschwiegenheit erwarten als von einem Anführer der Aachener Stadtwache! Das stimmt uns nachdenklich. Wir werden den Vorfall überdenken, darauf könnt Ihr Euch getrost verlassen.«

Thomas hatte sich erhoben. Seine Kiefer mahlten, aber er hatte sich gut genug im Griff, um nicht auf diese Provokation einzugehen.

Das hat er nicht verdient! grollte Franziska still. Wenn der überhebliche Römer erst erführe, aus welchem Grund sie hier stand, würde er gewiß gnädiger reagieren.

Mit einem ehrerbietigen Knicks sprach sie und hoffte, den richtigen Ton anzuschlagen. »Ich bin hier, um den Herrn Blij zu bitten, unverzüglich seine Tanten aufzusuchen. Eine von ihnen liegt im Sterben. Ich habe nicht gewußt, ob ich ihn hier antreffe, nur vage vermutet. Herr Blij ist doch ein Stadtbestellter im Dienst. Dazu gehört keine Späherkunst. Eine seiner nächsten Anverwandten ist überraschend schwer erkrankt und ...«

»So, nur vage vermutet?« Der Römer war nicht unangenehm anzusehen. Abwägend zwischen Wohlwollen und Mißfallen, richtete er seine eisigen Augen auf Franziska. Der Bann wurde aber sogleich von seinen genäselten Sätzen zerstört, mit denen er sich an Thomas wandte. »Wenn das nur geraten war, dann steht hier schon die Anwärterin auf Eure Position. Die bloße Raterei des Weibsbildes bringt einen offensichtlich größeren Erfolg als Eure angeblich gezielte Sucherei, Herr Blij. Lassen wir es dabei für heute bewenden. Ob Ihr jedoch ein Stadtbestellter bleiben werdet, wird noch zu entscheiden sein.«

Thomas packte Franziska am Handgelenk und schob sie zur Tür. »Bei Gott, entschuldigt bitte, edle Herren, aber es ist ja schon alles gesagt worden, nicht wahr? Die Standpunkte sind klar, und ich erlaube mir, angesichts dieser schlimmen Nachricht, die Runde zu verlassen. Euch noch einen schönen Tag.«

Er verbeugte sich knapp und eilte die Stufen hinab, ohne vorher die Tür zu schließen. Franziska mußte vor allem darauf achten, sich nicht mit den Holzschuhen im Saum zu verheddern, und erzählte nur das Wichtigste.

»Also liegt Tante Angela nicht im Sterben?«

»Nein, jedenfalls glaube ich es nicht, aber Eure Tante Agnes ist so fürchterlich aufgeregt, sie zerfleischt sich förmlich in Selbstvorwürfen und bedarf dringend einer tröstlichen Zusprache. Redet ihr freundlich zu, sie braucht

Euch.« Obwohl sie es besser wußte, fragte Franziska zerknirscht: »Ich hoffe, ich kam nicht arg ungelegen?«

»Ach, was! Krankheiten und Unfälle fragen nicht danach.«

Endlich am Sockel des Turms angelangt, stieß Thomas heftig die Pforte auf. Altes Holz krachte gegen noch älteren Stein. Im Tageslicht fühlte sich Franziska befreit und blinzelte. Der bestechliche Standartenträger schenkte ihnen keinen Blick.

Thomas fuhr mit geballten Fäusten herum. »Nein, es war gerade der rechte Augenblick, in dem Ihr eintratet, gerade noch rechtzeitig, um das Ende meiner Demütigung zu erleben. Warum, zum Teufel, habt Ihr den Wachmann da vorne nicht mit einer Nachricht nach oben geschickt? Warum mußtet Ihr unbedingt selbst durch den Turm laufen und mich blamieren?«

»Blamieren?« Franziska trat einen Schritt zurück.

»Ja, blamieren! Ihr habt mich der Lächerlichkeit preisgeben, vor diesen bedeutungsvollen Männern!«

»Ihr schämt Euch so sehr für mich? Oder für meinen Broterwerb? Ihr hättet den Männern nicht zu sagen brauchen, wer ich bin.«

»O doch! Sie hätten Euch verhaften lassen können, weil Ihr an einem Ort herumspaziert seid, der nicht für Euch bestimmt ist.«

»Ihr kommt Euch nun wohl sehr wichtig vor!«

»Meine Position ist zufällig wirklich bedeutend!«

Franziska war zu aufgebracht, um eine weitere Entgegnung hervorzubringen. Das hatte sie nun davon, sich zu sorgen! Nichts als Vorwürfe brachte es ihr ein! Ihr Magen krampfte sich vor Zorn zusammen. Sie warf den Kopf in den Nacken und ließ Thomas auf der Stelle stehen.

Er blieb einen Moment hinter ihr zurück und drückte seine Handflächen an die schmerzende Stirn. »Entschuldigt

Frau Franziska, es lag nicht an Euch. Ich bin Euch natürlich dankbar.«

»Natürlich. Das habe ich gehört.«

»Die Herren überlegten, wie sie mich loswerden könnten, ohne es zu auffällig zu machen. Die Fronten waren verhärtet, und das Gespräch zum Erliegen gekommen. Die Oberen ließen mich soeben ihre Macht spüren, kein schönes Gefühl für einen Stadtsoldaten, seine gänzliche Unbedeutsamkeit so drastisch vor Augen gehalten zu bekommen.«

»Was denn nun? Seid Ihr jetzt bedeutend, oder nicht?«

»Noch jedenfalls. Im Moment heißt das allerdings nur, daß ich von einer gehobenen Anstellung tiefer fallen kann. Offen gesagt, steht man in solch einer Stellung immer mit einem Bein im Kerker.«

Seine Worte klangen bitter, und Franziska schwieg eine Weile, bevor sie fragte: »Wer war denn der Grauhaarige? Der Kerl, der mich ein Küchenmädchen schimpfte. Er sollte sich glücklich schätzen, daß ich nicht für ihn koche. Dann wäre er der beste Freund des Donnerbalkens.«

»Peter Jaurenus, der königliche Kanzler, ist ein besserer Schatzmeister. Ein unangenehmer Patron, wenn man nur die menschliche Seite betrachtet. Er buckelt nach oben und tritt nach unten. Seine Leistung jedoch ist hervorragend, er trägt entscheidende Verwaltungszuständigkeiten. Kaiser Karl äußert sich lobend über ihn, er läßt ihm völlig freie Hand, was davon zeugt, welches Vertrauen er in ihn setzt. Jaurenus ist ein ausgezeichneter Kämmerer. Es heißt, die Einnahmen und die Ausgaben stimmen gewissenhaft überein. Im Grunde liegt es sogar in seinem Ermessen, ob der Kaiser Feldzüge führen kann.«

»Dann ist Kaiser Karl nicht mehr als eine Strohpuppe, und in Wahrheit regiert Jaurenus? Nein, das kann ich nicht glauben.« Franziska war immer noch nicht restlos versöhnt.

»Nicht so offensichtlich, doch war es der Reichskämmerer, der im Hintergrund als heiratspolitischer Vermittler auftrat. Unser Kaiser ist ein friedliebender Mann und bevorzugt die Eroberungen anderer Regierungsgebiete über das heilige Ehesakrament. Für Jaurenus eine willkommene Regelung. So muß er die Staatskasse nicht für Kriege plündern. Kriege sind teuer, Söldner müssen gedungen und Vorräte beschafft werden. Überhöhte Zölle und Steuern bringen die gesamte Wirtschaft zum Erliegen. Im schlimmsten Fall werden sogar Bauern rekrutiert, und die Felder liegen brach. Für das folgende Jahr ist eine Hungersnot unausweichlich. Nicht zu vergessen, welche Verheerungen über das eigene Land gebracht werden. Im Moment steht es jedenfalls in der Verantwortung des Schatzmeisters, daß die Feierlichkeiten nicht von negativen Ereignissen überschattet werden.«

»Ein wirklich wichtiger Mann demnach.«

»Ich möchte nicht an seiner Stelle sein. An meiner habe ich jedoch im Moment auch keine rechte Freude.«

Bis zum Haus der Witwen waren es nur noch einige Schritte.

»Negative Ereignisse? Zum Beispiel ein Mord?«

Thomas blieb stehen. »Ja, zum Beispiel ein Mord. Jaurenus verlangt zuviel. Ihm wäre es am liebsten, wenn ich ein Verbrechen noch vor der Tat aufklärte, doch ich weiß nicht, was ihn zufriedener stellen würde: wenn ich den Täter festsetzte oder wenn ich von meiner Stellung zurückträte.«

Franziska vergaß die Silberketten, denn ein penibler Bierlieferant vor Meister Schnidders Tür erforderte ihre ganze Aufmerksamkeit. Als ihr die Ketten wieder in den Sinn kamen, war Thomas längst nicht mehr in ihrer Nähe, sondern weilte im Haus der Nachbarinnen.

Maria walkte den Lebkuchenteig auf einem bemehlten Brett und formte ihn dann zu einem Laib. Köstlicher Duft aus dem Ofen, in dem die Pasteten buken, erfüllte die Luft. Suse stopfte mit hochgerollten Ärmeln die Kalbsbrüste mit einer würzigen Kräuter- und Speckmischung. Es war schön, zu beobachten, welche Sorgfalt sie dabei walten ließ. Franziskas Unterweisungen trugen erste Früchte.

»Wie geht es unseren Kranken?«

Maria leckte sich nacheinander alle Finger ab, ehe sie zum Wassereimer ging, um sich die Hände zu waschen. »Welche Gebrechlichen meinst du? Wir haben ja gleich mehrere.«

»Na, allesamt. Zuerst Frau Angela.«

»Suse war wirklich sehr schnell und kam mit Frau Dorle zurück. Wir hatten Angela sorgsam gebettet, daher ging es ihr schon viel besser. Ein wenig bleich um die Nase war sie, aber ein Becher Kräuterwein half. Agnes machte uns mehr Sorgen. Sie mochte sich gar nicht beruhigen. Suse hatte die Symptome im Vorfeld schon eindrucksvoll geschildert, und die Begine hatte ein wirksames Mittel bei sich, ein Armband von hellgrauen Chalzedonsteinen.«

»Was hat es damit auf sich?«

»Ich habe es mir erklären lassen, als Frau Dorle darauf wartete, daß das Wasser endlich kochte. Bei Frau Agnes hatte sich angesammelte Schwarzgalle in den Körper ergossen. Wenn jemand fürchterlich verzweifelt ist oder von großer Traurigkeit geplagt wird, ist Chalzedon ein wirksames Gegenmittel. Die Beginen vom Matthiashof halten große Stücke auf die Heilkunst der hohen Frau Hildegard von Bingen. Jedenfalls kochte Frau Dorle einen Tee von den Steinen.«

»Das klingt eigentümlich.«

»Ja, das schon«, räumte Maria ein. »Doch die Wirkung ist erstaunlich. Die Steine ruhten etwa so lange darin, wie man braucht, um drei Vaterunser zu beten, dann ließ Frau Dorle sie auskühlen und streifte der Nachbarin das Band über das Handgelenk. Den Tee gab sie beiden Witwen zu trinken, und sie vertrugen sich wieder.«

Franziska war ehrlich beeindruckt, hielt aber den voreiligen Kommentar zurück, daß es wahrscheinlich auch ohne die Chalzedonsteine zu einer Versöhnung gekommen wäre. Schließlich hatte sie selbst gehört, wie sehr Agnes den Streit bereute.

»Na ja, und wo Frau Dorle schon mal in der Nähe war, habe ich sie gleich gebeten, sich auch noch Meister Schnidder anzuschauen.«

»Hat er sich erholt?«

»Mitnichten! Wie ein feuchtes Loden, kalt und verschwitzt, liegt er flach. Frau Dorle empfahl gegen die eindeutige Lebensmittelvergiftung einen Tee von Ringelblumen. Im Rathaus war wohl schlechter Fisch gereicht worden. Bei Fischverzehr im Hochsommer darf man eben nicht so gierig sein, schon gar nicht, wenn man nicht am Hungertuch nagt. Suse soll die Blüten nachher einkaufen gehen, wenn sie hier mit allem anderen fertig ist. Weißt du, sobald jemand immer nur jammert und nörgelt, kann man schließlich nicht beurteilen, wenn es ihm ernsthaft schlecht ist.«

Maria legte nun eine kaltschnäuzige Boshaftigkeit an den Tag, die auffällig war. Der Zank zwischen ihr und dem Meister war also noch nicht beigelegt. Franziska ließ das Thema jedoch auf sich beruhen und erkundigte sich nach Hans. Diesmal war es Suse, die zaghaft das Wort ergriff.

»Oh, er ist im Stall beim Stallknecht Deterich und kommt dort seiner eigentlichen Pflicht nach. Später darf er uns wieder helfen. Die angeschlagene Rippe macht ihm noch zu schaffen, aber er versicherte mir, er käme zurecht und würde sich nicht zuviel zumuten. Er ist sehr stark, mutig und ....«

»Sehr blauäugig«, vollendete Maria ihren Satz.

»Ritterlich!« widersprach Suse hoch erhobenen Kopfes.

Unüberhörbar war Hans von ihr in den Heldenstand erhoben worden.

Die Kirchenglocke schlug zur vierten nachmittäglichen Stunde. Der Lebkuchenteig war an einem kühlen Ort gelagert und brauchte nun Zeit, um zu ruhen. Dadurch würde sich der unverwechselbare Geschmack der Zutaten und der Gewürze entfalten.

Guten Mutes kippte Suse heißes Wasser in den Spülstein und machte sich mit einer Wurzelbürste daran, die Kochgeräte zu säubern. Immer wieder schaute sie zur Tür und summte ein Lied. Ohne Zweifel wartete sie darauf, daß Deterich Hans aus dem Stall entließ und der Knecht ihr zu Hilfe kam.

Franziska überlegte. Mindestens noch ein Glockenruf würde vergehen, bis sie selbst wieder in der Küche stehen mußte. Zeit genug also, um sich etwas zu erholen, Kraft zu schöpfen und über so einiges nachzudenken. Sie entschied sich für ihren Lieblingsplatz im Garten und war noch nicht an der Mauer angekommen, als sie Marias deutlich mißbilligende Stimme hörte.

»Franziska, du hast schon wieder Besuch. Du solltest dir eine eigene Zugängerin zulegen. Es ist schon wieder ein Mann!«

Kapitel 13

Andreas Grever stand hinter Maria und winkte fröhlich mit einem buschigen Gegenstand. Franziska kniff die Augen zusammen und konnte schwingende Blüten ausmachen. Dieser verrückte Kerl! In seiner breiten Faust hielt er ein Gebinde bunter Wiesenblumen, die er bestimmt einem Bettelmädchen abgekauft hatte. Mit listiger Miene teilte Andreas den Strauß und hielt Maria zu deren Verblüffung den größeren Anteil unter die Nase. Dabei grinste er wie ein Lausbub. Erstaunlicherweise nahm Maria die Blumen an. Franziska ließ sich lächelnd auf das Moos sinken. Andreas kam mit weit ausholenden Schritten auf sie zu und reichte ihr die verbliebene Hälfte des Straußes.

»Du kannst die Felle unmöglich schon fertig haben! Wie kommt es, daß du hier bist? Deine Gesellschaft ist mir immer willkommen, aber ich wundere mich dennoch.«

Auch Andreas ließ sich nieder. Schnaubend legte er seinen ziegenledernen Wams ab und schlug nach einer schillernden Fliege, die sich auf seinem gebräunten Arm niedergelassen hatte.

»Ich wollte nachsehen, ob es dir gutgeht, Kleine.«

»Andreas, das ist eine ganz schlechte Ausrede.«

»Immerhin lebst du mit zänkischem Rittervolk unter einem Dach, haben mir die Vögel zugezwitschert. Und mit einem Hausdrachen – welch einem Weib!«

Das klang nun aber eher nach Begeisterung. Franziska kannte den Bärtigen viel zu gut, um es anders zu deuten, als es wirklich gemeint war. Sie trommelte, strenge Ungeduld heuchelnd, mit den Fingern auf ihrem Holzschuh, um anzudeuten, es dabei nicht bewenden zu lassen.

Andreas gab sich geschlagen. »Also gut, du durchschaust mich sowieso. Nachdem du bei mir weggegangen bist, entstand im Viertel Unruhe. Es ging um diesen Stadtwächter, der wohl dein Begleiter war. Die Wache drückte sich in den letzten Tagen ziemlich häufig bei uns herum und stellte neugierige Fragen, die einigen unbequem sind. Wie bist du an seine Gesellschaft geraten? Benutzt er dich etwa, um uns auszuhorchen? Was will so einer von dir?«

Andreas lebte schon so lange am Komp, daß er mit den Bewohnern solidarisch war. Er hieß nicht alles gut, was dort geschah, aber es entsprach auch nicht seinem Rechtsempfinden, daß ein Soldat die Nase in die Angelegenheiten anderer stecken durfte. Man blieb unter sich und folgte den Gesetzen des Viertels. Vor Diebstählen, die außerhalb geschahen, verschloß man im Komp die Augen. Gegenseitige Diebereien dagegen wurden hart bestraft. Im Grunde lebten unter dem Deckmantel der Gerberzunft auch viele Verbrecher, aber wer dort unterschlüpfen wollte, unterwarf sich zugleich strengen Regeln. Wer ihnen zuwider handelte, setzte sein Leben aufs Spiel. Auch unter den Schurken gab es einen Ehrenkodex. Falsche Münzen etwa würde man im Komp niemals erhalten, im restliche Aachen aber sollte man damit jederzeit rechnen.

Beschwichtigend hob Franziska die rechte Hand und winkte ab.

»Ach, er ist der Neffe der Nachbarinnen, Thomas Blij. Es war purer Zufall, daß er mich zum Komp begleitete, aber du sagst, die Wache sei häufig bei euch?«

»Na ja, drei-, viermal vielleicht.« Sein finsterer Blick erhellte sich, Andreas streckte eine Hand aus. »Oh, wen haben wir denn da?«

»Der Halunke, der sich da bei dir ein schmeichelt, ist Kater Knauff. Vorsicht, er könnte eines Tages auch mal bei euch Unterschlupf suchen, er hat nämlich den Meister Schnidder hinterrücks bestohlen!«

Andreas lachte auf und strich über den seidenweichen Rücken des Streuners, der ihn zunächst zurückhaltend beschnupperte. »Was hat Ensbert schon, was eine begehrenswerte Beute für dich darstellen könnte, mein Freund?«

Franziska übernahm die Antwort. »Sag es nicht weiter: Eine Schreibfeder hat er entwendet, eine gute, spitze Taubenfeder mit frischen Tintenresten.«

»Oh, das ist wahrlich ein Schwerverbrechen. Na, um wieder zum Gespräch zurückzufinden: Es passiert in letzter Zeit vieles, was Unruhe hervorruft. Irmtrud ist umgebracht worden. Es war niemand aus unserem Kreis, da kannst du sicher sein und es deinem Wächter stecken. Bei uns sucht er vergebens. Auch wenn es schön bequem wäre, einem von uns den Mord unterzuschieben.«

»Er ist nicht mein Wächter. Du sprichst von Irmtrud Wegner?« Die Mauersteine, gegen die Franziska lehnten, schienen ihr mit einem Mal so unbequem, wie sie sich Folterinstrumente vorstellte.

»Du hast natürlich schon von ihr gehört ...«

»Ich war dabei, als man ihre Leiche fand.«

»Arme Kleine, war sicher derb für dich. Derb für uns ist allerdings, daß wir ausgespäht werden. Nicht nur von diesem Thomas! Vorher schlich schon ein anderer herum und bot sogar Münzen, damit er Dinge erfährt.«

»Über Irmtrud?«

»Nein, über eine andere Person.«

»Das mußt du mir näher erklären.«

Andreas wußte nicht recht, wo er beginnen sollte. »Also, du hast bestimmt schon von der Ehre der Diebe gehört. Es gibt auch ganz schwarze Schafe, die töten schon mal versehentlich beim Rauben, ist eine schlimme Sache, und mehr brauchst du gar nicht zu wissen. Dann gibt es diejenigen, die nicht viel reden und nur eine Unterkunft suchen. Der Herrgott und ihr Gewissen alleine können sagen, warum es so ist, aber das geht auch keinen etwas an. Wenn man sich an die Regeln der ... laß es mich Zunft nennen, hält, dann ist es in Ordnung. Nach so einem suchte dieser Unbekannte. Der Kerl hat Dreck am Stecken, sage ich dir. So etwas rieche ich noch durch die Gerberlauge! Drei Abende hintereinander war er in der vergangenen Woche da, immer mit Umhang und Kapuze, so daß keiner sein Gesicht sehen konnte.«

»Du meinst, es war der Mörder?«

»Nein, das ist schon einige Tage her, vor dem Mord, aber es geht Seltsames vor sich. Sogar seine Stimme verstellte der Kerl, sie sollte sich tiefer anhören, als sie von Natur her ist.«

»Andreas, von wem redest du? Wer wurde gesucht, wenn nicht die Wegnerin?«

»Ein Gaukler, der nun wie vom Erdboden verschluckt ist. Bei dem hätte es mich nicht gewundert, wenn ihn die Stadtwache auf Nimmerwiedersehen in den Kerker gesteckt hätte. Zumindest so lange, wie die Krönungsfeierlichkeiten andauern.«

Franziska forderte Andreas mit einem gespannten Blick zum Weitererzählen auf.

»Der Alte war wortgewandt und unterhaltsam, wenn man eine Abneigung gegen den Adel hat! Und wer von uns hat die nicht. Die werfen mit Geld nur so um sich, als fiele es vom Himmel. Dabei haben sie es uns vorher aus den Taschen gezogen. Die Zunge des Narren war schärfer als ein frischgeschliffenes Badermesser. Er lebte ein paar Tage bei uns und war ansonsten ein umgänglicher, bescheidener und freundlicher Mann. Schien recht schlau zu sein.«

»Laß mich raten: Sein Name lautete Joslin.«

Andreas schaute verblüfft drein. Zweimal schnappte er nach Luft, bevor er einen Ton hervorbrachte. »Was? Du kennst ihn? Joslin Lataster? Nach ihm hat der Schnüffler gefragt! Für seinen Kopf wurde Geld geboten. War nicht viel, aber wenn einen der Hunger plagt, sieht es schon anders aus. Mädchen, in was für eine Gesellschaft bist du geraten? Deinem Vater würden sich die Zehennägel hochrollen! Und er würde mir die Schuld zuweisen.«

»Er weiß es aber nicht und hat auch nicht das geringste damit zu tun«, entgegnete Franziska bestimmt.

»Du machst einen Fehler. Dein Vater ist ein guter Mensch. Du solltest dich mit ihm aussöhnen.«

»So etwas sagst ausgerechnet du? Dir hat er doch die Freundschaft gekündigt.«

»Donner und Doria, aber ich kann ihm verzeihen! Wieso kannst du es nicht?«

»Fluche nicht! Über Vater will ich nicht sprechen. Wir haben Wichtigeres zu bereden. Ich habe dafür gesorgt, daß Joslin unter die Erde kommt. Sieh mich nicht so entsetzt an! Er ist eines natürlichen Todes gestorben. Sein Herz war schwach.«

»Das mußt du mir jetzt erklären.«

»Joslin Lataster ist wohl der Boden unter den Füßen zu heiß geworden. Ich weiß nicht, wie er es angestellt hat, aber er kam vom Komp geradewegs hierher und schlüpfte bei Meister Schnidder unter. Er sollte den herzöglichen Gästen zur Unterhaltung aufspielen. Möglich, daß er einem von ihnen auf den Zeh getreten ist und er dingfest gemacht werden sollte, ehe sein Spott Kreise zog. Vielleicht wurde er deshalb gesucht.«

»Nee, kann ich mir nicht vorstellen. Die hätten direkter zugepackt, um Nachahmer abzuschrecken. So, wie es auch mit gefangenen Räubern gemacht wird.«

»Nun, wenn du recht haben solltest, war der Späher weder von den Ratsherren noch vom Adel entsendet worden. Der Fragensteller könnte herausgefunden haben, daß der Narr ein Dieb war, und er hat sich sein Eigentum zurückholen wollen.«

»Joslin, ein Dieb?«

Franziska zupfte einen Grashalm aus und kaute nachdenklich darauf herum. »Mir gefällt der Gedanke auch nicht, aber ich habe seinen Nachlaß geordnet. Joslin hatte ein Buch in seinem Besitz, das nicht ihm gehörte. Außerdem hat er Irmtrud Wegner ein wertvolles Schmuckstück gestohlen.«

»Eine Kette aus Silber, doch erzähl weiter.«

»Stimmt. Suse hat das Geschehen auf der Großkölnstraße ganz genau beobachtet. Andere, die genau hinsahen, könnten es auch bemerkt haben. Vielleicht war das der Grund, ihn auszuspähen, denn es war nicht das erste

Schmuckstück dieser Art! Er hatte noch eine weitere Kette in besagtem Buch versteckt.«

Schweigend hörte Andreas zu. Ab und an griff er nach einer vorzeitig abgefallenen Birne und warf sie zur Freude des verspielten Katers über das Gras.

»Das ergibt irgendwie keinen Sinn, wahrscheinlich ist alles nur ein Zufall.« Franziska wußte nicht mehr weiter. »Was für eine Frau war Irmtrud Wegner?«

»Na, jedenfalls kein Kind von Traurigkeit. Sie arbeitete im Bad und beaufsichtigte die jungen Dinger. Wenn sie Probleme hatten, dann kümmerte sich Irmi wie eine Mutter um sie. In jüngeren Jahren war sie selbst eine von ihnen. Zum Schluß hatte sie die Position einer Art Aufseherin innegehabt. Sie lachte so gerne und mochte hübsche Dinge, Frauenkram eben. Und sie geizte nicht mit ihren Reizen. War ein Prachtweib, stark und gesund.« Andreas schnaufte traurig. »Sie war auf ihre Art immer ein guter Kumpel für mich, leider nie mehr, es hätte nur Komplikationen gegeben mit uns beiden. Na ja, sie machte sich einige Tage sehr rar, und ich sorgte mich schon um sie. Dann kam sie plötzlich wieder und war ganz verändert. Sie stolzierte eitel mit der neuen Kette am Hals am Brunnen vorbei und strotzte vor Hochmut. Selbstbewußt und vor Glück strahlend, verkündete sie, ihre Arbeit aufgeben und den elenden Komp verlassen zu wollen. Jawohl, elend hat sie unser Viertel genannt, dabei hatte sie vorher nie darüber gemeckert und ein gutes Auskommen gehabt. Und gleich darauf wird sie umgebracht! Ich hätte ihr mehr Glück gewünscht auf ihre alten Tage.« Andreas schüttelte seinen großen Kopf und blickte gedankenverloren zum Blätterdach hinauf.

»Kannten sich Irmtrud und Joslin?«

»Freilich kannten sie sich vom Sehen. Ich habe aber nicht beobachtet, daß sie je ein Wort miteinander gewechselt haben.«

»Joslin hat ihren Schmuck also auch gesehen.«

»Denkst du, er hat sie getötet? Wenn er nun selbst unter der Erde liegt, hätten Gottes Mühlen rasch gemahlen.« Andreas waren seine Zweifel anzusehen.

Franziska schüttelte den Kopf. »Nein. Er war ein kranker, alter Mann. Er hätte gegen Irmtrud keine Chance gehabt. Mit Klauen und Zähnen hatte sie ihr Leben verteidigt. Es muß jemand gewesen sein, gegen den sie keinen Argwohn hegte. Außerdem machte Joslin ihr Tod traurig.«

Nun, da Franziska die Worte ausgesprochen hatte, kamen sie ihr richtig vor.

»Aber nicht so traurig, daß er ihr den Schmuck ließ.«

»Vielleicht wollte er eine Erinnerung an sie.«

»An eine beinahe Fremde? Ich weiß nicht. Da ist etwas ganz gewaltig faul!«

Die Glocke schlug verhalten zum dritten Psalmengebet, und Andreas begriff, wieviel Zeit während der Unterhaltung verstrichen war. Er erhob sich ächzend und hielt sich den Rücken. Schmerzlich wurde Franziska bewußt, daß ihr väterlicher Freund älter wurde.

Andreas las in Franziskas Gedanken und beschwichtigte sie. »Ich werde bald ein Bad nehmen. Das wärmt die alten Knochen und haucht mir neues Leben ein. Ich habe viel gearbeitet und ein wirklich wunderschönes Leder fertiggestellt. Darin eingebunden, hält Pergament bis in alle Ewigkeit. Viel länger als ein Menschenleben jedenfalls. Ich muß mich ein wenig beeilen, die andere Arbeit will auch getan werden.«

Langsam begleitete Franziska ihren Gast hinaus. Auf der Treppe hörte sie Schritte und strich Andreas zum Abschied über die Schulter.

»Ich werde dich so bald wie möglich besuchen«, versprach sie, »dann zeige ich dir auch die Ketten, und du kannst mir sagen, ob eine davon wirklich Irmtrud gehört hat. Es ist mir zu unsicher geworden, sie bei mir zu tragen. Mit ein wenig Glück finden wir etwas heraus.«

»Ich bin mir nicht sicher, ob ich das überhaupt möchte. Du willst wohl deinem Stadtsoldaten imponieren?«

»Also Andreas! Noch ein Wort und ich ...«

»Na was? Hetzt du den Drachen auf mich? Nur zu!«

Franziska blieb an der Tür stehen und sah Andreas nach. Bevor er um die nächste Biegung ging, winkten sie sich zu.

»Mir würde es zu meinem Glück reichen, liebe Frau, wenn du mir eine Quelle des Labsals benennen könntest. Wo kann ich hier in Aachen einen Krug Bier bekommen? Der Wein hier ist zweifellos hervorragend, doch es ist eben Wein. Mich aber plagt die große Lust nach dem Gerstenbräu. Es ist das Heimweh nach dem fernen Land, aus dem ich anreiste.«

Franziska stob, aus ihren Gedanken aufgeschreckt, mit wehendem Rock herum und schaute geradewegs in das offene Gesicht von Werner von Sachsen, der sie schelmisch anlachte. Sie schätzte ihn auf ungefähr neunzehn oder zwanzig Jahre, jünger jedenfalls als sie selbst. Auf seinem blonden, schulterlangen Haar trug er eine elegante Kopfbedeckung, und sein dunkelgrünes Gewand kleidete ihn auffallend gut. Beim Lächeln zeigten sich kleine Grübchen neben seinem schön geformten, sinnlichen Mund. So fielen die hervorstehenden Schneidezähne kaum auf. Sein Kinn hatte offensichtlich einige Tage lang keine Messerklinge zu spüren bekommen, aber selbst die hellen Stoppeln sahen bei ihm nicht ungepflegt aus. Franziska spürte ein Kribbeln in der Magengrube, das aber gleich darauf verschwand, als die Vernunft einsetzte.

Schließlich stand der Herzog von Sachsen vor ihr!

»Oh, wir haben Kräuterbier. Wir beziehen es aus dem Theresienkloster ganz in der Nähe. Im Vorrat habe ich mehr

Krugmaße, als ich zum Kochen benötige. Heute erst habe ich es in einen Bottich geschüttet und in den kühlen Brunnenschacht gehängt. Wenn Euch dies ausreichen würde, Herr?«

»Aber gewiß! Es war weitsichtig von dir, mehr zu ordern.«

»Dann folgt mir.« Unbedacht stapfte Franziska los, blieb gleich darauf abrupt stehen. Verlegen senkte sie ihren Blick. »Verzeiht mir bitte, ich wollte Euch nicht beleidigen! Schickt mir Euren Knappen, und ich werde ihm einen Krug abfüllen und mitgeben.«

»Ach, wir sind doch nicht bei Hof, sondern ganz unter uns. Ich habe nicht nur gesunde Füße, der Rest taugt auch, hat mir eine wonnige Aachenerin vorhin erst bestätigt. Wozu also einen Knappen holen? Führt mich einfach zu meinem Wunschbrunnen.« Der schneidige Herzog warf einen Blick auf den zerzausten Blumenstrauß in Franziskas Hand und grinste süffisant. »Sind die Blumen von einem glühenden Verehrer? Dann bin ich froh, nicht früher heruntergekommen zu sein. Ein heimliches Stelldichein sollte nicht gestört werden.«

Obwohl eigentlich kein Grund dazu bestand, errötete Franziska, legte die Blumen beiseite und erklärte sich dem Herzog. Er sollte nicht von ihr glauben, daß sie eine von den unschicklichen Frauen war, die geheime Liebschaften pflegten.

»Nein, es war kein Verehrer, der mich aufsuchte, sondern ein guter Freund. Meister Schnidder würde es nicht dulden, wenn ich in seinem Haus etwas Unredliches täte, aber ich käme auch nicht in diese Verlegenheit, denn ich habe keinen Liebha...« Franziska täuschte einen Hustenanfall vor und hielt sich eine Hand vor den Mund.

Gütige Mutter Gottes, fast hätte sie den Satz zu Ende gebracht! Eine Hübschlerin begann so ihre Verführungskünste. Was sollte der Herzog nun von ihr denken? Sie blinzelte unter der Haube hervor.

Werner von Sachsen betrachtete sich selbstverliebt in seinem Silberkrug und rückte seine Mütze weit auf den Hinterkopf. Er schenkte erst sich ein Lächeln und ließ Franziska daran teilhaben.

»Geht's wieder? Mit dem Husten, meine ich?«

»Ja, danke.«

Mit federnden Schritten eilte der Herzog von Sachsen hinter Franziska her, bis er neben ihr ging. Die Heiterkeit war aus seinem Gesicht verschwunden, und statt ihrer war eine ernsthafte Abgeklärtheit zutage getreten.

»Du hast keinen Liebhaber, gute Frau? So eine Angelegenheit ändert sich schnell, wenn du nicht zu wählerisch bist. Doch du nennst jemanden deinen Freund. Das alleine macht dich zu einem glücklichen Wesen.«

»Aber hat denn nicht jeder irgendwo Freunde?«

Sein Seufzen klang theatralisch. »Ach, Freunde! Ich ziehe meine Feinde ihnen vor, denn sie sind ehrlicher. Die meisten Leute benutzen mich, um selbst einen Vorteil von der Bekanntschaft mit mir herauszuholen, weil ich Kaiser und König nahestehe. Nimm deinen Dienstherrn!«

»Seine Ziele sind ihm ernst.«

»Aber der Weg ... Der Gute sollte sich an Menschen wie uns halten, die dem Leben die Fülle des Genusses abzuringen verstehen. Wir sollten uns nicht die Knie wund büßen. Der Allmächtige höchstselbst hat den Menschen die Liebe geschenkt. Diese Gabe sollten wir nicht mit Füßen treten. Laß dir das von einem Mann sagen, der kein Heim hat und sich dort zur Ruhe legt, wo es gerade Abend wird.«

Menschen wie uns? Wie er und Franziska, verstand sie das wirklich richtig? Sein Durst mußte überwältigend groß sein.

»Aha, das ist der Brunnen? Geschickter Einfall, dort das Bier zu kühlen.«

Franziska freute sich über das Lob, denn in der Tat war es ihre Idee gewesen. Vor allem lenkte das kühle Naß von dem intimen Gespräch ab. Von klugen Ratschlägen, die ihr Liebesleben betrafen, hatte sie die Nase gestrichen voll. Immer gab es Menschen, die sich gemüßigt fühlten, ihr unerbetene Weisheiten aufzudrängen. Als ob eine Frau unbedingt einen Mann an ihrer Seite brauchte! Na gut, das war der normale Lebensweg, aber es ging ja auch anders. Daß ausgerechnet der fremde Herzog so daherredete, war allerdings seltsam.

Der Sachse schaute über den Brunnenrand. »Das ist wirklich alles übrig? Na, dann nehme ich den ganzen Trog mit und lasse ihn später wieder in die Küche bringen.«

»Wenn es Euer Wunsch ist.«

»Ich trinke nicht gerne allein, doch den Brabanter möchte ich nicht am Tisch sitzen haben. Da trinke ich doch lieber mit meinen guten, treuen Knappen. Warst du übrigens diejenige, die meinen rothaarigen Burschen aufgehalten hat?«

Franziska kurbelte mit aller Kraft. Knirschend wand sich das Seil um die Spule.

»Ich wollte nur wissen, was mit dem Meister passiert war. Er wird sich, sobald er auf den Beinen ist, bei Euch bedanken wollen, weil Ihr ihn heimbrachtet.«

»Ach, darum ging es dir. Der gute Schnidder hatte wirklich über die Stränge geschlagen. Man sollte meinen, er verhungert im eigenen Haus. Wir haben alle zugelangt, aber in Maßen, und sind deshalb wieder beieinander. In allen Dingen macht es einzig und allein das Maß, nicht wahr, Franziska?«

»Woher wißt Ihr meinen Namen?«

»Von besagtem Knappen, glaube ich.« Werner von Sachsen tat ihre Frage mit einem Achselzucken ab.

Franziska war sich sicher, ihn dem Jungen gegenüber nicht genannt zu haben. Seltsam!

Der Sachse beugte sich weit in den Schacht und langte nach dem hölzernen Bottich. Dabei rutschte seine Kopfbedeckung vom seidigen Haar und stürzte in die dunkle Tiefe. Franziska hielt die Luft an, aber der Herzog lachte auf.

»Da kommt wohl niemand hinunter. Ist nicht schlimm, soviel war die Mütze nicht wert. Hier dagegen ist mein echter Schatz. Danke für das Bier, einen Krug werde ich auf dein Wohl anstoßen.«

»Und einen zweiten auf die Heimat?«

»Ach wo, auf die Liebe! Was sonst?« Er zwinkerte ihr vertraulich zu.

Franziska schaute dem jungen Herzog nach. Seine Manieren waren feiner als die des Grobians von Brabant. Aus dem Gespräch wurde sie indes nicht recht schlau.

Die Nachmittagssonne brannte unerbittlich. Bis zur Dämmerung würde noch einige Zeit verstreichen. Meister Schnidders Haus bot ein wenig Kühlung. Maria hatte sich auch Franziskas zurückgelassenen Blumenstraußes angenommen und zusammen mit ihrem Anteil in einen wassergefüllten Krug gestellt. Franziska entging nicht, daß Maria häufig versonnen lächelnd auf die bunten Blüten schaute.

Nachdem eine gewisse Routine eingekehrt war, lief die Bewirtung der Gäste nun reibungsloser ab.

Meister Schnidder ging es nach dem Genuß des Ringelblumensuds besser, doch sah er sich noch nicht imstande, das Zimmer zu verlassen. Kurz und nacheinander besuchten ihn die Herzöge. Eine freundliche Geste gegenüber dem Quartiersteller, nicht mehr, doch Meister Schnidder verspürte sogleich ein Hochgefühl. Maria hatte ihm in knappen Worten erzählt, daß sich die hochrangigen Gäste nicht langweilten. Ensbert Schnidder haßte Unzulänglichkeiten mehr als die schwarze Beulenpest, die Aachen in unregelmäßigen Abständen heimsuchte und bei jedem erneuten Vorschub Tausende Opfer forderte. Er würde sich schonen, denn seine kraftraubende Mission hatte er noch nicht erfüllt.

Kapitel 14

Die dunkle Gestalt nahm ihre muskelbepackten Arme nach vorne, verschränkte die Finger ineinander und drückte dann zu. Die Schultern des Mannes strafften sich unter dem Umhang so sehr, daß die Gelenke krachten. Er war mit sich zufrieden, und doch galt es nun, einen klaren Kopf zu bewahren. Sorgsam strich er über die Klinge. Beinahe so, wie ein Verliebter die lustvoll schwellende Brust seiner Geliebten berührte, glitten Daumen und Zeigefinger über die polierte Schneide. In seinem Magen kribbelte das starke Gefühl, welches ihn immer überkam, wenn er die Gefahr suchte. Wie eine Sucht, eine Haßliebe, von der man nicht ablassen konnte.

Die Klinge sollte nicht zum Einsatz kommen, wenn alles nach Plan verlief, doch für den Notfall war sie bereit, auch wenn er es bedauern würde. Das Messer steckte geschützt in der Lederscheide und zeichnete sich durch außerordentliche Schärfe aus.

Noch ein oder zwei Jahre, dann hätte er genügend Münzen beieinander, um ein anständiges Leben zu beginnen. Irgendwo. Weit weg. Vielleicht würde er sich sogar einem Kreuzzug anschließen und Gott um Vergebung bitten. Er lachte verächtlich über seine eigene Einfalt. Das Abenteuer lockte. Fremde Länder und Ruhm.

Vor allem Ruhm!

In Gottes Namen irgendwelche armen Teufel erschlagen? Sollte Gott sich doch selbst darum kümmern. Oder die Pfaffen. Ihn ging das nichts an.

Angewidert spie er auf den Boden, drehte sich mit einem kalten Lächeln um und war zufrieden mit der Wirkung auf sein Gegenüber.

Der schmutzige Gassenjunge zitterte vor Angst, drehte und wand sich, doch er würde bleiben und tun, was ihm aufgetragen wurde. Der Knabe war naiv, aber zuverlässig, eine willige Natur, und ihn plagte sein kleines Geheimnis.

»Hier ist das Pergament, und hier sind die Münzen.«

»Ja, Herr.«

»Du weißt, was du zu tun hast?«

»Ja, Herr.«

»Du weißt auch, was geschieht, sollte ich mit deinen Diensten dieses Mal nicht zufrieden sein?«

»Ja«, wisperte der Junge. Er schwieg betreten und sah nicht auf, sondern hielt seine Augen auf seine bloßen Zehen gerichtet. Es gab nichts zu sehen. Der Knabe hatte schon einmal versucht, in das Gesicht des Mannes vor ihm zu blicken, Tage später noch waren seine Augen angeschwollen gewesen. Der Herr führte eine eiserne Faust.

»Wie bitte? Ich höre nichts.«

»Ja, Herr!« antwortete der Junge laut. Tränen rannen seine Wangen hinab.

Der Mann hob seinen Arm. Vor den Augen des Jungen baumelte ein horniges Halbrund, das sofort wieder unter dem Hemd des Fremden verschwand.

»Ihr würdet mich umbringen?« fragte der Junge zaghaft, obgleich er die Antwort nur allzu gut kannte.

»Gewiß, nicht sofort, aber du würdest es dir wünschen. Mein Gericht ist gütiger als das Gottesurteil. Vergiß deine Schuld nicht, die du immer noch heimlich begehst, wenn du dich unbeobachtet fühlst. Der ganzen Stadt würde ich davon erzählen. Alle würden sie über dich lachen und mit Fingern auf dich zeigen, wenn du vorbeiliefest. Die Mädchen würden kichernd die Köpfe zusammenstecken und tuscheln, mein kleiner Freund. Nur die Jungfrau Maria weint um dich. Du hast die hohe Dame sehr traurig gemacht.«

Der Junge rannte, als ob ihn der Teufel persönlich jagte.

Der Mann schloß die Tür und schob einen rostigen Riegel vor, dann trat er zum Fenster und ließ seinen Blick über die schiefen und baufälligen Häuser schweifen. Dieses Mal würde er noch vorsichtiger vorgehen müssen, überlegte er, aber ein unlösbares Problem würde sich kaum aufwerfen. Man rechnete nicht mit ihm, ein unschätzbarer Vorteil, den es zu nutzen galt. Noch blieb genügend Zeit, um es sich etwas gemütlich zu machen. Das Quartier war zwar nicht das Beste, aber lange würde er es ohnehin nicht mehr in Anspruch nehmen.

Er riß einen Fensterladen auf und atmete tief durch. Dann legte er sich aufs Bett, ohne sich die Mühe zu machen, seine schmutzigen Stiefel auszuziehen. Den Umhang mit der Kapuze ließ er achtlos zu Boden gleiten, da er seinen Zweck erfüllt hatte. Der Junge würde ihn nicht beschreiben können. Sinnierend warf der Mann einen langen Blick auf den Knüppel.

Heute würde niemand sterben. Nicht, wenn er es verhindern konnte und bekäme, was er suchte.

Kapitel 15

Komm so schnäll, wies du kanns un bring di Rosenkette mit. Heut Nachts noch. Andreas

Franziska las die seltsame Botschaft in ungelenker Handschrift immer wieder, ehe sie das Pergament gefaltet in ihre Tasche steckte. Ein zwielichtiger Bote hatte es Suse, mit dem Auftrag, es umgehend an die Köchin weiterzuleiten, in die Hand gedrückt und war, so schnell wie er auftauchte, auch schon wieder verschwunden.

Was war mit Andreas los? Er konnte doch aus seiner Zunftzeit gut lesen und schreiben! Immerhin hatte er die Belegbücher geführt, und seine Schrift war akkurat. Wer derart fehlerhaft schrieb, war bestimmt hoffnungslos betrunken. Andreas trank gerne, allerdings nie übermäßig viel. Das Tintengekrakel paßte ebensowenig zu ihm wie die Botschaft selbst. Wozu brauchte er die Kette? Und welche der beiden? Er wußte doch, daß sie zwei hatte. Und warum diese Eile?

Trotzdem blieb ein dringliches Gefühl, schließlich hatte sie sich ihm anvertraut. Vielleicht hatte Andreas eine Spur entdeckt und war so aufgeregt, daß ihm die Hand zitterte. Möglicherweise lag ihm an der Wegnerin mehr, als sie geglaubt hatte.

Sollte sie sich tatsächlich gleich auf den Weg machen oder lieber die Morgenstunden abwarten? Obwohl bei Anbruch der Dunkelheit die Laternen vorsorglich auf den Hauptwegen entzündet wurden, war es nicht ungefährlich, nachts alleine durch die Gassen zu streifen.

Mit hinter dem Kopf verschränkten Armen lag Franziska auf der harten Küchenbank und lauschte den ebenmäßigen Atemzügen von Maria und Suse. Längst hatte die Nacht ihre Mitte überschritten, und immer noch lag sie wach und grübelte. Nein, der Schlaf würde sich nicht einstellen, ehe Franziska nicht wußte, warum Andreas die Nachricht überbringen ließ. Sie seufzte laut, tastete nach ihrem Tuch und richtete sich auf. Mit geübten Fingern flocht sie das gelöste Haar zu einem lockeren Zopf und ließ ihn in den Nacken fallen.

Es war vertane Zeit, weiterhin untätig zu verharren. Sie schalt sich eine schlechte Freundin, solange gezögert zu haben. Im umgekehrten Fall wäre Andreas ganz sicher sofort losgegangen!

Die hölzerne Bank ächzte überlaut in der Stille, als Franziska sich erhob. Sie fuhr mit beiden Füßen gleichzeitig in ihre Holzschuhe und legte sich den bereitgelegten Umhang über die Schultern.

Besonnen holte Franziska am Licht des Herdfeuers die beiden Silberketten hervor und betrachtete sie in der Handfläche. Das Silber glitzerte im warmen Lichtschein. Sie hatte Andreas von beiden Schmuckstücken erzählt, aber er bezog sich nur auf eines. Demnach konnte nur Irmtruds Kette gemeint sein.

Gewiß stammten beide aus einer Silberschmiede, und doch unterschieden kleine Merkmale die Anhänger voneinander. Die ziselierte Rose auf dem Anhänger, der einst der Wegnerin gehört hatte, war sorgfältiger gearbeitet, so, als ob der Schmied seine Kunst im Laufe der Zeit verfeinert hatte. Sogar die Adern der Rosenblätter waren naturgetreu wiedergegeben. Die Blätter der anderen Rose waren nachlässig poliert und wiesen einige scharfe Kanten auf, die der Silberschmied übersehen hatte. Franziska warf die Kette leicht einmal in die Luft, griff sie auf und wickelte sie in einen Streifen Stoff.

Maria schlief nun unruhig, wälzte sich herum und murmelte leise. Abwehrend hob sie im Schlaf die dürren Hände und klagte jämmerlich. Tröstend nahm Franziska die Hände der Älteren und strich sanft darüber.

»Es kommt alles ins Lot. Vertraue auf deine Namenspatronin, sie wird sich deiner gemarterten Seele annehmen«, wisperte sie. Tatsächlich wurde Maria gleich darauf ruhiger, ohne über den schrecklichen Alptraum zu erwachen.

Nach kurzem Zögern ergriff Franziska ihr Tischmesser, steckte es ein und trat hinaus auf den Weg.

Im Nachbarhaus brannte noch Licht. Bestimmt unterhielten sich die Witwen über den Tag und steckten ihre Nasen noch in den Kräuterwein, auf daß alles wieder ins rechte Einvernehmen kam.

Vorsichtshalber hatte Franziska nur ein kleines Handlicht mitgenommen, welches sie halb mit dem Umhang verdeckte, als es ihr nötig schien. Bald wurde der Weg unebener. Geschickt verbarg sie sich vor einem Nachtwächter, der nicht gerade eine Auszeichnung für gewissenhaften Dienst erhalten würde. Torkelnd schlurfte er an den Hauswänden entlang. Franziska wartete in einer Mauernische, bis er vorbeigezogen war, und ging dann weiter. Sie warf dem Brunnen, in dem sie ihre Füße gebadet hatte, einen wohlwollenden Blick zu, doch gleich darauf ärgerte sie sich darüber. Thomas hatte nichts mehr von sich hören lassen. Zugegeben, er hatte ihr nichts versprochen.

Am Komphausplatz diskutierten einige Männer lautstark über irgendwelche belanglosen Probleme, die allein der Suff hervorgebracht hatte. Eine weinerliche Stimme flennte über das irdische Dasein im Jammertal und den weiblichen Teufel in Gestalt seines ewig zeternden Eheweibes. Jede der abgerissenen Gestalten sagte etwas, aber keiner hörte dem anderen zu. Sie hatten trotz des Verbotes draußen ein Feuer entfacht und sich Strohbündel organisiert, auf denen sie nun saßen. Wahrscheinlich war süßer Met in dem Krug, der von Hand zu Hand ging.

Es war besser, nicht gesehen zu werden! Geleitet von ihrem Gespür, schob sich Franziska in den Nachtschatten, der sie sicher verbarg, und nahm sicherheitshalber ihre Klinge zur Hand.

Gottlob, Andreas war nicht bei den Zechern. Ohne die Aufmerksamkeit auf sich zu ziehen, schlich Franziska zum Greverhaus, eine der besseren Katen. Die Tür war nur angelehnt.

»Andreas?«

Kein Grund zur Sorge, schließlich wurde sie ja noch als später Gast erwartet. Mit ihrer linken Hand drückte Franziska die Tür auf, hielt mit der anderen das schaukelnde

Handlicht in die Stube und schob mit einem Fuß die Tür ganz auf.

Andreas war offensichtlich nicht zugegen. Klar erfaßte Franziska das Bild, das sich ihr bot. Vielleicht war er des Wartens überdrüssig geworden und darüber eingeschlafen. In dem kleinen Raum herrschte die übliche Unordnung. Hier fehlte die ordnende Hand einer Frau, die es verstand, aus nichts ein kleines Paradies zu gestalten. Ein paar Kleidungsstücke lagen verstreut herum, und auf der Truhe häuften sich alte und neue Schabewerkzeuge, scharfkantige Spachtel und ungespannte Felle.

Ein Mäuschen quiekte erschreckt auf, als es in den Lichtschimmer geriet. Auf den Tisch hatte es schon hinaufgefunden, genauer bis zu einem Holzteller, auf dem ein beachtlich fettes Speckstück sowie eine Kante dunklen Brotes lagen, daneben stand Steinzeug, gefüllt mit körnigem Senf.

Und das Tischmesser, ohne das Andreas nie einen Schritt machte!

Es mußte etwas geschehen sein. Franziska lauschte alarmiert, bevor sie zwei weitere Schritte in den Raum trat, doch nur das schrille, aufdringliche Sirren einer Mücke war zu hören. Wie von selbst hob ihr Arm die Lampe noch etwas höher, und das Licht erfaßte einen abgewetzten Lederstiefel, in dem ein kräftiges Bein steckte.

»Andreas, was ist mit dir?«

Plötzlich wurde hinter ihr die Tür zugeworfen. Sie war in einen Hinterhalt geraten!

Das nächste, was sie spürte, war ein Schlag auf den Kopf.

Franziska versuchte noch, sich im Fall auf Händen und Knien abzustützen, aber die Keule wurde noch ein weiteres Mal von harter Hand gegen sie erhoben. Diesmal krachte sie ohne jede Gnade auf ihren Rücken. Das Handlicht zersplitterte, und die Kerze erlosch.

Kapitel 16

»Hier, das ist ein Wermutextrakt zum Einreiben. Das Mittel wirkt hervorragend gegen Kopfschmerzen und auch gegen die Blessuren am Rücken. Der Schlag muß heftig gewesen sein, man sieht es schon an ihrer aschgrauen Gesichtsfarbe. Ich lasse Euch noch ein Säckchen süßer Mandeln hier. Achtet darauf, daß sie täglich mindestens acht davon ißt. Die Kerne helfen dem Hirn, sich wieder mit Erinnerungen zu füllen. Für den Arm nehmt die Schafgarbekompressen. Mehr kann ich nicht tun, allein die Zeit heilt alle Wunden. Sie ist jung und kräftig, bald wird alles vergessen sein. Laßt sie einfach schlafen.«

Franziska hörte zwar die Worte, doch blieb ihr der nähere Sinn verborgen. Die Stimme kam ihr bekannt vor. War es die Begine Dorle, die da sprach? Aber warum war sie hier? Und wo überhaupt befand sie sich?

Die vertraute Küche war es jedenfalls nicht, dazu war es viel zu still. In der Küche war es immer laut! Zischendes Fett troff auf das glimmende Feuer, der Spieß drehte sich quietschend, die Holzscheite knackten, wenn die heiße Zunge des Feuers an ihnen leckte …

Dem Vogelgezwitscher nach zu urteilen, war es schon hell, was bedeutete, daß sie sich an die Arbeit machen mußte. Franziska versuchte die Augen zu öffnen, doch es blieb bei dem Versuch. Ein stechender Schmerz fuhr durch ihren Kopf, so als stecke eine scharfe, wild fuhrwerkende Schneide zwischen Schädeldecke und Hirn. Sie wimmerte kläglich. Zwei Tränen liefen zwischen ihren bleischweren und verklebten Lidern hervor.

»Das arme Ding. Ist das nicht die Kammer, in welcher der Unglückliche verstarb? Hättet Ihr sie nicht woanders hinbringen können?« In Dorles Stimme schwang deutliche Mißbilligung.

»Frau Dorle, auf die schnelle fand ich keine andere Lösung. Ich konnte Franziska ja auch nicht in der Küche liegenlassen, wo wir arbeiten. Hier ist die Luft nicht so stickig. Ich weiß, es ist nicht gut, in einer Totenkammer zu wohnen, ohne daß ein Geistlicher sie zuvor aufgesucht hat.«

»Euer Dienstherr muß ein Vermögen besitzen, wenn er ein solches Haus unterhalten kann.«

Maria antwortete nicht ohne Stolz. »Es sind fünf Zimmer, ohne die Küche und die kleinen Kammern. Eines für den Meister, das viel größer ist als dieses hier, dann jeweils eines für die Herzöge sowie ihre Dienstleute. Ferner ein Tafelraum und sogar noch ein weiteres Zimmer. Ein Speicher ist auch noch vorhanden.«

»Sehr nobel.«

»Ach, ich weiß einfach nicht, was plötzlich geschehen ist. Hier kommt es jeden Tag zu anderen Kranken und Verletzten. Es ist wie ein Fluch. Ich lege mich hin, und immer wenn ich erwache, leidet jemand. Irgendwann werde ich es sein, die der Heilung bedarf. Ich habe Angst, mich schlafen zu legen.«

Das sollte Maria gesagt haben? Die ruppige Maria? Warum klang sie so niedergeschlagen? Franziskas Gedanken verwirrten sich bei dem Versuch, sich einen Reim auf all dies zu machen.

Dorle antwortete begütigend mit freundlicher Stimme. »Nein, Frau Maria, gebt nicht Euch die Schuld! Allerdings meinte meine Vorsteherin auch schon, ich solle mir überlegen, ob ich nicht in die Mostardgasse ziehen wolle, bis die Krönungsfeierlichkeiten vorüber seien. Wie es aussieht, wird es heute noch einen Wetterumschwung geben, heftige Gewitter werden aufkommen. Dann wird hier alles im Matsch versinken. Ich bin nicht aus Salz und zerfließe nicht, wenn ich naß werde, aber bei Unwetter habe ich immer

Furcht, vom Blitz getroffen zu werden. Es wäre mir äußerst zuwider, den Weg zu einem weiteren Notfall hierhin anzutreten.«

»So hält der Herrgott uns die Sünden vor ...«

Eine Pause entstand, und es entging Franziskas Aufmerksamkeit, daß sich Maria und Dorle gegenseitig musterten, als würden sie darauf warten, welche sich als die schlimmere Sünderin entpuppte.

Dorle brach schließlich das Schweigen. »Nun, falls etwas geschehen sollte, dann schickt mir Suse, und ich werde sofort kommen. Übrigens, über Suse wollte ich noch mit Euch reden.«

»Hat sie etwas ausgefressen? Darin ist sie erstaunlich gut.«

»Ihr habt vielleicht noch nicht wahrgenommen, daß sie über viele Talente verfügt.«

Ein verhaltenes Kichern erreichte Franziskas Ohr und verhallte irgendwo. Eine Weile schwirrten wispernde Stimmen um sie herum. Dann verließen die Frauen das Zimmer. Die Tür wurde geschlossen, und Franziska bemühte sich verzweifelt, den dichten Schleier, der sie umgab, zu durchdringen. Sie legte beide Hände auf ihren Leib. Abwechselnd sog sie die Luft durch Mund und Nase. Doch auch bei den besten Bemühungen ließ sich der rasende Kopfschmerz nicht ignorieren. Im Gegenteil, er verschlimmerte sich zu einem Wüten, das ihr noch den Verstand rauben würde. Was hatte sie nur verbrochen, daß sie derart gestraft wurde?

Bald darauf fiel Franziska erschöpft in einen Schlaf voll tiefer Schwärze und gänzlich traumlos. Sie erwachte erst spät, als das Zimmer schon fast dunkel war. Suse saß an der Bettstatt und rüttelte leicht an ihrer Schulter. Mitleid war in ihrem Gesicht zu lesen, und sie bekreuzigte sich, als Franziska es endlich fertigbrachte, ihre Augen zu öffnen.

»Ich habe Euch Heiltee gebracht, den hat Frau Dorle verordnet. Ihr seid ja ganz naß geschwitzt! Ich werde Euch aufhelfen und ein Kissen hinter Euren Rücken legen, damit Ihr Euren Tee trinken könnt.«

Sachte zog die Magd Franziska in eine aufrechte Position. Suse hätte nie gedacht, daß eine so zierliche Person derart schwer sein konnte, und Franziska fiel auf, wie schmerzhaft Sitzen sein konnte. Dann aber war es geschafft, und Franziska trank dankbar mit kleinen Schlucken. Obwohl sie lauwarmen Pfefferminztee für gewöhnlich verabscheute, konnte sie nun kaum genug davon bekommen. Die feuchten Haare hingen ihr in breiten Strähnen in die Stirn. Angewidert roch sie die Ausdünstungen ihres geschwächten Körpers.

Im Umgang mit Kranken vertraut, hatte Suse eine Waschschüssel mitgebracht, tauchte einen Leinenstreifen ins Wasser, wrang ihn und legte ihn Franziska auf den Kopf.

»Suse?« krächzte Franziska und hoffte, sie zum Sprechen bringen zu können.

»Ich will die Blutkrusten lösen. Frau Dorle hat gesagt, es müßte sein, damit Luft an die Wunde kommt und sie besser heilt. Der Riß in Eurer Haut ist fast so lang wie mein Mittelfinger. Es sieht scheußlich aus, und womöglich reiße ich Euch bei dieser Prozedur einige Haare aus. Ich gebe mir Mühe, ganz vorsichtig zu sein.«

In weiter Ferne hallte ein Donnerschlag, gleich darauf zuckte ein erhellender Blitz. Das ging schon eine Weile so, und nun rückte das Unwetter in das Tal vor. Diesmal würde Aachen nicht verschont bleiben. Hoffentlich schlug nicht einer der Blitze ein und entfachte einen Brand. Im Garten krachte es furchtbar. Vermutlich hatte der Sturm einen Ast abgeknickt.

Suse zuckte erschrocken zusammen, bekreuzigte sich dreimal und murmelte ein Ave Maria. Dann entzündete sie zwei Kerzen aus billigem, tropfendem Unschlitt und schob gewissenhaft Hornplatten darunter. Der Glockenschlag von Sankt Nikolaus verkündete die fünfte Stunde des Nachmittags. Demnach war es noch viel früher, als Franziska angenommen hatte. Oder hatte sie einen ganzen Tag und einen halben obendrein verschlafen? Jäh wurden ihre Überlegungen durch ihren eigenen Schrei unterbrochen.

»Aua!«

»Entschuldigt.« Suse verharrte umgehend in ihren Bewegungen und schaute schuldbewußt drein. »Das war ein langer Splitter, der noch halb unter Eurer Haut steckte. Wie seid Ihr denn nur an diese Verletzung gekommen?«

Suse wechselte leutselig in einen vertraulichen Plauderton. Franziska ahnte, daß die Magd sie lediglich ablenken wollte.

»In der Küche läuft übrigens alles gut, darüber macht Euch keine Gedanken. Der Herzog von Sachsen und Meister Schnidder sind ausgegangen. Sie wollten die Tuchwerkstatt besichtigen. Der Meister ist ganz angetan von dem Interesse, das der Sachse dem Betrieb entgegenbringt. Ich glaube allerdings, der Sachse wollte nur hier raus, denn die Edelleute stritten schon wieder wie die Kesselflicker miteinander. Der Herzog von Brabant machte sich wutentbrannt auf, um ein Bad zu nehmen. Ein Herzog sollte auch nicht wie ein Waldschrat aussehen, obwohl ich vor dem auch einen Heidenrespekt hätte. Hoffentlich läßt er sich auch gleich noch scheren. Die Witwen Knauff sind wieder ganz gesund und kamen herüber, um uns zu helfen. Ich glaube, Maria ist das gar nicht recht. Sie mault ganz unfreundlich herum, benimmt sich unflätig und überhaupt nicht dankbar, obwohl die Witwen es nur freundlich meinen …«

Die Küche war Franziska im Augenblick herzlich gleichgültig. Sie wollte nur erfahren, was mit ihr geschehen war.

Die Tür flog weit auf und schlug kräftig gegen die Mauer. Marias Stimme war lauter als der Donnerhall.

»Für dich immer noch Frau Maria! Und wie ich mich benehme, hast du nicht zu beurteilen, Suse. Du bist hier nur eine Magd und tätest besser daran, dir das einzuprägen. Bist du endlich fertig? Dann komm mir nicht so schnell wieder unter die Augen, sonst könnte ich mich vergessen. Auch wenn wir hier in der Mostardgasse sind, brauchst du längst nicht zu allen Ereignissen ungefragt deinen Gedankensenf dazu packen, klar?«

Suse, ertappt und getadelt, nickte eifrig, und ihre Augen füllten sich mit Tränen. Ohne ein weiteres Wort nahm sie die Waschschüssel und verließ mit gesenktem Kopf die Kammer, vorbei an Maria, die ihr einen bösen Blick hinterherschickte, der Franziska an eine der grausigen Dämonenfratzen am Münster erinnerte. Die gereizte Maria war noch nicht fertig, senkte aber ihre Stimme auf eine normale Lautstärke.

»Hier macht jeder, was er will! Die Magd schwatzt unausgegorenen Unsinn, ich bediene die Köchin wie eine Zofe, und in der Küche hocken zwei lamentierende, alte Weiber, die mir den Wein austrinken, und den Familienanhang haben sie auch gleich noch mitgebracht. Ich habe wirklich Wichtigeres zu tun! Niemand scheint daran zu denken, bald zu gehen.«

Aufgebracht rang Maria die Hände. Trotzdem trat sie zu Franziska und sah prüfend auf sie hinunter.

Franziska fühlte sich äußerst unwohl, doch unfähig, sich zu rühren, mußte sie die schlechte Laune Marias ertragen.

Aus dem mitgebrachten Wasserkrug füllte Maria sorgfältig einen Becher ab und goß einige dunkle Tropfen stumm mitzählend aus einer Phiole hinzu. Der stechende Geruch verriet das Wermutdestillat. Mit kreisenden Bewegungen und kalten, aber überraschend sanften Fingern massierte sie die Flüssigkeit auf Franziskas glühende Stirn. Es war die reinste Wohltat. Franziska seufze vor Erleichterung. Sie wagte einen zaghaften Vorstoß.

»Maria, bitte, wie komme ich hierher?«

»Dafür interessieren sich mehrere Leute. Der Herr Thomas Blij wartet schon seit langem darauf, mit dir zu sprechen. Er hockt einfach nur da und starrt unwirsch vor sich hin. Ich jedenfalls hatte meinen verdienten Schlaf bis zum Morgengrauen genossen, als es an der Vordertür pochte. Ich wollte nicht öffnen, aber sie gaben keine Ruhe, hämmerten und schlugen gegen die Tür, so daß ich dann doch öffnete. Eine ganze Horde Stadtsoldaten stand da und schleppte dich an Armen und Beinen hinein. Du liebe Güte, war das ein grauseliger Schreck, der mir durch Mark und Bein fuhr: So viele Männer, und ich war nicht anständig gekleidet! Du sahst aus wie ein geschlachtetes Schaf, mit dem geronnenen Blut im Gesicht. Im Gerberviertel haben sie dich aufgelesen. Dein Stadtsoldat war mit dabei und zog ein Gesicht wie sieben Tage Regenwetter. Du bist noch gut davongekommen, der andere sah schlimmer aus, haben die Soldaten erzählt. Mehr weiß ich nicht. Du kannst mir ja beizeiten berichten, was du nachts im Gerberviertel suchst. Bei einem Mann, haben sie gesagt. Also wirklich, Franziska, du gefährdest deinen Ruf. Jetzt habe ich anderes zu tun, als mit dir zu schelten. Hier, ich habe Meister Schnidder ein Nachtgewand abgeluchst, denn so nackt wirst du wohl kaum mit dem Herrn Blij sprechen wollen, oder?«

Franziska bedachte das wollne Ungetüm mit einem naserümpfenden Blick. »Ich will gar nicht mit ihm reden.«

»Du mußt, sonst werde ich ihn nie los.«

Ein weiterer Blitz erleuchtete den Himmel und ließ die Kammer einen winzigen Augenblick taghell erscheinen. Der tosende Sturm spielte in der Nachbarschaft mit Fensterläden und schlug sie hart hin und her. Irgendwo splitterte Holz, und ein Kind greinte in den höchsten Tönen. Dann folgte ein rumpelnder Donnerhall, der schier endlos über den dunklen Himmel rollte. Gott zürnte!

Mit notdürftig gekämmtem Haar, darüber noch eine linnene, dreizipflige Riese aus Suses Besitz und züchtig bedeckt, saß Franziska auf dem Bett und wartete. Der Kopfschmerz hatte sich auf ein mehr oder minder erträgliches Maß reduziert, jedenfalls ließ er wieder andere Gedanken zu.

Thomas trug Uniform und ließ keinen Zweifel daran, daß er in seiner öffentlichen Funktion anwesend war. Ein freundlicher Nachbar, der sich auf Krankenbesuch befand, wäre Franziska bedeutend willkommener gewesen.

Nach einem knappen Gruß ließ Thomas den Blick durch die Kammer schweifen. Zögernd wog er ab, ob er sich ans Fußende der Bettstatt setzen sollte, doch er entschied sich dagegen. Es hätte den nötigen Respekt vermissen lassen!

Wenn sich zwei Menschen in einem Bett befinden, dann sollte kein Verhör stattfinden, aber genau zu diesem Zweck war er erschienen. Ohne einen weiteren Blick auf Franziska zu werfen, zog er mit einer Hand eine hölzerne Truhe an ihren Tragbeschlägen heran und ließ sich auf dem gewölbten Deckel nieder. Seine Ellbogen ruhten auf seinen Oberschenkeln, und so vornüber gebeugt stellte Thomas seine erste Frage.

»Frau Franziska, in welchem Verhältnis steht Ihr zu Andreas Grever?«

»Das habe ich Euch doch bereits erzählt. Er ist mir wie ein Vater und Freund.«

Ihr bleiches, schmales Gesicht verzog sich unter Schmerzen zu einem Lächeln, ihre Augen aber leuchteten auf.

Wieder ein Donnerschlag, diesmal deutlich näher, und gleich darauf platschten dicke Tropfen gegen die Wände.

Mit beiden Armen zog sie die Decke enger um ihren Körper und sah ihn erwartungsvoll an.

Thomas räusperte sich. »Erzählt mir, was geschah!«

»Ich bekam, angeblich von Andreas, eine Nachricht, in der er mich bat, ihn aufzusuchen.«

»Angeblich?«

»Durch einen Boten überbracht. Auf einem Pergament, aber die Nachricht war mit Fehlern durchzogen, gar nicht wie es seine Art ist. Letztendlich bin ich dann aber doch zu seiner Kate gegangen. Es hätte ja sein können, nun, daß Andreas gezecht hatte oder ihn die Neuigkeit, von der er auf dem Pergament schrieb, aus der Bahn warf und sich somit die Fehler und das Geschmiere erklären ließen. Jetzt ist mir allerdings klar, daß das Schreiben gar nicht von ihm stammte. Er würde mich nicht wissentlich in eine Falle locken.«

»Was sollte das für eine Neuigkeit sein?«

»Ich weiß es nicht, denn ich wurde niedergeschlagen. Wieso sitzt Ihr hier und behandelt mich wie eine Angeklagte?«

Thomas tat, als hätte er die Frage nicht gehört. »Ein Junge aus dem Komp hat uns benachrichtigt, er hätte einen Tumult gehört, und wir sollten schnell zum Komp gehen, da schlüge ein Mann sein Weib halbtot.«

»Ihr seid doch von der Hauptwache! Das ist nicht Euer Revier.«

»Ich kenne den unnützen Wächter vom Komp. Er ist ein träger Saufsack und kümmert sich mehr um seine Belange, als seinen Dienst ordentlich zu versehen. Weil er aber ein Schwager von einem Vetter eines Stadtrats ist, genießt er eine schützende Hand. Also sind wir eingeschritten.«

»Was hat das mit mir zu tun?«

»Als wir im Komp ankamen, fanden wir die Tür zum Greverhaus geöffnet und sahen Euch und den Eigentümer zusammen auf dem Boden liegen. Keiner von euch muckste sich, was bei dem Blutspektakel auch kein Wunder darstellte.«

»O Gott, was ist mit Andreas passiert? Ist er zu Schaden gekommen?« Franziskas Herz pochte rascher. »So redet doch!«

»Er ist im Heiliggeist-Hospital. Dort kümmern sich die Mönche auch um Mittellose. Er wird die Attacke überleben. Wie es aussah, habt ihr miteinander gerungen, Ihr habt ein Messer gezückt und es dem Grever in den Rücken gerammt. Keine schlechte Leistung für eine so zierliche Frau, wie Ihr es seid. Das Messer hieltet Ihr noch umklammert. Der Grever ist auf Euch zusammengebrochen.«

Franziska brauchte einige Momente, bis die Worte zu ihr durchdrangen. Es konnte sich nur um ein Mißverständnis handeln.

»Nein! Das stimmt nicht. Andreas lag schon niedergestreckt auf dem Boden, als ich ankam. Ich sah seine Stiefel. Gleich darauf wurde ich niedergeschlagen. Und er ist nicht mittellos! Er hat ein Handwerk erlernt, ist Eigentümer einer Werkstatt, und vor allem hat er ein gutes Herz.«

»O natürlich wolltet Ihr Euch nur verteidigen. Ihr könnt mir ruhig die Wahrheit sagen. Niemand hier außer mir hört zu.«

Benommen schüttelte Franziska den Kopf. Was sollten die hanebüchenen Bemerkungen des Stadtwächters bedeuten? Sie hätte ihren geschätzten Freund bösartig angefallen?

»Was redet Ihr nur für einen Mist!«

»Vorsicht, Frau Franziska, verkauft mich nicht für dumm. Das ist doch Euer Messer, nicht wahr? Sowohl Frau Maria als auch die Magd bestätigten es mir.«

Ein kleines Messer mit einem Hirschhorngriff landete auf Franziskas Decke. Sie brauchte es nicht eigens in die Hand zu nehmen, um es als ihres zu erkennen.

»Ja, es gehört mir.«

»Ich habe es im Rücken Eures angeblich so guten Freundes gefunden.«

Franziska kniff ihre Lippen zusammen und bemühte sich, Ruhe zu bewahren.

»Fragt Andreas! Er wird Euch sagen, daß ich ihn nicht überfallen habe. Jemand hat es genau so arrangiert, damit Ihr falsche Rückschlüsse zieht.«

»Der Grever ist noch nicht vernehmungsfähig, aber Ihr könnt sicher sein, daß ich ihn mir vornehmen werde.«

»Gut, er wird meine Worte bestätigen. Bis dahin verschont mich mit Eurer stümperhaften Vorverurteilung!«

»Stümperhaft? Wie erklärt Ihr Euch denn den Vorfall?«

Franziska war jede Lust vergangen, mit dem Uniformierten zu reden. Sie kannten sich nicht gut, aber indem er ihr solche Schandtaten zutraute, enttäuschte er sie ebenso wie durch die Tatsache, daß er sich nicht einmal nach ihrem Zustand erkundigt hatte.

»Maria sagte, Ihr hättet mich im ersten Morgengrauen hierhergebracht. Losgegangen bin ich aber vor den Vigilen. Suse hat mir geronnenes Blut aus dem Gesicht gewaschen. Ich mußte also schon einige Zeit dort gelegen haben. Jemand hat zuerst Andreas und dann mich niedergeschlagen. Dann hat er unsere Körper so zueinandergelegt, damit Ihr genau das denken sollt, was Ihr denkt. Wie sollte ein Junge einen Tumult gehört haben, der ihn dazu bewegte, Hilfe zu holen? Mein Blut wäre noch frisch gewesen.«

Thomas mußte sich eingestehen, diesen Aspekt nicht bedacht zu haben. Das Bürschchen hatte wirklich nicht den Eindruck erweckt, daß es sich an nächtlichen Streitereien aufhielt. Kinder kamen nicht den weiten Weg zur Wache, um sich über den Lärm der Erwachsenen zu ereifern. Schon gar nicht im Komp, wo eine stille Nacht mehr Anlaß zur Besorgnis gab.

»Ihr meint demnach, es war der Täter selbst, der, nachdem er in aller Ruhe den Überfall begangen hatte, den Jungen losschickte? Er hätte damit so viel Zeit gehabt, wie er wollte.«

»Ja, er konnte so in aller Ruhe erledigen, was er bezweckte und verschwinden. Für einige Obolen sind immer Boten zu finden, die nicht viel fragen.«

»Und der tiefere Sinn? Habt Ihr Feinde?«

»Nein.«

Thomas runzelte die Stirn. »Ihr seid doch nicht etwa, also, ich meine …«

»Ich wurde nicht vergewaltigt.«

»Bestohlen?«

»Ich weiß nicht. Gebt mir bitte meinen Beutel, er liegt auf dem Schemel dort drüben.«

Mit einem Schwung breitete Franziska den Inhalt vor sich auf der Decke aus. Ein kaum benutzter Lappen, Späne zum Zahnstochern, ein Säckchen Kräuter, deren Wirkung sie lieber für sich behielt, eine Mark, drei Obolen und ein fünfzahniger Holzkamm kamen zum Vorschein. Dazwischen lag das gefaltete Pergament. Mit offensichtlichem Erstaunen und einem amüsierten Lächeln betrachtete Thomas das bunte Häufchen, wurde aber wieder ernst, ehe Franziska aufsah.

»Gottlob, es ist noch da. Hier, lest! Das ist die Nachricht.«

Zitternd vor Erleichterung, hielt Franziska das Pergament Thomas hin. Er machte keinerlei Anstalten, danach zu greifen, sondern erhob sich und ging auf und ab.

»Sagt mir einfach, was dort steht«, verlangte er unwirsch und verschränkte die Arme hinter seinem Rücken.

Er ist des Lesens nicht mächtig, erkannte sie verdutzt, und es reizte sie, etwas Gemeines von sich zu geben. Doch sollte Gleiches nicht mit Gleichem vergolten werden.

Immerhin war er der Ermittler, saß somit am längeren Hebel, und wenn er sie im Visier hatte, tat sie gut daran, seine Argumente mit Umsicht und Sachlichkeit zu entkräften.

»Gut, hier ist das Licht auch besser. Geschrieben steht: ›Komm so schnell du kannst, und bring die Rosenkette mit. Heute nacht noch.‹ Dann die Unterschrift. Auch wenn Ihr Andreas mit Abschaum aus dem Viertel gleichsetzt, würde er niemals so fehlerhaft schreiben!« setzte Franziska doch eine kleine Stichelei hinterdrein.

Thomas fuhr herum und starrte sie mit funkelnden Augen an. »Was soll das heißen: ›Bring die Rosenkette mit?‹«

»Tja, es gibt tatsächlich einiges, was ich Euch vorenthalten habe.« Franziska seufzte. »Setzt Euch und hört mir zu. Ich habe die gesuchte Kette der Irmtrud Wegner.«

»Was redet Ihr da?«

»Es ist so, wie ich es sage. Ich habe sogar noch eine weitere Kette.«

»Das ist unglaublich! Ich habe Euch vertraut, und Ihr hintergeht mich. Warum? Wollt Ihr mich um meinen Erwerb bringen? Ich sollte Euch in Haft nehmen und in den Kerker steckenlassen.«

Es fehlte nicht viel, und Thomas hätte die Beherrschung verloren. Franziska sprach in dem leisen Tonfall, mit dem Mütter ihre aufgebrachten Kinder beruhigten.

»Ich bin durch einen seltsamen Zufall daran gekommen. Ich werde Euch alles erklären.«

»Und ob Ihr das werdet«, blaffte Thomas schroff. »Wo sind die Schmuckstücke? Habt Ihr sie etwa wirklich zum Komp mitgenommen?«

»Nur die Kette der Wegnerin.«

»Und die ist jetzt selbstverständlich verschwunden!«

»Nein, ich habe sie versteckt.«

»Wo?«

Franziska lächelte, auch wenn ihr nicht wohl dabei war. »Ich wickelte sie in einen Stoffstreifen, den ich dann als Haarband benutzte. Mein Übertuch kaschierte das Versteck. Damit war die Kette sicher in meinem Zopf verborgen. So machen das auch die Frauen auf dem Komp, die ihren trinksüchtigen Männern heimlich ein paar Münzen für das Essen ihrer Kinder vorenthalten wollen.« Sie schaute Thomas freundlich an.

»Zeigt sie mir.«

»Ich mache Euch einen Vorschlag: Holt etwas zu trinken aus der Küche, laßt Euch dabei aber Zeit. Wenn Ihr zurückkehrt, werde ich Euch die Kette geben.«

»Ich verstehe.«

Erschöpft ließ sich Franziska zurücksinken, nahm dann ihre gesamte Kraft zusammen und erhob sich mühsam. Ihr wurde ein wenig schwindlig, als sie die Blutflecken auf ihrer Kleidung sah. Ihr Kleiderbündel lag ordentlich gefaltet auf einem Hocker. Schuhe, Strümpfe, Leibchen, aber der Stoffstreifen fehlte. Fahrig sah sie sich auf dem Boden um. Vielleicht war er heruntergefallen.

Nein, nichts.

Die Kette war verschwunden.

Ihr Versteck war ausgezeichnet gewesen. Niemand kam darauf, nur die Leute, die im Komp lebten.

Etwas aus der Fassung geraten, setzte Thomas den Becher an seine Lippen und trank. Über den Rand des Trinkgefäßes blickte er Franziska in die Augen. Sie erschien ihm nicht mehr so matt, eher zu Recht zerknirscht, und hielt die Augen gesenkt. Es war eine lange Schilderung gewesen.

»Joslin ist also der Mann, mit dem ich Frau Maria sah. Ich muß ihn befragen. Wo finde ich ihn?«

»Auf dem Friedhof Sankt Leonhard. Er erlag einem Herzleiden.«

»Dann muß ich mir Frau Maria vornehmen. Vielleicht weiß sie etwas.«

»Ich habe sie gefragt. Laßt sie in Ruhe, bitte, sie vertraut Euch nicht.«

»Ebensowenig wie Ihr! Ich frage mich, auf welcher Seite Ihr steht.«

»Ich sehe ein, einen Fehler gemacht zuhaben. Ich habe leichtsinnig gehandelt, aber wenigstens ist die andere Kette nun in Euren Händen. Die von A. L. – wer immer sie auch war. Weisen die Ketten, die aus Köln gekommen sind, auch hineingekratzte Initialen auf?«

Die Stimmung war nun friedlicher. Nachdem Thomas seine Standpauke losgeworden war, war auch er zur Ruhe gelangt, und nun kamen ihm seine Anschuldigungen gegen Franziska übertrieben vor. Er hielt das bislang unbekannte Rosenoval in seiner Hand, fuhr mit dem Daumen die ungeschickten Rundungen nach und hielt den Blick darauf gerichtet. Doch durch bloßes Ansehen gab der Schmuck sein Geheimnis nicht preis.

»Ja, beide Ketten. Die eine war vom Opfer in ihrem Wollstrumpf versteckt, da war leicht heranzukommen. Die zweite ist im Haus der Ermeuchelten gefunden worden, gut versteckt zwischen ihren Kleidern, behauptete eine alte Vettel, welche die Hinterlassenschaft zu Geld machen wollte. Beide Opfer stammen aus armseligsten Vierteln, beide waren ohne Angehörige.«

»Demnach war die Wegnerin die einzige, die öffentlich mit der Kette angegeben hat.«

»Die einzige, von der wir wissen«, korrigierte Thomas.

»Welcher unbekannte Wohltäter beschenkt ältere Frauen? Es müssen Geschenke sein. Oder eine Art Entlohnung für besondere Dienste.«

»Und aus lauter Dankbarkeit verlieren sie später ihr Leben.«

»Ja, aber die Ketten läßt man ihnen. Der Schmuck der Wegnerin ist der erste, der einem Opfer fortgenommen wurde, und zwar von Joslin. Der Mörder muß damit rechnen, daß die Spur zu ihm führen wird. Vielleicht war Joslin selbst dem Täter auf der Fährte.«

»Wenn Ihr der Meinung seid, der Mörder und derjenige, der Euch überfiel, sind ein und dieselbe Person, dann stellt sich die Frage, warum er nicht umgehend, nachdem er sie getötet hatte, im Umhang der Wegnerin nach dem Schmuck suchte.«

»Vielleicht wurde er gestört. Seit den Feierlichkeiten ziehen selbst nachts ständig Leute durch die Gassen.«

»Er hätte sich zurückziehen und abwarten können.«

»Stimmt. Er muß es sich später anders überlegt haben. Oder er wollte, daß die Kette bei seinem Opfer blieb, als eine Art Erkennungszeichen. Daher paßte es ihm nicht, daß Joslin sie an sich genommen hat. Das wiederum kann er aber nur wissen, wenn er dort war, als das Kind die Ermordete fand.«

»Ist Euch jemand aufgefallen?«

Franziska überlegte und schüttelte dann ganz vorsichtig den Kopf. »Nein, darin habe ich nicht gelogen.«

Thomas rieb sich die Augen. Während die Spekulationen Franziska immer munterer machten, setzte ihm die Müdigkeit mehr und mehr zu.

»Können wir uns darauf einigen, daß Ihr Euch künftig aus den Ermittlungen heraushaltet? Es ist zu gefährlich, wie Ihr hoffentlich einseht. Ich pfusche schließlich auch nicht in Eurem Speiseplan herum, also laßt mir auch meine Arbeit, solange ich sie noch habe. Der Staatskämmerer ist ungeduldig und verlangt Ergebnisse.«

Der Weinkrug war bis auf einen kleinen Rest geleert.

Franziska fühlte sich federleicht und angeheitert. Sie hatten sich darauf geeinigt, die förmlichen Anreden Herr und Frau ein wenig zu lockern.

Die Vesper wurde angeläutet, und allen Bauernregeln zum Trotz klarte der Himmel auf.

»Thomas, wie lange arbeitet Ihr schon als Ermittler?«

Überrumpelt von der unerwarteten Frage blickte er auf. »Seit etwas mehr als einer Woche.«

»Welches Datum haben wir heute?«

»Heute ist Montag, der achte Juli. Morgen wird im Münster die Krönung vollzogen. Sie ist wegen Unstimmigkeiten verschoben worden, zum Entsetzen einiger fauler oder übereifriger Chronisten, die schon Tage vorher mit dem Schreiben begonnen haben, um mitfeiern zu können. Zu dieser Stunde dürfte im Münster der große Gottesdienst begonnen haben, den der päpstliche Legat lesen wird. Ich werde zusehen, daß ich noch ein wenig Schlaf erwische, Franziska. Es wird ein langer Tag.«

»Ihr seid morgen bei der Krönung dabei? Ich habe Euch doch mit dem, was ich herausgefunden habe, einen Dienst erwiesen! Na ja, auch etwas Ungelegenheiten bereitet, aber der Nutzen ist doch größer als die Unbilden. Könntet Ihr mir Einlaß ins Münster verschaffen? Bitte. Ich würde so gerne zuschauen! So eine Gelegenheit ergibt sich für eine arme Köchin nie wieder. Ich mache mich auch ganz klein und gebe keinen Ton von mir. Versprochen! Nur meine Augen werde ich schweifen lassen.«

»Franziska! Habt Ihr den Geldwucherern das Abhandeln beigebracht? Könntet Ihr dieses lange Zeremoniell überhaupt durchhalten? Ihr seid eine bemerkenswerte Frau, aber Ihr seid nicht über die Natur hinaus belastbar.«

Befremdliches Gepolter und lautes Getrampel ließ die Stiege bedrohlich krachen.

Thomas runzelte die Stirn. »Ist der Spuk nun zu Euch

umgezogen? Oder verfolgt er gar meine armen Tanten hierher?«

Verhalten lachend meinte Franziska: »Nein. Das sind wohl die Herren Herzöge von Sachsen und Brabant samt ihrer Knappen, die zur Abendmesse eilen. Fast scheint es mir, als lieben, hegen und pflegen die Streithähne ihre Feindseligkeit, denn sie lassen kaum einen Augenblick verstreichen, um sich gegenseitig Gehässigkeiten zuzuwerfen. Auf Bahkauv komm raus wird auf des Schnidders Rechnung gezecht, zumindest darin besteht zwischen den Rittern Einigkeit. Und vorher, mittendrin und nachher wird gezankt. Hoffentlich werden die hohen Herren zum Fest nüchtern sein. Für wann sind die Feierlichkeiten angesetzt?«

»Zur Terz im Münster.«

»Gut, ich komme früher zum Münster.«

»Euch kann nicht einmal ein plötzlich einsetzender Schneesturm von Eurem Vorhaben abbringen, nicht wahr?«

»Stimmt!«

Ergeben in sein Schicksal, fragte Thomas, obwohl er die Antwort kannte. »Was, wenn ich Euch um Eurer selbst willen bitte, erst in Ruhe zu genesen?«

»Genesen kann ich später. Eine Krönung findet nur einmal statt. Ich schlage Euch einen Kompromiß vor, indem ich Euch gestatte, auf mich aufzupassen. Und zwar im Münster und nicht weiterhin in meiner Kammer! Bedenkt: Ich bin eine alleinstehende Frau, und Ihr schadet meinem Ansehen. Ihr seid schon sehr lange hier, und es würde mich wundern, wenn Euch Eure Tanten mit Fragen verschonen würden.«

»Immerhin kann ich mich vor ihnen rühmen, die Hälfte eines Schnidderschen Weinkruges geleert zu haben.«

»Da haben die beiden Euch schon einiges voraus«, murmelte Franziska und sank mit bleiernen Knochen auf ihr Lager zurück.

Thomas verabschiedete sich und machte sich seufzend auf den Weg in die Küche. Diese Frau hatte ihn schlichtweg überrumpelt. Das Gefühl war nicht mal so übel, gestand er sich ein. Sie hatte einen hellen Kopf und war eine Kämpfernatur, aber sie in das Münster einzuschleusen stellte ein Problem dar, dem er sich in der Frühe würde stellen müssen.

Franziska zerrte das Kissen unter ihrem Rücken hervor. Nun, wo kein Gespräch sie mehr ablenkte, verspürte sie eine völlige Erschöpfung. Sie versuchte, ihre wild tobenden Gedanken zu ordnen.

Die aufziehende Nachtluft brachte erfrischende Kühle mit sich. Der Regen war von Nöten gewesen. Franziska war bewußt, daß sie sich fast um Kopf und Kragen geredet hatte. Aber eben nur fast! Andreas war also im Hospital der barmherzigen Heiliggeistbruderschaft untergebracht. Morgen würde sie ihn besuchen, gleich nach der Krönung. Hoffentlich war er dann bei Sinnen! Es wäre unverzeihlich, wenn Andreas ein bleibendes Leid anhaften würde, nur weil sie sich ihm anvertraut hatte.

O Heilige Martha, Patronin der Köchinnen, wie war es nur dazu gekommen? Sollte der Überfall eine Warnung sein? Der Mörder der Matronen war nicht zimperlich, aber warum hatte er sie, Franziska, am Leben gelassen? War es ein purer Zufall, oder wollte er sein Gewissen nicht weiter belasten? Und wieso war Andreas mit hineingezogen worden? Wer hegte solches Interesse an den Anhängern? Alles hatte eindeutig mit dem Schmuck zu tun.

Ächzend hievte sie sich auf die Bettkante. Ihre Kopfwunde pochte und juckte fürchterlich. Ein Zeichen dafür, daß die Heilung einsetzte. Nun bloß nicht daran kratzen!

Leise Stimmen und Lachen drangen aus dem unteren

Stockwerk an ihr Ohr. Maria, Suse und Hans? Jedenfalls gab es normales Leben im Haus.

Die Unschlittkerzen waren rasch und breit zerflossen, ihre Reste sammelten sich auf den Hornplatten. Franziska erleichterte sich in den Nachttopf, blies die blaßblauen Flammen aus und legte sich zur Ruhe. Im dem Augenblick, in dem sie ihre Augen schloß, schlief sie auch schon ein.

Kapitel 17

»Und?«

Der Mann hob müde den schweren Kopf. Schier endlose Zahlenreihen und ausgefeilte Wortgeflechte hatten ihn erschöpft. Zwei angeschnittene Gänsekiele waren über seine Tätigkeit stumpf geworden. Vor sich hatte er einige eng beschriebene Pergamente ausgebreitet. Das flüssige Siegelwachs verbreitete seinen ihm ganz eigenen Geruch. Einige der Schriftzeichen waren noch feucht. Sie zeugten, wie die heruntergebrannten Kerzen, von langer und fleißiger Arbeit. Er zwirbelte den neuen Federkiel zwischen Daumen und Zeigefinger und wartete seufzend auf die Antwort.

Wie immer klang der Besucher selbstgefällig. Er sah auf den Schreibenden hinunter. Überlegenheit demonstrierend, steckte er seine Daumen in den abgewetzten Ledergurt. Seine Mundwinkel verzogen sich zu einem breiten Grinsen, und doch stand etwas in seinen Augen, das der Schreiber nicht zu deuten vermochte. Er wünschte sich, er hätte es nicht gesehen.

»Alles in Ordnung. Wie immer. Ich habe sie sanft behandelt.«

»Der Mann?«

»Lebt.«

»Und die Frau?« fragte der Schreiber.

»Lebt auch.«

»Sie ist nicht tot? Du läßt nach. Woher wußtest du von ihr?«

»Ich habe sie beobachtet. Mehr geht Euch nichts an.«

»Geht mich nichts an? Sentimentalitäten sollte man sich nur erlauben, wenn man sie sich leisten kann«, erwiderte der Schreiber.

»Ich kann sie mir leisten, wenn ich es will. Laßt das meine Sorge sein«, antwortete der Besucher mit trockener Stimme. Sein Tonfall reizte sein nervenschwaches Gegenüber bis aufs Blut. Es war ohnehin kein guter Tag gewesen, und Arroganz war nun das letzte, womit sich der Schreiber herumschlagen wollte. Allerdings gab ihm der Gast eine willkommene Gelegenheit, seinen Unmut auszuleben. Hier würde ihn niemand hören, die Bediensteten hatten das Gebäude verlassen, und so schrie er den anderen Mann unbeherrscht an. Seine Adern traten hervor und pochten wild. Die Feder flog auf die Tischplatte und hinterließ ein paar Tintenspritzer.

»Ach? Du kannst sie dir leisten? Aber ich kann sie mir nicht länger erlauben! Fast wünschte ich, der Stadtwächter würde endlich irgend jemanden heranschleppen, den wir an den Galgen knüpfen können. Sieh dich vor! Vielleicht bin ich eines Tages nicht mehr bereit, meine Hand schützend über Euch zu halten.«

»Oh, ich fürchte mich.« Der Gast beugte sich tief zu dem Schreiber hinunter. Er klang erheitert. »Euch kümmert doch nicht das vergossene Blut. Mir braucht Ihr doch nichts vorzumachen, Herr. Ich bin es doch, der Euch Sorgen bereitet. Ich weiß zuviel, aber Ihr könnt unmöglich auf meine Dienste verzichten.«

Der Besucher hatte recht, aber der Schreiber war nicht geneigt, dies zuzugeben. Eher würde er dem Teufel den Hintern küssen. Er überdeckte seine Furcht mit einem Fluch, den er noch niemals laut ausgesprochen hatte.

»Habt Ihr einen weiteren Auftrag?« fragte der Besucher.

Der Federführer schüttelte den Kopf, nun ärgerlich darüber, daß er sich so hatte gehen lassen.

»Du hast keine Seele. Allein die Münzen bestimmen dein Denken. Vergiß aber niemals den Respekt, den du mir schuldest. Nein, es gibt keinen weiteren Auftrag, noch nicht.«

»Keine nette, ältere Dame?«

Resigniert wischte sich der Schreiber über die Stirn. »Es wird immer schwieriger mit den Weibern. Sie stellen Ansprüche, wenn sie den Braten riechen, und verlangen mehr und mehr. Sobald du weißt, daß sie sich jemandem anvertrauen, mußt du von ihnen ablassen. Und Weibsbilder tratschen alle Weile mit anderen.«

»In manchen Fällen ist es auch ein Segen. Es ersparte mir, wie ein Strolch in der Habe zu wühlen. Ich habe Zeit und gute Augen. Ich bin der Schatten, den niemand sieht. Mein Vorgehen war der klügere Plan«, wandte der Besucher ein. »Ich habe zur Abwechslung ein Geschenk für Euch.«

Die Schuppen des Schwerthandschuhs schoben sich klirrend auseinander, als er die Faust öffnete. Ein Silberanhänger polterte auf das Pergament und verwischte einen Teil der schwarzen Tinte. Höhnisch grinsend sagte der Besucher: »Man kann die Buchstaben rauskratzen und sie erneut verwenden. Das spart Euch nicht nur Eure heißgeliebten Münzen , sondern auch eine Menge Scherereien. Darauf hättet Ihr selbst kommen können, Ihr, der Ihr Euch so gerne des Denkens rühmt.«

Der Schreiber knirschte mit den Zähnen. »Du bist hochfahren, streitlustig, eiskalt und bei Bedarf charmant, aber du bist nicht unsichtbar, auch wenn du es mir glauben machen willst. Du wirst zu oft gesehen. Der Totengräber ...«

»Wurde über die Grenze seines Erinnerungsvermögens heraus freizügig entlohnt.«

»Verlaß sofort das Haus auf dem gleichen Weg, den du gekommen bist! Wenn ich dich brauche, lasse ich es dich wissen.«

»Zu Euren Diensten.« Der Gast verbeugte sich übertrieben tief und schwang sich durch das Fenster hinaus.

Der Schreiber rieb sich über das Gesicht, dann nahm er die Feder wieder auf, doch verging noch eine geraume Zeit, bis er sie in das Tintenfäßchen senkte. Immer wieder zog es seine Gedanken zu den Augen seines unrühmlichen Gastes. Doch er hatte niemanden, dem er seine Überlegungen anvertrauen konnte. Bevor er seine Arbeit beendete, trat er an das offene Fenster und atmete tief ein.

Du irrst, mein Lieber. Jeder ist zu ersetzen.

Kapitel 18

»Zehn Stunden habt Ihr geschlafen, ich habe die Kerze beobachtet. Wie geht es Euch heute morgen?« fragte Suse ehrlich besorgt und tastete Franziskas Beule ab.

»Bedeutend besser«, log Franziska ungeniert und entzog sich lächelnd Suses Händen. »Ich könnte kleine Bäume ausreißen, so prächtig habe ich mich erholt.«

»Ihr habt die Natur eines Pferdes, wie Hans. Ihn haut auch so schnell nichts um. Meister Schnidder hat uns bis zum Mittag freigegeben. Ihm geht es wieder gut, und er ist bester Laune. Wir dürfen sogar zum Markt gehen und sollen kräftig jubeln, wenn der König seine Krone hat. Dank der Hilfe der Witwen haben wir ordentlich viel vorbereitet. Eben war Hans noch einmal auf dem Markt und schleppte reichlich Lebensmittel an, bevor die Händler weichen mußten.«

»Er hatte doch kein Haushaltsgeld!«

»Ich habe meine Ersparnisse ausgelegt.« Bescheiden senkte Suse den Kopf.

»Das war sehr nett von dir. Wie hoch ist die Summe?«

Franziska zählte die entsprechenden Münzen in Suses Hand und legte aus ihrer eigenen Tasche noch ein paar hinzu.

»Ach, Frau Franziska, das war gestern noch ein Spiel in der Küche. Die Nachbarinnen hatten …« Vorsichtig senkte Suse ihre Stimme und warf einen Blick über ihre Schulter. »… dem Wein kräftig zugesprochen und waren sehr vergnügt. Der Herr Stadtsoldat hatte seine liebe Not, die lustigen Tanten zum Heimgehen zu bewegen. Sie wollten viel lieber in der Küche bleiben und nicht in ihr Spukhaus gehen. Besonders Frau Agnes fragte ständig, ob Herr Thomas denn mit ihnen unter einem Dach schliefe und ob sie ihm noch aus dem Gebetbuch vorlesen sollten. Dann entbrannte noch ein kurzer, aber heftiger Streit um das Buch, das wir in Herrn Joslins Gepäck gefunden hatten. Frau Maria wollte es nicht herausrücken. Ich betete still ein Vaterunser. Was hätte ich auch sonst machen sollen? Die Witwen zerrten an dem einen Ende, Maria an dem anderen. Die Witwen gewannen schließlich. Maria war fürchterlich wütend, aber sie behielt dann doch die Oberhand über ihren Zorn und schenkte tüchtig nach, sogar vom besten Honigmet. Die Damen Knauff werden gewiß den halben Tag verschlafen.«

»Und das Buch?«

»Sie werden es mitgenommen haben, denn ich habe es seitdem nicht mehr gesehen.«

Das mochte ja alles interessant sein, aber Franziska mußte dringend fort. Die Krönungszeremonie würde nicht auf eine ungebeten eingeschleuste Köchin warten.

»Suse, du mußt mir helfen! Ich brauche mein gutes Gewand und, um meinen Kopf zu bedecken, auch den Kruseler. Ich kann mich noch nicht richtig bewegen, aber das ist kein Grund zur Sorge! Wenn du mir nur ein wenig zur Hand gehen würdest, wäre ich dir sehr dankbar.«

»Ihr wollt doch nicht etwa ausgehen?« Die Magd schaute so befremdet drein, daß Franziska sich zu einer Erklärung genötigt fühlte.

»Ich bin verabredet und freue mich schon sehr darauf. Ich möchte vorteilhaft aussehen und mich nicht verspäten.«

»Der Herr Thomas also.«

Die Magd lächelte verständig. Ihre hübschen grauen Augen funkelten unter den dichten, langen Wimpern. In diesem Augenblick sah Franziska sie aus einem völlig neuen Blickwinkel. Suse mochte immer die dicke, behäbige Magd sein, die alle in ihr sahen, aber nun erwachte die liebende Frau in ihr. Es war ihr wohl wirklich ernst mit Hans.

»Dein Geheimnis macht dich sehr hübsch.«

»Mich? Oh! Einen Augenblick, ich hole das Gewand. Frau Franziska …«

Mit einem vertraulichen Zwinkern meinte Franziska: »Ich werde nicht verraten, daß du mit Hans ausgehst. Verrate du mich aber bitte auch nicht.«

»Natürlich nicht.«

Nach Atem ringend, erschien Suse wieder in der Kammer, das blaue, bestickte Kleid über ihren Arm gelegt. Franziska hatte sich derweil, so gut es eben ging, gewaschen und streckte nun abwartend die Arme empor.

Eine fröhliche Melodie summend, stülpte die Magd ihr das Kleid über und zupfte hier und da, bis sie mit ihrer Arbeit zufrieden war. Mit einem Lächeln trat sie zurück und holte aus ihrer Tasche ein Tuch hervor.

»Unter den Haarkruseler gesteckt, schaut es bestimmt hübsch aus.«

Franziska stockte vor Ehrfurcht für einen Moment der Atem. »Suse, wo hast du dieses erlesene Gewebe her?«

Es war allerfeinstes Tuch, aus hellblauer, kostbarster Seide gewebt, makellos und ohne Knoten. Franziska glitt es so leicht und schmeichelnd durch die Finger wie ein liebkosender Lufthauch. Vollkommene Weberkunst! Die Kanten waren mit echten Goldspinnfäden durchwirkt. Jede Frau hätte Gefallen daran gefunden, aber nur wenige waren imstande, sich solch ein Tuch zu erlauben.

»Wollt Ihr das wirklich wissen?«

»Nein, will ich nicht, aber versprich mir, es der rechtmäßigen Eigentümerin zurückzubringen, nachdem ich es getragen habe!«

Franziska blieb auf ihrem Weg zum Münster nur einmal kurz stehen und versuchte, sich in einer der neuartigen Butzenscheiben aus Waldglas zu spiegeln, die auf dem Markt angepriesen wurden. Aus Venedig stamme es und habe schon eine Reise über Wien hinter sich, versicherte ihr der glutäugige Händler, den Franziska kaum verstand, mit vielen Gesten.

»Oh, no, no, bellissima Donna! Attentione!«

Ungefragt nahm er Franziska den Kruseler vom Haupt und nickte mit einem breiten Lächeln. Solch eine Dreistigkeit war eine Frau nicht von fremden Herren gewohnt, aber Franziska wagte auf sein Geheiß einen zweiten Blick auf das Glas. Der Händler sah sie fragend an. »Schön, Donna? Si?«

Der Fremde hatte recht. Der Kruseler war schon abgeschabt, manche Rüschen platt, und der Halbkreis war auch nicht mehr ganz gegeben. Das Tuch kam jetzt viel besser zur Geltung und sie konnte es als Schleier vor dem Gesicht tragen. So verhüllt, würde niemand sie erkennen, und vor allem drückte der Rüschenreifen nicht mehr auf die Kopfwunde, die immer noch schmerzte. Freundlich dankte Franziska und eilte weiter zur rückwärtigen Tür des Münsters.

Gepflasterte Gassen hatten manche Vorteile, aber noch waren die grauen Basaltsteine feucht, so daß Franziska achtgeben mußte, um nicht auszurutschen.

Der immer weiter zunehmende Pilgerstrom hatte die Stadträte zur Genehmigung bewogen, den Dom an dieser Stelle aufbrechen und eine Kapelle anbauen zu lassen. Die wackeligen Holzgerüste erstreckten sich in schwindelerregende Höhen. Schon der bloße Anblick bereitete zarten Gemütern Unbehagen. Heute wurde nicht gearbeitet, und die Steinmetze, Gesellen und deren Familien hatten sich zu den Feiernden gesellt.

Thomas erwartete sie schon ungeduldig. Immer wieder schaute er sich um und erkannte die verschleierte Franziska erst, als sie ihn grüßte. Eine Hand auf ihren Rücken gelegt, öffnete er das schwere, hintere Portal einen Spalt breit und schob sie in das Münster hinein.

»Stellt Euch ganz hinten an die Mauer. Die Bänke sind den ranghöchsten Gästen vorbehalten, sie werden auch gleich Einzug halten. Ich muß zum Rathausplatz, werde aber später versuchen, zu Euch zu gelangen, wenn es sich irgendwie einrichten läßt.«

Franziska wußte gar nicht, wo sie zuerst hinschauen sollte, so sehr blendete sie der Glanz. Die bunten Fenster maßen über hundert Ellen, jedes einzelne war ein sinnbetörendes Kunstwerk. Auf Hochglanz poliertes Gold, Silber und zahllose Edelsteine, welche die Reliquienschreine verzierten, funkelten im warmen Kerzenschein um die Wette.

Sie hielt sich im Halbdunkel und fand einen Platz, von dem aus sie direkt auf den Altar und das erhöhte, kunstvoll verzierte Chorgestühl blicken konnte. Der zweigeschossige Säulenumgang, abwechselnd aus schwarzem und weißem Marmor gefertigt, wirkte fast ein wenig unheimlich mit seinen Schatten und Nischen.

Es erinnerte sie an eine der zahlreichen Sagen, die eindrucksvoll schilderten, wie sehr sich der Teufel um Seelen bemühte, die mit der Pfalzkapelle in Verbindung standen. Doch die gewitzten Aachener waren dem Gehörnten immer einen Schritt voraus.

Tief beschämt darüber, an einem so heiligen Ort Gedanken an den Höllenfürsten verschwendet zu haben, senkte Franziska den Kopf und betete stumm.

Nach und nach trafen die ersten Besucher ein. Vom Domhof, vor dem Gotteshaus, erklangen fröhliche Jubelrufe. Hier drinnen jedoch herrschte ehrfürchtige Stille, nachdem die Lakaien die Türflügel geschlossen hatten. Besonders beeindruckte der imposante Kronleuchter die auswärtigen Besucher. Kaiser Friedrich Barbarossa hatte die Erinnerungsgabe anläßlich der Heiligsprechung Karls des Großen gestiftet, den er sehr verehrt hatte. Achteckig, wie der Grundriß der Pfalzkapelle selbst, war auch der Kronleuchter gearbeitet. Schon viele Generationen lang hing er nun unter der runden Kuppel der Pfalz. Der Leuchter symbolisierte die Vision Johannes des Täufers von der himmlischen Stadt Jerusalem. Sechzehn Türmchen aus Gold und Silber zierten ihn.

Froh, ihr Gesicht hinter dem Schleier verbergen zu können, harrte Franziska der weiteren Geschehnisse. Zwei Augen waren zu wenig, um all die Eindrücke aufzunehmen. Nur Suse hätte mit ihrem einzigartigen Gedächtnis alles erfaßt.

Die weltlichen Dinge verdienten ebenfalls Aufmerksamkeit, wie etwa die festlichen Roben aus Brokat und Seide. Sogar vornehmer Kettsamt aus dem Süden kleidete die feinen Damen, und die Herren standen ihnen in nichts nach. Man traf sich zum Sehen und Gesehenwerden.

Mittlerweile standen die Geladenen dichtgedrängt, doch nur ein verhaltenes Hüsteln hier und da oder leises Schlurfen waren zu hören. Unerwartet hoben Knabenstimmen zu einem Chorgesang an, der so ergreifend war, daß sich die Härchen an Franziskas Oberarmen aufstellten. Ältere Singstimmen fielen in die in lateinischer Sprache gesungenen Psalmen ein. Die Musik hallte in höchste Sphären bis hin zum heiligen Herrn. Überwältigt wischte sich Franziska die Augen und war froh darüber, unbeobachtet zu sein. Das Portal wurde erneut geöffnet.

Allen voran schritt ein Herr in gesetztem Alter und von schlanker Statur. Er hielt sich leicht gebeugt. Man konnte ihn zweifellos nicht als schönen Mann bezeichnen. Sein Gesicht wurde von einer klobigen Nase beherrscht, die Wangenknochen standen weit auseinander. Doch seine Ausstrahlung ließ die Adligen auf die Knie sinken. Ein einfacher Brustpanzer, eher praktisch als pompös, und schlichte Beinkleidung kleideten den Mann. Das schwarze Haupthaar und der Bart waren wild gelockt und von silbrigem Schimmer durchzogen.

»Das ist Kaiser Karl. Ihm folgt sein ältester Sohn Sigismund.«

Thomas war unbemerkt neben Franziska getreten und flüsterte ihr zu. Sie nickte kaum merklich, und er blinzelte ihr zu.

Sigismund, seinem Vater wie aus dem Gesicht geschnitten, trug achtsam, aber keineswegs demütig ein langes Schwert auf seinen angewinkelten Unterarmen. Dahinter, Hand auf Hand gelegt, betraten der künftige König Wenzel und seine Gattin die Pfalzkapelle.

Suse hatte recht behalten. Im weiteren Gefolge befand sich tatsächlich auch ein Knappe, dem die Aufgabe zugefallen war, die Katze Johannas von Bayern zur Krönung zu tragen. Das weiße, langhaarige Tier lag zusammengerollt auf einem Samtkissen und wurde schaukelnd zum Altar gebracht.

Unter verheißungsvollem Glöckchengeläut und in Pontifikalgewandung trat der Erzbischof Friedrich zu Köln hervor. Die dienenden Mönche hielten sich bescheiden im Hintergrund. Einer von ihnen schwang eine Kugel, die Weihrauchduft verströmte.

Bevor die Krönungszeremonie begann, gab es noch einen kleinen Zwischenfall, der Kaiser Karl spürbar die Sympathie der Anwesenden eintrug. Unter all den edlen Damen machte er eine Frau aus, vor der er sein Knie beugte.

Franziska reckte wie alle anderen den Hals. Wem nur zollte der Kaiser seinen offenkundigen Respekt? Die Dame war in schlichtes, verstaubtes Linnen gehüllt, wie eine Bettelfrau. Das Linnen war über und über mit halbrunden Schalen von Meerestieren besetzt. Kaiser Karl hob den ausgefransten Saum des Kleides an seine Lippen und neigte in aller Ergebenheit das Haupt.

»Eine Jakobspilgerin, die kürzlich von Santiago de Compostella heimkam«, raunte Thomas.

Himmel, Santiago de Compostella!

Der sechzehnjährige Wenzel wirkte zutiefst gelangweilt, wenn nicht sogar verärgert über diese Unterbrechung. Unter seinem bodenlangen Gewand klopfte ein neumodischer Schnabelschuh ungeduldig auf den heiligen Boden.

Kaum einem Krönungsgast entging, wie verachtend Wenzel seinen kaiserlichen Vater beobachtete, der den schlichten Segen der Tiefgläubigen entgegennahm und sehr ernst aussah.

Maria hatte wahr gesprochen, als sie die Gerüchte wiedergab. Wenzel würde nie so stattlich werden wie sein Vater. Schon jetzt zeigte er Anlagen zur Fettleibigkeit. Selbst der Hofschneider hatte die feisten Hüftringe nicht kaschieren können.

Wenzel hüstelte laut. Geziert legte er die beringte Hand auf die vollen Lippen.

Johanna von Bayern hingegen wahrte ihr schönes, aber unbeteiligtes Gesicht. Von Hunderten Blicken in Augenschein genommen, lächelte sie in die Menge. Einzig ihre Fingerspitzen zuckten auf Wenzels Hand, doch es wäre einem Affront gleichgekommen, hätte sie ihm ihre Hand nun entzogen. Der künftige König bemerkte die Unsicherheit seiner Ehefrau und legte seinen Daumen über ihre Hand, nachdem er kurz zum Chorgestühl geblickt hatte. Dort saß Peter Jaurenus und warf seinem Zögling einen zurechtweisenden Blick zu. Der Reichskämmerer war ungehalten. Wenzel nahm umgehend eine Haltung ein, die eines angehenden Königs würdig war. Er straffte die Schultern, und das spöttische Grinsen floh von seinen Lippen.

Kaiser Karl hatte sich erhoben, und nun bewegte sich der Zug zum Altar. Einzig der künftige König kniete vor dem Erzbischof nieder. Kaiser Karl, Sigismund und ihre Gefolgschaft nahmen auf dem seitlichen Chorgestühl Platz. Die Vereidigung begann. Aufmerksam hörte Wenzel zu und sprach klar und deutlich die Worte nach, die ihm der Erzbischof feierlich vorgab.

»Willst du den heiligen Glauben, den katholischen Männern überliefert, halten und mit rechten Mitteln hüten?

Willst du der heiligen Kirche und deren Dienern ein treuer Hüter und Beschützer sein?

Willst du die Rechte und die Besitztümer des Reiches, die ihm unrechterweise entwendet wurden, zurückgewinnen und erhalten?«

Franziska zählte mit. Zwölf Fragen waren es. Dieser uralte Ritus würde sich in die Länge ziehen. Wenzel sprach nach jeder Wiederholung der Fragen ein »Volo«, so wie es die Menschen von ihm erwarteten.

Volo. Ja, ich will es.

Die liebreizende Johanna von Bayern hatte auf einem Stuhl Platz genommen. Ihre Krönung sollte gleich im Anschluß stattfinden. Ihr schlicht anmutendes Kleid war mit Bedacht gewählt worden. Es war hell, fast wie das Gewand einer Novizin. Sie hatte auf Geschmeide und Tand verzichtet. Über ihrem dunklen Haar lag ein ähnlicher Schleier, wie ihn Franziska trug.

Franziska schnappte plötzlich nach Luft. Ihr wurde von einem Augenblick zum nächsten seltsam zumute. Die Umgebung verschwamm vor ihren Augen. Ihr wurde schwindlig, ihre Beine drohten nachzugeben. Vor allem der Weihrauchharz, der nun von mehreren der Kirchendiener in silbernen Behältnissen herumgeschwenkt wurde, setzte ihr arg zu. Mit schweißnassen Fingern klammerte sie sich an eine Marmorsäule hinter ihrem Rücken und rutscht unbeholfen ab.

»Thomas, mir geht es schlecht.«

Er fing Franziska auf, noch bevor sie zu Boden stürzte, und trug sie in den abgesperrten Innenhof, ohne Aufsehen unter den Krönungsgästen zu erregen. Die steinernen Bänke, die normalerweise den wandelnden Mönchen zum Ruhen dienten, kamen ihm gerade recht.

Verflixt! Dabei hatte er Franziska gewarnt, doch dieses sture Frauenzimmer hatte nicht hören wollen. Luft war nun gut für sie, fort mit dem Schleier, solange außer ihnen niemand zugegen war. Lockige, braune Haare fielen weich auf seinen Arm. Forschend schaute Thomas in ihr bleiches Gesicht. Ihre Angewohnheit, die Nase zu krausen, wenn ihr etwas nicht zusagte, hatte leichte Fältchen in ihre Haut gegraben.

Behutsam zeichnete er mit einem Finger die Linien nach. Sie war nicht mehr blutjung, aber es gereichte ihr nicht zum Nachteil. Im Gegenteil, die Spuren, die das Leben hinterlassen hatte, verliehen ihrem Gesicht Charakter.

Sein Daumen glitt sanft über ihre Augenbrauen. Als Franziskas Lider zuckten, zog Thomas seine Hand abrupt zurück.

Verdattert schaute sich Franziska um und schnaufte.

»Wieder alle Sinne beisammen?« erkundigte er sich fürsorglich und reichte ihr seine Hand.

Franziska ließ sich aufhelfen, bis sie saß. »Verzeiht bitte, Ihr seht mich in großer Verlegenheit. Ich weiß überhaupt nicht, wie mir geschah. Es lag bestimmt an dem Weihrauch. Der Geruch hat mich benebelt.«

»Ach, wirklich? Habt Ihr überhaupt keine andere Vermutung? Nein, natürlich lag Eure Ohnmacht nicht an Überforderung. So einen Schlag auf den Kopf, den verkraftet Ihr schließlich häufiger, Franziska Dickschädel.«

»Schon gut.«

»Weib, was habt Ihr mir für einen Schrecken eingejagt! Wollt Ihr wieder zurückgehen? Nur zu, wenn es Euer Wunsch ist. Dann aber schleife ich Euch bei der nächsten Ohnmacht an den Beinen aus dem Münster heraus.«

»Thomas, ich bin klug genug, meine Grenzen zu erkennen, wenn mein Körper sie mir so deutlich vor Augen führt. Ich bleibe noch eine Weile hier im kühlen Schatten sitzen, bis es mir besser geht. Dann werde ich zurück zur Mostardgasse gehen und ausruhen, bis ich wieder arbeiten muß.«

»Versprecht Ihr mir das?«

Thomas hob die Hand unter Franziskas Kinn und zwang sie so, ihn anzuschauen. Grüne Augenpaare funkelten einander zu. Dann nickte Franziska lammfromm.

»Wenn ich es doch sage! Ihr müßt auf Euren Platz zurück, nicht wahr? Man wird Euch vermissen, und ich möchte nicht, daß Ihr Euch meinetwegen Ärger einhandelt. Eine Frage noch. Wie ist eigentlich die Sache mit dem Gebetbuch ausgegangen? Suse hat mir von dem Streit erzählt.«

»Ich sehe schon, ich brauche mir keine Sorgen um Euch

zu machen!« Schmunzelnd schüttelte Thomas leicht den Kopf. »Ich habe einfach abgewartet, und als meine Tanten schliefen, habe ich es Frau Maria zurückgebracht.«

»Hat es wieder nächtlichen Spuk gegeben?«

»Nein, diesmal nicht.«

»Wer hat Frau Agnes das Angebot zum Verkauf des Hauses gemacht? Ich meine, Ihr seid doch ihr Neffe, der einzige Verwandte der Witwen«, gab Franziska zu bedenken. »Wollt Ihr das Haus nicht übernehmen?«

»Und meine Tanten daraus vertreiben? Nein, sie sollen selbst entscheiden. Ich werde ihnen nicht hineinreden. Wir sind hier schließlich in der Stadt und nicht auf dem Lande, wo die Alten um ihr Leben fürchten müssen, nur damit die jüngeren Verwandten endlich das Erbe antreten können. Es kommt oft vor, daß die hilflosen Alten einfach irgendwo zum Verhungern angebunden werden, weil sie nicht mehr zum Unterhalt beitragen können. Meine Tanten sollen frei entscheiden. Vielleicht muß ich sie ja bald um dauerhaftes Obdach bitten.«

»Das würde ihnen bestimmt gefallen, und Euch ginge es sicher nicht schlecht bei ihnen.«

»Ihnen würde es gefallen, aber mir nicht. Ich fürchte, Jaurenus hat mich nur noch nicht entlassen, weil es keinen Nachfolger gibt. Dieser Mann hat den Rat völlig in seiner Hand. Wer aber das Angebot für das Haus abgab? Ich habe keine Ahnung. Ist aber auch nicht wichtig. Jeder hier kennt die Senfmüllerwitwen und ihren Luxus, ohne einen Mann ein Haus zu unterhalten.«

»Höre ich Bitterkeit in Eurer Stimme?«

»Ja, doch nicht wegen meiner Verwandten.«

»Es ist also Eure Arbeit, die Euch so zusetzt. Sagt, Thomas, wie lange liegt der Mord an der letzten Kölnerin zurück?«

»Etwa drei Wochen – warum?«

»Es ist nur ein Gedanke. Herr Joslin kam aus Köln und …« Franziska stockte mitten im Satz.

»Das ist richtig. Ich war noch im ›Apfelbäumchen‹, nachdem ich Euch gestern verlassen habe und die Tanten heimbrachte. Ich war zu aufgekratzt, um schlafen zu können. Joslin hat in der Tat schon einige Male dort aufgespielt. Wohin er nach seinen Auftritten verschwand, vermochte der Wirt mir jedoch nicht zu sagen. Der Gaukler war gut fürs Geschäft, doch darüber hinaus habe ich nichts herausgefunden. Unser Unbekannter mit der Kapuze hat dort keine Nachforschungen über ihn angestellt, sondern sich auf den Komp konzentriert. Ich bin gespannt darauf, ob Andreas Grever vielleicht etwas Neues dazu zu sagen hat. Ich muß ihn alsbald vernehmen.«

Unvernünftige Wut, wie immer, wenn es darum ging, Andreas' Unschuld zu beweisen, befiel Franziska. Sie versuchte Ruhe zu bewahren. »Weiß ich ja. Wir müssen …«

»Wie bitte? Wir?«

»Ihr müßt herausfinden, wer sich sonst noch in Köln aufhielt. Ihr solltet die Blutspur im Auge behalten und in Erfahrung bringen, was der Unbekannte von Joslin wollte.«

»Besten Dank. Genausogut könnte ich auf ein wogendes Ährenfeld blicken, jedes Korn ist wie das andere, und beim nächsten Windstoß verteilen sich die reifen Früchte über die Felder.«

»Aber die üblen, kranken Körner bleiben nahe des Halms. Es ist an uns, sie aufzulesen«, orakelte Franziska tiefsinnig.

Kapitel 19

Franziska schaute Thomas nach, wie er zum Münster zurückeilte. Und es war doch der Weihrauch! Warum mußten Männer immer glauben, Frauen wären schwache Wesen!

Sie lehnte ihren Rücken an die rauhen Steine und betrachtete die Säulen, die das steinerne Dach des Wandelganges stützten. Die Sonnenstrahlen fingen sich in den Blättern der jungen Bäume und tanzten munter auf dem ausgetretenen Boden. Am anderen Ende des Ganges kehrte ein greiser Mönch den Boden.

Es war beschämend für Kaiser Karl, wie sich sein jüngster Sohn verhielt. Einzig Peter Jaurenus verstand es offensichtlich, dem Burschen Respekt abzuverlangen.

Ob Johanna mit Wenzel glücklich war? Nein, es war beim besten Willen nicht vorstellbar. Um zu sehen, wie unterschiedlich die jungen Leute waren, brauchte man sie nicht zu kennen. Nicht einen einzigen Blick voller Zuneigung hatten sie sich zugeworfen. Oder wenigstens den Hauch einer Freundlichkeit bei dem Zeremoniell ausgetauscht. Kein Zwinkern, kein Lächeln, nichts. Der Preis, von erhabener Geburt zu sein, war anscheinend hoch.

Wie gut sie selbst es dagegen hatte. Aber die Freiheit war auch ein teures Pflaster. Sicher, sie hatte sich mit ihrem Vater überworfen, aber nichts und niemand hatte Verfügungsgewalt über sie. Sie mußte arbeiten, um zu leben, dabei blieb es jedoch auch. Niemand behandelte sie wie sein Eigentum, und nie wieder würde sie sich einem Mann so schenken, daß er glauben würde, er würde sie besitzen. Dennoch mußte sich Franziska eingestehen, daß sie sich bei Thomas wohl fühlte. Selbst wenn sie stritten, gingen sie nicht gemein miteinander um. Er war nicht nur ein anziehender, sondern auch ein gescheiter Mann. Je länger Franziska über ihn nachdachte, desto mehr fragte sie sich, warum er bislang keine Ehe eingegangen war. Ob er noch auf die Richtige wartete? Wie müßte sie wohl sein? Aus gutem Haus, eine tatkräftige Handwerkerin? Oder ob er wie Meister Schnidder sein Leben dem Beruf widmete?

Franziska streckte ihre Hände aus, sie zitterten nicht

mehr. Es waren es nur einige Schritte bis zum Hospital der Heiliggeistbruderschaft, und sie beschloß, ihre verbleibende freie Zeit darauf zu verwenden, Andreas zu besuchen.

Auf dem Platz hinter dem Rathaus drängten sich die Bürger und Besucher. Ohrenbetäubendes Geläut verkündete die Vollendung der Krönungen. Noch drei, vielleicht auch vier durchfeierte Tage, dann würde in Aachen wieder das normale Leben einkehren.

Das bescheidene Hospital schien sich zwischen zwei hohe Steinbauten zu ducken, von denen es erst wenige in Aachen gab. Die Heiliggeistbruderschaft hatte sich schon vor langen Jahren in Aachen niedergelassen. Das Holzhaus hatten die Brüder eigenhändig errichtet. Immer, wenn es aus den Nähten zu platzen drohte, wurde ein neuer Verschlag angebaut.

Franziska verhüllte ihr Gesicht vorsorglich mit dem Schleier und klopfte an die Pforte. Ein wohlbeleibter Mönch öffnete die Tür und blinzelte sie kurzsichtig an. Der Geistliche hielt Franziska für eine wohltätige Dame. So eingeschätzt, wurde sie zuvorkommend hineingebeten und in einen kleinen Warteraum geführt. Neugierig schaute sie sich um.

In einer Ecke des Zimmers stand auf einem Sockel eine ellenhohe Marienstatue und lächelte geheimnisvoll. Es war eine wunderschöne Figur der heiligen Jungfrau, aus dunklem Holz geschnitzt, liebevoll bemalt und in ein richtiges Stoffgewand aus edler Seide gekleidet. Zahlreiche Pilger hatten der Gesegneten sanft glänzende Perlenketten zum Dank der Erhörung gestiftet. Hölzerne Votivtafeln, auf die gekalkte Wand geschlagen, bezeugten die heilende Wirkung der Gebete.

Fromm und frei allen irdischen Übels hatte Maria beide Hände leicht auf die Seiten erhoben, die zierlichen Handflächen wollten den Betrachter auffordern, die eigenen Sorgen nicht so schwer zu nehmen.

Unter der Statue befand sich eine besonders schön gemalte Votivtafel, die Franziskas Blick einfing. In sorgfältig gemalten Buchstaben stand da zu lesen: Wechsle keinen Freund für Geld, einen treuen Bruder nicht für Gold. Verachte nicht eine kluge Frau, liebenswürdige Güte ist mehr wert als Perlen.

Ergriffen von dieser schlichten Botschaft sank Franziska auf die Knie. Nun wandte sich der Mönch ab und verließ den Raum, denn er hatte mit angesehen, wie der Glaube seine wunderbare Wirkung entfaltete.

Er kehrte erst wieder zurück, als er das Münzgeklapper hörte, das entstand, wenn Geldstücke in den Opferstock geschoben wurden.

»Bruder, wer hat diese weisen Worte gefunden? Sie sind tröstlich.«

»Jesus von Sirach. Unsere Maria ist schön, nicht wahr? Welchen Wunsch habt Ihr, daß Ihr uns aufsucht?«

»Ich möchte mir Klarheit über die Genesung eines Patienten verschaffen. Er wurde vorgestern Opfer eines heimtückischen Überfalls. Andreas Grever ist sein Name. Bitte führt mich zu ihm, wenn er bei Sinnen ist.«

Der Heiliggeistbruder verharrte. Tatsächlich war dieser Patient gebracht worden, was den Bruder Pförtner nicht sonderlich erfreut hatte. Stadtsoldaten hatten den Mann aufgelesen, es stand augenscheinlich schlecht um ihn. Anfangs fürchteten die Brüder schon, sie würden wieder einmal auf den Bestattungskosten sitzenbleiben, halbtot, wie der Mann zwischen den Soldaten gehangen hatte.

»Ihr seid eine Angehörige? Kommt mit, wir werden ihn um diese Zeit bei Bruder Phillip antreffen.«

»Es geht ihm gut?«

»Unserem Patienten? Oh, seht selbst.«

Andreas Grever war voller Blut gewesen. Die Stadtwachen waren sparsam mit Erklärungen. Vom Komp stammte der Gewichtige, das allein sagte ja schon einiges aus. Immer wieder ersuchten verwahrloste Menschen vom Komp das Hospital um Hilfe. Meist galt es, schwärende Wunden zu versorgen, die bei rechtzeitiger Behandlung hätten vermieden werden können. Die abgerissenen Leute vertrauten gewöhnlich trotz ihrer blanken Taschen auf die nachsichtige Nächstenliebe.

Wie überrascht aber waren die Mönche, als sie den Grever aus seinem Wams und die mehrschichtig getragenen, fleckigen Hemden schälten. Zu ihrem Erstaunen trug er einen einfach geringten Kettenlatz über dem Leibhemd, so einen, wie man sie nur aus alten Zeiten kannte. Rittersleute bevorzugten mittlerweile eine zwei- oder, besser noch, vierfache Ringung. Im Turnierkampf und erst recht im Kriegsgeschehen war der Schutz des Leibes unerläßlich, bei einem aus dem Komp hingegen war der Kettenlatz ungewöhnlich. Der Grever hatte nur eine oberflächliche Schnittwunde am Rücken und eine tüchtige Beule auf dem Schädel abbekommen. Sie wuschen ihm das Blut ab und versorgten die Beule, die eingerissene Lippe und weitere kleine Kratzer, erfuhr Franziska von dem Mönch.

»Jedenfalls ist es nicht nötig, einen nur leichtverletzten Patienten auf einer Bettstatt liegen zu lassen, da er so nur einem Siechen den Platz fortnimmt. Er wollte am liebsten gleich heimgehen, aber ein, zwei Tage wird der Bruder Infirmar seinen Patienten noch dabehalten, um einer Wundentzündung vorzubeugen«, erzählte der Mönch schmunzelnd. »Schaut, hier ist sein Platz, den er einnimmt, solange er bei uns weilt.«

Franziska legte einen Finger auf ihre Lippen und bedeutete dem Bruder, ihre Anwesenheit nicht gleich zu verraten. Mit einem Wickel um den Kopf, erinnerte Andreas sie an die weitgereisten orientalischen Händler, wie man sie gelegentlich auf dem Markt sah. Ein Novize rührte in einem großen Topf über der Feuerstelle, aus dem ein schmächtiger Mönch einen dicken Brei in hölzerne Schalen schöpfte, die er an Andreas weiterreichte. Andreas selbst stand an einer Durchreiche und übergab die Schalen an die Hungrigen.

»Gottes Segen mit dir. Und schlinge nicht.«

Eine weitere Schale verschwand aus dem Fenster. »Möge der Herr dich von deinem Leiden heilen, liebes Kind.«

Noch eine Schale, die aber schneller in die Küche zurückgezogen wurde, als sie herausgegeben war.

»Was willst du? Du bist nicht arm! Du bist ein faules Stück, Juppes! Tagedieb! Friß den Bedürftigen nicht ihr Mahl weg, sondern scher dich ans Werk! Kennst du nicht die Worte des Herrn? Im Mund des Dreisten ist der Brei süß, in seinem Inneren soll er brennen wie ein Feuer! Halleluja!«

Die Schale verließ den Raum erst, als sich andere Hände nach ihr reckten. Franziska lächelte, und der Bruder raunte ihr verstohlen zu: »Nun ja, seine Auslegung der Frühmesse wird auch von schlichten Gemütern verstanden.«

Andreas hob den Kopf und wartete ab. Er wußte nicht recht, wie er sich verhalten sollte und kratzte sich verlegen am Kinn. Ihm war schon zu Ohren gelangt, daß Franziska vorgestern in seiner Kate zu Schaden gekommen war, doch wie es um sie stand, vermochte ihm niemand zu sagen.

Franziska schlug ihren Schleier hoch. Nun konnte Andreas nicht anders, als seine Arme auszubreiten und sie vorsichtig an sich zu drücken.

Ohne weiteres übernahm der Mönch, der Franziska in die Küche geführt hatte, die Armenspeisung. »Geht in den Hof, dort könnt ihr ungestört reden.«

Andreas reichte Franziska seinen Arm, und sie hakte sich unter. Neugierig sah sie ihn von der Seite an. »Warum hast du gezögert?«

»Ich fürchtete, du wärest mir böse, denn schließlich war es doch meine Hütte …«

»Andreas, wenn ich mir in den Finger schneide, dann kann ich doch nicht den Meister Schnidder dafür verantwortlich machen, weil ihm das Messer gehört.«

»Was ist eigentlich geschehen?«

»Erzähle du zuerst.«

»Ich freute mich auf meine späte Abendmahlzeit und richtete mein Geschirr. Da ist mir noch ein Schinkenstück eingefallen. Es lag ganz hinten in meinem Schrank, damit die Mäuse nicht drankommen. Ich stand also da, als ich hörte, wie die Tür aufgestoßen wurde. Einen Augenblick, rief ich noch über die Schulter, aber gleich darauf wurde es schon finster in meinem Schädel.«

Entschuldigend zog Andreas die Arme hoch.

»Dann stammt dieses Pergament tatsächlich nicht von dir?«

Obwohl Franziska es besser wußte, zeigte sie Andreas das Lockmittel.

Sofort rümpfte er abfällig die Nase, stockte dann aber und drehte es hin und her.

»Die Schreibweise ist das Grauen schlechthin, aber das Pergament ...« Sich noch einmal vergewissernd, rieb er darüber und schnüffelte daran. »Es ist von höchster Qualität. Irgendein Stümper hält mich wohl für blöd und glaubt, ich könne nur so falsch schreiben. Oder er kann es selbst nicht besser.«

Sachlich erzählte Franziska, was ihr geschehen war.

»Es war mein Messer, aber ich schwöre bei allen Heiligen, daß ich es nicht geführt habe. Es sollte so aussehen, als wären wir im Streit aufeinander losgegangen. Wenn du in deine Kate zurückkehrst, dann schau bitte sofort nach, ob etwas entwendet wurde.«

»Die Felle? Mein Werkzeug? Ich bin so eine Art Patron im Viertel. Niemand würde sich an meinen Dingen vergreifen.«

»An dir hat man sich dennoch vergriffen.«

»Wohl wahr! Und Irmtruds Kette ist weg? Das war keiner aus dem Viertel. Mädel, ich weiß nicht, warum, aber wir sind da in eine Sache hineingerutscht, die zu groß für uns ist. Ich gestehe es nur dir, aber ich habe Angst. Ich weiß ja nicht, wer sich gegen uns verschworen hat, die werden mir etwas Fürchterliches anhängen. Nun geht diese verdammte Hetzjagd schon wieder los.«

Sein Gesicht war grau geworden. Franziska nahm die Hand ihres Freundes und drückte sie ermunternd.

»Unsinn, Andreas, diesmal ist es anders als damals in der Zunft. Das wird nicht an die große Glocke gehängt. Thomas Blij, der Stadtsoldat, glaubt uns. Ich habe ihm alles erzählt, was ich weiß. Was sollte man dir schon anhängen können? Gut, du hast die Wegnerin gekannt und Joslin auch. Aber nichts davon steht unter Strafe.«

»Weißt du, was du da aufzählst? Ich kannte das letzte Opfer und umgarnte es selbst vor einiger Zeit. Ich wohnte mit dem Kaiserketzer Joslin einige Tage in engster Nachbarschaft, ohne ihn anzuzeigen. Ein wichtiges Beweismittel in einem Mordfall wurde zudem in meinem Haus entwendet und eine ehrbare Frau niedergeschlagen. Man könnte erklären, ich bedrohe dich, damit du, eingeschüchtert, zu meinen Gunsten redest. Die alte Geschichte mit Aleff ist noch in vielen Köpfen.«

»Himmel, deine Phantasie geht mit dir durch! Du ziehst etwas an den Haaren herbei.«

»Du willst es nur nicht wahrhaben.«

»In dieser Sache damals warst du der einzige, der immer zu mir gehalten hat. Mehr als mein Vater. Wenn ich diesen Fehler nur ungeschehen machen könnte.«

»Das weiß ich, und das weißt du. Und ungeschehen machen läßt sich nichts. Du solltest mich meiden.«

Franziska wurde von unliebsamen Erinnerungen eingeholt. Aleff, ihre Jugendsünde. Ihre große Liebe. Schwärmerisch und leicht, trügerisch und giftig.

Andreas holte sie in die Wirklichkeit zurück. »Vergiß nicht, wo ich lebe. Für die Büttel ist prinzipiell jeder, der in diesem Viertel lebt, ein Verbrecher. Wenn dein Wächter es will, weil er einen Täter vorzeigen muß, dann Franziska, kann er daraus meinen Strick winden. Dazu braucht nichts aus meiner Hütte zu verschwinden. Es bräuchte nur etwas hinzukommen.«

»Du vermutest, die verschwundene Kette wurde in deiner Hütte versteckt?«

»Sie steht leer, solange ich hier bin, und wenn dein Wärter sie durchsucht und das Geschmeide dort findet, ist es um mich geschehen.«

»So hinterhältig ist Thomas nicht.«

»Der Junge ist ehrgeizig, unterschätze ihn nicht, nur weil er dir schöne Augen macht.«

»Thomas ist nicht mein Wärter! Du sitzt nicht im Kerker, nicht wahr? Und dazu wird es auch nicht kommen, denn wenn er etwas gegen einen von uns hätte, dann wäre ich es, denn immerhin habe ich die Ketten zuvor an mich genommen. Wir sollten nur endlich etwas unternehmen. Dein Selbstmitleid paßt überhaupt nicht zu dir. Du hast schon ganz andere Dinge durchgestanden!«

»Du hast mal wieder recht! Aber was können wir denn machen?«

»Mut fassen und Nachforschungen anstellen.«

Kapitel 20

Desillusioniert und mit hängenden Schultern, schlich Franziska zwischen den nimmermüden Feiernden zurück zur Mostardgasse. Vor Andreas hatte sie die Hoffnungsvolle gespielt, um ihm Mut zu machen. Als sie sich nach einem weit ausgedehnten Spaziergang trennten, schien er tatsächlich nicht mehr ganz so pessimistisch zu sein. In Wirklichkeit war Franziska selbst nicht halb so zuversichtlich, wie sie sich gegeben hatte. Doch nie und nimmer würde sie kampflos zusehen, wie man ihrem Freund ein Verbrechen anlastete, nur weil sich jemand über das Auffinden eines Täters profilieren wollte.

Starke Männer, die man heuern konnte, ließen sich ebenso wie Botenjungen oder Schreiber ohne großes Suchen an jeder Straßenecke finden. Es bliebe nur zu hoffen, daß der Räuber nach dem Diebstahl des Schmucks kein weiteres Interesse an Andreas und ihr hatte.

Im Geiste führte sie sich wieder und wieder die Situation auf der Großkölnstraße vor Augen.

Warum hatte sich Joslin so seltsam verhalten? Alle umstehenden Leute waren entsetzt über den Leichenfund, sie selbst eingeschlossen. Wie reagieren normale Menschen? Sie gaffen. Ja, nur einer unter Tausenden würde helfen wollen, die anderen würden sich die Augen aus dem Kopf stieren. Joslin jedoch war ohne Zögern auf die tote Frau zugegangen und hatte sie sogar in den Arm genommen. Er mußte gewußt haben, daß er eine Kette bei ihr finden würde. Also mußte er sie im Komp damit gesehen haben. Ob er selbst sie ihr geschenkt hatte? Nun, das war zwar eine interessante Idee, aber dazu machte er einen zu ärmlichen Eindruck. Oder war Franziska auf eine geschickte Täuschung Joslins hereingefallen? Nein, Joslin war in der Nacht, als die Wegnerin zum Opfer wurde, mit Maria ausgegangen. Nebenbei brachte man keine andere Frau um. Laut Maria hatte er sie nicht einen Augenblick allein gelassen. Diese Kette der Wegnerin abzunehmen und unbemerkt in der eigenen Tasche verschwinden zu lassen war kein großartiger Trick für einen Narren, der sich auf allerlei kurzweilige Unterhaltung verstand. Täuschungen waren sein täglich Brot. Doch der Schmerz in seinem Gesicht war echt gewesen. Außerdem gab es da noch den Schnüffler im Komp.

In den letzten Tagen war keine Frau mit den Initialen A. L. als verschwunden gemeldet worden, hatte Thomas ihr berichtet. Sonderlich verwundert hatte ihn das allerdings nicht, keines der anderen Opfer hatte Angehörige gehabt. Vielleicht lag irgendwo unter Aachens Dächern eine weitere Leiche, von der noch niemand etwas ahnte.

Mißmutig trat Franziska gegen eine irdene Becherscherbe. Zu allem Überfluß lief ihr genau in diesem Moment Meister Schnidder in Begleitung des dunklen Herzogs von Brabant über den Weg. Franziska konnte nicht so tun, als hätte sie die Herren übersehen.

Meister Schnidder, gut zwei Köpfe größer als Franziska, blieb vor ihr stehen, und sie konnte nichts anderes tun, als zu ihm aufzuschauen. Seine Gedanken konnte sie sich leicht ausmalen. Er fand sie respektlos und anmaßend, doch zog er überrascht die Augenbrauen in die Höhe, als er bemerkte, wie freundlich der Brabanter seine Köchin begrüßte.

Rasch riß Schnidder das Gespräch an sich. Der Brabanter sollte ruhig mitbekommen, daß er niemand war, der sich auf der Nase herumtanzen ließ.

»Nun, Frau Franziska, mir scheint, ich beging in Euch eine Fehlinvestition. Ihr treibt Euch sogar bei meinen hochgeschätzten Nachbarinnen herum und mimt dort die …«, mit vorgetäuschter Heiterkeit wandte sich Ensbert Schnidder dem Herzog von Brabant zu , »… Gesellschaftsdame für die alten Vetteln. Der Überfall war wohl eine vorgetäuschte List, um der Arbeit zu entrinnen. So ist das leider: Man gibt seinem Gesinde den Vormittag frei, und plötzlich ist um den letzten Psalmengesang herum immer noch früher Morgen, behaupten sie Stein und Bein. Bislang habe ich mich immer auf den Grever verlassen können. Es muß ihm in einer weinseligen Laune eingefallen sein, Euch zu loben.«

Franziska stand wie vom Donner gerührt da. Sie hatte doch gute Dienste geleistet! Blaß vor Zorn, blieben ihr die Worte im Hals stecken. Wie gerne würde sie ihm die Meinung sagen, aber er war der Meister, der ihr die nächste Referenz ausstellen sollte.

Mit zusammengezogenen Brauen schaute der Herzog von Brabant auf den vorwurfsvollen Meister und hörte seiner überheblichen Schimpftirade eine Weile zu. Er plazierte seine Daumen hinter den breiten, prächtig bestickten Gurt und legte die anderen Finger locker trommelnd auf seinen runden Bauch. Nach weiteren Beleidigungen Schnidders gegen die junge Frau, die wie ein Häufchen Elend zusammengesackt dastand, fand er es an der Zeit, seine Stimme zu erheben.

»Nicht doch, Schnidder, so laßt doch endlich von dem armen Weibe ab. Statt Tadel solltet Ihr einen lauten Lobgesang erheben! Sie versteht es vorzüglich, junge Wachteln in Rotweinsauce zu bereiten und appetitlich zu kredenzen. Dann noch die prallen Würste, die feinen Pasteten und die prächtigen, fetten Hühner. Schnidder, Eure eigene Galle ist ein kränkelndes Organ, auf dieses solltet Ihr Eure bösen Worte lenken. Habt Ihr denn so wenig Ahnung vom Adelsleben, welches Ihr so eifrig anstrebt? Gute Speisen und labende Tränke sind die wichtigste Voraussetzung für einen zufriedenen, starken, königstreuen Vasallen. Ich jedenfalls würde diese begnadete Köchin sofort in meinen Dienst nehmen, denn ich weiß durchaus ihre Künste zu würdigen. Erinnert Euch an die ritterlichen Tugenden, und entschuldigt Euch auf der Stelle bei der guten Frau, ehe sie sich nach diesen Schmähungen eines Besseren besinnt und Euren Haushalt zu Recht im Stich läßt.«

Franziska bedankte sich höflich, wenn auch distanziert

für dieses Kompliment. Interessiert legte der Brabanter den Kopf schräg und begutachtete sie eindringlich.

»Mir kam zu Ohren, auf Euch wurde ein Überfall verübt. Wie ist Euer wertes Befinden?«

»Es geht mir schon besser.«

Zu ihrer Überraschung nickte der Herzog nachdenklich. Er trat näher zu ihr, und Franziska registrierte, daß er nicht mehr so streng roch. Auch seine wild wuchernde Haarpracht war von den kundigen Badedirnen auf ein manierliches Maß gestutzt worden. Der Ritter war nun tatsächlich ansehnlich, aber beeindruckender noch war die Selbstsicherheit, die er ausstrahlte. Er war ein Mann, der es gewohnt war, anderen Anweisungen zu erteilen, aber auf eine gänzlich andere Art als Meister Schnidder.

»Ihr habt Glück gehabt. Strapaziert Eure Schutzpatrone nicht über alle Maßen, es gibt immer Momente, in denen selbst der Heilige Franz und die heilige Martha fortschauen. Überdies möchte ich mich für mein rüdes Verhalten Euch gegenüber entschuldigen und hoffe, Ihr seid geneigt, mir aus freiem Herzen zu verzeihen. Ich bin kein Barbar, auch wenn ich mich zu meiner Schande wie ein solcher gebärdete, als der Weingeist mich gepackt hielt.«

Sichtlich verstört schickte Meister Schnidder seine Blicke zwischen dem Herzog von Brabant und der Leihköchin hin und her. Woher rührte diese Vertrautheit? Der Brabanter sprach in höfischer Manier mit einer einfachen Köchin und fiel ihm in den Rücken. Alle Bediensteten würden über ihn lachen, aber er würde schon wissen, wie er sich den Respekt zurückholen würde!

Franziska zog verlegen die Stirn in Falten. Die Miene ihres Dienstherrn verhieß nichts Gutes. Doch würde sie nun die Rede des Herzogs erwidern müssen. Wie verhielt es sich noch mit den gespreizten Umgangsformen, die sie bei anderen Gelegenheiten mit angehört hatte? Nach ihrem

Dafürhalten war die Abbitte des pockennarbigen Herzogs aufrecht. Darüber hinaus könnte sie Meister Schnidder mit einer angemessenen Antwort eins auswischen. Er würde ihr ohnehin kein gutes Zeugnis ausstellen.

»Geachteter Herr!« Franziska klimperte ausdrucksvoll mit den Wimpern, ohne dabei gewöhnlich zu wirken. Nur scheinbar ignorierte sie die Anwesenheit des wütenden Meisters. »Es war ein Patzer? So etwas geschieht und ist verziehen. Fortiter in re, suaviter in modo, nicht wahr?«

Der Brabanter lächelte. »Stark in der Sache, mild in der Form, trifft schon zu. Ihr sprecht meine kräftigen Arme und mein weiches Herz an. Euer Dienstherr weiß nicht zu schätzen, welch erlesene Perle er in seinen Diensten beschäftigt. Verzeiht auch ihm, wenn es Euch möglich ist. Und ich gelobe im Namen der heiligen Mutter Maria, ich werde Euch nicht mehr belästigen.«

Meister Schnidder hüstelte übertrieben. Mit einer diplomatischen Verbeugung erklärte der Herzog das Geplänkel für beendet. Schwer legte der Brabanter seinen Waffenarm um die hageren Schultern des Schnidders. Der Meister hatte die Aufmerksamkeit des Herzogs wiedererlangt.

»Euch ist wohl der Mund ausgetrocknet. Dann laßt mich mal sehen, was Ihr mir zeigen wolltet. Eine gutgehende Tuchwerkstatt ist eine Bereicherung für das gesamte Land. Zeigt, was Ihr zu bieten habt!«

Rasch führte er den Meister in Richtung Markt. Eilig raffte Franziska ihren Rock und lief die Gasse hinunter.

Maria stellte die Schale zur Seite und beschaute ihre gelblich verfärbten Finger. Endlich waren die Möhren geschabt und in kleine Scheiben geschnitten. Möhren, Sellerieknollen, dazu noch ein gehöriges Stück von dem fetten Rindfleisch aus dem Kammstück und etwas hellgrüner Lauch ergaben einen guten Eintopf.

Aus den Augenwinkeln heraus beobachtete Franziska, wie beflissen die ältere Haushälterin arbeitete. Sie selbst hatte sich an einem würzigen Roggenteig zu schaffen gemacht, unter den sie ausgelassene Speckgrieben knetete. Sollte Meister Schnidder doch denken, wie er wollte, das Mahl würde keinen Anlaß zur Anfuhr geben. Franziska fühlte sich bedeutend wohler, seit sie ihr gutes Kleid wieder gegen den braunen Rock getauscht hatte. Die eintönige Arbeit ging ihr leicht von der Hand, aber ihr Kopf war mit kruden Gedanken beschäftigt.

»Maria, wieso hast du das Gebetbuch an dich genommen?«

Maria zog ein grimmiges Gesicht. »Wenn die Witwen bald fortziehen, dann nehmen sie das Buch am Ende noch mit, und wir sehen es nie wieder. Es gehört schließlich Herrn Joslins Hinterbliebenen.«

»Du bist falsch unterrichtet. Die Nachbarinnen gehen nicht fort! Heute morgen habe ich es gehört. Sie werden nicht verkaufen.«

»Aber, das kann nicht sein.«

»So?«

Maria wollte noch etwas entgegnen, besann sich dann aber und arbeitete wie besessen an einem Meerrettichtrunk, putzte, schälte und rieb. Ihr vorgeschobenes Kinn wies forsch in Richtung ihrer Schlafstatt.

»Das Buch liegt da vorne, bei meinen Sachen, am Feuer. Wenn du so begierig bist, es dir anzueignen, dann hole es dir. Mir ist das völlig gleichgültig. Mach, was du willst, es kümmert mich nicht im geringsten.«

»Wenn es so ist ...«

Franziska tat nun, womit Maria nie und nimmer gerechnet hätte: Sie ging zielstrebig auf deren Habseligkeiten zu. Obenauf schlummerte Kater Knauff. Franziska weckte ihn sanft und befreite seine Pfoten aus dem dunklen Stoff. Erschrocken maunzend klammerte sich das Pelzgesicht an einen Zipfel, der sich als eine Kapuze entpuppte. Dunkler Stoff wallte auseinander und stellte sich schließlich als Umhang heraus. Ein durchdringender Geruch ging von dem Stoff aus.

Ein heller Fleck verunzierte den Umhang. Anklagend drehte Franziska sich zu Maria herum. In einer Hand hielt sie den Stoff, mit der anderen streichelte sie den Kater.

»Ich habe lange gebraucht, um dich zu durchschauen! Du hast mich gewaltig hinters Licht geführt, Maria.«

Die Haushälterin arbeitete weiter, als fühle sie sich nicht angesprochen. Sie stand auf und ging zum Wasserfaß hinüber.

»Du kanntest Herrn Joslin schon lange, bevor er hier vorstellig wurde. Man sah euch vertraut miteinander umgehen, aber ich schenkte dem Gerede keine Beachtung. Du warst es, die sich im Kompviertel mit verstellter Stimme nach ihm erkundigte. Dein Umhang riecht auch jetzt noch nach Gerberlauge, und der häßliche Fleck auf deinem Umhang wurde durch Säure verursacht. Du hast gewußt, daß der Narr kommen würde.«

Maria fuhr herum. Ihr Gesicht war bleich und verzerrt.

»Wag du es ja nicht, Joslin einen Narren zu nennen! Noch einmal lasse ich dir das nicht durchgehen. Den Fehler hast du schon mal gemacht, und ich habe dich gewarnt!«

»Wieso hast du behauptet, du würdest ihn nicht kennen?«

»Du hast mich gefragt, ob ich Joslin kannte, und ich habe geantwortet, diesen Menschen nicht zu kennen. Warum hätte ich es dir auf die Nase binden sollen? Jawohl, ich kannte ihn und bin stolz darauf.«

»Du hast mir ins Gesicht gelogen!«

»Nein. Ich kannte ihn als einen sanftmütigen Mann!

Den Zyniker, der nun einen Teil seines Wesens bestimmte, kannte ich nicht. Diese Seite an ihm war mir fremd. Ketzerlieder auf die Herrscher sang er früher nie.«

»Komm, Maria, setzen wir uns auf die Bank. Wir müssen reden.« Franziska bemerkte, daß Maria erleichtert aussah, als sei sie froh, ihr Geheimnis mitteilen zu können. Sie wurde zusehends ruhiger.

»Ich habe lediglich vermutet, daß er kommen könnte. Köln ist nicht so arg weit fort, jedenfalls nicht für einen hungrigen Gaukler, der eine Anstellung dringend nötig hat, weil seine beste Zeit im Leben verstrichen ist. Wie sollte ich in dieser großen Stadt jemanden ausfindig machen unter all den Fremden? Was hättest du an meiner Stelle getan? Ich habe eigne Nachforschungen angestellt. Es weiß doch jeder, daß im Komp Leute unterschlüpfen. Dort sind die Quartiere am billigsten.«

Mit großen Augen setzte sich Franziska und unterdrückte das Bedürfnis, Marias bebende Hand zu ergreifen, um die aufgewühlte Frau zu trösten.

»Wir hatten uns schon lange nicht mehr gesehen. Er wußte nicht, daß ich hier lebe.«

»Aber du stammst doch aus Aachen.«

»Nein, Franziska. Wir haben uns in Köln getroffen. Dort bin ich geboren.«

Marias Augen wurden feucht, und so, als ob aller Groll aus ihr wich, sackte sie auf dem Schemel zusammen. Behutsam schlich Kater Knauff um die traurige Frau herum und sprang auf ihren Schoß. Mechanisch strich Maria ihm über das seidige Fell.

»Warum die Heimlichkeit? Es spricht doch nichts dagegen, einen alten Freund aus deiner Heimatstadt zu treffen. Niemand hätte dir deshalb Vorhaltungen gemacht.«

»Du weißt gar nichts! Ich erinnerte Joslin an eine Zeit, die er lieber hinter sich lassen wollte. Ich habe noch nie darüber gesprochen. Vielleicht sollte ich mein Schweigen brechen, nun, wo all die schrecklichen Dinge geschehen. Laß mich einen Moment nachdenken.«

Suse, die genau in diesem Moment hereinpolterte, fand eine seltsame Szene vor. Die ewig bärbeißige Maria saß mit starren Augen nahe des Feuers und schaute stumm vor sich hin. Franziska holte einen Krug Wein und bediente die Ältere. Maria schien um Jahre gealtert zu sein.

»Suse, sei so gut und richte die Kammer vom Brabanter. Er ist mit Meister Schnidder fortgegangen. Du kannst sehr gründlich und ausgiebig arbeiten«, sagte Franziska in einem unduldsamen Tonfall.

Suse erfaßte die Bedeutung des Auftrages sehr wohl. Ihr Blick fiel auch auf das Gebetbuch. Beim Aufräumen würde sie genügend Muße zum Nachdenken haben.

»Nun, Maria? Wo beginnt die Geschichte?«

»Mit dem Buch. Hast du die Widmung gelesen?«

»Ja, das war das erste, was mir auffiel.«

»Ich selbst bin des Lesens nicht mächtig, aber ich kenne sie trotzdem. Frau Catharin von Benden hat sie für meine jüngere Schwester hineingeschrieben. Für die liebe, hübsche Anne, die mit ihrer bezaubernden Anmut jedermanns Herz im Handumdrehen für sich zu gewinnen vermochte. Wir waren sechs Geschwister, als unsere Eltern im Jahre 1337 ums Leben kamen. Ich war damals elf Jahre alt, Anne war zehn. Die Verantwortung für die Geschwister lag bei mir. Die beiden älteren Brüder verdingten sich als Knechte bei dem Nachbarn. Nun ja, unsere Eltern waren einfache Lehenpächter und bewirtschafteten einen kargen Hof. In jedem Sommermonat fuhren sie zum Markt, um die Erträge feilzubieten. Es gab in Köln eine Fähre über den Rhein, ein einfaches Holzfloß. Der Fährmann zog es mit bloßer Muskelkraft an einem dicken Seil zum anderen Ufer hinüber.«

Maria schneuzte sich die Nase in ein Rhabarberblatt, das gerade greifbar war und warf es dann ins Feuer. »Man sagte uns später, das morsche Seil sei unter der Hand des Fährmanns gerissen. Niemand konnte das Floß aufhalten, als es mit dem Strom fortgerissen wurde. Meine Eltern ertranken, als sie in der aufkommenden Panik von Bord gestoßen wurden. Erst später fand man ihre Leichen, als der Rhein sie endlich ans Ufer gespült hatte.«

Maria zog ihr Tuch von den Haaren und fuhr mit beiden Händen durch ihre silbrig glänzenden Haarsträhnen. Tiefes Mitgefühl ergriff Franziska.

»Von jetzt auf gleich waren wir zu Waisen geworden. Die Lehenpacht verfiel am selben Tag. Colbert und Michael konnten auf den Höfen bleiben, für sie war gesorgt. Marga und Lis, die beiden Jüngsten, Anne und ich wurden von den Stadtbütteln ins Armenhaus geschickt. Du hast niemals ein Armenhaus von innen gesehen, nicht wahr? Es ist die Hölle auf Erden. Sogar die Luft ist dort dünner als anderswo. Immerwährend lag Kohldunst über den Bretterbuden. Dann aber, eines Tages, rief uns die Vorsteherin zu sich. Sie ließ uns antreten und sagte, wir würden Besuch bekommen. Von einer Dame namens Catharin von Benden. Sie sei eine wohlbetuchte Verwandte aus Aachen. Die Hoffnung, daß sie uns aufnahm, erschien mir wie eine Offenbarung des puren Glücks! Aber ich hatte mich gründlich getäuscht. Catharin von Benden erschien tatsächlich, und alle zerlumpten Waisenkinder beneideten uns glühend. Sie kam wie eine Herrscherin daher, und ich sonnte mich in ihrer imposanten Erscheinung. Mein Gott, war ich damals ein einfältiges Kind.«

Franziska unterbrach Maria nicht, obwohl sie keinen Zusammenhang zu erkennen vermochte. Sie schenkte nach und stand nur auf, um den brodelnden Eintopf umzurühren.

»Wir Mädchen mußten uns in einer Reihe aufstellen. Die Leiterin des Armenhauses rieb sich in Erwartung einer dicken Spende für unsere Verwahrung schon die Hände. Wir sahen adrett aus, so gut, wie es eben möglich war. Prüfend schritt Catharin von Benden auf und ab, drehte unsere Gesichter zum Licht, sah uns sogar in den Mund und teilte mit spitzen Fingern unsere Haare. Ich nehme die da, sagte sie dann und deutete auf Anne, die ist hübscher als die anderen. Die Kleinen sind mir zu anfällig, und die andere ist ohne Grazie.« Hart lachte Maria auf. »Ohne Grazie, ja, da hatte sie recht. Anne wurde also das Mündel der Bendnerin. Bald darauf kam ein Herr ins Haus, der eine Magd suchte und mich auswählte. Ich konnte durch einen jungen Mann, Joslin, einen Kontakt zu Anne herstellen. Joslin überbrachte der Bendnerin hier und da Nachrichten von ihren Pfründen in Köln, die mein neuer Herr verwaltete. Das Schicksal drehte das Rad, und es kam, wie es kommen mußte. Joslin verliebte sich in die liebliche Anne. Die beiden wollten gemeinsam fortlaufen. Anne litt sehr unter der Gefühlskälte der Bendnerin, die sie nicht anders als ein Möbelstück behandelte. Eines Tages standen Joslin und Anne in Köln vor mir, mittellos, aber überglücklich und in aller Stille getraut. Ich verhalf ihnen zu einem Unterschlupf, der so winzig war, daß ihn nur Verliebte ertragen konnten, aber die Kammer war billig. Sie waren ein schönes, stolzes Paar, und beide fanden auch prompt Anstellungen. Joslin war ein begnadeter Spaßmacher und wurde in viele bedeutsame Häuser eingeladen. Ich war eifersüchtig und litt Höllenqualen. Zuerst versuchte ich, mich dagegen zu wehren, doch, was immer ich anstellte, um mich abzulenken, trug keine Früchte. Für mehrere Jahre brach ich den Kontakt mit meiner Schwester völlig ab. Dann versöhnte ich mich wieder mit ihr. Schließlich mußte ich mir eingestehen: Ich war in Joslin verliebt, in den Ehemann meiner eigenen Schwester!«

Die arme Maria schlug ihre Hände vors Gesicht und weinte nun hemmungslos. Ihr ganzer Körper erzitterte voller Pein. Franziska bedauerte sie aufrichtig. Was konnte mehr Süße und mehr Bitterkeit einbringen als die Liebe? Und wer verstand Maria so gut wie sie selbst?

Maria ging streng mit sich um. Ein einziges Mal nur brach die Schwäche durch, aber bald darauf hatte sie sich auch schon wieder in der Gewalt.

»Verrätst du jemandem auch nur ein Wort darüber, dann ersäufe ich dich in dieser Brühe. Kopfüber werde ich dich hineinstoßen. Stein und Bein werde ich sogar bei der heiligen Mutter darauf schwören, daß du selbst hineingefallen bist.«

»Ich schwöre dir, daß ich schweigen werde.«

»Einige Jahre vergingen. Joslin zog weiterhin als Possenreißer umher, aber seine Verpflichtungen brachten nicht mehr viel ein. Anne nähte, damit sie genug zum Leben hatten. Ihre Ehe blieb kinderlos, Anne litt sehr darunter. Joslin empfand ihre Kinderlosigkeit nicht als tragisch, für ihn bedeuteten Kinder nur hungrige Mäuler. Doch Anne weinte sich die Augen aus dem Kopf. Sie sah darin eine Strafe Gottes, weil sie mit Joslin fortgelaufen war. Irgendwann verloren die beiden sich. Joslin konnte Annes Lamentieren nicht mehr ertragen, und Anne wollte sich nicht länger mit ihrer Unfruchtbarkeit abfinden. Jeder ging seinem Tagewerk nach. Sie sprachen kaum noch miteinander – und wenn, dann stritten sie meist um die wenigen Münzen. Dann wurde Anne Lataster, meine kleine, hübsche Schwester, erdrosselt in einer Kölner Gasse aufgefunden.«

So wie Irmtrud Wegner hier in Aachen, dachte Franziska.

»Annes Ermordung lag nun zwei Jahre zurück. Joslin selbst war es, der sie fand, als er spät in der Nacht durch die Gassen streifte. Er hatte aber keinen Auftritt, der ihn von seinem Heim fernhielt, wie er den Wachleuten bei der Befragung erzählte. Er hatte den Tag und die halbe Nacht bei mir verbracht – wie schon häufiger. Die Kette, die er bei Anne fand, barg er in dem Buchumschlag. Es hätte nur Geschwätz gegeben, und Annes Ansehen wäre in den Schmutz gezogen worden.«

Franziska schluckte und war bestürzt.

Maria sprach schonungslos weiter. »Er hatte Annes Tod weder sich noch mir je verziehen. Wenn er bei ihr geblieben wäre, dann würde sie noch leben. Vergrämt verließ er Köln, nachdem er den Haushalt aufgelöst hatte. Zog mal hierhin, mal dorthin und schloß sich fahrendem Volk an. Für mich blieb er verschwunden, als hätte es uns nie gegeben. Mich hat er nie geliebt. Ich war immer nur ein Ersatz für Anne. Im Geiste blieb sie immer die einzige Frau in seinem Leben. Bei mir suchte er nur einen wärmenden Körper.«

Auch Maria verließ Köln, um das Geschehen hinter sich zu lassen. Es schien ihr die einzige Möglichkeit, weiterzuleben, wenn sie sich von allem befreite. Direkt nach ihrer Ankunft in Aachen fand sie eine Anstellung als Hausfrau bei Meister Schnidder.

Die Zeit heilte ihre Wunden. Als die Krönung aber näher kam, entschloß sie sich zu handeln. Würde Joslin in Aachen aufspielen, würde sie ihn finden und ihren Frieden mit ihm schließen. Maria fragte im Komp nach dem Spielmann. Daß sie ihn tatsächlich fand, war allerdings schierer Zufall.

Wortlos hatten sie voreinander gestanden. Dann reichte Joslin ihr die Hand.

Älter und grauer waren sie geworden, gezeichnet vom Schicksal, und doch dachten sie an die Zeit, in der sie einst Gefährten waren. Sie fanden zueinander und schworen sich, ihre Begegnung geheimzuhalten, bis sie selbst herausgefunden hätten, was davon zu halten war.

Maria war es, die Meister Schnidder dazu überredete, Joslin in seine Dienste zu nehmen, um dessen Broterwerb zu sichern. Doch dazu sollte es nicht kommen.

Von der Tragödie erschüttert, schwieg Franziska mitfühlend. Würde sie selbst eines Tages Aleff verzeihen können? Aleff war nicht wie Joslin, nein. Wie viele Jahre würden vergehen müssen? Mehr als ein halbes Leben?

Ein vergeudetes Leben für ein paar flüchtige Momente des Glücks?

Franziska ertappte sich dabei, nun auch Maria ihr eigenes, schweres Herz ausschütten zu wollen, aber wenn sie nun erzählte, was ihr selbst widerfahren war, würde sie Marias Lebensbeichte herabwürdigen.

Besser wäre es, Maria auf andere Gedanken zu bringen.

»Langsam, Maria. Du hast eben erwähnt, daß deine Schwester erdrosselt wurde. Ich wurde in ein Haus am Komp gelockt und dort überfallen. Der Vorfall muß etwas damit zu tun haben. Vielleicht hat Joslin etwas über Annes Mörder herausgefunden, und jemand argwöhnt, daß ich dieses Wissen teile. Welche Kontakte pflegte deine Schwester vor zwei Jahren? Woher hatte sie den Schmuck?«

Franziska ärgerte sich darüber, Thomas die verbliebene Kette aus Joslins Besitz überlassen zu haben. Sie versuchte, das Schmuckstück nach bestem Wissen zu beschreiben. Am wichtigsten schienen die hineingekratzten Initialen zu sein.

»Anne nähte, wie ich ja schon sagte. Vor zwei Jahren bekam sie einen Auftrag von einer adligen Dame, die in Köln bei dem kaiserlichen Hofstaat weilte. Es könnte die Schwester des Brabanters gewesen sein. Anne redete nicht sehr viel, aber sie lächelte huldvoll. Es könnte sein, daß es da jemanden gab. Himmel, ich war ja damit beschäftigt, mein Geheimnis zu hüten und sie in Sicherheit zu wiegen.

Wer ihr das Geschmeide schenkte, weiß ich nicht. Es mußte von einem sehr reichen Mann sein und forderte eine Gegenleistung.«

»Das vermute ich auch.«

»Anne hütete ihr Geheimnis bis in den Tod.«

Franziska wollte sich erheben, doch Maria hielt sie am Arm zurück. »Du verurteilst mich wirklich nicht? Ich bin schon eine alte Frau von neunundvierzig Jahren, fast so alt wie die Witwen. Von Agnes trennen mich nur zwölf Jahre.«

»Nein, Maria, ich habe noch nie geglaubt, die Liebe sei ein Vorrecht der Jugend.«

»Du hast doch auch keinen Mann.«

»Ich bin trotzdem glücklich«, beteuerte Franziska. »Anne hätte den Brabanter kennenlernen können, den Herzog, der mit uns unter einem Dach wohnt. Es gab zwei weitere Opfer in Köln, hat Thomas mir erzählt. Sie aber wurden erst kurz zuvor umgebracht. Und jetzt Irmtrud Wegener. Das kann kein Zufall sein. Einer der Krönungsgäste nutzt die Feier für sein Mörderwerk. Suchte Joslin vielleicht auf eigene Faust nach dem Täter?«

»Es würde zu ihm gepaßt haben, denn Joslin war kein Feigling. Ein Adliger könnte die Finger darin haben, denn Joslins Reden zielten gegen die hohen Herrn und Damen. Ich bin mir sicher, er hatte einen Grund für die Ketzerei.«

Eine Weile hingen die Frauen ihren Gedanken nach, doch als Suse zurückkehrte, waren alle anfallenden Arbeiten in der Küche erledigt.

Kapitel 21

Thomas trank den Becher mit mehreren langen, durstigen Schlucken aus. Er fühlte sich wie ausgedorrt.

»Habt Ihr überhaupt Zeit?« fragte er.

»Mittags machen wir immer eine Pause. Wo ich sie verbringe, geht niemanden etwas an. Ebensowenig, mit wem. Habe ich das richtig verstanden? Peter Jaurenus hat Euch tatsächlich alle weiteren Ermittlungen untersagt? Hat er das Recht dazu?«

Franziska strich ungläubig eine Haarsträhne zurück, die unter dem Haartuch einen Weg auf ihre Stirn gefunden hatte, und schenkte Thomas aus dem Wasserkrug nach.

»Ja, das hat er!«

»Aber warum?«

»Wer bin ich schon, nach den Gründen zu fragen?«

»Ihr könnt doch nicht einfach aufhören. Wo bleibt Euer Ehrgeiz?«

Thomas lachte bitter. »Ehrgeiz!«

»Ich hielt Euch für zielstrebig.«

»Wozu das Ganze, wenn es doch ohne Erfolgt bleibt?«

»Thomas, Ihr klagt wie ein Waschweib!«

»Ermittler zu sein und Unrecht aufzudecken ist das, was ich mir immer am meisten gewünscht habe, aber es ist mir nicht vergönnt. Dabei habe ich nun endlich etwas zu erzählen. Ich kam nicht einmal dazu, Jaurenus vollständig darüber zu berichten. Er hat mich wie einen Bauernlümmel behandelt und fortgeschickt. Anscheinend hat man nicht das geringste Interesse an der Aufklärung, sondern es scheint nur wichtig, daß kein weiterer Mordfall die Feiertage stört und daß die hohen Herren sich brüsten können, etwas unternommen zu haben. Ich soll künftig mit dem Hund Wache auf den Stadtmauern gehen.«

Franziska zog sich die Holzpantinen von den Füßen. Nun war ihr Lieblingsplatz nicht mehr die gewohnte Quelle der Ruhe, auch wenn die Blätter das Lied des leichten Windes sangen.

»Was ist das für eine Spur?«

»Ich erzählte ihm, was ich von Euch erfahren hatte, allerdings ohne Euren Namen zu nennen. Als Beweis für die

Morde zeigte ich die Kette vor. Jaurenus begutachtete sie ohne großes Interesse, steckte das Geschmeide ein und entließ mich. Damals im Granusturm hatte er nicht genug hören können, und jetzt war ich ihm einfach lästig.«

»Und was noch?«

»Meine Nachforschungen bei den Silberschmieden verliefen beinahe ergebnislos. Keiner, den ich aufsuchte, hatte eine solche Kette je gesehen, geschweige denn hergestellt. Mir schienen ihre Auskünfte ehrlich. Ein Hehler, den ich noch aus Kindertagen kenne, bot hundert Mark für das Gepränge. Er liebt das Feilschen, daher bin ich überzeugt, daß die Kette mehr wert ist.«

Franziska lächelte nachsichtig. »Thomas, Ihr geht nicht oft einkaufen, nicht wahr? Jeder Händler versucht, ein gutes Geschäft zu machen und feilscht. Sie wird mindestens das Doppelte wert sein.«

»Die Anhänger stammen entweder nicht aus diesem Land, oder jemand hat sich die Herstellung zusätzliche Münzen kosten lassen. Seit einigen Jahren sind Silberschmiede verpflichtet, ihre Stücke zu kennzeichnen, so will es ein Handwerksdekret. Auf diese Weise sind betrügerische Schmiede, die zu wenig Silber verarbeiten, leichter auszumachen. Dieser Schmied jedenfalls hat sich nicht an das Gesetz gehalten. Das Silber ist zwar vorschriftsmäßig, aber sein Zeichen fehlt.«

»Zusätzliche Münzen kosten lassen? Er muß wie die Adligen sehr viel Geld zur Verfügung haben.«

»Zum Beispiel Adlige, ja. Aber es gibt noch Kaufleute, Richter, Kleriker.«

»Und es gab Herrn Joslin.« Ohne die Liebestragödie zwischen Maria und dem Spielmann zu erwähnen, berichtete Franziska, was sie von der Haushälterin erfahren hatte. Leicht fiel es ihr nicht, auf die Angabe ihrer Quelle zu verzichten, denn ohne sie klang die Geschichte lückenhaft und haarsträubend. »Mehr darf ich nicht sagen. Ich habe einen Eid geleistet, nicht zu verraten, wem ich die Informationen verdanke.«

»Zwei Jahre zuvor in Köln. Da versteht sich jemand darauf, seine Spuren zu verwischen.«

»Aber nicht gut genug!«

»Offensichtlich habt Ihr wirklich die bessere Spürnase von uns beiden.«

Thomas klang resigniert. Für nichts und wieder nichts hatte er sich Tage und Nächte um die Ohren geschlagen. Zwar hatte er die Zeit besoldet bekommen, aber seine Versetzung in die einfache Garde war nicht leicht zu verkraften.

»Thomas, vielleicht seid Ihr der Wahrheit bereits nähergekommen, als Ihr es vermutet.«

»Ohne es zu merken?«

»Nehmen wir an, ein solches Schmuckstück ist tatsächlich mindestens zweihundert Mark wert. Gekauft haben es sich die Frauen gewiß nicht selbst. Wer gibt schon Geld für so etwas aus, wenn es an dem Nötigsten fehlt. Überlegt doch! Es war ein Reicher, der den Schmuck verschenkte. Wahrscheinlich war er auch der Mörder. Und wer reich ist, hat auch die Macht, Eure Entlassung zu fordern.«

Franziska wurde aufgeregt bei dem Gedanken, aber Thomas lächelte nur gequält.

»Jaurenus? Undenkbar. Er will nur vor dem Rat glänzen. Es ist nett von Euch, mich aufmuntern zu wollen.«

»Wenn Ihr so einfach die Gabel ins Heu werft, dann ermittle ich eben ohne Euch weiter.«

Thomas hob ruckartig den Kopf und sah an ihrer entschlossenen Miene, wie ernst es ihr war. Unbeirrt sprach Franziska weiter: »Wir haben den Boten noch nicht ausfindig gemacht. Der Junge, der mir das Pergament überbrachte, muß in direktem Kontakt mit dem Verbrecher gestanden haben. Ferner wissen wir noch nichts über den angeblichen Sohn der Wegnerin, der ihrer Bestattung beiwohnte. Hier sollten wir ansetzen.«

»Wie wollt Ihr es anstellen?«

»Es gibt immer jemanden, der andere sieht. Fragen wir doch Suse nach dem Boten. Sie verfügt über eine phantastische Erinnerungskraft. Und ihren Onkel Hellwig, den Totengräber, fragen wir nach dem angeblichen Sohn.«

Suse saß, eine Hand unter ihr Kinn gelegt, am Tisch und spielte nachdenklich mit Brotkrümeln, die sie auf der blanken Tischplatte herumschob und zu einfachen Mustern anordnete. Ihr gegenüber hatten Franziska und Thomas Platz genommen und beobachteten die junge Magd. Zwischen ihnen befanden sich noch die Reste dessen, was die Hausgäste von ihrer Mahlzeit übriggelassen hatten.

»Der Bengel ist vielleicht zehn oder elf, schmächtig und abgerissen gekleidet. Wenn er sprach, konnte man eine große Lücke zwischen seinen Schneidezähnen sehen. Schmales Gesicht, leicht abstehende Ohren, kurze blonde Haare. Linnene Hose, aus der er herausgewachsen war, braunes Hemd, keine Weste. Er sprach den hiesigen Dialekt, nur sehr schnell, als ob er es eilig hatte, fortzukommen.«

Franziska seufzte und wagte keinen Seitenblick auf Thomas. Sie war, milde ausgedrückt, enttäuscht. Die Beschreibung paßte auf jeden zweiten Gassenjungen, und dabei hatte sie so große Hoffnungen auf die Magd gesetzt. Thomas schien dennoch fasziniert und hörte schweigend zu.

Suse schnaufte und richtete den Blick auf ihre Fingernägel. Seit einigen Tagen biß sie nicht mehr ständig darauf herum, weil Hans diese Angewohnheit nicht mochte.

»Da ist noch etwas. Als er mir das Pergament hinhielt, bemerkte ich, daß seine Finger schwarz gefärbt waren. Nicht nur einfach dreckige Fingernägel, richtig schwarze Flossen hatte er.«

»Oh, das ist ja interessant. Schwarz? Kohlenstaub? Oder gar Aussatz? Ein Junge vom Lazarett Melaten, der sich ein paar Obolen verdienen wollte?« meldete sich Thomas zu Wort und schaute zu Franziska.

Sie beugte sich ein wenig vor. »Das hat sicher nichts mit Siechtum zu tun gehabt. Der Bursche hatte noch seine Zähne und Haare, zudem konnte er rennen. Nein, er war gesund. Er muß wohl aus dem Komp stammen und sich bei den Walkern oder Färbern verdingen. Die dunklen Tuche werden mit Galläpfeln eingefärbt. Die Arbeiter nennen sich sogar Schwarzfärber. Diejenigen, die mit leuchtenden Farben arbeiten wie die Linnenroter, nennen sich hochtrabend Schönfärber und halten sich für etwas Besseres.« Franziska lächelte Suse an und zwinkerte vertraulich. »Ich werde baldmöglichst Andreas fragen. Vielleicht kann er etwas mit der Beschreibung anfangen. Danke, Suse, du hast uns hervorragend geholfen.«

Thomas bedankte sich ebenfalls, neigte den Kopf und schenkte Suse ein Lächeln, das die schüchterne Magd bis unter die Haube erröten ließ.

Suse lag noch etwas auf der Seele. »Bitte, Frau Franziska, ich weiß zwar, daß Euer Anliegen wichtig ist, aber ich schaffe die Arbeit nicht alleine. Wir sollten zu dritt sein ...«

Franziska nickte. »Natürlich hast du recht. Wo ist Maria eigentlich?«

»Sie ist mit Hans fort. Sie meinte, es sei besser für mich, wenn ich hierbleibe und mit der Bereitung der Mahlzeit beginne. Ich hab schon viel vorbereitet, aber ich weiß nicht, wie es nun weitergehen soll. Die Spezereien sind ja von außerhalb und so anders als unsere gute rheinische Küche.«

»Das packen wir an. Und Ihr, Thomas, arbeitet an den Nachforschungen weiter? Oder laßt Ihr Euch etwa von Peter Jaurenus davon abhalten?«

»Nein. Ich kann auch ein Dickschädel sein.«

Thomas verabschiedete sich bald darauf, und Franziska blieb mit Suse in der Küche zurück.

»Ein wirklich netter Mann!« bemerkte Suse.

»Ja, das ist er.«

»Werdet Ihr ihn heiraten?«

Franziska ließ von dem Brot ab und starrte Suse an, die sofort den Kopf einzog. »Wie kommst du auf diesen Gedanken? Ich kenne ihn erst seit wenigen Tagen.«

»Hans hat gemeint, es wäre das beste für Euch.«

»Hans ist ganz schön vorlaut. Er sollte lieber die Augen aufsperren und nicht wieder gegen einen unsichtbaren Amboß fallen.«

»Das habe ich ihm auch gesagt! Böse hat er es nicht gemeint, in Wirklichkeit kann er Euch gut leiden.«

»Habt ihr beiden nichts Wichtigeres zu besprechen?«

»O doch.«

Suse plauderte munter drauflos, Franziska lauschte halbherzig. In Gedanken packte sie einen Speisekorb für Andreas. Manchmal gelang eine kleine List besser, wenn der Kopf, der nachdenken sollte, über einem gut gefüllten Leib saß.

Kapitel 22

»Die Brüder vom Heiligen Geist haben mir gesagt, du hättest darauf bestanden, in aller Herrgottsfrühe das Hospital zu verlassen.«

Mit einem Ausdruck, der einem pfiffigen Knappen gut zu Gesicht gestanden hätte, schaute Andreas zu Franziska auf. Einem Racheengel gleich, stemmte sie die Fäuste in ihre Seiten und versuchte, streng zu wirken.

»Komm, Kleine, setz dich neben mich. Ja, ich habe mich davongemacht. Ich dachte, sie schliefen noch alle, aber Mönche brauchen anscheinend keinen Schlaf. Immer läuft einer von denen in den Gängen herum, sei es mit einem Pißpott oder einem Rosenkranz. Ich fühle mich schon richtig gesund. So ein kleiner Kratzer wirft doch keinen gestandenen Grever um.«

»Du hättest mir sagen können, wenn du Geld für den Opferstock brauchst.«

Andreas schenkte Franziska ein Lächeln. »Ich werde mich den Mönchen schon noch erkenntlich zeigen. Am besten gehe ich nicht mehr zu ihnen und mache ihnen keine Scherereien mehr. Wäre das nicht ein schöner Dank? Schon gut, das war ein Scherz. Ich werde ihnen zwei Leder zukommen lassen. Bruder Philipp, dem ich in der Küche half, erzählte mir von medizinischen Handschriften, die fromme Pilger aus Ungarn den Heiliggeistbrüdern gestiftet haben. Mit dem Leder können sie die Schriften einbinden und sie so vor dem Zerfall schützen.«

Der Gerber wies auf die Häute, und Franziska fuhr vorsichtig mit ihren Fingern darüber. Sie waren makellos.

»Andreas, bald überfallen dich die Mönche eigenhändig, um dich pflegen zu dürfen. Ein sehr wertvolles Geschenk. Ich hätte dich besser kennen müssen. Bruder Phillip hat sich übrigens sehr lobend über deinen Einsatz bei der Armenspeisung geäußert. Ein gewisser Juppes ist tatsächlich bei der Arbeit gesehen worden, soll ich ausrichten. Aus dir wird noch ein richtiger Bekehrer.«

Lachend sank Franziska auf den wurmstichigen Schemel in der Hütte und hob den geflochtenen Weidenkorb, den sie mitgebracht hatte, auf ihre Knie.

»Einen Faulen zur Arbeit zu treiben ist tatsächlich ein gottgefälliges Werk.« Andreas gelang es nicht, sein Feixen zu verbergen. Selbstgefällig klopfte er auf seinen Bauch. »Du solltest mir ab jetzt mit Respekt begegnen.«

»Warum? Bist du auf deine alten Tage etwa weise geworden?«

»Ich war in der Messe. Im Hospital gibt es eine Kapelle für die Kranken. Dieses Mal wählte Hochwürden die himmlischen Heerscharen als Leitgedanken. Er redete über die sieben Erzengel. Jehudiel trägt die Krone und das Schwert Gottes, Michael die Lanze des Herrn, Gabriel liest von dem Spiegel des Herrn seine Befehle, Uriel vertritt die verzehrende Flamme, Sealtiel ... habe ich leider vergessen, ich glaube, der betet immer, und Raphael schenkte uns die Heilmittel.«

»Ich sehe dich schon am Sonnabend am Waschbrunnen predigen.«

»Laß mich ausreden, du lästerliches Weibsbild. Barachiel brachte uns Menschen die Rose zum Zeichen für Gottes Segen«, fügte er triumphierend hinzu.

»Oh, du meinst die Silberanhänger?«

»Sie zeigten doch eine Rose, nicht wahr?«

»Ja. Gottes Segen ...«

»Kind, begreif doch: Gottes Segen ist die Liebe! Die Anhänger waren ein Liebespfand.«

Nachdenklich deckte Franziska den Tisch mit einem Linnentuch und legte Käse, Brot und Weintrauben darauf. Dazu stellte sie noch eine Holzschale mit gesottenem Geflügelfleisch, eine mit marinierten Lammstücken und einen versiegelten Weinkrug sowie betörend duftendes Gebäck.

Andreas rieb sich erwartungsfroh die Hände und sah sich entzückt nach seinem Tischmesser um. »Das ist reichlich für uns beide. Hast du Ensberts wilden Küchendrachen vor einem tollkühnen Ritter mit vergifteter Lanze bewahrt? Oder hast du einen Barden geködert, der sie mit einer lieblichen Minne zähmte?«

»List und Tücke, Andreas, alles aufgefahren, nur um mich einzuschmeicheln und eine Einladung für Thomas Blij herauszuschlagen. Er wartet draußen auf mein Zeichen, daß er in deinem Hause willkommen ist.«

»Und wenn ich nicht zustimme, dann bleibt dein niedlicher Mund verschlossen und mein Magen leer? Du würdest das Mahl hartherzig wieder einpacken.«

»Ja, genauso würde es kommen.« Franziska erhob sich, um die hölzernen Teller aus dem Schrank zu holen.

Vom Tisch her brummte Andreas: »Nimm drei heraus! Ich gehe deinen Thomas holen und begrüße ihn selbst, so wie es die Höflichkeit unter Männern gebietet. Gewisse Umgangsregeln gelten selbst im Komp. Aber ich kenne dich, Mädchen. Du willst wissen, was ich von diesem Herrn halte, nicht wahr? Hast du ihn schon so sehr in dein Herz geschlossen?«

»Das weiß ich noch nicht, Andreas. Sag du es mir!«

»Ich werde mich hüten. Das weißt du ganz genau. Denke nur an deinen Vater, als er dir damals seine Wahrheit sagte.«

Betroffen hielt Franziska inne. »Ja, seine Wahrheit, nicht die Wahrheit. Das ist doch nicht dein Ernst. Vater haßte Aleff und machte ihn immer schlecht, wo er nur konnte.«

»Hast du nicht einen Augenblick daran gedacht, daß er recht gehabt haben könnte? Ich sage dies nicht, um dich zu martern oder um Meister Wyell in Schutz zu nehmen. Wenn du um Meinungen bittest, dann solltest du wissen, sie könnten bitter schmecken.«

Schroff und auch ein wenig beleidigt, fuhr sie Andreas an: »Du hältst mich nach wie vor für ein törichtes Frauenzimmer. Ich habe für mein Verhalten bezahlt. Hole Thomas herein! Und kein Wort davon zu ihm!«

Wenig später war der Zwist mit Andreas vergessen. Wie es häufig geschieht, wenn eine Person zwei weitere miteinander bekannt macht, verbündeten sich die beiden neckend gegen die Mittelsperson. So sah sich Franziska gleich von zwei Seiten bedrängt, nun endlich ihre Überlegungen preiszugeben. Andreas schwang sein Tischmesser und bohrte die Spitze in ein Hühnerbein, das bei der wilden Behandlung fast vom Teller rutschte.

»Du solltest endlich reden, Weibsbild. Meine Klinge ist scharf, und ich weiß, wie kitzelig du unter den Fußsohlen bist. Wenn ich die Spitze nur ganz leicht über die Sohle führe …«

»Mit oder ohne Huhn?«

»So oder so, du wirst gackern.«

»Meister Grever, wohlan, dies ist eine wahrlich gute Eingebung«, rief Thomas und tat geziert wie ein Edelmann. Vornehm wischte er sich über die zuckenden Mundwinkel und schenkte dem Grever einen verschwörerischen Blick. »Weiber sind fürs Schwatzen bekannt, doch ein schweigendes Exemplar wie dieses ist unheimlich. Ich schlage vor, daß wir sie nicht weiter zur Kenntnis nehmen. Ihr werdet sehen, nicht lange, und die Worte fliegen von ganz alleine über ihre Lippen. Nutzen wir doch die Zeit und machen uns besser miteinander bekannt.«

Andreas zwinkerte begeistert, und mit tiefer Stimme sagte er ernst: »Ihr versteht Euch auf Frauen, entnehme ich Eurem Wissen.«

»Freilich, ich lebe sogar zeitweilig mit zweien unter einem Dach.«

»Dies gilt in fernen Ländern als ein Symbol für ewigen Zank. Ihr müßt ein mutiger Mann sein, wenn Ihr Euch einer solchen Prüfung unterzieht.«

»Mut ist das Übertreten der Grenzen, die man sich selbst steckt. Nun, den Edlen bleibt der Schwertkampf, um ihren Mut zu beweisen, und mir bleiben meine lieben Tanten«, erklärte Thomas, und Andreas nickte.

Franziska gab sich geschlagen.

»Schluß jetzt, Maulhelden, die ihr seid. Laßt die armen Witwen aus der Rede. Den zweien klingen nun die Ohren, und sie wissen nicht, woher das kommt.«

Es erwies sich bei all den Zwischenfragen als eine verflixte Gratwanderung, aber es gelang Franziska, Andreas von Joslin, dem Schmuck und Maria zu erzählen, ohne zu sehr in Einzelheiten gehen zu müssen.

Andreas vernahm das Ergebnis von Suses Befragung, und Thomas hörte, was Andreas zu dem Rosensymbol überlegte. Zwischendurch langten alle Finger kräftig nach den Speisen.

»Mit diesem angeblichen Sohn von der Wegnerin haben wir uns noch nicht beschäftigt«, schloß Franziska und schob sich die letzte Traube zwischen die Lippen.

Andreas schnaufte. »Herr Blij, wer hat die Befugnis, Mordopfer freizugeben?«

»Eigentlich der Ermittler. Zu der Zeit war ich zwar noch im Amt, doch stellte ich keine Urkunde darüber aus. Das verfügte Peter Jaurenus höchstselbst. Ich wollte natürlich wissen, aus welchem Grund er sich in meine Angelegenheiten mischte. Zur Antwort bekam ich nur, die Tote würde selbst wohl kaum mehr den Namen ihres Mörders nennen. Außerdem sei ihr Sohn bereit, die Kosten für die Bestattung zu tragen. Dann hat er das Gespräch geschickt auf die entstandenen Kosten gebracht, die ansonsten vom Kaiser und der Stadt und somit von jedem einzelnen Bürger zu tragen seien. Man müßte das schmal gewordene Staatssäckel entlasten, wo es nur ginge.«

Andreas strich sich den Bart. Langsam meinte er: »Irmtrud hatte gar keine Verwandten. Sie war ja selbst mal im Bad beschäftigt. Nun, da geht es zumindest am Steig recht freizügig zu. Irmtrud ist in jungen Jahren viel herumgekommen und verkaufte sich gut. Zum einen war sie lebensbejahend und hatte ein hübsches Gesicht. Zum anderen hatte sie ein kleines Geheimnis: Unentschlossenen Herren steckte sie es gerne: Ein Beischlaf bliebe ohne Folgen. Irmtrud war unfruchtbar.«

»Hat sie immer noch in diesem Gewerbe gearbeitet?«

»Nein, offiziell nicht.«

»Was heißt das?«

»Thomas, Ihr kennt doch die Gesetze.«

»Aber ich kenne sie nicht«, warf Franziska ein, und Andreas hob zu einer Erklärung an.

»Irmtrud war schon mehrere Jahre lang neununddreißig, für käufliche Dienste also schon viel zu betagt, um neben den jungen Hübschlerinnen, die noch keine zwanzig sind, bestehen zu können. Sie war sehr erfolgreich als Kupplerin tätig, habe ich gehört, jedenfalls nagte sie nicht am Hungertuch. Sie mußte die scharlachrote Haube nicht mehr tragen, konnte sich wie jede andere unbescholtene Frau frei und ungehindert in der Stadt bewegen.«

Franziska stellte die Teller zusammen, räumte sie aber nicht vom Tisch. »Sie konnte also Männer ansprechen, ohne daß diese sofort wußten, aus welchem Gewerbe sie stammte.«

Thomas sah Franziska an. »Was haltet Ihr von den hohen Herrn, die bei Meister Schnidder untergekommen sind? Bei irgendwelchen Adligen müssen wir schließlich beginnen nachzuforschen.«

»Der Brabanter hat eine Mätresse, wird gemunkelt, und es gibt da eine Verbindung zu Köln. Herzog Werner von Sachsen hingegen ist ein freundlicher, höflicher Edelmann. Zudem ist er mit einem anziehenden Äußeren gesegnet und hat es nicht nötig, einer alternden Frau nachzusteigen«, wandte Franziska ein.

»Haben Edelleute etwa keine seltsamen Gelüste? Die Zeugen meinten einhellig, die Wegnerin wollte hoch hinaus. Da hat sie sich bestimmt keinen Pferdeknecht angelacht, sondern nach einem Besseren Ausschau gehalten. War der Sachse nicht auch in Köln?« Etwas Lauerndes lag in Thomas' Stimme.

Franziska verleitete es sofort zum Widerspruch. »Bestimmt keine zwei Jahre lang!«

»Der Mörder muß nicht zwei Jahre vor Ort gewesen sein.«

Da war etwas dran. Trotzdem ...

»Er könnte es aber! Und der Sachse mag jüngere Frauen.«

»Hört, hört. Er hat also schon um Eure Gunst gebuhlt?«

»Hat er nicht.«

»Traurig?«

»Wer? Er oder ich?«

Franziska konnte sich nicht erklären, warum sie derart gereizt auf Thomas' Vermutungen reagierte.

Andreas hörte sich den Streit eine Weile an, dann, als er immer lauter ausgefochten wurde, schlug er kräftig auf die Holzplatte. Die Teller sprangen fast einen halben Daumen hoch, und augenblicklich schwiegen die Streithähne.

»Benehmt euch wie erwachsene Menschen und nicht wie Gassenpöbel.«

Franziska trug die Teller zur Tür und stellte sie dort ab. Im Handumdrehen war der Groll vergessen. »Andreas, wer könnte der Botenjunge sein?«

»Mir fallen nur drei ein, die in Betracht kommen. Da ist zum einen der Michel, ein lieber, scheuer Junge, mit dem Verstand eines Strohballens. Er arbeitet für den Gielens Mattes. Beim Wollpieter schafft der Will, der ist vierzehn, wird bald Geselle und ist immer für krumme Sachen zu haben. Dann ist da noch Leo, ein rüder Bursche und ein Großmaul obendrein.«

»Das Großmaul können wir ausklammern. Konzentrieren wir uns auf die beiden anderen.«

Franziska hörte aus der Ferne den Glockenschlag und sprang auf. Rasch packte sie ihren Korb und schwang ihn über ihren Arm.

»Ich habe schon wieder die Zeit vergessen. Meister Schnidder wird diesmal zu Recht schelten. Ich müßte längst wieder in der Küche sein.«

»Komm! Soviel Zeit hast du.«

Verschwörerisch breitete Andreas seine Arme aus, und Franziska umarmte den väterlichen Freund, bevor sie sich knapp von Thomas verabschiedete und sich samt Korb auf den Weg zurück zur Mostardgasse machte.

Kapitel 23

»Sie speisen heute hier, ganz überraschend, aber die Stimmung ist furchtbar. Zwischen unseren Gästen gab es gewaltigen Krach. Nur Ensbert, also Meister Schnidder, fühlt sich heuer wie das blühende Leben.«

»Der Ringelblumentee?«

»Nein, nicht der Tee. Lobhudelei!«

Zu Franziskas Erstaunen zuckte Maria mit gleichgültiger Miene die hageren Schultern. Sie war wie verwandelt, sobald es um den Hausherrn ging. Franziska hatte bemerkt, daß es der älteren Haushälterin gutgetan hatte, von ihrer Vergangenheit zu erzählen, und doch spürte sie, daß Maria eine weitere Last plagte. Ob es noch immer um das Thema ging, dessen Gesprächsfetzen Franziska aufgeschnappt hatte? Da war von Abmachungen die Rede gewesen. Ein Heiratsversprechen gar? Verschmähte Zuneigung trieb frostige Blüten. Etwas lag zwischen Maria und Meister Schnidder im argen, doch das ging sie nichts an, und außerdem gab es noch wichtigere Dinge. Suse erwartete bereits ihre Anweisungen. In der Küche herrschten glutheiße Temperaturen, und über allem lag der beißende Geruch der Holzfeuer.

Energisch krempelte Franziska die Ärmel hoch. »Wir

kredenzen zuerst den Eintopf. Ist das Fleisch darin in Bröckchen geschnitten, Suse? Gut, auf dich ist Verlaß! Dazu reichen wir Brot. Den Fisch kippen wir lieber fort, ehe ihn uns der Gastgeber nach seiner unglücklichen Erfahrung um die Ohren schlägt. Den Meister brauchen wir wohlgesonnen. Das Geflügel schmeckt vorzüglich. Ich binde aus dem Fett eine dicke Soße. Wir haben doch dunkles Brot zum Andicken? Dann bringen wir Käse und Früchte. Anschließend die gerösteten Lämmer, Grützenbrei und wieder Brot. Und zum Abschluß ...«

»Braune Lebkuchen und süßes Gebäck«, vollendete Maria entschlossen die Speisefolge. »Die Herrschaften sind eh mit ihrem Streit beschäftigt. Da fällt es nicht weiter auf, wenn wir einige Gänge fortlassen. Es ist genug von allem da, mehr als nur um den Mund zu zanken.«

Suse hatte sich alle Mühe gegeben und die silbernen Platten auf Hochglanz poliert. Nun richtete Franziska die knusprig gebräunten Lämmer an, brach die starren Beine in den Gelenken und überstreute das fettglänzende Fleisch mit feinblättriger Brunnenkresse. Niemand hatte jemals Schäfchen mit einem grünen Vlies gesehen, aber so phantasievoll dekoriert, war die Speise appetitlich hergerichtet. Mit deutlichem Widerwillen drückte Franziska schwarze Kirschen in die leeren Augenhöhlen der Schafsschädel.

»Worum geht es diesmal bei dem Disput?«

»Werner von Sachsen nennt den Brabanter einen Hahnrei. Wie die Brunnenputzer brüllen sie sich an«, stöhnte Maria. Sie wischte sich mit der Hand über die Stirn und trocknete ihre Finger am Rock. »Der Brabanter hingegen meinte, der Sachse hätte mit unrühmlichem Verhalten den Adel in Verruf gebracht. Der Sachse hätte sein Wappen bei den Edlen von Wildberg abgeschaut und nur noch einen Löwen hinzugefügt. Einen Löwen, wo doch eine Ratte dem Sachsen wie aus dem Gesicht geschnitten wäre – sagt er, nicht ich! Darauf ritt der Sachse auf der Behauptung herum, der Brabanter sänge einer unbekannten Dame Minne und würde sich weder vor Gott noch vor dem Papst schämen. Der Brabanter nannte den Sachsen einen eitlen Gecken, der Sachse schimpfte den Brabanter einen Ehebrecher. Und so weiter und so fort. Sie scheinen sich gut zu kennen, denn in jede Wunde wird Salz gestreut.«

Franziska und ihre Gehilfen arbeiteten bis spät in die Nacht hinein. Hans hatte es sich zur Aufgabe gemacht, den Frauen so viel wie möglich über das Adelsleben zu erklären, wann immer sich die Zeit bot. Er hatte erstaunlich tiefe Einblicke erlangt und verstand es, unterhaltsam zu erzählen, derweil sie unermüdlich werkten.

Während des Mahles wurde nicht zwischen den Herzögen gestritten, so gebot es die Regel der Tischzucht. Nichtsdestotrotz schien die Luft vor angestauter Feindseligkeit zu knistern. Meister Schnidder wandte sich Hermann von Brabant zu, und anhand der Gesten des Meisters konnte Franziska leicht erahnen, über welches Thema sie sich unterhielten. Neugierig geworden, wie weit die Verhandlungen schon fortgeschritten waren, nahm sie einem verblüfften Mundschenk die Bierkanne aus der Hand, scheuchte den Knaben fort und bot sich an, die leeren Becher aufzufüllen.

»... soll nicht des Kaisers Schaden sein. Ich werde meinen Handel bald ausweiten können. So werde ich in der Lage sein, dem Kaiser ein Söldnerheer zu stellen. Es soll natürlich nicht mit mir an der Spitze ziehen. Das überlasse ich den Kriegsherren, doch mein Banner soll über ihnen wehen.«

»Nun, das wird den Kaiser freuen. Sprecht bei Herrn Jaurenus vor! Er kümmert sich um die Finanzen.«

Der Meister nickte beflissen. »Jawohl. Wann, meint Ihr, könnte ich bei ihm vorstellig werden?«

»Ihr bietet ihm Geld, demnach dürftet Ihr in der Wartezeit kein Moos ansetzen.«

Zufrieden lehnte sich Ensbert Schnidder einen Moment zurück. Wenn er nur alles richtig machte, stand seiner Adelserhebung nichts mehr im Weg.

Er rieb sich voller Vorfreude die Hände, doch unter dem mißbilligenden Blick seines Stuhlnachbarn ließ er umgehend davon ab. »Verflixtes klebriges Bratenfett. Was haltet Ihr von schwarzen Blockstreifen, im Wechsel mit gelben auf einem prachtvoll gestickten Tuch? Vielleicht mit Goldfäden?«

»Was?«

»Mein Banner! Darüber reden wir doch.«

Der Herzog wiegte den Kopf hin und her. Er erweckte nicht den Eindruck, dem übereifrigen Gastgeber tatsächlich mit aufrichtigem Interesse zuzuhören.

»Streifen! Wie der Schildschmuck des Sachsen? Schnidder, zeigt mir meinetwegen bei Gelegenheit Eure Entwürfe. Irgendwann.«

»Oh, Herr, jederzeit. Gerne, ich habe ... Bei Tageslicht ist es viel besser ...«

»Die Herren? Möchte jemand noch einen Trunk?«

Beide schüttelten den Kopf, als Franziska sie ansprach, und Meister Schnidder bedeutete ihr mit einer Geste, sich zu entfernen.

Indes zwinkerte Werner von Sachsen Franziska vertraulich zu und lehnte sich nach hinten, damit Franziska ihn trotz des Lärms verstehen konnte. »Köstliches Bier aus Eurem Zauberbrunnen? Her damit, schöne Maid, auch für meine Vasallen bitte reichlich. Richtige Männer trinken Bier, nicht wahr?«

Der Herzog war schon ordentlich bezecht und hielt Franziska schwankend den Becher hin. Die Flüssigkeit wechselte schäumend die Gefäße. Mit einem freundlichen

Lächeln bedankte der junge Adelige sich und prostete seinen Männern zu. In Begleitung seiner Mitstreiter wirkte der Sachse wie ein farbenfroher Hahn unter einer graubraunen Schar Hühner. Die mit aufwendiger Stickerei versehene, bunte Gewandung war durchaus eines Königs würdig und hatte bestimmt ein Vermögen gekostet.

Zur Krönung im Münster hatte sich der Herzog bescheidener gekleidet. Vielleicht wollte er seine Eitelkeit nicht vor den Augen des Königs zur Schau stellen. Doch nun hatte der Sachse es sich nicht nehmen lassen, ausgiebig zu baden, und roch unerhört gut nach Lavendelöl.

In dem Getöse, das zwangsläufig entstand, wenn sich viele Menschen angeregt unterhielten, sah sich Franziska gezwungen, näher an den Herzog heranzutreten und sich geziemend niederzuhocken, um den Adligen nicht zu nötigen, zu einem Dienstboten aufschauen zu müssen.

»Es ist schön hier bei euch in Aachen, aber was habe ich nur getan, daß ich das Dach mit einem solchen Kerl teilen muß?« Zwei Augenpaare sahen zum Herzog von Brabant hinüber, der seinerseits nach einem Weinschenk verlangte.

»Ihr seid schon lange miteinander bekannt?«

»Zu lange. Der Niederträchtige neidet mir mein gutes Vertrauensverhältnis zum Kaisersohn. Verflixt, Wenzel ist ja nun selbst König, ich darf das nicht vergessen. Hermann mißtraut mir in jeder Hinsicht und ohne Grund. Mir fliegen die Herzen der Damen zu. Er dagegen besingt Frauen, die er nie haben wird. Aber was kann ich denn dafür? Vielleicht minnt er ja aus besonderem Anlaß. Seine Männlichkeit hat keinen Ruhm in unseren Kreisen. Er hat einen Krummsäbel, munkelt man.«

Werner von Sachsen grinste anzüglich, bevor er einen langen Schluck Bier trank. Sein vormals einnehmendes Wesen war von dem Biergenuß fortgeschwemmt worden. Franziska bekam eine vage Vorstellung von den Wortgefechten der Adligen. Was, zum Teufel, hatte sich der Rat nur dabei gedacht, diese beiden unter einem Dach wohnen zu lassen? Der Streit mußte doch bekannt sein.

»Ach ja?« Eine bessere Entgegnung fiel Franziska nicht ein.

Aus dem Augenwinkel heraus beobachtete sie, wie der Herzog von Brabant unheilvoll aus fast schwarzen Augen herüberstarrte. Seine Hände hielt er verschränkt auf die Ellenbogen gestützt, nur die Daumen, die er unentwegt aufeinander treffen ließ, verrieten seine Anspannung. Meister Schnidder hatte seinen Tischnachbarn in Richtung Abort schwankend verlassen.

An einer der hinteren Tafeln kam es zu einem Tumult. Franziska richtete sich auf, um zu sehen, was dort los war. Grölend ließ ein breitschultriger Vasall des Sachsen seinen, mit Metallplatten vernieteten Kampfhandschuh auf den Tisch scheppern, bevor er dem Mundschenk ins Gesicht schlug. Der Junge stürzte zu Boden. Er wagte es nicht, zu wimmern, hielt sich aber die Nase. Blut sickerte zwischen seinen Fingern hervor.

»Verdammt! Ich habe unverdünnten Wein verlangt, nicht diesen Memmentrank!«

Das bärtige Gesicht des Mannes war leicht gerötet, die Stimme rauh vor Wildheit. Schwarzes, wirres Haar umstand seinen Kopf, und doch wirkte er nicht betrunken, sondern überaus aggressiv.

Etwas an ihm kam Franziska einen Augenblick lang bekannt vor, doch sie konnte die Gesichtszüge in dem schummrigen Licht nicht ausmachen.

Wie von einer Hornisse gestochen, sprang der blonde Sachse an ihrer Seite mit hochrotem Gesicht auf. Er donnerte seinen Bierkrug auf die Tafel und lähmte mit dieser Handlung die aufflammenden Debatten. Einige Männer griffen unwillkürlich an ihre Gurte und bedauerten gleich darauf, daß bei Tisch keine Waffen erlaubt waren. Betretenes Schweigen machte sich breit, als Werner von Sachsen einen Arm hob. Mit ausgestrecktem Finger wies er anklagend auf seinen Gefolgsmann.

»Ihr!« sagte er ruhig. »Verlaßt auf der Stelle diesen Ort! Ihr seid von Sinnen. Wir sind keine Rohlinge, und ich dulde hier allenfalls eine spitze Zunge. Allein mit Worten dürftet Ihr Euch ereifern. Wir wollen doch in Zukunft nicht auf Eure Gesellschaft verzichten, nur weil Ihr die Nerven verloren habt, nicht wahr, mein guter Kämpe?«

Der Mann mahlte mit den Kiefern, hielt dem Blick des Herzogs jedoch stand. Schließlich senkte er sein Haupt. Das Haar verdeckte sein Gesicht.

»Haben wir uns verstanden?«

»Ich bin nicht taub … Herr.«

Obwohl die Antwort aufrührerisch über seine Lippen kam, setzte der Sachse nicht nach. Sein Lehnsmann verließ hocherhobenen Hauptes die Tafel, und die Zurückbleibenden verharrten in Schweigen. Zögerlich flüsterten sich die Begleiter des Brabanters zu. In ihren Augen hatte der Sachse sein Gesicht verloren, indem er die Aufsässigkeit seines Mannes durchgehen ließ, und sie waren stolz darauf, daß ihr Herr sie härter gestraft hätte.

Hermann von Brabant starrte in seinen Weinbecher, stellte ihn kurz ab, hob ihn jedoch sofort wieder an die Lippen, um ihn in einem Zug zu leeren.

Der Sachse zuckte ratlos mit den Achseln und entrang sich schließlich ein schiefes Lächeln. »Weintrinker! In der Schlacht sind diese Mannen die besten und tapfersten Krieger, die man sich an seiner Seite wünschen kann, doch verstehen sie rein gar nichts vom Benimm. Der Kerl eben hat schon viel mitgemacht. Tapfer ist er, aber …«

»Aber?« fragte Franziska.

Der Sachse lachte unecht. »Ich werde nicht recht schlau aus ihm. Ich bin oftmals viel zu gutmütig.«

Es klang beinahe nach einer Entschuldigung. Franziskas Krug war nun fast leer, doch der Sachse hielt sie noch einen Augenblick auf.

»Seid so gut und laßt den Landsknechten ebenfalls Bier bringen. Ich muß meine Leute bei Laune halten.« Seine Augen waren vom Alkohol gerötet.

»Ja, Herr, ich werde es umgehend veranlassen.«

Der Brabanter schlug seinen Becher auf den Tisch und musterte den Sachsen. Über den frei gewordenen Stuhl hinweg grollte er barsch, mit einem bohrenden Blick auf den Kontrahenten.

»Zartes Seelchen! Ihr fürchtet Euren eigenen Mann.«

Niemand achtete länger auf Franziska. Sie nutzte die Gelegenheit, um rasch zu dem malträtierten Schankknaben zu gehen und ihn in die Küche zu führen. Der Schaden war nicht allzu groß und der Blutfluß bald gestillt. Franziska fühlte heiße Wut in sich aufsteigen, nachdem sie den Jungen notdürftig verarztet hatte. Mochte der Wein dem verdammten Gefolgsmann des Sachsen den Hals verätzen.

Kapitel 24

»Er hat uns schon wieder heimgesucht! Die Ketten rasselten, und die Mauern heulten und hallten. Von überall her polterte und jaulte es. Wir haben es nicht ausgehalten und sind gleich zu Euch herübergelaufen. Der Spuk überraschte uns im Schlaf, es war so furchtbar! Es ist der Satan höchstpersönlich, meinte Angela, und ich fürchte, sie hat recht.«

Agnes Knauff drehte einen Lappen in den Händen hin und her. Ihre blutleeren Lippen zitterten vor Angst. Sie hielt sich eng an ihre Schwester gedrückt.

»Ich habe Eurem Neffen versprochen, bei Euch zu nächtigen«, versuchte Franziska die völlig verstörten Nachbarinnen zu beschwichtigen.

»Nein, ich will nicht wieder dorthin! Keinen Schritt setzte ich wieder in das Haus.« Angela wich mit weit aufgerissenen Augen einen Schritt zurück. Sie hielt ihre Decke unter den Arm geklemmt, ihre Absichten waren deutlich.

»Bitte, Witwe Knauff, seid einsichtig. Wir haben das Haus voller Gäste. Es sind Herzöge und Ritter zugegen. Ihr könnt nicht so einfach über diesen Haushalt verfügen. Die einzige Lagerstatt, die ich Euch bieten könnte, wäre auf dem nackten Steinboden. Das wollt Ihr doch gewiß nicht?«

Vier Augen tasteten den dunklen Boden ab. Zertretene Krümel lagen um den Tisch herum. Vereinzelte Gemüseschalen krümmten sich vertrocknet umeinander, einige Katzenhaare klebten an Fettflecken.

Die anheimelnde Bettstatt vor dem heruntergebrannten Herdfeuer war eindeutig von Maria in Beschlag genommen worden.

Von oben erklang derbes Männergelächter bis hinunter in die Küche.

»Wenn ich es mir recht überlege ...« Agnes kratzte an ihrem braunen Kinnmal. »Also, ich bin ja dafür, uns der Gefahr zu stellen. Nicht wahr, Angela, da bist du doch meiner Meinung?«

»Wenn du meinst«, erwiderte die andere zögernd.

»Wir können uns noch einen Würzwein einschenken!« meinte Agnes.

»Ja, ich werde gleich kommen. Für mich heute aber keinen Wein«, schränkte Franziska ein und machte sich nicht die Mühe, ihr Gähnen zu unterdrücken.

»Wir warten auf Euch. Wo mag unser Thomas nur sein?

Bestimmt hat er den elenden Mörder bald am Schlafittchen! Der liebe Junge arbeitet so hart.«

Agnes Knauff setzte sich aufrecht auf die knarrende Bank und langte nach einem auffälligen Nachtfalter. Die Hintertür stand offen, frische Nachtluft brachte die erwünschte Abkühlung, aber auch unerwünschte Nachttiere mit sich. Kater Knauff schlenderte lautlos die Stiege hinunter und gesellte sich, mit vorgestreckter Nase schnuppernd, zu den Frauen.

Auf die Frage, die nun im Raum stand, reagierte Franziska zögernd.

Heute nacht schob Thomas den ersten Dienst auf der Stadtmauer, aber das würde sie den Witwen nicht sagen. Sie waren so stolz auf den Ermittler gewesen.

Franziska zog ihre Holzschuhe aus und kühlte die heißgelaufenen Füße auf dem Boden.

»Euer Neffe wird gewiß alle Hände voll zu tun haben.«

»Ja, aber er darf nicht darüber reden. Die Aufklärung des Falls ist äußerst geheim. Nicht einmal mit uns darf Thomas über die Ermittlungen sprechen. Er meint, es wäre zu heikel. Alle Last ruht auf seinen Schultern«, erklärte Agnes würdevoll.

Maria warf Franziska einen bedeutungsvollen Blick zu.

Bei Tageslicht hatte alles noch so schlüssig und sinnvoll gewirkt, doch nun kamen Franziska Zweifel an ihren Überlegungen. Sollte sie nicht doch lieber alles auf sich beruhen lassen? Die toten Frauen gingen sie schließlich nichts an. Mit ihrer verflixten Neugierde war große Gefahr verbunden, nicht nur für sie selbst. Vielleicht hatte Thomas recht, und der Überfall war wirklich eine Warnung gewesen. Wenn der Täter sie unter Beobachtung hielt, würde er auch wissen, daß Franziska nicht einen Deut von ihren Nachforschungen abgelassen hatte.

Wieder gähnte sie, raffte sich dann aber auf. »Maria, ich

gehe mit den Nachbarinnen. Die Mundschenke versorgen die Gesellschaft bis zur Neige. Hans, bitte, paß gut auf die Frauen auf.«

Müde hob Franziska ihre Hände zum Gesicht, legte sie auf ihre Wangen und strich sich über die Augen. Sie nahm Angela an den schmalen Schultern und schob sie hinter Agnes her, die mit einem Handlicht den Weg beleuchtete. Mit leichtem Bedauern dachte Franziska an ihren Lieblingsplatz im Garten. Die innere Einkehr würde ihr fehlen.

Das Haus der Witwen war still. Die beiden kramten noch ein wenig umher, stärkten sich gegen das nervöse Rumoren im Magen und schliefen erstaunlich rasch ein. Der erneute Schrecken hatte die Schwestern viel Kraft gekostet, und nun, wo sie sich beschützt fühlten, waren sie nach einem inbrünstigen Gebet beruhigt.

Franziska drehte sich auf der dünnen Matte in der Stube von einer Seite auf die andere. Sie war wirklich erschöpft, doch ihr aufgebrachter Geist gönnte dem überarbeiteten Körper keine Erholung. Ein Kerzenlicht hatte sie noch nicht gelöscht. Weil sich der dringend benötigte Schlaf nicht einstellen wollte, setzte sie sich auf und schaute sich um. Auf dem Tisch, gleich neben der Kerze, lag Annes Buch. Eine der Witwen hatte es heimlich wieder an sich genommen.

Franziska schüttelte schmunzelnd den Kopf über so viel Starrsinn und nahm sich vor, es Maria baldmöglichst zurückzugeben.

Die Fibel war schon reichlich abgegriffen. Manche Seiten waren sehr oft aufgeschlagen worden, davon zeugten einige Knicke. Hier und da war die Schrift verwischt, an einigen Stellen mit winzigen Wachströpfchen besprenkelt. Das Pergament war von den vielen Berührungen brüchig geworden und an den Rändern ausgefasert. Gleich mehrere Kapitel, direkt auf den vorderen Seiten, waren der

Heiligen Mutter gewidmet. Das Buch war von mehreren Schreibern erstellt worden, davon zeugten verschiedene Handschriften. Die Marienkapitel und die Fürbitten stammten von jemandem, der mit der Schreibfeder vertraut war. Ebenmäßige Buchstaben zierten die Seiten, so daß es eine Freude war, darin zu lesen.

Buchstaben sagten viel über die Person aus, welche die Feder führte. Der Marienschreiber war demnach ein ausgeglichener Mensch gewesen. Franziska bedauerte nun, nur die kleine Flamme einer Kerze zur Verfügung zu haben, und kniff vor Anstrengung die Augen zusammen. Der Schreiber des Kapitels aber, das von der sündigen Verfehlung handelte, war eindeutig ein glühender Anhänger der schlimmsten Gottesstrafen gewesen. Auch diese Schrift war sauber geführt, die Buchstaben jedoch flossen eng ineinander und waren schräg, fast so, als drücke sie die Last dessen, was sie übermittelten, voller Qualen zusammen.

Immer wieder wurde auf die Verderbtheit des Fleisches hingewiesen. Welche schrecklichen Auswirkungen diese Verderbtheit auf die Menschheit haben würde, wenn sie sich gehenließen, war in allen Einzelheiten erklärt. Das Fegefeuer, die ewige Hölle, der ungeweihte Totenacker und die mißgebildeten Ausgeburten. Die eindringliche Botschaft, die von diesen Worten ausging, ließ Franziska frösteln. Ohne es zu wollen, dachte sie an ihre Zeit bei den Magdalenerinnen.

Im eigentlichen Sinne war dies kein Gebetbuch, wie es die Kirche verstand, sondern ein Hausbuch. Franziska hatte bislang zwar von solchen Büchern gehört, aber noch nie eines gelesen. Hausbücher wurden von Familien geführt. Neben Gebeten und Fürbitten wurden von schreibkundigen wohlhabenden Bürgern auch Ratschläge und wichtige Ereignisse darin festgehalten, auf daß die jüngeren Familienmitglieder aus den Erfahrungen der Alten Nutzen ziehen konnten.

Gebannt schlug Franziska weitere Seiten auf.

Es war nicht überraschend, im hinteren Teil ein Kapitel zu entdecken, in dem es um den Anstand von jungen Frauen ging. Darüber wurde gern zu Gericht gesessen. Sie zog die Kerze so nahe heran, wie es nur möglich war.

Es lohnt, sich folgendes zu merken, und jeder Mann sollte seine Gemahlin strengstens dazu anhalten, sich wie die Königinnen von Franken zu benehmen. Sie lesen niemals versiegelte Briefe, es sei denn, sie trügen die Handschrift ihrer Männer. Sie können vielmehr nur solche Briefe lesen und verstehen. Dies ist das Resultat einer guten Erziehung und Tugendhaftigkeit. Da ehrenhafte Damen, die einen hohen Stand haben, sich so verhalten, sollen niedere Frauen, die auf die Liebe ihres Gatten und dessen Wohlstand angewiesen sind, ebenso handeln.

Über die letzten beiden Sätze war grob mit einem rauhen Gegenstand gefahren worden. So, als ob sie jemand hätte auslöschen wollte. Kopfschüttelnd schlug Franziska die Seiten zurück zu den Marienfürbitten und fand auch hier eine Stelle, zu der eine Anmerkung eingefügt war.

Liebe Jungfrau Maria, sei Trost und Zuflucht meiner Seele und sei bereit, sie fürsorglich zu beschützen, so daß die Grausamen der Hölle mich nicht meinen Sünden gegenüberstellen. Ich flehe dich an, mir zu helfen und mir in der Zeit meiner gewaltigen Angst zu erscheinen, dann, wenn der Tod mir nahe ist. Doch fürchte ich nicht den Tod. Ich fürchte das Leben, das in mir blüht. Schon einmal habe ich mich der Prüfung entzogen. Nun haben sich meine Gebete erfüllt und wünschte ich mir doch sehnlichst: ich könnte es ungeschehen machen. Ich fürchte den Leibhaftigen, auf den ich mich einließ. Was habe ich vom Himmel zu erwarten, wenn ich den lieblichen Teufel kenne und er sich in mir fortsetzt? Hüte dich, Menschenkind, zu bitten, denn die Bitten könnten erfüllt werden. Ich werde dich besuchen, dir ins Antlitz sehen und auf ein Wunder hoffen. Erkenne mich als deine Tochter.

Keine Unterschrift. Es waren ja auch persönliche Eindrücke und keine Dokumente, die sich an eine Leserschaft wandten. Hier endete die Inskription. Die Tinte, mit der die verzweifelten Sätze niedergeschrieben waren, war von schlechter Qualität gewesen und schon fast völlig verblaßt. Einige Buchstaben waren unkenntlich und ergaben sich nur aus dem Gefüge. Die Schreiberin war voller Verzweiflung, als sie dies schrieb. Die Unbekannte, eine Frau in höchster Bedrängnis, aber um wen konnte es sich handeln?

Catharin von Benden schloß Franziska aus. So, wie sie geschildert wurde, hatte sie nichts für dramatische Gefühle übrig gehabt. Nein, eine Dame wie die von Benden hätte solch ein Hausbuch nicht an Anne, ihr Mündel, weitergegeben. Folgerichtig blieb nur eine Möglichkeit: es war Anne selbst.

A. L.

Anne, die nach der Heirat mit Joslin zu Anne Lataster wurde, hatte diese Sätze in das Buch geschrieben, nachdem es in ihr Eigentum übergegangen war. Catharin von Benden hatte ihr Mündel gewiß so gut ausbilden lassen, daß Anne des Schreibens mächtig gewesen war.

... Ich fürchte den Leibhaftigen, auf den ich mich einließ ... wenn ich den lieblichen Teufel kenne und er sich in mir fortsetzt ...

Maria hatte behauptet, Anne habe nie ein Kind ausgetragen, doch lasen sich die Zeilen, als ob sie sich irrte. Als

Anne dies schrieb, war sie schwanger, allerdings nicht von ihrem Gatten. Maria hatte einen Galan vermutet, der ihrer Schwester den Hof machte. War er der Erzeuger des Kindes? Arme Anne! Nur zu gut konnte Franziska nachempfinden, wie elend sich die Frau gefühlt haben mußte. Doch, gesetzt den Fall, daß alles stimmte, weshalb hatte sie ihrem Gatten nicht beigewohnt und den Balg dann als den seinen ausgegeben? Solch ein Verhalten wäre eine Sünde gewesen, aber diese Lüge hätte das Unglück vielleicht erträglicher gemacht. Gütige Mutter, was für Gedanken verselbständigten sich da. Frevel!

… den lieblichen Teufel …

Vielleicht hatte sie ihn tatsächlich geliebt.

Wann mochte sie die Zeilen geschrieben haben? Kurz vor ihrem Tod? Ob Joslin damals vom Zustand seines Weibes gewußt hatte? Hatte sie das Kind ausgetragen und es in Pflege gegeben? Diesen lieblichen Teufel galt es zu finden, um die Vergangenheit zu erhellen.

Franziska wurde jäh aus ihren Gedanken gerissen, als es plötzlich im Raum knarrte. Stocksteif verharrte sie.

»Ich kann nicht schlafen«, klagte Agnes jämmerlich. Ein schlimmer Traum mußte sie aufgeschreckt haben.

Der Spuk war diesmal jedenfalls unschuldig. Franziska schaute der schlaftrunkenen Witwe hinterher und hörte, wie eine Tür klappte. Dann wandte sie sich wieder dem Buch zu.

Kapitel 25

Franziska erwachte und hob ruckartig den Kopf. Sie war am Tisch der Witwen eingeschlafen. Die Kerze war heruntergebrannt. Wie leichtsinnig! Ein Funken hätte genügt, um das aufgeschlagene Buch zu entzünden. Die Flammen hätten leichtes Spiel gehabt, ihre gierigen Zungen zu laben.

Ganze Städte waren schon durch eine Unachtsamkeit wie diese niedergebrannt geworden. Glück gehabt, die Kerze war von selbst erloschen.

Durch ein ausgiebiges Strecken brachte Franziska ihre Lebensgeister wieder in Schwung. Die Witwen schliefen noch selig. Kater Knauff hatte sich an Agnes' Füße gekuschelt. Mit viel Geschick und Getrappel hatte er sich einen angemessenen Platz verschafft und schaute, ohne auch nur mit einem Ohr zu zucken, mit gelben Augen zu Franziska auf.

»Kommst du mit nach draußen? Ich muß wieder rüber, die Pflicht ruft. Wenn die Gäste endlich abgereist und auch die anderen Sorgen geklärt sind, werde ich meinen Vater besuchen. Ich habe schon wieder von ihm geträumt. Wir haben lange genug gegeneinander gezürnt. Es kann nicht schaden, wenn ich versuche, mich wieder mit ihm zu vertragen.«

Ihre Gerede interessierte den rotfelligen Kater beileibe nicht, aber er erhob sich und katzbuckelte, was der Rücken hergab, ehe er sich Franziska anschloß.

Der frühe Morgen war trüb. Graue Wolken bedeckten den Himmel. Der Sonne war es noch nicht gelungen, auch nur ein klein wenig Helligkeit auszusenden. Geschwind raffte Franziska den Rock und kletterte über die Steinmauer zwischen den Grundstücken. Das Hausbuch hielt sie unter einen Arm geklemmt.

»Nanu, Suse? Guten Morgen.«

Die Magd trug ihren Kopf hoch, nicht hochmütig, aber stolz und zugleich auch ein wenig verschämt. Sie wagte kaum, Franziska anzusehen, und ihre Wangen waren hübsch gerötet. Suse hatte sich am Kräuterbeet zu schaffen gemacht. Die Morgenstunde war die beste Zeit, um den Pimpernellsamen für das nächste Jahr zu ernten. Suses Ausbeute landete in einem Holzschälchen und lockte zahlreiche Spatzen an.

»Geht es dir gut?« fuhr Franziska fort. »Ich wollte dir

noch danken, du warst mir eine gute Hilfe bei der Bewirtung.«

»Ja, ich habe viel gelernt. Meint Ihr, ich könnte eines Tages auch Köchin werden? Was müßte ich dafür alles können?«

»Talent hast du. Rechnen müßtest du aber noch lernen, und ein wenig Selbstsicherheit brauchst du auch, denn du mußt dich durchsetzen können.«

»So wie Frau Maria?«

»Ja, so ähnlich.«

»Frau Maria ist ganz verändert, richtig freundlich mir gegenüber. Mir ist das fast unheimlich.«

»Sie wird ihre Gründe haben.«

»Sie hat ein ernstes Gespräch mit Hans zu führen, deshalb hat sie mich in den Garten geschickt. Ich wüßte nur allzu gern, was die beiden zu bereden haben.«

»Gibt es denn einen Anlaß?«

Hans war bei den Frauen in der Küche geblieben. Franziska konnte sich ausmalen, wie er und Suse die Nacht verbracht hatten. Nun sah es Maria bestimmt als ihre Pflicht an, den jungen Mann vor den Folgen des Händchenhaltens zu warnen.

»Nein. Doch vielleicht.« Suse preßte die Faust, in der sie Pimpernellstengel hielt, aufgeregt an ihre Brust. »Ihr wart schon bei den Witwen, da ist was Seltsames passiert! Ich habe Frau Maria nichts davon gesagt.«

Ganz offensichtlich genoß Suse ihr Geheimnis, machte aber keinen Hehl daraus, daß sie Franziska unbedingt daran teilhaben lassen wollte. Die Magd beugte sich zu ihr und tuschelte ihr vertrauensselig die unfaßbare Entdeckung der vergangenen Nacht ins Ohr.

»Letzte Nacht war das Bahkauv in der Mostardgasse! Hans und ich konnten es bei den Fässern drüben in der Gasse ganz deutlich schnauben hören, aber es ist viel kleiner, als ich dachte. Es hockte auf einem gebeugten Mann, wie ein riesiger Buckel. Ich habe es mir immer haushoch vorgestellt.«

Skeptisch hielt Franziska dagegen: »Es kauert sich auf die Schultern der Bezechten, also kann es doch gar nicht so groß sein und vor allem nicht so schwer, denn der Betrunkene trägt es zwar, bricht aber nicht unter ihm zusammen. Vielleicht haben dir deine Augen einen Streich gespielt.«

Suses blaue Augen strahlten entrückt, und in Franziska keimte ein Verdacht auf. Nun galt es, ruhig Blut zu bewahren. In arglosem Ton fragte sie: »Was hast du überhaupt so spät noch in der Gasse zu suchen? Hattest du deine Nase in den Wein gesteckt? Oder bist du für ein Stelldichein mit Hans auf Wanderschaft gegangen?«

»Ich, also …«

Die Magd war wirklich sehr verlegen, schaute geniert zu Boden und drehte eine Schuhspitze hin und her. »Ich wollte Hans helfen und habe das Zaumzeug poliert.«

»In der Nacht?«

»Alles bleibt an ihm hängen. Der Stallknecht Deterich ist nicht zum Dienst angetreten, weil er sich bestimmt mit den Landsknechten zusammengetan hat. Die sind gestern gleich nach dem Fest aufgebrochen, um sich für den Turniertag heute die besten Plätze zu sichern. Mit dem Stall, den Pferden und dem Zaumzeug haben sie Hans im Stich gelassen. Alles muß er allein bewältigen.«

Franziska verkniff es sich, zu erwähnen, daß Suse keine begnadete Lügnerin war und der Glanz in ihrem Gesicht gewiß nicht vom Polieren des Zaumzeugs der Kaltblüter herrührte.

»Möchtest du die heilige Messe besuchen, wenn die Glocken zu den drei Psalmen rufen? Ich kann dich für diese Zeit entbehren.«

Suse starrte auf ihre Schuhspitzen. »Darf ich Frau Dorle im Konvent am Matthiashof aufsuchen?«

»Freilich, aber kümmere dich vorher erst um dich selbst. Dein Kleid und deine Haube sind voller Heuhalme. Du siehst aus, als hättest du im Futtertrog genächtigt. So lasse ich dich nicht losziehen. Frau Dorle kann dir zwar keine Beichte abnehmen, aber sie kann dir sehr viele nützliche Hinweise geben, wenn es um die Gesundheit von Leib und Seele geht.«

»Nein, es ist nicht so, wie es aussieht! Ich bin ganz alleine dort eingeschlafen, und Hans hat mich gerade erst geweckt«, rechtfertigte sich Suse.

»Ach?«

»Frau Maria schlief unruhig, nur deshalb habe ich mir ein anderes Lager gemacht. Es war nicht so wie bei Euch.«

Suses Röte ließ sich nun durchaus mit der kräftigen Farbe einer sonnenreifen Holunderbeere vergleichen.

Scharf sog Franziska die Luft ein. »Wie bei mir? Was willst du damit sagen? Ich habe bei den Witwen übernachtet.«

»Hans meinte ... Nein, der Stallknecht hat gesagt ...«

»Wer hat was gesagt? Heraus damit!«

Die Magd holte tief Luft. »Der Stallknecht hat über Euch geredet. Also, ich habe Deterich kein einziges Wort geglaubt. Hans natürlich auch nicht. Deterich hat ein übles Schandmaul und wollte sich nur wichtig machen. Deshalb hat Hans sich für Euere Ehre eingesetzt.«

Franziska schüttelte den Kopf. »Für meine Ehre?«

»Jawohl! Aber er schämt sich vor Euch, weil er Prügel bezogen hat. Deshalb hat er auch behauptet, er sei gegen einen Amboß gefallen. Bitte, ich habe versprochen, nichts zu verraten. Frau Maria soll auch nichts davon wissen.«

»Gut, ich werde schweigen, aber du solltest dir besser überlegen, wem und wofür deine Versprechen gelten. Was hat Deterich über mich verbreitet? Beanspruche ich Hans zu oft in der Küche? Es war die Anordnung von Meister Schnidder.«

Suse sah gequält aus und biß sich auf den Daumen.

Irgendwann würde sich für Franziska gewiß eine Gelegenheit ergeben, herauszufinden, welchen Grund es wirklich für die Rauferei gegeben hatte. Vermutlich steckte eine Portion jugendlicher Heißblütigkeit dahinter, und in Wahrheit hatte Hans wegen Suse Ärger mit Deterich bekommen. Es war möglich, daß die beiden sich schon länger heimlich trafen, als ohnehin bekannt war. Deterich war kaum erbaut darüber, seinen Helfer selten zu sehen. Und nun wollte sich Hans vor Suse nicht die Blöße geben. Vielleicht sollte sie Deterich darauf ansprechen, wenn er von der Turnierwiese zurückkam. Na, so wichtig war das nun auch wieder nicht.

Das Wetter besserte sich zwar nicht, aber es blieb zumindest trocken, was in Aachen schon einem Wunder gleichkam, wie die Einwohner in gegenseitigem Einvernehmen jedem versicherten. Im großen und ganzen war es ideal für ein feierliches Turnier. Hans war in seinem Element und wußte mit fröhlichen Augen Interessantes zu berichten. Maria und Franziska bereiteten ein leichtes Morgenmahl aus Brot und Brei. Beide Frauen folgten gerne dem eifrigen Vortrag.

»Wenn ein Mann Ritter werden möchte, muß er vierschildig sein und einen untadeligen Ruf haben. Keine Ketzerei, Betrügerei, Verräterei oder gar die Hoheit beleidigen. Er darf keinen Wucher betreiben oder vorsätzlich Totschlag begehen. Er ist in der Pflicht, glaubwürdige Zeugen zu stellen und dem Erzbischof zu beichten. Macht er das nicht richtig, oder vergißt er etwas, so daß die Zeugen ihn daran erinnern müssen, wandern für jede Verfehlung zwanzig Aachener Mark in die Truhe des Bischofs.«

»Dann hat der Bischof ja jetzt bestimmt viel zu tun.«

»Ja, Frau Maria, aber er hat Helfer. Immerhin sind fast zweitausend Männer anläßlich der Krönung in den Ritterstand erhoben worden, bedeutend mehr als zu anderen Feierlichkeiten. Kaiser Karl hat kurzfristig ein weiteres Gesetz hinzugefügt: Der zukünftige Adlige darf kein Handwerk betreiben. Er begründete es damit, die Handwerker in den Städten zu brauchen. Handwerker seien genauso wichtig wie Ritter.«

Franziska sah vom Kessel auf und vergaß für einen Augenblick das Rühren.

»Kommt daher die neue Redewendung: Schuster, bleib bei deinen Leisten? Ich hörte vorlaute Gassenjungen den Schuhmacher derart hänseln.«

»Ja, es ist ein Zitat unseres Kaisers. Kaum sprach er es, wurde es aus allen Kehlen geschrien. Er hat es jedoch nicht selbst erfunden. Das hat einst Plinius, ein uralter griechischer Maler, gesagt, als er wütend war, weil ein einfacher Schuster seine Bilder bekrittelte, meinte der Herzog von Brabant. Das Zitat paßt jedoch durchaus in unsere Zeit.«

»Aber wieso muß ein Ritter vierschildig sein? Ein Schild reichte doch bislang. Wie soll der arme Mann denn die Lanze halten?«

Beflissen nahm Hans das schwere Blech aus Marias Händen. Erst nachdem er es in den Ofen geschoben hatte, antwortete er der älteren Frau.

»Vierschildig bedeutet in dem Fall, daß ein Ritter sowohl mütterlicher- als auch väterlicherseits je zwei untadelige Ahnen aufzeigen kann.«

Besorgt um sein Hemd, klopfte Hans die Mehlreste ab, die darauf prangten, und warf einen sehnsüchtigen Blick in Richtung Tür. »Deterich hat gestern gesagt, ich dürfe auch zur Wiese.«

»Suse erwähnte, der Stallknecht sei nicht zum Dienst erschienen.«

»Ja, das stimmt. Er ist sicher direkt von daheim zum Bendplatz gegangen.«

Hans warf Maria einen geheimnisvollen Blick zu. Anscheinend gab sie ihm auch ein vertrauliches Zeichen. Dann sagte sie: »Was hält dich dann noch hier? Lauf!«

Maria und Franziska verständigten sich augenzwinkernd und schauten dem blonden Stallknecht nach.

»Würde nur alles so rasch heilen wie seine Blessuren. Ich könnte wetten, er macht einen Umweg über den Matthiashof.« Maria lächelte still versonnen. »Suse meinte, du hättest sie zu Frau Dorle geschickt. Es ist nicht gut, wenn sie allein unterwegs ist, daran hättest du denken sollen, Franziska. Hans sollte auf sein Mädel achten. Wir sollten überhaupt viel mehr aufeinander achtgeben, dann würden weniger schlimme Dinge passieren. Und ich hätte dich besser verteidigen können.«

Auf einmal lächelte Maria nicht mehr. Ihr unergründlicher Blick traf Franziska, die irritiert von ihrer Arbeit aufschaute.

»Maria, ich brauche niemanden, der mich verteidigt.«

»Es wird getratscht.«

»Ein bißchen Klatsch gibt es immer. Geht es dabei um Deterich? Er kam zufällig hinzu, als mich der bezechte Brabanter geschnappt hatte, aber der Herzog hat sich bei mir für den Übergriff entschuldigt. Es war alles ganz harmlos.«

»Da irrst du dich aber gewaltig, Franziska, oder warum hast du bei den Männern sonst den Ruf einer Hure?«

Franziska stand wie zu einer Statue erstarrt da. Nun war es soweit: Ihre Vergangenheit hatte sie endlich eingeholt. Vor diesem Moment hatte sie sich schon lange gefürchtet. Ihr Mund wurde trocken, und in ihrem Hals steckte ein riesiger Kloß.

»Ich bin ...«, begann sie, aber ihre Stimme wollte ihr nicht gehorchen. Gab es überhaupt genügend Worte, die ihre Gefühle beschreiben konnten? Es war leicht, sie wegen ihres Vergehens anzuklagen. Wie es dazu gekommen war, hatte sie bisher verschwiegen.

»Ich war erschüttert, als ich es hörte. Es heißt, du wärest umtriebig wie eine rollige Katze und hättest sogar im Magdalenenkloster Unzucht getrieben.«

»Wer hat dir das erzählt?«

Maria schnaubte, krempelte ihre Ärmel hoch und begann die Tischplatte zu scheuern. »Hans hat es gesagt, aber ich habe ihm ordentlich zusetzen müssen, bis er damit herausrückte. Er hat gehört, wie Deterich das Gerücht mit seiner wichtigtuerischen Art vor den Landsknechten verbreitete. Die Kerle sind ganz vernarrt in solche anstößige Geschichten. Pfui, was für eine schlechte Gesellschaft für den netten Burschen! Ich geriet gehörig in Fahrt, wie in meinen besten Zeiten. Dem Hundsfott Deterich hätte ich liebend gerne das Fegefeuer eingeheizt, doch der feige Wurm hat sich zum Turnier verzogen. Der soll nur machen, daß er Land gewinnt. Ich werde Meister Schnidder sagen, was für ein elender Schweinigel sich in seinem Stall herumdrückt.«

Maria ließ von der Wurzelbürste ab und sah sich nach Franziska um. »Sag doch auch mal was dazu! Das kannst du dir nicht bieten lassen!«

»Was wäre, wenn ein Kern Wahrheit darin steckte?«

»Das kann ich nicht glauben!«

»Wenn ich es dir bestätige.«

Maria trocknete ihre Finger ab, nahm Franziskas eisige Hände, rieb und wärmte sie. Unerwartet nahm Franziska ihren Kopf hoch und suchte die Augen ihrer neuen Freundin, die anscheinend immer noch nicht wußte, wen genau sie vor sich hatte.

»Deterich hat tatsächlich nicht ganz unrecht. Du kannst es nicht wissen, du bist ja erst vor zwei Jahren nach Aachen gekommen, aber es gibt ein finsteres Kapitel in meinem Leben. Ich mußte immer damit rechnen, daß sich jemand daran erinnert.«

»Wie lange ist das her?«

»Sechs Jahre. Ich war gerade sechzehn geworden, so alt wie Suse.«

»Was, um alles in der Welt, kann so Schreckliches geschehen sein, daß du immer noch daran trägst?«

»Das, was ich Suse ersparen möchte.«

Maria zog Franziska neben sich auf die Bank.

»Du warst verliebt?«

»Ja, und wenn es etwas darüber hinaus gibt, dann war ich auch das.«

»Magst du es mir erzählen?«

Franziska nickte. Wenn sie jemandem vertraute, dann waren es Andreas und Maria. In ihrer manchmal bärbeißigen Art hatte die ältere Haushälterin es sich angewöhnt, die Dinge beim Namen zu nennen und sie ehrlich zu beurteilen. An Franziskas Beichte gab es nichts, das beschönigt werden mußte. Zumindest nicht vor Maria.

»Aleff war mein Herz, mein Leben, meine Seele. Ihm gehörte mein erster Gedanke nach dem Erwachen, der letzte nach dem Tagewerk, und von ihm handelten all meine Träume. Er verkörperte alles, was ich mir vom Leben erhoffte. Er war ein schöner, eleganter junger Mann, er hatte Witz und übte einen betörenden Reiz auf mich aus. In seinen Augen lag feurige Verwegenheit, und wenn er mich nur ansah, brannte ich lichterloh.«

Maria seufzte gerührt, und Franziska glaubte zu wissen, an wen sie dachte.

»Herrje, Franziska, warum hast du ihn nicht geheiratet? Du warst ungebunden. Oder waren deine Eltern gegen die Verbindung?«

»Alles sprach gegen diese Verbindung.«

Kapitel 26

»Meine Mutter war wie ich eine Leihköchin. Sie sparte ihr Geld, um mir ein Jahr klösterliche Erziehung zukommen zu lassen.«

»Aber das gefiel dir nicht?«

»Ich wurde nicht in irgendein Kloster geschickt, sondern zu den weißen Magdalerinnen.«

»Sie kümmern sich um gefallene Frauen, nicht wahr?«

»Ja, auch. Ihr Hauptanliegen ist jedoch eine Erziehung junger Mädchen, die erst gar keine Unmoral aufkommen läßt. Die Schwesternschaft lebt nach dem Vorbild ihrer von Sünde bekehrten Namenspatronin in strengster Buße. Ihr Tagesplan ist von äußerster Disziplin geprägt. Verfehlungen werden umgehend mit aller Härte geahndet. Die Magdalenerinnen nehmen ihre Aufgabe sehr ernst. Die Anforderungen daran, die Klosterschule besuchen zu dürfen, sind hoch gesteckt, ihre drakonische Art ist berühmt. Sie nehmen nur Jungfern auf. Fließt durch deren Adern adliges Blut und sind deren Eltern zudem spendabel, sind die Aufnahmebedingungen erfüllt. Nicht wenige Abgängerinnen konnten anschließend eine standeshöhere Ehe eingehen.«

»Du aber nicht.«

»Ach, ich bin eine Handwerkertochter. Für meine Erziehung mußte eine Menge Geld in die Hand der Äbtissin geschoben werden, um meinen Geburtsmakel abzumildern. Ich war verliebt bis über beide Ohren. Aleff ein ganzes Jahr nicht sehen zu dürfen schien mir das Ende meines Lebens, aber ich wollte meine Mutter nicht kränken. Nur deshalb willigte ich schließlich ein.«

Bis dahin hatte Franziska jeden freien Moment mit Aleff verbracht. Oft liefen sie nur durch die Gassen und unterhielten sich, manchmal spielten sie ihren Mitmenschen

Streiche, und zwei-, dreimal ließ sich Franziska dazu anstiften, einen Händler abzulenken, während Aleff sich in den Auslagen bediente. Für sie war das Zusammensein mit dem verwegenen Burschen ein einziges Abenteuer.

»Aleff stand für alles, was ich nicht war. Ich war wohlbehütet aufgewachsen, Aleff nicht. Er kannte sich in der Stadt aus, ging dorthin, wovon ich nicht zu träumen wagte, und er kannte interessante Leute, die ich immer nur als schlechtes Beispiel vor Augen geführt bekam.«

»Deshalb hast du Aleff angehimmelt. Was aber wollte er von dir?«

»Das erfuhr ich erst später. Ich hatte furchtbare Angst, ihn mit einer anderen zu sehen, wenn ich nach Jahresfrist aus dem Kloster kam. Aleff gelobte mir zwar Treue, aber was heißt das schon bei einem Burschen, dem die Mädchen scharenweise nachliefen? Es verging kein Tag, an dem ich nicht an ihn dachte. Dann, nach zehn langen Monaten gelang es dem verrückten Kerl tatsächlich, sich Zugang zum Klostergarten zu verschaffen. Er habe Sehnsucht nach mir gehabt, sagte er. Gütige Mutter, ich wollte sterben vor Glück. Es war riskant, aber er hatte es auf sich genommen, nur um mich zu sehen.«

»Ihr wurdet ertappt«, stellte Maria sachlich fest.

»Im Garten hinter den Haselnußsträuchern, bei Dingen, die nur eine Deutung zuließen. Wir wurden gefaßt, und umgehend sandte die Äbtissin einen Boten zu meinem Elternhaus. Mein Vater war zugegen, als dieser Bote kam, meine Mutter arbeitete außer Haus. Vater wurde zum Kloster zitiert, derweil ich meine Habe zusammenschnüren mußte. Ich konnte nichts leugnen, und ich war, um ganz ehrlich zu sein, auch nicht bereit dazu. Ich war ein naives Huhn, liebestoll und vernarrt. Vater stand voller Zorn in der Tür und schrie mich wie von Sinnen an. Er machte seinem gesamten Verdruß zunächst nur lautstark

Luft. Dann sah er Aleff vor der Zelle der Äbtissin sitzen, umringt von den vorwurfsvoll schweigenden Magdalenerinnen. Daraufhin brach ein Tumult aus, wie ihn das Kloster wohl kein zweites Mal erleben wird. Vater stürmte wie ein Berserker auf meinen Geliebten zu und wollte seinem Neffen auf der Stelle den Garaus machen. Erst als sich eine beherzte Schwester an ihn klammerte und ihn aufs schärfste zur Vernunft rief, versuchte er sich wieder unter Kontrolle zu bekommen.«

Maria riß die Augen weit auf. »Grundgütiger! Welch eine dramatische Liebschaft.«

»Von diesem Moment an war es vorbei. Aleff stieß die Nonnen grob zur Seite und rannte fort. Für mich hatte er keine Augen mehr. Nichts! Keine Geste, kein Zwinkern, als würde es mich nicht mehr geben. Ich sehe mich selbst noch im gekalkten Klostergang dastehen. Beide Hände streckte ich ihm hinterher. Ich schrie, weinte und flehte, er möge mich mitnehmen.«

»So ein Mistkerl, er war deine Tränen nicht wert.«

Franziska wischte sich über die Augen. »Ich brachte Schande über meine Eltern, besonders über meine Mutter. Sie hatte mit Engelszungen gegen meinen Vater geredet, um meine Aufnahme im Kloster zu erreichen, und ich setzte alles für ein flüchtiges Abenteuer aufs Spiel. Aleff ließ nie wieder von sich hören. Kein Wunder, denn die vermeintliche Liebesgeschichte hatte noch weitere Hintergründe.«

»Als ob das alleine nicht genug sei …«

»Aleff hatte restlos alles, was ich ihm über die Geschäfte meines Vaters erzählt hatte, an seinen Vater weitergegeben. Die Brüder Wyell standen sich schon von Kindesbeinen an feindlich gegenüber. Mein Vater, Odo, ist ein zunfttreuer Ehrenmann, sein Bruder Veit hingegen nahm sich immer, was er wollte, ohne jede Rücksicht, auch die Frauen. Aleff ist ein Bastard von ihm. Nur der liebe Gott alleine weiß, wie viele Kinder Veit zeugte. Wie der Vater so der Sohn! Andreas Grever versuchte als Zunftbruder ständig, ihr Verhältnis im Lot zu halten, wenigstens auf geschäftlicher Ebene. Onkel Veit wußte aber durch meine Geschwätzigkeit, wo mein Vater gedachte, gute Geschäfte zu machen. Aleff verriet es ihm, und Onkel Veit ging sofort los, meinen Vater um einige Obolen zu unterbieten. Meist luchste er meinem Vater den Auftrag ab, der dafür sogleich einen Schuldigen suchte!«

Maria verstand. »Sein Verdacht galt dem Grever, nicht dir.«

»Ja. Erst als Vater Aleff und mich in einem Atemzug genannt bekam, fiel ihm ein Schleier von den Augen. Da hatte er Andreas allerdings die Freundschaft schon längst aufgekündigt. Vater ist jemand, der einen Tritt niemals vergißt. Jedem erzählte er, er sei von Andreas ebenso betrogen worden wie von seinem gerissenen Bruder Veit. Sogar als er es besser wußte, nahm er es nicht zurück. Andreas verlor nicht nur sein Vermögen, sondern auch seine Ehre und die Zunftzugehörigkeit. Nicht einer gewährte ihm weiterhin Kredit. Er erhielt keine neuen Aufträge. Andreas war ruiniert, ohne jede Schuld.«

»Wie ging es mit dir weiter?«

»Meine Mutter war enttäuscht von mir und warf mir vor, die Studien nicht ernst genommen zu haben. Vater war unversöhnlich und ließ es sich eine Menge kosten, den Skandal einigermaßen zu vertuschen. Die braven Magdalenerinnen brauchten einige Jahre lang keine Elle Tuch zu bezahlen, und jede von ihnen benötigte zufällig neue Bekleidung.«

»Großer Gott!«

»Ich wurde krank vor Kummer. Mir war, als hätte ein Feuer in mir gewütet und nur Asche zurückgelassen.

Wenn man mich nur anschaute, reagierte ich mit ungerechtem Groll. Mein Onkel und Aleff hatten die Stadt verlassen, so daß ich mit niemanden reden konnte. Ich wollte Aleff vor Wut die Augen auskratzen, ihn ohrfeigen und ihm das Leben zur Hölle machen.«

»Du warst also immer noch verliebt.«

»Ja, doch irgendwann siegte schließlich mein Lebenswille. Ich ging von zu Hause fort und versuchte mich als Köchin.«

Maria biß sich auf die Lippe und drückte Franziska ermutigend die Hände. »Gab es nie einen anderen Mann für dich?«

»Der Himmel bewahre, Maria. So leicht verschenke ich mein Vertrauen nicht mehr, auch wenn du noch so skeptisch schaust. Du hast selbst gesehen, wie sehr mir meine einzige Vereinigung mit einem Mann angekreidet wird.«

»Aber doch nur, weil ihr den Klostergarten entweiht habt.«

»Eine größere Dummheit gibt es auf der ganzen Erde kein zweites Mal!«

Maria lachte ehrlich auf. »Ach, Franziska, vorhin auf der Gasse habe ich etwas noch viel Törichteres gehört: Ein armer Weisheitsfreund ergötzte die Menschen mit einer Vision und behauptete tatsächlich, daß Aachen einmal von einem kleinen Feldherrn mit dreispitzigem Hut eingenommen wird, der dem Dom das Dach stiehlt.«

»Es ist anständig von dir, mich trösten zu wollen.«

»Dann laß dich auch trösten! Trotzdem hoffe ich, daß Hans es dem Deterich ordentlich gegeben hat!« Maria sah Franziska prüfend an. »Was ist mit Thomas Blij? Er scheint dich gern zu haben.«

»Das habe ich ihn auch, aber ...«

»Was aber? Zweifel?«

»Gern haben und lieben ist ein himmelweiter Unterschied. Den Kater Knauff habe ich auch gerne, und Thomas mag seinen Beruf sehr. Er schenkt mir nur Beachtung, weil ich mich ebenfalls für die Klärung des Mordfalles interessiere. Ich glaube, ich lasse auf alle Zeit die Finger von den Männern.«

»Du bist voreingenommen. Geh ein bißchen an die Luft, um wieder zu klaren Gedanken zu kommen.«

Franziska schaute auf. Marias Stimme glich Samt, der tröstlich ihre aufgebrochene Wunde vor der Welt verbarg, und nun verstand sie plötzlich, weshalb sich Joslin in sie verliebt hatte.

»Du hast recht. Ich kenne einen Ort, an dem ich nun gerne sein würde.«

»Doch nicht etwa das ›Apfelbäumchen‹?« Maria fragte in einem ungewohnt neckischen Ton und setzte damit ein Zeichen, sich wieder den lebensfrohen Dingen zuzuwenden.

Franziska stemmte sich von der Bank auf. »Nein, beileibe nicht. Die Fürbittenkapelle der Bruderschaft vom Heiligen Geist ist sehr schön und still.«

Maria drückte Franziska kurz, aber herzlich an sich. »Bete für mich mit und bringe Ruhe in dein Herz, aber deine Hände werden fürs Arbeiten bezahlt. Nicht vergessen!«

»Maria, du bist ein Engel!«

Maria behielt ihr Lächeln so lange, bis Franziska ging. Dann setzte sie sich an den Tisch und vergrub ihr Gesicht in den Händen. Ein Engel genannt zu werden traf sie zutiefst.

Kapitel 27

Die Armenspeisung war vorüber. Nur vereinzelt huschten noch Menschen über den Vorplatz. Einige Jungen spielten mit geschnitzten Holzfiguren unter den Schatten spendenden Kastanienbäumen und lachten sorglos. Das Hospital wirkte wie der Garten Eden. Ein ruhiger Ort voller Frieden. Franziska bediente den Türklopfer, und ein Mönch gewährte ihr Einlaß.

In der Fürbittenkapelle hielt sich eine fremdländische Gruppe auf. Die Männer und Frauen waren sehr fromm und beteten inbrünstig auf Knien, als hinge das Erhören ihrer Bitten an die heilige Mutter alleine von der Lautstärke ab. Franziska bekreuzigte sich. Sie blickte auf und sah den Mönch, der sie eingelassen hatte. Einer Eingebung folgend, holte sie ihn ein, bevor er den öffentlichen Trakt verließ.

»Nur eine Frage, Bruder. Wißt Ihr, ob sich Andreas Grever aus dem Komp derzeit in diesen Mauern aufhält?«

»Ein Kranker?«

»Nein, nun nicht mehr, aber er befand sich in der Obhut Eurer Bruderschaft und wollte Bruder Phillip für die erwiesene Nächstenliebe wertvolle Leder stiften.«

»Der Gerber! Ihr habt Glück. Folgt mir!«

Ihr Weg führte sie durch die Krankenstube. An jeder Seite des Raumes standen zehn Betten. Zwei Novizen arbeiteten geschäftig unter der Anleitung dreier Heiliggeistbrüder. Mancherorts war ein klagendes Wimmern der Kranken zu hören, andere stöhnten aus vollen Herzen, schnarchten oder unterhielten sich mit ihren Bettnachbarn. Franziska hatte sich die Krankenstube völlig anders vorgestellt, eher still wie ein Grab. Sie war erleichtert über die Lebhaftigkeit.

Der Mönch öffnete eine niedrige Pforte. Sie durchquerten einen mit Küchenkräutern bepflanzten Innenhof. So, wie es schon Kaiser Karl der Große gehalten hatte, waren die Rabatten jeweils ordentlich von kniehohen, dichten Hecken umsäumt. Zwischen den Beeten waren sandige Pfade angelegt, die den gefräßigen Schnecken ihren Wanderweg zu den Würzkräutern verleiden sollten. Umgeben war der Innenhof von flachen, allesamt einstöckigen Holzbauten. Werkstätten, die Küche, das Waschhaus und mehrere Lager waren hier untergebracht. Franziska hoffte, richtig gehandelt zu haben. Der Bruder klopfte an eine der Werkstattüren. Gleich darauf trat Bruder Phillip heraus. Seine Kutte war um den Bauch herum mit weißlichem Schleim verschmiert, der auch an seinen Fingern haftete. Nur einen Augenblick stutzte er, dann lächelte er freundlich, drehte fragend den Kopf und gab dem anderen Mönch ein Handzeichen, sie zu verlassen.

»Verzeiht, wenn ich Euch zum Gruße nicht die Hand reiche. Knochenleim hat in diesem Zusammenhang nicht ganz die erwünschten Eigenschaften, obgleich er ansonsten sehr nützlich ist.«

»Bruder Phillip, Ihr erkennt mich?«

»Aber ja! Kommt herein. Ich hoffe, Euer Erscheinen bedeutet nicht, daß Ihr mich meines angenehmen Gesellschafters zu berauben gedenkt.«

Bruder Phillip öffnete die Tür der Werkstatt. Schwindelerregender Geruch schlug ihnen entgegen. Die meisten der mit verschiedensten Gerätschaften überladenen Tische standen vor den Fenstern, doch hatten die Männer offensichtlich an der gegenüberliegenden Mauer gearbeitet. Franziska sah Andreas, der ihr den Rücken zuwandte. Er hantierte an einer Holzkonstruktion, die sie an einen Küchengegenstand erinnerte. Sofort wurde sie neugierig.

»Ist das eine Presse?«

»Etwas Ähnliches. Es ist eine Zwinge. Unsere gebundenen Schriften werden von ihr zusammengehalten, bis der Leim getrocknet ist.«

Nun vernahm Andreas ihre Stimme und winkte sie zu sich heran. Sein Gesicht war gerötet, sowohl vor Anstrengung als auch vor Aufregung. »Franziska! Komm, ich muß dir etwas zeigen. Etwas so Schönes hast du bestimmt noch nie gesehen.«

Andächtig breitete Andreas einige Blätter vor Franziska aus. Auf den Pergamenten waren unterschiedliche Zeichnungen zu sehen. Einige befaßten sich mit dem menschlichen Körper und waren von feiner Feder geschaffen. Sie schienen sehr detailliert, soweit Franziska sich diese Beurteilung erlauben konnte. Auf einem anderen Blatt waren Heilpflanzen zu sehen. Manche erkannte sie auf Anhieb. Die Schrift allerdings, die, wie sie vermutete, die Pflanzen und ihre Wirkung beschrieb, konnte sie nicht lesen.

»Was ist das?«

»Das sind die medizinischen Pergamente, von denen ich dir erzählt habe.«

Bruder Phillip nickte. »Ein Geschenk aus Ungarn, welches uns sicherlich unschätzbare Kenntnisse im Studium der Krankenpflege vermitteln wird. Werke dieser Art sind selten. Dank Herrn Grevers Hilfe können wir die Schriften nun gebrauchen, ohne fürchten zu müssen, daß sie durcheinandergeraten oder gar einzelne Blätter verlorengehen.«

»Ihr beschäftigt Euch mit der Chirurgie?«

»Sie beschäftigt mich«, betonte der freundliche Mönch. »Doch ein Mitbruder versteht sich bedeutend besser darauf als ich. Es ist derjenige, der Euch zu uns geführt hat.«

»Er war nicht zugegen, um Herrn Grever zu helfen«, stellte Franziska fest.

»Unser Bruder Infirmar ist gestern erst von den Exerzitien zurückgekehrt. Es war dringend notwendig, die Ruhe der geistigen Einkehr zu nutzen. Heute morgen wurde schon wieder seine ganze Tatkraft gefordert. Es ist grausam, wie manche Individuen mit dem Leben ihrer Mitmenschen umgehen. Meist wird wegen Geld oder anderer Nichtigkeiten Blut vergossen.«

Bruder Phillip seufzte tief, schüttelte bekümmert den Kopf und legte die Pergamente sorgfältig zusammen. Franziska runzelte die Stirn, doch bevor sie eine Frage stellen konnte, nahm Andreas ihren Arm und verabschiedete sich von Bruder Phillip mit dem Versprechen, am nächsten Tag zu weiterer Arbeit vorstellig zu werden.

»Andreas, ist das Opfer, welches Bruder Phillip erwähnte, eine ältere Frau?« Franziska versuchte mit dem weit ausschreitenden Andreas Schritt zu halten.

»Nein, es handelt sich um einen Mann mittleren Alters. Er hat innere Blessuren. Man fand ihn direkt hier vor der Tür, abgelegt wie ein Lumpenbündel. Offensichtlich war nicht vorgesehen, daß er sterben sollte.«

»Herrje, in Aachen zu leben flößt mir zunehmend Angst ein.«

Sie befanden sich nun wieder im Haupthaus und standen an der Schwelle zur Krankenstube. Kampfergeruch hing schwer in der Luft.

»Franziska, die Zeiten sind immer so und die Menschen ebenfalls! Nur nehmen wir das erst wahr, wenn wir selbst betroffen sind. Alles andere hören wir zwar, doch verläßt es unser Gedächtnis auch rasch wieder. Wenn ich mich nicht zufällig innerhalb dieser Mauern befände, hätte ich niemals Anteil am Schicksal dieses Unbekannten genommen. Aber ich habe ihn gesehen und mußte sofort an den Überfall denken, der auch mich an diesen Ort brachte. Mich traf es weniger schlimm, und dafür danke ich Gott.«

Andreas berührte sie am Arm und führte sie zu einer Bettstatt, die etwas abseits der anderen stand.

»Sieh selbst!«

Der Mann war von seinen Verletzungen kaum entstellt. Seine linke Wange war dick und blau, aber bis auf die ansonsten graue Gesichtshaut sah er auf den ersten Blick gesund aus. Einer der Novizen kam mit einer hölzernen Salbenschale heran. In der zähen, weißen Paste steckte ein Spatel. Linnene Verbände lagen auf einem Tischchen bereit, unter der auch die Kleidung des Mannes gefaltet lag. Benommen umklammerte Franziska das Bettgestell.

»Für seine Handgelenke«, erklärte der Novize mit wichtiger Miene. Als strebsamer Schüler ließ er die beiden Besucher gerne an seinen Kenntnissen teilhaben. »Ich soll den Kranken salben, sagt Bruder Claus. Das ist keine Handlung, die Ihr mit ansehen solltet, verehrte Dame. Ihr seht ein wenig angegriffen aus. Seid Ihr seine Verwandte?«

»Nein, aber ich arbeite für denselben Herrn wie er. Wie kam er nach hier?«

Der Novize war unbedarft und verkannte das Entsetzen in Franziskas Blick. Bereitwillig gab er Auskunft.

»Bruder Türwächter hörte um die Vigilien herum ein wildes Pochen an unserer Pforte. Er öffnete trotz Vorbehalten, und da fiel der Patient auch schon auf die Knie und lag da, ohne daß ihm noch ein Wort über die Lippen kam. Bis jetzt ist er nicht zur Besinnung gekommen. Krank ist er nicht, jedenfalls noch nicht richtig. Ich lernte heute den Unterscheidungsgrad von Kranken und Verletzten. Verletzte werden auch manchmal richtig krank, wenn sich die Wunden entzünden. Schwärende Beulen, eitrige Krater …«

Verhalten gebot Franziska dem überschwenglichen Novizen Einhalt. »Rede ihn mit dem Namen Deterich an, so heißt dieser Mann. Welche Verletzungen hat er erlitten? War es ein Unfall? Nein, lüpfe nicht die Decke. Erzähle es mir nur.«

Franziska hatte ihre liebe Mühe mit dem Novizen. Ihre Gedanken rasten, und sie vergaß sogar Andreas, der hinter ihr stand.

»Ein Unfall ist ausgeschlossen. Der Verletzte wurde schwer geschlagen und getreten. Die meisten Wunden liegen unter der Haut. Das Wasser, das der … Herr Deterich von sich läßt, ist mit Blut vermischt und manche Organe nicht mehr dort zu ertasten, wo sie hingehören«

Franziska rang nach Atem. »Es steht ernst um ihn?«

»Ich fürchte ja, verehrte Dame!«

»Besteht die Hoffnung, daß er wieder gesund wird?«

»Das liegt allein in Gottes Hand. Wir tun unser Möglichstes, um seine Qualen zu lindern. Wenn Ihr mich nun entschuldigen wollt. Die Salbe trocknet rasch aus.«

In diesem Moment schlug Deterich die Augen auf und fand Franziska über sein Gesicht gebeugt. Er schlug so heftig um sich, wie es ihm sein schmerzender Körper erlaubte, und begann, gellend zu schreien. Der Novize sah sich ratlos um.

Verstört wandte sich Franziska ab und wurde von Andreas aufgefangen, der sie mit sich zog.

»Du kennst diesen Mann?«

»Ich kenne ihn. Und ich selbst hätte genügend Wut auf ihn, um ihn zu verwünschen. Aber das war nur ein Gedanke. Und nun liegt Deterich zerschlagen nieder.«

»Dich trifft keine Schuld. Gedanken alleine verursachen keine Verletzungen dieser Art.«

»Andreas, ich fürchte, ich kenne den, der ihm das angetan hat. Es gab schon einmal eine Schlägerei. Es ging dabei um meine Ehre.«

Kapitel 28

»Seit du hier bist, schweigst du.«

Andreas war nicht länger willens, Franziska in diesem Zustand der Regungslosigkeit verharren zu lassen. Von den Heiliggeistbrüdern war sie gleich zu Meister Schnidder gerannt, doch nur drei Glockenschläge später klopfte sie an die Tür ihres Freundes und saß seitdem erschüttert auf einem Hocker.

»Was ist in der Krankenstube in dir vorgegangen? Franziska, rede endlich!«

Endlich hob Franziska den Kopf. Verwirrt, als würde sie aus einem langen Schlaf erwachen, sah sie sich um.

»Ich war in der Mostardgasse, um mich zu vergewissern, daß ich mit meiner Vermutung recht hatte.«

»Und behieltest du recht?«

»Nein, zum Glück nicht. Hans, der schon einmal mit Deterich aneinander geraten war, hat ihn nicht so furchtbar zugerichtet. Ich mußte auf Suse warten und sie aushorchen. Sie gab zu, in der fraglichen Zeit mit Hans zusammen gewesen zu sein. Zum einen bin ich beruhigt, daß es nicht Hans war, der so brutal vorgegangen ist. Zum anderen wüßte ich nur zu gerne, was Deterich getan hat, um einen solchen Zorn auf sich zu ziehen. Vor allem aber: Warum fürchtet er mich so? Ich habe ihn nicht einmal zur Rechenschaft gezogen. Doch kaum sieht er mich, wird er wahnsinnig.«

»Worum ging es bei der Prügelei zwischen den Knechten?«

»Um meine Vergangenheit. Deterich konnte sich an die unleidliche Geschichte im Madgalenenkloster erinnern und trug sie sturzbetrunken den Landsknechten vor. Die Recken haben sich prächtig amüsiert und versprachen Deterich Geld, wenn er als Kuppler einschreiten würde. Hans wollte meine Ehre in aller Unschuld verteidigen.«

»Was, wenn noch jemandem an deinem Ansehen gelegen wäre?« Andreas lehnte sich zurück, strich mit einer Hand über seinen Bart und schloß die andere zur Faust. »Mich packt auch der Zorn, wenn ich mir vorstelle, wie er dich zum Gespött der Leute gemacht hat.«

»Aber du würdest ihn niemals so zurichten.«

»Nein, aber die Leviten würde ich ihm auch lesen! Was ist mit deinem Stadtwächter? Er scheint dich zu mögen und hegt vielleicht Absichten, die mit dem lästerlichen Gerede nicht vereinbar sind.«

»Nie und nimmer. Thomas kennt meine Vergangenheit nicht. Vielleicht mag er mich, aber wenn er von meiner Sünde erfahren würde, dürfte es damit vorbei sein. Er hat in seinem Kopf sowieso nur Platz für die Ermittlungen. Außerdem war er nicht dabei, als Deterich sich damit wichtig tat.«

»Fühlst du dich für Deterichs Zustand verantwortlich?«

»Es klingt verrückt, nicht wahr?«

Andreas wog seinen Kopf abschätzend hin und her. »Ja, aber du bist eine gute Seele. Ich werde uns einen Tee brühen. Du mußt doch nicht sofort wieder zurück, oder?«

»Nein. Maria weiß, wo ich bin. Sie und Suse werden sich um alles Notwendige kümmern. Die beiden sind so völlig verschieden, aber jede ist mir auf ihre Art lieb und teuer geworden. Ach, manchmal wünschte ich mir doch, ich würde irgendwohin gehören, in einen festen Haushalt, wo ich mir etwas aufbauen und mir von dort aus vielleicht sogar meinen größten Wunsch erfüllen könnte ...«

»Und wie sähe dieser Wunsch aus?«

»Ein eigenes Wirtshaus!«

»Wie wäre es, wenn du dir erst mal einen anständigen Mann wünscht? Einen starken Kerl, den du herumkommandieren kannst und der die unerwünschten Gäste fernhält.«

»Laß uns lieber darauf die Becher heben. Egal, was es kostet, ich werde es eines Tages schaffen, eine Schankwirtschaft mein eigen zu nennen!«

»Egal, was es kostet? Du solltest nicht leichtfertig mit solchen Äußerungen sein.«

Kaum hatte Franziska den ersten Schluck des Kräutergebräus getrunken und sich dabei die Lippen ein wenig verbrannt, klopfte es an der Tür. Andreas rollte entschuldigend mit den Augen. Es war Thomas. Er hatte darauf verzichtet, die Kleidung auszubürsten und sich die Bartstoppeln abzuschaben. Die Haare hatte er sich zu einem nachlässigen Zopf geflochten.

Andreas schloß die Pforte hinter ihm und legte einen Balken vor, den er zu seiner Sicherheit angefertigt hatte. Fragend schaute Thomas zwischen Franziska und Andreas hin und her. »Ich störe, nicht wahr? Ich kann später wiederkommen, wenn ihr gerade etwas beredet.«

»Soll er?« fragte Franziska.

»Nein! Ich will ja auch an den Neuigkeiten teilhaben.« Andreas rieb sich erwartungsfroh die Hände. »Was hast du rausgefunden?« ermunterte er Thomas. Für respektvolle Anreden war hier im Viertel kein Platz.

»Ich war vorhin bei Suses Onkel Hellwig, dem Totengräber von Sankt Leonhard, und ließ mir den angeblichen Sohn von Irmtrud Wegner beschreiben. Ich habe ein wenig übertrieben und dem armen Mann mit dem Kerker gedroht, aber immerhin hat er daraufhin geredet. Er teilte meine Meinung: Nie und nimmer hat der Mann seiner Mutter das letzte Geleit gegeben. Der Unbekannte hat Hellwig für die Eile bei der Bestattung fürstlich entlohnt.«

»Konnte Hellwig eine taugliche Beschreibung liefern?«

»Es war ein großer, breitschultriger Mann meines Alters, edel gekleidet, sauber, der den hiesigen Dialekt sprach, in den sich allerdings eine andere, vornehmere Sprache mischte. Auffällig waren die starren Bewegungen. Er trug einen riesigen Anhänger, der ihm wohl versehentlich unter dem Hemd herausrutschte. Längeres, dunkles Haar und ein wuchernder Bart. Zwischen Daumen und Zeigefinger hatte er Schwielen an den Händen. Ein Reiter, wahrscheinlich. Hellwig hat anscheinend ähnliche Gaben wie seine Nichte Suse.«

Andreas nickte. Auch er hatte sich umhört. »Das ist unser Mann. Es war tatsächlich der Michel, der den Boten für den Unbekannten spielte. Er ist Lehrling beim Gielens

Mattes und leider nicht der hellste Bursche. Vor einigen Tagen wurde Michel in einer finsteren Ecke am Ohr gepackt. Eine große Gestalt, deren Gesicht von einer Haube geschützt wurde, die nur Augenschlitze frei ließ, gab ihm den Auftrag. Michel beschrieb die Erscheinung als gespenstisch und bedrohlich. Er hatte Angst, war aber auch fasziniert, ein Junge eben, der von Abenteuern träumt. Michel bekam seine Anweisungen jeden Tag zur Vesperzeit an wechselnden Treffpunkten. Manchmal überbrachte er Pergamente, eines davon ja auch dir, Franziska. Bei der Wegnerin am Bädersteig war er auch, drei Mal übrigens. Sie freute sich immer, wenn Michel ihr eine Nachricht brachte. Der Junge erhielt jeweils eine halbe Mark für seine Dienste.«

»Eine großzügige Entlohnung. Wie hast du Michel denn zum Reden gebracht?« fragte Franziska.

Andreas grinste zum schmunzelnden Thomas hinüber. »Wahrscheinlich überraschte ich das Bürschchen bei der gleichen Tätigkeit wie der Gesuchte. Thomas, du weißt es, nicht wahr? Michel ist eben ein echter Knabe vom Komp!«

Franziska meuterte: »Schön, daß ihr beide Bescheid wißt. Allerdings habe ich gefragt. Laßt mich nicht dumm am Tisch sitzen!«

»Sieh mal«, erwiderte Andreas gutmütig. »Wir waren ja auch mal jung, und ein Junge will seinen Körper kennenlernen. Michel ist ein kleiner Speälepüseler, ein Handwerker, du verstehst?«

Andreas hantierte bedeutungsvoll mit seinen Fingern vorm Hosenlatz. »Der Dunkle erwischte Michel in einem verlegenen Moment und drohte ihm mit Strafen. Doch wenn Michel von nun an ein gefügiger Junge werden würde, dann wäre die Strafe für sein sündiges Tun nicht zu arg, versprach er ihm. Michel konnte sogar einen Satz zitieren: ›Sinne nicht darauf, die Sünde zu wiederholen, schon bei einer bleibst du nicht straflos.‹ Der Auftraggeber scheint gebildet zu sein.«

»Er hat den Jungen unter Druck gesetzt.«

»Am schlimmsten war für Michel die kühne Behauptung, daß auch die Heilige Mutter sein heimliches Treiben allgegenwärtig mit ansah und sehr traurig darüber sei.«

»Jetzt brauchen wir den Burschen nur zu fragen, wo er den Mann das nächste Mal trifft, und lauern ihm auf. Dann haben wir den Mörder.«

»Schön wäre es, aber der Fremde kam nicht mehr an den abgesprochenen Ort. Selbst Michel glaubt nicht daran, ihn noch mal zu sehen.«

»Hömmelsteärenanisjriisbröttche!« entfuhr Franziska das schlimmste Schimpfwort, welches Köchinnen im allgemeinen kennen. »So nah waren wir daran, den Unhold zu stellen. Michel hat nichts mehr von ihm gehört, seit dem Überfall in deinem Haus, richtig? Er war es, der Thomas holte ...«

»Holen sollte. Auch das tat er nur auf eine Anweisung hin«, erklärte Andreas.

»Somit war Michel für den Täter nutzlos geworden. Der Mann zitiert aus der Heiligen Schrift. Demnach wohnt er häufig Andachten bei. Aufs Schreiben dagegen scheint er sich weniger gut zu verstehen. Die edle Kleidung, der offensichtliche Reichtum sowie der schwache Dialekt lassen auf einen Krönungsgast schließen.«

»Dann hat er keine Zeit verloren und sich direkt an Irmtrud herangemacht.«

»Ja, so sieht es aus. Welche Sorte Männer gefiel Irmtrud besonders gut, Andreas? Du kanntest sie doch?«

»Franziska, ich war doch leider nur ein Nachbar. Unabhängig von allem anderen, was einen Mann ausmacht, mochte sie den Duft des Geldes wohl am unwiderstehlichsten finden.«

Thomas erbot sich, Franziska zur Mostardgasse zu begleiten. Längst war die Dämmerung hereingebrochen. Zuerst gingen sie schweigend nebeneinander her, aber eine drängende Frage lag Thomas auf der Zunge.

»Der Unbekannte wußte, wo er dich finden konnte. Er hat Michel gezielt zu dir geschickt. Wie erklärst du es dir?«

»Darüber denke ich auch nach. Vielleicht beobachtete er mich schon, seit wir Irmtruds Leiche entdeckten.«

»Er scheint ansonsten keine Hemmungen zu kennen, wenn es ums Töten geht. Wieso hat er dich verschont und sich damit zufriedengegeben, den Schmuck an sich zu nehmen? Du hast einen merkwürdigen Beschützer. Erst schlägt er dich nieder, und dann sorgt er für deine Rettung. Wie edelmütig.«

Franziska zuckte zusammen. »So edelmütig, daß er den Verdacht auf mich lenkt, Andreas ein Leid angetan zu haben. Wäre es dir lieber, mich tot zu sehen?«

»Unsinn!«

»Du willst wieder auf den Sachsen oder den Brabanter hinaus?«

»Nein. Das heißt, ich weiß es nicht.«

»Gibt es Neuigkeiten von dem Ermittler, der an deiner Statt eingestellt wurde?«

»Er hockt in der Wachstube und starrt den Schmuck an. Nebenher verhört er eine Käufliche nach der anderen.«

»Nicht sehr eifrig.«

»Er hat Beziehungen.«

»Aha.«

»Franziska? Gibt es jemanden in deinem Leben, der für dich wichtig ist?«

»Nein. Wie kommst du darauf?«

»Du bist hübsch, nicht dumm und fleißig obendrein. Männer sind nicht mit Blindheit geschlagen.«

»Es gehören zwei dazu.«

»Ich bin gerne mit dir zusammen.«

»Ach, Thomas, mit solchen Gefühlen spielt man nicht.«

»Es ist mir ernst, Franziska. Würdest du mir die Gelegenheit geben, dich besser kennenzulernen?«

»Vielleicht willst du mich dann nicht mehr. Thomas, überlege dir deine Wünsche gut, sie könnten sich erfüllen.«

Sanft dirigierte Thomas sie in eine dunkle Ecke und küßte sie. Franziska war völlig überrascht und verwirrt, doch sie genoß den Kuß nicht unbeteiligt, sondern erwiderte ihn mit einer längst vergessen geglaubten Hingabe. Sie umschlang Thomas mit beiden Armen, schloß ihre Augen und flüsterte heiser: »Vielleicht habe ich mich geirrt, und es gibt doch einen Mann in meinem Leben.«

»Wenn du es zuläßt, wüßte ich da jemanden.«

Eine Hand fand zu ihrer Brust und streichelte sie. Wäre Franziska eine Katze, hätte sie laut geschnurrt. So aber begnügte sie sich mit einem wohligen Seufzen und genoß die körperliche Nähe. Ihre Haut glühte. Ihre Gedanken tobten wie ein aufgewühlter Wirbelwind. Sie lehnte sich an Thomas, und es tat ungeheuer gut, seinen Herzschlag zu spüren. All die Jahren ihres Alleinseins hatte sie immer stark sein müssen. Thomas war es vielleicht wert, ihrem Leben eine andere Richtung zu geben. Wenn sie sich nur trauen könnte! Wenn sie nur loslassen könnte! Ach, verdammt! Sie war schließlich keine Braut Christi, die ein Gelübde abgelegt hatte.

Als Thomas sie losließ, schnappte sie nach Luft. »Was hast du da eben gesagt?«

»Franziska, du bist …«

Doch Franziska hob die Hand. »Ich hätte einen Beschützer?«

Langsam fand Thomas in die Realität zurück. Die beseelte Verzückung verrauchte, nur der ziehende Schmerz in seinen Lenden blieb ihm erhalten. »Du konntest es doch wiedergeben. Wieso sollte ich es wiederholen?«

»Weil du recht haben könntest. Irgendeine flüchtige Erinnerung jagt mir durch den Kopf, aber ich bekomme sie nicht zu fassen.«

Franziska stapfte neben Thomas her, als hätte sie ihn vergessen. Ihr hübsches Gesicht war vor Nachdenklichkeit verfinstert.

Erst als sie vor Meister Schnidders Haus angekommen waren, reichte sie ihm ihre Hand zum Abschied. »Gute Nacht und schlaf gut. Entschuldige, bitte.«

Enttäuscht vergalt Thomas den Wunsch knapp und wandte sich zum Gehen. Nur langsam drehte er sich um, als Franziska ihn leise rief.

»Thomas, würdest du mit mir zusammen zum Turnier gehen?«

»Würde es dir gefallen?«

»Ich bin gerne mit dir zusammen.«

»Du hast eine seltsame Art, mir dies zu zeigen.«

Franziska sah schrecklich klein und hilflos aus, und genauso fühlte sie sich auch. Sie ging Thomas ein Stück entgegen, reichte ihm ihre Hände und mußte den Kopf heben, um ihn anzusehen.

»Gib mir ein wenig Zeit. Hole mich bitte zum vierten Glockenschlag nach dem Mittag ab.«

Kapitel 29

Wie erwartet war die Turnierwiese, der Bend, voller Menschen. Hier gab es keine Standesunterschiede, keinen Dünkel. Eine auffällig geschminkte Hübschlerin mit lockendem Ausschnitt schlug vor Begeisterung ihrem Nebenmann, den seine Kleidung als Kleriker auswies, die Elle in die Rippen, wenn ihr ritterlicher Favorit seinen Gegner mit einem gut geführten Lanzenstoß aus dem Sattel hob. Sogar die Begine Dorle jauchzte gemeinsam mit einem stadtbekannten, jüdischen Geldverleiher. Franziska ließ sich gerne von der heiteren Stimmung einfangen und ging neben Thomas her. Als er ihre Hand nahm, ließ sie es zu und hob den Kopf noch ein wenig höher.

Viele Durchgänge des Turniers fanden gleichzeitig statt. Bei der Vielzahl der Kämpfenden, die ihre Kräfte messen wollten, war der Andrang nicht anders zu bewältigen. Nicht alle Recken waren in der glücklichen Lage, ein Streitroß ihr eigen zu nennen. Es gab auch Fußkampfplätze, wo es ebenfalls hoch herging. So manches Leben endete, kaum daß es den Ritterschlag erhalten hatte. Meist waren es zwar Unfälle, aber einige Scharmützel waren von vornherein todernster Natur.

Es gab vielerlei Gründe, gegeneinander anzutreten. Die Gunst der Frauen, gekränkte Ehre, verletzter Stolz, Wettgehabe, alte Blutschwüre und, nicht zu unterschätzen, tolldreister Übermut, der schlechteste Ratgeber eines verwegenen Kämpen.

»Dahinten ist Andreas und sieht sich die Auslagen an.« Franziska deutete über die Festwiese. Thomas folgte ihrem Fingerzeig. Für ihn sah es so aus, als begutachte der Gerber ein Kettenhemd. Franziska wußte es besser. Sie ließ Thomas' Hand nicht los, als sie Andreas begrüßte . Er zwinkerte ihr zu, dann wandte er sich an Thomas.

»Tragt ihr bei der Wache auch so etwas unter eurem Wams?«

»Beileibe nicht! So etwas tragen allenfalls die Leibwachen der Adligen. Gute Schmiederüstungen sind teuer und nur den Edlen vorbehalten, die sie auch im Krieg einsetzen, um den eigenen Leib zu schützen und fremdes Leben auszulöschen.«

Der Schmied langweilte sich ein wenig, witterte aber ein Geschäft, als Franziska einen kleinen Dolch in ihrer Hand wog und nach dem Preis fragte.

»Nur einen halben Goldgulden. Schaut ihn an! Das kleine Kreuz am Schaft ist fürstlich. Der Stahl, der Griff! So etwas ist einzigartig!«

»Und einzigartig teuer!«

»In ferne Orte bin ich gereist, habe den Stahl unter widrigsten Umständen erworben und im Schweiße meines Angesichts geschmiedet! Der Dolch ist für diesen Preis fast geschenkt.«

»Zu teuer« flötete Franziska seidenweich.

Der Schmied warf sich in die Brust und tönte: »Alles, was Ihr hier seht, ist sein Geld wert!«

»So?«

»Wenn ich es Euch sage! Oft genug opfern die Adligen ihr halbes Herrscherreich, um eine Rüstung sowie ein ausgebildetes Streitroß zu erwerben. Eben diese gehören zu meiner Kundschaft, von der ich nie Klagen hörte. Zu wenig Geld für einen guten Schmied, kaufen Sparhansel Waffen und Rüstzeug aus zweiter Hand. Schund! Sie haben einzig die Gewißheit, daß sie beim Kaiser wohlwollend angesehen werden.«

»Es scheint mir nicht die schlechteste Gewißheit«, gab Franziska höflich zurück und verstimmte den Schmied damit vollends.

»Das ist weibische Dummheit! Ihr habt keine Ahnung von den Schlachten! Den Fußkämpfern bietet oft genug nur ein verbeulter, geborgter Helm einen dürftigen Schutz. Jämmerliche Gestalten, die es vielleicht schaffen, Raben zu erschrecken«, beendete der Schmied seine Litanei und wandte sich einem Ritter zu, der sich für eine neue Lanzenspitze interessierte. Aus einem Jutesack, der unter dem Verkaufstisch hervorgerutscht war, war ein halbes

Dutzend kleiner Dolchgriffe ins Gras gefallen, allesamt mit einem Kreuz versehen.

Andreas legte das Kettenhemd zurück und lotste Franziska neben sich. »Mädel, den Mann hast du aber gründlich gefoppt.«

Sie warf einen Blick zu dem Schmied und schmunzelte. »Na ja ...«

»Und den anderen?«

»Nein, Andreas, ihn nicht!«

»Gut.« Andreas rieb sein Ohr und rief nach Thomas, der am Stand zurückgeblieben war.

»Erinnert ihr euch daran, daß Hellwig den angeblichen Sohn als einen Menschen mit kantigen Bewegungen beschrieb? Vielleicht trug unser Lump einen solchen Panzer mit einer mehrfachen Ringung. So ein Panzer hat ein höllisches Gewicht.«

»Dann verfügt er über viele Münzen, wie wir längst vermuteten.«

»Nein, Thomas, nicht unbedingt. Vielleicht sind seine Dienste es ja jemandem wert, ihm solch ein Rüsthemd zu spendieren.«

»Meinst du, bei unserem Gesuchten handelt es sich um einen gedungenen Söldner?«

Franziska nickte. »Er spricht den hiesigen Dialekt mit ein wenig fremder Einfärbung. Er muß weit herumgekommen sein, kennt aber diese Gegend sehr genau. Ach, vielleicht denke ich nur noch verrücktes Zeug. Laßt uns etwas zu trinken holen! Die Fanfaren erklangen schon zum zweiten Mal, und eines der wichtigeren Turniere wird gleich beginnen.«

Mit Andreas an der Spitze fanden sie einen Platz mit guter Sicht, direkt gegenüber der kaiserlichen Loge. Franziska schirmte ihre Augen gegen die Sonne ab und schaute auf den vorgezogenen Baldachin, der mit den kaiserlichen Zeichen geschmückt war.

Die kaiserlichen Farben Rot, Blau und Gülden spiegelten sich überall wieder.

Kaiser Karl wirkte müde. Seine Unterarme lagen angespannt auf dem hochlehnigen, mit dunkelrotem Samt überzogenen Stuhl. Obwohl ihm ein peinigender Rückenschmerz zusetzte, konnte er seinen Platz nicht verlassen, ohne die Spiele vorher offiziell zu beenden. Das hätte unter seinem Volk für Unsicherheit gesorgt, und denjenigen, die sich gerne in regierenden Würden sehen würden, wäre jedes Zeichen von Schwäche nur allzu willkommen gewesen. Er war mittlerweile ein alter Mann. Die Natur war nicht zu überlisten, aber mit ein wenig Geschick ließ sich der Lauf des Schicksals noch hinauszögern. Seit mehr als dreißig Jahren regierte Kaiser Karl nunmehr das Reich. Manches war ihm leicht von der Hand gegangen, doch gab es auch Entscheidungen, die er bereute. Er war nun schon über sechzig Jahre alt. Mit Wehmut dachte der Kaiser an die Reiterspiele und die Kameradschaft unter den Teilnehmern.

Wenzel jedoch mied jede Herausforderung. Nicht ein Funken Ehrgeiz steckte in seinem Leib. Insgeheim glaubte Kaiser Karl den Gerüchten, daß Wenzel aus einem anderen Schaft gezeugt worden war, auch wenn er sich öffentlich zu dem Taugenichts bekannte. Murrend und mit knapper Mehrheit war Wenzel von den sieben Kurfürsten in Frankfurt zum König gewählt worden. Es war ein politisch geschickter Zug gewesen, Wenzel und Johanna von Bayern zu verheiraten, mehr aber auch nicht.

Johanna in ihrer erblühenden Schönheit interessierte Wenzel keinen Deut. Sie war ihm lästig, und es war nur eine Frage der Zeit, wann sie sich einem Schöngeist zugetan zeigte.

Kaiser Karl konnte es ihr nicht verübeln, als sie ihr Tuch Werner von Sachsen an die Lanze band und ihm ein strahlendes Lächeln schenkte. Wenzel hatte sich vor aller Augen sinnlos betrunken. Breit wie ein Quast hing er, die Beine weit von sich gestreckt, im Stuhl. Sein Wams war hochgerutscht, die Mütze auf den Hinterkopf geschoben. Er schnarchte, und sein Körper gab unkontrolliert Winde von sich.

Mit einer fordernden Geste befahl der Kaiser Peter Jaurenus zu sich, und es schien für die aufmerksame Beobachterin so, als hätte der Staatskämmerer, gespannt wie ein Langbogen, nur auf die Gelegenheit gewartet.

Franziska erahnte nur die Gedanken des Kaisers. Sie sah, wie Peter Jaurenus hinter den königlichen Stuhl trat und Wenzel unauffällig das Ohr verdrehte. Der König fuhr auf. Sein wilder Gesichtsausdruck milderte sich, als er über sich den Staatskämmerer erblickte. An seine königliche Würde erinnert, nickte Wenzel nur kurz und hielt nach einem Mundschenk Ausschau. Die junge Königin hatte davon nichts mitbekommen, gebannt verfolgten ihre Augen den Reiterkampf des Sachsen.

Nach einigen Turnierkämpfen lenkte Thomas Franziskas und Andreas' Aufmerksamkeit auf ein Zelt, an dem die Wimpel des Herzogs von Brabant hingen.

»Den sollten wir im Auge behalten! Seine Packpferde sind schon mit Bündeln beladen und sogar der geringste Knappe ist gestiefelt und gespornt. Es scheint, als habe der Herr es eilig, von hier fortzukommen, sobald die Kämpfe entschieden sind.«

»Hermann von Brabant, ein rauher Herr, überdies sehr kräftig. Ein beliebter Vasall des Kaisers, dem man ein Verhältnis zu einer verehelichten Frau nachsagt.«

Nachdenklich lächelte Franziska. »Ach, Meister Schnidder steht bei ihm. Der Herzog kommt uns nicht so rasch abhanden, wenn Meister Schnidder sich treu bleibt.«

Der große dürre Mann stand gekrümmt da. In dem Gespräch schien es wieder um das Wappen des Tuchhändlers zu gehen. Der Ritter hielt die Daumen hinter seinen breiten Ledergurt gesteckt und schob einen Strohhalm kauend auf seinen Lippen herum. Er sah nicht so aus, als sei er frohgestimmt.

Andreas verkündete seinen Plan. »Das Herauszufinden wird ja wohl zu schaffen sein. Ich werde Ensbert begrüßen. Vielleicht ergibt sich ja auch ein aufschlußreiches Gespräch mit dem Brabanter daraus. Kommt ihr mit?«

Andreas wartete die Antwort nicht ab, sondern trat eiligen Schrittes auf seinen alten Freund zu. Meister Schnidder freute sich sichtlich, und Franziska beobachtete, wie sich die Herren miteinander bekannt machten.

Thomas hielt Franziska am Ärmel zurück. »Habe ich gestern etwas falsch gemacht?«

»Nein. Ich war überrascht, mehr nicht.«

Thomas zupfte an einer ihrer Locken, die unter der Haube hervorlugten. »Du warst noch nie mit einem Mann zusammen?«

»Doch, aber es ist lange her.«

»Und weil du eine tugendhafte Frau bist, bezweifelst du, ob du mich schon lange genug kennst, um mir zu trauen. Ich kann deine Zweifel zerstreuen, wenn du mir die Zeit dazu gibst.«

»Deine Werbung kam einem Überfall gleich.«

»Was sollte ich machen? Nachts Lieder unter deinem Fenster singen? Wenn du es möchtest, stelle ich mich neben den Kater meiner Tanten und tue es ihm gleich.«

»Wie würden wohl die Katzendamen darauf reagieren?«

»Sie würden kreischen und davonrennen.«

»Dann singe lieber nicht, Thomas.«

»Wie kann ich sonst dein Herz gewinnen?«

»Ehrlich, ich bin ausgehungert. Immer koche ich für andere, heute möchte ich mich verwöhnen lassen.«

»Zu Diensten, Prinzessin! Aber bewegt Euch nicht vom Fleck.«

Thomas verbeugte sich scherzhaft und schritt zu einer Garküche, die sich auf einem Karren befand. Auf dem Weg wurde er von einem Stadtsöldner angesprochen. Der Mann schien Interessantes erzählen zu haben, denn Thomas ließ sich in ein Gespräch verwickeln.

Müßig schlenderte Franziska über die Festwiese.

Angesteckt von der wilden Stimmung um sich herum, gingen auch Knappen, die gerade nicht von ihrem Herrn gefordert wurden, hinter den bannergeschmückten Steilzelten aufeinander los. Da sie keine Waffen hatten, rangen sie miteinander, begleitet vom Johlen der anderen Knappen sowie der Stalljungen und mitfiebernden Mägde.

Franziska sah eine Weile zu, schlenderte weiter und fand sich unvermittelt am Zelt des Brabanters wieder. Sie lehnte sich an eine Zeltstange und lauschte.

»Nun, Herzog, laßt einen einfachen Handwerker ein wenig an dem herrschaftlichen Leben teilhaben. Was plant unser Herrscher nach der Krönung?«

Fachkundig begutachtete Andreas das buntgeschmückte Zaumzeug des herzoglichen Rappens, der neben dem Zelt angebunden stand. Roß und Ritter trugen beide noch ihre Turniergewänder. Die Schabracke war von den Wettkämpfen schon sehr abgewetzt. Vom Wiesenplatz schallte tosender Jubellärm herüber, und als er verebbt war, antwortete der Herzog.

»Ihn zieht es gen Prag. Er ist ein rastloser Herr. Er führte uns nach Speyer, dann Worms, Frankfurt, Köln und nun Aachen. Ich bin schon fast vier Jahre in seiner Gefolgschaft, und es steht mir jetzt frei, in meinen Ländereien nach dem Rechten zu sehen. Der Herrgott allein weiß, wie sehr ich mich freue, meine Familie wiederzusehen und endlich wieder in meinem eigenen Bett zu schlafen.«

»Eure Familie wird sich glücklich schätzen.«

»Das will ich wohl meinen! Meinem Weibe habe ich mich schon angekündigt.«

»Eine weise Entscheidung.«

»Unsinn.« Der Herzog stutzte einen Moment und lachte dann laut. »Ach, die Sachsenlüge! Meine Maitresse de plaisir ist meine eigene Frau, die mir vor einigen Tagen einen strammen Sohn geboren hat.«

»Ein Stammhalter! Gratuliere! Herzog, verratet mir dennoch eines: Welche Frau trägt vier Jahre an einem Kind?«

»Eine kreuzbrave Christin, die niemals ihrem Gatten in einer Verkleidung hinterher ritt.«

Andreas fand Gefallen an der Gesellschaft des unkomplizierten Herzogs. Schnidder warf ihm immer wieder geringschätzige Blicke zu, an denen sich Andreas aber nicht störte. Hermann von Brabant streichelte seinem Pferd mit überraschend sanfter Art die Blesse und seufzte.

»So eine Frau ist es wert, ihr die Welt zu Füßen zu legen. Ich habe etwas Hübsches gekauft, aber im Quartier wird auf Teufel komm raus geklaut, nicht wahr, Meister Schnidder?«

Der Tuchhändler verlegte sich auf demütige Kratzfüße, senkte den Kopf und gab sich kleinlaut. Das war beileibe nicht die Aufmerksamkeit, die er sich erhoffte!

»Es tut mir entsetzlich leid, Herr, und ich werde Euch den Gegenwert bezahlen. Erzählt aber bitte nicht jedem so bereitwillig davon. Ich werde noch zum Stadtgespräch.«

Grimmig schaute der gerüstete Herzog auf. Seine starken Brauen zogen sich zusammen. »Was soll ich mit Geld? Dirnen gibt man Münzen, aber geliebten Weibern schenkt man Geschmeide, zierenden Tand, eigens geschaffen, ihre Augen leuchten zu lassen! Meister Schnidder, von Frauen versteht Ihr nicht das geringste.«

Der Tuchhändler schwieg mit bekümmerter Miene.

Dann, ehe die Demütigung und der Spott auf seine Kosten einen Fortgang haben könnte, verabschiedete er sich höflich und ging steif von dannen. Kopfschüttelnd sah ihm Hermann von Brabant nach.

»Er mag kein schlechter Mensch sein, aber er ist anstrengend. Immer deutlicher setzt er mir zu, ich solle ihm in den Adelsstand verhelfen. Dabei steht das gar nicht in meiner Macht. Erzählt, warum ist es so erstrebenswert für ihn, Grever?«

Andreas überlegte kurz. »Er war ein mittelloser Bursche. Nur der Dreck unter seinen Nägeln gehörte ihm. Er sah den Adel immer als etwas ganz Besonderes an und schwor, eines Tages auch dazu zu zählen.«

»Dann weiß er nicht, welche Kehrseiten solch ein Stand hat. Nicht nur im Kampf, nein, auch schon im Alltag. Bürgerhäuser bieten deutlich mehr Behaglichkeit als meine kümmerliche Burg. Da zieht einem schnell das Zipperlein in die Knochen. Allerorts muß ständig etwas ausgebessert werden. Das Personal besteht aus alten, klagenden Leuten. Die jungen Männer ziehen in den Krieg, und die Mägde denken nicht an die Arbeit, sondern an ihre Burschen. Die Versorgungslage ist im Sommer gut, aber der kommende Winter läßt nicht mehr lange auf sich warten. Meister Schnidder hat eine grandiose Köchin in seinen Dienst gestellt. Ich sollte sie abwerben, als gerechten Ausgleich für den Diebstahl. Ist sie Eure Tochter, Grever? Ich sah Euch vorhin zusammen.«

Andreas hielt eine Notlüge zur richtigen Zeit für angebracht. »Franziska ist mein Mündel.«

»Euer Mündel? Ich hätte wahrlich wenig Skrupel gehabt, mir dieses Geschöpf über die Schulter zu werfen und mitzunehmen, werter Grever.«

Andreas lenkte das Gespräch geschickt auf ein anderes Thema. Der Rappe tänzelte beunruhigt, und die Männer traten auf den nervösen Wallach zu. Mit seinem Fuß vor der samtenen Pferdenase hinderte der Ritter das Roß daran, weiterhin am blühenden Klee zu naschen. »Davon bekommt er später nur Winde in den Bauch.«

»Was ist Euch denn so wertvolles in Schnidders Haus abhanden gekommen? Silbergeschmeide? Eine Kette vielleicht?«

»Ich vermisse ein wunderschönes Haartuch, fein wie Spinnfäden, umsäumt mit goldenen Fasern und von einem lichten Blau, wie es zu den Augen meiner Dame paßt. So etwas ist nicht zu ersetzen!«

»Würdet Ihr es wiedererkennen?«

»Unter hunderten. Es war einzigartig.«

Franziska fühlte sich ertappt. Das Haartuch, welches sie zur Krönung trug, hatte Suse unter Schnidders Bett hervorgeholt. Was hatte der Meister damit vor? Franziska mußte unwillkürlich kichern, als sich ihr ein Bild aufdrängte, das dem Meister nicht gerade schmeichelte.

»Geht es Euch nicht gut?«

Franziska sah sich um. Ein Knappe des Brabanters musterte sie so eindringlich, daß sie gezwungen war, ihren Lauschposten aufzugeben. Sie trat um das Zelt herum, gerade rechtzeitig, um Thomas in die Arme zu laufen.

»Ich habe dich schon überall gesucht. Leider bin ich aufgehalten worden, aber das Honiggebäck ist frisch und warm.«

Den verbleibenden Nachmittag wich Thomas nicht mehr von ihrer Seite, und Franziska gestand sich später, als sie sich zur Ruhe legte, einen wunderbaren Tag verbracht zu haben. Leider hatte Thomas sich nicht zu einem Tanz überreden lassen, aber sie hatten sich gut unterhalten und viel gelacht. Sie waren auf etliche gemeinsame Interessen gestoßen, und Thomas hatte ihr – mit einer gehörigen Portion Selbstironie – von seiner Jugendzeit bei seinen Tanten erzählt.

Ihr letzter Gedanke am Abend aber galt Andreas. Er war ein hohes Wagnis eingegangen, den Brabanter frei heraus nach dem Silbergeschmeide zu fragen. Geschmeide läßt die Augen der Geliebten leuchten, hatte der Brabanter gesagt. Wer hatte Irmtruds Augen zum Leuchten gebracht? Und wer hatte ihnen diesen Glanz auf ewig genommen?

Kapitel 30

Die Landsknechte waren auf dem Turnierfeld verblieben, daher brauchte Franziska nur die Bewirtung von acht Gästen zu planen. Wie der Meister gewünscht hatte, würde das erste Frühstück, das »ientaculum«, nur aus einem Becher Wein bestehen, das spätere, ausgiebigere Frühmahl, das »prandium«, hingegen aus vier Gängen.

Franziska beugte sich über den kochenden Erbsenbrei. Meister Schnidder war die Enttäuschung, daß sie nicht um eine Erklärung ersuchte, deutlich ins Gesicht geschrieben gewesen. Zu gerne hätte er mit seinen Weisheiten geprahlt. Mit der näher rückenden Abreise der Adligen lief Meister Schnidder die Zeit davon. Franziska fragte sich insgeheim, was der Quartiersgeber sich noch einfallen lassen würde, um an sein Ziel zu gelangen. Möglicherweise würde sein Lebenswunsch doch noch Erfüllung finden, wenn er einen Weg fand, das neue Gesetz zu umgehen, aber dann würde er schnell handeln müssen.

Betörender Duft zog durch die Küche. Fette Streifen vom Schweinebauch brieten leise zischend in einer langstieligen Pfanne, und die Brote lagen zum Auskühlen auf dem Tisch.

Kater Knauff trabte die Treppe hinunter und legte sich in eindeutiger Absicht nieder. »Ach, Katerchen, wie kommt es wohl, daß du immer genau darüber Bescheid weißt, was hier in der Pfanne liegt?«

Der Befragte gähnte herzergreifend.

»Geträumt hast du es? Na, offensichtlich war dein Traum besser als meiner.«

Kater Knauff schob sich mit Wonne um Franziska Beine und ließ sich ausgiebig streicheln.

»Ich brülle mir noch die Innereien heraus. Sitzt du auf deinen Ohren?«

»Allmächtiger, Maria, du hast mich erschreckt! Nein, beileibe nicht, sonst würde ich zum begehrten Schaustück eines jeden Medicus. Was ist los? Du hast ganz rote Flecken im Gesicht. Ist etwas geschehen?«

»Ich weiß gar nicht, wie mir geschieht. Ich habe eine Einladung bekommen, stell dir vor! Zu dem Festmahl, morgen, zur Abreise des Hofstaates! Hans hat mir die Nachricht eben gebracht, es steht hier geschrieben, behauptet er. Möchtest du es mir vorlesen?«

Maria hielt Franziska ein dickes Pergament entgegen, das sie neugierig sofort ergriff.

Die Haushälterin ging aufgeregt auf und ab. »Es werden immer Leute aus dem Volk eingeladen, meinte Hans. Aber warum ist die Wahl wohl ausgerechnet auf mich gefallen?«

»Das verdankst du bestimmt deinen leckeren Lebkuchen, die dem Herzog von Sachsen so gemundet haben. Du hast ja selbst gehört, wie er dich vor allen Gästen gerühmte.«

»Er? Mich als Ehrengast vorgeschlagen? Ensbert wird auf der Stelle platzen, wenn er das hört. Oh, ich werde ihm die Nachricht gleich unter die Nase reiben. Kann ich vielleicht dein Kleid leihen, das gute Blaue? Und dein blaues Haartuch?«

»Das solltest du besser nicht nehmen.«

»Aber es ist ein höfischer Empfang!« Maria verharrte.

»Es gehört mir nicht. Ich habe das Tuch von Suse geliehen. Zufällig weiß ich, daß der Herzog von Brabant genau ein solches Tuch vermißt.«

»Heilige Mutter Gottes! Suse stiehlt?«

»Ich glaube nicht. Ich habe einen ganz anderen Dieb in Verdacht.«

»Und wen? Mich etwa?«

»Unsinn! Den Kater Knauff verdächtige ich. Er spielte unlängst mit einer Feder, an der noch Tinte war. Der kleine Kerl kann sich unbehelligt bewegen. Ist dir noch nie aufgefallen, daß man ihn zwar häufig von oben hinunterschleichen sieht, kaum aber hinauflaufen?«

Der beschuldigte Kater rollte sich auf den Rücken und streckte alle viere von sich.

»Ach, so sind Katzen eben. Bitte, hilf mir, Franziska, was soll ich nur anziehen?« Maria sah an sich herunter und verzog den Mund. »In den Fetzen kann ich unmöglich gehen.«

Der Ausdruck war übertrieben, aber verglichen mit den pompösen Roben der auswärtigen Damen, kam er der Wahrheit nahe.

Franziska lächelte plötzlich und warf Maria einen verschwörerischen Blick zu. »Hast du noch einen heimlichen Vorrat von deinen Würzkuchen?«

»Ja. Einige halte ich als Medizin versteckt.« Skeptisch legte Maria den Kopf schief und deutete auf die Speisekammer. »Sie sind in dem Steinguttopf auf dem obersten Regal. Was hast du vor, Franziska?«

»Eine winzige Bestechung. Wir werden die Kuchen für einen guten Zweck opfern. Gib sie mir, und ich werde für dich ein Kleid borgen.«

Franziska nahm den Topf und klopfte wenig später bei den Witwen an. Sie waren eben erst von der Andacht heimgekommen und guter Dinge. Agnes war etwas unwillig, als Franziska ihr Anliegen vortrug, aber die dargebotenen Kuchen ließen ihre Zweifel rasch verschwinden. Neugierig wie die Witwen waren, mußte Franziska ihnen notgedrungen gestehen, daß die Kleidung nicht für sie selbst, sondern für Maria gedacht war. Keinen weiteren Atemzug später hatte sich Angela schon einen Lebkuchen gegriffen und entschwand kauend nach oben, um nach dem Gewünschten zu suchen.

Agnes beäugte Franziska aus großen Augen. »Habt Ihr Euch mit Thomas gut vergnügt? Aus dem Bengel ist nichts herauszubekommen, er ist noch stiller als sonst.«

»Er hat bestimmt viel Arbeit zu erledigen.«

»Hat er nicht! Dieser Jaurenus hat ihn abgesetzt.« Sorgenvoll seufzte Agnes ihren ganzen Kummer heraus. »Der arme Junge wollte es vor uns geheimhalten. Ich verstehe den Kämmerer nicht. Thomas ist ehrgeizig wie kein zweiter, und er wird alles daran legen, den Täter an den Henker zu liefern. Ach, wenn er nur in allen seinen Angelegenheiten so zielstrebig wäre.«

Agnes warf einen kummervollen Blick auf die leere Wiege. Franziska verstand, in welcher Obliegenheit sich Thomas nach Meinung seiner Tanten ins Zeug werfen sollte. Sie tat, als wäre sie für solcherlei Andeutungen nicht empfänglich. »Sagt, quält Euch der Spuk noch?«

»Nicht in der Turnierzeit, aber ich spüre genau, daß er uns nicht verlassen hat. Er schleicht herum und haucht mir sogar seinen eisigen Atem in den Nacken. Mir fährt die knochige Hand den Rücken rauf und runter, aber wenn ich mich umdrehe, ist der Geist schon wieder fort. Leise, meine Schwester!«

Angela hatte gefunden, was sie suchte, und kam die Stiege herunter. Feierlich überreichte sie Franziska das Kleid. Franziska hielt es auf Armeslänge von sich ab. Angela strich verträumt über den Stoff, der etwas staubig wirkte.

»Echter Samt, auch wenn schon ein paar winzige Mottenlarven daran geknabbert haben. Als junges Mädchen habe ich entzückend darin ausgesehen und die Blicke auf mich gezogen. Hier, diese Haube gehört dazu.«

»Wünscht Maria von uns einen wunderbaren Abend. Sie soll das Gewand beizeiten zurückbringen und erzählen, was sie darin Glanzvolles erlebte. Wir werden mit Kräutertrank nicht geizen!« bekräftigte Agnes.

Als Maria endlich aus der Speisekammer hervorkam, in der sie sich umgekleidet hatte, wirkte sie unwirsch. »Grün hat mir noch nie gut zu Gesicht gestanden. Nie und nimmer paßt dieses Kleid!«

»Wenn du mich machen läßt, dann schon. Die Kopfbedeckung muß eng anliegen. Immerhin kannst du damit noch reden. Ich habe schon Damen gesehen, die konnten wegen des Bandes den Mund nicht mehr auseinanderbringen, weil es eng wie ein Zwingband für Hunde gebunden war. Du bist größer als Angela, aber das fällt kaum auf. Den fehlenden Busenumfang gleichen wir mit Schafswolle aus. Es wird dir ja hoffentlich keiner das Kleid vom Leib reißen.«

»Um die Hüften sitzt es eng wie eine Wurstpelle!« Mißtrauisch lugte Maria unter den Biesen hervor. »Du hast doch alle Käfer herausgeschüttelt?«

»Gewiß. Lockere die Schnürung ein wenig, damit wir dich polstern können.«

Geniert nestelte Maria an den dünnen Kordeln herum. »Ist das wirklich nötig?«

»Wir mogeln nur zu deinem Vorteil. Wenn wir dem Busen keine Fülle geben, hängen die Stoffpartien.«

»Ach, ich glaube, ich bleibe doch besser zu Hause. Ich kenne ohnehin niemanden und stehe wie ein blödes Schaf in einer Ecke herum.«

»Kein Grund, nervös zu werden. Du siehst gut aus, nicht wie eine reiche Dame freilich, aber ansehnlich genug, auch ohne Hautbleiche und die anderen Helferchen aus den Tiegeln. So etwas hast du überhaupt nicht nötig.«

»Du gibst keine Ruhe, was?«

»Du würdest bereuen, einen wunderbaren Abend versäumt zu haben, wenn du nicht hingehen würdest. So eine Gelegenheit bekommt man nur ein einziges Mal im Leben. Du brauchst nur die Schnüre zu lösen.«

Mit Tränen in den Augen, zog Maria das Kleid aus. Franziska hielt sich vor Entsetzen eine Hand vor den Mund. Der hagere Körper war schlimm mißhandelt worden und von schwärzlichen Blutergüssen übersät. Manche gingen in eine grünliche Farbe über. Die Lippen der älteren Frau zitterten.

»Maria!«

»Der Schnidder war es – an dem Tag, als der Brabanter ihn vor dir zurechtwies. Er mag das nicht. Ich habe dir nicht alles erzählt, als ich dich um deine Hilfe bat. Weißt du nun, wie wichtig mir das alles ist? Ich hatte mir vorgenommen, im Rathaus mit den Adligen zu feiern, bis ich besinnungslos vor Lebensfreude bin. Aber ich bringe es nicht fertig. Ich bin nicht so mutig. Er wird wieder die Hand gegen mich erheben.«

Maria ließ trostlos den Kopf hängen. Franziska erhob sich und strich ihrer Freundin vorsichtig über die Schulter. Hilflos suchte sie nach Worten.

»Der Schnidder darf hierfür nicht ungeschoren davonkommen.«

»Ach, und wie soll ich ihn abhalten? Indem ich ihm mit der Wache drohe? Ich bin nur eine alte Hausangestellte.«

»Geh zu dem Fest! Laß es dir nicht nehmen!«

»Für einen einzigen Abend! Und ehe ich es mir träumen ließe, wäre ich noch schlimmer dran. Nein, ich war zu unbedacht. Meine Begeisterung würde auf mich zurückfallen.«

»Dann müssen wir uns eben etwas einfallen lassen. Willst du ihn nicht zur Rechenschaft gezogen sehen für das, was er dir angetan hat?«

Maria hob ihre Hände vors Gesicht, wischte sich über die Augen und gewann ihre Fassung zurück. »O doch! Es ist längst überfällig. Franziska, sieh nach, ob jemand uns belauscht. Wenn weder Suse noch sonstwer in der Nähe ist, dann will ich dir ein Geheimnis anvertrauen.«

Kapitel 31

»Wird der Herr zufrieden sein?« fragte der Schreiber.

»Das liegt im Ermessen des Herrn.«

In der Stube herrschte Düsterkeit, bis auf die beiden funzeligen Kerzenflämmchen, die auf seinem Schreibtisch standen. Ihr Schimmer reichte nicht aus, das Gesicht seines Gegenübers zu erhellen. Der Schreiber war insgeheim froh darüber. Vier Jahre lang hatte er in dieses Gesicht geblickt, in Speyer, Worms, Frankfurt, Köln und nun in Aachen. Ein annehmbares, schönes Gesicht, dessen schwarze Seele ihm allein offenbart blieb.

Fünf Frauen.

Und bald eine sechste.

Aber dann, schwor er sich, würde er seine Finger in Unschuld waschen. Nachdenklich betrachtete er seine Hände.

»Sucht Ihr Blut daran?« spottete der Besucher.

»Keineswegs. Du vertust viel Zeit in den Bädern.«

»Wir wollen doch nicht auffallen, nicht wahr? Habt Ihr in Erwägung gezogen, auch eines zu besuchen? Es würde Euch sicherlich gefallen, bei Meister Coci ein Bad zu nehmen. Er notiert geflissentlich alle Namen von herausragenden Persönlichkeiten auf seiner Tafel. Der Eure in der Liste seiner Gäste gefiele ihm sicherlich, und Ihr seid doch sonst nicht menschenscheu. Oh, ich bin mir sicher, er würde Euch alle Vergnügungen günstiger in Rechnung stellen.« Der Besucher lachte selbstsicher.

»Halt deinen Mund!« Der Schreiber war nicht länger willens, sich das despektierliche Verhalten gefallen zu lassen. Er erhob sich von seinem Stuhl, stützte beide Fäuste auf der Tischplatte ab und streckte sein Kinn vor. »Söldner wie dich finde ich in jeder Gosse! Du bildest dir ein, unersetzlich zu sein, Meuchelmörder. Das bist du nicht!«

»O doch, Herr. Verzeiht, wenn ich Euch korrigieren muß. Meine Loyalität ist mir ein Vertrag, meine Zuverlässigkeit mein bestes Zeugnis, mein Wissen aber ist mir meine Lebensversicherung.«

»So? Bist du dir da ganz sicher?«

»So steht es geschrieben.«

»Es steht vieles geschrieben. Jedes Blatt ist duldsam.«

»Aber Ihr seid es nicht.«

Der Schreiber spürte, er war in der Lage Oberhand zu gewinnen. »Du kannst doch nicht mal eine geschriebene Zahl von einem Buchstaben unterscheiden!«

»Man unterschätzt mich gerne. Ich lerne von Euch, derweil ich hier bin. Nun, ich bin nicht perfekt, aber ich kann sehr wohl ...« Der Besucher legte nur einen Finger auf das Buch, um es zu sich zu wenden. »... diese Spalten lesen.« Sein Finger glitt zu einem Eintrag. »Hier. Silbergeschmeide. Alles unter den Ausgaben des Kaisers verbucht. Korrekt, wie Ihr seid, habt Ihr gewiß vermerken wollen, daß das angeblich neue Geschmeide in Wahrheit ein getragenes ist. Doch schaut: Euch ist ein Fehler unterlaufen! Statt der geringen Politurkosten steht eine neue Anfertigung auf der Rechnungsseite. Und hier, ach, als Eskorte verbucht Ihr die Schergen, Ihr Federheld.«

Der Schreiber rang nach Atem, und ihm wurde gewahr, den Besucher tatsächlich falsch eingeschätzt zu haben. Er war gefährlich und verschwiegen, daß wußte er bereits, als er ihn in den Dienst berufen hatte, aber früher machte ihn sein Unverstand beherrschbar. Irgendwo mußte dieser Kerl an Bildung geraten sein, die ihn noch gefährlicher machte, als er es ohnehin schon war.

»Hast du dich unterweisen lassen?« fragte der Schreiber.

»Ich werde für meine Dienste gut entlohnt. Was spricht also dagegen, meine Mittel in meine Zukunft zu investieren? Obwohl Ihr andere Pläne für mich vorseht, ist es nicht so? Meist werde ich gut verköstigt, meine Kleidung und Waffen bezahlt mein Herr. Für Weiber zu zahlen habe ich nicht nötig, sie kommen freiwillig und in Scharen in mein Bett. Also behalte ich viele Münzen übrig.«

»Du verfügst über eine rasche Auffassungsgabe.«

»Und darüber hinaus habe ich ein gutes Gedächtnis.« Gelassen blinzelte der Besucher dem Gastgeber zu. »Ist manchmal nützlich, sich an etwas zu erinnern.«

»Was willst du? Mehr Geld?«

Der Schreiber wartete ab, bis sein Gast ihn, immer noch bitter lachend, verließ.

Dann riß er schwungvoll die Tür auf und flüsterte dem Wachmann eine Parole zu. Er warf die Tür wieder zu und lehnte eine Weile mit dem Rücken dagegen

»Ich bin immer noch mit jedem Problem fertiggeworden«, flüsterte er vor sich hin. »Bisher zumindest.«

Das entsprach der Wahrheit. Bisher zumindest.

Kapitel 32

Seit dem Sonnenaufgang waren Maria und Suse damit beschäftigt, die von den Gästen verlassenen Räume zu reinigen. Franziska saß allein in der Küche und vervollständigte die Liste aller Ausgaben, die sie getätigt hatte. Dann zählte sie die Münzen ab. Das Ergebnis stimmte nicht mit dem Soll überein. Sie begann von neuem und entdeckte schließlich eine Lücke in ihrer Auflistung. Verflixt! Immer wieder kreisten ihre Gedanken um Maria und Meister Schnidders Hang, gewalttätig zu werden. Forsch schob Franziska alle

Münzen zusammen, zählte sie erneut, und nun ging die Rechnung auf. Sie schob den Betrag zur Seite, den sie den Beginen für den Heiltee schuldete, der Meister Schnidders Magenleiden kuriert hatte, legte ihren eigenen Anteil für Wermut und Mandeln hinzu und ließ das restliche Geld in ihren Beutel gleiten.

Franziska traf Suse und Maria in der Kammer, die der Sachse bewohnt hatte. Sie waren dabei, die Strohmatten aus den Betten zu zerren.

»Falls der Meister nach mir fragen sollte, ich besuche Frau Dorle, um die Schulden bei ihr zu tilgen. Es kann eine Weile dauern, bis ich zurückkomme. In der Speisekammer steht ein Tragebrett mit dem Mahl für den Meister, und für euch habe ich auch etwas gerichtet.«

Geräuschvoll richtete Maria sich auf, eine Hand auf ihren schmerzenden Rücken gelegt. »Du hast dein Versprechen nicht vergessen?«

»Natürlich nicht. Ich werde rechtzeitig zurück sein und dich hübsch herausputzen.«

»Pah! Wen interessiert das schon?«

Mochte Maria auch vorgeben, daß sie weibliche Eitelkeit verpönte, die gewaschene Schafwolle schaukelte munter an der Wäscheleine. Gleich neben Marias einzigem Leibchen.

Franziska lächelte immer noch, als sie an die Tür des Klosters der Bruderschaft des Heiligen Geistes anklopfte. Natürlich würde sie auch zu Frau Dorle gehen, aber sie hatte nie behauptet, sie auf direktem Wege anzusteuern. Der Tag war schön, ihre Pflichten waren beinahe erledigt, und nachdem sich Meister Schnidder keinen Deut für seinen Stallknecht interessiert hatte, war es nur recht und billig, Bruder Phillip ein paar Münzen für dessen Versorgung zukommen zu lassen. Aus des Meisters Etat, selbstredend.

Erstaunlich, wie viele Menschen über den Platz eilten.

Die Pforte des Hospitals stand weit geöffnet, und im Inneren des Hauses ging es drunter und drüber.

Bruder Pförtner schien ihr gar nicht zuzuhören, sondern kehrte ihr gleich wild gestikulierend den Rücken zu.

»Schaut selbst, wo Ihr Bruder Phillip findet, wenn Ihr ihn sprechen wollt. Es hat vor wenigen Augenblicken ein Unglück am Dom gegeben. Ein Gerüst ist abgestürzt und hat viele Männer ins Leid gerissen.«

Auf jedem freien Fleck waren Tragen und Matten ausgebreitet. Die Helfer hatten alle Hände voll zu tun. Rufe nach Wasser und Stöcken zum Schienen von gebrochenen Gliedmaßen und grauenhafte Schmerzensschreie erfüllten den Raum. Der sonst so friedliche Ort hatte sich in eine Hölle der Pein verwandelt. Ohne lange zu fragen, entwand Franziska einen Krug aus der Hand des Novizen.

»Du verstehst dich auf die Versorgung. Ich verteile das Wasser, damit kann ich nichts falsch machen.«

Gerne nahm der Novize ihre Hilfe an. Für eine Weile vergaß Franziska den Grund ihres Kommens und packte dort an, wo sie gebraucht wurde. Sie wusch Wunden aus, stillte Durst, spendete Trost und half Schmerzen zu lindern, so gut es eben ging.

Viel später fand sie Bruder Phillip eher zufällig an Deterichs Krankenlager. Der Mönch sah bleich und übernächtigt aus. Er erhob sich umständlich, als sie ihn ansprach.

»Gott zum Gruße, Bruder Phillip. Wie geht es dem Stallknecht?«

Der Mönch rieb sich die roten Augen und sah auf den Siechen hinunter.

»Schlechter, fürchte ich. Die malträtierten Innereien setzen ihm zu. Er hat zu fiebern begonnen. Wir haben versucht, was in unserer Macht steht, aber sein Leben steht auf Messers Schneide. Bruder Claus wälzte die Schriften der Ungarn auf der Suche nach einem Heilmittel, doch nun wird er hier von so vielen benötigt. Ich fürchte, Deterich wird sein Leben bald aushauchen. Dann war alles vergebens.«

Phillip schwankte, fing sich dann aber wieder.

»Bruder, etwas Zeit habe ich noch. Ich bin nicht geschickt in der Versorgung von Verletzten, aber ich kann Euch hier eine Weile bei der Wache ablösen. Geht etwas essen und gönnt Euch eine Pause. Ihr habt sie bitter nötig«, erklärte Franziska.

»Das würdet Ihr tun?«

»Ja, es ist leider nur ein geringer Beitrag.«

»Auch das kleinste Tröpfchen hilft, einen Ozean zu füllen. Tupft Deterich ab und an den Schweiß von der Stirn und haltet seine Hand und sprecht zu ihm.«

Dankbarkeit, die Franziska fast peinlich berührte, sprach aus den Augen des Mönchs. Sie setzte sich an das Krankenlager, während Bruder Phillip erschöpft Richtung Küche schlurfte. Deterich atmete nur flach. Sein Brustkorb hob sich kaum noch, und selbst die leichte Decke schien einen ungeheuren Druck auf ihn auszuüben. Auf einem zweiten Schemel befand sich eine Wasserschale, in der ein Leinenstück lag. Franziska wusch es aus, faltete es und legte es auf Deterichs glühende Stirn. Die Wangen des Verletzten waren eingefallen. Sein ehemals schwarzes Haar war grau geworden. Es kostete Franziska Überwindung, doch sie strich sanft über seine Hände.

»Deterich, könnt Ihr mich hören?« flüsterte sie nah an seinem Ohr. »Meister Schnidder kümmert sich um seine Pferde. Sie werden gut versorgt und haben heute sogar Mohrrüben und Äpfel bekommen. Ich habe ein bißchen zuviel eingekauft, und die Tiere haben sich daran erfreut. Hans hat sie gestriegelt.«

Franziska redete und redete, erzählte von Hans, von Suse, von dem Turnier, und ihr schien es, als atmete der Verletzte tatsächlich leichter. Immer wieder wechselte sie das kühlende Tuch und nahm das Getöse um sich herum nicht mehr wahr. Fast hätte sie aufgeschrien, als Deterich unvermittelt die Augen aufschlug und sie anstarrte. Er ergriff plötzlich ihre Hand, als wolle er sie gar nicht mehr loslassen, und mit einer Kraft, die sie in seinem geschwächten Körper nicht vermutet hätte.

»Vergebt mir!« röchelte er.

Franziska war nicht sicher, die Worte verstanden zu haben. Was sollte sie vergeben? Den Tratsch? Oder wähnte sich Deterich schon den Engelsscharen gegenüber?

»Natürlich vergebe ich Euch«, erwiderte sie sanft.

»Nein.« Deterich richtete sich unter Qualen ein wenig auf. Sein Gesicht war nur noch eine bleiche Maske. »Vergebt mir von Herzen, Franziska. Ich habe Eurer gespottet und ... der Vasall des Sachsen richtet mich. Er mag Euch ... Er ... Ihr, wie kann es sein ... nach all den ... Helft ... auf.«

Rasch machte Franziska sich von ihm los, um ihn zu stützen. Deterich war schwer, doch die Verzweiflung verlieh ihr Kraft. Sie trat den Schemel um, die Wasserschale fiel zu Boden, doch sie hielt Deterich an den Schultern fest. Speichel lief ihm aus dem Mund, seine aufgerissenen Augen verklärten sich, während sein Blick umherirrte, bis er Franziskas Augen fand.

»Bewahrt nicht blind ... im Herzen.«

Es waren die letzten Worte, die Deterich in seinem Leben sprach. Er starb in Franziskas Armen, und erst, als sie ihre eigenen Gliedmaßen nicht mehr spürte, ließ sie ihn auf das Lager zurückgleiten. Deterichs Gesichtszüge waren mit dem Tod friedlich geworden.

Zutiefst erschüttert sank Franziska vor seinem Lager auf die Knie. Bruder Phillip fand sie genau in dieser Stellung vor. Ein einziger Blick bescherte ihm die Einsicht, daß sich die Seele dieses Patienten nun an den himmlischen Pforten um Einlaß bemühte. Der Mönch legte ihr seine Hand auf die Schulter, und sie sah mit tränennassem Gesicht zu ihm auf. »Der Herr sei seiner Seele gnädig.«

»Und auch seinem Geiste. Ich habe ihm nicht helfen können.«

»Doch, mir scheint, Ihr wart genau zur richtigen Zeit hier. Ich weiß nicht, welches Verhältnis ihr zueinander hattet, aber Ihr habt ihm Frieden gegeben. Reicht mir Eure Hand.«

Bruder Phillip zog Franziska hoch, führte sie in den Innenhof des Klosters und wies auf eine Bank.

»Ruht Euch ein wenig aus.«

Kapitel 33

Der Tag war immer noch jung, aber Franziska fühlte sich, als seien hundert Jahre vergangen. Wie anders wäre es gewesen, hätte sie sofort den Weg zu den Beginen eingeschlagen. Deterichs Worte hallten in ihrem Kopf wider und verwirrten sie.

Der Vasall des Sachsen.

Auf Geheiß des Sachsens? Warum? Sie kannte ihn kaum.

Du hast einen mächtigen Schutzherrn.

Einen reichen Beschützer.

Allmächtiger, sie war Köchin und keine Dame, um derentwillen sich Hochwohlgeborene schlugen. Zumal Deterich ein einfacher Stallknecht gewesen war. Außerdem kannte sie niemanden aus dem Troß des Sachsen, mit Ausnahme des Sachsen selbst und seinem rothaarigen Knappen. Keiner der beiden würde gegen den Stallknecht seines Gastgebers Gewalt anwenden. Mochte Deterich auch ihre unselige Geschichte im Stall zum besten gegeben haben, um die Landsknechte zu unterhalten, so hatte einzig und alleine Franziskas Ruf gelitten. Niemand sonst war zu Schaden gekommen.

Diese verteufelten Krönungsfeierlichkeiten! Auf Schritt und Tritt begleitet vom Sensenmann.

Hörte es nie auf?

Erst Irmtrud Wegener. Dann Joslin Lataster. Und nun Deterich. Drei Tote innerhalb weniger Tage. Zwei davon ermordet. Jawohl, auch Deterich war einem Mord zum Opfer gefallen. Unwillkürlich griff sich Franziska an den Kopf. Ihre Wunde war recht gut verheilt.

Sie rappelte sich auf. Der Aufenthalt im Klostergarten hatte ihr gutgetan. Sie konnte es sich nicht erlauben, den Tag weiterhin mit Aufgaben zuzubringen, die nicht im Dienste des Meisters standen. Immer noch herrschte große Aufregung im Hospital. Man hatte Deterich bereits fortgebracht. Nun lag ein Steinmetz mit gequetschtem Bein an seinem Platz.

Kurzfristig änderte Franziska dennoch ihre Pläne und ging eilig zurück in die Mostardgasse. Sie beauftragte Suse damit, in der Speisekammer einen üppigen Korb mit Nahrungsmitteln zusammenzustellen und ihn zum Hospital zu bringen. Derweilen Franziska berichtete, holte Suse die Körbe hervor.

»Darum wird dort alles gebraucht, was helfen kann. Trauben, Käse und der Rest des Bratens. Und nimm auch roten Wein mit, zwei oder drei Schläuche, wenn du soviel tragen kannst. Die Vorratskammer ist noch reichlich bestückt, und die Verletzten brauchen die Lebensmittel dringender als sonst jemand hier. Ich trage die Verantwortung vor dem Meister«, erklärte Franziska.

»Er ist ohnehin nicht hier, sondern hat sich zu den Turnieren begeben. Vielleicht merkt er gar nicht, daß etwas fehlt.«

»Mag sein, Suse, aber das ist nicht der richtige Weg, wie ich aus meinem vorschnellen Handeln gelernt habe. Die Wahrheit sollte man achten, auch wenn sie einen in die Zwickmühle bringt. Wo wir gerade dabei sind … Verrate mir eines: Hast du das blaue Haartuch an den Brabanter zurückgegeben? Mir ist zu Ohren gekommen, daß man es bei ihm entliehen hat.«

Suse wurde rot, dann wieder bleich, sie wich hinter die Wassertonne zurück, als könne sie hinter ihr Schutz finden.

»Dem Herzog von Brabant? Ich habe es aus dem Zimmer von Meister Schnidder. Ich schwöre bei dem Kreuze der Heiligen Jungfrau, der Meister hatte es unter seinem Bett liegen. Ich dachte, wenn jemand etwas so Hübsches so nachlässig behandelt, dann hat er es nicht verdient.«

»Darum müssen wir uns unbedingt später kümmern.«

Thomas ging auf das Haus seiner Tanten zu. Franziska bemerkte ihn erst, als sie unmittelbar vor ihm stand. Forschend blickte er in ihr Gesicht und sah die Anspannung darin. »Wohin des Wegs?«

»Zu den Beginen am Matthiashof. Es tut mir leid, ich habe kaum Zeit für einen Plausch.«

»Ich begleite dich ein Stück. Du siehst aus, als sei dir ein Gespenst über die Füße gehuscht.«

»So ähnlich war es auch.«

Thomas hielt mit Franziska Schritt, und sie erzählte ihm von den Vorfällen des Morgens. Der Unfall am Dom würde bald Stadtgespräch sein, aber bis in die Mostardgasse war davon noch nichts vorgedrungen.

»Man wird es für ein schlechtes Zeichen halten, so rasch nach der Krönung. Die Feierlichkeiten sind noch nicht einmal beendet.«

»Nach der heutigen Nacht werden sie es sein. Sobald sie nüchtern sind, werden die Gäste weiterziehen und sich in alle Himmelsrichtungen zerstreuen«, brachte Franziska hervor. »Und niemals werde ich erfahren, was Deterichs letzte Worte zu bedeuten haben. Herrje, ich brauche doch keinen Beschützer!«

»Mir scheint, es sei anders.«

»Wieso?«

»Mir ist eine anzügliche Geschichte aus deiner bewegten Vergangenheit zugetragen worden, falls es das ist, was dich so fremd und frostig sein läßt.«

Thomas sah Franziska nicht an, aber sein Ton drückte Mißfallen aus. Sie versteifte ihren Rücken. Stand es nun auf allen Schiefertafeln der Stadt? Warum hatte man sie nicht gleich auf einen Scheiterhaufen gestellt und dem Feuer ausgesetzt!

»So! Haben deine Tanten geredet?«

»Der Himmel bewahre. Sie halten große Stücke auf dich und würden es nicht glauben. Jemand aus der Wache hat uns zusammen auf der Turnierwiese gesehen und meint nun, er müsse mich vor dem Umgang mit dir warnen.«

»Und du gehst trotzdem am hellichten Tag neben mir her?«

»Er ist ein Dummschwätzer.«

Franziska blieb abrupt stehen. Vor Zorn hatte sie rote Flecken im Gesicht.

»Ich sage dir, was auch immer getratscht wird: Ich habe genug für meinen Unverstand gelitten. Nun ist auch noch ein Mann dafür gestorben. Ich bin es einfach leid! Ich hasse Aachen! Jahrelang herrschte Ruhe, doch ich werde immer wieder daran erinnert werden, so lange auch nur einer lebt, der von dem Skandal erfahren hat. Ich werde nie heiraten, nie eine Familie haben, denn immer würde getuschelt: Das ist doch die, die Unzucht im Magdalenenkloster trieb. Und falls du es wirklich wissen willst: Ja, es ist wahr!«

»Beruhige dich! Die Leute starren uns schon an.«

»Laß mich in Frieden.«

»Ach, Franziska!«

»Der Umgang mit mir wird deiner geschätzten Laufbahn schaden.«

»In meiner jetzigen Position schadet mir gar nichts. Auch falls ich wieder meinen Ermittlerstatus erhalte, könnten wir uns treffen.«

»Wozu?«

»Wir sind doch erwachsene Menschen! Du bist eine hübsche Frau. Mir gefällt es in deiner Gesellschaft, und die könnten wir genausogut vertiefen, ohne gleich einander zu versprechen.«

Eine Ohrfeige hätte nicht schlimmer sein können. Franziska blieb auf der Stelle stehen. Ihr Gesicht brannte. »Das willst du von mir? Mich in dein Bett zerren? Weil ich so leicht zu haben bin? Thomas, du bist ein Dreckskerl! Möge sich die Erde auftun und dich verschlingen.«

Thomas hob beide Hände. »Vorsicht mit den Flüchen, Franziska Wyell!«

Sie schritt weit aus. Ein bullenhafter Mann drückte sich an die Hauswand, um sie passieren zu lassen, und ein Hund zog die Straße vor. Franziska strahlte pure Rauflust aus. Trotzdem wagte Thomas einen weiteren Vorstoß. Entschlossen lief er neben Franziska her, seine Hände tief in den Taschen vergraben.

»Darum geht es doch gar nicht.«

»Dann sag mir, worum es geht.«

»Ich möchte dir gerne helfen. Ich weiß nur nicht, wie.«

»Da gibt es nichts zu helfen.«

»Warum hast du es mir nicht selbst erzählt?«

»Beim besten Willen, Thomas! Glaubst du, ich ginge mit dieser Erfahrung bei jedem Beliebigen hausieren?«

»Also bin ich nur irgendein Beliebiger für dich? Fein! Ich war nahe daran, mir einzubilden, ich bedeute dir mehr.« Er schwieg einen Moment. »Wir sind beeindruckend gut darin, uns gegenseitig zu verletzen. Trotzdem mag ich dich.«

Fassungslos schüttelte Franziska den Kopf. Am liebsten wäre sie losgerannt, hätte Thomas und überhaupt alles hinter sich zurückgelassen. Mühsam unterdrückte sie ihre Tränen. Es war ihr alles zuviel geworden. Sie hatte so vieles eingesteckt und sich so weit verausgabt, daß sie sich ausgebrannt fühlte.

»Was erwartest du? Du bist gerade drauf und dran, es dir mit meinen Sympathien zu verscherzen. Nach höflicher Unterhaltung ist mir nicht zumute. Ich habe hier mein Ziel erreicht, und du gehst mir besser aus den Augen.«

»Ich werde auf dich warten«, erwiderte Thomas.

»Geh Morde aufklären, beschäftige deine Tanten, oder besuche das Bahkauv. Oh, Mist!« Franziska schlug sich mit der flachen Hand gegen die Stirn. »Das Bachkalb! Suse hat sich verguckt. Sie glaubte, es gesehen zu haben, getragen auf dem Buckel eines Zechers. Was sie aber in Wirklichkeit sah, waren zwei Männer. Einer trug den anderen auf dem Rücken. Da war Deterich schon schwer verletzt.«

»Derjenige, der ihm die Wunden zufügte, schleppte den Pferdeknecht zum Hospital und legte ihn dort ab.«

»Eine Leiche in den Stallungen des Meisters dürfte die Stadtsöldner auf den Plan gerufen haben, ein Verletzter am Hospital hingegen interessiert die Wache nicht.«

Thomas lehnte sich an die Hauswand. »Wer könnte so kalt handeln?«

Franziska überlegte nicht lange. »Körperlicher Gewalt hat Meister Schnidder nichts entgegenzusetzen, aber sich an Schwächeren zu vergreifen, ja, das tut er. Schnidder hat Maria wegen einer Belanglosigkeit grün und blau geprügelt. Andererseits: Deterich war kein wehrloser Tropf, er hat immerhin Hans verprügelt. Aber jemanden mit einem Knüppel auf den Kopf zu schlagen, setzt auch keine Bärenkräfte voraus, oder?«

»Da ist etwas dran.«

»Ich werde erst mal meine Anliegen mit den Beginen regeln.«

Lange mußte Franziska nicht warten. Sie wurde von einem jungen Mädchen eingelassen, das sie bat, in einem dunklen Flur Platz zu nehmen. Nachdem Franziska sich auf einem knarrenden Stuhl niedergelassen hatte, wurde auch schon eine Tür geöffnet. Dorle kam ihr mit einem matten Lächeln entgegen und bedeutete ihr, in einen kleinen, freundlich möblierten Raum einzutreten.

»Guten Tag, Franziska. Ich darf die Förmlichkeiten doch weglassen? Ist schon wieder jemand krank geworden?«

»Nein, ich möchte nur die Kräuter abrechnen, die Ihr uns zur Verfügung stelltet. Die Rechnung für die Küchenkräuter, zusammen mit den Heilmitteln.«

»Nehmt einen Augenblick Platz. Ist Euch und dem Meister damit geholfen worden?«

»Bestens, danke.«

Dorle nannte Franziska den Preis und lächelte verlegen. »Er ist höher, als Ihr erwartet habt, nicht wahr?«

»Um ehrlich zu sein, ja.«

»Seht mir die Erhöhung bitte nach, aber man hat uns mit Steuern belegt, um das Stadtsäckel zu füllen. Wir müssen nun jede Obole zweimal herumdrehen. Uns hat man nicht gefragt, ob wir einverstanden sind, die Feierlichkeiten zu bezahlen! Die Händler und Wirtshäuser haben den Profit, und wir haben das Nachsehen. Man hat uns sogar einen städtischen Inspektor geschickt, um unseren Garten und unser Vieh zu begutachten.«

»Wozu das?«

»Damit wir einen Zehnt an die Trosse zur Wegzehrung abtreten. Als Getreue des Kaisers sollen wir den Kopf neigen und die Börsen öffnen. Diesem Herrn Jaurenus muß das Wasser bis unters Kinn stehen, wenn er sich schon am Hab und Gut wehrloser Frauen vergreift.«

»So schlimm steht es?«

»Trinkt Ihr einen Tee mit mir? Er ist gut gegen lädierte

Nerven. Genau das Richtige für diese Tage. Diesen Sommer werde ich mein Lebtag nicht vergessen.«

Franziska nickte, und gleich darauf wurden ein Becher und ein Honigtöpfchen vor ihr abgestellt.

Dorle beugte sich vor und flüsterte nun. »Die Lage ist noch nicht ganz so arg. Aber man muß vorsichtig sein, sonst langen die Stadtbüttel gleich noch mal zu. Jeder muß zusehen, wo er bleibt.«

Franziska nippte an der süßen Flüssigkeit, die ihr wohltuend die Kehle hinunterrann. »Ich werde mir auch eine neue Anstellung suchen müssen und kann nur hoffen, daß ein reicher Handelsherr meiner Kochkünste bedarf. Jetzt, wo die Feierlichkeiten sich zum Ende neigen, wird es nicht leicht werden.«

»Besitzt Ihr Fähigkeiten, auf die Ihr notfalls ausweichen könntet?«

Franziska zuckte mit den Schultern. »Kochen kann ich nun mal am besten.«

»Und ich gärtnern, aber ich habe sogar damit begonnen, einem jungen Herrn Unterricht im Schreiben zu erteilen. Wenn die Vorsteherin davon erfahren würde, würde sie mich schelten, aber ich brauche Tiegel und Rohstoffe, die ich selbst einkaufen muß. Der Herr ist gelehrig und zahlt gut. Darum habe ich mich auf den Handel eingelassen.«

»Aber«, wunderte sich Franziska, »warum macht Ihr darum ein Geheimnis? Weil er ein Mann ist und hier nicht hinein darf?«

»Ja, auch. Und weil er es so will. Ich breche kein Verbot, denn ich lasse ihn nicht über diese Schwelle. Ich bin eine gefestigte Frau. Wäre er mir begegnet, als ich noch jünger war, nun, so würde ich meine Hand nicht ins Feuer legen. Ach, was rede ich da für einen Unfug.« Dorle lächelte, seufzte, nahm die Münzen vom Tisch und legte sie in eine Schatulle.

Franziska hatte sich bereits zum Gehen gewandt. Sie

drehte sich jedoch noch einmal zu Dorle um. »Ich kann ebenfalls schreiben. Vielleicht könnte ich damit mein Brot verdienen. Verratet mir, wo Ihr Euren Schüler kennengelernt habt?«

»Den sächsischen Landsknecht? In der Mostardgasse, als ich zum ersten Mal zu Schnidders Haus gerufen wurde.«

»Nicht erst später? Nachdem die Trosse eingezogen waren?«

»Die Mandeln, die Eure Hirntätigkeit anregen sollten, wirken ausgezeichnet. Es war, als ich nach Herrn Joslin sah. Auf dem Weg zurück kamen wir ins Gespräch.«

Thomas lehnte immer noch an einer Mauer gegenüber des Konvents, als Franziska wieder auf die Straße trat.

»Ich wollte mich bei dir entschuldigen. Ich habe vorhin ziemlichen Blödsinn geredet«, sagte er.

»Das hast du!«

»Was kann ich tun, damit du mir verzeihst?«

Franziskas Augen funkelten. »Ich habe nicht vor, dir zu verzeihen, daß du mich zu deiner Hure machen wolltest.«

»Eine Bekanntschaft vertiefen könnte auch bedeuten, daß man lernt, dem anderen zu vertrauen. Du bist es, die nur so über Männer denkt.«

»Nein, kein weiteres Wort darüber. Ich bin böse, und du würdest es nur noch schlimmer machen. Laß es uns vergessen, zumindest für den Augenblick. Ich habe gerade etwas anderes erfahren, was mich nachdenklich stimmt. Was weißt du über ganz gewöhnliche Landsknechte?«

»Es sind meist recht rauhe Burschen, oft junge Bauernsöhne, die keine Aussichten auf Land haben und sich mit dem Kriegshandwerk ihren Lebensunterhalt verdienen.«

»Das habe ich bisher auch gedacht. Ist es demnach nicht ungewöhnlich, daß ein sächsischer Landsknecht von einer Begine schreiben und lesen lernen möchte?«

Thomas nickte. »Landsknechte sollten ganz andere Ziele verfolgen. Und woher soll ein einfacher Söldner das Geld dazu haben? Die Männer bekommen zu essen. Mehr Lohn ist für sie meist nicht vorgesehen.«

»Maria hat eine Einladung zum Bankett heute abend erhalten. Als Repräsentantin des einfachen Aachener Volkes. Ich habe sie überreden können, dort hinzugehen. Mit ein wenig Glück kann ich mich einschleichen und einen Blick auf den Herzog von Sachsen werfen. Wenn er als Gönner jemanden finanziell unterstützt, dann finde ich vielleicht heraus, wer es ist.«

»Nicht, indem du nur zuschaust.«

»Unterschätze mich nicht.«

»Das ist viel zu gefährlich.«

»Es werden viele Leute zugegen sein. Niemand ahnt etwas von meinem Vorhaben. Ich sehe mich nur etwas um. Du hast nicht mehr die öffentliche Funktion inne, einen Adligen selbst nach seinen Gefolgsleuten befragen zu können.«

»Trotzdem werde ich mich nicht untätig zurücklehnen.«

»Was hast du vor?«

»Die Landsknechte lagern auf der Turnierwiese. Ich werde mich dort umhören.«

»Sei vorsichtig.«

»Du auch.«

Ein intensiver Blick besiegelte ihr Versprechen.

Kapitel 34

Maria und Franziska fanden sich nach dem sechsten Glokkenschlag vor dem Rathaus ein, um das sich dichte Menschentrauben drängten. Auf den letzten Abend der Feierlichkeiten würde zwangsläufig die Ernüchterung folgen, doch war niemand bereit, sich den unausweichlichen Aussichten zu stellen. Das Leben war vergänglich. Wie man nun wußte, hatte der Unfall am Dombau zwei Opfer gefordert, viele Menschen waren verletzt worden, und schon morgen konnte man selbst dem kalten Gevatter in die Augen schauen.

Es war nicht leicht gewesen, Marias aufkommende Sorge zu zerstreuen und sie davon zu überzeugen, der Einladung Folge zu leisten, doch als Franziska energisch erklärte, sie würde an ihrer Seite bleiben, ließ sich die Haushälterin überreden. Beim Umkleiden hatten sie beide wie junge Hühner gegackert und gekichert, und nun freute sich Maria tatsächlich auf den Ausflug.

Gebührlich ausstaffiert, fanden sie sich auf dem Marktplatz wieder. Fuß um Fuß kamen sie voran, steckten dabei Stöße ein und teilten selbst welche aus. Ungefähr die Hälfte der Aachener hatte sich eingefunden, schätzte Franziska grob, und selbstverständlich wollte jeder möglichst weit nach vorn gelangen. Das Gewirr war unvorstellbar, aber sie schafften es, sich bis zum Rathaus vorzukämpfen.

»Worauf warten die Leute?« fragte Maria

Franziska deutete auf einige Zuschauer, deren Gemeinsamkeit darin bestand, daß sie sich geräumige Taschen umgehängt hatten.

»Nicht nur auf den Anblick der Gekrönten, auch wenn es deren Eitelkeit schmeicheln würde. Die Reste vom Festmahl werden aus den Fenstern der Amtei geworfen. Fünfzig Gänge, so munkelt man, werden die Leibköche in silbernen Schalen kredenzen, und viele Laiber Brot soll es obendrein geben. Zudem sollen drei Erzbischöfe zugegen sein und den Segen über die Bürger sprechen. Nach dieser Völlerei käme eine Absolution gerade recht.«

»Das spart die Beichte, was?«

»Ja.« Franziska lächelte. »Hast du die Einladung?«

Maria wühlte in den Falten ihrer Kleidung, zog mit einem

triumphierenden Grinsen das begehrte Teil hervor und schwenkte es vor den grimmigen Mienen der Stadtwächter, die nicht gewillt waren, danach zu greifen. Schulter an Schulter präsentierten sie Aachener Geschlossenheit.

»Hier, seht die Siegel. Wir sind zu dem Empfang geladen.« Franziska und Maria waren gleichfalls entschlossen, ihr Anliegen zu vertreten.

Endlich fühlte sich einer der Wächter gemüßigt, sich der Frauen anzunehmen. Franziska erkannte in ihm denjenigen, den sie am Granusturm angesprochen hatte. Stirnrunzelnd drehte er das Dokument hin und her und erinnerte sich an seine Anweisungen, die besagten, nur einzelne Personen aus dem Volk einzulassen.

»Eine von euch. Nicht beide.«

»Nein, beide! Lest, da steht es doch!«

»Wo?« Der Wächter starrte auf das Pergament.

»Dort! Das Zeichen bedeutet zwei!«

Franziska hatte das Zeichen in Form einer Münze nachträglich hinzugefügt. Sie zeigte mit dem Daumen abwechselnd auf sich und Maria.

»Wir sind Dienstleute des kaiserlichen Quartiergebers Schnidder. Die Offerte ist an uns beide gerichtet, um dem Schreiber Arbeit zu ersparen.«

»Aha! Jetzt verstehe ich!«

Die List funktionierte. Maria und Franziska wurden vorgelassen und hasteten die geschwungenen Treppen hinauf. Von hier oben konnten sie den Platz überblicken, ein Meer von Köpfen. In den vorderen Reihen wurde den bedrängten Menschen bereits die Luft knapp, doch schwärmten immer noch Hinzukommende aus den Gassen auf den Platz.

Erleichtert lehnte sich Franziska einen Moment an die Tür. Dann wurde sie von Nachrückenden weiter in die festlich geschmückte Eingangshalle hineingespült. Anders, als sie es sich erhofft hatte, brachte man sie und Maria jedoch in einen spartanischen Nebenraum, in dem einfach gekleidete Menschen die Neuankömmlinge musterten. Die Tür fiel hinter ihnen zu, und ein Herr in bunter Kleidung klopfte mit einem Stab so lange auf den Boden, bis Ruhe einkehrt war. Franziska reckte den Hals.

Die Stimme des Mannes klang hochmütig. Ihm war anzusehen, daß ihm die Aufgabe unter seiner Würde zu sein schien. Seine Kleidung war teuer, aber zu albern, um Respekt zu erheischen.

»Aachener Bürger, ihr befindet euch hier auf unseres Kaisers ausdrücklichen Wunsch. Ihr seid dazu angehalten, diese Stadt, ihre Gastfreundschaft und ihre Zufriedenheit kundzutun. Wenn ich es euch sage, tretet ihr gleich heraus und nehmt in zwei Reihen an den Wänden entlang Haltung ein. Seine Hoheit Kaiser Karl von Gottes Gnaden, Seine Hoheit König Wenzel und Ihre Hoheit Königin Johanna werden die Reihen abschreiten und einigen von euch vielleicht Fragen stellen. Sie sind so zu beantworten, daß die Herrschaften einen Eindruck bekommen, wie sehr zufrieden und bedürfnislos ihr seid.«

Niemand traute sich, ein Wort zu sagen. Man wartete geduldig wie eine Schafherde. Die gezierten Schritte des Zeremonienmeisters waren das einzig vernehmbare Geräusch.

»Wer quertreibt, landet sofort im Grashaus. Kein Jammern, kein Lamentieren. Und keine Bittgesuche! So etwas gehört nicht hier hin. Verstanden? Du, trete vor!«

Ein Greis, der sich in der zweiten Reihe befand, taumelte an seinem Gehstock vor und wurde vom Zeremonienmeister taxiert. Er schnippte mit den Fingern, woraufhin zwei Wächter beflissen näher kamen.

»Verschwinde! Du bist ekelerregend mager. Soll der Kaiser denken, der Bürgermeister ließe dich hungern, die Stadt kümmere sich nicht um die Alten?«

So hatte sich Franziska die Feierlichkeiten nicht vorgestellt. Im stillen war sie erbost über diese Behandlung. Der Greis wurde von den beiden Bewaffneten an den Schultern hinausgeschleppt. Drei andere Aachener teilten sein Schicksal.

Aus einem entfernten Raum erklang Musik und Gelächter. Dann ertönte eine Fanfare, und der Zeremonienmeister verließ mit einem letzten drohenden Blick den Nebenraum. Seinen Untergebenen gab er zuvor noch eine Anweisung.

»Durchsucht das Volk nach Waffen, und meldet mir, wenn ihr etwas findet.«

Die Glocke schlug sieben Schläge, dann acht, und endlich tat sich die Tür auf.

»Aufstellen, los. Nicht stieren wie die Ochsen, sondern auf den Boden schauen.«

Maria hielt sich dicht neben Franziska. Kaiser Karl betrat den Gang, gefolgt von seinem Sohn und seiner Schwiegertochter sowie einigen Abgeordneten seines Stabes und Vertretern der Stadt. Auch Peter Jaurenus war unter ihnen, wie Franziska durch einen raschen Blick feststellte.

Der Kaiser, ohne Glanz, Krone und Purpur, trug die taugliche Gewandung, die ihm auch auf seinen Reisen als praktisch erschien. Immer wieder nickte er seinen Untertanen zu, verharrte bei einigen und stellte, wie es der Zeremonienmeister angekündigt hatte, Fragen nach ihrem Leben.

»Wie verdienst du dein Geld, guter Mann?«

»Ich bin Schuhmacher.«

»Ein solides Handwerk. Hast du Familie?«

»Ja, Eure kaiserliche Hoheit. Ein Weib und vier prächtige Kinder.«

»Richtet ihnen meinen Segen aus.«

Der Kaiser wandte sich an einen anderen Mann. »Ich danke dir, daß du zu meinen Ehren erschienen bist. Wie lautet dein Name?«

»Gottfried, Herr.«

»Wie kommst du aus?«

»Ich verdinge mich als Mistkutscher, Herr.«

»Gut, eine Stadt braucht Männer wie dich, wenn sie existieren will.«

So ging es weiter. Wenzel langweilte die Prozedur offensichtlich, während Johanna unsicher wirkte. Sich der Nähe des einfachen Volkes auszusetzen schien ihr befremdlich, aber sie grüßte schüchtern und lächelte. Johannas verhätschelte Katze, auf ihr Samtkissen gebettet und von einem Knaben getragen, verschlief die Prozession.

An Franziska richtete der Kaiser kein persönliches Wort, aber zu ihrem Erstaunen blieb König Wenzel vor Maria stehen und bedeutete ihr, sich von dem höfischen Knicks zu erheben. Maria errötete zutiefst, als Wenzel ihr seine Hand zum Kuß reichte.

»Wie heißt du?«

»Maria, mein König.«

»Maria, du erinnerst mich an jemanden.«

Wenzel legte seinen Kopf schief und hustete geräuschvoll. Der frischgekrönte König verströmte einen angenehmen Geruch. Franziska wagte nicht, den Kopf zu heben. Die unbequeme Haltung machte ihren Rücken starr, und sie wünschte sich sehnlichst, der König würde weiterschreiten, aber er machte keine Anstalten dazu.

»Bist du hungrig, Maria?«

»Nein, Herr.«

»Doch, du bist es. Der Zeremonienmeister hat dich angewiesen, es nicht zuzugeben. Natürlich würdest du gerne essen und etwas Vorzügliches trinken. Erweise mir das Vergnügen, heute meine Tischdame zu sein.«

»Aber, Herr …« Maria wand sich vor Verlegenheit.

Wenzel hob seinen Zeigefinger. »Keine Einwände. Die Dame Johanna hat dafür Verständnis.«

Endlich setzte der seinen Weg fort. Einen Lidschlag später tauschten Maria und Franziska einen Blick. Maria war einer Ohnmacht nahe, Franziska dagegen schlichtweg verwundert. Die Hochherrschaftlichen zogen in den Saal ein, und die Frauen hatten ein wenig Zeit, einige Sätze zu wechseln. Zwei Männer des Stabes kamen ihnen entgegen und trieben die Bürger aus dem Gang. Maria klammerte sich hilfesuchend an die Hand ihrer Freundin.

»Franziska, was soll ich nur tun?«

»Geh in die Halle! Du kannst dich dem Wunsch des Königs nicht widersetzen!«

»Ich fürchte mich!«

»Aber wovor denn? Du bist doch nicht in der Gesellschaft von Wölfen.«

»Du hast versprochen, mich nicht alleine zu lassen«, beharrte Maria. »Ich weiß überhaupt nicht, wie ich einen König unterhalten soll.«

»Rede so wie mit dem Meister, aber gemäßigter. Damit dürftest du nichts verkehrtmachen. Ich werde sehen, ob ich einen Weg finde, hierbleiben zu können.«

Die Frauen wurden beinahe gewaltsam getrennt, als blitzartig ein weißes Fellknäuel an ihnen vorbeischoß, gefolgt von einem riesigen Hund, dessen graues Fell aussah, als hätten sich Generationen von Motten daran gütlich getan. Schaumiger Geifer lief von seinen weit aufgerissenen Fängen hinunter. Er bot ein Bild des Schreckens. Sein einziges Anliegen war, die fliehende Katze einzuholen. Es kam zu einem Tumult.

Johanna schrie, blind vor Angst, um ihr geliebtes Wesen. Ihre Hofdamen kreischten noch lauter. Der Katzenträger versuchte, den Hund abzulenken, und jeder Söldner sprang eifrigst herbei, um sich bei der Rettungsaktion Lorbeeren zu verdienen.

Franziska wich dem tobenden Ungetüm mit einem beherzten Sprung aus und stürzte in einen Gang. Der Samtvorhang, der ihn zuvor verdeckte, schwang noch einige Male hin und her, dann herrschte Dunkelheit.

Sie rappelte sich auf und rieb sich den angeschlagenen Steiß. Niemand schien in dem Wirrwarr ihr plötzliches Verschwinden bemerkt zu haben. Sie wartete noch einige Atemzüge lang, immer in der Erwartung, daß der Vorhang aufgerissen und sie aus dem Gang gezerrt werden würde.

Doch nichts dergleichen geschah.

Der Hund jaulte empfindlich getroffen auf, die Stimmen verebbten allmählich, und Franziska fühlte sich zunehmend sicher in ihrem zufälligen Versteck. Sie zählte langsam bis vierzig und spähte dann an dem Samt vorbei. Der Gang war nun verlassen. Wohin nun? Alleine auf dem weiten Flur war sie so auffällig wie der Mond am Nachthimmel. Wenn man sie entdeckte, würde sie hinausbefördert werden, ihr derzeitiges Versteck versprach hingegen mehr. Der Gang, wenn auch nicht geheim, mußte einem Zweck dienen. Franziska widerstand der Versuchung, eine Fackel aus ihrer Halterung mitzunehmen. Das wäre zu auffällig, Fackeln verschwanden nicht von alleine. Es würde reichen müssen, sich voranzutasten.

Nach nur sieben Schritten stieß sie sich die Zehen an einer Stufe. Einundzwanzig Stufen später erreichte sie das Ende der Treppe und eine Tür, die nur angelehnt war. Licht schimmerte durch den Spalt, dem Franziska entgegentappte. Das war weitaus mehr Glück, als sie erhofft hatte.

Von unten her würde sie kaum zu entdecken sein, ein Banner war so befestigt worden, daß sie von ihm verdeckt wurde. Die Empore war ein exponierter Platz für einen heimlichen Zaungast. Der Saal war prächtig hergerichtet, auch wenn die Gäste schon deutliche Spuren der Verwüstung hinterlassen hatten. Die Tafeln bogen sich unter den Speiseplatten, die güldenen Becher glitzerten im Kerzenschein. An nichts war gespart worden. Allerorts prangten überdimensionale Blütengebinde und verströmten ihren betörenden Duft. Sogar kostbare Gobelins mit heiteren Szenen hatte man an den Wänden anbringen lassen. Die bunte Schar drehte sich, an den Händen haltend, tat verwegene Sprünge und bildete immer neue Figuren. Zahlreiche Mägde und Mundschenke eilten geschäftig umher und sorgten sich um die Verköstigung der Gäste.

Maria saß tatsächlich neben dem jungen König, zunächst starr und aufrecht, dann aber lachte sie. Offensichtlich nahm ihr Wenzel die Scheu und erzählte etwas, das sie erheiterte. Also würde es für Maria hoffentlich doch ein unvergeßlich schöner Abend werden. Franziska verwarf die Überlegung, Maria irgendwie auf sich aufmerksam zu machen.

Auch Meister Schnidder befand sich unter den geladenen Gästen. Weit unten an der Tafel schnitt er akribisch das Fett von dem Spanferkel auf seinem Brett. Mehr hatte er nicht zu tun, da seine Tischnachbarn ihm keine Artigkeiten widmeten. Immer wieder schweiften seine Blicke zu Maria hinüber. Sein Blut schien vor Mißgunst zu brodeln.

Franziska fühlte eine gewisse Genugtuung. Hoffentlich würde Maria keinen erneuten Mißhandlungen ausgesetzt sein. Anfangs hatte Maria immer wieder seltsam berührt zu Johanna gesehen. Vermutlich fühlte sie sich der Gattin des Königs gegenüber unwohl. Mittlerweile lachte sie oft und hörte zwischendurch konzentriert auf Wenzels Erzählungen. Vielleicht hatte sich Franziska ein falsches Bild von dem verzogenen jungen Mann gemacht. Wenn er Maria erheiterte, konnte er gar nicht so übel sein.

Auch Johanna amüsierte sich bestens. Nun, wo ihre Katze eingefangen und in Sicherheit war, schenkte sie Werner von Sachsen die spielerische Gunst ihres Augenaufschlages. Über die Tische hinweg wurden die lockenden Blicke glühend erwidert.

Reihum wurden Trinksprüche erhoben. Die meisten

galten Königin Johanna, die alle Huldigungen freundlich entgegennahm. Werner von Sachsen saß an der mittleren Tafel und beugte sich fast auf seine Knie hinunter, was erst einen Sinn ergab, als Franziska ausmachen konnte, daß ein Junge zu seinen Füßen hockte und stürmisch nickte. Mit einem Klaps auf den Hinterkopf wurde er von dem Sachsen entlassen und rannte auf die hohe Tür zu. Krampfhaft versuchte sich Franziska an die Beschreibung des Botenjungen aus dem Komp zu erinnern.

Michel! Nun fiel ihr der Name ein. Wenn das tatsächlich Michel war, der einen Botengang für den Sachsen machte, dann mußte sie herausfinden, welch üble Tat dort an der Tafel des Kaisers ausgeheckt wurde. Vielleicht war es möglich, sich unter die Bediensteten zu mischen.

Als Franziska Tritte auf der Empore hörte, auf dem Weg, den sie selbst genommen hatte, war es für solche Überlegungen jedoch zu spät. Sie befand sich in einer Sackgasse.

Franziska konnte die Gestalt nicht erkennen. Der Mann kam ihr aus dem dunklen Gang entgegen. Für sie sprach, daß sie keine Waffe bei sich trug, die dem Kaiser auf diese Entfernung hätte gefährlich werden können, wenn sie ihm Böses gewollt hätte. Für eine Attentäterin konnte selbst der dümmste Söldner sie nicht halten.

Nach ihrer Entdeckung würde man sie allenfalls aus dem Rathaus werfen. Vielleicht müßte sie sogar eine Nacht im Kerker verbringen, bis sich jemand einfand, der ihre Angaben zur Person bestätigte.

Gebannt hielt sie sich mit einer Hand an der Brüstung fest.

Immerhin hatte sie den Vorteil, daß sie mit dem Entgegenkommenden rechnete, dieser aber nicht mit ihr. Wenn sie schnell genug war, dann konnte sie es vielleicht schaffen, an ihm vorbeizuschlüpfen und die Treppe hinunterzurennen. Alles Weitere bliebe dem Zufall überlassen.

Kapitel 35

Der Mann stieg Stufe um Stufe empor, gewohnt, sein Umfeld deutlicher wahrzunehmen als es ihn. Ein Umstand, dem er schon mehr als einmal sein Leben verdankte. Die Wachsamkeit war ebenso tief in ihm verankert wie sein Mißtrauen gegenüber anderen Menschen, doch diesmal war etwas schiefgegangen.

Er hob den Kopf.

Dort, wo es hätte still sein müssen, knackte eine Bodendiele, dann gleich darauf eine zweite. Er war zwar nicht allein, aber zunächst einmal seinen Häschern entronnen.

Seine Finger fanden unweigerlich die Drahtschlinge, die er nach Einbruch der Dunkelheit immer mit sich führte und die er stets beim ersten Sonnenlicht wieder in ihrem sicheren Versteck verbarg. Dabei hatte er die Schlinge gar nicht nötig. Seine Kraft war ihm anzusehen. Niemand, der seine sieben Sinne beisammen hatte, würde sich ihm allein entgegenstellen.

Sie waren zu viert gewesen. In Köln hatten sie noch alle zusammen getrunken, nun hatte sie ihn durch die Gassen gehetzt. Mit Sicherheit bot man ihnen eine Belohnung, für die es sich lohnte, die Angst zu vergessen.

Ein eisiges Gefühl durchlief ihn, als er in diesem Moment bemerkte, daß etwas Vertrautes fehlte. Es war nicht da. Bevor er loszog, hatte er es unter seinem Gurt verborgen. Das Schriftstück war fort, seine Lebensversicherung, der geheime Vertrag, in dem sein Name und der des Zahlers ausdrücklich erwähnt wurden. Man hatte ihn bestohlen. So lächerlich es klang, so lächerlich war es auch. Halunken treffen irgendwann immer auf noch größere Halunken.

Der Schreiber hatte nicht übertrieben. Vielleicht wurde er tatsächlich mit jedem Problem fertig.

Vielleicht.

Jahrelange Übung, zahlreiche Ringkämpfe und vor allem die Jagd hatten seine Muskeln gestärkt und seine Sinne geschärft. Erst mit der erfolgreichen Hatz eines Keilers hatte er gespürt, daß sein Ziel erreicht war. Seinen Herrn, diesen parfümierten Weichling, hatte das Wildschwein, das er auf seinen Schultern ins Lager geschleppt hatte, kaum beeindruckt, aber einem anderen war sein Mut und seine Kraft aufgefallen. Von seinem ersten Lohn hatte er sich, welch ein Hohn, Silber gekauft und den Keilerzahn einfassen lassen. Seither trug er ihn, unsichtbar für neugierige Augen, immer unter seinem Hemd auf der blanken Haut. Er sog Luft ein. Ein Hauch von Holzfeuer, vormals so konzentriert, daß er sich in der Kleidung und auf Haut und Haar abgelagert hatte.

Er wandte sich ab und stieg die Stufen wieder hinab.

Seine Augen brauchten keine Bestätigung, um zu wissen, wer sich dort oben verbarg.

Sein Doppelleben war nicht für Franziska bestimmt.

Langsam zog sich der Mann zurück und lauschte. Seine Verfolger hatten seine Spur verloren, doch das sagte nichts darüber aus, wie das Spiel enden würde. Letztendlich war das Leben selbst ein Glücksspiel, aber er hatte nicht vor, sich die Würfel aus der Hand nehmen zu lassen.

Kapitel 36

Der Mann, vermutlich der schreckliche Zeremonienmeister auf der Suche nach niederem, ungehorsamem Volk, hatte sich eines Besseren besonnen und war die Stiege wieder hinuntergegangen, ohne sie zu stellen.

Erleichtert, aber mit zittrigen Knien ließ sich Franziska auf die Dielen sinken. Sie brauchte Zeit, um sich zu beruhigen, aber es war dringend notwendig, von hier fortzukommen. So ein Glück würde sie kein zweites Mal haben. Es war jedoch besser, noch etwas abzuwarten. Ein kopfloses Davonstürmen würde sie geradewegs in die Arme des Schergen führen. Sie zählte die Holzplanken, lauschte den Melodien und schließlich auch einem Geschichtenerzähler, der die Taten des Kaisers pries. Maria war guter Dinge. Franziska sah ihr eine Weile zu und begann sich zu langweilen. Hier oben wurde es unerträglich warm. Sie lockerte ihre Haube und stellte die Schuhe auf Seite. Dann dachte sie nach.

Zu ihrem Entsetzen mußte sie wohl eingeschlafen sein, denn als sie die Augen öffnete, wußte sie nicht, wo sie sich befand. Ein Bänkelsänger trug mit schleppender Stimme Balladen vor.

Franziska wagte einen Blick hinunter in die Halle.

Den wenigen noch Verbliebenen war es gleichgültig, ob die Musik schön klang. Die Stirnseite der Tafel, an der die Gekrönten Hof gehalten hatten, war nun verlassen. Zwei Paare beschäftigten sich schamlos miteinander. Die meisten Kerzen waren erloschen, die Speisen abgeräumt, und die Hunde der Vasallen waren vom Küchenpersonal eingelassen worden. Satte Hunde beißen nicht, und aufgeleckte Speisereste mußten nicht mühsam vom Boden gekratzt werden.

Auch Maria saß nicht mehr auf ihrem Hocker. Schwer hingen der Gestank der erloschenen Feuer und kalter Fettgeruch in der Luft. Die Blumen ließen die Köpfe hängen.

Drei Mundschenke traten schwatzend ein und suchten nach dem Gelage ihr eigenes Glück in den Resten der Krüge. Nun war es weidlich sicher, endlich ihren Aussichtspunkt zu verlassen. Maria lag sicherlich längst in ihrem Bett, schlief und träumte von dem unvergeßlichen Abend.

Der Anblick des mächtigen Riegels machte all ihre Hoffnung zunichte, die große Türe offen vorzufinden. Nie und nimmer würde sie ihn alleine bewegen können. Die einzige Möglichkeit, das Rathaus zu verlassen, bestand darin, einen unverschlossenen Nebeneingang zu finden. Stimmen kamen näher. Geistesgegenwärtig nahm Franziska sich einige leere Weinpokale, hielt sie an ihre Brust gedrückt und setzte eine überhebliche Miene auf.

Als Küchenhelferin getarnt, bewegte sie sich nun etwas freier, achtete aber dennoch darauf, niemandem zu begegnen. Sie nahm den erstbesten Gang, der sie von den Stimmen fortführte. Sechs Treppenstufen ging es hinunter, dann befand sich Franziska in einem beleuchteten Trakt, der nicht für die öffentliche Nutzung vorgesehen war. Der unebene Boden bestand nur aus gestampftem Lehm, und der Kalk an den Wänden sah schäbig aus. Erstaunlicherweise aber roch es in dem Gang wunderbar nach Blüten. Die Pokale an die Brust gedrückt, schlich sich Franziska voran, als unmittelbar neben ihr leise eine Tür geöffnet wurde.

»Was machst du denn hier?« Maria starrte Franziska an, als sähe sie ein Gespenst.

Franziska stellte sofort die Trinkgefäße ab. »Das könnte ich dich auch fragen! Wir sind im Gewölbekeller.«

»Leise! Er ist eingeschlafen.«

»Wer?«

»Der König natürlich.«

»Natürlich! Lebt er im Keller?«

»Aus Sicherheitsgründen. Er bewohnt eine feudal eingerichtete Stube, wie man sie hier nie vermuten würde. Es fehlt dort an nichts. Wenn ich es richtig heraushörte, kennt nicht einmal seine Frau das Geheimzimmer. Falls doch, dann will ich lieber fort sein, ehe sie nachschauen kommt, wer ihren schlummernden König zugedeckt hat.«

»Oben kommen wir nicht raus.«

»Ich weiß. Komm!«

Maria zog Franziska am Ärmel mit sich. Die Gewölbe des Rathauses glichen einem verwinkelten Fuchsbau, was vor allem daran lag, daß überall Truhen und Kisten, Tragekörbe, Steine und Baugeräte standen. Maria deutete auf eine unscheinbare Pforte, die so niedrig war, daß selbst Franziska ihren Kopf einziehen mußte. Wenigstens gab es hier keine Spinnweben. Ein paar ausgetretene Stufen führten nach oben. Zu Franziskas Verblüffung befanden sie sich auf der Rückseite des Rathauses.

»Wieso kennst du dich hier so gut aus?« fragte sie Maria.

»Weil meine Blase voll war. Ich werde den Teufel tun, mich vor König Wenzel zu erleichtern. Also habe ich mich damit entschuldigt, frische Luft schnappen zu wollen.«

»Du bist die ganze Zeit bei ihm gewesen?« Franziska schloß die Tür vorsichtig hinter sich und atmete befreit durch. Die Nachtluft war erfrischend und tat gut.

Maria zuckte mit den Schultern und tat, als sei es das Selbstverständlichste auf Gottes Erden. »Er ist ein angenehmer Gesellschafter. Wir haben lange über Köln geredet. Dort muß sich sehr vieles getan haben. Neue Bauten schießen wie Pilze aus dem Boden. Die Gegend um den Heumarkt, wo ich früher gelebt habe, würde ich bestimmt nicht mehr wiedererkennen. Wie bist du auf die Idee gekommen, mich ausgerechnet in diesem Trakt zu suchen?«

»Ich habe nicht dich, sondern einen Ausgang gesucht.«

»Wo bist du überhaupt abgeblieben?«

»Ich habe mich auf der Balustrade versteckt, wo mich der aufgeplusterte Zeremonienmeister während des Essens beinahe entdeckt hätte.«

»Das kann nicht sein. Während wir aßen, war er die ganze Zeit unten im Saal und hat jeden mit Argusaugen beobachtet. Er hat direkt unter der Balustrade gestanden und die Dienstleute kontrolliert. Du mußt dich irren.«

Franziska atmete tief ein. Wer war dann die Treppe hinaufgestiegen und hatte auf halbem Weg kehrtgemacht? Na, vielleicht nur ein Bediensteter, der sich eine heimliche Pause gönnen wollte.

»Jetzt, im nachhinein, kommt mir unsere Unternehmung leichtsinnig und dumm vor. Ich wollte etwas herausfinden, aber ich habe nicht ein einziges, wirklich wichtiges Detail entdeckt.«

»Ich habe den Abend jedenfalls genossen. Etwas war schon merkwürdig. Drei bis an die Zähne Bewaffnete kamen dem König und mir im Gewölbekeller entgegen. Er fragte sie, was sie dort zu suchen hatten, aber sie antworteten ihm nicht, sondern ließen ihn stehen, als sei er ein dummer Junge.«

»Und das hat sich König Wenzel bieten lassen?«

»Seltsamerweise ja. Richtig finstere Gesellen waren das. Mit denen hätte ich mich auch nicht angelegt.«

Ängstlich eilten die Frauen durch die dunklen Gassen. Sie wichen einigen unverbesserlichen Trinkern aus und waren heilfroh, schließlich die Mostardgasse zu erreichen.

Mit der ersten Helligkeit öffnete Franziska ihre Augen. Maria lag noch ruhig auf ihrer Matte und schmunzelte sogar im Schlaf.

Leise, um sie nicht zu stören, kleidete sich Franziska an. Ein fader Geschmack im Mund brachte sie auf den Gedanken, sich aus dem Garten einen Apfel zu holen. Sie suchte sich ein besonders schönes Exemplar heraus und lehnte sich an das Mäuerchen.

Genüßlich kaute sie und lauschte den Vögeln, die ihr erstes Lied sangen. In die Melodie mischte sich ein schrecklich krummes Pfeifen. Agnes war ebenfalls im Garten, um Wasser für einen Kräuteraufguß zu holen.

»Habt Ihr Lust, Kamillentee mit uns zu trinken? Ihr müßt uns unbedingt erzählen, wie das Fest verlaufen ist.«

Die Augen der Witwe funkelten munter, und Franziska nahm die Einladung an. Angela hatte den Tisch bereits gedeckt und stellte beschwingt einen dritten Becher hinzu.

»Nun erzählt schon! Hat Maria in meinem Kleid getanzt? Ich war eine wunderbare Tänzerin, leicht, anmutig und geschwind, und immer hatte ich viele Verehrer, die sich um meine Hand rissen«, schwärmte die Jüngere.

»Ja, weil deine Hand durch das Vermögen unseres Vaters vergoldet war«, brummte Agnes. »Selbst ein Ferkel wird magnetisch, wenn man ihm Juwelen umbindet.«

»Agnes, du bist gemein! Du verzeihst nur nicht, daß dein Senfmüller mich mehr anlächelte als dich.« Angela schüttelte entrüstet den Kopf.

»Angelächelt? Ausgelacht hat er dich, weil er noch nie ein so eitles Ding gesehen hatte.«

»Bei dir hatte er ja nichts zu lachen!«

Die Schwestern waren auf dem besten Weg, sich ihrem liebsten Zeitvertreib hinzugeben, als sie sich wieder an ihren Gast erinnerten. Unisono hielten sie plötzlich ihre streitbaren Münder, und Franziska erzählte von der Feier. Höchst zufrieden hörten die Witwen zu. Erst nachdem Franziska einen harten Kanten Brot verzehrt hatte, fand sie es an der Zeit, auf ihr eigenes Anliegen zu sprechen zu kommen.

»Wenn ich Meister Schnidders Türe hinter mir schließe, habe ich weder eine Unterkunft noch eine neue Anstellung. Ich habe etwas Geld zurückgelegt und …«

»Ihr zieht also in ein Gasthaus«, stellte Angela enttäuscht fest. »Wie schade! Aber Ihr werdet uns doch besuchen kommen, nicht wahr?«

»Sie kann auch bei uns wohnen, Platz haben wir ausreichend, nicht wahr, Angela? Unser Neffe ist eh jede Nacht in der Wache. Und mit dem Spuk werden wir zu dritt auch viel besser fertig. Wir bleiben nachts einfach wach und erzählen uns Geschichten«, schlug Agnes vor.

Angela nickte begeistert. »Thomas schläft gelegentlich im Anbau, wenn es spät wird und er uns nicht wecken möchte. Gleich bei der Hintertür, wenn Ihr in den Garten geht, kommt Ihr an seinem Eingang vorbei. Thomas schiebt niemals den Riegel vor. Er wird schon wissen, warum.«

»Warum! Damit ihn seine alten Tanten wecken können, Schwester!«

Angela klimperte unschuldig mit den Wimpern. »Habe ich denn etwas anderes gemeint? Ich habe überhaupt keine Hintergedanken!«

»Viel zu unverblümt! Was soll Frau Franziska von uns denken?«

Franziska behielt ihre Gedanken für sich. »Einverstanden, aber ich werde für das Bett bezahlen.«

»Ach, kocht statt dessen etwas für uns, bis Ihr eine Anstellung findet.«

»Wollt Ihr Thomas nicht erst fragen, ehe ihr mich bei Euch aufnehmt?«

»Der Junge hat uns auch nicht gefragt, ob es uns recht ist, daß er zur Wache geht. Angela hat das Gefühl, er fürchtet unseren grausigen Spuk mehr als wir. Ich glaube, er will, auf Teufel komm raus, seinen beruflichen Aufstieg schaffen. Wißt Ihr vielleicht Näheres?«

»Nein.«

»Aber Ihr mögt ihn doch?«

»Ja.« Die Antwort war ehrlich. »Allerdings macht er es einem oft nicht leicht.«

»Junge, predige ich immer, geh hin, lade Franziska ein und trinke mit ihr auf unsere Gesundheit. Andererseits – ein Mann, der fleißig arbeitet, muß nicht aus dem Gasthaus gezogen werden.«

Agnes nickte, ließ aber zum Glück von dem leidigen Thema ab.

»Oben in der Stube ist noch eine Matratze. Der Geist kommt nachts, jetzt dürftet Ihr eigentlich nichts zu befürchten haben. Ihr könnt sie doch alleine hinuntertragen, nicht wahr? Ich würde Euch helfen, aber ich habe Angela versprochen, die Andacht zu besuchen. Zieht später einfach die Tür hinter Euch zu.«

Franziska fand hinter einer Aussteuertruhe schneller als gedacht, wonach sie suchte. Sie sah sich gründlich um, wusch sich die staubigen Hände und verließ zufrieden das Haus. Es gab vieles zu erledigen. Der erste Weg führte sie ins Kompviertel, der zweite zum Wachhaus.

Franziska nahm den Kessel vom Haken und schüttete Wasser ins Spülbecken. Mit einer Wurzelbürste bearbeitete sie die kupfernen Pfannen. Maria trocknete sie ab.

»Ob mir gestern noch etwas Ungewöhnliches aufgefallen ist? Nein, es war ein ganz normaler Abend. Ich habe mit dem König gespeist. Ich saß an seiner Seite, begleitete seine Hoheit später in die privaten Gemächer und ließ mich glänzend unterhalten. Erlebe ich ständig. Nichts Außergewöhnliches.« Die Haushälterin lächelte. »Ich habe mich noch nicht bei dir bedankt. Du hattest recht: Es wird mir ein unvergeßliches Erlebnis bleiben. Mir ist nichts aufgefallen, aber sag mir, was es hätte sein können?«

»Herzog Werner von Sachsen hatte einen Jungen an seiner Seite und schickte ihn fort. Hatte der Bursche zufällig schwarze Finger wie die Färberjungen vom Komp?«

»Nein, hatte er nicht.«

Also war es nicht Michel.

»Du bist dir sicher?«

»Der Junge muß aus dem Gefolge stammen. Er überbrachte eine Nachricht, wahrscheinlich mit einem pikanten Inhalt zur Königin, dann war er fort. Wenig später auch der Sachse, und die Königin verließ ebenfalls ihren Platz für geraume Zeit.«

»Ein Techtelmechtel? Direkt unter den Augen ihres Gatten und ihres Schwiegervaters. Ziemlich tollkühn.«

»Du wirst staunen. Ich habe mir einiges erklären lassen,

um die Zusammenhänge verstehen zu können, aber das ist hohe Politik, nicht einfach zu verstehen. Wir stecken mitten in Zeiten rivalisierender Großdynastien: Wittelsbacher, Luxemburger und Habsburger. König Albrecht, Johannas Vater, ist ein strenggläubiger Katholik, er preist ständig unseren Herrn und Gott und feiert alle Heiligen in seinem Reich. Gegen Albrecht ist Meister Schnidder eine richtige Frohnatur. Albrecht ließ sich zwar darauf ein, seine älteste Tochter mit Wenzel zu verheiraten, aber er verlangte, seine Forderungen zur Erfüllung der Ehe genauestens vertraglich festzuschreiben, abgesegnet von Erzbischof Balduin von Trier. Unter anderem war sogar festgelegt, zum einen wegen der Jugend der Eheleute, zum anderen aus politischen Aspekten, daß die beiden … also …«

Franziska half Maria aus, indem sie die Dinge beim Namen nannte: »Erst nach der Krönung miteinander ins Bett durften? Das mußte ja Spaß machen, denn gewiß mußten auch noch emsige Protokollschreiber als Zeugen den Akt bestätigen!«

»Es gibt bisher nichts zu bestätigen, wird gemunkelt. Jedenfalls nicht zwischen Wenzel und Johanna.«

»Deswegen fühlt sie sich nicht gebunden?«

Maria zuckte die Schultern. »Kann doch sein, wenn die Ehe noch nicht vollzogen ist.«

»Der Sachse bezeichnete sich als dem König nahestehend.«

»Der Königin steht er näher, würde ich behaupten.«

»Versteh einer die Männer.«

»Apropos, dein Thomas war vorhin rasch wieder fort.«

»Er wollte mir nur mitteilen, daß er mit seinen Nachforschungen auf dem Turnierplatz keinen Erfolg hatte. Schade, ich hatte gehofft, er würde etwas herausfinden. Außerdem muß er sich um den Hund kümmern. Du weißt schon …«

Maria ließ nicht locker. »Das ist kein Grund, so mürrisch dreinzuschauen.«

»Ihm ist eine Bemerkung herausgerutscht, die mich tief getroffen hat.« Franziska gab seine Worte kurz wieder. »Thomas strebt erneut eine höhere Funktion an, weil er mehr verdienen möchte. Es käme viel Arbeit auf ihn zu, meint er. Aber ich kann nicht recht daran glauben, sondern vermute, daß er mich nicht mehr in der Öffentlichkeit treffen will, bis Gras über die Sache gewachsen ist. Seit uns der andere Wachmann zusammen auf dem Turnierplatz gesehen hat, verhält sich Thomas seltsam. Was er tut und was er sagt, sind verschiedene Dinge. Mich will er nicht treffen, aber andererseits deutete er unmißverständlich an, daß er Pläne hat, die auch mich einbeziehen. Die Umsetzung würde allerdings noch dauern …«

»Er wird um deine Hand anhalten?«

»So habe ich ihn verstanden.«

»Der Mann weiß, was er will, aber es ist nicht genau das, was du dir erhoffst?«

Franziska legte die Bürste fort und drehte sich um. »Er ist nett, anständig, fleißig und orientiert sich gewissenhaft. Er sieht gut aus, ist sauber, hat noch alle Zähne und schaut nicht nach den Röcken. Er hat Aussicht auf ein Erbe, und ich bin mir sicher, er wird es sorgsam behandeln und vermehren.«

»Perfekt.«

»Das ist es ja gerade, Maria. Verstehst du nicht: Er ist perfekt, aber ich bin es nicht.«

»Er strebt eine höher entlohnte Stellung an, damit er dir ein besseres Leben bieten kann, und du kreidest ihm das an.«

»Ich will mich nicht von einem braven Mann aushalten lassen, der mir jederzeit genau das vorwerfen könnte.«

»Du bist blöde! Was erwartest du?«

Franziska schaute ratlos drein. »Ich weiß es nicht.«

Maria rollte mit den Augen.

»Allmächtiger, ist dir noch nie eine dumme Bemerkung über die Lippen gekommen, für die du dich später entschuldigt hast?«

»Doch.«

»Ausgerechnet du nimmst für dich in Anspruch, deinen Vater einen Dickschädel zu schimpfen! Du hast schon viel erlebt, Franziska, aber gelernt hast du nichts daraus. Du hast Thomas nicht verdient, weißt du das?« Maria band sich ihre Schürze ab und warf sie auf den Tisch. »Ich gehe zu den Witwen hinüber.«

Franziska blieb allein in der Küche zurück und hatte genügend Zeit, über Marias Worte nachzudenken. Insgeheim mußte sie Maria recht geben. Thomas hatte sich aufrichtig entschuldigt, und sie hatte sich wie ein verzogenes Kind benommen. Ansonsten hatte sie ihr Leben doch im Griff, warum gelang es in der Liebe nicht? Tief beschämt über ihr Benehmen, schluckte Franziska einige Tränen herunter.

Sie würde es wiedergutmachen. Voller Zuversicht schlug ihr Herz ein wenig schneller. Ein Ausflug vor die Stadtmauern vielleicht oder ein gemeinsamer Badbesuch. Gemeinsam über den Marktplatz schlendern und irgendwo einkehren. Es würde ihr schon etwas einfallen. Wenn Thomas sich nur zu ihr bekennen würde, würde sie ihn nicht zurückweisen. Sorgfältig kämmte sie ihr Haar und flocht es zu einem Zopf.

In Gedanken vervollständigte sie ihren Plan.

Kapitel 37

»Dann mal rein in die gute Stube«, wisperte Agnes und hieß Maria, Franziska und Andreas willkommen. In stillem Einvernehmen setzte sich die kleine Gruppe in den Wohnraum und nickte Thomas zur Begrüßung zu. Angela reichte Pintchen mit Kräuterwein herum. Stumm prostete sich die kleine Gruppe zu, und das eine oder andere nervöse Kichern wurde in Kissen oder Ärmeln erstickt. Der bernsteinfarbene Hund lag gemütlich auf der Seite und wedelte träge mit der Rute.

Bis auf ein verdecktes Licht war es dunkel in der Stube. Thomas unterdrückte schnaubend ein Niesen und wischte sich über die Augen. Verschwörerisch zwinkerte er Franziska zu und versicherte ihr so, daß alles in Ordnung sei. Sie reichte ihm ihre Hand, er drückte diese leicht und streichelte sie mit dem Daumen. Verstohlen sahen sich die beiden an und rückten noch ein wenig näher zusammen.

Maria lauschte und gab dann das verabredete Zeichen. Daumen und Mittelfinger schnippten leise aufeinander.

Agnes übernahm die erste vorgetäuschte Schnarchphase. Eines mußte man ihr lassen: Sie hörte sich verteufelt echt an, obwohl sie aufrecht saß und lustige Grimassen zog. Konnten die Witwen tatsächlich schlafend die ganze Nacht hindurch gotterbärmliche Laute von sich geben, so gestaltete es sich im Wachzustand weitaus schwieriger. Der Hals wurde zu rasch trocken. Die Aufregung drohte in Hysterie umzuschlagen. Nach einem Becher Wein übernahm Angela, und nun trank ihre ältere Schwester. Gestärkt versuchten sie sich im Duett.

War da nicht ein Geräusch? Draußen rumpelte ein Fuhrwerk vorüber. Eine Tür wurde zugeschlagen, das Dielenholz arbeitete, zwei Katzen kämpften miteinander. Es herrschte Stille, bis auf ein Schnarren, das eindeutig von oben kam.

Entsetzlich jaulende Klagelaute, untermalt von klirrendem Kettengerassel setzten ein. Der Spuk hatte nicht lange auf sich warten lassen. Dann tosten schwere Schläge auf den Boden über ihren Köpfen. Sie schienen nicht enden zu wollen. Dreißig monotone Hiebe zählte Franziska mit und widerstand der Versuchung, sich die Finger in die

Ohren zu stecken. Ob die Decke die Schläge aushielt? Sie trieben der nervlich angeschlagenen Gruppe die Gänsehaut auf die Arme. Unglaublicherweise steigerte sich die Lautstärke mit jedem weiteren Augenschlag zu einem infernalischen Treiben. Thomas beugte sich vornüber und ließ den Hund vom Strick.

»Lauf, hol ihn dir!« zischte der Stadtsoldat.

Der Hund hatte nur auf einen Befehl gewartet, und gleich eines Blitzes jagte er die Treppe hinauf. Unten wurden eiligst die bereitstehenden Handlichter entzündet, doch zwei markerschütternde Schmerzensschreie verhießen, die Eile sei nicht vonnöten. Der Hund kümmerte sich bereits um den Spuk.

Es war ein seltsames Bild, das sich ihnen bot, nachdem sie die Stiege hochgehastet waren.

Meister Schnidder hatte sich in seinen Spukrasseln verheddert und versuchte auf Knien, das Loch in der Mauer zu erreichen, welcher die Nachbarhäuser verband. Zu seinem Unglück stand der Hund nun davor und bleckte gefährlich knurrend die Zähne. Gelbe, beeindruckend glänzende Fänge blitzten im Licht, und sein Nackenfell sträubte sich.

»Gott zum Gruß, Herr Nachbar. Bringt Ihr uns ein neues Angebot für unser Haus?« fragte Agnes zuckersüß. Sie trat näher und schlug dem entgeisterten Meister Schnidder ohne weitere Vorwarnung mit ihrer kleinen Faust auf die Nase. Angela dagegen lachte, bis ihr die Luft wegzubleiben drohte, was für den Meister noch viel schlimmer war. Fahrig zog er an den Eisenketten.

Ihm wurde bewußt, daß er eine lächerliche Vorstellung bot. Trotzig sah er auf und fixierte seine Haushälterin mit zusammengezogenen Augenbrauen.

»Sieh an! Ich werde aus den eigenen Reihen verraten. Maria, ich bin enttäuscht von dir.«

Selbstbewußt sah Maria auf ihn herab. Kerzengerade

stand sie vor ihrem Dienstherrn und rieb sich die blau geschlagenen Arme.

»Das bin ich auch von dir, Ensbert Schnidder. Ich bedauere zutiefst, die freundlichen Nachbarinnen und ihr Haus in deinem Auftrag ausgespäht zu haben.«

»Du bösartiges Weib!« murmelte er und schaute keuchend weiter in die Runde. »Und die neugierige Frau Franziska kann sich auch nicht heraushalten! Herr Thomas, der eifrige Stadtsoldat. Seid endlich so gut und pfeift den Köter zurück. Die Bestie hat mich erwischt.«

Thomas rief seinen Hund zurück und kraulte ihm anerkennend den Schädel. Dankbar seufzte das Tier und schenkte seinem Herrn einen treuen Blick aus schwarzen Augen.

»Komm, mein Freund, ich bringe dich zur Wache zurück, sonst wirst du am Ende noch unehrenhaft entlassen. Wir finden sicher noch irgendwo einen dicken Knochen für dich.«

Genau, wie Maria es gesagt hatte, befand sich im Söller ein Mauerdurchbruch, durch den Meister Schnidder in das Haus der Witwen Knauff gelangen konnte. Im Schnidderschen Haushalt war der geheime Zugang durch einen Schrank verstellt. Anfänglich, als der Meister darauf kam, wie er die Steine lösen konnte, war er sehr akribisch vorgegangen. Später, als er die Gewißheit hatte, daß die Witwen sich kaum noch in den oberen Stock wagten, war er sorgloser geworden.

Den Verdacht gegen Schnidder hegte Franziska schon länger. Auch Kater Knauff nutzte den offenen Weg. Nur deshalb konnte er mit der Schreibfeder des Meisters durch den Garten laufen, wo ihn Franziska ertappt hatte. Die Entführung des herzoglich-brabantschen Halstuches ging ebenfalls auf das Konto des unternehmenslustigen Katers. Daran trug der Meister keine Schuld.

Maria war auf die Idee mit dem Spuk gekommen, als sie

noch auf die dauerhafte Zuneigung von Meister Schnidder gehofft hatte. Sie brachte den Witwen damals Lebkuchen und spielte mit dem Kater, als sie zufällig den dürftig verborgenen Durchbruch entdeckte, der die beiden Häuser verband. Für diese Entdeckung hatte Schnidder sie geküßt und geherzt, sah er doch nun endlich eine Möglichkeit, die Witwen zu vertreiben. Über die Ausmaße seines wilden Treibens war Maria zutiefst erschreckt und bat ihn von seiner Zielsetzung abzulassen. Nicht einen Deut hatte Schnidder sich indes darum geschert, nicht einmal, als Angela Knauff nur knapp dem Sensenmann entkommen war.

»Hab doch wenigstens du Erbarmen mit mir, Andreas, um der alten Zeiten willen, in denen ich als einziger zu dir stand«, bat der zutiefst gedemütigte Meister, als er nun auch seinen alten Freund entdeckte hatte.

Seine dürren langen Arme umklammerten sein verletztes Bein. Blut sickerte durch den Stoff, und er verzog schmerzvoll das Gesicht.

Andreas schüttelte traurig den Kopf. »Ensbert, ich weiß, was ich dir zu verdanken habe. Du Lump, warum hast du bloß so geistesarm gehandelt? Bist doch sonst nicht so töricht. Ein gestandener Mann wie du treibt zwei ältere Damen fast ins Grab. Du solltest dir eine gehörige Buße überlegen, die deiner Tat die hinterhältige Gemeinheit nimmt. Und warum das alles? Du hast schon mehr erreicht als die meisten anderen. Du genießt Ansehen, hast einen tadellosen Ruf. Nie genug zu bekommen ist kein gottgefälliges Leben.«

Meister Schnidder wimmerte wie ein kleiner Junge, der Prügel vom Vater bezogen hatte und nicht eingestehen wollte, sie verdient zu haben. Er versuchte sich zu rechtfertigen.

»Ich hätte die Nachbarinnen doch angemessen ausbezahlt. Sie werden es dir bestätigen, Andreas. Mein Bote überbrachte immer höhere Offerten. Von Mal zu Mal überbot ich mich. Ich wollte nur vorerst anonym bleiben. Es sollte ihr Schaden nicht sein, sie hätten eben nur verkaufen müssen, damit ich mein Domizil standesgemäß erweitern kann. Die alten Witwen haben sowieso nicht mehr viel vom Leben zu erwarten. Sie brauchen gar nicht so viel Platz. Schon seit Monaten hocken sie ja sowieso nur noch unten wie die Glucken beieinander, während sich meine hochherrschaftlichen Gäste mit kleinen Kammern zufriedengeben mußten. Ich hätte den Adelsstand erreicht, wenn ich ihnen eine angemessenere Unterkunft hätte gewähren können.«

Andreas schüttelte seinen Kopf. »Ensbert, du hast den ehrenhaften, den ritterlichen Weg aus den Augen verloren. In deiner blühenden Phantasie hast du vergessen, was du bist – ein Kaufmann! Du folgst einem Trugbild und tust mir leid. Der Herzog von Brabant war nicht mächtig genug, dich zu empfehlen.«

Franziska schickte Maria und die Witwen hinter Thomas her in die Stube hinunter. Das Rätsel war gelöst. Andreas reichte Ensbert seine Hand und half ihm beim Aufstehen. Unter Stöhnen erhob sich der Meister schwankend und rollte das linke Hosenbein bis zum Knie hoch. Er besah den Schaden und fluchte leise. »Verdammt, tut das weh! Laßt mich endlich alleine!«

Franziska ging in die Hocke. Meister Schnidder tat dieses Mal nicht wehleidig. Der Hund hatte ganze Arbeit geleistet und seine Zähne tief in dessen Wade geschlagen. Die Wundränder waren gerötet. Schnidder bestand mit dem Rest von Würde, die er aufbringen konnte, darauf, in sein Zimmer gebracht zu werden. Andreas und Franziska stützten ihn. Die Stiege hinunter, ein paar Schritte über die Gasse, die Treppe dann wieder hinauf, das war beschwerlich. Maria blieb bei den Witwen. Sie hatte ihnen vieles zu erklären, und Versöhnung wollten sie auch noch feiern.

Meister Schnidder hatte sein Frühstück nicht angerührt. Nur den Krug mit dem verdünnten Bier hatte er bis auf den letzten Tropfen geleert. Mit gerunzelter Stirn sah Franziska zu Maria und Suse auf. Sie hatte den Unheiltreiber zwar stellen wollen, aber ihn nun leiden zu lassen ging zu weit. Im nachhinein bereute Franziska, den Hund überhaupt angefordert zu haben. Er war auf Räuber abgerichtet und noch schlimmere Verbrecher. Nicht auf einen ruhmsüchtigen Tuchhändler, der lediglich das Maß aus dem Blick verloren hatte.

»Wir sollten uns um ihn kümmern, sonst entsteht im bösesten Fall Wundbrand. Meister Schnidder darf sich nicht mehr bewegen als unbedingt notwendig. Suse, bringe Wasser zum Säubern und Kühlen der Wunde. Ich gehe zu den Beginen vom Matthiashof. Dorle wird zu helfen wissen.«

Franziska wurde von einer jungen Frau in grauer Tracht eingelassen und erklärte ihr Gesuch. Dorle war in ihrem Kräuterhäuschen beschäftigt, das sich im hintersten Teil des umfriedeten Gartens, zwischen zahllosen Blumen und Sträuchern, befand. Die Begine war soeben dabei, einige Bündel zum Trocknen an der niedrigen Decke zu befestigen. Sie klopfte sich die Hände an ihrem Rock ab und sah Franziska erwartungsvoll an.

»Ich sehe an Eurem Gesicht, daß wieder etwas passiert ist. Ihr seid ja völlig außer Atem.«

Franziska nickte. »Meister Schnidder hatte in der Nacht einen Unfall. Tiefer Hundebiß in die Wade. Habt Ihr etwas, was ihm Linderung bringt?«

Dorle langte, ohne zu zögern, in ein Steingutgefäß und holte grob zerkleinerte, braune Blätter hervor. Sie roch daran und hielt sie dann Franziska hin.

»Getrockneter Huflattich, ein heilendes Pflänzchen, das Entzündungen entgegenwirkt. Aber vielleicht wird es nicht reichen. Ist die Wunde ausgewaschen worden?«

»Ja, mit einer Kamillentinktur.«

»Es ist keine Besserung eingetreten?« Die Begine schnürte sich eine Tasche um und packte einen Tiegel und Verbandslinnen zu den Blättern. »Ich sehe mir die Wunde am besten selbst an. Vielleicht ist es nötig, eine Salbe aus Myrrhe und Weihrauch aufzustreichen. Es ist besser, wenn ein Heilmittel von innen und eines von außen wirkt.«

Franziska verfolgte Dorles Handeln aufmerksam. Seltsamerweise wurden die Bewegungen der Begine immer langsamer, und schließlich ließ die Heilkundige den Kopf hängen.

»Franziska, ich werde Eurem Meister mein Wissen angedeihen lassen, aber ich bedarf Eurer Hilfe. Ich werde nicht hier sein können, wenn mein Schüler gleich zu seiner letzten Lektion erscheint. Ich habe keine Ahnung, wie er zu erreichen ist, und er hat schon im voraus bezahlt. Er wird heimlich über die Hecke steigen, und wenn er meine Hütte leer vorfindet, weiß ich nicht einzuschätzen, ob er an eine andere Tür des Konvents klopft. Er könnte mich in ernsthafte Schwierigkeiten bringen.«

Verständnisvoll nickte Franziska. »Soll ich ihn an Eurer statt empfangen?«

Dorle sah dankbar aus. »Wenn Ihr dies machen würdet, wäre uns allen geholfen. Ich werde mich sputen, aber im Umgang mit Patienten ist übermäßige Eile nicht angebracht. Menschlicher Zuspruch kommt einer Medizin gleich.«

»Vielleicht könnte ich sogar den Unterricht für Euch führen«, bot Franziska an. »Meine Kenntnisse sind nicht sonderlich gut, eher nur für den Hausgebrauch, aber ich beherrsche im großen und ganzen einen akzeptablen Wortschatz.«

»Ja, vielleicht könntet Ihr das. Mein Eleve steht nach zehn Tagen Unterricht und einigen Übungen daheim noch am Beginn der Schreibkunst, doch beherrschte er das Alphabet schon zuvor. Das Schreibzeug findet Ihr hinter den Töpfen im obersten Regal.«

Dorle wies auf ein Brett in Kopfhöhe und lächelte. Dann umarmte sie Franziska herzlich und zwinkerte ihr zu. »Verfangt Euch nicht!«

Diese Bemerkung konnte Franziska nicht deuten, aber sie war froh, als Dorle sich auf den Weg machte. Alleine in der Kräuterhütte hatte sie nichts anderes zu tun, als sich umzusehen. Dorle ließ ihren Kräutern die gleiche Sorgfalt angedeihen, die Franziska Lebensmitteln und deren Lagerung widmete. Auf dem Arbeitstisch waren Töpfchen, Phiolen und Mörser aufgereiht. Neugierig begutachtete sie einige Substanzen. Manches roch betörend, anderes schlichtweg abscheulich. Sie zog die Nase kraus, als sie einen Tiegel entstöpselte, in dem sie etwas entdeckte, daß tierischen Hinterlassenschaften sehr ähnlich war. Die nächste Paste dagegen roch nach feinem Lavendel. Sie schnupperte verzückt, entnahm einen kleinen Klecks und verrieb ihn auf der Haut. Wunderbar! Vielleicht ließ sich Frau Dorle dazu überreden, ihr ein bißchen davon abzufüllen.

Franziska erschrak zutiefst, als die Tür nach einem harschen Klopfen aufgerissen wurde.

Der Schüler war eingetroffen.

Vor einigen Tagen, als er sich am Tisch offen über den dünnen Wein beklagte und der Herzog von Sachsen ihn zurechtgewiesen hatte, hatte sie ihn zum letzten Mal gesehen. Nun hatte er sein wirres Haar gebändigt, sein wilder Bart war verschwunden, und er trug feine Kleidung, die einem einfachen Landsknecht nicht gebührte. Er sah Thomas bemerkenswert ähnlich. Dorle hatte recht, eines solchen Mannes Aufmerksamkeit auf sich zu ziehen würde jeder Frau gefallen. Und danach würde sie im Fegefeuer der entfachten Leidenschaft tausend Tode sterben.

»Guten Tag, Aleff.«

Kapitel 38

Es verwunderte sie, ihn zuvor nicht erkannt zu haben. In den sechs Jahren, die sie sich nicht gesehen hatten, war aus dem Jüngling ein Mann geworden.

Er sah immer noch gut aus, besser sogar noch, nun, wo die kindlichen Züge einer attraktiven Männlichkeit gewichen waren. Unverhohlen starrte Franziska ihn an. All die Jahre hatte sie ihr Herz gegen ihn gestählt, wollte ihm die zugefügten Wunden heimzahlen und ihm ihren Haß entgegenschleudern, sollte sie ihm jemals wieder begegnen, aber niemals hätte sie geglaubt, daß sie ihn tatsächlich eines Tages wiedersehen würde. Und nun stand er da, direkt vor ihr.

»Guten Tag, Franziska.«

Wenn Aleff überrascht war, gelang es ihm besser als ihr, dies zu verbergen. Er nahm Platz und deutete auf den zweiten Stuhl.

»Setz dich! Wie ich sehe, nimmt der Tag einen anderen Verlauf für uns beide. Es sei denn, du gehst auf der Stelle.«

Franziska ging nicht. Ihre Beine waren wie gelähmt, aber es war ein geringes Gefühl, verglichen mit dem, was sich in ihrem Kopf abspielte. Momente der Erinnerung schossen wie eine rasche Bildfolge durch ihr Gedächtnis. Glückliche Augenblicke. Ihre heimliche Freude über den ersten Blumenstrauß. Ein Tag im Juli und den plötzlichen Regenschauer, vor dem sie sich, albern wie Kinder, in einen Stall flüchteten, sich liebkosten, bis Franziska kaum noch ihren Willen beherrschen konnte. Wäre nicht der aufgebrachte Bauer mitsamt einer Forke erschienen … Dann, bald darauf die ungestümen Zärtlichkeiten, die abrupt unterbrochen wurden, weil sie eine Gänseschar aufstörten. Lautes Lachen, stilles Glück, gewagte Hoffnung und süße Sehnsucht. Eine endlose Reihe von Küssen, die Herzenswünsche weckten. Der Verlust ihrer Jungfräulichkeit …

Der Moment zum Fortgehen war verstrichen.

Franziska räusperte sich, ihre Stimme klang schroff, als sie abweisend die Arme vor der Brust verschränkte. »Es ist lange her.«

Aleff strich sein Haar zurück und nickte nachdenklich. Seine Hände waren immer noch wunderbar glatt, die Nägel sorgfältig gepflegt.

»Ja, das ist es. Wie geht es dir?«

»Darauf fällt mir keine Antwort ein.«

»Ich habe Fehler gemacht, Franziska, und es gibt keinen Tag, an dem ich sie nicht bereue.« Wieder besann er sich, bevor er weitersprach, als ob jedes einzelne Wort ungeheuer wichtig sei. Dieser Wesenszug war Franziska fremd, aber was wußte sie überhaupt noch von ihm?

»Ich weiß nicht, welcher Fügung wir es verdanken, uns hier wiederzutreffen. Ich habe es nicht darauf angelegt. In Schnidders Haus habe ich dich erkannt und versucht, dir aus dem Weg zu gehen. Ich kann mir denken, in welcher Erinnerung du mich behalten hast.«

Unendlich langsam ging Franziska zu dem Stuhl und setzte sich. Sie war entschlossen, Aleff nichts von ihren Gefühlen zu zeigen. Sie suchte nach einem unverfänglichen Thema.

»Dir scheint es bekommen zu sein, anderswo dein Wohlergehen zu erlangen.«

»Das mag so wirken. Die Heimat zu verlieren ist jedoch nicht so einfach. Ich sah damals keinen anderen Weg. Ich konnte unmöglich in Aachen bleiben, nicht nachdem, was vorgefallen war. Ich mußte fort, weit fort. Irgendwann begriff ich, was ich getan hatte, und nahm die Fremde als meine Buße auf mich. Bevor du widersprichst – ich erwarte kein Vergessen und erst recht keine Absolution.«

»Weshalb bist du dann zurückgekehrt?«

»Es hat sich ergeben. Meine Anwesenheit ist auch nur

von kurzer Dauer. Morgen in aller Frühe werde ich die Stadt wieder verlassen und im Gefolge des Kaisers gen Prag ziehen, wenn ich keine anderen Befehle erhalte.«

»Solltest du dich dann jetzt nicht bei den Truppen aufhalten?«

»Man wird mich finden, wenn meine Dienste benötigt werden.«

»Ach, so wichtig bist du?«

»Das ist keine Auszeichnung, wenn du darauf hinaus willst.«

»Warum Prag? Der Kaiser Karl führt ein riesiges Gefolge, und ich habe reden hören, daß Prag sehr weit fort und dazu im kühlen Osten liegt, wo der Schnee noch vor unserer Zeit fällt. Vor dem Winter werdet ihr kaum die Stadttore erreichen.«

»Der Kaiser fühlt sich in Prag daheim wie nirgendwo sonst. Die Strapazen der letzten Monate haben ihn müde werden lassen. Prag ist eine prachtvolle Stadt und bestens geeignet, um Kraft zu schöpfen. Unser Herrscher hat dort vor dreißig Jahren eine Universität gegründet und schätzt die geistigen Dispute mit den bedeutenden Dichtern und Denkern unserer Zeit. Er achtet die Bildung seiner Untertanen.«

»Ist das der Grund, weshalb du schreiben lernen willst?«

»Einer der Gründe. Wie ich sehe, hast du ja auch deinen Weg gemacht.«

»Als Leihköchin, aber immerhin bin ich nicht als Hure in den Bädern gelandet.«

»Franziska, bitte! Wenn ich an dich gedacht habe, so habe ich dich glücklich verheiratet inmitten einer Schar fröhlicher Kinder gesehen.«

»Verspotte mich nicht!«

Aleff sah Franziska ernst an. »Das ist kein Spott.«

»Ich habe keine Familie.«

»Brauchst du Geld?«

»Wer braucht kein Geld? Nein, Aleff, laß die Börse stecken! Von dir nehme ich keine Münzen!«

Er lachte leise und traurig. »Natürlich nicht! Es war dumm von mir, das zu glauben. Ich hatte noch nie Geschick darin, mit dir umzugehen. Wäre ich nur etwas klüger gewesen – wie anders hätte mein Leben werden können.«

»Nun, immerhin hast du nicht mit der Bloßstellung gelebt. Die Halbwüchsigen hielten dich für einen Herzensbrecher, wußtest du das? Sie sprachen voller Anerkennung von dir, während für mich nur gemeine Beschimpfungen über ihre Lippen kamen. Und dann meine Angst, ich könnte ein Kind in Schande empfangen haben.«

»Glaubst du, ich hätte nicht daran gedacht? Franziska, ich habe für diesen einen Fehler bezahlt, an jeden, der einen Tribut forderte, habe ich gezahlt, und es war mir gleichgültig, ob es Gott oder der Teufel war, der die Hand offenhielt. Was soll ich noch mehr geben, außer meinem Blut und meinem Leben? Und diesen Preis hat niemand annehmen wollen.«

Franziska war sich plötzlich selbst fremd – als ob ihr Geist in einer Ecke stand und zwei Personen, die sich lange nicht gesehen hatten, beobachtete, ohne selbst an den Gesprächen teilzuhaben. Ihre Stimme klang nun sanfter. »Du tust mir leid.«

Aleff wandte sich einen kurzen Moment ab, und als er Franziska abermals ansah, hatte er sich wieder gefangen. Und doch hatte sie seinen Schmerz gesehen, genauso, wie sie nun das Lächeln sah.

»Wie geht es meinem Onkel Odo?«

»Ich habe keinen Kontakt mehr zu meinem Vater. Er hat mir nicht verzeihen können, ... und ich ihm nicht«, fügte sie nach einem Zögern hinzu. »Aber ich werde ihn bald besuchen, in der Hoffnung, daß er mit der Zeit wieder umgänglicher geworden ist. Und dein Vater, wie geht es ihm?«

Aleff zuckte mit den Schultern. »Ich weiß es nicht. Wir verließen die Stadt damals gemeinsam bei Nacht und Nebel. Bei Jülich trennten wir uns. Seither habe ich ihn nicht mehr gesehen.«

»Vermißt du ihn?«

»Nicht sehr. Wie kommt es, daß du hier bist, und nicht Frau Dorle?«

Franziska erzählte in groben Zügen von Meister Schnidders Untat und ihren Folgen. Indem sie einige heitere Aspekte hervorhob, den Jagdtrieb von Kater Knauff genau wiedergab und die Witwen freundlich, aber zutreffend charakterisierte, geriet die Befangenheit in den Hintergrund. Aleff hörte ihr aufmerksam zu und schmunzelte. Plötzlich wieder ernst geworden, erhob er sich.

»Laß uns etwas trinken gehen. Morgen verschwinde ich wieder aus deinem Leben, und wir werden nie wieder Gelegenheit haben, miteinander zu reden. Kennst du eine Taverne, wo man ungestört reden kann? Nein, warte, gibt es das ›Apfelbäumchen‹ noch?«

»Ja, es gibt die Schänke noch. Sie hat den Besitzer gewechselt. Aus der wilden Spelunke von einst ist ein achtbares Haus geworden.«

»Achtbar? Dann gehen wir dorthin. Warte, nicht so schnell, ich will erst nachsehen, ob jemand in der Nähe ist.«

Sie nahmen den Weg über die Hecke, den Aleff benutzt hatte, um in den Beginenhof hineinzukommen. Franziskas Rock verhedderte sich im Gestrüpp, daher kam sie nicht umhin, Aleff ihre Hand zu reichen, um ihr Gleichgewicht zu wahren.

Das Gasthaus war fast leer. Wegen der Feierlichkeiten hatten viele Aachener die Arbeit ruhen lassen und mußten nun doppelt und dreifach schuften, um die verlorene Zeit aufzuholen. Aleff und Franziska wählten einen Tisch abseits der Theke. Nur zwei weitere Tische waren besetzt. An einem saßen Spielleute. Ihre Instrumente, zwei Trommeln, eine Lyra und eine Flöte, hatten sie abgelegt. Besorgt steckten die vier die Köpfe zusammen.

»Was möchtest du trinken?« fragte Aleff.

»Einen Becher Wein.«

Aleff bestellte einen Krug vom besten Wein, den die Schänke offerieren konnte. Die dralle Schankmagd überschlug sich fast, um seinem Wunsch nachzukommen, und wurde durch ein großzügiges Handgeld entlohnt. Franziska entging nicht, wie aufreizend die Magd mit dem Hintern wackelte, doch Aleff schenkte ihr keinen weiteren Blick.

»Wie ist es, mit dem Heer herumzuziehen?«

Aleff drehte den Becher in seiner Hand. »Es ist ein hartes Geschäft. Länger als einen oder zwei Monate halten wir uns nie an einem Ort auf. Kaiser Karls geschickte Politik hat das Reich um Pommern, die Niederlausitz und die Mark Brandenburg erweitert. Man munkelt, daß eines Tages ganz Polen und auch Litauen dazugehören werden. Die Wanderschaften sind kräftezehrend. Jede Jahreszeit hat ihre Plagen. Im Frühjahr ist es der tauende Schnee, der alles in Schlamm verwandelt, dann kommen die Insekten. Die Gluthitze im Sommer und Regen und Sturm im Herbst. Am übelsten ist jedoch der Winter. Das Holz ist so naß, daß man es kaum entfachen kann. Vor eisiger Kälte kann man sich nicht rühren. Ich habe mit angesehen, wie sich Männer abgefrorene Zehen und Finger abschnitten, um sie anschließend in einer Wassersuppe zu kochen. Selbst der gottesfürchtigste Mann wird zum Verächter der Schöpfung Gottes. Wenn wir ein Dorf erreichen, ist es noch schlimmer. Die Bevölkerung befürchtet zu Recht Plünderungen. Sie haben nur Steine und Forken, um dem Heer gegenüberzutreten. Mag der Kaiser ein Herr sein, der seine Zeche zahlt, von den Münzen, die er den Bauern daläßt, werden die Leute nicht satt. Es überlebt derjenige, der die bessere Waffe trägt. Wir sind nirgends willkommen, denn mit uns kommen die Hungersnöte. Bitte, laß uns von etwas anderem sprechen.«

Franziska war zutiefst entsetzt und suchte auch an Aleff nach Spuren dieser Verstümmelungen. Vergebens, der heiligen Mutter sei es gedankt, er war äußerlich unversehrt. Nachdem er seinen Becher in einem Zug geleert hatte, kehrte das unergründliche Lächeln in seine Augen zurück.

»Du bist eine schöne Frau geworden, Franziska.«

Sie errötete bis unter die Haube und fühlte eine leichte Unsicherheit, in die sich Zorn mischte.

»Danke, aber dein Gerede kannst du dir sparen.«

»Das ist kein dahergeschwätztes Kompliment.«

»Hör auf damit!«

Aleff nickte und starrte in den dunkelroten Wein. »Wenn dies der letzte Tag in deinem Leben wäre, was würdest du damit anfangen?«

Die Frage traf Franziska völlig unvorbereitet. Sie nippte an ihrem Becher und überlegte. »Ich würde tanzen wollen und mit Andreas über die Welt reden. Du kennst doch Andreas noch?«

»Ja, natürlich erinnere ich mich an ihn.«

»Er ist mir ein lieber Freund, der Beste von allen. Ja, ich würde tanzen, bis meine Füße Blasen hätten, dann zur Andacht gehen, eine umfassende Beichte ablegen und darauf hoffen, daß mir der Himmel nicht verschlossen bleibt. Und du?«

»So ähnlich würde ich es auch machen.«

Ehe Franziska reagieren konnte, war Aleff aufgestanden und ging zu dem Tisch, an dem die Spielleute saßen. Er legte einen Goldgulden auf die Tischmitte, die Männer ergriffen hastig ihre Instrumente und bildeten einen Halbkreis.

»Herr, habt Ihr einen bestimmten Wunsch?«

»Spielt etwas, das die Herzen fröhlich macht, etwas Heiteres, unvergeßlich Schönes. Etwas, das einem Tag wie diesem würdig ist.«

Mit dieser seltsamen Formulierung konnten die Spielleute nichts anfangen. Dieses Tages würdig wäre ein Abgesang auf die zurückgekehrten alltäglichen Nöte, doch der Glanz des Goldguldens wirkte auf sie. Der kleinere Trommler gab einige Takte vor, und die anderen fielen in die Melodie ein.

Aleff verbeugte sich förmlich vor Franziska und reichte ihr einen Arm. »Laß uns tanzen.«

»Am hellichten Tag? Das geht nicht.«

»Wieso nicht?«

»Es gehört sich nicht. Während der Feierlichkeiten hätte niemand darauf geachtet, aber nun ist die öffentliche Ordnung wieder eingekehrt.«

Aleff stellte sich mitten in den Raum, legte seine Hände um den Mund und rief: »Alle mal herhören! Würde sich jemand von euch an einem Tänzchen stören?«

»Nur zu, laßt aufspielen«, brummte der Wirt und erntete einen vernichtenden Blick Franziskas. »Tänzer bekommen schneller Durst, und das ist gut für mein Geschäft«, setzte er seine einleuchtende Begründung nach.

Aleff verbeugte sich vor Franziska und lächelte.

»Du hast es gehört.«

»Du blamierst mich!« zischte Franziska. »Du schaffst es immer wieder. Ich will nicht tanzen.«

»Bitte.«

»Nein.«

Franziska blieb stur. Sie würde sich nicht wie einer dieser albernen Affen verhalten, die sie in Begleitung von Gauklern gesehen hatte. Dennoch spielten die Musikanten auf Aleffs Zeichen hin eine bekannte Melodie. Er nickte ihnen zu und nahm wieder Platz.

»Für einen Goldgulden werden sie lange spielen«, gab Franziska zu bedenken. Prompt wurde die Tür aufgestoßen, und zwei vergnügte Paare ließen sich polternd nieder, trampelten und klatschten zur Musik.

»Nun, so habe ich wenigstens ihnen eine Freude gemacht.« Aleff sah Franziska an.«Laß mich dir einen Wunsch erfüllen. Sag, was möchtest du?«

»Nichts. Ich bin zufrieden.«

»Was macht einen zufriedenen Menschen aus?«

»Richtige Freunde, die einem nicht nur nach dem Mund reden, die Kritik üben, ohne zu verletzen, und auf die Verlaß ist, wenn man sie braucht. Menschen, mit denen man reden, aber auch schweigen kann, die zuhören und die auch erzählen.«

»So wie Andreas?«

»Wie er und wie Maria, die Haushälterin vom Schnidder. Du hast doch selbst Freunde, oder nicht?«

»Mein bester Freund ist der Mond und seine Schwester, die Nacht.«

»Aleff, wirst du nie erwachsen?«

»Doch, Franziska, an jedem Tag bin ich es. Nur heute, für ein paar Stunden, möchte ich es vergessen. Hilf mir dabei!«

Als Franziska die Augen hob, sah sie einen Mann vor sich, dessen Augen verrieten, daß er die Wahrheit sprach. Die Musikanten spielten nun ein Lied, das sich unter Zechkumpanen großer Beliebtheit erfreute. Die beiden Paare wurden immer ausgelassener. Nur von Aleff ging eine große Traurigkeit aus. Die Spielleute legten sich begeisterter ins Zeug. Weitere Gäste, angezogen von dem fröhlichen Treiben, kamen hinzu. Das Gasthaus füllte sich zur Freude des Wirtes zusehends.

»Bist du hungrig?« fragte Aleff.

»Ja. Siehst du es mir immer noch an?«

»Du hast so einen ganz bestimmten Ausdruck, wenn du an Mahlzeiten denkst.«

Sogleich winkte Aleff den Wirt an den Tisch. Er bestellte ein üppiges Mahl, das auch gut und gerne für vier Personen ausgereicht hätte. Während des Essens fanden sie zu einem unverfänglichen Thema zurück. Aleff stellte Fragen nach den ehemaligen Spielgefährten aus Kindertagen.

»Therese hat fünf Kinder, die ihr alle ähnlich sehen.«

»Also schielen sie, haben krumme Beine und reden ohne Unterlaß.«

»Genau, sie hat nur geheiratet, damit ihr jemand zuhört. Christian hat mit einem Schinken im Arm um sie geworben.«

»Mit einem Schinken? Dann hat sie ihn deshalb genommen.«

»Erst nachdem er einen Käse, groß wie ein Wagenrad, draufgelegt hat. Nun frißt sie ihm die Haare vom Kopf.«

So ging es immer weiter. Sie entdeckten die Gemeinsamkeiten neu.

Nach dem Mahl fanden ihre Hände auf dem Tisch zusammen. Vor Franziska zerflossen die vergangenen sechs Jahre, tauten wie Eis in der ersten Frühlingssonne. Einen einzigen, flüchtigen Moment fragte sie sich, ob sie ein Recht darauf hatte, so glücklich zu sein, wo sie doch eigentlich einen nachtragenden Sturkopf besaß, der sie ab und an daran erinnerte, Aleff eine heftige Ohrpfeife zu verpassen.

Aleff würde wieder gehen, und sie würde in ihr Leben zurückkehren. Doch wenn sie ganz ehrlich zu sich war, interessierte sie das Morgen nicht. Nicht jetzt.

Die Tür wurde heftig aufgetreten, und eine Schar leicht bewaffneter Stadtsoldaten trat ein. Die Musik verstummte.

»Wirt, zeigt mir Eure Konzession!« verlangte der Anführer barsch. Hinter ihm stand Thomas. Sein Gesicht zeigte schiere Ungläubigkeit. Aleff zog Franziskas Hand an seinen Mund.

»Frische Abendluft in meiner Heimatstadt ist einfach herrlich! Wir hätten dort bleiben können, schließlich konnte der Wirt die nötigen Papiere vorzeigen. Diese Spaßverderber konnten ja nicht einmal die Musik untersagen. Oder lag es an dem hochgewachsenen Wächter, der dich angestarrte?«

»Niemand hat mich angestarrt.«

»Doch, er hat dich bekümmert angesehen, und du hast mir sofort deine Hand entzogen. Kennst du ihn?«

»Ich will nicht darüber reden.«

»Liebt er dich?«

»Aleff!«

»In Ordnung, ich habe verstanden.«

Aleff schritt scheinbar sorglos aus und betrachtete den bewölkten Himmel. Franziska fröstelte. Ihr gefiel weder, daß Thomas sie so gesehen, noch daß Aleff es bemerkt hatte. Fast übermütig warf Aleff sein Haar zurück, und in seinen Augen blitzte Unternehmungslust. »Gegessen haben wir nun. Was machen wir als nächstes? Sag mir irgend etwas! Ich hole dir den Mond vom Himmel, wenn du es befiehlst.«

Lachend schüttelte Franziska den Kopf. »Was soll ich denn mit dem Mond?«

»Dir wird schon etwas dafür einfallen. Sieh ihn an, und denke an mich.« Aleff überlegte nicht lange, sondern schwang sich nach bester Gassenjungenmanier eine Straßenlaterne hinauf und ließ, oben angekommen, die Illusion entstehen, das Licht zu fangen.

»Ist zwar nicht der Mond, aber dafür handlicher.«

»Komm da runter! Da kommen Leute.«

»Wie viele?«

»Zwei.«

Aleff spannte sich wie eine Feder. Seine Hand fuhr unwillkürlich zu dem Messer an seinem Gurt. Konzentriert schaute er in die Richtung, aus der unverständliches Gemurmel erklang. Zwei alte Leute näherten sich. Er atmete entspannter und grinste schließlich. »Was schert es mich?«

»Wenn dich die Stadtsoldaten sehen, wirst du die Nacht im Kerker verbringen, weil du Unruhe stiftest.«

Aleff lachte aus vollem Herzen. »Ist es das, was du befürchtest? Daß ich eine Nacht im Kerker stecke?«

»Ja!«

»Ach, Franziska. Geh mal einen Schritt zurück!«

Aleff landete fast geräuschlos neben ihr auf dem Pflaster. Sie staunte über seine Beweglichkeit. Er nahm ihren Arm, und, ganz wie brave Bürger, gingen sie ein Stück nebeneinander weiter. Sie grüßten die Passanten übertrieben höflich, mit Knicks und Verbeugung. Im Weitergehen hörten sie, wie der offensichtlich schwerhörige Mann seine Frau anbrüllte: »Weißt du noch, wie wir als junge Leute umeinander poussierten. Was waren wir da noch schön!«

Einträchtig kicherten Franziska und Aleff, und sie versuchten herauszufinden, wann man sie zum letzten Mal jung genannt hatte. Keinem von beiden fiel es ein, aber in diesem Moment fühlte sich Franziska blutjung. Unbekümmert hatte sie den ganzen Tag ihre Pflichten vergessen. Meister Schnidder würde zu Recht vor Wut kochen.

»Mach einen Vorschlag!«

»Aleff, es ist spät! Du mußt morgen früh raus, und ich muß dringend zum Haus des Meisters zurück. Wir sollten uns verabschieden. Mir ist, als würde ich träumen, und ich will erwachen, ehe der Traum in einen Alp umschlägt. Laß mich gehen.«

Betreten sah Franziska auf ihre Schuhspitzen. Die heitere Stimmung war verflogen.

Aleff nahm Franziskas kalte Finger in seine warmen Hände. »Ich kann es nicht so einfach.«

»Du mußt! Fang mein Herz nicht wieder ein.«

Er ließ ihre Hände los. Sie konnten die Augen nicht voneinander lassen, nahmen nichts mehr um sich herum wahr. Nach endlos langer Zeit strich er ihr sanft über die Stirn.

»Geh! Es ist besser. Du warst schon immer die Klügere von uns.«

Aleff wandte sich von ihr ab. Franziska hörte seine Schritte auf dem Kopfsteinpflaster. Sie wurden leiser und leiser. Ihr Gesicht war tränenüberströmt, und ihr Kopf fühlte sich an, als würde er in einer unerbittlichen, eisernen Zwinge stecken, die ein boshaftes Wesen erbarmungslos zudrehte. Genau das war es, was sie so sehr gefürchtet hatte, ein neuer Abschied.

Franziska wischte sich die Augen mit ihrem Ärmel.

»Aleff, warte!«

Kapitel 39

Die kleine Kammer war zugig, eng und roch übel. Als Aleff die Tür aufstieß, prallte sie sofort gegen das Bett. Franziska hielt immer noch seine Hand und folgte ihm in den Raum. Er trat die Tür hinter ihnen zu, ließ Franziska los und verharrte. Im spärlichen Mondlicht sah sie nur seine Silhouette, die sich gegen die offene Lade abzeichnete. Sie standen sich gegenüber.

Franziska löste ihre Zöpfe und durchkämmte mit ihren Fingern die Strähnen, bis ihr Haar in weichen Wellen über ihre Schultern glitt. Sie stieg erst aus ihren Schuhen, dann machte sie sich bedächtig daran, ihr Kleid abzustreifen. Tastend fand Aleff eine Kerze und entzündete sie mit einiger Schwierigkeit. Franziska konnte endlich sein Gesicht sehen.

»Willst du es wirklich?«

»Ja, Aleff, ich will es. Und wenn es das letzte in unserem Leben wäre.«

»Überlege, was du sagst. Es könnte sich erfüllen.«

»Dann ist es uns so bestimmt.«

»Weißt du, was du da redest?«

Statt Aleff zu antworten, lehnte sie sich in seine Arme. Er strich ihr über den Rücken, bis seine Hände schließlich auf ihrer Hüfte ruhten. Franziska vibrierte vor Erregung, nackt schlüpfte sie unter die kratzige Decke.

Er berührte sie kurz nur am Arm, schon drehte sie sich auf die Seite und sah zu ihm auf. Es war nicht mehr das Gesicht des neugierigen Kindes. Ausgestreckt lag Franziska unter der Decke, die sie sich bis unters Kinn gezogen hatte, und sah Aleff an. Ihr Haar umrahmte das schmale Gesicht, und die Schatten spielten sanft auf ihren Wangen. Obgleich sie geweint hatte, kam sie ihm wunderschön vor. Sie verkörperte das bürgerliche Leben, das er nie würde leben können. Sein Gewissen regte sich, niemals hätte er sie herbringen sollen. Bei allen Heiligen, sie war sein Schicksal. Er hatte in einem schwachen Moment eine Entscheidung herbeigefleht, und nun lag die Antwort vor ihm.

Aleff trat in eine dunkle Ecke und legte seine Kleidung ab. Dann kam er zu ihr. Seine Hand strich sanft über ihren Hals, schließlich hinunter zur Brust. Sie küßten sich lange und ließen ihren Händen freien Lauf. Aleff war ein erfahrener Liebhaber geworden, doch fühlte Franziska keine Eifersucht auf die anderen Frauen in seinem Leben. Er ließ es zu, daß sie das Tempo ihrer Vereinigung bestimmte, er reizte sie, bis ihr Blut in Wallung geriet, zog sich zurück, um mit Kraft und Sinnlichkeit zurückzukehren. Sie liebten sich mit einer schmerzhaften Intensität.

Als der Morgen unerbittlich näher rückte, lagen sie ganz ruhig da, die Arme um den anderen geschlungen.

»Franziska, ich liebe dich. Vergiß das nie!«

Franziska erwachte aus einem unruhigen Schlaf. Draußen rührte sich nichts, selbst die Hähne schienen noch zu schlafen. Für einen Moment wußte sie nicht, ob sie nur einen verbotenen Traum geträumt hatte. Ganz vorsichtig drehte sie sich zu Aleff herum. Er lag auf dem Rücken und sah entspannt und glücklich aus. Auf seinen Wangen lagen Schatten der sprießenden Bartstoppeln, um seinen Mund spielte ein Lächeln.

Franziska war glücklich. Sie hatte den irrsinnigen Wunsch, die Fensterläden aufzustoßen und ihr Glück herauszuschreien, Gott und der Welt mitzuteilen, daß sie nicht länger allein war. Aleff war der schönste Mann, den sie je gesehen hatte, doch nicht nur seine Schönheit nahm sie gefangen. Mit ihm konnte sie leben, lieben und lachen.

Nach dieser Nacht würde er sie nicht mehr verlassen.

Unmöglich, ein solches Geschenk der Liebe einfach abzuweisen. Wenn Aleff nicht bleiben konnte, dann würde sie eben mit ihm auf Wanderschaft gehen wie viele andere Frauen auch. Gewiß war ein Soldatenleben hart, aber zu zweit würde es erträglich sein. Franziska stellte sich Aleffs freudige Überraschung vor, wenn sie ihm ihren Plan eröffnete. Als Köchin würde sie Arbeit in Hülle und Fülle haben und dafür Sorge tragen, daß ihr Geliebter niemals hungern müßte.

Eine leise Stimme erhob sich zu einer Mahnung, aber Franziska weigerte sich schlichtweg, die Warnung ernst zu nehmen. Sie war schließlich nicht wie Maria.

Möglicherweise hatte sie in dieser Nacht sogar ein Kind empfangen, und bald würden sie eine richtige Familie sein. Ihr Vater und auch Andreas hatten sich in Aleff getäuscht. Er war ein guter Mann geworden.

Sachte lupfte Franziska die Decke und glitt darunter hervor. Sie hatte noch viel zu tun, bevor sie ihr Bündel packen konnte, doch vor dem Glockenschlag zur Mittagszeit konnte sie es schaffen, mit Meister Schnidder die Rechnungen durchzugehen und ihren Lohn einzufordern.

Dummerweise hatte sie keine Ahnung, wo sie sich befand. Tränenblind hatte sie sich in der Nacht zuvor an Aleffs Brust geklammert und es ihm überlassen, ihre Schritte zu lenken. Der Verschlag hatte nur eine winzige Öffnung. Franziska erreichte die Lade nur mit den Fingerspitzen. Doch immerhin drang nun ein wenig Tageslicht in die Kammer.

Eine knarrende Diele störte Aleffs Ruhe. Er drehte sich zu Franziska herum und strich dabei mit sanfter Hand über ihr Bein. Franziska zitterte in wohligen Schaudern. Sie beugte sich über ihn und küßte ihn leicht auf die Stirn. »Schlaf noch etwas, Liebster. Ich werde uns Brot holen.«

»Wozu?«

»Für ein Frühmahl.«

»Nein, bleib hier.«

»Ich komme bald wieder.«

»Du sollst nicht rausgehen.« Der Griff um ihr Bein wurde fester.

»Ich bleibe, wenn du willst, aber ich muß Wasser lassen.«

Franziska wartete ein wenig ab. Aleff war anscheinend ebenso ein reizbarer Morgenmuffel wie Maria. Von irgendwoher hatte er in der Nacht einen Krug mit schwerem Burgunderwein hervorgeholt. Franziska hatte wenig getrunken, aber Aleff hatte ihn Zug um Zug bis zur Neige geleert. Sie brauchte keinen Alkohol, um sich berauscht zu fühlen, doch sie hatte keinen Versuch unternommen, ihn vom Trinken abzuhalten. Franziska ging in die Hocke und hielt unter dem Bett nach einem Nachtopf Ausschau. Mit spitzen Fingern zog sie ein ekliges Gefäß hervor, dessen Inhalt bis auf einen gelben Rest eingetrocknet war, doch die Blase drückte zu arg, und verliebte Nasen waren nicht empfindlich.

Fröstelnd sah sich Franziska in der Stube um, für die sie

zuvor kaum Augen gehabt hatte. Überrascht stellte sie fest, daß einige Kleidungsstücke, die dazu bestimmt waren, weibliche Körper zu verhüllen, wüst herumlagen. Ihr gehörten sie nicht. Ein Geschenk von Aleff an sie? Wohl kaum!

Unwillkürlich wollte sich Franziska ans Aufräumen machen, doch dann hielt sie sich zurück. Es waren schließlich nicht ihre Sachen.

Viel mehr als das Bett fand in der Kammer keinen Platz. Eine Truhe, ein Tischchen und ein abgeschabter Stuhl vervollständigten die karge Einrichtung. Auf dem Tisch standen drei Tiegel, wie Dorle sie benutzte, um Salben abzufüllen. Daneben lag ein Kamm, in dessen Zinken sich silbergraue Haare verfangen hatten.

Der Deckel einer Spanschatulle lag nicht richtig auf, so daß Franziska ihn nur ein wenig verschieben mußte, um den Inhalt erkennen zu können. Ziegendarm erkannten die Augen einer Köchin sofort, und die Bestimmung war ihr auch nicht fremd. Oft genug hatte sie die Därme bei Andreas gerben lassen, die sie an Männer verkaufte, welche die Vorsicht vor der Lust kannten.

Keine Einrichtung, die einer normalen Herberge entsprach. Und reiste Aleff nicht im Gefolge des Sachsen und nahm mit den anderen Landsknechten zugleich Quartier? Herrje, wo war sie hingeraten?

Ein Liebesnest, ja. Aber es gehörte einer anderen.

Franziska beschlich ein seltsames Gefühl. Sie streckte ihre Finger nach einem Ärmel ihres Kleides aus. Aleff war ihr plötzlich fremd geworden.

Sie hatte sich vor ihm entkleidet. Seine Kleidung lag auf der ihren, ordentlich auf den einzigen Schemel gefaltet. Neben dem Stuhl befand sich etwas auf dem Boden. Eine scharlachrote Kopfbedeckung, alt und zerschlissen, von der Trägerin längst abgelegt. Eine Hurenhaube, nunmehr gut genug, sich mit dem Stoff die Schuhe zu putzen.

Franziska tastete sich an ihre Kleidung heran. Etwas fiel scheppernd auf die Holzdielen. Sie blickte kurz zu Aleff. Der Mutter Gottes sei es gedankt: Er rührte sich nicht.

Neugierig nahm sie in Augenschein, was da gefallen war, befühlte es ungläubig. Das konnte nur ein Irrtum sein, ein Trugbild ihres Geistes. Doch das kalte Metall löste sich nicht unter ihren Fingern auf.

Denk nach, und trau deinen Fingern mehr als schönen Worten, und vergiß dein Kleid! Franziska konnte es nicht riskieren, in dem Kleiderhaufen nach ihrem Gewand zu graben, ohne in Kauf zu nehmen, daß Aleff erwachte. Was sollte sie tun? Um keinen Ton von sich zu geben, preßte sie ihre Hand auf die Lippen.

Zwischendurch warf sie immer wieder einen entgeisterten Blick auf Aleff. Er bewegte sich nicht. Sie zählte stumm bis dreißig. Er schlief, vom Wein betäubt. Eine schreckliche Gewißheit breitete sich in ihrem Kopf aus.

Als sie schließlich den Raum verließ, drehte sich Aleff herum. Seine Augen waren weit aufgerissen.

Mit nichts als einem umgeworfenen Umhang bekleidet, der nicht der ihre war, rannte sie die Stiege hinunter. Die Tür ließ sie hinter sich geöffnet und lauschte voller Entsetzten, ob Aleff ihr nachsetzte. An der Haustür erst merkte sie, warum die Kammer so finster gewesen war. In dieser Gasse schien niemals die Sonne.

Franziska lief den Bädersteig hinauf. Die Haut zwischen ihren Schenkeln war wund, dennoch verweigerten ihre Beine nicht den Dienst.

Windschiefe Wände drohten, sie zu erdrücken, Seitenstiche zwangen sie zu einem gemäßigteren Tempo. Brave Leute schliefen noch, selbst diejenigen, die zum Tagwerk früh aus den Betten kriechen mußten. Lediglich ein paar Katzen schlichen zwischen den Häusern umher. Alleine vor Gottes Augen schlug Franziska ein schnelles Kreuzzeichen und zog Irmtruds muffigen Umhang fester um sich.

Am Komp hatten sich selbst die Hartgesottensten zur Nachtruhe gelegt, manch einer in die Gosse. Franziska kam es nun lächerlich vor, daß sie die harmlosen Trunkenbolde zu anderer Zeit gefürchtet hatte.

Mit einer Faust trommelte sie an Andreas' Tür, mit der anderen raffte sie den Umhang unter ihrem Hals. Andreas, guter Grever, nun werde endlich wach! Ein dürrer Hund ließ von dem ab, was er beschnupperte und trabte auf Franziska zu.

Endlich öffnete Andreas ihr mit wirren Haaren, im hastig umgelegten Schurz, die Augen schläfrig, aber in der Hand hielt er einen Knüppel, den er sofort sinken ließ, als er seine Besucherin erkannte.

»Franziska! Bist du unter die apokalyptischen Cherubine gegangen, die das Ende der Welt prophezeien?«

Sie warf sich ihm in die Arme, und Andreas hielt sie, etwas peinlich berührt, umfangen. Er zog sie auf die Schwelle und schob die Tür mit dem Fuß weiter auf.

»Mädchen, was ist denn los? Laß mir ein wenig Luft zum Atmen und trete ein. So entblößt, bekommst du es sogar hier mit Moralwächtern zu tun.«

Vorsichtig zog Andreas sie in die Stube. »Hier, zieh dich an, und du wirst dich sofort besser fühlen.«

Er reichte Franziska seine eigene abgelegte Hose und ein Hemd und schob sie in eine Ecke, die durch einige Bretter von dem Hauptraum getrennt war.

Andreas hatte recht. Die Kleidung glich einem schützenden Kokon. Er entzündete zwei kleine Lampen und griff dann nach dem abgelegten Umhang.

»Den habe ich lange nicht mehr gesehen.«

»Du weißt, wer ihn besaß?«

»Sicher, ich selbst habe ihn ihr geschenkt. Ist schon

lange her. Damals war er prächtig! Der Saum war nicht zerrissen, und die Motten hatten nicht daran gefressen. Nun ist er schäbig und alt.«

»Sie besaß einen neuen Umhang. Den feinen hatte die Wegnerin getragen, als sie ermordet wurde. Die allerletzten Nachtwolken werden bald von der Sonne vertrieben. Der lichte Tag wird neu und in aller Unschuld geboren. Die Finsternis existiert dann nur noch in meinem Kopf.«

Andreas sah sie unsicher an. »Hast du getrunken?«

»Aleff ist wieder in der Stadt. Ich war heute nacht bei ihm.«

»Du magst den Tunichtgut immer noch.«

»Das dachte ich zumindest.« Franziska wußte nicht, wie sie ihren nächsten Satz formulieren sollte. »Er ist Irmtruds Mörder. Er ist der, nach dem wir suchten!«

Ihr schien, als spräche sie über einen Fremden. Der Schrecken saß tief. Mit sich überschlagender Stimme, die viel zu hoch in ihren Ohren klang, zählte sie auf, was ihr einfiel, ohne auf eine logische Reihenfolge zu achten.

»Wir suchen nach einem Mann, der sich hier auskennt, der sogar den Dialekt hier beherrscht und der in dem Gefolge des Kaisers reist und über Zuwendungen verfügt, nicht wahr?«

»Ja, genau.«

»All das trifft auf Aleff zu. Er lernt sogar schreiben, und so eine stümperhafte Nachricht wie die, die mich zu dir gelockt hat, bringt er gewiß zustande. Andreas, ich habe selbst gesehen, wie er einem wehrlosen Jungen die Nase eingeschlagen hat. Ich habe es nur verdrängt, weil er da noch wie ein Wilder aussah. Aleff hat dich und mich niedergeschlagen, und ich will verdammt sein, wenn er nicht auch Deterich auf dem Gewissen hat. Alle Welt redete von meinem großen, unbekannten Beschützer! Einem Rohling, dessen Brutalität sich gegen jeden und alles richtet! Aleff hatte keine Skrupel, mich im Klostergarten zu verführen, und nun hat er gehört, wie ich verspottet werde, und schwingt sich zu meinem Rächer auf.«

»Mag sein, aber Irmtrud hat nicht schlecht über dich geredet.«

»Andreas, du bist noch gar nicht richtig wach! Die Frau hat mir nichts getan, wir kannten uns nicht einmal, aber ich bin in ihrer Kammer wach geworden. Ich habe in Aleffs Sachen unbeabsichtigt das Kettenhemd und die Drahtschlinge gefunden. Nein, vielleicht nicht unabsichtlich ... Wahrscheinlich wollte Aleff, daß ich die Sachen fand. Er hätte sie nur in eine Truhe legen brauchen, und ich wäre nie dahintergekommen. Es war ein Vorsatz. Allmächtiger! Was soll ich nur tun? Aleff hat gestern schon seltsame Andeutungen gemacht ... wie er den letzten Tag seines Lebens verbringen wollte. Er spielt mit jedem seine Spiele, und ich hänge in seinen Fäden wie eine Marionette.«

Andreas schlurfte zu seinem Kochgeschirr und braute ein heißes Kräutergetränk, gesüßt mit viel Honig. Die Prozedur erlaubte ihnen, in Ruhe nachzudenken. Nach dem ersten Schluck sprach Andreas aus, was ihm durch den Kopf ging.

»Damit wissen wir immer noch nicht, wer der mächtige Hintermann ist. Falls es überhaupt einen gibt.«

Franziska wärmte ihre Finger am Becher. »Darum geht es doch hier nicht. O doch, Moment! Der König! Wie hatte Joslin auch noch gesagt: Eine faltenreiche Erscheinung würde Wenzel am besten gefallen. Damit hat er nicht die Gewandung gemeint, sondern die Gesichter. Wenzel hat Maria beim Bankett als seine Tischdame gewählt. Er sagte zu ihr, sie käme ihm bekannt vor. Anne Lataster und Maria waren Schwestern, kein Wunder, wenn sie sich ähneln. Anne Lataster starb in Köln, sie hatte eine Silberkette bei sich, genau wie Irmtrud. Himmel, ich war so blind!«

Andreas riß mit einer hastigen Bewegung beinahe seinen Becher um. »Jemand schützt den Mörder und somit die Interessen des Königs. In wessen Dienst steht Aleff?«

»Er gibt vor, zum Sachsen zu gehören, aber ich kann mir nicht vorstellen, daß Werner von Sachsen weiß, wen er da befehligt.«

»Aber warum läßt man die armen Luder nicht einfach leben? Die Frauen sind zu alt zum Kinderkriegen, und niemand würde sich, falls es doch mal passieren sollte, um die Bastarde scheren.«

»Johannas Vater, Albrecht von Bayern, würde das sehr wohl tun.« Einen Moment vergaß Franziska ihren Kummer. »In festem Glauben erzogen, ist sie zwar dazu verpflichtet, ihre Ehe als ihre Verbindlichkeit zu ertragen, doch wurde diese eben noch nicht vollzogen! Wenzel muß sich alsbald als Mann beweisen, sonst wird die Vermählung annulliert, was wiederum bedeutet, daß Johannas Mitgift nicht länger mehr unserem Kaiser Karl untersteht. Daran hätte er natürlich etwas auszusetzen. Das Herzogtum Straubing, die Grafschaften Holland, Seeland, Hennegau und wer weiß was noch würde ihm verlorengehen.«

»Ich ahne, was nun kommt. Johanna würde zutiefst verletzt reagieren, sollte sie von den wahren Neigungen ihres Gatten erfahren. Daß er alte, faltige Frauen ihrer lieblichen Gestalt vorzieht. Sie würde zum Erzbischof gehen und auf Auflösung der Ehe klagen.«

Franziska nickte. »Dafür würde ich meine Hand ins Feuer legen! Wenzel hat bereits zwei aufgelöste Verlobungen hinter sich. Eine weitere gescheiterte Allianz würde seine politische Laufbahn beenden. Alles was da geschieht, wird unter einem großen Mantel verdeckt.«

»Du bezichtigst den Sohn unseres Herrschers als Mordtreiber!«

»Das würde voraussetzen, daß er auf den Tod der

Frauen aus ist, aber das paßt nicht zu ihm. Laß mich den Faden weiterspinnen. Es muß noch jemand eingeweiht sein, ein Vertrauter, und da kann ich mir nur einen einzigen vorstellen. Peter Jaurenus, den Kämmerer! Er bezahlt Aleff, damit dieser die Frauen mundtot macht! Aleff ist gründlich. Als Thomas seiner Aufgabe nicht so unerfahren gegenübertrat, wie es gedacht war, entließ man ihn kurzerhand aus dem Dienst und stieß ihn in den niedrigen Dienstgrad zurück. Auch diese Macht hat Jaurenus. Er ist der wahre Puppenspieler, und wir alle tanzen mit den Fäden, die er zieht.«

Andreas unterdrückte einen Fluch.

»Ich weiß jetzt, was ich zu tun habe.« Franziska erhob sich. »Es tat mir gut zu reden und half, meine Gedanken zu ordnen. Was getan werden muß, duldet keinen Aufschub. Wenn Aleff mich zu seinem Judas macht, dann hat auch das einen tieferen Sinn.«

Andreas, der sich nur eine Decke übergeworfen hatte, hielt Franziskas Hand. »Was immer du vorhast – soll ich dich begleiten? Ich gehe den Weg mit dir, du mußt es nicht ohne einen Freund ausfechten.«

»Ich werde alleine gehen, aber ich danke dir von Herzen.«

»Du hast ihn trotzdem lieb, nicht wahr?«

»Er ist ein Mörder! Trotzdem … Ja. Nein!«

»Du verstehst dich nicht darauf, deine Gefühle zu verbergen. Du bist wie ein offenes Buch. Franziska, du tust mir unendlich leid. Setze wenigstens meinen Hut auf.«

»Andreas, kein Hut der Welt wäre groß genug, um mich darunter zu verbergen.«

Sie küßte ihn auf die haarige Wange, hielt sich kurz zitternd an ihm fest und ging dann ohne weiteres Zögern. Zu sehr beschäftigten sie ihre Gedanken, denn so geordnet, wie sie vorgegeben hatte, waren sie längst nicht. Noch schlimmer stand es um ihre Gefühle.

Kapitel 40

Vor dem Wachhaus stand ein übermüdeter Wärter, der sich verschlafen an seine Standarte klammerte. Die Feierlichkeiten hatten auch ihm viel Arbeit eingebracht, und die Anstrengung forderte nun ihren Tribut. Franziska maß ihn mit keinem weiteren Blick, sondern ging mit steifer Körperhaltung direkt in die Stube, die eher einem Verschlag glich. Der Boden bestand aus festgetretenem Lehm, den abzufegen sich keiner bemüht hatte. Es herrschte der strenge Geruch von ungewaschenen Leibern. Niemandem war es eingefallen, die Fensterläden zu öffnen.

Zu dieser frühen Morgenstunde fand gerade der Wachwechsel statt. Viele Männer drängten sich in den beiden Räumen. Franziska war die einzige Frau. Sie fühlte sich äußerst unwohl, zumal sie in Hose, Hemd und Hut einen wunderlichen Anblick bot. Die Wachen stießen sich gegenseitig in die Rippen und deuteten wenig verhalten mit dem Kinn auf sie. Ein Spießrutenlauf mochte nicht schlimmer sein. Verflixte Kerle! Mit eiserner Miene verschaffte sie sich Respekt und stand schließlich vor dem wackeligen Schreibtisch, hinter dem Thomas saß. Dokumente aller Art waren darauf getürmt. Leere Tintenfäßchen, verklebte Siegel und abgenutzte Federn lagen durcheinander, dazwischen stand ein schmutziger Teller. Zur Beleuchtung standen nur billige Kienspäne zur Verfügung. Die Luft war rauchgeschwängert.

Franziska atmete tief durch, dachte an Maria und daran, wie jämmerlich Irmtruds Leben im Rinnstein endete.

Ohne den Kopf zu heben, fragte Thomas: »Ja, bitte?«

Franziska räusperte sich und grüßte. Sofort als er ihre Stimme erkannte, sprang Thomas auf. Er musterte sie zunächst skeptisch, dann schmunzelnd von Kopf bis Fuß.

»Du? In dieser Aufmachung bist du kaum wiederzuerkennen. Was, um alles in der Welt, machst du hier? Ach, ich freue mich, dich zu sehen!«

»Thomas Blij, ich habe eine Anzeige zu machen.«

»Du brauchst doch keinen Grund vorzutäuschen, um mich abzuholen. Ich habe gleich frei. Nur noch einen Moment, dann bin ich damit durch.« Thomas bedachte die Bögen mit einem mürrischen Blick. »Um den Rest darf sich der nächste Diensthabende kümmern. Es wird Zeit für mich, hier herauszukommen.«

Franziska schüttelte den Kopf und hob schwach eine Hand. Wenn sie jetzt nicht redete, würde sie es niemals tun und bis zu ihrem bitteren Ende würde ihr Gewissen dunkler als Pech und schwerer als Blei auf ihrer Seele lasten.

»Was ich zu sagen habe, kostet mich mein Herz.«

»Was sagst du?«

»Thomas, höre mir einfach zu!«

Sie hielt sich weitestgehend an die Fakten. Auf dem Weg hatte sie überlegt, was sie Thomas preisgeben wollte. Die Liebesnacht mit Aleff gehörte nicht dazu, aber ihre Erzählung wies dadurch eine Lücke auf, die Thomas mit seiner Phantasie füllen mußte. Er unterbrach sie nicht, aber auf seiner Stirn bildeten sich steile Falten. Sie versuchte, sich an die Worte zu halten, die sie sich zurechtgelegt hatte, und war bemüht, keine einzige Regung erkennen zu lassen. Als endlich alles gesagt war, was gesagt werden mußte, sah sie auf ihre Hände.

»Du kannst ihn in der Wohnung von Irmtrud Wegner festnehmen.«

»Er ist doch sicherlich längst geflohen.«

»Thomas, er kennt mich, und ich kenne ihn. Er hat mich sozusagen zur Wache geschickt, auch wenn es für dich nicht vorstellbar ist.«

»Ist er bewaffnet?«

»Ich vermute es.«

Als der Wachwechsel endlich vollzogen war, verließ Thomas den Raum und besprach sich mit seinem Vorgesetzten. Die diensthabende Schicht bewaffnete sich und setzte sich umgehend in Bewegung. Dann schloß er die Tür und zog aus der vorderen Kammer einen Stuhl für die sichtlich mitgenommene Franziska heran. Einen Moment schien es, als wollte er seine Hand tröstend auf die ihre legen, doch dann wahrte er die Distanz, die ihre Erklärung aufgeworfen hatte.

»Warum erzählst du mir das?«

»Ich halte Aleff nicht für den wahren Schuldigen, aber er hat eine Hemmschwelle überwunden, und ich fürchte, er wird immer tiefer in die Todsünde geraten. Töten fällt ihm leicht. Er verdient sein Brot damit, das Leben von Frauen auszulöschen, deren einziges Verbrechen es war, nach den Sternen zu greifen.«

»Das meine ich nicht. Warum erzählst du ausgerechnet mir davon?«

»Jemand muß Aleff Einhalt gebieten. Er selbst kann es nicht. Ich kann es auch nicht, aber du hast alle nötigen Mittel.«

»Ich habe meine Eifersucht, meinst du das? Denkst du denn gar nicht daran? Ich könnte dem Kerl mit meinen eigenen Händen die Gurgel zudrücken, wenn ich nur daran denke, daß es ihm immer wieder gelingt, dich zu verletzten.«

»Weil ich es zulasse.«

»Nun hör endlich auf, diesen Mörder zu verteidigen!« Ein Schlag auf die Tischplatte ließ Franziska zusammenzucken. »Franziska, du ahnst nicht im geringsten …«

»Bitte nicht! Ich glaube, trotz deiner Eifersucht wirst du Gerechtigkeit walten lassen.«

»Ich weiß nicht, ob mir deine gute Meinung schmeichelt. Manchmal habe ich nicht die geringste Vorstellung, was in deinem Kopf vorgehen mag. Das ist doch alles verrückt! Soll ich dich heimbegleiten? Es hat keinen Sinn, hier herumzusitzen.«

»Ich möchte alleine sein.«

Franziska war mit wenigen Schritten an der Tür. Thomas holte sie ein und legte ihr eine Hand auf die Schulter.

»Entschuldige! Es war richtig, wie du gehandelt hast.«

»Das weiß ich nicht. Ich werde es nie wissen.«

Sie lehnte sich einen Augenblick lang an seine Schulter, dann löste sie sich langsam.

Franziska verbrachte lange Zeit im Dom. Sie kniete in der dunkelsten Ecke nieder, verdeckt von Pfeilern und den Hut vor sich auf den Marmorboden gelegt. Andere Menschen betraten den Sakralraum und verließen ihn wieder. Von der Südseite her dröhnte monotones Hämmern, und die Rufe der Handwerker drangen bis in die Kathedrale. Zu einem inbrünstigen Gebet war Franziska nicht fähig, und es war ihr auch unmöglich, Ruhe zu finden. Die Schuldgefühle schmerzten unerträglich. Sie haderte mit Gott. Ihre Welt war aus den Fugen geraten, und es gab kein Lot, nachdem sie es hätte ausrichten können. Die lebensgroßen Säulenheiligen sahen streng zu der Verzweifelten herunter, um ihr seelenloses Dasein von ihr glühend beneidet. Antworten gaben sie keine, Trost spendeten sie auch nicht. Von einer Nische aus tanzten die Schatten der Gedenkkerzen. Dort verweilte Franziska und starrte in die Flammen. Als sie es gar nicht mehr aushalten konnte, raffte sie sich auf und ging mit schleppenden Schritten zur Mostardgasse.

Das Haus des Meister Schnidders war ihr lieb geworden, und zu dem anderen Elend gesellte sich das Wissen, daß ihr Wirken dort bereits ein Ende gefunden hatte. Um dem Meister nicht zu begegnen, wählte Franziska, ohne nachzudenken, den Hintereingang. Die Tür schwang quietschend auf. Seifengeruch wehte ihr entgegen. Maria warf die Wurzelbürste dorthin, wo sie zuvor geschrubbt hatte, umrundete mit schwungvollem Schritt den Eimer und wischte sich die Hände an der Schürze ab. Ihr Gesicht war ein einziger Vorwurf, die Aufregung ließ ihre Stimme schrill klingen.

»Wo hast du gesteckt? Ich bin entsetzlich krank vor Sorge um dich. Wenn du schon die Nacht über fortbleibst, hättest du es mir sagen sollen! Ich trinke einen widerlich schmeckenden Johannistee nach dem anderen, damit sich meine Nerven beruhigen! Ich habe Suse und Hans losgeschickt, um dich zu suchen. In jeder Gaststätte sollen sie fragen und in jeder Kirche. Dabei wartet mal wieder ein fremder Mann seit Ewigkeiten, oben beim Meister auf dich. Gütige Mutter Gottes, du hättest tot sein können. Erschlagen in der Gasse.«

»Du auch, Maria. Du auch.«

»Was? Rede keinen Unsinn! Ich war doch die ganze Zeit hier.«

Maria schaute Franziska genauer an. »Wie siehst du überhaupt aus? Man könnte meinen, du bist dem leibhaftigen Sensenmann begegnet. Sehe ich nicht richtig, oder trägst du eine Hose am Leib? Was ist nur in dich gefahren? Doch hoffentlich kein Unhold! Bei meiner Treu …«

Marias Ton verlor noch im Reden an Schärfe, je näher sie Franziska kam, die nun zusammengesunken auf der Bank hockte. Besorgt legte sie ihr eine Hand auf die Stirn und zog sie sachte an sich.

»Fieber hast du nicht. Verflixt, wenn Suse hier wäre, würde ich sie zu Dorle schicken. Was ist mit dir?«

»Ich habe den Rosenamulettmörder an die Stadtwachen verraten. Ich verriet Aleff an Thomas …«

»Franziska?«

Maria versuchte, das Abgleiten der Ohnmächtigen zu verhindern, bekam sie im letzten Moment zu fassen und bettete sie auf die Bank. Besorgt rollte sie in Windeseile ein Handtuch zusammen und legte es unter Franziskas Nakken. Dann eilte sie zum Brunnen, doch die kühlen Stirnkompressen erweckten in Franziska keinen Lebensfunken, und Maria überlegte, ob es nicht einfach besser sei, sie schlafen zu lassen. Ratlos brühte sie einen weiteren Johannistee auf.

Wenig später kamen Suse und Hans von ihrer Suche zurück, entgeistert, die Gesuchte auf der Küchenbank ausgestreckt zu sehen.

Suse schob sich näher an Franziska heran und kniff vor Konzentration die Augen zusammen. »Hole den Herrn, den ich eingelassen habe, Hans. Er soll schnell herkommen.«

Maria schüttelte energisch den Kopf. »Du kannst unmöglich des Schnidders Gast in die Küche zu Dienstboten befehlen, törichte Küchenmagd.«

»Aber er ist ihr Vater. Seht Ihr denn die Ähnlichkeit nicht?«

Odo Wyell beugte sich besorgt über seine Tochter. Seitdem der Kontakt zwischen ihnen abgerissen war, hatte er sich nur wenig verändert. Zwar war sein Haar ausgefallen und einige Falten um Mund und Nase hinzugekommen, doch sein Gang war noch aufrecht. Seine Stimme zitterte, als er Franziskas Hand hielt und sie bei ihrem Namen nannte. In seinen blauen Augen schwammen Tränen. Er wartete geduldig. Er kannte mittlerweile jeden Winkels des Zimmers, in welches der kräftige Pferdebursche Franziska getragen hatte. Eine Nacht und ein halber Tag waren vergangen, doch Odo hatte sich geschworen, bis zum Jüngsten Tag nicht von der Seite seiner besinnungslosen Tochter zu weichen.

Endlich seufzte Franziska. Ganz langsam öffnete sie ihre Augen. Sie brauchte eine Weile, bis sie begriff, wo sie war. Sofort versuchte Franziska, sich aufzurichten, und schaffte es mit seiner Hilfe, obwohl sie erneut ein schwindliges Gefühl packte.

»Vater? Du? Oder träume ich noch immer?«

Odos erleichtertes Lächeln setzte sich in seinen Augen fort. »Nein, du träumst nicht.«

»Ich wollte dich aufsuchen, bald schon.«

»Und ich bin dir zuvorgekommen.«

»Mit welcher Absicht?«

»Ich hoffe, mit der gleichen, mit der auch du mich aufsuchen wolltest. Es ist längst überfällig, die Verstimmung zwischen uns aufzuheben. Du bist mein einziges Kind, Franziska. Wir sollten uns wie erwachsene Christenmenschen benehmen, uns respektieren und einander ehren.«

Sie hörte genau hin, doch ihre Sinne wollten nicht richtig arbeiten. Selbst die warmen Finger, schwielig und vertraut, konnten ein Wunschtraum sein. Odos leise Stimme wurde weicher. Er ließ sie los, faltete seine Hände vor dem Mund und sah sie voller Wärme an.

»Ich würde alles dafür geben, würdest du mir nur meinen Sturkopf verzeihen und mit mir nach Hause kommen. Nicht ein Tag verstrich, an dem ich nicht an dich dachte. Deiner Mutter ging es genauso. Wir saßen beieinander und fragten uns, ob du genug zu essen hast, ob du glücklich bist oder ob wir vielleicht sogar schon Großeltern sind. Aber du warst ebenso unversöhnlich wie ich. Es wird Zeit, den Streit zu vergessen. Du glaubst es nicht, daß ich es wirklich bin, der so redet? Dann zwicke mich in die Nase! Das hast du als Kind gemacht, wenn du dir nicht sicher warst.«

Franziska schlang ihre Arme um den Hals ihres Vaters und drückte ihn an sich. Lange verharrten sie so, dann ächzte der alte Weber wie sein ältester Webstuhl.

»Meine Knie und mein Rücken sind nicht mehr die besten. Ich werde mich setzen, wenn du erlaubst.«

Franziska richtete sich auf, und Odo setzte sich zu ihr aufs Bett. Gleichzeitig sprachen sie, schwiegen höflich, um dem anderen den Vortritt zu lassen, um im selben Augenblick doch wieder gleichzeitig zu plappern, und zum ersten Mal an diesem Tag lächelte Franziska. »Du zuerst.«

»Nein, du.«

Ihr Lächeln machte einer Ernsthaftigkeit Platz, die Odo beunruhigte.

»Vater, wie kommt es, daß du ausgerechnet an meinem dunkelsten Tag hier bist?«

»Dein dunkelster Tag? Ich hätte vermutet, er würde Jahre zurückliegen. Es ist also wahr.« Odo seufzte schwer. »Es hat sich herumgesprochen. Ach, davon weißt du ja nichts! Während du hier lagst, ist vieles geschehen. Aleff ist wieder in Aachen und ...«

»Das weiß ich bereits. Ich weiß leider noch mehr.«

Odo sah betroffen auf seine Hände. »Dieser verrückte Bursche muß seinen Verstand verloren haben. Es wundert mich nicht, daß er im Kerker hockt, weswegen auch immer. Als er eingesperrt wurde, bestach er einen Stadtsoldaten und schickte ihn in meine Werkstatt. Ausgerechnet zu mir! Ich solle dir das hier überreichen. Am liebsten hätte ich es zurückgewiesen, aber es ist nun mal für dich. Sollen meine Arbeiter sich halt das Maul darüber zerreißen, was ich mit den Stadtsöldnern zu schaffen habe. Du bist eine erwachsene Frau und sollst für dich selbst entscheiden, ob du es annimmst.«

Odo entnahm seiner abgewetzten Geldkatze, die er um seinen Bauch geschnallt hatte, ein schmales Ledersäckchen und legte es neben Franziska auf die Matratze.

»Deshalb bist du hier?«

Verlegen rieb der Weber seine Nase, und Franziska erkannte darin eine vertraute Geste. Plötzlich wurde ihr klar, wie sehr sie ihren Vater vermißt hatte.

»Ja. Ich weiß, es ist dumm, eine Ausflucht zu brauchen, um die eigene Tochter aufzusuchen, aber so ist es nun mal. Willst du nicht nachsehen, was es enthält?«

»Nein, nicht jetzt.« Sie berührte das Beutelchen mit einem Finger und nahm all ihren Mut zusammen. »Darf ich mit dir nach Hause gehen, wenn meine Pflichten erfüllt sind?«

»Ach Kind, ich würde mich sehr darüber freuen. Wenn du von den Pflichten dem Meister Schnidder gegenüber sprichst, dann habe ich dich losgesagt!«

»Vater! Du sollst nicht ...«

»Ich weiß, ich soll mich nicht einmischen. Werde ich auch in Zukunft nicht. Ich habe einiges dazugelernt.«

Am Hintereingang lag ein gepacktes Bündel. Maria war nicht untätig gewesen und hatte Franziskas Hab und Gut gewaschen, geplättet und fein geschnürt. Obenauf, in ein besticktes Tuch gewickelt, befand sich ein Lebkuchen. Von Maria war nichts zu sehen. Odo nahm Franziskas Gepäck und legte einen Arm um ihre Schulter. Dankbar lehnte sie sich an ihn, und endlich gelangten sie in die Scherbgasse, die Franziska seit mehreren Jahren nicht mehr betreten hatte. Odo öffnete die Tür. Franziska schlug der vertraute Geruch ihrer Kindheit entgegen.

»Komm in die Stube. Du wirst sehen, es hat sich nicht viel verändert. Ein paar neue Truhen sind hinzugekommen, aus den alten, morschen habe ich Brennholz gemacht. Wir haben die Wände neu geweißt, und Hühner haben wir jetzt. Ach, was rede ich denn ... Ich habe gespürt, daß es dir nicht gutgeht. Eltern spüren so etwas, weißt du?«

Einen Moment lang schloß Franziska die Augen, hielt inne und beobachtete dann Odo, der ihr den Rücken zudrehte, derweilen er in einige der Truhen spähte.

»Vater, heilen Wunden, die der Seele zugefügt wurden?«

»Ja, aber es braucht Zeit, Ruhe und vor allem guten Willen. Eine Narbe bleibt vielleicht zurück, aber du vergißt den Schmerz.«

Franziska wunderte sich. Sie hatte sich in ein Bild ihres Vaters hineingesteigert und ihn als polternden Mann in Erinnerung. Seine besonnenen Worte linderten ihre Qualen wie sanfter Balsam.

»Wo ist Mutter? Sie ist doch hier?«

Odo schüttelte den Kopf und seufzte. »Leider nicht. Sie ist zu Melaten, kochen. Wir sind uns ein wenig fremd geworden, und auch daran bin ich nicht ganz unschuldig.«

»Sie ist bei den Siechen? Wie kannst du das zulassen? Sie kann sich die Lepra fangen!«

»Im Gästehaus ist sie, nicht bei den Kranken. Deine Mutter hat ihren eigenen Kopf, genau wie du. Insgeheim wirft sie mir immer noch vor, dich verstoßen zu haben. Ich bin ein alter, sturer Esel!«

»Und ich bin die sture Tochter dieses Esels.«

Spontan warf sich Franziska an die Brust ihres Vaters und weinte salzige Tränen, ehe sie sich schniefend wieder von ihm löste. Sie fühlte sich wie damals, als sie sich als Sechsjährige einen Finger im Webstuhl gequetscht hatte und Odo sie über ihr Leid hinweg tröstete. Nur war ihr Leid diesmal ungleich größer, sie selbst älter, aber Odo bot ihr wieder seine Schulter. Unbeholfen strich er ihr über den Kopf und wartete ab, bis sie sich wieder unter Kontrolle hatte. Dann reichte er ihr ein weiches Tuch, und Franziska beseitigte, so gut es ging, die Spuren ihres Gefühlsausbruchs.

Mit sicheren Händen suchte Odo angemessene Kleidung für sie heraus. In der Weberstube gab es nicht länger nur Stoffe zu erwerben, sondern auch einige fertiggestellte Kleidungsstücke, die nach den Maßen eines durchschnittlichen Mannes oder Weibes angefertigt worden waren. »Für die Wallfahrer. Weißt du, Kind, die Leute haben nicht immer die Zeit, auf die Fertigung zu warten.«

Nun, frisch gewaschen und in ein sandfarbenes Kleid gehüllt, fühlte sich Franziska, als hätte sie nicht nur den Schmutz und die Gewandung, sondern auch etwas von ihrem alten Leben abgestreift. Sie betrachtete sich eingehend im Spiegel. Sie sah nicht anders aus als das letzte Mal, als sie die Gelegenheit hatte, sich anzusehen.

Sorgfältig kämmte sie ihr lockiges Haar, zog eine Haube darüber und freute sich darauf, ihren Vater anzutreffen. Wie immer war die Wohnstube peinlich sauber, und auch die Sitzecke erkannte Franziska wieder. Der Fußboden bestand nun allerdings nicht mehr aus getretenem Lehm, sondern aus Holzdielen. Ein Zeichen dafür, daß Odos Arbeit einen gewissen Wohlstand einbrachte.

Es wurde ein langer Nachmittag, weder Franziska noch Odo maßen die verstreichende Zeit an den Glockenschlägen, sondern einzig an den Themen, die sie besprachen und die sie einander wieder näherbrachten. Ein purer Zufall lenkte das Gespräch auf Odos Geschäfte und darauf, was nun alles anders und neu gestaltet war. Voller Stolz präsentierte der Weber seine Waren. Franziska strich mit angemessener Vorsicht über den Stoff.

»Schau, das ist hübsch, nicht wahr?«

»Ah, ich kenne zumindest einen deiner Kunden. Der Herzog von Brabant hat einen Haarschleier erworben. Blau, umwirkt mit Goldfäden.«

»Ja.« Verblüfft ließ Odo den Krug aus den Händen zurück auf den Tisch gleiten. »Du kennst ihn?«

»Ja, das Haartuch und den Herzog. So klein ist die Stadt.« Sie bekam einen Schluckauf. »Wenn ich das auch noch trinke, dann bin ich völlig bezecht.«

»Dann kannst du wenigstens schlafen! Mir scheint, du hast es bitter nötig. Greif zu! Ich habe keine Übung darin, Schmalzbrot zu schmieren, aber ich hoffe, nicht allzu viel falsch gemacht zu haben.«

Odo vermied es nun tunlichst, über Aleff zu sprechen, sondern unterhielt seine Tochter mit den neuesten Geschichten aus der Nachbarschaft. Sie revanchierte sich, indem sie von der Zeremonie der Krönung erzählte, deren seltene Zeugin sie als gewöhnliche Bürgerin gewesen war. Doch dann wurde ihr die Zunge schwer. Schrecklich, wenn der Körper schwer würde, der Geist aber noch hellwach war. Noch einmal schenkte Odo nach, obwohl Franziska dankend abwinkte. Verschämt linste sie über ihre Hand hinweg und nahm noch das letzte Schmalzbrot. Auch eine Leihköchin war in der Lage, deftige Hausmannskost zu lieben und schätzen. Nach einer knappen, aber herzlichen Umarmung schob Odo seine Tochter in ihre frühere Kammer, die sie sich als kleines Mädchen mit drei Weberinnen geteilt hatte. Alles war so geblieben, wie sie es in Andenken behalten hatte, sogar ihr eigenhändig gewebtes Tuch, krumm im Saum und voller Fehler, lag als Teppich vor ihrem Bett. Selbst die Lumpenlore, Franziskas alte Puppe, saß auf dem Kopfkissen, als hätte sie all die Jahre Ausschau gehalten.

»Franziska, ich lasse dir ein Handlicht hier. Einen kleinen Mond, so hast du die Flamme früher genannt. Den Silbermann.«

»Meinen kleinen Mond.«

Die Trunkenheit verließ sie rasch in der frischen Luft, die nun ungehindert hereinströmte. Die Scherbgasse war eine Straße der Handwerker, Töpfer zumeist, aber auch ein unglaublich hagerer Hufschmied, ein Jude mit schulterlangen Stirnlocken, ein komödienbegabter Trichtermacher und eine Ameisensammlerin waren hier ansässig. Schwer arbeitende Menschen, die allesamt mit dem ersten Hahnenschrei aus dem Bett steigen mußten. Niemandem kam es in den Sinn, die Nachtruhe durch Unfug zu stören. Franziska kauerte sich zunächst vor den kleinen Tisch. Sie löste die Holzschuhe von den Füßen, lehnte sich mit dem Rücken zur Wand und zögerte.

Aleffs Beutelchen wog schwer. Der Inhalt war kein Geheimnis, und endlich faßte sich Franziska ein Herz und nestelte die Bändchen auf. Es befanden sich zwanzig Goldgulden darin, ein ungeheurer Reichtum. Im unsteten Licht der Kerze glänzten sie. Verfluchtes Blutgold! Mörderlohn!

Franziska verzichtete darauf, sie sich zwischen die Zähne zu schieben und deren Echtheit mit einem Biß zu bestätigen. Das Gold interessierte sie nicht länger. Ihr gebeuteltes Herz pochte stärker, als sie auf dem Grund des Lederbeutels ein gefaltetes Pergament entdeckte. Sie faltete es auseinander und las die ungelenken, nun fehlerlosen Worte: *Komm zum Kerker.*

Kapitel 41

Franziska starrte Aleff an, als sähe sie ihn zum ersten Mal. In gewisser Weise stimmte dies auch. Wenn sie sich einen Mörder vorstellte, so dachte sie unwillkürlich an eine grauenerregende Fratze, an ein schreckliches, grobes Gesicht, dem man die frevelhaften Untaten ansehen konnte. Nichts von dem traf auf Aleff zu. Allenfalls müde sah er aus.

Seine Kleidung hatte man ihm bis auf die Untergewänder genommen. Irgendein korrupter Aufseher trieb sicherlich schon schwunghaften Handel mit den restlichen Kleidungsstücken. Der Wärter, der Franziska die ausgetretenen Stufen hinunterführte, versuchte immer wieder, einen Blick auf ihr Gesicht zu erhaschen. Sie war froh, ihre Kapuze weit herunterziehen zu können. Der Mann stank gräßlich, und seine Hände waren von abstoßenden Warzen überzogen.

Sie befanden sich im Grashaus, Aachens berüchtigtem Gefängnis am Fischmarkt. Aleff hatte man in der tiefsten aller Kerkerzellen eingesperrt, die nach ihrem ersten Insassen Hansenloch genannt wurde. Die Luft roch modrig und schien vor klammer Feuchtigkeit zu triefen. Bemooste Treppen, so eng, daß sich sogar Franziska die Schultern anschlug, führten in das Herzstück des Karzers. Hier heraus zu entkommen war unmöglich.

Franziska hatte in der Nacht zuvor lange mit sich gerungen und schließlich doch den Entschluß gefaßt, Aleffs Bitte nachzukommen. Was wollte er von ihr? Er hatte genügend Geld, um sich Vergünstigungen zu erkaufen. Der dringende Wunsch, etwas von dem Unbegreiflichen zu verstehen, war es, der Franziska dazu zwang, herzukommen. Die Neugierde würde ihr hoffentlich an diesem furchtbaren Ort nicht zum Verhängnis werden. Vielleicht hätte sie ihrem Vater doch eine Nachricht hinterlassen sollen, ungeachtet der Diskussion, die sie möglicherweise hätte auslösen können. Nun wußte keiner, wo sie war.

Mit einem von Aleffs Goldgulden hatte sie die Aufseher bestochen, um zu dem Gefangenen zu gelangen; einen weiteren hatte es sie gekostet, Licht zu erwerben. Hoffentlich hatte der Beschließer nicht bemerkt, daß in dem Säckel weitere Münzen lagen. Das Handlicht flackerte dünn. Franziska war froh, nicht allzu viel zu sehen. Kleine Füße trippelten in hastiger Flucht über den Steinboden.

Aleff schwieg zunächst, als Franziska vor dem Loch stehenblieb. Dann sagte er, und seine Stimme war frei von Vorwürfen: »Du hast mich also verraten. Bist eine brave Bürgerin.«

»Du bist ein ruchloser Mörder, der nichts anderes verdient.«

»Und du warst mein Mörderliebchen. Ich war glücklich mit dir, weißt du das, Franziska? Die Stümper, die sich Stadtsoldaten nennen, hätten mich nicht mehr gefunden, wenn ich es nicht gewollt hätte. Vergiß nicht, daß ich die Stadt kenne.«

Aleff bedachte Franziska mit einem merkwürdigen Blick. Sie schüttelte heftig ihren Kopf.

»Die Ermittlungen waren weit vorangeschritten, man hätte dich ohnehin bald ergriffen und zur Rechenschaft gezogen.«

»Du irrst dich. Wieso glaubst du, bin ich hier? Weil ich die Frauen getötet habe? Was bist du doch für ein naives Ding!«

»Bereust du deine Taten nicht?«

»Willst du mich winseln hören? Ich habe dich im Kloster verraten, und du solltest deine Rache bekommen. Ich habe dem Stallknecht, der dir so übel nachredete, gezeigt, wie es ausgeht, wenn man schlecht über dich spricht.« Er zuckte mit den Achseln. »Es ist vorbei.«

»Ist es das wirklich?«

»Deine Freundin Maria lebt immerhin noch. Sie hat auf Wenzel einen großen Eindruck gemacht. Das kann verheerende Auswirkungen haben.« Aleff rüttelte amüsiert an den Gitterstäben. »Keine Angst! Ich werde deiner kostbaren Freundin nicht an den Hals gehen. Dafür hast du selbst gesorgt. Komm näher heran! Ich möchte dir etwas erzählen.«

Aus dem Nichts der Dunkelheit trat plötzlich der ekelerregende Wärter heraus, seine Hände in die Seiten gestemmt und mit einem höhnischen Grinsen auf den Lippen. »Du hast den Kerl nun lange genug mit deinen Reizen unterhalten, Süße! Scher dich raus!«

»Bitte, nur noch einen Augenblick!« Franziska erhob sich.

Der Wärter wippte auf seinen Füßen vor und zurück und entblößte ein paar verrottete Zahnstummel. »Das ist ein anständiger Hort hier, den sich die Stadt für den Abschaum erlaubt. Wenn du nicht zahlen kannst, gäbe es noch eine weitere Möglichkeit, ein bißchen Zeit herauszuschinden …«

Er begann, an seinen Beinkleidern zu nesteln, und leckte

sich über die Lippen. Ganz dicht vor Franziska blieb er stehen und blies ihr seinen fauligen Atem ins Gesicht. Sie wich einen Schritt zurück, dann stand sie mit dem Rücken an die Gitterstäbe gepreßt da.

Das Handlicht stand zu weit entfernt, und andere Gegenstände, die sich als Waffe nutzen ließen, waren nicht vorhanden. Der Kerl war einen Kopf kleiner als sie, aber von bulliger Gestalt. Sie mußte ihn noch dichter an sich heranlassen. Ein kräftiger Tritt dorthin, wo es Männer am meisten schmerzte, erforderte eine geringere Distanz. Sollte er sie nur unterschätzen! Wenn er sie für eine Dame hielt, dann rechnete er nicht mit den Kräften einer Köchin!

»Hab dich nicht so!« Der Mann berührte sie an der Schulter.

»Ich werde schreien!« Es war lächerlich, überhaupt damit zu drohen, und der Wärter begann auch sofort zu lachen.

»Nur zu! Hier unten hört dich kein Schwein. Ich hab's gern, wenn Weiber lebhaft sind.«

Franziska konnte nicht genau sehen, was passierte. Alles ging sehr schnell. Plötzlich brüllte der Wärter wie ein abgestochenes Schwein und ging in die Knie. Aleff hatte den rechten Arm des Mannes mit eisernem Griff in die Zelle gezogen und ihn verdreht. Franziska wich hastig zurück, als Aleff den Kerl mit Wucht gegen die Gitterstäbe schlug. Noch einmal drehte er den Arm ein Stück. Ein lautes Knirschen war zu hören. Dann fiel der Kopf des Wächters vornüber.

Franziska ging neben ihm in die Knie. Der Mann atmete noch schwach.

»Du hast ihn beinahe getötet. Mit dem wäre ich schon fertig geworden.«

»Ach ja? Der wird schon wieder. Warum jammerst du also? Glaubst du etwa, ich will den Schlüssel, der an seinem Bund hängt?«

»Aleff, du hast mich hierhergebeten, und ich bin gekommen, weil ich Antworten haben möchte, doch statt mir Dinge zu erklären, stellst du immer weitere Fragen, die nach keiner Antwort verlangen. Ich verabscheue es, hier zu sein!«

»Du hältst mir tatsächlich eine Strafpredigt.«

»Warum fliehst du nicht?« Magisch angezogen, starrte Franziska auf den Schlüsselbund. Es wäre ein leichtes, ihn vom Gürtel des ohnmächtigen Wärters zu lösen, doch sie rührte keinen Finger. Mit ein wenig Mühe hätte Aleff den Bund auch ohne ihr Zutun erreichen können.

»Meine Zeit ist abgelaufen«, sagte er leise. »Das ist nur gerecht, nicht wahr? Ich habe mir vorab meine Richtstätte angeschaut. Sie war schon fertig, bevor ich in die Stadt kam. Meine Hinrichtung wird die Aachener unterhalten, wenn auch die allerletzten Gäste die Tore der Stadt hinter sich gelassen haben. Welch eine Ehre man mir zuteil werden läßt!« Aleffs kalte Stimme troff vor Ironie. »Meinen eigenen Tod für unzählige andere.«

»Unzählige ...« Franziska schaffte es endlich, die Augen von den Schlüsseln zu lösen. Sie hatte sich etwas vorgemacht. Seine Gleichgültigkeit war nicht aufgesetzt. Er wußte genau, was er tat. Und er hatte es schon oft getan. Aleff täuschte die Menschen so, wie er sie brauchte. Unwillkürlich wich Franziska vor ihm zurück.

»Du willst also wissen, warum alles so gekommen ist?«

»Nein, nun nicht mehr. Ich habe es mir anders überlegt.«

»Vergiß nicht, wie gut ich dich kenne! Der Kerl da wird uns nicht mehr behelligen. Die Glocken haben eben erst geläutet. Wir haben Zeit, bis die Ablösung kommt. Ich möchte dir eine Geschichte erzählen.«

Franziska wandte sich zum Gehen. »Ich habe genug von dir und diesem Loch. Verlange nach einem Beichtvater!

Ein Priester kann dir vielleicht deine Sünden vergeben, wenn du sie aufrichtig bereust. Deine Opfer liegen schon kalt in der Erde, helfen kann dir nur noch Gottes Gnade.«

»Ich bin kein Monstrum, sondern ein Mensch aus Fleisch und Blut. Vorgestern noch hast du mich geliebt. Wenn du jetzt gehst, wirst du nie die Wahrheit erfahren.«

Sie drehte sich um. Ihre Neugierde siegte.

Kapitel 42

Es war Frühjahr, die letzten Schneeglöckchen auf den Wiesen waren verblüht. Man schrieb das Jahr 1374. Anne Lataster saß auf einem Schemel in der Nähstube. Das sonnenhelle Licht vermochte nicht, die rabenschwarzen Gedanken der vergrämten Frau zu vertreiben. Es gab nichts, was ihr Freude bereitete.

Das mausgraue Gewand war ihr viel zu weit geworden. In ihren schmalen, bleichen Händen hielt sie ein Tuch, das sie hätte umsäumen sollen. Die hohe Frau zu Brabant hatte ihr dringend geraten, endlich wieder so verläßlich wie früher zu arbeiten. Ein deutlicher Unterton in der Stimme der Herzogin verriet, daß es, wenn diese Arbeit nicht rechtzeitig abgegeben werden würde, keinen weiteren Auftrag mehr gäbe. Trotzdem war es Anne unmöglich, sich auf die Arbeit zu konzentrieren. Die Stiche, die sie bisher ausgeführt hatte, waren eine Schande für eine Näherin. Jeder Bauer, der seine groben Sackleinen bearbeitete, ging ebenmäßiger mit der Nadel zu Werk.

Anne würde alles noch einmal auftrennen müssen, wenn sie Lohn sehen und nicht auch noch für den ruinierten Stoff aufkommen wollte.

Vor dem Fenster hüpfte ein Blaumeisenpaar im ausladenden Geäst einer Birke. Leicht und unbeschwert tirilierten die hübsch gefiederten Singvögel zwischen dem zarten Blattgrün und begrüßten die schönste Zeit des Jahres. Unten im Hof neckten sich die Knechte und Mägde. Ein Kater schrie einen Nebenbuhler an, irgendwo schnatterten Enten. Mit der erblühenden Natur kamen die Lebensgeister zurück. Verstört preßte Anne die Hände auf ihre Ohren. Sie wollte von all dem nichts hören. Heiße Tränen strömten aus ihren grauen Augen.

Joslin, ihr geliebter Joslin, hinterging sie mit ihrer eigenen Schwester! Was um alles in der Welt fand er an der unscheinbaren, verknöcherten Maria? Sie hatte nicht einen Hauch von Lebensfreude in sich. Sie war immer schon alt gewesen, sogar als junge Frau. Und doch zog Joslin sie Anne vor.

Wie lange ging das nun schon so? Lange genug jedenfalls, daß es die Spatzen von den Dächern pfiffen. Wie scheinheilig die beiden immer taten, wenn Anne ihre Schwester einlud – als hätten sich die Verschwägerten Ewigkeiten nicht gesehen. Sie reichten sich höflich die Hand und erkundigten sich nach dem gegenseitigen Wohlbefinden, obwohl der warmgeriebene Geruch der Haut des Gegenübers noch nicht verflogen war. Scheinheiliges Pack!

Seit sie von der schwatzhaften Hökerin schonungslos davon in Kenntnis gesetzt worden war, wie ihr Gemahl und ihre Schwester die Zeit miteinander verbrachten, achtete Anne sehr auf die kleinen Zeichen, die sie in ihrer Ahnungslosigkeit zuvor gänzlich übersehen hatte. Das Lächeln von Maria, den zwinkernden Blick von Joslin, wenn er glaubte, seine Frau schaue gerade woanders hin. Sein schlechtes Gewissen ihr gegenüber ließ ihn sogar ab und zu ein Geschenk für sie mitbringen. Erst gestern waren es Haferplätzchen, die er angeblich von einem höchst zufriedenen Zuschauer erhalten hatte. Ihr Gemahl hatte ihr lachend den Teller gereicht. Mit spitzen Fingern hatte Anne eines der duftenden Gebäckstückchen genommen. Sie hatte sich bemüht, ihr Wissen vor Joslin zu verbergen.

Noch immer spürte Anne den Geschmack von Marias Gebäck auf ihrer Zunge. Wie ein pelziges Vlies quoll es auf und drohte, sie zu ersticken. Die halbe Stadt lachte über sie, während die andere Hälfte sie als gehörnte Gattin bedauerte. Welch eine Schmach! Dabei hatte alles mit Liebe begonnen. Wenn sie ein Kind ausgetragen hätte, hätte Joslin sich nicht von ihr abgewendet. Mit einem Kind wäre alles anders gekommen.

Anne legte die Hände auf ihre Augen und verbarg ihr Gesicht.

»Ihr weint ja schon wieder. Lachen solltet Ihr, wie die anderen! Wir feiern den Frühling. Das bringt Euch die jugendliche Schönheit zurück«, sagte eine heisere Jungenstimme mitfühlend. Anne spürte eine Hand auf ihrer Schulter, die langsam ihren Rücken herunterstrich. Fahrig schüttelte sie die Hand ab.

»Herr Wenzel, ach, Ihr seid es schon wieder! Sucht nicht immer meine Nähe! Es geziemt sich nicht. Ich bitte Euch ganz inständig, junger Herr, laßt mich jetzt und in der Zukunft in Frieden. Geht nach unten in den Hof, vergnügt Euch bei Waffengängen oder den anderen Beschäftigungen der Edelherren, ich habe meine Arbeit zu erledigen.«

Der dunkel gelockte Junge war immer wieder zu ihr gekommen, leistete ihr Gesellschaft und erzählte ihr den neuesten Hofklatsch. Er war ein glänzender Beobachter und verstand es, seine Mitmenschen trefflich zu parodieren. Dabei jedoch erinnerte er Anne an Joslin, der ebenfalls über diese Gabe verfügte, und an ihn wollte sie nun nicht denken.

Wenzel hob die Schultern, breitete seine Arme aus und kniete vor ihr nieder. Er legte seinen Kopf schief und meinte spielerisch streng: »Verehrte Frau Anne, was soll ich denn meinem lieben Vater sagen? Ihr seid unter die Klagefrauen gegangen? Ist jemand verstorben, den Ihr gerne leiden mochtet? Und nun ist nur noch das Leiden übrig? Ich sollte ihm raten, Euch heimzuschicken. Er ist der Kaiser, und ihm müßt Ihr zu Eurem Besten gehorchen! Das Nähzeug ist nicht wichtig. Die Schwester des Brabanters hat genug Gewänder. Sie ist eh zu kokett mit den Teufelsfenstern an der Seite, die mehr eröffnen, als sie verbergen, sagen die Hofdamen und eifern sie nach, wo es nur geht. Ihr Kleid wirkt sehr übersichtlich, verdeckt kaum die Brust. Ihr solltet sie tänzeln sehen. Vater bekommt dann immer große Augen.«

Leichten Fußes hüpfte der junge Herr durch die Kammer, drehte und wand sich und klimperte treuherzig und zugleich aufreizend mit den langen Wimpern, ohne Anne aus den Augen zu lassen. Ja, so kannte Anne die Brabanterin.

»Herr Wenzel, laßt von Eurem Spiel ab, und setzt Euch auf ein ernstes Wort zu mir.«

Anne legte ihr Nähzeug beiseite und schenkte dem Knaben ihre volle Aufmerksamkeit. Näher, als es die Schicklichkeit erlaubte, setze er sich neben sie. »Um Eure Frage zu beantworten: Ja, es ist jemand verstorben. Heute starb die Liebe in mir. Eine Liebe, die Ihr bestimmt bald vor anderem Publikum verspotten werdet. Nun, wo Ihr es wißt, erlaubt mir, allein zu sein.«

Ohne wirkliche Absicht stieß sie ihn von sich fort. Dieser respektlose, adelige Bengel überforderte ihre angeschlagenen Nerven.

Mit klugen Augen setzte sich der Junge zu ihren Füßen. Angemessen betroffen von dem Geständnis, sah er auf seine sauberen Hände und drehte seinen Siegelring um den Mittelfinger. Die braunen Locken verdeckten seine Augen. Langsam hob er sein schmales Gesicht und strich die Haare zurück.

»Oh, das ist wahrlich ein grauenvoller Verlust.«

Anne heulte auf. Das Leben war erbarmungslos genug. Warum saß nun dieses engelsgleiche Kind bei ihr und nahm sich heraus, Salz in ihre Wunden zu streuen? Was sollten diese schmachtenden Blicke? Sie zitterte am ganzen Leib wie im schlimmsten Fieber und war kaum noch in der Lage, ihre Stimme zu beherrschen.

»Ihr verhöhnt mich! Ein junger Mann wie Ihr, der weiß nichts über die einzige und wahre Liebe. Wie weh dieses Leiden tun kann, wenn man daran krankt! Liebe macht so verletzlich und reißt Wunden, die niemals in einem Menschenleben heilen.«

»Aber sie ist doch auch schön, die Liebe, nicht wahr? Warum sonst hat Gott sie den Menschen geschenkt? Ihr redet gegen unseren christlichen Gott, Frau Anne. Herr Jesus hat die wahre Liebe zu uns Menschen auf sich genommen und leidet unter der Sünde unserer Verfehlungen.«

Aufmerksam sah der Junge sie an. Anne konnte nicht anders, als mit ihm zu reden. Sie hatte sonst niemanden.

»Was ist denn Sünde? Gott läßt auch sie zu, schaut darüber hinweg und überläßt die liebenden Menschen ihrer einfältigen Lächerlichkeit. Wieviel Torheit doch in den Menschen steckt.«

Nachdenklich winkelte Wenzel ein Bein an und stützte seinen Ellenbogen auf das Knie.

»Wenn Ihr eine Liebe verloren habt, warum ersetzt Ihr sie nicht einfach durch eine andere? Die Welt ist voller Menschen. Und voller Männer, die sich nach Euch verzehren.«

Anne zog das linnene Haartuch von ihrem Kopf. Ihre Füße scharrten über die Dielen, so nervös war sie. Dieser Disput verlangte ihr viel ab, doch sie hätte nun auch nicht mehr davon lassen wollen.

»Durch eine andere ersetzen? Das Kind in Euch ist es, welches zu mir spricht, junger Herr. Lernt das Leben erst kennen, bevor Ihr davon redet! Kommt in ein paar Jahren zu mir und erzählt mir dann, wie das Leben mit Euch umging. Wenn Ihr mich dann überhaupt noch kennen wollt. Ich weiß um Euch und Eure arrangierte Ehe. Da ist kein Platz für die Liebe. Die werdet Ihr im Abseits finden, wenn überhaupt.«

»Seid Ihr es, die im Abseits sitzt?«

»Ja, aber nicht in dem Euren, junger Herr!«

»Wahr gesprochen, auch wenn es von Euch nicht so gemeint war. Politisch seid Ihr für die Strategie meines Vaters unwichtig. Doch es ist mein Herz, das für Euch schlägt. Ihr habt es berührt, schon beim ersten Mal, als ich Euch begegnete. Nie habe ich Euch als eine einfache Bedienstete behandelt.«

»Ihr seid dreizehn Jahre alt!«

»Vierzehn seit Februar und bereits seit fünf Jahren der Ehemann Johannas, ohne daß mir das Beilager gestattet ist. Selbst ein geringer Bauernbursche in meinem Alter wird ernst genommen und hat bereits Erfahrungen. Mein Geist ist nicht der eines Kindes.«

»Ich muß nun gehen«, flüsterte Anne und nahm fahrig die Stickarbeit wieder auf.

»Schaut mich bitte an und sprecht zu mir. Wohin, meine Teure, wollt Ihr gehen? Wer wartet auf Euch, Anne? Eine leere, triste Stube? Verlockt Euch Eure Melancholie so sehr, daß Ihr sie meiner Gesellschaft vorzieht? Geht nicht, denn ich würde Euch gerne trösten.«

Wenzel nahm Annes Hand und strich sanft darüber, so, wie Joslin es oft getan hatte. Die zärtlichen Finger fuhren hoch bis zu ihrer Halsbeuge. Anne mußte leise seufzen. Ihre Phantasie spielte ihr einen üblen Streich und ließ die Züge des jungen Herrn wie die Joslins aussehen, wie damals, als es nur sie beide auf der Welt gab und sie sich anschickten, gegen alle Scherereien anzukämpfen. Jedes Hindernis war nur dazu geschaffen, sie einander näherzubringen. Gemeinsam, Seite an Seite, fochten sie gegen Klatsch und Tratsch, Hunger und Durst. Oft hatten sie arm wie die Kirchenmäuse in der winzigen Kammer gesessen und waren sich selbst genug gewesen.

»Ich würde jetzt gerne zu Euch kommen«, sagte der Junge sanft bittend.

Anne weinte still ein paar Tränen, faßte sich dann aber und legte die Stickarbeit zur Seite. Der Knabe küßte jede ihrer Fingerspitzen, als sie die Hände in ihren Schoß legen wollte.

»Woher habt Ihr diese kleine Verletzung hier? Diesen winzigen Punkt? War das eine Nähnadel?«

»Ach nein. Da habe ich mich verletzt an … Es ist doch gleichgültig.«

»Nein, nichts ist gleichgültig. Erzählt es mir, Anne.«

»Es war ein Rosendorn vom ersten Strauch, den ich an mein Haus gepflanzt habe. Seine üppigen Blüten sahen aus wie kleine, rote Kissen. Es war der schönste Rosenstrauch Kölns. Mein ganzer Stolz.«

»Er wird bald wieder blühen, nicht wahr?«

»Nein. Er wird nicht mehr blühen, nie wieder.«

Eine Hand überließ sie seinen erstaunlich kundigen Zärtlichkeiten, mit der anderen griff sie, von unerfüllter Sehnsucht getrieben, in sein lockiges, seidenweiches Haar und streichelte es. Wenzel legte sein Haupt auf ihre Oberschenkel und schloß die Augen. Kosend schickte er seine Hände auf Wanderschaft.

Anne fühlte sich benommen und bleischwer. Ihre Augenlider sanken herab. Unter sich fühlte sie eine angenehme Bettstatt, nicht kratzig, sondern weich wie das Paradies. Halb noch im Schlaf, räkelte sie sich mit ausgestreckten Armen und fuhr sich mit nahezu unzüchtigem Wohlgefühl durch die Haare. Ihr war nach lautem Stöhnen und Gurren zumute …

Es war kein Bett, auf dem sie lag, sondern teures Linnen, das in der Nähstube des Königshofes aufbewahrt wurde. Prompt kam Annes Erinnerung mit einem Schlag zurück.

Ihr Herz trommelte rasend vor Scham und Furcht. Wie ein brünstiges Tier hatte sie sich benommen. Von Leidenschaft ergriffen und ohne Anstand hatte sie sich mit dem Königssohn gepaart. Sie zog die Hände vor ihre aufgerissenen Lippen, wie zu einem stummen Gebet gefaltet, und dachte nach.

Was hatte sie getan? Der junge Wenzel war völlig erschöpft, doch lächelte er selig, sogar im Schlaf. Immer wieder hatten sie sich geliebt. Sie hatte es zugelassen, daß er ihren Körper erforschte. Und es hatte ihr gefallen, wirklich gefallen! Die Verführung ging von ihr aus. Die Sünde! Einen Moment lang meinte sie, die Stimme der Catharin von Benden zu hören, die sie zur strengsten Selbstanklage und Bußfertigkeit erzogen hatte.

Als wäre es ihre letzte Stunde und voller Haß und Leidenschaft, hatte sich Anne hingegeben. Sie mußte dringend fort von hier. Nicht auszudenken, wenn das allgegenwärtige Gesinde sie so sah! Zerzaust und von der Leidenschaft gezeichnet. Keinen Deut besser war sie als Joslin. Ihr Gemahl vergnügte sich zwar nicht mit minderjährigen Gespielinnen, sondern mit der ledernen Maria. Annes Zorn auf ihn war verraucht, und zurück blieb nur ein schaler Geschmack, der gewiß auch auf den schweren, tiefroten Burgunderwein zurückzuführen war, von dem Wenzel und sie einen Krug in der Nähstube geleert hatten.

Vorsichtig schaffte Anne es, den jungen Körper von sich abzurollen und sich mit zitternden Fingern anzukleiden. Nervös schaute sie sich um. Ihr Blick huschte kurz über das Gesicht ihres jugendlichen Liebhabers. Noch waren kindliche Züge darin, wenn auch sein Körper ihr bewiesen hatte, daß der Knabe zum Mann gereift war.

Sacht küßte sie Wenzels Stirn und strich liebevoll, wie eine sorgenvolle Mutter, eine Haarsträhne aus seinem Gesicht.

Dann suchte sie ihre Habe zusammen. Sie legte den Stickrahmen auf einen Schemel und fand noch einen letzten Schilling in ihrem Beutel, den sie als Entschädigung für den Stoff darauf legte.

»Was machst du da?«

»Ich gehe nach Hause.«

»Warte, Anne. Ich möchte dir etwas geben.«

Der Knabe fuhr mit den Händen seine Kleidung ab. Rasch fand er, was er suchte: eine Silberkette, deren ovaler Anhänger mit einer Rose verziert war. Er hielt sie Anne hin.

»Nimm. Ich möchte, daß du sie bekommst.«

Anne schüttelte den Kopf. »Nein.«

»Ich bin böhmischer König, Markgraf von Lausitz und Brandenburg, Herzog von Schlesien, und eines Tages werde ich auch römischer König sein! Ich befehle dir, dieses Geschenk zu nehmen.«

»Nein, Herr.«

»Ach, Anne! Gefällt die Rose dir nicht? Ist sie deiner nicht würdig?«

»Sie ist wunderschön.«

»Du sollst sie mit Stolz tragen.«

Wenzel sah sich suchend um und ergriff ihre riesige Tuchschere. Während er etwas auf die Rückseite der Rose gravierte, streckte er seine Zunge vor Anstrengung ein wenig vor. Er war stolz auf sein Werk.

»Schau! Nun sind deine Anfangsbuchstaben auf der Rückseite eingeritzt. Die Rose gehört dir! Wenn du sie nicht nimmst, muß sie eingeschmolzen werden!«

»Herr …«

»Still.« Wenzel legte ihr die Kette um den Hals. Er sah ihr verträumt nach, als sie die Stube verließ.

»Ich werde dich finden, Geliebte«, flüsterte er verträumt vor sich hin. »Ich werde dich in jeder Frau suchen, das verspreche ich dir. Nie werde ich deine Liebe vergessen.«

»Eine tragische Begegnung.«

Franziska fand nicht sofort in die Wirklichkeit des Kerkers zurück. Mit geschlossenen Augen hatte sie Aleff gelauscht, und fast glaubte sie, eine heimliche Beobachterin in Annes Kammer gewesen zu sein.

»Wenzel hatte sich verliebt«, fuhr Aleff fort. »Er war entschlossen, Anne nicht länger der Traurigkeit auszuliefern. Er schickte ihr teure Kleidung, weiteren Schmuck und wollte sie am liebsten immer um sich wissen, aber Anne kam nicht mehr an den Hof. Wenzels Anweisungen stießen bei Peter Jaurenus auf wenig Gegenliebe, denn die Traumschlösser, die der Knabe erbaute, drohten, hohe Summen zu verschlingen. Außerdem hatte der Kaiser längst andere Pläne für seinen Sohn. Wenzel war uneinsichtig, wenn es darum ging, dem drohenden Skandal auszuweichen.«

»Anne war verheiratet. Und eine Bürgerliche.«

»Das scherte den verwöhnten Knaben nicht. Er selbst war als Neunjähriger mit der vierzehnjährigen Johanna vermählt worden. Bedenke, sein Vater selbst hatte die Goldene Bulle erlassen. Nur der Erstgeborene durfte erben, und Wenzel hatte mit Sigismund einen älteren Bruder. Da er ohnehin nichts erben sollte, nahm er den Erlaß seines Vaters als Freibrief für andere Freiheiten. Er drohte mit allem möglichen, sollte ihm Anne genommen werden. Seine Besessenheit ließ ihn politisch unbrauchbar werden.«

»Anne war schwanger. Wußtest du das?«

»Ja, das war ihr Problem.«

Franziska schnaubte empört. »Deshalb also mußte Anne sterben. Und du hast diese abscheuliche Aufgabe übernommen!«

»Ich mußte schließlich von etwas leben. Als ich aus Aachen fortging, besaß ich nichts und konnte nichts. Ich hauste eine Weile wie ein Gesetzloser in den Wäldern. Monatelang mit keinem menschlichen Wesen zu reden machte mich fast wahnsinnig. Zufällig traf ich auf das Lager des Sachsen. Für ihn war ich ohne Bedeutung. In Köln stießen wir zu den Truppen des Kaisers, und dort wurde Peter Jaurenus auf mich achtsam. Er bat mich zu sich und erläuterte mir sein Problem. Er bat mich, ihm, dem Reich und auch Wenzel zu helfen. Ohne Anne würde auch der Junge bald wieder die ihm zugeteilte Rolle spielen und seine Launen vergessen. Ich fing Anne ab, sie wehrte sich nicht einmal, und ich gewann den Eindruck, etwas Richtiges getan zu haben. Man trug Wenzel zu, seine Geliebte habe sich von ihm abgewendet und zu ihrem Gatten zurückgefunden. Eine Zeitlang trauerte er, dann aber wurde er wieder zugänglicher, weil er seine Zuneigung auf eine andere Frau übertrug. Sie bekam wie Anne eine Rosenkette von ihm. Auch sie mußte sterben.«

»Hat Wenzel sich nie gefragt, wohin die Frauen entschwanden?«

»Kurios, nicht wahr? Ich war sein Vertrauter und zugleich auch der von Jaurenus, der es für billiger fand, statt der Frauen mich zu bezahlen. Nicht alle waren so bescheiden wie Anne.«

Erschüttert sah Franziska Aleff an. Seine Stimme war so normal wie eh und je. »Die Krönungsfeier war teurer als geplant. Viel teurer! Und auch ich sollte auf meine Entlohnung warten. Hatte Jaurenus bislang mich und die Silberketten für die Frauen bezahlt, so war dies nicht länger tragbar. Ich erhielt nach Durchsicht der Bücher den Auftrag, die Kette von Irmtrud Wegner zurückzuholen. Deshalb habe ich dich niedergeschlagen. Es wäre nicht nötig gewesen, wenn Jaurenus sich etwas früher aufs Sparen verlegt hätte.«

»Was war mit Annes Gatten, Joslin?«

»Der Narr? Er reiste uns hinterher und ließ keine Gelegenheit aus, den Adel zu verunglimpfen. Sein Verdacht fiel erst auf den Sachsenherzog, dann aber hatte ich das Gefühl, daß er die richtigen Rückschlüsse zog. Ich war auch auf dem Marktplatz. Es war mein Auftrag, dem Spielmann zu folgen und mich um ihn zu kümmern. Gott nahm mir die Arbeit jedoch ab. Kennst du ein Gebet?«

»Ja, natürlich.«

»Dann bete für mich und vergiß mich.«

Kapitel 43

»Meine Güte, wie lange ist es her, daß du dich hier hast blicken lassen? Zwei Wochen?« Maria trat einen Schritt zurück und öffnete die Tür.

»Sechs Tage nur.«

»Mir erschien es länger. Suse und Hans haben sich zum Galgenberg auf dem Königshügel aufgemacht. Ich vermute, es ist nur eine Ausrede und sie tummeln sich im Heu. Ich wollte auch zur Hinrichtung gehen. Die Richtstätte wird mit großem Spektakel eingeweiht. Da wird der Lump bestraft, der unseren Stallknecht Deterich auf dem Gewissen hat. Du kannst dir nicht vorstellen, wer mich alles darauf angesprochen hat. Sogar Leute, die mich sonst nicht mal mit dem blanken Hintern ansehen, schmieren mir Honig um den Mund, nur damit ich etwas erzähle. Man spekuliert viel, ob die Strafe gerechtfertigt ist, weil Deterich erst später an den Folgen der Rauferei gestorben ist und nicht gleich totgeschlagen wurde. Aber wenn du nicht auf dem Mond warst, weißt du es ja selbst.«

»Das hat bestimmt Hans erzählt.«

»Franziska, du bist weiß wie ein Bleichleinen! Du hast es nicht gewußt?«

»Heute also ...«

Franziska rutschte auf die Bank. Ihre Augen blickten ins Leere.

»Wo hast du gesteckt?« fragte Maria.

»Bei meinem Vater. Ich habe ihn umsorgt und ihn mit guter Küche verwöhnt.«

»Ihr versteht euch also wieder?«

»Besser als je zuvor«, bestätigte Franziska wahrheitsgemäß.

»Das freut mich für dich! Aber warum hast du nicht die Zeit gefunden, mich früher zu besuchen? Ich habe mir den Schädel zerbrochen, was mit dir los ist. Drei Tage lang hatte ich einen Brummschädel vom Denken. Deine abscheuliche Bemerkung, ich hätte tot sein können, hat mir einen ungeheuren Schrecken eingejagt. Ich dachte, wir wären befreundet!«

Maria war beleidigt und machte keinen Hehl daraus. Sie wusch sich die Hände, zog die Haube ab und flocht ihr Haar, bevor sie eine frische Haube aus ihrer Kiste neben dem Ofen nahm. Sie registrierte Franziskas Erstaunen. »Ich bin hiergeblieben. Ich will nicht die Kammer bewohnen, in der Joslin seinen Atem aushauchte. Meister Schnidder und ich haben uns darauf geeinigt, daß ich weiterhin in der Küche wohne. Was ist nun, kommst du mit?«

»Wohin?«

»Na, zur Hinrichtung!«

Der Wind war aufgefrischt, und die ersten braunen Blätter stoben durch die Gasse. Franziska fröstelte, aber das lag nicht am Wetter. Versöhnlich hakte Maria sich bei ihr ein.

»So, nun bin ich meinen Rüffel an dich losgeworden, und du kannst mir alles in Ruhe erzählen. Was ist an dem Morgen geschehen, als du so niedergeschlagen angetaumelt kamst?«

Franziska rang um Luft. »Ich bin in der Nacht zuvor meiner großen Liebe wiederbegegnet.«

»Jenem Aleff, wenn ich mich richtig erinnere.«

»Ja, Aleff ist der Mörder deiner Schwester Anne.« Franziska sprach alles offen aus. Sie verzichtete auf jede einfühlsame Ausschmückung, denn Maria war eine Frau mit scharfem Verstand. »Er hat noch eine Reihe anderer Frauen gemeuchelt, und das nächste Opfer hättest du sein sollen. Ich habe ihn an die Wache verraten. Aleff hat auch Deterich das Leben genommen, weil er lästerlich über mich gesprochen hat.«

Maria erbleichte, ihre Mundwinkel begannen zu zittern. Sie ließ Franziskas Arm los, packte sie an den Schultern und schüttelte sie. »Was redest du denn da? Ich kenne diesen Aleff überhaupt nicht. Warum sollte er mir etwas Böses wollen?«

»Der König hatte an dir Gefallen gefunden – wie an den andern Opfern zuvor. Hat Anne dir ähnlich gesehen?«

»Ja, ein wenig, aber alles an ihr war feiner.« Marias Hände fielen kraftlos von Franziskas Schultern ab.

»Wenn Wenzel seine Freude an den Leibern hatte, wurde Aleff von Jaurenus beauftragt, den Frauen das Leben zu rauben, um die Ehe des Königs nicht zu gefährden. Versprich mir, daß du niemandem etwas von dieser Unterhaltung erzählst. Kein Wort! Das muß unser Geheimnis bleiben.«

Wie betäubt nickte Maria und verfiel in einen langsameren Schritt. Sie versuchte, die Dinge zu begreifen.

»Ich sollte dir dankbar sein«, sagte Maria nachdenklich. »Du hast mein Leben gerettet, ohne dich hätte ich schon auf der Schaufel des Gevatter Tod gehockt. Warum hast du es mir nicht gleich erzählt?«

»Da kannte ich die Einzelheiten noch nicht. Ich habe sie erst von Aleff erfahren, als ich ihn im Kerker aufsuchte.

Allerdings war ich mir gewiß, daß König Wenzel nicht nach dir schicken würde, und wähnte dich in Sicherheit. Aleff hatte ihm um unser beider Freundschaft willen eine Lügengeschichte aufgetischt. Demnach seiest du aus Melaten ausgerissen, um an den Feierlichkeiten teilzunehmen. Eine scheinbar Lepröse wollte der König dann doch nicht in sein Bett locken.«

»Heilige Mutter Gottes!« Maria bekreuzigte sich. »So sehr habe ich mich in dem jungen König getäuscht? Ich bin eine einfältige Person! Er hat etwas Einnehmendes an sich, was mich tatsächlich dazu brachte, ihn in mein Herz zu schließen, aber nicht wie einen Mann, eher wie einen Sohn, den ich nie hatte. Er stellte mir kluge Fragen und war voller Aufmerksamkeit. Ich glaubte tatsächlich, er wäre an meinem Leben interessiert. Und der Junge hatte die ganze Zeit andere Ziele!«

Zu Franziskas Überraschung lachte Maria auf, aber es klang nicht heiter. Die beiden Frauen passierten das Stadttor. Zu Dutzenden marschierten die Menschen den gewundenen Weg zwischen den Hügeln hinauf. Die meisten waren gut gelaunt, weil ihnen ja ein besonderes Schauspiel bevorstand. Viele von ihnen hatten Körbe mit Lebensmitteln und Weinschläuche dabei, denn der Richtplatz lag einen strammen Fußmarsch entfernt. Zu der Gruppe, die vor Franziska und Maria ging, gehörten einige Kinder, die mit eifrigen Gesichtern der Anregung der Erwachsenen folgten und Steine einsammelten, mit denen sie den Delinquenten unter Beschuß nehmen sollten. Franziska verfolgte das Treiben mit düsterer Miene.

»Wieso hielt sich Aleff ausgerechnet in der Wohnung von Irmtrud auf? Jemand muß doch etwas bemerkt haben?«

»Wer denn, Maria? Die Feierlichkeiten hielten die Stadt in Atem, und um den Fund von Irmtruds Leiche wurde kein großes Aufhebens gemacht, um die Gäste in Sicherheit zu wiegen. Wäre ich nicht zufällig dabei gewesen, hätte auch ich nie etwas über ihren Tod gehört. Irmtruds Vermieter hatte sein Geld eingestrichen. Was kümmerte es ihn, wer dort ein und aus ging!«

»Du magst ihn immer noch«, stellte Maria plötzlich fest.

»Nur seine gute Seite.«

»Es tut mir leid für dich, Franziska. Ich hätte dir Besseres gewünscht.«

»Ich mir auch, Maria, aber nun rollt der Stein.«

»Willst du wirklich weitergehen? Wir können umkehren.«

»Nein. Ich weiß nicht, ob ich aushalte, was sich vor meinen Augen abspielen wird, aber ich muß dort sein, um für ihn zu beten. Wenn ich nicht dabei bin, dann werde ich mir immer wieder Gedanken machen und mir den Hergang vorstellen. Ich bin keine ganz emsige Kirchgängerin, aber ich kann unterscheiden, was gut und böse ist. Aleff weiß es nicht, denn sonst würde er das Purgatorium fürchten.«

»Quäle dich nicht so entsetzlich.«

Maria zog Franziska am Ärmel, ohne sie aufhalten zu können. Mit versteinertem Gesicht wanderte Franziska den Pfad entlang und setzte mechanisch einen Fuß vor den anderen. Einmal nur verharrte sie kurz, um einem Schmetterling nachzublicken

»Die Anklage fußt offiziell nur darauf, daß er Deterich im Streit halbtot schlug. Die Frauen werden nie in einem Protokoll erwähnt werden. Darüber hält Jaurenus seine Hand. Wer einem Bürger dieser Stadt eine Last oder ein Unrecht aus eigenem Verschulden zufügt, gleichgültig, wer es ist, der soll dieselbe Last und den gleichen Schaden erleiden, so lautet das Gesetz. Hätte Deterich überlebt, so würde Aleff nach dem Abbüßen seiner Strafe irgendwann in die Freiheit entlassen.«

»Wünscht du dir das?« fragte Maria.

»Dazu ist es zu spät. Von Anfang an war zu vieles falsch.«

Franziska erschauderte, als sie nach der letzten Kehre die Hügelkuppe sehen konnte. Bis in den Frühsommer vor der Krönung hatte man sich zur Exekution der Schwerverbrecher des abgestorbenen Baumes auf der Kuppe bedient, bevor der Rat der Stadt den neuen Galgenbaum hatte errichten lassen. Von jeder Zunft wurde ein Handwerker abgestellt, damit niemand den anderen für diese ehrlose Arbeit verachten konnte. Oft waren es arme Gesellen, die Hand anlegten und sich auf die anschließende Bewirtung freuten.

Gleich neben dem Galgenbaum befand sich der steinerne Richtblock. Er stand auf einem Podest, das eigens dazu geschaffen war, auch dem kleinsten Aachener einen freien Blick auf das Spektakel zu gewährleisten. Das Schwert des Henkers lehnte daran. Nicht einmal dem skrupellosesten aller Haderlumpen wäre es in den Kopf gekommen, es zu stehlen. Unwiderruflich verging die Zeit mit jedem Lidschlag und brachte Franziska der Realität näher. Fest umklammerte sie Marias knochige Hand, als das blutrünstige Jubelgeschrei der Menge ausbrach. Der Zug der Richter, Wächter und des Delinquenten setzte sich Bewegung. Nur eine geringe Steigung noch mußte überwunden werden. Arme wurden in die Luft gestreckt, Steine flogen. Köpfe reckten sich, Kinder wurden nach vorne geschoben, damit sie eine bessere Sicht hatten. Unmittelbar vor Franziska verdrehte eine junge Mutter ihrem Sprößling das Ohr: »Sieh ihn dir genau an! Wenn du nicht brav bist, holt dich der schwarze Mann!«

Neben einem Priester, dem Scharfrichter und zwei Stadtschreibern saßen, wie es das Gesetz vorschrieb, drei offizielle Zeugen, die einen hervorragenden Leumund vorweisen konnten. Zwei von ihnen waren ehrenwerte Bürger. Den dritten hatte Franziska bereits von nahem gesehen. Das scharfgeschnittene Gesicht, umrahmt von grauem Haar, verfolgte sie bis in ihre Träume. Peter Jaurenus war gekommen, um Aleff sterben zu sehen, den Dämon, den er selbst gerufen hatte. Ausgezeichnet mit den Insignien seines Amtes als Kämmerer des Kaisers, thronte Jaurenus mit unbeweglicher Miene auf dem Stuhl.

Aleff, erneut frisch geschoren, kniete auf dem hölzernen Karren. Zwei struppige Esel waren vorgespannt, aber sie mußten sich nicht sonderlich ins Gewicht legen. Aleff war abgemagert, bestand nur noch aus Sehnen, Knochen und Dreck, soweit man es unter dem Büßerhemd sehen konnte. Seine Hände waren gefesselt. Trotzdem fiel es ihm leicht, das Gleichgewicht zu wahren. Rauflustig prügelten die Wächter auf allzu Vorwitzige ein, die an Aleffs Hemd rissen. Man wußte, was man dem Publikum bieten mußte, um dessen Gunst zu erlangen.

In einem der Wächter erkannte Franziska den Kerl wieder, der sie im Kerker hatte vergewaltigen wollen. Sein rechter Arm hing schlaff herab und schien ihm Schmerzen zu bereiten. Franziska erschrak vor der rachsüchtigen Freude, die kurz in ihr aufloderte. Dann verharrte sie still, ohne zu merken, wie fest sie Marias Hand hielt. Die Menge um sie herum verschwamm zu kaum mehr wahrnehmbaren Schatten. Eine eigentümliche Taubheit legte sich auf ihre Ohren. Sie sah nur noch Aleff, der nun die Stufen zum Podest hinaufging. Man hatte ihm einen Strick um den Hals gelegt. Wie ein Stück Vieh wurde er geführt. Franziska hörte nicht zu, als ein Schöffe das Urteil verlas.

Aleff kniete nieder. Den Geistlichen, der hinzukam, um ihm die Beichte abzunehmen, ignorierte er. Statt dessen ließ er seine letzten Blicke über die Menge schweifen. Nie und nimmer hätte Franziska angenommen, daß er sie unter all den Gesichtern ausmachen würde, und doch tat er es. Ihre Augen fanden sich. Tränen flossen über ihre Wangen. Warum war er nicht geflohen? Es wäre ein leichtes gewesen.

Gehorsam neigte Aleff seinen Kopf zum Richtblock.

Der Scharfrichter trat vor ihn und sprach mit donnernder Stimme: »Möge von nun an Gott dir helfen.«

Ein letztes Mal zwinkerte er Franziska zu und lächelte, so wie damals, als sie beide jung gewesen waren und das Leben noch vor ihnen gelegen hatte.

Franziska widerstand der Pein und zwinkerte zurück. Aleff schloß seine Augen. Der Scharfrichter hob das Schwert hoch über seine Schultern und schlug mit aller Kraft zu.

Als Aleffs Kopf in den Korb fiel, ging ein Aufschrei durch die Menge. Maria legte ihre Arme um Franziskas bebende Schultern und hielt sie fest an sich gedrückt. Lange Zeit verharrten sie so. Erst als sich die Stimmen entfernten und sich düstere Kreaturen am Podest zu schaffen machten und das Blut des Verbrechers auffingen, um es in wunderlichen Mixturen zu verarbeiten, sagte Maria: »Sieh nicht hin.«

Franziska blieb stehen und ließ sich auf einem umgestürzten Baumstamm nieder.

»Was ist?« fragte Maria ein wenig ungeduldig.

»Schau, wie friedlich die Stadt aussieht.«

»Die Stadt ist immer nur so friedlich, wie die Menschen, die dort leben. Wir sollten zusehen, daß wir die Tore bald passieren.«

Maria hatte zu einem nüchternen Tonfall zurückgefunden. Das Leben ging weiter. Franziska suchte den Himmel ab. Weder rissen die dichten grauen Wolken an Himmel auf, noch gab es ein anderes Zeichen. Die Stadt lag zu ihren Füßen, und nichts schien sich verändert zu haben. Die Häuser standen eng aneinandergereiht, von vielen Kirchtürmen überragt. Unverkennbar, genau wie die beiden mächtigen Verteidigungsmauern, die Aachen in die Alt- und Neustadt unterteilten, war die Kuppel des Münsters.

Einem natürlichen Wall gleich, erhoben sich dicht bewaldete Hügel rundum. Große Luchse, kampfeslustige Wildschweine und blutgierige Wölfe trieben dort ihr Unwesen. Jeder Mensch, der seine Sinne beieinander hatte, fürchtete den Wald.

Es gab sogar einige weise Frauen, die immer noch Opfergaben zu den Matronensteinen trugen und um den Segen der alten Götter ersuchten. Eine unheimliche Vorstellung, aber ob heidnisch oder nicht, es gab Schlimmeres.

»Ich möchte in Aachen nicht länger leben«, sagte Franziska leise.

»Aber es geht nun mal nicht anders.«

»Es ist mir ernst. Maria, du kommst aus Köln. Du hast die Reise schon einmal gewagt, und du hast immer wieder erwähnt, daß du dorthin zurückkehren willst. Nimm mich mit!«

»Gütiger Himmel! Das habe ich doch nur so dahergesagt.«

»So klang es aber nicht.«

»Du hast keine Ahnung, auf was du dich einlassen möchtest!«

»Dann erkläre es mir! Ich bin bereit, aus deinen Erfahrungen zu lernen.«

Maria straffte den Rücken und zählte unter Zuhilfenahme ihrer Finger auf: »Es gibt alle möglichen Gefahren unterwegs. Wilde Tiere und Waldgeister. Fangeisen und Schlingen, aber womöglich sind die Fallensteller noch gefährlicher für eine junge, hübsche Frau. Der ganze Forst ist voller verkommener Subjekte, die einem nach dem letzten Groschen, der Keuschheit, dem Reiseproviant oder dem Leben trachten. Und dann Köln! Du beherrscht den Dialekt nicht, kennst da niemanden …«

»Deswegen schlage ich vor, gemeinsam zu reisen. Wir könnten uns gegenseitig beschützen. Und hast du nicht gesagt, daß es Köln durchaus mit Aachen aufnehmen könnte?«

»Ja, sicher! Beide Städte haben Markt- und Münzrecht, Badekultur und Heiligtümer. Apropos Bad, besuche ein gutes Haus und laß dir Entspannung angedeihen. Im Kaiserbad, so habe ich gehört, gibt es tüchtige Badermaiden. Sie vermögen einen Körper so zu behandeln, daß sogar der Verstand blütenweiß wird. Danach einen süßen, roten Wein, und du wirst sehen, wenn du morgen erwachst, sieht die Welt ganz anders aus.«

»Maria, was du sagst, ist lieb gemeint, aber du mußt mir nun genau zuhören. Wenn der Kerkerwächter nicht so lange ohnmächtig gewesen ist, wie es schien, was ich fast glaube, dann hat er mit angehört, was Aleff mir über die Hintergründe erzählt hat. Ein solcher Kerl versteht sich darauf, Informationen zu barer Münze zu machen. Und wenn der Wächter so habgierig ist, wie ich es vermute, dann wird er versuchen, bei Jaurenus vorzusprechen. Mit ein wenig Glück wird der Sekretär erst nach einigem Naserümpfen einwilligen und den Wächter zu Jaurenus vorlassen. Spätestens dann wird man meine Identität kennen. Ich bin Mitwisserin eines Verbrechens. Selbst wenn meine Bedenken an den Haaren herbeigezogen sind: Ich werde an jedem Tag meines Lebens in der Furcht leben, daß jemand herausfindet, was Aleff mir anvertraut hat. Kein Gesetz dieser Welt wird mich vor Jaurenus schützen.«

»Könnte Thomas nicht etwas unternehmen?«

»Nein, ihm sind die Hände gebunden. Man hat ihm eine Beförderung in Aussicht gestellt, aber auch er darf nie ein Wort über diese Angelegenheit verlieren. So ist das, wenn man ein blutiges Staatsgeheimnis aufdeckt. Auf die eine oder andere Weise wird man zum Schweigen gebracht.«

Maria überlegte. Kämpferisch streckte sie ihr Kinn vor. »Wenn es so ist, dann trotze ich lieber den zähnefletschenden Waldmännern. Wir sollten uns auf den Weg machen!«

Unvermittelt sprang Franziska auf. Sie ging einige Schritte

auf und ab und hob ihre Finger an die Lippen. Ihre Stimme klang vor Aufregung erstickt. »Bald, Maria. Ich brauche etwas Zeit zum Nachdenken. Mir ist gerade etwas Wichtiges eingefallen. Vielleicht gibt es noch einen anderen Weg. Vorerst muß ich darauf vertrauen, daß ich im Haus meines Vaters sicher bin.«

Kapitel 44

Jaurenus blieb in Aachen, um die Finanzen zu ordnen. Nun, wo der Kaiser und sein Gefolge nicht mehr anwesend waren, wurden die Ratsleute mutiger und forderten einen Teil der enormen Kosten für die Feierlichkeiten von der Staatskasse zurück. Fast täglich wurden im Rathaus Sitzungen abgehalten, zu denen sich nun auch die Meister der verschiedensten Zünfte hinzugesellten. Die Stimmung wurde beständig angespannter. Mit jedem Tag, an dem das Wetter schlechter wurde, stieg die Angst der Menschen vor einer Hungersnot im baldigen Winter. Es regnete häufiger, als es zu dieser Jahreszeit üblich war. Die Ernte war mager ausgefallen. Man mußte kein Prophet sein, um zu wissen, daß eine schlechte Zeit heranbrach.

Die meisten Vorräte waren aufgebracht worden, das Vieh war geschlachtet. Peter Jaurenus geriet unter immer heftigeren Druck. Häufiger konnte man den einst so aufrechten Mann beobachten, wie er aus seiner Amtsstube herausspähte, ohne selbst einen Fuß vor die Tür zu setzten. Machten sich die Gassenbuben zunächst einen harmlosen Spaß daraus, sich vor dem Fenster aufzureihen und allerlei Grimassen zu schneiden, beteiligten sich bald immer mehr Bürger daran, vor seinen Augen anklagend ihre leeren Taschen zu zeigen. Manch einer ließ sogar die Hosen herunter und offenbarte Jaurenus den blanken Hintern. Hausangestellte, die für die Bewirtung des Kämmerers zuständig waren, wurden abgefangen. Man entwand ihnen Brot und Fleisch und trieb sie unter Pöbelei ins Haus zurück.

Der Mob hatte einen neuen Schuldigen gefunden.

»Joslin hätte seine Freude daran gehabt!« erklärte Maria.

»O ja, das hätte er!« murmelte Franziska, kehrte der Szene mit einem grimmigen Grinsen den Rücken und wendete sich Thomas zu. »Gibt es Neuigkeiten?«

»Es verhält sich genau, wie du gedacht hast: Jaurenus hat nach dem Brabanter und dessen Bewaffneten geschickt, um aus der Stadt eskortiert zu werden. Der Torwächter konnte eine Depesche abfangen. Der Gute hat etwas gegen Jaurenus, seit es heißt, daß die Staatsdiener den Gürtel enger binden sollen. Hier nimm, aber ich muß sie rasch zurückbekommen.« Die Rolle, gehüllt in einen Lumpen, wechselte unauffällig den Besitzer, und Franziska drängte sich in den nächsten Türbogen, der sie vor neugierigen Blicken schützte. Mit bebenden Fingern versuchte sie, das Siegel weitgehend unbeschädigt zu lassen. Leider gelang es nicht, aber darum würde sich jemand ihres Vertrauens später kümmern. Franziska mußte kichern, als sie die Zeilen las. Suse stieß Hans an und schob sich näher heran.

»Frau Franziska?«

»Wirklich, sehr komisch! Der Herzog von Brabant läßt sich entschuldigen. Wegen unaufschiebbaren Angelegenheiten.«

Suse sah Hans fragend an, und er half bereitwillig aus. »Der Herzog wird Jaurenus nicht zu Hilfe eilen können, denn er ist im Begriff, eine Fehde anzuzetteln. Sein neugeborener Stammhalter hat bemerkenswert weizenblonde Haare. Er reist Werner von Sachsen hinterher, weil er wohl nicht ganz zu Unrecht vermutet, daß dieser ihn zum Hahnrei machte.«

»Und uns Bürgern hält man die Adligen als Spiegel vor die Nase? Als Vorbild für Tugendhaftigkeit, Sittsamkeit und Ehre? Pfui, sage ich«, erhob sich eine bekannte Stimme.

Franziska lächelte den sich ereifernden Meister Schnidder an, der sich dem illustren Kreis angeschlossen hatte. Sein Bein hatte die Verletzung verwunden, und er war nur allzu bereit, seine Genugtuung einzufordern. In seiner Hoffnungslosigkeit hatte er Peter Jaurenus bestochen, um in den, nun so verhaßten Adelsstand erhoben zu werden. Vierhundert Silbermark waren verloren, aber außer leeren Versprechungen hatte der Tuchhändler keinen Gegenwert erhalten. Deshalb kochte er vor Entrüstung. Bei der Abrechnung der Bewirtungskosten war er damit herausgeplatzt, und Franziska hatte nach Absprache mit Maria beschlossen, ihn vorsichtig in ihren Plan einzuweihen. Meister Schnidder hatte zur Verblüffung der Anwesenden recht radikale Vorstellungen davon, wie er wieder an seine Münzen zu gelangen dachte. Seine Phantasie hätte selbst dem Beelzebub gut zu Gesicht gestanden.

Franziska rollte das Dokument wieder zusammen. »Hermann von Brabant scheint ebenfalls nichts anbrennen zu lassen, aber das soll er mit sich selbst ausmachen. Wichtig für uns ist nur, daß er und seine Leute nicht für Jaurenus einschreiten. Wollt ihr wirklich noch mitmachen, Maria?«

Die Haushälterin rümpfte die Nase. »Der Kerl wollte mich töten lassen. Er hat den Mord an meiner Schwester veranlaßt, dieser elende Hundsfott. Außerdem bin ich es Joslin schuldig. Jemand muß zu Ende bringen, was er begonnen hat«, preßte sie hervor.

»Thomas?«

»Du solltest es am besten wissen, aber wenn du es unbedingt noch einmal hören willst: Ja, ich mache mit. Ein sogenanntes Bauernopfer darf sich wehren. Jaurenus gab mir den Posten des Ermittlers, weil er mich für blöd hielt!«

»Suse, Hans?«

Suse sah Hans an und antwortete auch für ihn. »Uns tun die armen Frauen leid.«

Als der noch Fehlende der Runde bog Andreas keuchend um die Ecke. Seine Wangen waren gerötet, und er keuchte. Mit einer Hand klopfte er auf den prallen Beutel, den er an einem Tragegurt über der Schulter hängen hatte. »Ich hab's! Frisch vom Fleischer!«

»Einem schweigsamen Mann?«

»Einem vom Komp, Thomas.«

Der Stadtsoldat zog eine Grimasse, nickte dann aber einsichtig. »Das verwischt die Spuren.«

Andreas' beträchtlicher Körperumfang erklärte sich aus einem Dreiecktuch, das er um seine ohnehin füllige Hüfte gewunden hatte. Voller Vorfreude schwang er die Tasche auf den Rücken und rieb sich die Hände. Er sah Maria ohne Umschweife an. »Dann wollen wir dich mal zurechtmachen, teure Küchenperle! Auf zur Rückseite des Rathauses.«

Franziska trat einige Schritte zurück. Sie war sich plötzlich nicht mehr sicher, ob sie ihr Vorhaben wagen sollten. Es war riskant! Würde ihr Plan aufgedeckt, wären sie alle in Gefahr.

Jaurenus war nicht dumm!

Was, wenn der Kaiser selbst das Handeln befohlen hätte? Wenzel war sein Sohn, sein Erbe und vielleicht sogar sein eigen Fleisch und Blut. Die meisten Väter würden versuchen, ihre Söhne auf die eine oder andere Weise zu schützen. Auch der Kaiser? Mit ehrlicher Demut hatte Kaiser Karl während der Krönungszeremonie vor der Jakobspilgerin sein Knie gebeugt. Er hatte genau wie Wenzel vor Gott, dem Allmächtigen, den Eid geleistet, sein Volk zu schützen.

Nein, der Kaiser ahnte nichts von dem unseligen Treiben seines Kämmerers. Er vertraute Jaurenus und wußte auch nichts von der seltsamen Vorliebe seines Sohnes. Aachen war zur Bühne geworden, und das Schicksal hatte die Rollen des Stückes vergeben. Die Krönung! Wie unendlich weit schien sie zurückzuliegen!

Das Vorhaben war durchdacht. Endlich gab sich Franziska einen Ruck und lief hinter ihren Mitverschwörern her.

Einlaß ins Ratsgebäude zu bekommen stellte kein Problem dar. Die Strategie, die Franziska mit Thomas entworfen hatte, sah vor, daß einer seiner Kameraden zu diesem Zeitpunkt Dienst leistete. Ein wenig ängstlich öffnete der junge Bursche die Tür und ließ Andreas und Maria ein. Dann folgten Franziska und Thomas. Suse, Hans und Meister Schnidder verweilten vor der Tür. Ihr Auftritt war erst für später vorgesehen.

Die Amtsstube des kaiserlichen Kämmerers befand sich im hinteren Teil des Gangs. Links und rechts gab es Türen, bei zweien waren die Riegel von außen angebracht. Hier wurden Marktbeschicker untergebracht, denen man Unredlichkeiten vorwarf. Andreas hatte einige Zeit dort verbracht, damals, als er betrogen worden war. Franziska warf ihm einen schnellen Blick zu. Er würdigte den Karzer mit keinem Blick.

Nun, um die Mittagszeit, lag der Flur verlassen da. Die Bänke, auf denen sonst Bittsteller, Rechtsuchende und Zeugen auf den Aufruf warteten, waren leer, ganz, wie Franziska gehofft hatte. Die Beleuchtung war spärlich, nur eine einzige Lampe brannte.

»Ist er da?« wisperte Franziska. Der junge Wächter nickte zögerlich. Ihm war äußerst übel zumute, und seine Befangenheit war ihm deutlich anzumerken.

»Er wartet auf die Männer des Kaisers, die ihm und der Geldtruhe ihr Geleit geben sollen«, flüsterte er zurück und wies auf eine angelehnte Tür. »Gebt mir einen Schlag auf den Kopf, aber nicht zu feste. Dann geht hinein!«

»Keine Sorge, Junge. Es wird aussehen, als ob sich ein

Unhold den Weg mit Gewalt nach draußen erzwungen hat. Niemand wird dir eine Schuld zuweisen können«, beruhigte Andreas den Wachmann und schlug ihn, ehe er auch nur zucken konnte, mit geballter Faust gegen die Schläfe.

Der junge Wächter fiel wie ein gefällter Baumstamm. Thomas fing den schlaffen Körper auf und schaffte ihn an die vereinbarte Stelle. Die Münze, die dem Jungen das Leiden versüßen sollte, hatte er bereits vor Tagen erhalten.

Andreas zog aus seinen umfangreichen Utensilien ein kurzes Stemmeisen und hantierte nahezu lautlos an einer der Karzertüren herum. Auf dem Komp lernte man eben Dinge, die sich auch für einen ehrlichen Bürger als nützlich erweisen konnten.

Der Raum, auf den der Wächter gedeutet hatte, entpuppte sich als Archivkammer, vollgestopft mit Aufzeichnungen über Aachen und seine Bürger. In Dörfern war es üblich, daß die Kirchen Geburten- und Sterberegister führten, Besonderheiten erfaßten und von allerlei Begebenheiten des Dorfes Chroniken erstellten. In einer so großen Stadt wie Aachen, deren Einwohnerzahl die zwanzigtausend weit überstieg, hatte der Rat angeordnet, einen zentralen Ort zur Verwaltung der Dokumente bereitzustellen.

Franziska nahm sich eine Kerze und entzündete sie an einer anderen im Flur. Dann eilte sie zurück und schloß die Tür hinter sich. Mit dem untrüglichen Sinn für die Zeit, den jede gute Köchin hatte, trieb sie Maria und Andreas zur Eile. Thomas horchte an der Tür, um festzustellen, ob jemand ihr Vorhaben zu durchkreuzen drohte. Einen Moment trat Franziska nahe an ihn heran. Selbst bei dem notdürftigen Licht sah sie seine Augen funkeln, und sie schämte sich, weil sie ihm diesen Mut nicht zugetraut hatte – ausgerechnet er, der er sich für rechtliche Korrektheiten stark machte, stand nun hier Schmiere.

»Danke, Thomas.«

Er sah Franziska ernst an. Ihre Lippen strichen sanft über seinen Mund und ließen in seinem Gesicht deutliche Spuren der Verblüffung zurück. Dann drehte sie sich blitzschnell herum und nahm zwei angekohlte Späne aus der Tasche. Maria reckte ihren Hals, und Franziska zeichnete ihr eine Rußspur auf die Haut. Nicht ganz geschickt, aber bei flüchtigem Hinsehen sah es gelungen aus. Dann schritt Andreas zu Werk, entstöpselte eine Flasche und kippte etwas Flüssigkeit auf den Zipfel eines Lappens. Ein eisenhaltiger, unangenehmer Geruch stieg den Anwesenden in die Nasen. Maria zuckte beim Anblick des blutigen Feudels zurück.

»Leg dich hin, Maria. Es ist nur etwas Hühnerblut, es muß schließlich echt aussehen. Franziska, sieh dich nach etwas um, mit dem wir das Blut trocknen können.«

Gehorsam nahm Franziska sich die erstbeste Unterlage und verharrte, anstatt sich zu bewegen. Nur zu gut hatten sich die schrecklichen Bilder von Irmtrud, wie sie tot in der Gosse lag, in ihr Gedächtnis gebrannt.

»Nun fächel schon, sonst sterbe ich hier noch eines natürlichen Todes. Worauf wartest du? Wir dürfen keine Zeit verschenken.«

»Ja, du hast recht, aber …«

»So echt sieht es aus?«

»Schaurig.«

»Gut.« Maria rückte ihre Haube zurecht und gab alles in allem ein passables Opfer ab. Andreas war ebenfalls mit dem Ergebnis zufrieden und richtete sich auf. »So, nun kann es losgehen! Bist du bereit, Maria?«

»Nun macht schon!«

»Atme tief ein, ehe wir den Umhang über dich breiten. Und lege deine Arme etwas erhöht über den Brustkorb, so wird es nicht auffallen, wenn du atmest.«

Thomas nahm die Haushälterin auf seine Arme, und Andreas stapfte ihm auf den Flur hinterher. Franziska huschte zurück zur Tür und öffnete sie für Suse, Hans und Meister Schnidder. Für alle gemeinsam wäre die Archivkammer zu eng gewesen. Die drei verschwanden nun darin, und Franziska lehnte die Tür an. Andreas polterte mit beiden Fäusten gegen die Tür der Amtsstube. Zuerst rührte sich niemand, doch Andreas gab sich nicht so leicht geschlagen.

Entnervt von dem anhaltenden Lärm, steckte Jaurenus seinen Kopf heraus und näselte den Gerber an: »Was, zum Heiligen Michael, wollt Ihr von mir? Es ist Mittagsruhe! Was immer Ihr vorbringen wollt, muß warten! Wie seid Ihr überhaupt hier hineingelangt? Der Wärter hat strikte Order, niemanden einzulassen. Dieser Nichtsnutz! Fort mit Euch!«

Mit einer abfälligen Geste wollte Jaurenus die Tür zuschlagen, aber Andreas stellte seinen Fuß dazwischen, und nun erst entdeckte der aufgebrachte Kämmerer Thomas und die Last auf seinen Armen. Der Kämmerer blinzelte, als er den Söldner erkannte, und legte seine Stirn in strenge Falten.

»Thomas Blij?«

»Derselbe, Herr. Ich bringe Euch etwas, das Ihr Euch ansehen solltet.«

»Was kann das schon sein? Selbst wenn es ein Geschenk vom Herrgott persönlich wäre, hätte ich keine Zeit.«

»Es ist eher eine Botschaft aus der Hölle.« Andreas hob den Zipfel des Umhangs so weit an, daß Jaurenus geradewegs auf Marias blutigen Hals und ihr starres Gesicht blicken konnte. »Sie wurde auf die gleiche Weise stranguliert wie die Frau, deren Mörder zu stellen Ihr mir aufgetragen habt.«

»Was? Das kann nicht sein! Ganz unmöglich. Den Mörder habt Ihr entwischen lassen! Der ist längst über die Stadtgrenze hinaus!«

Jaurenus hatte sich bemerkenswert gut im Griff. Dabei mochte ihm seine Kleidung helfen, denn er trug dieselbe prunkvolle Gewandung, in der Franziska ihn im Granusturm begegnet war. Nun aber war sein Haar strähnig, und die Ringe waren von seinen Fingern verschwunden. Dem Gesicht des Kämmerers sah man kein Zeichen der Verwirrung an, nur seine Stimme war eine Spur höher als sonst.

Thomas gab sich sachlich. »Der Mörder hat erneut zugeschlagen.«

»Habt Ihr die Leiche untersucht? Erzählt mir mehr.«

»Gefunden wurde die Frau in der Nähe des Fischmarktes. Stranguliert, genau wie die andere. Nicht mit einem Seil, das würde nicht solche Spuren hinterlassen. Es muß etwas Dünneres, Scharfes gewesen sein. Deshalb ziehe ich den einzig möglichen Rückschluß, daß es sich um denselben Täter handelt.«

»Hatte diese Person ein silbernes Rosenamulett bei sich?«

»Nein, aber wenn wir wissen, wer sie ist, werden wir es möglicherweise in ihrer Bleibe finden. Ihr glaubt also auch, sie könnte ein weiteres Opfer des Rosenmörders sein?«

»Nein! Oder vielmehr, vielleicht. Es wäre … möglich. In der Tat, ja, dann sucht doch nach dem Meuchler und steht nicht hier herum.«

Jaurenus wurde anscheinend im gleichen Augenblick gewahr, daß er sich keineswegs angemessen verhielt. Er räusperte sich, sah sich im Flur um und öffnete die Tür dann weit. »Euch zuliebe werde ich mir das Weib genauer anschauen, obwohl mich die Angelegenheit nichts angeht. Bringt die Tote in die Amtsstube nebenan. Hier will ich sie nicht haben, denn so etwas zieht nur die Fliegen an. Die Stube des Schlichters ist heute nicht besetzt, so wird es ihn nicht stören.«

Der verfressene Schlichter hatte sich krank gemeldet, nachdem er das süße Gebäck, das er von einer unbekannten Wohltäterin erhalten hatte, in Windeseile in sich hineingestopft hatte.

Franziska lächelte und bedeutete den anderen Verschwörern, daß ihr Plan bislang erfolgreich war. Als sich die Tür der anderen Stube schloß, sprang sie hervor und beeilte sich, die Amtskammer des Kämmerers zu erreichen.

Zwei Vaterunser später traten Meister Schnidder, Suse und Hans in den Gang. Sie stritten, was die Lungen hergaben. Meister Schnidder bezichtigte Suse und Hans, ein Diebstahl begangen zu haben. Wie sich zeigte, hatte Suse von Maria das Streiten gut gelernt. Auch Hans war nicht auf den Mund gefallen. Das vorgetäuschte Streitgespräch würde Franziska mehr Zeit einräumen, sich in der Amtsstube umzusehen.

Es mußte sich ein Hinweis finden lassen, der die Schuld des Kämmerers bewies. Aleff hatte ihr das Buch, in das Jaurenus die Einnahmen und Ausgaben eintrug, genau beschrieben. Der Foliant hatte die Länge eines Unterarms, war in abgeschabtes Leder gebunden und mit einem eisernen Schloß versehen. Die Suche gestaltete sich einfacher als gedacht. Das Buch lag offen auf dem Schreibpult, Jaurenus mußte eben noch daran gearbeitet haben.

Die Gänsefeder steckte im offenen Tintenbehälter. Mit ruhigen Fingern blätterte Franziska zurück, bis sie zur Anreise des Kaisers und den damit verbundenen Kosten stieß. Der Kämmerer war ein wirklich gewissenhafter Schreiber. Alles war hier dokumentiert. Auf der linken Seite die Leistungen, auf der rechten die Zahlen. Die Kölner Schneider hatten bestens an der Krönungsfeierlichkeit verdient – und nicht nur diese, sondern auch die Filzmacher, Silber- und Goldweber, Gelbgießer, Fackelmacher und Bartscherer. So viel ließ sich mit einem Blick erfassen. Die Summen, die für die Fertigung der Ausstattung des Kaiserlichen Haushaltes ausgegeben wurden, waren ungeheuerlich! Jede noch so geringe Dienstleistung wurde aufgeführt, sogar die Zuteilung für Königin Johannas geliebte Katze.

Franziska biß sich auf die Lippen und mahnte sich zur Eile. Obwohl dieses Buch interessant war und viele Details offenbarte, die Menschen ihres geringen Standes für gewöhnlich verwehrt blieben, konnte sie es sich nicht gestatten, weitere Zeit zu verschwenden.

Sie ließ sich auf dem Stuhl nieder. Es mußte hier doch irgend etwas geben, einen Hinweis, irgendeine Notiz. Sie überflog die Wörter und Zahlen. Es war Irrsinn. Was sie zu finden hoffte, glich einer Nadel im Heuhaufen. Wenn sie in dem Buch nichts fand, würde sie sich den Gegenständen zuwenden müssen, mit denen sich Jaurenus häuslich eingerichtet hatte. Es hatte Sinn, die Seiten bis zum Krönungsfest zurückzublättern und erst ab dort mit den Nachforschungen zu beginnen. Tatsächlich entdeckte sie inmitten der verschwenderischen Summen einen Eintrag, der sie nachdenklich werden ließ. Ihr Finger fuhr zwischen den Daten hin und her, bis sie sich sicher war. Registriert auf den achtzehnten Mai, zwei Monate und acht Tage nach dem Tag, an dem bekannt wurde, daß Wenzel in Aachen gekrönt werden sollte. Zwölf Goldgulden, durch einen Frankfurter Boten nach Aachen gebracht. Von Frankfurt, hatte der Brabanter gesagt, sei der Kaiser mit seinen Truppen hergekommen. Von Frankfurt nach Köln und weiter nach Aachen. Und Jaurenus mit ihm. Das Geld war an den obersten Bürger gegeben worden. Der offizielle Vermerk lautete: Geld zur dringlichen Schaffung einer öffentlichen Badestube. So etwas Lächerliches! In anderen Städten hätte man solche Bauten gewiß als förderungswürdig angesehen, aber in Aachen gab es viele Badestuben. Neben dem Wort fand sich ein Punkt. Nein, ein winziger Stern. Unten, am Ende des Blattes, gab es eine Zeichnung, nicht viel größer als ein Nadelöhr. Ein Apfel, gut gezeichnet.

Schau einer an, der Kämmerer hatte sich, ordentlich wie er war, eine Eselsbrücke gebaut. Der Bürgermeister hatte das Geld nicht behalten.

»Das ›Apfelbäumchen‹!« Die Summe wurde an den ehemaligen Wirt weitergeleitet.

Respektlos riß Franziska das Blatt heraus und stürmte auf den Flur. Augenblicklich schwiegen die vermeintlichen Streithähne, aber ungeachtet ihrer fragenden Augen öffnete Franziska die Tür. Jaurenus kehrte ihr den Rücken zu, den Kopf leicht gesenkt, als grüble er über ein Problem. Die Hände hielt er auf dem Rücken verschränkt. Der Kämmerer drehte den Kopf nur so weit, daß Franziska seine scharf geschnittene Nase sah. Andreas und Thomas standen auf der anderen Seite des Tisches, auf dem, verhüllt, Maria lag. Sie hielt sich tapfer, ihr Schauspiel war noch nicht entlarvt.

»Ich habe es endlich!«

Jaurenus fuhr herum und starrte Franziska mit unverhohlener Abneigung an.

»Raus hier, Weibsstück!«

Als Andreas ihr aufmunternd zuzwinkerte, nahm Franziska sich ein Herz und sprach deutlich und unmißverständlich: »Peter Jaurenus, ich bezichtige Euch der vorsätzlichen Tötung.«

Jaurenus schüttelte den Kopf. »Was redest du da? Seid ihr alle irre geworden?«

»Hier in meiner Hand halte ich den Beweis, daß Ihr den Richtblock auf dem Königshügel habt bauen lassen, um Euch Eures Handlangers Aleff zu entledigen. Ihr habt es schon vor langer Zeit geplant!«

»Törichtes Weib! Meine Hände sind rein. Kein Tropfen Blut findet sich daran.«

»Oh. Ihr mußtet große Angst vor ihm haben, mehr noch als vor dem Kaiser.«

»Dieser Lump hat einen Stallknecht zu Tode geprügelt.«

»Seid Ihr auf dem Richtplatz gewesen, weil Ihr sehen wolltet, wie Euer Geld verwendet worden ist? Oder wolltet Ihr sicher gehen, daß Aleff Eure schmutzigen Geheimnisse mit ins Grab nimmt?«

»Halt's Maul!« Jaurenus schlug mit der flachen Hand auf den Tisch und trat dann ganz nahe an Franziska heran. Sie mußte sich zusammenreißen, um nicht zurückzuweichen, hielt aber seinem Blick stand. Jaurenus fuchtelte mit erhobenem Zeigefinger vor ihrer Nase herum. »Für die Anschuldigungen wirst du dich verantworten müssen. Weißt du denn nicht, wer ich bin? Den ersten Kämmerer des Kaisers derart zu schmähen! Ich bin für dich und deinesgleichen unantastbar!«

»Ein Mörder ist nur unter Mördern seinesgleichen.«

Der Kämmerer besann er sich und setzte ein schmallippiges Lächeln auf. Scheinbar freundlich warb er um das Verständnis von Andreas und Thomas. Er neigte sich zu ihnen herüber, machte eine bezeichnende Geste und flüsterte laut genug, daß Franziska es hörten konnte: »Eine arme Irre! Mit solchen Geschöpfen habe ich ständig zu tun. Sie ist nur auf Geld aus. Wollen wir mal sehen …« Jaurenus wühlte in seinem Geldbeutel und holte einige Markstücke heraus. Nun richtete er seine Worte wieder an Franziska. »Niemand soll sagen, ich sei undankbar.«

»Undankbar?«

»Jetzt habe ich dich erst erkannt! Junge Frau, ich habe nie daran gedacht, dich wirklich im Kerker schänden zu lassen, wenn der Verbrecher fliehen sollte. Beruhige dich, es war nur eine hohle Drohung, damit das Vögelchen brav im Käfig bleibt, eine Vorsichtsmaßnahme.«

Franziska konnte kaum noch atmen. Deshalb also hatte Aleff sich nicht für den Schlüsselbund interessiert. Thomas hatte sie zusammen im »Apfelbäumchen« gesehen, hatte er Jaurenus zu dieser Strategie geraten? Aus Eifersucht? Ihr Magen verkrampfte sich.

Ein Ächzen hinter Jaurenus vertrieb ihm das falsche Lächeln. Er fuhr auf dem Absatz herum und starrte voller Panik auf Maria, die sich mühsam aufrichtete.

»Hier geht's doch nicht nur um Franziska, sondern auch um meine Schwester Anne aus Köln, die von dem Kaisersohn verführt wurde und nun kalt im Grab liegt.«

Der Kämmerer wich zurück, bis er gegen Andreas stieß, der ihn wieder auf Maria zuschob. Ihm entfuhr ein heiserer Schrei: »Herr Jesu Christ! Wie ist das möglich?«

In Laufe seines langen Lebens hatte Jaurenus eine eiserne Disziplin einhalten müssen, sie war zu seiner zweiten Haut geworden, aber daß Maria vor seinen Augen auferstand, brachte ihn aus der Fassung. Er bekreuzigte sich, dann jedoch bemerkte er, wie Andreas selbstzufrieden grinste. Eine List! Er war auf eine simple List hereingefallen. Die schlichten Gemüter hatten ihn hereingelegt. Aber warum?

Nun, er war immerhin Peter Jaurenus, der kaiserliche Kämmerer! Er war versucht, nach dem Türwächter zu rufen, unterließ es aber, weil er sich ansonsten lächerlich gemacht hätte. »Was immer diese Farce soll, ich bin ihrer überdrüssig, ihr Scharlatane!«

Hinter Franziska bauten sich Suse und Hans auf und verhinderten, daß Jaurenus die Kammer verlassen konnte. Sie waren begierig darauf zu hören, was Franziska vorzutragen hatte.

»Ihr, Herr Jaurenus, habt eine Feier ausrichten lassen. Dreiundvierzig Männer, aus jeder Zunft einer, feierten im Gasthaus zum ›Apfelbäumchen‹ die Errichtung der neuen Richtstätte, die auf Euren Befehl hin erbaut wurde. Die ehrbaren Männer, die diese unehrenhafte Arbeit zu erledigen hatten, wurden durch ein opulentes Mahl, Musik und allerlei Bier und Wein entlohnt. Sie feierten über Gebühr und schlugen über die Stränge. Ihr habt dem Wirt die Kosten für die zerbrochene Einrichtung anstandslos gezahlt, ihm sodann die Konzession entzogen und ihn vertreiben lassen.«

»So großzügig bin ich nun einmal.«

»So großzügig, wie es Euch zu Eurem Vorteil gereicht. Eine Richtstätte zu erbauen ist Sache der Stadt. Ihr wolltet ganz sicher gehen, daß Euer Handlanger Aachen nicht mehr lebend verläßt.«

»Du stiehlst meine Zeit.«

Franziska trat nahe an Jaurenus heran und hielt seinem hochmütigen Blick stand. »Ich könnte es jedem erzählen, wofür Ihr die Steuergelder ausgebt.«

»Um einen Mörder dingfest zu machen.«

»Dem Ihr zuvor Aufträge gegeben habt.«

»Lügen, nichts als Lügen. Halt den Mund, ich will nichts mehr davon hören.«

»Die ganze Stadt soll es erfahren, jeder Bürger, ob alt oder jung. Sie werden kommen und Euch holen.«

Zur Bekräftigung ihrer Worte winkte Franziska mit dem Bogen, den sie aus dem Rechnungsbuch des Kämmerers gerissen hatte.

Ungehalten stieß Jaurenus Suse beiseite und eilte in seine Amtstube. Er nahm seine Tasche von einem Hocker und begann, Dokumente hineinzustopfen.

»Eile ist nicht notwendig. Der Herzog von Brabant ist verhindert. Er wird Euch nicht helfen.«

»Woher …« Jaurenus ließ den begonnenen Satz unvollendet und sah reihum in die Gesichter. Keines war ihm freundlich gesonnen. Er bedachte seine Möglichkeiten. Beim Volk und beim Stadtrat war er nicht wohl gelitten, sein Herr war weit fort, so daß jede Hilfe ausbleiben mußte. Mit weit ausgestreckten Armen trat der Kämmerer zu demjenigen, von dem er sich sicher war, daß er sich bestechen ließ. Dann holte er aus seiner Geldkatze einige Münzen hervor, mit denen er für sich warb.

»Schnidder, wenn Ihr etwas für mich arrangieren könntet, so würde ich mich erkenntlich zeigen. Ihr hegt gewiß einen Wunsch, den nur ich Euch erfüllen …«

Der Meister schüttelte empört den Kopf. »Nein!«

In seiner aufkommenden Verzweiflung wandte sich Jaurenus wieder an Franziska. Eine der Münzen fiel auf den Boden und blieb vor ihr liegen. Die Prägung war ihr nicht geläufig.

»Was verlangst du«, fragte der Kämmerer, »damit die Männer mir bis vor die Tore der Stadt freies Geleit gewähren?«

»Euer Geld, nichts weiter. Ihr habt es bereits erraten.«

»Ich gebe dir fünfzig Goldstücke.«

»Bayrische Münzen, wie ich sehe. Königin Johannas Vater Albrecht ist ein freigiebiger Zahler. Als Mensch taugt Ihr nichts, aber Ihr seid ein brillanter Intrigant.«

Kapitel 45

»Mir war es selbst unheimlich, wie gut Maria ihren Auftritt vollführte.« Franziska stieß vor lauter Übermut fast ein Türmchen Goldmünzen um. Ihre Freundin nickte geschmeichelt, warf eine Münze in die Luft und fing sie wieder auf. Nun, wo die Anspannung endlich nachließ, wollten die Hände beschäftigt werden.

»Der arme Esel!« Maria kicherte.

»Welchen meinst du? Den nackten mit dem Umhang?«

»Nein, den vierbeinigen, der nun den wütenden Kämmerer durch den Wald trägt.«

Meister Schnidder hob einen knochigen Finger und warf ein: »Mein armer Esel hätte etwas Besseres verdient.«

»Seid gewiß, sein neuer Freund wird ihn schätzen.«

Maria wurde unvermittelt ernst. »Wird er wiederkommen und uns bestrafen lassen? Genaugenommen haben wir ihm übel mitgespielt.«

»Nein, Maria, das glaube ich nicht. Ich habe das Buch behalten, und unser Bote überbringt dem Kaiser eine Liste, in der aufgezählt wird, welchen Zwecken das Geld dienen wird. Wenn wir es selbst behalten hätten, dann hingen sicherlich bald unsere Hälse in den Schlingen an dem höchsten Baum. Aber jetzt wird jeder den großzügigen Kaiser und seinen freigiebigen Kämmerer preisen, sollte er je wieder einen Fuß in diese Stadt setzen. In den Armenhäusern singt man schon Lobeshymnen auf ihn. Und im Komp werden viele Kinder zum ersten Mal Schuhe tragen, wenn der Winter kommt. Die Ratsherren sind von den zufriedenen Bürgern angetan. Jaurenus hat den Ruhm seines Dienstherrn gemehrt. Die Wohltaten haben sich rascher herumgesprochen, als sich ein Lauffeuer ausbreitet.«

Thomas sah seine Meinung bestätigt. »Jaurenus wird es dabei bewenden lassen, ehe er sich in richtige Schwierigkeiten bringt. Mit der heimlichen Kasse ist es auf alle Zeit vorbei. Einem Kämmerer, dem das Herz plötzlich so weit wird, daß er der Stadt Aachen und ihren Einwohnern über dreihundert Goldgulden schenkt, wird der Kaiser nicht mehr trauen.«

Andreas hatte bisher erfolglos nach einem fünften Becher gesucht. Kurzerhand schenkte er seinen Gästen ein, trank selbst aus dem Krug und wischte sich dann über den Bart. »Hört, hört, denn immerhin wird er von unserem Boten früher von der Hochherzigkeit seines Kämmerers erfahren als von Jaurenus selbst. Wenn unser Kämmerer anschließend noch das Geld für die kaiserlichen Tücher verwalten darf, kann er sich glücklich schätzen.«

»Aber was ist mit König Wenzel? Wenn er sich weiterhin an reifen Frauen vergreift, hätten wir nichts erreicht.«

Franziska widersprach Maria. »Es gibt keine teuren Geschenke mehr und auch keinen gedungenen Mörder. Vielleicht lockt er weiterhin solche Frauen in sein Bett, aber er selbst hat ihnen nie etwas Böses gewollt. Und Johanna ... Vielleicht löst ihr gestrenger Vater seine moralischen Ansprüche an seinen Schwiegersohn, nun, wo seine Tochter eine gekrönte Königin ist.«

Thomas dämpfte ein wenig die Stimmung. »Wir glauben nur zu wissen, wie der Kaiser unseren Streich aufnehmen wird. Ob das aber tatsächlich so sein wird ...«

»Trinken wir auf des Kaisers Wohl!« Andreas hob erneut den Humpen.«Und auf das unsere!«

»Auf das ganz besonders.«

Bald darauf stand Maria auf. Meister Schnidder schloß sich ihr an. Auch wenn sie sich nicht ausgesöhnt hatten, so gingen sie gemeinsam zur Mostardgasse zurück.

»Franziska, kann ich dich begleiten?«

Plötzlich kamen Franziska die Anschuldigungen wieder in den Sinn. Den ganzen Tag hatte sie die Gedanken daran unterdrückt, bisweilen sogar vergessen, aber der Wein hatte alles wieder hervorgeholt. Langsam ging sie Thomas voran und blieb nahe der Tür stehen, die Arme abweisend vor ihrer Brust verschränkt. Groll sprach aus ihrem Blick.

»Was willst du?«

»Was hast du plötzlich wieder gegen mich?«

»Hast du Jaurenus postwendend von Aleffs Verhaftung erzählt? Von irgendwo mußte er es gewußt haben. Er selbst wird sich kaum bemüht haben, im Kerker vorzusprechen. Du hattest Angst, ich könnte Aleff zur Flucht verhelfen. Für deine Laufbahn ist dir kein noch so schäbiger Trick zu schade! Oder war es Eifersucht? Würde er abhauen, dann sollte ich von den Stadtsöldnern bedrängt werden! Herrgott, Aleff hatte keine Hemmungen zu töten. Ich kann von Glück sagen, daß er sich um meinetwillen auf die Erpressung einließ und ich mit heiler Haut davonkam. Jaurenus hat mir die Augen geöffnet. Dir werde ich nie wieder vertrauen.«

»So etwas denkst du von mir?«

»Mistkerl, geopfert hättest du mich.«

Thomas griff nach Franziskas Arm und hielt ihn fest gepackt. Er ignorierte ihren Tritt gegen sein Schienbein.

»Verbohrtes Weib! Eine so starrköpfige Person habe ich noch nie im Leben gesehen. Deine Unterstellungen sind eine Frechheit ohnegleichen. Du läufst nun nicht weg, sondern hörst mir gefälligst zu! Ich habe nichts von dem getan, was du mir vorhältst. Ob ich eifersüchtig war? Und wie! Dich mit einem anderen zu sehen tat höllisch weh! Jawohl, ich bin ein Idiot.«

Mit der freien Hand grub Thomas in seiner Tasche und holte ein kleines Stück Stoff hervor. Er zwang Franziska, es anzuschauen, obwohl Blitze aus ihren Augen fuhren.

»Nach dem Wachgang, als ich dich mit einem anderen sah, bat ich um freie Zeit. Für mich war es irgendein anderer Mann! Ein Niemand, mit dem du allerdings lieber zusammen warst als mit mir. Meine freie Zeit habe ich dazu genutzt, das hier für dich zu kaufen. Ich habe dir nie gesagt, wie sehr ich dich liebe. Als ich dich mit dem Fremden sah, wußte ich, wenn ich nicht bald handeln würde, dann wäre die Aussicht vertan, dein Herz zu gewinnen. Ich hatte keine Ahnung, daß der Kerl ein Mörder ist! Das hast du selbst mir erst am folgenden Morgen erzählt. Da hatte ich den Ring schon!«

Franziska versuchte, sich aus seinem Griff zu befreien. Ihr Gesicht brannte vor Scham und Reue.

Thomas war indes noch nicht fertig. »Magst du es glauben oder nicht, aber mein Vorgesetzter hat mit einer Belobigung herumgeprotzt. Frag ihn doch, ob es seine Idee war! Derjenige, der mich auf dem Turnierplatz vor dir warnte.«

»Hättest wohl auf die Warnung hören sollen!« Noch war Franziskas Zorn nicht vollkommen verraucht.

Auf Thomas Stirn schwoll eine Ader an und begann zu pochen. »Wer nicht hören will, muß fühlen! Ein Schwein auf dem Bratenspieß hat es gemütlicher, das findet wenigstens Beachtung und wird nicht über die Probleme aller möglichen Leute ignoriert.«

»Ignoriert? Ich habe deine Arbeit erledigt.«

»Du hast mich erledigt.«

Allerlei Zuschauer hatten sich mittlerweile vor Andreas' Kate versammelt und genossen das Schauspiel. Auch Andreas war unter ihnen und bereit, einzuschreiten, falls es nötig war, beispielsweise, um Wetten anzunehmen. Unterhaltungen dieser Art erfreuten sich großer Beliebtheit, besonders dann, wenn einer der Streithähne einen Soldatenwams trug.

Eine zahnlose Pockennarbige rief Franziska kreischend zu. »Kuck dir den Ring an, Kleine! Wenn du ihn nicht willst, ich nehme ihn gern! Den properen Kerl auch!«

Thomas sah die Zerlumpte aus dem Augenwinkel an. In komischer Verzweiflung grinste er. »Himmel ja, Franziska, tu, was sie sagt! Erhöre mich! Ich werde diese Vogelscheuche sonst nicht mehr los.«

»Du kannst Frauen haben …«

»Kann ich, aber ich will dich.«

»Mich, bist du dir sicher?«

»So sicher, wie man eine Kratzbürste braucht, wenn einen die Liebesflöhe beißen.«

»Kratzbürste, ja? Nur weil ich ab und zu mal …«

»Halt den Mund! Nimm den Ring und plappere nicht andauernd dazwischen, wenn ich dir meinen Liebesschwur schenke. Ich liebe dich, hörst du?« Der letzte Satz war nur für Franziskas Ohren bestimmt.

Franziska spürte, daß er die Wahrheit sprach. Mit einer übertrieben huldvollen Geste reichte sie Thomas die Hand und blinzelte neugierig auf das Geschenk. Der Ring, ein Reif aus gehämmertem Kupfer, paßte, wie für sie gemacht. Unter lautem Jubel seitens der Gaffer ließ sie ihn sich von Thomas überstreifen.

Für den Kuß, der ihre Liebe besiegelte, suchten sie sich einen ruhigeren Ort. Der Lindenplatz war dafür wie geschaffen. Die mächtige Baumkrone, in der Tauben gurrten, fungierte wie ein Dach. Darunter stand eine Bank, und ein Brunnen plätscherte gemächlich vor sich hin. Die Bewohner aus der nahen Judengasse, allesamt fleißige Leute in dunkler Kleidung, die sich nur um ihre Angelegenheiten kümmerten, schenkten ihnen keine Beachtung.

»Im Ernst, Franziska, du solltest an dem Plan festhalten, nach Köln zu gehen.«

Sie kuschelte sich an seine Brust und öffnete träge ein Auge. Thomas' ernste Stimme paßte nicht zu ihrer heiteren Stimmung, die sie gerne noch viel länger genießen wollte. Sie setzte sich aufrecht und rückte ihre Haube zurecht und erhob sich.

»Du schickst mich fort? Ich war der Meinung, du könntest ohne mich nicht länger leben.«

»Meine Liebe, glaube nicht, daß ich dich alleine lassen werde. Ich müßte ja verrückt sein, aber glaubst du, mir verheimlichen zu können, wie sehr du hier leidest? Du wirst nie am Bädersteig vorbeigehen können, ohne an die letzten Wochen erinnert zu werden. Du kannst nicht mit einem Geist an deiner Seite glücklich werden. Und ich kann es ebensowenig.«

Thomas hatte es also bemerkt, obwohl sie sich Mühe

gab, ihre Anspannung zu verbergen. Das Gefühl der Beklemmung, das sich unmittelbar nach Aleffs Hinrichtung eingestellt hatte, war schwächer geworden. Verschwunden war es indes nicht.

Indem ihr Thomas selbst vorschlug, fortzugehen, fiel eine schwere Last von ihrem Herzen. Die Glocken schlugen nicht, es gab keine Fanfaren, niemand trommelte oder stimmte einen Gesang ein, aber nun brauchte sie nicht länger um eine Erklärung zu ringen. Für sein Verständnis liebte Franziska ihn noch mehr. Sie mußte Aleff vergessen und den Platz in ihrem Herzen frei von alter Bürde machen. Viel zu lange hatte sie damit gewartet.

Franziska trat einen Schritt auf Thomas zu. Das Vergangene ließ sie ohne große Gesten hinter sich. Dann war dieser Moment auch vorbei.

»Ich habe ein wenig Geld. Gegessen wird auch in Köln, es sollte mir nicht schwerfallen, eine Anstellung zu finden, bis ich genug gespart habe. Seit vielen Jahren träume ich davon, ein eigenes Wirtshaus zu betreiben, sauber und ordentlich, nicht zu groß, vielleicht mit zwei oder drei Gästekammern. Über der Tür hängt dann mein eigenes Schild, und jeder, der einkehrt, wird das Haus zufriedener verlassen, als er es betrat.«

»Es ist gut, zuversichtlich in die Zukunft zu blicken.«

Gedankenverloren drehte Franziska an einer Strähne ihres Haars. »Wenn ich dorthin blicke, sehe ich dann auch dich in Köln?«

»In Köln läuft ebenfalls Gesindel herum. Für einen Stadtsöldner gibt auch dort viel zu tun. Wenn dir jemand die Zeche prellt, dann werde ich dir zu deinem Recht verhelfen!«

»Habe ich dir schon von Suses Plänen erzählt? Suse wird ein Jahr lang bei den Beginen die Hauswirtschaft erlernen. Sie hat sich unglaublich herausgemacht, seit Hans sie unterstützt. Hans selbst wird Suses Onkel Hellwig zur

Hand gehen. Ich war mir nicht sicher, ob das eine gute Idee ist, aber der stoische Bursche meinte, gestorben werde immer, und aus den Spukgeschichten macht er sich überhaupt nichts. Er und Suse wollen heiraten, wenn sie sich sicher sind, genügend zu ihrem Lebensunterhalt verdienen zu können.«

»Vielleicht sollten wir von ihnen lernen.«

Franziska stach Thomas mit einem Finger in die Rippen und lachte über sein erschrockenes Gesicht. »Na hör mal! Wir sind auch noch jung genug, um unserem Leben eine neue Wende zu geben. Worauf warten wir?«

Nachdem der letzte Glockenhall, der zur Frühmesse rief, verklungen war, pochte Franziska an die Pforte des Hospitals der Heiliggeistbruderschaft. Sie bat Bruder Phillip um seinen Segensspruch für die bevorstehende Reise. Er gewährte ihn ihr gerne, ohne neugierig nach ihren Gründen zu fragen.

Die schöne Madonna im Warteraum lächelte noch etwas liebenswürdiger als sonst. In der Almosendose zu ihren Füßen lagen vierzig Goldgulden, die den Patienten des Hospitals zugute kommen würden.

Franziska hatte allen Grund, dankbar zu sein. Entgegen ihren Befürchtungen zeigte sich Odo verständnisvoll, als sie ihm von ihren Plänen erzählte und seine Zustimmung erhoffte. Traurig musterte er ihr Gesicht und ihr tapferes Lächeln.

»Ich habe dich gerade erst wiedergefunden, und schon verläßt du mich auf meine alten Tage erneut.«

»Vater, bitte! Wenn du mich besuchen kommst, dann frage einfach nach dem Gasthaus mit der besten Küche. Ich gehe nicht ans Ende der Welt. Köln ist drei Tagesreisen entfernt. Was sind schon drei Tage?«

»Meine Segenswünsche hast du.«

Mit dem Daumen bekreuzigte er Franziskas Stirn. Unübersehbare Erleichterung stand in ihrem Gesicht. Sie drückte ihren Vater an sich und vergrub ihre Nase im Stoff seines Hemdes. Ein paar Tränen sickerten auch noch mit hinein. Dann huschte ein Lächeln über ihre Züge.

»Danke, Vater! Sag …«

»Heute nachmittag noch! Du wolltest doch sicherlich wissen, wann ich zum Komp gehe und Andreas Grever um die längst überfällige Verzeihung bitte.«

»Genau!«

»Man traut es Eseln nicht unbedingt zu, aber sie sind gelehrig. Wir alten Krauter werden uns bestimmt viel zu erzählen haben. Wenn dir in Köln mal die Ohren klingeln, dann sei dir sicher: Andreas und ich sitzen bei einem Schoppen zusammen und überlegen, wie es dir wohl geht.«

»Ich werde Boten finden, die Nachrichten überbringen. Im Frühjahr werde ich mich mit Marias Hilfe eingerichtet haben, und wenn die Händler wieder gen Aachen ziehen, werde ich einen Brief an dich und Mutter mitsenden.«

»Nichts anderes würde ich mir wünschen.«

Odo steckte seiner Tochter heimlich zehn Silbermark in den Beutel, dann begleitete er sie, den Wanderstock fest in der Faust, zum Fischmarkt. Er bedachte Franziska mit einer Vielzahl an gutgemeinten Ratschlägen und gab ihr eine Liste.

»Was ist das?«

»Anschriften einiger Handelspartner aus Köln. Tuchweber und zwei Schiffseigner. Sie werden dir helfen können, wenn du Schwierigkeiten haben solltest. Berufe dich auf meinen Namen.«

Am ersten Tag des Oktobers gedachte man des Heiligen Remigius zu Köln, einem Heiligen, der gegen die Verzagtheit focht. Maria hatte den Reisetag mit Bedacht gewählt.

Die Bäume trugen nun ein buntes Blätterkleid, freundlich beschienen von einer wärmenden Sonne.

Franziska war überaus pünktlich. Trotzdem erwartete Maria sie bereits mit einem sperrig gepackten Bündel. Ein paar Schweißtropfen standen ihr auf der Stirn. Zuerst vermutete Franziska, daß diese von der Aufregung über die bevorstehenden Reise herrührten, als sie aber den wahren Grund entdeckte, mußte sie lachen.

»Heilige Martha! Ist das dein Ernst, Maria? Wir haben gerade erst Oktober, und du trägst schon zwei Kleider übereinander?«

Maria lächelte. »Und drei Paar Socken sowie zwei Leibchen. Den Umhang werfe ich mir auch noch über. So bleibt mehr Platz in meinem Beutel, und ich kann noch einiges an nützlichem Hausrat mitnehmen, für den der Meister keine Verwendung findet. Ein kleines Dreibein samt Kesselhaken und einem Topf sowie einen Satz Kochlöffel, zwei Schüsseln, meine Suppenschale, ein Salzsäckchen, eine Wolldecke, mein Vortuch und Wegzehrung. Suse hat zudem noch ein Säckchen Heil- und Würzkräuter vom Konvent gebracht.«

»Alles, was du besitzt, und noch ein wenig mehr«, neckte Franziska sie und verwies auf ihren eigenen Ranzen, der schmal zu ihren Füßen lag. »Wenn du noch Platz brauchst, könnte ich dir aushelfen.«

»Hervorragend, dann nehmen wir auch noch die Essiggurken, den Mörser, Nähzeug und einen Nachtopf mit. Und vielleicht einen Eimer.«

»Einen Nachttopf? Ist das nicht übertrieben?«

»Na hör mal, ich reise mit Anstand!«

Kurz entschlossen nahm Maria sich Franziskas Ranzen, öffnete ihn und spähte hinein.

»Das ist alles? Ein bißchen Leibwäsche, eine Decke und dein Tischgeschirr?«

»Ich will Aachen hinter mir lassen und in Köln ganz neu

beginnen. Die Erinnerung wiegt schwerer als alles Eisen aus dem Reich zusammen, und deshalb brauche ich keine Dinge, die mich an diese Stadt erinnern. Ich werde mir erarbeiten, was ich zum Leben brauche, und Thomas wird im Frühjahr, wenn er sich um seine Angelegenheiten gekümmert hat, auch noch einiges mitbringen.«

»Also ein Mann mit Aussteuer?«

»Ja, wenn du es so nennen magst, Maria. Nimm, was du nicht missen möchtest! Zum nächsten Glockenschlag geht's los.«

Sorgsam streifte Maria durch die Küche, trug Gegenstände zusammen, tauschte einige gegen andere aus und verschwand schließlich in der Speisekammer.

Leise Kratzgeräusche drangen von der Tür, die nur vom Kater Knauff stammen konnten. Also öffnete Franziska schwungvoll den Einlaß. Der kleine Derwisch schlüpfte geschmeidig hinein, aber er war nicht allein. Hinter ihm stand ein wild anmutender Mann mit einem struppigen Bart und wischte sich über das Gesicht.

Franziska freute sich. »Andreas! Was ist mit deinen Augen?«

»Was soll schon sein? Eines lacht und eines weint. Ist eine ziemlich blödes Kunststück, Mädchen. Wußte nicht, daß ich so was kann.« Er drückte Franziska, ehe sie ein weiteres Wort sagen konnte, drei Kaninchenfelle in die Hand. »Wolltest dich wohl verdrücken, ohne sie abzuholen, was? Die sind nützlich, kannst dich draufsetzen, wenn die Füße vom Laufen Blasen schlagen.«

»Danke, Andreas, liebster Freund. Ach, ich weiß jetzt schon, wie sehr ich dich vermissen werde.«

»Keine langen Worte! Mach einfach das Beste draus.«

Franziska mußte sich recken, aber sie gab Andreas einen dicken Kuß auf die behaarte Wange, als es von der Türzarge zugleich kicherte und entrüstet hüstelte.

»Frau Agnes und Frau Angela!«

Beide lachten, als Andreas sich vornehm, aber nicht sonderlich anmutig daran machte, ihnen jeweils einen Handkuß zukommen zu lassen. Zufällig zuerst Angela, die Agnes daraufhin einen geschmeichelten, fast hochnäsigen Blick zuwarf. Andreas ließ sich nicht die Ruhe rauben. Frauenherzen waren ihm schon immer leicht zugeflogen, und die der Witwen waren nicht an einen Ehemann gefesselt.

Agnes legte polternd ihr Mitbringsel auf den Tisch. »Ein heilender Kräuterwein zur Stärkung der Reisenden. Man weiß ja nie, was für wunderliche Speisen gereicht werden und welche sonderbaren Gewürze man in der Fremde verwendet. Von den Kölnern hört man ja die merkwürdigsten Dinge.«

Feixend beugte sich Franziska vor. »Was denn?«

Agnes sah Franziska belehrend an. »Na, die haben ein Wasser erfunden. Es heißt, es duftet, schmeckt aber ungenießbar. Wenn die Kölschen nicht sonderbar sind ...!«

»Nee, sind sie nicht!« Maria war in der Speisekammer nicht untätig gewesen, hatte sich einen kleinen Schinken und geräucherte Würste unter die Arme geklemmt. Darüber hinaus versenkte sie ungerührt Äpfel in Franziskas Ranzen. Drei kleine Käse kullerten hinterdrein. »Fertig! Wir können losgehen.«

»Muß der Käse wirklich mit? Den ißt Meister Schnidder doch so gerne.« Bittend sah Agnes Maria an. »Wenn wir ihm schon das obere Stockwerk vermieten, ihm den Haushalt führen und dafür auch noch bezahlt werden, dann brauchen wir den Käse. Sonst glaubt er noch, wir seien nicht auf sein Wohl bedacht.«

»Geht ihm nur tüchtig um den Bart. Das sättigt ihn mehr als der beste Käse!«

Als müsse er sich wieder bemerkbar machen, räusperte sich Andreas. Sofort lächelte Angela Knauff ihn an. Noch ein Mann, um den es sich zu kümmern lohnte! Und er war stattlicher als der Schnidder! Der Tuchhändler, nun völlig ohne Dienstpersonal, war überraschenderweise von einer bislang unbekannten Demut befallen. Er stellte Franziska ein herausragendes Zeugnis aus und fügte eines hinzu, daß Hermann von Brabant und Werner von Sachsen unabhängig voneinander unterzeichnet hatten. Franziska hütete es wie einen Schatz.

Thomas erwartete die Frauen am Marktplatz. Auch er trug sein Marschgepäck, hatte seine Söldneruniform aber gegen robuste Kleidung getauscht. Er saß auf einem der Balken, an dem die Marktbesucher gewöhnlich ihre Reittiere anbanden, und hielt nach den Frauen Ausschau.

Maria zog Franziska in einen Türeingang. »Schau ihn dir an! In aller Ruhe und denke einmal nach! Dieses Mannsbild läßt du nach Aachen zurück, wenn er uns in Köln abgeliefert hat?«

»Maria, wenn nicht du, wer wüßte dann von den Fügungen des Schicksals? Wenn er mich wirklich will, dann wird er mich finden.«

»Fügungen? Verlaß dich nicht so unbedingt darauf, manchmal braucht das Schicksal einen Tritt!«

»Maria!«

»Was du schon wieder denkst. Lauf schon los! Dich halten doch ohnehin bald keine zehn Pferde mehr.«

Maria bummelte langsam den Weg hinauf. Sie ließ sich Zeit.

Franziska hingegen beschleunigte ihre Schritte mit leuchtenden Augen.

Nachwort

Dieser Roman dient der Unterhaltung, jedoch habe ich mich den historischen Wahrheiten gegenüber nicht gleichgültig verhalten.

Über Kaiser Karl IV. geben zahlreiche Quellen Auskunft, was die Arbeit des Recherchierens nicht unbedingt vereinfacht, aber einige Wesenszüge deutlich hervorhebt. Demnach bescheinigten die Chronisten ihm, ein besonnener Herrscher gewesen zu sein, ein kultivierter Mann, der Bildung als ein hohes Gut schätzte und förderte. Unter seinem Einfluß entstanden die ersten Universitäten, und er suchte das Gespräch mit Cola di Rienzo, Francesco Petrarca und anderen gelehrten Männern seiner Zeit. Ein moderner Machthaber, der es mit Geschick und Langmut verstand, sein Erbe zu halten und zu mehren.

Sein Sohn Wenzel war aus einem ganz anderen Holz. Ein zeitgenössischer Berichterstatter schilderte seinen Charakter wie folgt: »In allen Dingen war er dem Vater ungleich, denn Wenzel gibt sich trägt und unlustig zu aller Arbeit, nicht zielbewußt …«

Den wachsenden Schwierigkeiten seines Reiches stellte sich Wenzel nicht, er sah vielmehr tatenlos den Kriegen zu und frönte mehr und mehr seinen Leidenschaften: dem Spiel, der Jagd, der Trunksucht und dem daraus erwachsenden Jähzorn. Wenzels Standbild ist wie das vieler gekrönter Häupter auch heute noch an der Fassade des Rathauses zu bewundern.

Als eine wahre Fundgrube erwiesen sich die Aachener

Stadtrechnungen des Jahres 1376, die die Vergangenheit lebendig werden lassen. Neben akribischen Auflistungen der Zahlen finden sich die Verwendungszwecke des Geldes. Groß waren die Auslagen für Speis und Trank, für Leibwachen, Glockenläutern, Hofmeister, Musikanten und die Ausstaffierung der Repräsentanten. Ein auffallend hoher Betrag wurde für die Weinlieferungen der königlichen Familie aufgewendet, und es war eine gute Sitte, die einfachen Bürger bis hin zu den Almosenempfängern freizuhalten.

»Demjenigen, der der Kaiserin Katze trug: einen Gulden«, ist ein unumstößlicher Posten und gab mir Anlaß zu herrlichen Spekulationen.

Bei Peter Jaurenus muß ich mich entschuldigen. Der kaiserliche Kämmerer genoß das vollste Vertrauen seines Herrn und war ein ergebener Mann. Daran, daß er als Bösewicht geschildert wurde, trage ich alleine die Schuld.

Die Herren von Sachsen und Brabant sowie ihre jeweils treuen Anhänger lagen in einem erbitterten Streit, der während der Feierlichkeiten von Dritten geschlichtet wurde. Dem besseren Verständnis zuliebe habe ich die Vornamen der Herzöge – sie hießen beide Wenzel – geändert.

Aachen genoß seit der Römerzeit und darüber hinaus den Ruf eines berühmten Heilbades und einer wohlhabenden Handelsstadt. Besucher von nah und fern bereicherten die lebhafte Stadt, brachten fremde Sitten und Gebräuche mit sich. Das weltoffene, liebenswürdige Flair hat sich die Stadt Aachen – nicht zuletzt mit Hilfe der Studenten – bis in die heutige Zeit erhalten können. Einige Gebäude, die in dem Roman Erwähnung finden, sind glücklicherweise bewahrt. Das Grashaus dient heute der Unterbringung des Stadtarchivs, der Granusturm ist längst eines der Wahrzeichen der Stadt.

Der Aachener Dom wurde 1978 als erstes deutsches baugeschichtliches Ensemble unter den Schutz des UNESCO Weltkulturerbes gestellt. Und Gott alleine weiß, wessen Füße bereits über das blanke Kopfsteinpflaster vor dem Rathaus schritten. Allbekannt war auch die Tuchfabrikation, die weit über die Landesgrenzen hinaus einen ausgezeichneten Ruf genoß. Die Einwohnerzahlen der stetig wachsenden Stadt beruhen lediglich auf recht unterschiedliche Zahlen, wobei ich an die zehntausend Bürger als realistisch einschätze. Unter ihnen könnte gut und gerne eine junge Frau namens Franziska gewesen sein.

Die Tätigkeit der Leihköchin entstammt nicht einzig meiner Phantasie. Die meisten Frauen zu Franziskas Zeit waren berufstätig, schlossen sich in Zünften zusammen, bildeten Lehrlinge aus und führten je nach Fach eigene Handwerksbetriebe. Das Bild der allgemein untertänigen, ja, unmündigen Frau will beim genauen Hinschauen nicht passen. Die Schwierigkeiten in den Familien haben sich nicht geändert. Jeder mußte zusehen, daß er überlebte, und auch wenn die Zeit des Mittelalters oftmals als finster und elend dargestellt wird, so kann kein Mensch von Kummer alleine bestehen. Es gab kleine und große Probleme, heitere Momente genau wie traurige. Das Verständnis von Sitte und Moral traf nie auf alle Menschen in dem gleichen Maß zu. Art und Weise des Anfertigen des Richtplatzes war, wie geschildert, Gemeinschaftsarbeit, auf das sich niemand hervortat und keiner übermäßig Belastung buckeln mußte.

So mancher kann nicht in Frieden leben, wenn es dem Nachbarn nicht behagt. So geschah es auch zwei vermögenden Schwestern, wohnhaft in der Mostardgasse, am Ende des 17. Jahrhunderts. Ich habe mir ihr Erlebnis entliehen und die Zeit zurückgedreht. Der Urheber des Spuks lieh meinem Meister Schnidder sowohl Namen als auch Beruf, nur ist von dem tatsächlichen Unhold keine Läuterung bekannt. Möge er in Frieden ruhen!

Aachens Bäche wurden überbaut, alte Brunnen verschwanden und wurden an anderer Stelle ausgehoben. Seither erschien das fabulöse Bachkalb, welches den Zechern zusetzt, nicht mehr vor glaubwürdigen Zeugen, aber in dem historischen Altstadtbereich am Büchel haben die Aachener ihrem verlorengegangenen Bahkauv ein freundschaftliches Denkmal gesetzt.

Der Roman um Franziska erhebt nicht den Anspruch auf eine detailgenaue historische Erzählung. Entstanden ist er mit einem gerüttelt Maß Liebe zum Schreiben und zur Geschichte meiner Heimatstadt.